A E
& I

La otra Isabel

Autores Españoles e Iberoamericanos

Laura Martínez-Belli

La otra Isabel

Planeta

Los relatos de las mujeres son diferentes y hablan de otras cosas. La guerra femenina tiene sus colores, sus olores, su iluminación y su espacio. Tiene sus propias palabras.

La guerra no tiene rostro de mujer, Svetlana Alexiévich

Con amor o sin amor,
yo, en fin, casarme no puedo:
con amor, porque es peligro;
sin amor, porque no quiero.

El desdén con el desdén, Agustín Moreto

Yo no creo como ellos creen,
no vivo como ellos viven,
no amo como ellos aman…
Moriré como ellos mueren.

Fuegos, Marguerite Yourcenar

A Darío, siempre.
A Alonso y Borja, que crecen y se convierten en hombres,
mientras escribo.

Y a mis padres, a la espera de un abrazo.

YONCE/CERO

La mujer gritó con tanta fuerza que la partera tuvo que reprimir el impulso de dar un paso atrás y taparse las orejas. Su alarido opacó por un instante los truenos que anunciaban la tormenta aquella noche. La vieja había atendido muchos partos, todos con dolor, pero el lamento que escuchaba salir de la boca de esa mujer no provenía de sus entrañas.

—¡Por el amor de Dios, que no es para tanto! Me habían dicho que las indias eráis más fuertes. ¡Menudos pulmones tienes en ese cuerpecillo tan pequeño! Venga, venga. Que ya pasa.

La parturienta se apoyó sobre los codos y trató de incorporarse en la cama. Estiró su cuerpo hacia adelante para agarrarse los talones y ponerse en cuclillas cuando oyó a la partera a voz en grito:

—Pero ¡qué haces! ¡Te has vuelto loca! Túmbate, túmbate. ¡Estas indias…! —rumiaba como si no tuviera a la mujer delante—. ¡Enderézate y cógete de las corvas! Anda, déjame, que más sabe el diablo por viejo que por diablo.

«El diablo», pensó la muchacha. «El diablo entre las piernas». Eso era lo que sentía en esos momentos. Un pedazo de infierno expulsado de su cuerpo. Un fuego eterno en el que arder. La partera le colocó un paño para secarle las gotas de sudor que le perlaban la frente.

—No puedo —alcanzó a decir la mujer entre los espasmos entrecortados de un castellano que aún arrastraba el acento de su lengua añeja—. No puedo… —repitió y el sonido de su propia voz le pareció desconocido.

—Sí que puedes, venga, venga, ya casi, ya casi.

Las paredes parecieron resquebrajarse dos veces cuando la joven pujó. La primera porque el alma por poco se le escapa del cuerpo tras un fuerte apretón del que asomó una cabeza entre sus piernas. La segunda porque se dejó ir en un grito largo que rebosaba valor, rabia y coraje, que terminó en risa mezclada con llanto, una alegría empañada de cansancio y sangre, un dolor inconmensurable que desapareció con la prontitud con la que el viento deshace las tormentas de verano, cuando de su interior nació una niña mestiza. La joven madre recorrió a la pequeña entera con ojos nuevos. No supo cuánto tiempo permaneció así, tratando de reconocer la sangre de su sangre y la carne de su carne, sosteniendo a la niña en brazos con mucho cuidado, no fuera a romperla.

—Lo has hecho muy bien —dijo por fin la comadrona con una ternura inusual que dibujó en la recién parida una sonrisa leve que se esfumó enseguida cuando escucharon el golpeteo de unos nudillos contra la puerta. Toc, toc, toc. Un llamado meramente protocolario de alguien que no esperó respuesta para irrumpir, de pronto, en la habitación.

La sombra de un hombre entró llevando tras de sí una corriente de aire helado. Era alto, con las espaldas anchas de un ropero, barba tiesa y una piel de camaleón que lograba ocultar la verdadera naturaleza de sus actos. Iba escoltado por un segundo hombre acostumbrado a no cargar sobre sus hombros ni melancolía ni remordimientos, de cuello ancho y boca escasa de dientes. La partera, por instinto, dio un paso atrás. La joven madre se estremeció en un escalofrío de espanto al recordar la amenaza que no hacía mucho le habían profesado. Se llevó a la recién nacida contra su pecho, tanto, que casi parecía que pretendiese volver a metérsela dentro del cuerpo. Aunque sospechaba cuál era la razón de la presencia de aquel hombre, preguntó:

—¿Qué hacéis aquí?

No obtuvo respuesta. El hombre mellado se acercó a la joven madre y tras un forcejeo le arrebató a la criatura de los brazos. La niña protestó con un balbuceo gatuno que por fortuna no rompió en llanto. El mellado se colocó detrás de aquel hombre siniestro. La madre trató de levantarse, pero le fallaron las fuerzas tras haber perdido mucha sangre y cayó de nuevo en la cama.

—Yo me ocuparé de la niña —aseguró el hombre con una voz ronca de marinero viejo.

—Te lo ruego. —La joven madre apretó los puños—. No diré una palabra… pero no te lleves a la niña.

—La niña se viene conmigo. Solo sigo órdenes. —Cortó—. Mantened la boca cerrada y nada habrá de pasarle —apuntó mientras se dirigía a la puerta. Desde allí, antes de desaparecer de su vista, sentenció—: Ya sabéis lo que tenéis que hacer.

Y la puerta se cerró tras ellos con un crujido de desolación absoluta.

Afuera, la tempestad arreció con violencia.

CE/UNO

Ancha es Castilla

Muchas veces Leonor se preguntó qué habría sido de ella si su tutor don Juan de Altamirano hubiese tenido otros planes con respecto a su persona y en vez de regresar a la Nueva España para casarla con aquel hombre, que le sacaba veinte años y olía a madera mojada, se hubieran quedado a vivir por siempre en las tierras castellanas hacia las que habían partido siendo ella tan pequeña que todavía aprendía a balbucear su nombre. También se cuestionaba si en su retorno a su tierra natal habría intervenido alguna gracia divina, si esos santos a los que las monjas del convento vallisoletano rezaban tres veces al día se habrían apiadado de su orfandad para brindarle una segunda oportunidad.

Pero aquello no era cosa de ángeles, ni de demonios, ni de santos, ni de dioses. Cuando el destino le saltó encima, Leonor era ya una mujer hecha y derecha que hasta entonces había vivido a ras de suelo, sin levantar polvo ni sospechas, creciendo en la quietud del convento español al que Juan de Altamirano la había metido siendo una niña, arrancándola de la tierra que la vio nacer como a las malas yerbas del camino.

Ella nunca encajó en aquel sitio de rezos y austeridades. No le gustaban ni el silencio ni las frías paredes de piedra ni mantener la cabeza gacha, y esa mala costumbre de mirar siempre por encima del hombro le había costado más de una azotaina por soberbia, el mayor de sus pecados, porque las monjas no aguantaban la severidad de una mirada tan vieja en una niña tan pequeña.

Leonor siempre cumplía penitencia porque según las religiosas toda ella era una fuente inagotable de vicios: cuando se enfadaba fruncía el entrecejo con tal enjundia que las cejas se le juntaban dibujando una gaviota; más de una vez la habían pillado en la capilla con una taza de chocolate que sacaba a hurtadillas de la cocina porque así se le hacían más llevaderos los minuciosos sermones, y el prelado, desconcentrado con cada uno de aquellos sonoros sorbos, amenazaba irritado con excomulgarla; cuando dormía, soñaba seres con cuerpo de animal y cabeza de mujer que le susurraban secretos al oído, y cuando empezó a crecer y a desarrollarse adquirió la nada discreta costumbre de detenerse frente a los espejos, y para aprender las formas de su rostro buscaba su reflejo en cada cuchara bruñida o en el cáliz de plata que el cura alzaba cada día en la consagración de la eucaristía. Al acostarse, en vez de rezar prefería pasarse ratos largos cepillándose la melena hasta dejarla dócil cual alga de mar. Pero, sobre todo, Leonor se quedaba embelesada cada vez que veía leer al padre en misa y se preguntaba cuáles serían los secretos que encerraban esos libros. Una vez, incluso, con la vena palpitándole en la sien, se atrevió a entrar a la biblioteca del convento. Y, fascinada por el olor a tinta y pergamino, acarició los lomos de una hilera entera de libros. Con temor a hacer ruido, sacó de los estantes un volumen lleno de polvo. Hechizada por los extraños e indescifrables caracteres que inundaban su vista se quedó largo rato allí, atrapada por el influjo de aquellas hojas, y con las yemas de los dedos repasó algunos trazos, como si en aquel gesto pudiese entender mejor esas palabras incomprensibles, hasta que la voz de una hermana la sacó del ensimismamiento al increparle desde el pasillo:

—Niña, ¡qué haces! ¡No puedes estar aquí!

Leonor cerró de golpe el libro con un fuerte estruendo, y volvió a su celda a toda prisa, consciente de haber traspasado el umbral de lo prohibido.

La madre superiora había notado que Leonor tenía una mente despierta, pero, aturdida por los testimonios de las demás hermanas —que acudían a ella, angustiadas por la rebeldía de la criatura—, solía escribirle a su tutor dándole las quejas y, cuando no había más remedio, él mismo tenía que ir a visitarla para llamarla al orden. Para acallar disgustos, Altamirano les pagaba una buena cantidad de monedas que la madre superiora recibía agradecida, no sin antes prometerle a Altamirano:

—No os preocupéis, mi señor, haremos entrar a la chiquilla en vereda.

Con el paso de los años, Altamirano empezó a darse cuenta de que su pupila estaba convirtiéndose en una jovencita más rebelde e inquieta de lo conveniente, en la que los rasgos indígenas mezclados con los castellanos convivían en providencial combinación, y no se extrañaba de que la niña fuera consciente de ser distinta en medio de tantos ojos azules y pieles traslúcidas a las que el sol parecía querer esquivar. Para colmo de males, enmarcándolo todo, presidiendo su rostro, destacaba esa mirada dura de piedra que él reconocía como el vestigio de su sangre.

Leonor siempre había creído que le debía su suerte a Altamirano. Las monjas castellanas, que eran cien veces más arrugadas, más pequeñas, más enjutas y devotas que las de la Nueva España, adeptas a compadecerse de los desvalidos y a crear huecos por donde pudieran colarse las deudas morales y las culpas, habían regado la infancia de Leonor con la cantaleta de que, si no hubiera sido por Altamirano, que era un bendito, quién sabe qué habría sido de ella. «Deberías estarle agradecida y besar el suelo que él pisase, muchacha», le decían. Pero por más que insistieran en que Altamirano era su única familia, Leonor no era capaz de sentir por él nada parecido al cariño. Al fin y al cabo, muy poco había convivido con aquel hombre.

Y así, paso a paso, día a día, pasaron los años al ritmo que crecían los cabellos de Leonor, sus labios parecieron llenarse de sangre y el negro azabache de su pelo brillaba tanto que las monjas la obligaron a recogerlo, trenzándolo en un moño, imperativo mil y una veces transgredido. Cada vez que Leonor pasaba junto a ellas, las monjas se santiguaban para espantar algún tipo de sortilegio, pues había algo en esa muchacha que les recordaba las historias y rumores que llegaban del Nuevo Mundo, donde se adoraban ídolos y se hablaban lenguas extrañas y, a pesar de no haber estado nunca en aquellas tierras, algunas monjas prejuiciosas entre susurros se decían que Leonor miraba «con la idolatría e insolencia de los indios».

Aquello la condenó al claustro. Nadie debía verla, olerla ni tocarla. Leonor aprendió a rezar con fervor para que dejaran de censurar su propia existencia. Evitó salir por las noches a contemplar el cielo, dejó de cuestionarle a la madre superiora sus mandatos, aprendió a hablar con tono mesurado y sin mirar a los ojos, y un jueves de diciembre, cuando el tiempo y la austeridad lograban por fin doblegar su carácter inquieto y el conformismo comenzaba a aferrarse a sus piernas para trepar a su alrededor, envolviéndola en una enredadera que le hacía creer que ni la belleza ni la riqueza del mundo estaban destinadas para ella, un par de monjas la llevaron a una habitación, le soltaron el pelo y sacaron unas tijeras.

—¿Qué van a hacer? —balbuceó Leonor pálida.

—Esa melena ofende a Dios, hija.

—¡No! ¡Suéltenme!

—¿Te importa más tu cabello que agradar a Dios? ¡Contesta!

—¿Qué más quieren de mí? ¡No me lo corten, por favor!

Una de las monjas sujetó el cabello de Leonor por las puntas mientras la otra abrió las tijeras. Leonor apretó los párpados. En ese momento la madre superiora apareció.

—Dejadla —exigió.

Las monjas torcieron la boca al contener la frustración cuando la madre superiora estiró el brazo y les pidió las tijeras.

—Marchaos —les ordenó.

Las monjas se inclinaron con la venia y se retiraron, no sin cierto disgusto.

La madre superiora esperó un momento antes de dirigirse a Leonor; parecía que escudriñaba dentro de su alma. Luego, escueta, le pidió:

—Ven conmigo.

Leonor obedeció asustada, sin dejar de agarrarse el pelo para cerciorarse de que seguía intacto.

La madre superiora la llevó a un sitio apartado donde el eco rebotaba en un techo abovedado de piedra. Leonor respiró aliviada cuando la madre, al igual que cuando caminaba dando vueltas en el patio, se llevó las tijeras a la espalda.

—Lo recogeré en un moño, se lo prometo.

—¿El pelo? Tienes problemas más largos que el pelo.

Leonor no entendió. Y entonces la madre superiora, con la frialdad de quien está acostumbrada a dar malas noticias, anunció:

—Tu padre ha muerto.

—¿Altamirano?

—No, no tu tutor. Tu padre. Don Hernán Cortés.

Leonor no pestañeó. Aunque nunca había conocido a su padre se preguntó si era normal que su corazón no se hubiera ensombrecido lo más mínimo ante una noticia semejante. Tras unos instantes de silencio, la superiora añadió mirándola a los ojos:

—Vete preparando.

—¿Preparando?

—No tardarán en venir por ti.

—¿Quién?

—Cómo que quién. Tu tutor, Altamirano, naturalmente.

—¿Quiere decir que dejo el convento?

La madre superiora asintió bajando la cabeza.

—¿Cuándo?

—No lo sé. Pronto.

Leonor dejó caer los brazos a los costados, consciente, por vez primera, de su pequeñez. La madre superiora, con una ternura hasta entonces desconocida, le dio la bendición dibujando una cruz sobre la frente.

—Que Dios te acompañe.

Esa misma tarde, a muchas varas castellanas de distancia, Altamirano se afanaba en su despacho, pues había muchos desaguisados que enmendar, deudas que pagar y agujeros que tapar. Balbuceaba entre dientes improperios de bucanero por el embrollo legal que Hernán Cortés dejaba al morir. Altamirano era primo y albacea de Cortés, quien, aparte de darle su apellido a la niña y haberla reconocido por bula papal, poco había ejercido de padre. ¿Cómo era posible que tras haber conquistado la Nueva España Cortés se muriera desahuciado?

—¡Maldita sea tu estampa! —gritaba con su vozarrón.

Altamirano mascullaba maldiciones no por la desdicha y deshonra de su primo, sino porque esa era una de las pocas veces en las que no había apostado a caballo ganador, porque jamás, aunque hubiese muerto y renacido mil veces, se imaginó que el gran conquistador Hernán Cortés, marqués del Valle de Oaxaca, capitán general de la Nueva España, comandante de ejércitos y salvador de almas, fuera a morir dejándolo en la estacada.

Por él había hecho muchas cosas, pues ser su albacea había conllevado cierto grado de, ¿cómo decirlo?, laxa moral. Por él había arrebatado a Leonor de los brazos de su madre, había falseado documentos en beneficio de conquistadores, había hecho desaparecer de testamentos a hijos ilegítimos, cambiado nombres, contratado testigos para probanzas, manipulado testimonios, omitido pruebas. Por él había tenido que hacer muchas cosas. Pero nada de eso le había bastado a Cortés para librarse de los juicios de residencia que lo habían llevado al olvido. Altamirano se sirvió un vaso de vino y se lo empinó entero. El líquido le ensució las barbas y se las limpió con el dorso de la mano. Y tras permanecer unos segundos con el vaso vacío, lo colocó de un porrazo sobre el escritorio que por poco lo revienta.

«Este entuerto lo arreglo yo como que me llamo Juan Gutiérrez de Altamirano», se dijo.

Cualquier otro habría dado la partida por perdida. Pero no él. Se apoyó sobre su viejo tablero de ajedrez, al igual que Zeus contemplaba a los hombres desde el Olimpo, y colocó su mano sobre la desgastada reina. Lentamente, la alzó con cuidado y comenzó a moverla despacio en el aire con movimientos imperceptibles e imaginarios que calculaban cada avance, cada retroceso, cada posibilidad, cada pieza jugada y sacrificada, primero como alfil, luego como peón, al final como torre y luego rey. Sus labios se apretaron en una mueca invisibilizada bajo la barba tiesa. Mientras conservara a la reina aún podía ganar. Y esa reina, lo sabía bien, no era otra que Leonor Cortés.

Porque la historia de Leonor empezó mucho antes de su nacimiento, antes de que el destino la llevara de vuelta a la Nueva España para casarse con un hombre gordo, veinte años mayor que ella, que olía a madera mojada. Empezó mucho, mucho antes. Antes de que la Nueva España cambiara de nombre y de dioses. Empezó cuando aquella tierra aún no conocía la derrota y era llamada la Gran Tenochtitlan.

Copo de Algodón

Tecuixpo Ixcaxóchitl, Copo de Algodón, caminaba deprisa por el palacio, seguida muy de cerca por su hermano Axayácatl. Ambos trataban de pasar desapercibidos por la guardia apostada en los rincones. Muchos españoles custodiaban el palacio construido por su abuelo Axayácatl, el padre de su padre Moctezuma Xocoyotzin, mucho antes de saber que un día el recinto sería cuidado por hombres extraños que habían venido del mar.

—Date prisa, Axayácatl —susurró la niña.

—No corras tanto, Tecuixpo.

—Caminas muy lento, los barbados nos descubrirán y no nos dejarán ver a nuestro padre.

—Nos descubrirán como sigas hablando. Guarda silencio.

No muy lejos de allí, Moctezuma recorría la habitación de lado a lado. Llevaba un año siendo prisionero en su propio palacio por los hombres del este, los causantes del desequilibrio, y la impaciencia comenzaba a recorrerlo entero. Pese a los intentos del tlahtoani,[1] nada parecía hacerlos entrar en razón. Los barbados pedían oro para aliviar un gran mal que les acechaba el corazón, y oro se les daba. Los barbados pedían comida y mujeres para saciar su apetito, y mujeres y alimentos se les daban. Los barbados pedían madera para hacer navíos y poder irse, y Moctezuma hacía talar árboles para proporcionar el material que les facilitara la marcha. Así, manteniéndolos

---

[1] Tlahtoani: el gobernante de una ciudad. La palabra se traduce como «el que habla», «el orador» o, entendido de otro modo, «el que manda», «el que tiene autoridad». Huey Tahtoani es «gran gobernante». Su plural es *tlahtoqueh*.

entretenidos con promesas de riquezas y avituallamiento, habían pasado meses y fases del calendario. Pero los barbados no partían. Moctezuma sopesaba si no sería la guerra la única opción. De declararla, moriría mucha gente y, además, los mexicas no libraban jamás guerras dentro de la ciudad. Tenochtitlan era un oasis alejado de la destrucción, del dolor y la pestilencia. Las guerras se hacían fuera de los territorios habitados, en las tierras fronterizas donde no había cultivos ni población.

Oculta tras una mueca de congoja, una sonrisa intentó asomarse a sus labios cuando pensó en la belleza y vastedad de sus dominios. En el sinnúmero de canoas que recorrían la ciudad desde el centro hasta los márgenes de los lagos, en la multitud de templos y palacios que sobresalían por la línea del horizonte y en las tres largas avenidas, infinitas como la distancia del suelo al cielo, que recorrían la ciudad de lado a lado. Pensó en el calmécac y en el gran templo de Tenochtitlan en donde los monarcas se recluían en tiempos de luto y en donde él, al enterarse de que aquel al que llamaban *Malinche Cortés* y sus barbados se encaminaban hacia Tenochtitlan, había permanecido durante ocho días en profunda oración. A lo lejos se escuchaba el bullicio de trescientas mil almas, y Moctezuma cerró los ojos para percibir mejor el trajín de los mercados, el ir y venir del intercambio de frutas, de maíz, miel y frijoles, cacao, cacahuate, tabaco, hule y plantas medicinales de infinidad de formas y virtudes; la multitud de familias con hijos en brazos y a espaldas de sus madres cruzando los puentes de madera que atravesaban los canales y que en la noche se retirarían por estrategia militar y por protección de los lugareños a las barcazas recogiendo desperdicios y excrementos con los que fertilizar las chinampas,[2] los acueductos en pleno funcionamiento, diques que abastecían con el agua dulce de los ríos a una población rodeada por el agua salada del lago de Texcoco.

Moctezuma abrió las aletas de la nariz para aspirar los olores que el aire de la ciudad arrastraba hacia él. Olores conocidos de flores mezclados con los picores de los chiles y del maíz tostado, venados asados en leña y vasijas de barro, peces traídos desde las costas, tan

---

[2] Chinampa: terreno de poca extensión construido en un lago mediante la superposición de una capa de piedra, otra de cañas y otra de tierra, en el que se cultivan verduras y flores.

frescos que aún abrían y cerraban sus branquias. El tlahtoani pensó por un momento que recluirse en su propio palacio junto a la alta nobleza y sus cientos de siervos era un bajo precio por resguardar la gloria de su imperio.

Moctezuma estiró el cuello y vio uno a uno de los dieciséis españoles que lo custodiaban en las puertas. A disgusto, soltó aire despacio. Esta situación no podía prolongarse mucho más. El hombre en la puerta, un moreno de barba tan cerrada que le cubría la boca y las orejas, alto como una montaña, evitó mirarlo directamente a la cara, pues —estaban avisados— a Moctezuma no se le podía mirar a los ojos. Y el tlahtoani podría estar preso desde hacía más de diez meses, sometido y humillado, pero ¿para qué tensar más la situación? El español se giró y dejó al hombre deambular en paz. No había pasado mucho tiempo cuando un proyectil de barro reventó en una de las paredes de las habitaciones.

—¡Será posible! ¡Quién va! —gritó el barbudo descomunal, antes de abandonar la puerta que custodiaba y salir corriendo.

Los pasos del hombre se desvanecieron en un eco pasillo abajo. Moctezuma sonrió, porque reconocía muy bien los modos que sus hijos tenían para llegar hasta él. Desde el interior, ordenó con voz calma:

—Pasen, niños.

Los chiquillos entraron con cautela, paso a paso y sin correr, con la mirada gacha. A pesar de la travesura, aún mantenían el respeto impuesto desde pequeños al estar en presencia de su padre. Tecuixpo avanzó despacio, pero al alzar la cabeza Moctezuma pudo ver esa sonrisa que lo cautivaba, cruzando el rostro de la niña de oreja a oreja. Una sonrisa que rara vez mostraba en público. La niña saltó cual lince y se tiró al cuello de su padre para colgársele en un abrazo.

—Tecuixpo, no seas tan impulsiva, niña. Me vas a partir la espalda —dijo sin soltarla.

Moctezuma y Tecuixpo permanecieron en silencio unos segundos, juntando sus frentes.

Axayácatl, más prudente y de pie a su lado, notó la mano de su padre posarse sobre su cabello negro y brillante.

—Hijos míos, ¿cómo han estado?

La expresión de la niña se tornó dura como la obsidiana.

—Aburrida, padre.

—Pero cómo puedes aburrirte en este palacio, con todo lo que hay…

—Esto es una jaula, padre. No me gusta estar aquí atrapada.

Moctezuma se liberó de los brazos de la niña y la colocó en el suelo.

—A mí tampoco —contestó—, pero habremos de acostumbrarnos.

—No entiendo por qué no mandas a los barbados de regreso al mar.

—Algún día entenderás mis razones, Tecuixpo. Y no está bien que una hija juzgue a un padre.

Tecuixpo se clavó en la severidad de unos ojos que escondían muchas tribulaciones. Moctezuma no estaba acostumbrado a que lo mirasen así. A un tlahtoani no se le podía mirar a la cara, so pena de muerte. Sin embargo, a su hija no solo se lo permitía, sino que incluso encontraba cierto placer al verse reflejado en sus ojos de piedra. Aunque ahora se sentía incómodo. Sabía que los ojos de su hija lo escudriñaban en busca de respuestas que no podía darle.

—¿Iremos a la guerra?

—No si puedo evitarlo.

—¿A qué le temes? ¿No crees que nuestros guerreros águila y jaguar puedan vencerlos?

—No es temor lo que siento, Tecuixpo. Trato de comprender el mensaje de los dioses.

Tecuixpo resopló a disgusto. Axayácatl observaba a distancia prudencial. A pesar de ser mayor que Tecuixpo por dos años, nunca se había sentido con la confianza de hablarle a su padre como ella lo hacía. No por cobardía o timidez, sino porque Moctezuma le había otorgado a su hermana Copo de Algodón unas atribuciones que a nadie más permitía. Ni siquiera a su madre Tecalco la había oído dirigirse así a su esposo el tlahtoani. De pronto, Tecuixpo dijo algo que los dejó boquiabiertos:

—Quiero ir al calmécac, a estudiar como Axayácatl.

—Al calmécac solo van los varones, Tecuixpo —protestó su hermano—; además, no querrás que los sacerdotes te inflijan sufrimientos para aprender a controlar el dolor del cuerpo.

En una especie de acto reflejo, Axayácatl se sobó los brazos marcados por las heridas de espinas de maguey.

—¿Y por qué no? Si tú puedes soportarlo, yo también.

—Las mujeres no están hechas para esos sacrificios, Tecuixpo —intervino Moctezuma.

—Yo no quiero ser una mujer que no soporta el dolor. Si Axayácatl puede hacerlo, yo también.

Moctezuma la contempló con la boca entreabierta porque algo parecido al miedo le recorrió desde la planta de los pies.

—No provoques a los dioses, Tecuixpo.

—Eso es injusto —protestó—, estoy segura de que soy tan fuerte como él. —Y señaló a su hermano—. Yo quiero ir al calmécac, a que me enseñen. No es solo el dolor, es el conocimiento, padre. No quiero pasarme el día en el telar. ¿Por qué no puedo estar contigo cuando hablas con los barbados? ¿Por qué tenemos que escabullirnos por el palacio para venir a verte? ¡Por qué no podemos ser libres!

—¡Ya es suficiente, Tecuixpo! Aún eres muy pequeña. No debes meterte en asuntos que no te competen.

Tecuixpo alzó la barbilla, orgullosa.

—Pero creceré.

—Eso espero, capullo mío, pero hasta entonces, dedícate a tejer y escucha los consejos de tu madre. ¡Va a tener que trabajar mucho contigo!

Axayácatl intervino de pronto.

—Padre, ¿se puede guiar a un pueblo con todos en contra?

—¿Por qué preguntas eso, Axayácatl?

El niño bajó la mirada, avergonzado ante una respuesta que no fue capaz de dar. Para sorpresa de ambos, Tecuixpo respondió sin titubear:

—Dicen que te has vendido a los barbados, padre. Que tienes miedo.

Moctezuma tomó aire, como si estuviera por zambullirse en agua helada. Tecuixpo notó el encendido color de sus mejillas.

—Conque eso dicen, ¿eh?

Ambos niños guardaron silencio y clavaron sus miradas en el suelo.

—A ver, Tecuixpo, tú que quieres ir al calmécac, contesta: ¿Quién crees que sea mejor líder: uno que haga guerras o uno que las evite? —preguntó Moctezuma.

—Creo que solo se evitan las guerras que se saben perdidas.

Axayácatl apretó los dientes y torció la boca. Su hermana estaba yendo demasiado lejos. Y sin embargo su padre le toleraba contestarle de esa manera. Lejos de sentir celos hacia su pequeña hermana, le maravillaba la seguridad que la investía. Secretamente, deseaba ser igual que ella.

—No le hagas caso, padre —intervino Axayácatl—, es solo una niña.

—Soy niña, pero escucho cosas. La gente habla y yo escucho.

—¿Y quién dice que tengo miedo en el cuerpo, Tecuixpo? —preguntó Moctezuma.

Tecuixpo guardó silencio, intuyendo que su respuesta mandaría al dueño de esas palabras al sacrificio. No diría que alguna vez se lo había escuchado decir a su niñera Citlali, ni que no se hablaba de otra cosa entre la servidumbre. Mucho menos que Cuitláhuac, su tío, se reunía últimamente con los nobles señores de palacio, con alevosía, sigilo y ventaja a escondidas de los españoles. Clavó sus ojos de mirar lento en la expresión asustada de su padre, y por un segundo pudo verse reflejada en la oscuridad. En lugar de contestar, preguntó:

—¿Tú conoces al dios del que el barbado Malinche Cortés habla?

—Me ha hablado de él.

—¿Y cómo es?

Moctezuma cerró los ojos un instante antes de contestar.

—No es como nuestros dioses.

Moctezuma se giró y les dio la espalda a los niños. Las ideas que lo atormentaban volvieron a invadir su corazón. Las preguntas de sus hijos no hacían sino avivar sus dudas, sus pensamientos. Trataba de ser ecuánime, sereno, trataba de no precipitarse, pero lo cierto es que llevaba un año siendo prisionero de Cortés en su propio palacio. Les había abierto las puertas, los había recibido con honores, y no bastándoles estar hospedados en el palacio de Axayácatl, Cortés quería destronar a los dioses del Templo Mayor y colocar en su lugar la imagen de una mujer. No de una diosa como Coatlicue, sino de una mujer con la piel pálida del maíz sin cocer.

—Es nuestra santísima Virgen María, madre de Dios —le explicó Cortés.

—Nuestro dios ya tiene madre, Coatlicue —replicó Moctezuma.

—Pero la nuestra es santa. Tuvo a su hijo, Dios Nuestro Señor, sin intervención de varón.

—Lo mismo la nuestra, tuvo a Huitzilopochtli sin intervención de varón, nacido de una pluma de pájaro.

—Pero mirad, qué hermosura de señora la nuestra, ¡y la vuestra es una aberración de serpientes y calaveras!

Llegados a este punto, Moctezuma hacía esfuerzos sobrehumanos por no sacarle el corazón de cuajo ahí mismo, decapitarlo, desmembrar su cuerpo y hacerlo rodar escaleras abajo por su insolencia.

—¿En qué piensas, padre?

—En nada, Copo de Algodón.

Y entonces, se dio media vuelta solo para toparse con la mirada inteligente de su hija predilecta. En la boca de Moctezuma la saliva flotaba como baba de nopal. Le supo a bilis, pues temió por ella. Por su Tecuixpo Ixcaxóchitl. La única capaz de acariciarlo sin permiso, la niña que se había colado en su corazón. Ni siquiera por su esposa Tecalco —su esposa oficial desde antes de ser tlahtoani y la madre de su prole— profesaba el cariño que le despertaba su pequeña, frágil y amada Copo de Algodón. Por ella sentía el capricho con el que los dioses habían creado a las orquídeas haciéndolas brotar entre lo inhóspito. Y por esa misma razón el miedo a perderla era un dolor que jamás se atrevía a manifestar, pero que se le colaba por los huesos como el agua horadaba la piedra, poco a poco y sin posibilidad de regeneración. «Amar mucho es temer mucho», le había mal aconsejado una vez su padre. Y Tecuixpo en mala hora había nacido para ser tan querida. La amaba mucho y temía mucho.

A veces Moctezuma se preguntaba si la querría tanto a causa de los funestos presagios que acompañaron al año de su nacimiento, como si un instinto ancestral intentara proteger a su recién nacida de los males que —estaba seguro— le acecharían.

Su hija contaba casi diez años y aún recordaba con espanto el resplandor de ese rayo que, sin lluvia que lo anunciase, cayó sobre el templo del dios del fuego y del calor, haciendo retumbar el miedo en su interior. El rayo cayó sobre la imagen del dios Xiuhtecuhtli, a quien habían adornado con los atributos de Moctezuma. Así, mal rayo partió al tlahtoani. Ese fue solo uno de la gran cantidad de presagios que se sucedieron en el tiempo con el mismo rigor con el que se cuentan los palos de una baraja, diez conejos, once cañas, doce pedernales, trece casas.[3] Un funesto augurio punzó el cielo que goteaba como si llorase fuego. Comenzó en el año 1-Casa y durante todas las noches de ese tiempo solo el amanecer hacía desaparecer la luz que contrarrestaba la oscuridad. La gente se levantaba de sus camas para contemplar esa espiga de fuego que arrojaba frío y miseria. Las heladas causaron hambrunas y la gente veía sus cosechas destruidas, frutos congelados sin caer de las matas. Y cuando el frío dio una tregua a los habitantes de Tenochtitlan, en el cielo apareció una estrella con forma de saeta. Salía por donde el sol se ponía y recorría el cielo cual flecha, echando chispas. Los sacerdotes presagiaron muerte y hambre donde la saeta de fuego cayese. Por las noches Moctezuma soñaba que el cometa lo atravesaba y despertaba empapado en su propio espanto. No le alcanzaban los ritos y los rezos para sacarse el miedo del cuerpo. Intentaba comprender los augurios, malos todos ellos, pero sabía que no llegaría a entenderlos del todo sino hasta que no los viera realizarse, y entonces ya sería tarde. De poco servían las interpretaciones de los sacerdotes que, sin atreverse a mirarle a la cara, vaticinaban el final de su imperio. Eso ya lo sabía, para algo había estudiado en el calmécac, como todos los hijos de nobles aztecas. Ya lo sabía él, que se punzaba con púas de maguey hasta sangrarse en penitencia. Lo que quería saber era por qué el lago hervía y anegaba las casas, por qué la diosa Cihuacóatl los atormentaba por las noches con sus bramidos y llantos lastimeros, gritando «¡ay, mis hijos! ¿A dónde os llevaré?», anunciándoles con angustia que de señores pasarían a ser siervos, y de nuevo escuchaban en medio de la noche «¡ay, hijos míos, vuestra destrucción se acerca!»,

[3] Los aztecas usaban dos calendarios para computar los días del año. *Xiuhpohualli* era el calendario solar y constaba de trescientos sesenta y cinco días, divididos en dieciocho meses de veinte días cada uno, más un periodo adicional de cinco días inútiles o aciagos al final del año, los *nemontemi*. *Tonalpohualli* era el segundo calendario o «el calendario que cuenta los días» y tenía un ciclo de doscientos sesenta días, combinaciones de trece números y veinte símbolos. El segundo calendario se dividía en cuatro secciones: *ácatl* (caña), *tochtli* (conejo), *calli* (casa) y *técpatl* (pedernal).

erizándole los pelos de la nuca a quien aguzaba el oído. Pero lo que más impresionó a Moctezuma, más que el cielo vomitando fuego, más que el lago hirviente, más que los templos ardiendo, más que las tormentosas voces de la diosa en medio de la noche, fue un presagio que hizo ver al tlahtoani que, hiciese lo que hiciese, su hora había llegado. Unos pescadores sacaron un animal del agua, atrapado entre las redes. Era un pájaro del tamaño de una grulla. Los pescadores lo reconocieron enseguida como un portento mensajero de presagios y lo llevaron ante Moctezuma. En la cabeza del pájaro, al centro de su mollera como una nuez, relucía un espejo. Moctezuma tomó al pájaro ceniciento y lo alzó para ver su reflejo en una espiral que, de pronto, empezó a girar. Lejos de asustarse, Moctezuma entornó los ojos para no perderse el prodigio. En el espejo contempló constelaciones de estrellas. El pulso le palpitaba en la sien. No pestañeaba, hipnotizado por la visión de las estrellas en el espejo. Y de repente, aparecidos tras la oscuridad de la noche, unos hombres avanzaban a empellones, corriendo a toda velocidad, montados en unos venados sin astas. Donde antes se alzaban los templos vio montones de piedras de tezontle desparramadas por el suelo, cuerpos sin vida de niños, jóvenes, mujeres y ancianos infectados de pústulas, unos encima de otros sin pudor, montañas de brazos y piernas, volcanes expeliendo muerte, construcciones en llamas, cuerpos atravesados por espadas o marcados por las macuáhutil, macanas con dientes de obsidiana que mordían como cocodrilos. Olor a putrefacción. El silencio roto por gritos de espanto, por el llanto de los sobrevivientes. Horrorizado por la visión, Moctezuma soltó al pájaro, que cayó a sus pies.

—¿Qué has visto, huey tlahtoani? —le inquirieron sus sacerdotes.

—Nuestra destrucción —balbuceó.

Un sacerdote recogió el pájaro del suelo y se asomó a la nuez de la mollera. Allí no había nada. Ni espejo, ni estrellas, ni muerte. Pero Moctezuma sabía, muy a su pesar, que no había imaginado aquello.

El barbado que custodiaba la puerta apareció de pronto y carraspeó dos veces antes de decir en voz ronca:

—¡Eh, vosotros! No podéis estar aquí.

Ninguno de los tres entendió una palabra, pero comprendieron lo que la presencia de ese hombre significaba. La visita había terminado.

Moctezuma colocó su mano sobre la frente de la pequeña Tecuixpo.

—Anda, vete ya. Tu madre debe estar preguntándose por qué no estás en el telar. Y tú, Axayácatl, vuelve a tus estudios.

Los niños salieron de la habitación con el corazón un poco más estrecho, apachurrado, como si el pesar de su padre se les hubiera metido en el cuerpo. Caminaban sin sigilo de regreso a sus aposentos, en donde estaban custodiados por otros barbados que, enfadados, se preguntaban cómo habían logrado escapar dos chiquillos. No habían avanzado mucho, cuando se cruzaron con Huasteca, el mensajero de su padre, que iba en dirección a la recámara en donde estaba detenido Moctezuma. Tecuixpo, entonces, empujó a su hermano hacia una esquina. Axayácatl se espantó:

—¡¿Qué haces?!

—Chssst. Déjame ver.

—Ay, Tecuixpo, siempre igual, siempre igual. Tú no cambias.

—Chssst —ordenó la niña, poniéndose el dedo índice sobre los labios.

Desde esa distancia, vieron cómo el barbado altísimo de la puerta le cerraba el paso a Huasteca:

—¡Eh! ¡Tú! ¿Dónde está tu *lengua*?

Huasteca le sostuvo la mirada.

—¿Que dónde está tu intérprete? Tu lengua —preguntó señalando una lengua blanquecina.

Por toda respuesta, Huasteca señaló con el dedo en dirección a los aposentos de Moctezuma.

«Estos indios… me sacan de quicio», pensó el barbado. Y luego, dirigiéndose al indígena, exclamó:

—Tengo órdenes de Cortés de no dejar pasar a nadie si no viene con un intérprete. No podemos dejaros hablar sin enterarnos de qué tramáis.

—Cortés… Malinche, sí —dijo Huasteca al tiempo que daba un paso al frente.

—No. —Le cerró el paso el gigante—. Aquí no pasa ni Dios.

Y entonces el mexica reconoció la única forma en la que ese monumental muro se abriría. De su bolsillo sacó una pequeña piedra, más grande que una nuez con forma de grano de arroz, y se la mostró con discreción. Los ojos del barbado brillaron al ver el oro. El gigante tomó la piedra y dijo:

—Pasa.

Huasteca avanzó con seguridad.

Tecuixpo estiró el cuello para ver cómo el gigante se llevaba la piedra a la boca y la mordía para clavarle los dientes y oyó cómo mascullaba para sus adentros. No pudo saber que el guardia había dicho: «Total, para lo que van a decir».

La niña salió de su escondite y se dirigió al guardián de la puerta.

—Pero ¡qué haces! —le increpó Axayácatl a media voz.

—Déjame… Sé lo que hago.

El hombre se guardó el oro en cuanto vio acercarse a la niña que se dirigía hacia él con total seguridad y resopló:

—¿Y tú qué quieres ahora?

—*Tenco* oro —dijo Tecuixpo en castellano algo trompicado.

Axayácatl se quedó perplejo al oír que su hermana hablaba la lengua de los barbados. Tecuixpo tenía buen oído y había aprendido unas cuantas expresiones que, lista como era, sabía que le abrirían puertas. Una de esas palabras era *oro*. Otras eran *Cortés te llama*. Y una frase más larga, aunque aún no la había usado con nadie, era *conozco tu secreto*.

—Conque oro… ¿eh? ¿Dónde?

Tecuixpo señaló en dirección al patio.

El hombre arrastró su monumental cuerpo hacia un arco que daba a un jardín repleto de árboles. Tecuixpo señaló con el dedo en dirección a un ahuehuete grande.

El hombre miró a la niña.

—No estarás engañándome, ¿verdad?

Sin pestañear, Tecuixpo soportó el olor de ese hombre, quien parecía tratar de atravesarla con su mirada. Pero los ojos de la hija de Moctezuma eran un muro de piedra inexpugnable. El hombre entonces advirtió:

—No te muevas de aquí. Si me has mentido, te sacaré las tripas por la boca.

Y abandonó la puerta que tan a disgusto custodiaba.

Nada más verlo alejarse, Axayácatl salió de su escondite.

—¡Te has vuelto loca, Tecuixpo!

—Estos barbados hacen lo que sea por oro. Son fáciles de engañar. Vigila por si vuelve. No vendrá contento.

Axayácatl palideció. Quiso reprenderla, pero conociendo el carácter obstinado de su hermana, calló. Mejor hacía lo que su hermana le pedía y vigilaba, no fuera a ser que el grandulón los agarrara de improviso por el pescuezo. Tecuixpo pegó la oreja a la pared. A lo lejos, en voz muy baja, escuchó a su padre preguntarle a Huasteca:

—¿Han arribado ya a la costa? ¿Cuántos?

—Muchos, mi señor, gran señor. De Castillia. Tienen dificultades para llegar a tierra por los vientos del Norte. Sus embarcaciones no lograrán llegar si el tiempo empeora.

—¿Traen armas como las de Malinche Cortés?

—Muchas, mi huey tlahtoani. Y venados sin astas. Superan en número a los que vinieron a Tenochtitlan.

El mensajero sacó un códice de amate que extendió a Moctezuma, manteniendo la cabeza abajo para no violar la norma de no verlo a los ojos. Moctezuma abrió el documento. Allí, perfectamente dibujadas y coloreadas podían verse dieciocho embarcaciones grandes que hacían intentos por no zozobrar en las costas de Cozumel.

«Vienen más», pensó el tlahtoani Moctezuma.

Tecuixpo, al otro lado de la pared, se asomó apenas un milímetro por el vano de la puerta con sumo cuidado de no ser vista.

—¿Cuándo tocarán tierra? —preguntó Moctezuma.

—En unos tres o cuatro días, mi huey tlahtoani, si Ehécatl, el dios del viento, se los permite.

—Veremos cuántos logran librar los fuertes vientos. Y luego habremos de darles la bienvenida a nuestras tierras. Acércate a ellos, necesito saber cuáles son sus intenciones.

—Sí, oh, mi señor, mi huey tlahtoani.

Huasteca comenzó la retirada y Axayácatl oyó a los lejos unos berridos de parte del gigante, así que tras propinarle a su hermana un codazo en las costillas, salieron corriendo. A toda prisa, llegaron a los cuartos más alejados. Respiraban con dificultad.

—No vuelvas… a hacerme esto, ¿oíste? Última vez… que me haces cómplice de tus enredos, Tecuixpo.

—Vamos, Axayácatl, ¿no quieres enterarte de lo que se trama en el palacio?

—Pues sí, pero…

—No nos va a pasar nada, Axayácatl, somos hijos del huey tlahtoani Moctezuma. Deja de vivir con miedo.

Los dos se miraron sin hablar. Tras un silencio, Tecuixpo dijo lo que llevaban un rato pensando.

—Vienen más. Más barbados.

Axayácatl la calmó:

—Sí, yo también lo escuché. Tranquila, padre sabrá qué hacer.

Tecuixpo torció la boca. No estaba tan segura de que los dioses asesoraran bien a su padre. Últimamente creía que Moctezuma había perdido la habilidad de interpretar bien las señales. Lo amaba, pero la desconfianza empezaba a instalarse en su corazón. A lo mejor ella podía hacer algo para ayudar. Las ideas viajaban a toda prisa por su mente. Más hombres, más armas. Su palacio, su gente, su prisión, esos dioses nuevos en forma de cruz. A qué vendrían.

En esas estaba cuando su nana, Citlali, entró en la habitación.

—¡Ustedes dos de nuevo! ¿Andaban merodeando?

—No —contestaron al unísono.

Citlali sonrió con los ojos.

—Anda, Axayácatl, ve al calmécac, que llegarás tarde y te reprenderán por la tardanza.

El niño salió de allí a toda prisa. Las dos mujeres se quedaron solas.

—¿Se puede saber qué tramas, Tecuixpo Ixcaxóchitl?

—Ay, Citlali —dijo la niña—, he oído algo en los aposentos de mi padre.

—¡Tecuixpo! —la reprendió Citlali—, ¡cuántas veces te he dicho que no puedes andar por ahí espiando a la gente! Mucho menos al tlahtoani Moctezuma.

—¡Pero es que no puedo evitarlo! No entiendo cómo puedes estar tan tranquila con esos barbados aquí.

—Y no lo estoy. No lo estamos ninguno de nosotros. Pero por eso mismo debemos ser prudentes.

La niña volvió a ese gesto tan suyo y tan propio de seriedad absoluta que Citlali, que la había mecido en brazos y visto salir los primeros dientes, conocía tan bien.

—Ven, siéntate para que te peine, mientras me cuentas lo que has oído.

Tecuixpo se colocó frente a ella de un salto.

—Vienen más, Citlali. Por la costa. Pero mi padre ya no cree que sean dioses. Son solo hombres.

Citlali dejó de peinar un segundo.

—¿Te ha dicho eso el tlahtoani?

—Lo he visto en sus ojos.

Citlali, poco a poco, retomó la labor de desenredar el cabello, mientras decía:

—Sí. Son solo hombres. Yo también lo he visto. Comen como hombres, sangran como hombres. Mueren como hombres.

—Lo que no entiendo es por qué no los combate. ¿Acaso no cree que podamos vencerlos? El mexica es un ejército bravo, nadie tiene tantos guerreros águila y jaguar. Siempre vencemos.

—El tlahtoani tendrá sus razones —decía Citlali con la misma parsimonia con la que hacía deslizar el peine por el pelo largo, larguísimo, de Tecuixpo.

—Mi tío Cuitláhuac les haría la guerra. Él no les tiene miedo. Veo su mirada rabiosa y sedienta de guerra.

—Sí —contestó Citlali—, tu tío sí. Pero tu tío no es el tlahtoani.

Tecuixpo sintió un escalofrío en el cuero cabelludo.

—Yo también les haría la guerra. No me gustan esos hombres. No me gusta Cortés. Si pudiera, yo misma lo mataría.

—Calla, niña. No provoques a los dioses. Nadie sabe lo que los dioses nos tienen dibujado en las estrellas.

—Citlali, ¿crees que uno pueda cambiar el trazo que las estrellas nos dibujaron al nacer?

Hacía pocos años que la joven nana había tenido su primera sangre[4] y acababa de unir su huipil[4] con un hombre; no sabía mucho de la vida todavía, mucho menos de los cambios en lo alto de las estrellas, pero aun así le contestó:

—El trazo de las estrellas no puede cambiarse, pequeña Tecuixpo. Pero a veces cambia el sitio desde donde las vemos.

Las dos muchachas permanecieron en silencio, acunadas por el leve sonido de los mechones de pelo al deslizar.

---

[4] Huipil: blusa o vestido adornado con motivos coloridos que suelen estar bordados.

Muchachos aventados al mar

Moctezuma no podía saber que en esos barcos de los que le había hablado Huasteca viajaban dos hombres, apenas unos muchachos aventados al mar, cuyos destinos estaban vinculados a la vida de su amada Tecuixpo. Ellos tampoco podían saberlo. Uno se llamaba Pedro y otro Juan. Uno era callado, el otro hablador. Uno más inocente y el otro más taimado. Los dos venían bajo las órdenes de Pánfilo de Narváez, a quien el gobernador de Cuba, Diego de Velázquez, un hombre gordo en carnes y en ambiciones, había encargado controlar a Cortés. A sus oídos llegaban historias de lo que Hernán Cortés estaba haciendo en las tierras mexicas, incluso —le contaron—, había proclamado un cabildo a sus espaldas en donde resultaba que, por su soberano orgullo y pequeño conocimiento de leyes, Cortés se había autoproclamado general y gobernador de aquellas tierras, así que a ojos de Velázquez ahí mandaba más marinero que capitán. Cortés, ni corto ni perezoso, estaba saltándose a la torera todo tipo de instrucciones, sobre todo aquellas que incluyesen algún sometimiento a don Diego o a cualquier otra autoridad.

—¡Será bellaco! —gritó Velázquez cuando se enteró—. ¡Tenía que haber mandado a Grijalva!

Tardó solo unos segundos en creer lo que en un primer momento consideró puras habladurías, pues Hernán sería incapaz de tamaña desfachatez y desacato. No tendría por qué rebelársele, pues había surtido a Cortés de buenas provisiones, de mucha tinta y bastantes soldados, marinos, caballos, perros, naves… En nada se había escatimado. No bastando con eso, era su cuñado, pues ambos estaban

39

casados con dos hermanas. Pero poco después, Velázquez recordó su actitud alzada antes de partir, ese ligero levantar la barbilla al hablar, el derroche con el que gastaba la hacienda y dineros ajenos sin duelo y sin despeinarse. Recordó la enjundia con la que desde el barco se hizo a la mar a pesar de los intentos de Velázquez por impedir que zarpase. No hizo falta mucho más para convencerse de que Hernán, su capitán, y los otros diez que lo acompañaban se la habían jugado.

—¡El muy ladino!

Así que en cuanto supo de las ínfulas conquistadoras de Cortés (pues nadie en esos territorios podía conquistar más que él, faltaría más) mandó a Pánfilo de Narváez, otro de sus mejores capitanes, para hacerle entrar en vereda.

En uno de esos navíos que zarparon de Cuba tras los pasos de Cortés viajaba viento en popa Juan Cano, un joven hidalgo bueno para las armas y malo para los trabajos de labranza. Llevaba un sombrero ladeado, barba muy recortada al uso de Extremadura, de donde procedía, jubón y pantaloncillos bombachos algo sucios por el trajín del barco y los sudores del calor. Acodado sobre su lado izquierdo observaba al resto de tripulantes con disimulado aire altivo. Acababan de zarpar de Cozumel rumbo al puerto de Veracruz, que más que puerto era una costa a la que arribar con mucho peligro, pues, aunque los ríos eran anchos y caudalosos, las entradas eran muy malas por los grandes bancos de arena asentados en las orillas. Y cuando soplaba el viento del norte se desataba la saña bíblica y los barcos se azotaban como si fueran de papel. Así que Juan Cano se alegró al ver que ese día el buen tiempo les ayudaría en su llegada. La calma era total.

—Tú, jovenzuelo —oyó que le decían—, toma una barca a tierra y ve por agua.

Juan frunció el entrecejo. No le gustaba que le llamaran de esos modos tan ordinarios. Era humilde, y quizá no se había ganado aún un lugar entre la tropa, pero no le agradaba que le tronaran los dedos ni que le llamaran a silbidos. Ni que fuera un perro.

—Me llamo Juan Cano.

—Y a mí me importa un bledo. Vete a por agua. Aprovecha ahora que la mar está en calma.

No muy lejos de allí, el otro muchacho llamado Pedro Gallego de Andrade miraba la escena divertido y envidioso a la vez. Quería bajar a tierra firme. Estaba harto del vaivén de la nao, un movimiento al que se acabó acostumbrando con la misma resignación con la que cumplía la abstinencia en Cuaresma. El mar parecía un espejo de tan quieto y, al asomarse desde cubierta, Pedro Gallego pudo ver su rostro levemente deformado por un oleaje casi inexistente. Estaba más delgado y el pelo se le había alborotado en unos rizos a la altura de unas patillas que apenas le empezaban a salir. De pronto escuchó un chapuzón. Pedro Gallego alzó la cabeza para ver cómo los que habían aprendido a nadar en las islas se tiraban al agua para refrescarse y de paso olvidar por un momento la sensación de mareo a la que, a fuerza de navegar, estaban tan acostumbrados, igual que los perros a caminar por el empedrado. Juan Cano, resignado y un poco mal encarado, bajó en la barcaza a tierra firme. «Un bien mandao, eso es lo que soy, un bien mandao», se decía a disgusto. Tan absorto estaba que no se percató de que, al verlo, otros navíos confiados se habían acercado a la costa.

—No deberían acercarse tanto —comentó Pedro Gallego desde la cubierta de su nave—. Mira que los vientos son engañosos.

—No seas aguafiestas —le contestaron algunos—. Disfruta, muchacho, que al menos no hay indios a la vista.

Pedro admitió en su fuero interno que estar lejos del alcance de los naturales le tranquilizaba. Había oído historias terribles de antropofagia y sacrificios de hombres, mujeres y niños. Cuando escuchó la mención a los indios, sacó una cruz que llevaba atada al cuello con un cordoncillo de cuero y la besó.

—¿Habéis visto a los indios?

—Créeme, muchacho —le contestó un hombre mayor a lo lejos—, no has visto otra cosa en tu vida. Más vale que te vayas con ojo. Esos indios no son de fiar, por más que te digan lo contrario. No me gusta cómo miran.

Por la tarde empezó a arreciar. La brisa, agradable al principio, refrescó los ánimos, y las velas, que permanecían izadas en reposo, se bufaron cual carrillos de querubín. Pedro Gallego había oído hablar de los contrastes de aquellas tierras, donde a veces hacía calor y caía nieve, pero siempre había creído que eran exageraciones de gente de fácil ensoñación, afín a las historias de Amadís de Gaula. Jamás pudo imaginar que la virulencia del viento se desataría a tal pasmosa velocidad. Porque el viento se poseyó de pronto por una deidad que soplaba y soplaba con todas sus fuerzas para hacerlos volcar. Los navíos que estaban más cerca de la costa reventaron contra la orilla y pedazos de madera salieron volando como proyectiles, los mástiles se partieron, incapaces de oponer resistencia, tronando como si en lugar de grandes maderos fueran ramitas secas. Desde su nave alejada de la orilla, Pedro Gallego oía los gritos aterrorizados de los que, incapaces de nadar, eran revolcados por las olas. Morirían ahogados. Pedro comenzó a rezar para que las amarras no reventasen y aguantasen el embiste del Norte. Y Juan Cano, desde tierra firme, observaba el espectáculo bajo unas palmeras que parecían querer espantar a los malos espíritus con el movimiento de sus ramas. Ese infierno en vez de fuego llevaba agua, pero condenaba igual.

—¡Aforrad amarras! —gritó el capitán de la nao de Pedro Gallego. ¡Hay que reforzarlas con telas o abrigos para que no vayan a zafarse o a reventar!

La mar estaba oscura y el cielo negro como sus conciencias. De tanto girar y cimbrarse en el agua, ya no sabían en qué dirección estaba la costa. Pedro Gallego sintió ganas de volver el estómago. Las olas se alzaban cual brazos de director de orquesta y reventaban al caer sobre cubierta. Pedro Gallego, azotado por latigazos de agua, escuchaba el crujir de la madera.

—Ave María Purísima, no nos abandones, líbranos del mal… —Mezclaba rezos Pedro Gallego, mientras aforraba las amarras tratando de controlar el temblor de sus manos.

Pero la Virgen debía estar muy lejos o silenciada por la presencia de algún dios del viento, porque de las cuatro amarras del barco que llevaban, una a una fueron reventando. Tras una lucha dispar que parecía medir la fuerza de la naturaleza con la de los hombres, se quebró la primera, y luego, cada hora, por más que se esforzaban en cubrir de telas, reventaron las siguientes. «Ave María Purísima», y plaf, reventaba otra. Pedro Gallego rezaba con toda la potencia de su fe y al mismo tiempo con un miedo desconocido. El miedo a que su Dios los abandonase a merced del viento en tierras salvajes a kilómetros de casa. Tenía solo diecisiete años y la barba comenzaba a formar una pelusa pálida que dejaba claros en su mandíbula. No estaba listo para morir. Por todos lados los rodeaban piedras enormes, cascanueces de sus naves en aquella tempestad. Cuando el cielo comenzó a clarear entre unas nubes, solo les quedaba un cable. Pedro Gallego se quitó todo lo que llevaba encima, dejando al descubierto un cuerpo enjuto y magro. Nada más dejó cubiertas sus partes nobles por unos calzones gastados y reforzó el cable con su ropa, intentando controlar el temblor que el frío y la angustia depositaron en sus dedos. El cable resistía. Y justo cuando pensaban que estaban a salvo, una ráfaga de viento empujó al barco a través de las piedras. El cable de la amarra reventó e hizo volar por los aires los ropajes enrollados.

—Que Dios nos asista —apenas tuvo tiempo de decir.

Gritos de espanto, rezos, encomiendas a los santos y a los mártires, ruegos de perdón se abrían camino entre el rugir del viento y los azotes del barco que se dirigió, empujado por una fuerza invisible, hacia la costa. Pedro Gallego, medio desnudo como iba, abrió los ojos horrorizado al gritar:

—¡Cuidado con el bauprés!

Más tardó en dar aviso que en sentir el choque del mástil de proa haciéndose añicos contra las rocas. Pero quizá entonces, y solo entonces, los ruegos fueron escuchados, porque el choque provocó un movimiento de peonza y el barco viró hacia el mar. No hubo un alma a bordo que no izase velas, jalase cuerdas, achicase agua para hacer que la nave se dirigiese a alta mar y se alejase de los peñascos.

Y de pronto, el viento amainó con la misma velocidad con la que había hecho aparición, solo para mostrar el desolado paisaje. Cinco barcos, los restos de un naufragio, yacían destrozados sobre la arena. Cuerpos flotando a merced del agua. Los sobrevivientes se palpaban el torso para cerciorarse de que habían sobrevivido a la tormenta. Poco a poco, aún con el susto metido en las entrañas, fueron recogiendo a la flota desperdigada por el agua. Cadáveres azules esparcidos en la arena. Juan Cano observaba la escena, horrorizado. Tanto nadar para morir en la orilla. Los que pudieron llegar a la costa lo hicieron desnudos, desprovistos de las ropas que el mar les había arrebatado. Si en vez de españoles hubieran sido mexicas, habrían dado media vuelta por donde habían venido, advertidos por los malos augurios de tan desdichado desembarco. Pero los españoles poco sabían de premoniciones y presagios, y nada más tocar tierra besaron la arena que pisaban. Ilusos, creyeron que había pasado lo peor.

Cayó la noche. Con su negrura y sus estrellas en lo alto. Y entonces comenzó el zumbido. Los mosquitos los rodearon, enjambrados. Sus pieles blancas, olorosas a cebolla, a dulce y vino, se inflamaban con cada piquete como si les hubieran clavado la horquilla de un mosquete. Juan Cano se enterró en la arena para huir de los bichos primero y del frío que sobrevino después, a ver si así lograba pegar ojo. Pedro Gallego, que lo observaba a cierta distancia, hizo lo mismo.

Lo cierto es que poco dormirían esa y las muchas noches por venir.

Al día siguiente, con alma de penitentes, Juan Cano y Pedro Gallego se hicieron de nuevo a la mar. Iban a San Juan de Ulúa. Mal puerto porque estaba rodeado por arrecifes e isletas, pero todos sabían que por aquellos rumbos no habría otro mejor. Pedro y Juan desembarcaron en tierra firme, agotados como el resto, preguntándose si no habría sido una insensatez aventurarse en un viaje como ese. Tenían hambre, apenas les quedaban víveres, el agua escaseaba al haber perdido varios barriles en la zozobra, y los ánimos más que a conquista sabían a rendición. Todavía no se adentraban en tierra y a algunos les tentaba la idea de volver a Cuba donde, al fin y al cabo, no vivían tan mal. Juan Cano, a quien no se le escapaba una, observaba con recelo lo variopinto de la tripulación. Aunque habían sido instruidos en el uso de las armas, no todos eran soldados de profesión; los que tenían formación en la guerra eran de fácil distingo porque hablaban de sus batallas en Italia o en las Antillas con la gloria o el remordimiento de los que han matado a cuchillo y sobrevivido al amigo, aunque el resto apenas había enfrentado una disputa que no fuera de taberna. Sin embargo, la valentía o la insensatez era algo que todos llevaban a cuestas en mayor o menor medida, así que se daba por descontado que todos los que estaban ahí o eran muy, muy estúpidos o muy osados.

—Y tú ¿qué tienes: todas las de ganar o todas las de perder? —le preguntó Pedro Gallego a Juan Cano solo por el gusto de dar conversación mientras achicaban agua de cubierta.

Sin dejar de trapear, Juan Cano le contestó:

—Las mismas que tú.

—Evasiva respuesta, ¿eh? ¿Eres leguleyo?

—Algo de eso hay.

—Si ya lo decía yo. Leguleyo. Pues de poco servirán aquí las leyes españolas, me temo.

—Eso ya lo veremos.

Lo cierto es que Juan Cano sabía muy bien que cuanto menos se supiera de su origen, mejor, razón por la cual trataba de mantener la boca cerrada. Muchos de los que estaban allí poseían formación en oficios. Eran artesanos, hidalgos en busca de fortuna más que de alcurnia, mercaderes, agricultores, carpinteros e incluso albañiles, músicos, barberos y algún que otro bachiller. Eran tantos los oficios reunidos entre ellos que con la tripulación de uno solo de esos barcos bien podría haberse levantado una catedral.

Pedro Gallego, sin embargo, estaba deseando contarles a todos de dónde venía y a dónde quería ir. Entonces era aún una persona llena de planes y sueños.

—¿Conoces a Hernán Cortés? —preguntó de pronto.

Juan Cano, por primera vez, mostró interés. Se detuvo un segundo en la labor, como si midiera su respuesta, y luego volvió a colocar el trapeador en el suelo:

—No personalmente. De oídas, como todos.

—Dicen que es valiente como el mismísimo Santiago apóstol.

—Bueno, bueno. Ya será menos.

—Pero… he oído también cosas terribles… No todos lo comparan con un santo. —Pedro Gallego se acercó a la oreja de Juan Cano para susurrarle—: Dicen que permite la antropofagia de los indios.

—La gente dice muchas tonterías.

—Pero puede ser verdad —insistió Pedro—. Si no, por qué razón nos habrán hecho venir.

—Pues por la razón de siempre.

—¿Cuál? ¿La aventura?

Juan Cano se detuvo a observar la inocencia de Pedro Gallego como si fuera su hermano pequeño:

—¡Cuál va a ser! El poder.

—Ah. ¡Eso!

Pedro Gallego torció la boca y fijó la vista en el horizonte. Era la primera vez que pensaba en que los hilos que los habían llevado hasta allí se alejaban de propósitos más excelsos. Metió el trapeador en la cubeta y, al exprimir el excedente de agua, volvió al tema de Cortés.

—Dicen que tiene buen talante para las mujeres. Aunque aquí, mujeres, pocas.

Juan Cano sonrió por vez primera.

—¿Pocas? Qué pasa, ¿que aquí no hay mujeres?

—Bueno, indias sí.

—¿Y las indias no son mujeres? Que se lo digan a Cortés.

—Entonces, has oído lo mismo que yo…

—¿Qué cosa?

—Que Cortés y las indias… ya me entiendes.

Juan Cano miró con curiosidad al muchacho. Emanaba inocencia por los cuatro costados. Como respuesta, Juan Cano, asintió:

—Si el río suena, agua lleva.

—He oído decir que tiene paciencia de relojero y que asesta sus golpes en el momento oportuno, nunca antes ni después.

—Pues habrá de andarse con cuidado. Ya veis que a Diego Velázquez le ha clavado la estocada por la espalda.

«Me andaré con ojo», pensó Pedro Gallego sin apenas darse cuenta.

—A ver, menos cháchara y ayúdame a amarrar estas alforjas.

Probablemente tendrían la misma edad, pero Juan Cano parecía mayor por ese estar siempre cavilando, apesadumbrado, con la cabeza en otro sitio como si mentalmente llevara cuentas. Pedro Gallego había conocido antes a una persona así. En su Burguillos natal había un médico con ese mismo mirar pausado, casi detenido, que daba la sensación de estar viendo otro paisaje distinto al que se le plantaba delante. Lo mismo cuando examinaba a personas: aunque las estuviera mirando directamente a los ojos, el médico parecía leer en los ojos del paciente otras posibilidades, otros mundos a través de sus retinas. Con el tiempo, Pedro Gallego entendió que esa era la manera de pensar de una cabeza sin distracciones. Una cabeza amueblada que mide cada opción, cada circunstancia, cada movimiento antes de asestar un golpe. Como le habían dicho de Cortés. No había vuelto a reconocer esa mirada hasta que se topó con

Juan Cano en ese barco y le sorprendió tanto que, blasfemando un poco por lo bajo, llegó a pensar que el médico de su pueblo habría reencarnado en aquel muchacho. Se santiguó enseguida para apartar esos pensamientos pecaminosos y contra natura. A pesar de que Pedro Gallego se preguntaba si podría confiar en él, porque era callado y a leguas podía olerse el orgullo que lo acompañaba, le caía bien y pronto sería lo más cercano a un amigo que tenía en aquel barco; incluso, con el tiempo, a pesar de las distancias, lo consideraría un hermano. Se acercó para ayudarle a anudar las alforjas que parecían pesar más de la cuenta.

—¿Se puede saber en qué piensas? —preguntó Pedro Gallego tras permanecer unos minutos que se le hicieron muy largos en silencio.

—En mis cosas.

—Para ser leguleyo eres poco conversador.

—Lo justo.

Pedro Gallego lo miraba curioso. Era difícil leerlo. Sin dejar de hacer fuerza para anudar bien las cuerdas, decidió presentarse:

—No nos hemos presentado. Soy Pedro Gallego de Andrade.

—Juan Cano —contestó el otro mientras apretaba su mano.

—¿De Extremadura?

—De Cáceres —contestó Juan Cano.

—Yo soy de Burguillos del Cerro. Badajoz.

—También extremeño, entonces.

—Así es. Estamos lejos de casa.

—Pedro —le dijo Juan Cano en un tono familiar que lo tomó desprevenido—, más vale que empieces a sentir este lugar como nuestra casa, porque no creo que volvamos a Extremadura en mucho tiempo.

—Mientras no se convierta en nuestra tumba…

—No me seas aguafiestas, Pedro, que empezabas a caerme bien.

Los muchachos se sonrieron. De pronto, Juan Cano clavó la mirada por encima del hombro de Pedro Gallego, que se giró para ver qué era eso que había provocado tal estupefacción en su nuevo amigo. Un grupo de indígenas encabezados por Huasteca, ataviados con plumas en la cabeza y una especie de capas a la usanza romana, se dirigía hacia ellos. Pedro comenzaba a levantar el índice para señalarlos con el dedo cuando oyó la voz severa de Juan Cano:

—Baja ese dedo.

Ahí venían. Los indios.

Pánfilo de Narváez, apostado en su capitanía, llamó a voces a sus intérpretes. Eran dos: un indio al que llamaban Escalonilla, que había sido lengua de Cortés, pero cuyos servicios no fueron necesarios una vez descubierto que había un español de pura cepa llamado Jerónimo de Aguilar que hablaba maya. El tal Aguilar lo había aprendido tras ser capturado por los mayas, pero jamás olvidó ni las ganas que tenía de volver a España ni a cuál religión pertenecía. Jerónimo de Aguilar se había pasado años mirando al mar, a ver si Dios le hacía el milagro de enviar españoles en su dirección. Así, fue a ver a los castellanos aparecer en lontananza, y no dudó en tomar una canoa en medio de la noche para pasarse a la isla de Cozumel, sin importarle abandonar a su mujer india y a los hijos que en el transcurso de los años había procreado, pues por muy hecho que estaba a sus costumbres jamás olvidó de dónde venía, porque él era más de las raíces que de las flores. Y así, se acercó a Cortés sin dudar. Nada más llegar les había pedido refugio y un buen plato de sopa. Cortés enseguida se fio de la traducción de Jerónimo de Aguilar más que de la del indio Escalonilla y lo despachó en un dos por tres. Escalonilla se quedó con dos palmos de narices, sin nadie a quien servir, hasta que llegó Pánfilo de Narváez y sus servicios volvieron a ser requeridos.

El otro traductor de Narváez era también un español que andaba por ahí suelto como las golondrinas por la playa, sin que nadie supiese muy bien su oficio ni su beneficio. Era venido con Cortés, lo que inmediatamente despertó las sospechas de Narváez.

—¿Con quién están vuestras lealtades? —le preguntó con una voz que parecía salir de una bóveda.

—Con vos, por supuesto.

—Pero vinisteis con Cortés.

—Todo hombre que no es indio ha venido con Cortés, capitán.

—¿Y qué hacéis que no estáis con él?

—Me dejó en la Villa Rica de la Vera Cruz. Pero nunca estuve de acuerdo con eso de que se haya nombrado gobernador y se haya quedado más impávido que el pedo de una monja. No protesté por temor a la sanción, que tengo en buen aprecio mis pies y manos —dijo moviendo las manos como si sacudiese cascabeles.

Narváez entendió la severidad de las sanciones con las que Cortés estaba sometiendo a los insubordinados.

—Ya veo. ¿Y qué sabéis hacer?

—Entiendo el idioma de los nativos como el de la madre que me parió.

—Más que suficiente.

Se llamaba Francisco Cervantes, aunque le decían *el Chocarrero* por su impropio humor de mal gusto y escasas normas de educación. Algo de loco tenía también. Pero conocía la lengua de los indios y Pánfilo consideró que aguantar sus chocarrerías era un mal necesario en esa jungla que, de todos modos, estaba lejos de lo que toda la vida en España se había considerado educación. Además, a pesar de sus locuras, era el único que hacía años se había atrevido a advertirle a Velázquez del doble filo de Cortés. «Mira que no te fíes de ese, capitán», le llegó a decir con sorna. «A ver si no se te alza», le advirtió. Pero entonces todos lo tomaron por hablador, envidioso y le dieron de pescozones. Pánfilo, desde entonces, le guardaba cierto respeto. Así, cuando Narváez tocó tierra y se encontró con que Cervantes andaba por ahí, lo invitó a subir al barco y bebieron vino hasta que se les aflojó la lengua, lo cierto es que el Chocarrero no necesitaba de ninguna sustancia etílica u onírica para hablar de más. «En buena hora has venido», le dijo, «Cortés está gobernando esta tierra como su patio trasero». Brindaron, bebieron y esperaron.

Narváez, ahora, ante la aparición de los mensajeros que se presentaban para recibirlos, lo llamaba a voz en grito:

—¡Cervantes! ¡Cervantes! ¿Pero dónde se habrá metido este Chocarrero bellaco?

Corriendo por la arena, batiendo los brazos de lado a lado como si fuesen las mangas de un abrigo a hombros, apareció el Chocarrero.

—Aquí estoy, don Pánfilo.

—¿Y el indio Escalonilla?

—Ya viene, don Pánfilo.

Huasteca y Narváez se aproximaron, escoltados cada uno por sus intérpretes. Pedro Gallego y Juan Cano a distancia prudencial observaron juntos la escena.

—Nuestro tlahtoani Moctezuma Xocoyotzin os da la bienvenida.

Huasteca dio un paso al frente y Narváez contuvo la respiración. Unos soldados a sus lados se llevaron la mano a la espada, pero Narváez los detuvo con un gesto. Huasteca alzó los brazos y le colocó alrededor del cuello una tira de piel de venado que parecía de seda. Después, Huasteca hizo una señal a los suyos, que se aproximaron con sendos regalos y joyas.

—Oro —murmuró para sí Narváez. Y Huasteca comprendió la palabra sin necesidad de traducción porque era la que más repetían los españoles que vivían con ellos en Tenochtitlan.

—Oro —repitió Huasteca. Y luego agregó en su idioma—: Para la enfermedad de vuestro corazón.

«¿Enfermedad?», pensó Narváez. Enseguida entendió la vileza de aquel engaño.

Luego les aproximó unas canastas de mimbre con productos de la tierra:

—Y comida para la fortaleza de vuestro cuerpo.

Narváez por un momento pensó que Cortés tenía todo controlado si de pronto estos indígenas les hacían semejante recibimiento. «Estos indígenas están ya pacificados», se dijo.

—Nuestro huey tlahtoani Moctezuma les da la bienvenida a esta tierra —repitió una vez más Huasteca—. Y les hace saber que si necesitan apoyo o comida y naves, él, en su grandeza, proveerá.

—En nombre de nuestro emperador Carlos V os damos las gracias —contestó Narváez.

Los dos hombres se sostuvieron la mirada. Narváez no desaprovechó la oportunidad para decirle:

—Venimos a esta tierra a impartir justicia y a procurar que nadie os agravie.

—¿Venís a controlar al Malinche?

—¿A quién?

Cervantes, tras unos instantes, le explicó a Narváez que así era como los indios llamaban a Cortés: «Malinche».

—Si se ha alzado en contra de sus superiores, será apresado y castigado —le contestó Narváez.

Huasteca escuchó con atención lo que este hombre barbado acababa de decir. La posibilidad de aliarse con este recién llegado para deshacerse del Malinche Cortés pululó entre ellos como una brisa marina con olor a arena blanca y algas. A escasos metros de allí un pájaro de colores azules, acompañado del canto del cenzontle, se posó sobre los hombros de Juan Cano. Estaba atento sin pestañear a las maravillas que aquel mensajero de Moctezuma había presentado. Todo lo tenía encandilado. La gentileza con la que se había dirigido a Narváez, la delicadeza del movimiento de sus manos al colocarle la piel de venado al cuello, la ceremoniosa actitud con la que pronunciaba cada una de esas palabras extrañas llenas de tlis, tlas, tlus. Pedro Gallego contemplaba también, pero a diferencia de Juan, no era admiración lo que sentía, sino curiosidad. Una enorme, inmensa, infinita curiosidad ante un nuevo tipo de seres que jamás, ni en sueños, pensó alguna vez llegar a conocer. Ambos muchachos permanecieron quietos, con temor a hacer un solo movimiento que atrajese la atención hacia ellos. Pedro Gallego, siempre tan parlanchín, no osó separar los labios. Ya lo comentaría luego, cuando los hombres de Moctezuma se hubieran marchado.

Juan Cano, por otro lado, jamás comentó lo que entonces le sacudió como una hoja en otoño, ni a Pedro Gallego ni a nadie. Y Pedro Gallego se quedó con las ganas de saber qué pensamientos atravesaban por la cabeza de su amigo. Cuando los indios se hubieron marchado, Pedro Gallego insistía de tanto en tanto.

—¿En qué estás pensando?

Pero siempre le contestaba con silencio.

Juan Cano era incapaz de verbalizar lo que revoleteaba por su corazón. Porque ese día, aunque intentara sofocar sus pensamientos, empezó a imaginarse poseedor de una ciudad de oro como las que se contaban en los libros de caballerías, un reinado, una posición económica a la que no podría aspirar en su Cáceres natal, por mucho que su hidalguía lo bañara por los cuatro costados, porque la España de la que había salido no era más que un lugar marrón, oscuro, frío, asolado por los malos olores de las ratas, de la peste y de la inquisición. Y él, Juan Cano de Saavedra, ese día se juró, tras ver las riquezas que en esa tierra brotaban de los árboles, de las orejas de los nativos en forma de pendientes, del oro que entregaban como quien regala un caramelo a un niño, ese día se juró que nunca, nunca más, se permitiría estar del lado de los que padecen miserias. Estaba ahí. Estaba ahora. En una tierra nueva en donde todo era posible. Debía ser paciente e inteligente. Si Juan Cano hubiera creído en la magia, tal vez un chamán habría podido avisarle que acertaría, que estaba donde tenía que estar, que un día lograría ser encomendero de un señorío azteca, que viviría sus últimos años peleando por esa riqueza que hoy apenas empezaba a obsesionarle. Porque Juan Cano creía que sería el mejor soldado, que las cosas que había oído decir del tal Cortés no se compararían con lo que dirían de él. Lo que no podía saber entonces ni en los próximos años que vendrían era que faltaba mucho tiempo para toparse con ese destino. Todavía tenía que aprender a convivir con la muerte y la desolación. Porque el éxito no tenía atajos y aún no había llegado su momento, como no había llegado el tiempo de destronar a los dioses aztecas para coronar al Dios cristiano. Tampoco podía saber que Pedro Gallego, ese muchacho al que a duras penas le dirigía la palabra, se interpondría en su camino. Que ese chiquillo con el que apenas había cruzado cuatro palabras pondría su futuro de cabeza y patas para arriba hasta el final de sus días. De haberlo sabido, quién sabe qué habría sido del pobre Pedro Gallego de Andrade. Porque lo que ninguno de ellos podía imaginar era que la causante de la consecución de sus anhelos, esos a los que se aferraban en esa playa, la culpable de que encontraran un futuro más ancho que Castilla, era aún una niña, una princesita mexica que apenas contaba doce años, y que tampoco sabía que el destino, ese lugar al que se llega a tientas, era una serpiente enrollada en espiral.

No te reconozco

No era la primera vez que Tecuixpo se escabullía con el ligero sigilo de las sombras, sin aviso y sin ser vista. Desaparecía durante horas, creyendo que nadie echaba en falta su presencia. Se subía a los árboles, se escondía tras las esquinas, y pasaba horas y horas espiando a los españoles en el Palacio Axayácatl. Qué hacían, qué comían, cómo se sentaban, cómo se atusaban las barbas con las manos. Cómo se quitaban pieza a pieza las armaduras de hierro que los hacían ver más grandes de lo que en realidad eran, y de las que habían decidido prescindir desde hacía tiempo para andar en mangas de camisa. Esos hombres despertaban en ella sentimientos encontrados. Quería aprendérselos de memoria, pero al mismo tiempo le generaban rechazo, como el cazador que admira el venado antes de asestarle la flecha mortal. No solo se fijaba en los hombres. Con ellos venía una mujer muy grande de espaldas anchas y hombros fuertes, de cabello cortado a ras de la nuca y boca delgada que Tecuixpo miraba siempre con interés. Se vestía con bombachos y se sentaba siempre entre los capitanes del Malinche Cortés con las piernas cruzadas. Se llamaba María de Estrada. Muchas veces se sorprendió Tecuixpo observándola embelesada. ¿Las mujeres castellanas serían guerreras como los hombres? Y cuando esos pensamientos parecidos a la envidia rondaban su cabeza se sacudía con fuerza para alejar la admiración por ella.

Como tantas veces, Tecuixpo se había esfumado y nadie sabía de su paradero. La voz de su madre Tecalco retumbó al llamar a su hija en un grito.

—¡Tecuixpo! ¡Pero dónde se ha metido esa niña!

—No está en el telar, Tecalco. He buscado por todas partes —informó Citlali, apenada.

—Mira que le tengo dicho que no puede desaparecer así, mucho menos en esta situación. ¡Qué no ve que estamos rodeados de extraños! ¡Es peligroso! ¡Pero es necia! ¡Necia como su padre!

—Téngale paciencia. Es solo una niña —la defendió Citlali.

—Es una imprudente, eso es lo que es.

Tecalco resoplaba con las mejillas encendidas y al estirarse su piel lucía más joven. Aún conservaba la belleza de sus mejores épocas. En otras circunstancias, en otro tiempo, la inquietud de su hija le habría caído en gracia y hasta la habría azuzado, pero no ahora. Ahora las cosas eran muy distintas, y no estaban para osadías. Cualquier paso en falso podía ser mortal. Tecalco sabía que bordeaban un precipicio por el que, antes o después, se despeñarían.

—Encuéntrala, Citlali, y que se venga derechito al telar.

—Sí, mi gran señora.

Citlali salió de allí farfullando a toda velocidad.

Ajena a la preocupación de su madre y de su cuidadora, apostada tras el quicio de una puerta, Tecuixpo escuchaba muy atenta lo que Huasteca le contaba a su padre. Espiaba siempre que podía, a todos y a todo. Ese impulso era mayor que ella misma, más ancho que su curiosidad y más hondo que sus dudas. Tecuixpo, consciente de que Huasteca había regresado de su encuentro con los hombres de la costa, se agazapaba como podía para no ser descubierta.

—Vienen mil cuatrocientos hombres, mi huey tlahtoani, con ese tal Narváez.

«Mil cuatrocientos», pensó Tecuixpo. No alcanzaba a entender el número, pero sabía que eran más, pero muchos más, de los que ahora custodiaban el palacio.

Tecuixpo escuchaba cómo el mensajero contaba a su padre que Narváez había hecho bajar de los barcos a toda la gente, incluso a los marineros. Huasteca, cabeza en tierra —Tecuixpo lo dedujo por el eco que provenía de su pecho—, enumeraba a su huey tlahtoani el despliegue de un ejército formado por más de un millar de soldados, ballesteros, escopeteros, caballos y tiros de artillería por donde escupían fuego.

—Hombres y venados sin astas sobre los que montan, tlahtoani, convirtiéndose en animales de dos cabezas y cuatro piernas.

Moctezuma escuchaba y hacía cuentas.

—¿Y dices que no pidió oro como Cortés?

—No, mi huey tlahtoani. No le brillaron los ojos como si estuviera ante un fuego recién encendido. Dijo que ellos no estaban enfermos del corazón.

Se hizo un silencio tan largo que Tecuixpo estuvo tentada de asomar la cabeza por el vano junto al cual se ocultaba, por si acaso su padre se hubiera ido a otra habitación, cuando, de pronto, oyó de nuevo la voz ronca de su padre:

—Bien. Les ofreceremos una alianza. Diles que podemos matar a Cortés, aquí mismo, en el palacio.

Tecuixpo sintió su corazón salir a galope. Huasteca también. Por fin, por fin su tlahtoani entraba en razón, después de tanto tiempo. Al fin hablaba como gobernante y no como prisionero.

—Sí, tlahtoani Moctezuma.

—A él y a todos los que están con él en el palacio.

Huasteca enseguida imaginó una masacre. La guerra. Los guerreros jaguar y águila habrían de estar preparados.

—¿Aviso a su hermano Cuitláhuac, señor de la guerra, mi tlahtoani?

—No, no. No le digas nada a Cuitláhuac. Lo haremos a mi manera. Sin derramamiento de sangre.

Tecuixpo y Huasteca, separados por la pared, hicieron el mismo gesto de desilusión.

—Les pondremos ponzoña en sus alimentos.

La frente del mensajero tocaba el suelo en presencia del tlahtoani, así que Moctezuma se evitó contemplar el gesto de decepción en su rostro.

—Así lo haré, mi huey tlahtoani.

Y Huasteca, a pesar de saber que no habría guerra sangrienta, partió con paz en el corazón. Tecuixpo no sonrió. Se deslizó por la pared entre las sombras para entrar en la habitación de su padre. Moctezuma, al verla aparecer, se sobresaltó.

—¡Tecuixpo! ¡Qué haces aquí! ¡Y por qué entras como un ladrón en la noche!

—He oído todo, padre.

—¿Que has hecho qué? ¡Si no fueras mi hija te haría respirar el humo de chiles boca abajo!

—Lo siento, padre, pero no pude evitarlo.

Moctezuma se apretaba los nudillos de las manos. Por mucho menos que eso había mandado al sacrificio a algunos hombres. Su hija, su propia hija, espiándolo sin pudor. Pero la niña, lejos de avergonzarse, lo miraba desafiante.

—¿Ponzoña? ¿No te parece una cobardía, padre? ¿Una deshonra para la fortaleza, para la grandeza mexica? Te vienen a impresionar con alardes de fuerza, como si nosotros no fuéramos guerreros también.

A Moctezuma no le había hablado con semejante desfachatez ni el Malinche Cortés.

—No te metas en mis asuntos, Tecuixpo. Te castigaré por tu insolencia.

—Castígame si quieres, padre, pero eso no cambiará la cobardía de tu decisión. Te veo y te desconozco, padre.

Moctezuma explotó.

—¡A quien desconozco es a ti! ¡Calla! ¡Vete de aquí!

Los gritos alertaron a los guardias en la puerta, que se dejaron venir con rapidez. Citlali, que deambulaba en busca de la niña, oyó los gritos del tlahtoani y supo enseguida dónde estaba la pequeña Tecuixpo. Cambió el rumbo de sus pasos y corrió hacia allí.

Era la primera vez que padre e hija discutían de esa manera. Tecuixpo sentía la vena en la sien. El corazón le latía deprisa y sintió que la garganta se le secaba. Trató de pasar saliva, pero su boca era un desierto.

—Vete, Tecuixpo. Te prohíbo que vuelvas a espiar. No es digno de ti comportarte así.

—Padre, yo no quería…

—Largo. Fuera de mi vista, Tecuixpo. A partir de este momento seré para ti un tlahtoani. No me tocarás, no me abrazarás. Te dirigirás a mí con respeto. Y nunca más, nunca, vuelvas a llamarme cobarde. Si lo haces, te impondré un castigo ejemplar.

—Pero, padre…

—Vete.

Los ojos de Tecuixpo, duros de por sí, se endurecieron en un secano que duró por siempre. Estaba llena de rabia por dentro. Quería gritar, zarandear a su padre y decirle que se equivocaba, que la escuchara, que la comprendiera. Que fuera el tlahtoani que ella esperaba que fuera. Que matara a los españoles con el filo de la obsidiana, de frente y sin temor, no de espaldas, no con veneno. En lugar de eso, calló. Se dio media vuelta y salió de allí, habiendo cambiado para siempre. Algo en su interior se congeló.

Se topó de frente con Citlali, que la esperaba a la salida.

—Pero, mi niña, ¿qué ha pasado? ¿Qué has hecho?

—Vámonos, Citlali. No quiero hablar de eso.

Citlali la conocía lo suficiente para saber que la niña, que no lloraba jamás, estaba al borde del llanto. Un llanto seco y sin lágrimas, tan doloroso y peligroso como un parto sin agua.

—Vamos al telar, Tecuixpo. Tienes el cabello enredado.

Y Citlali le acarició con ternura la negra cabellera.

El señor de Iztapalapa

Con su juventud a cuestas, Tecuixpo hizo de tripas corazón y se dirigió a hablar con su tío Cuitláhuac. El hermano de su padre, el señor de Iztapalapa. Alto como un poste, tan fuerte que podía reventar cráneos con las manos, y con un entrecejo hondo y severo donde no cabía la alegría. Parecía estar siempre malencarado y nunca mostraba los dientes. Tecuixpo solía rehuirle porque su boca parecía estar siempre dispuesta a asestar un mordisco. Solo cuando estaba en su jardín, parecía que el rostro de Cuitláhuac se dulcificaba un poco, como si esas plantas tuvieran el poder de reblandecer el adobe reseco. Solía pasearse entre plantas imposibles cuya combinación de colores solo podía ser obra de las diosas, y entre árboles tan altos que desafiaban el vuelo de los pájaros. A Tecuixpo siempre le llamó la atención que un hombre así de tosco tuviese la sensibilidad de acariciar los pétalos de las flores sin romperlos. Sin embargo, aquella estampa nunca fue suficiente para ganarse la confianza de Tecuixpo, que procuraba evitarlo para que el hombre no reparase en su presencia.

A Cuitláhuac, por el contrario, su sobrina le despertaba interés. A veces, cuando se le quedaba mirando en el patio, mientras cantaba con el resto de mujeres, con las concubinas y medias hermanas, se clavaba en la dureza de su mirada y pensaba irremediablemente en lo mucho de él que había en la hija de su hermano. Y era cierto. Tecuixpo y Cuitláhuac compartían la rudeza del mirar. Ambos eran muros inquebrantables, impenetrables. Desconfiados. Apenas habían cruzado alguna palabra de vez en cuando, siempre protocolarias y formales. Por eso, cuando Cuitláhuac la vio aparecer como una sombra en los aposentos en los que los españoles lo tenían recluido, su sorpresa fue mayúscula.

—Señor de Iztapalapa —dijo ella con una leve reverencia.

—Tecuixpo, ¿cómo has entrado aquí?

La niña resopló. ¿Por qué todo el mundo le hacía siempre la misma pregunta?

—Escondiéndome —contestó sin inmutarse mirando desde la oscuridad.

Cuitláhuac apretó el entrecejo.

—Lo hago todo el tiempo —explicó con total normalidad.

Cuitláhuac le creyó.

—¿Y qué es lo que te trae hasta aquí, jugándote el pellejo con los barbados?

Tecuixpo levantó el mentón y tomó aire antes de decir de carrerilla lo que venía ensayando todo el camino:

—Mi padre quiere envenenar a los teules.[5]

El entrecejo de Cuitláhuac se le hundió hasta el fondo de la carne.

—¿Cómo dices? ¿Cómo sabes eso?

—Se lo ordenó a Huasteca. Yo los escuché.

—¿Estabas espiando al tlahtoani, Tecuixpo?

—Eso no es lo importante —contestó desafiante—. Lo importante es que van a dar ponzoña en sus alimentos. No podemos permitirlo.

Cuitláhuac comenzó a deambular por la habitación sin dejar de mirar a su pequeña sobrina. No sabía qué era lo que más le sorprendía. Que su hermano estuviera conspirando a sus espaldas, o el arrojo de Tecuixpo, su valentía, su desobediencia o, quizá, todo lo anterior.

—¿Y por qué habríamos de impedir una orden del tlahtoani?

La niña abrió los ojos de par en par. ¿Cómo podía preguntar eso? ¿Acaso no era evidente?

—¿Acaso no es evidente? —Se escuchó repitiendo en voz alta.

Cuitláhuac la miró con la rudeza de sus ojos negros esperando que ella misma diera la respuesta.

---

[5] *Teules* era como llamaban los mexicas a los españoles. No quiere decir dioses, como algunos creían, sino causantes del desequilibrio.

—Porque somos mexicas. Los mexicas no envenenamos a nuestros enemigos.

—¿Prefieres que vivan?

—Prefiero que mueran. Por eso he venido a verte, Cuitláhuac. Tú comandas los ejércitos de nuestros guerreros. Lidéralos. Dales muerte con el filo de la obsidiana.

Cuitláhuac se puso en pie. Qué distinta era esta niña de todas las demás. Qué distinta de su hermano. Cuitláhuac sabía reconocer un espíritu guerrero nada más verlo. Y allí, bajo el cuerpo de una niña de doce años, se escondía un espíritu indomable. Una guerrera. Una sobreviviente.

—Hablas con razón, Tecuixpo —dijo Cuitláhuac—. Somos mexicas. Y los mexicas matamos de frente.

Tecuixpo sintió un hálito de orgullo besándole en la boca y su pecho henchido se irguió con dignidad. Alzó un puño que sostuvo firme a la altura de su jovencísimo rostro. Cuitláhuac hizo lo mismo.

—Yo me encargaré de los teules, tío. Tú encárgate de nuestro ejército.

Si Cuitláhuac hubiese sido un hombre risueño, habría sonreído. En su lugar, apretó las cejas y tan solo asintió una vez, en un gesto muy corto, con la cabeza.

Una ráfaga de viento arrastró la humedad del olor a chinampa y alborotó con suavidad el largo cabello de Tecuixpo, que durante unos segundos bailó en el aire como las hojas mecidas en los árboles. Después de eso, la niña desapareció con la misma inmediatez con la que había llegado, dejando a Cuitláhuac sorprendido y pensativo por el resto de la noche.

El engaño

El Chocarrero Cervantes se paseaba entre las tropas de Narváez con
ínfulas renovadas a pesar de que el calor sofocante le resbalaba por
el cuerpo. Desde lo alto, el sol los amenazaba con el tormento de un
día largo sin sombra. Sudor, mosquitos, el agua salada acartonando las
telas de sus ropajes. Pero el Chocarrero, con la corteza áspera de su
piel requemada, no tenía cabeza para pensar en nada que no fuera la
traición. Así había sido siempre y así moriría, creyendo que era más
listo quien mentía con la boca más grande, quien llevaba y traía agua
de distintos molinos y a ríos más revueltos, quien revestía de confianza la antesala del engaño sin despeinarse. Todo lo que oía lo memorizaba para soltarlo en el momento oportuno, para salvar el pellejo
ante los españoles o los indios, guardándose toda clase de ases bajo
la manga para salvaguardar la vida por encima del honor; esa era la
única verdad que conocía y el único dios al que rendía culto y devoción. Narváez algo sospechaba, porque cuando le decía algo en voz
baja, a pesar de los esfuerzos por corregirla, la mirada del Chocarrero divagaba sin dirección como los ojos de un estrábico. Sin embargo, tan falso era Cervantes como confiado Narváez, y esa fue la razón
de su despeñar lento y nefasto. Porque Cervantes, a diferencia de lo
que algunos creían, no vagaba sin oficio ni beneficio por esos lares,
sino al contrario, era un vigía paciente a la espera del barco que aso-
mase la punta de su proa. Cortés, el astuto de Cortés, lo había sembrado allí, asegurándose con ello dos cosas: librarse de un traidor al
que reconoció con la facilidad de quien ha visto cientos y, de paso,
dejar un par de ojos en la costa. Por si acaso.

Cortés sabía bien que proclamar el cabildo de la Villa Rica de la Vera Cruz y nombrarse capitán general asignándose poderes pondría a Velázquez en guardia. Así, advertido por el tufo de su hedor, sabía que era solo cuestión de tiempo para ver barcos procedentes de Cuba rasgando el horizonte.

Aún no se limpiaba de la comisura de los labios los restos del vino con el que había brindado con Pánfilo de Narváez cuando Cervantes el Chocarrero dio aviso de su llegada a los hombres de Cortés apostados en Veracruz.

—Y deprisa, que nos comen el mandado —les dijo.

Con ayuda de las argucias del Chocarrero, que daba bandazos entre la demencia y la inteligencia, entre los capitanes de Narváez pronto empezó a correrse la voz de que Cortés era quien mandaba en esa Nueva España.

—¿Y decís que comen en platos y vasos de oro? ¿Y que don Hernán tiene prisionero al emperador Moctezuma?

—Como lo oís, y el emperador, al que dicen tlahtoani, le ha prometido tesoros de oro y joyas a cada uno de sus hombres.

Cada soplo terroso del viento parecía arrastrar deseos de enriquecimiento. La gente murmuraba con codicia y el viento llevaba y traía ecos de conspiraciones. A espaldas de Narváez se decía, se comentaba, se maniobraba. «Que a Narváez le quedan dos días, que aquí no trincha ni corta». Aún no terminaban de instalarse en ese arenal, cuando muchos de esos hombres venidos desde Cuba ya querían irse con Cortés tierra adentro. No entendían qué esperaban ahí apostados a merced de las tormentas y los mosquitos. No habían dejado Cuba para abanicarse en una playa. Para eso mejor se habrían quedado en la isla. ¿Por qué no iban en busca de Cortés, lo apresaban y se volvían a Cuba?, se preguntaban. «Pues porque Cortés es quien manda», sonaban voces chocarreras, «porque Cortés es quien nos va a bañar en oro», volvían a sonar. Por las noches soñaban con montones de dinero que les permitieran regresar a España podridos de riquezas y despertaban con la boca abierta y reseca como lactantes en busca de tetas rebosantes de leche.

Una noche Narváez llamó a Cervantes, pues los murmullos traicioneros del viento soplaban con fuerza por el campamento y, por fin, comenzaban a llegar hasta él.

62

—Decidme, Cervantes, vos que todo lo oís.

—Oigo lo que todo hombre con par de orejas oye, capitán.

—No finjáis decencia, Cervantes. Me viene bien vuestra indiscreción.

Cervantes no lo contradijo.

—He oído que tenemos entre nuestras filas un informante de Cortés.

Cervantes hizo intentos por mantener la mueca de indiferencia.

—¿Un infiltrado? No he oído tal cosa, capitán.

—No mintáis.

Cervantes tragó saliva. Sabía a arena. Raspaba.

—Sé de buena tinta que han dado aviso a Cortés de que estamos aquí.

—¿Y cómo sabéis eso, capitán?

Narváez sacó un puñal de su cincho y se puso a pelar una naranja. Los ojos de Cervantes divagaron en busca de un punto fijo en que clavarse y observó todo a su alrededor, por si de pronto Narváez se le aventaba encima. Poco había ahí con qué protegerse. Unas gotas de sudor le escurrieron patilla abajo. Narváez dejó la naranja pelada como la tonsura de un dominico.

—No os hagáis el discreto ahora conmigo, Cervantes. Decidme de una vez.

—¿Que os diga qué?

—¿Me creéis tan necio para no saber qué pasa frente a mis narices? —dijo señalándolo con el filo del cuchillo.

—Capitán… yo… solo…

—Lo sabéis también, ¿verdad?

Cervantes movió la cabeza en un gesto rápido de duda.

—¿Saber qué?

—¡Pues qué va a ser! Que Andrés de Duero y otros caballeros quieren irse con Cortés. ¡Tránsfugas de pacotilla!

El pulso de Cervantes volvió a su cauce.

—Sí… veréis… lo sospechaba, pero…

—Quiero que los azotéis.

—¿Azotarlos? ¿Yo?

—Merecen un castigo ejemplar. Si dejamos que empiecen a desertar en nuestras filas, estaremos perdidos.

—¿Y por qué no los enviáis de vuelta a Cuba?

—¿A Cuba? ¿Para que pongan sobre aviso a Velázquez? No, no. Esto tengo que arreglarlo aquí mismo. Después los apresaremos.

Fue el mismo Cervantes, el hombre que les contaba historias de las riquezas de Cortés, el mismo que les decía por las noches «mirad que Cortés os llevará a la gloria, él es quien reparte el coño de las mujeres, quien reparte el oro. Es a él a quien escuchan los indios», ese hombre fue el mismo que los azotó sin descanso.

—¡A ver si esto os enseña dónde está vuestro sitio!

¡Plaf!

—¡Para que se os quiten las ganas de abandonar a vuestro capitán Narváez!

¡Plaf!

Y así, hasta contar cien azotes de un castigo ejemplar que a los que no les sesgó la vida, desde luego les erradicó las ganas de ir tras los pasos de Cortés.

Pero un hombre sometido a latigazos hasta la extenuación jamás olvida la mano que lo ejecutó ni la boca que dio la orden de fustigamiento. Un rencor lento, suave, se depositó en los corazones de esos hombres, ya de por sí endurecidos por la mala suerte, y un sabor amargo parecido al mascar hojas de tabaco les quemaba la garganta en un regurgitar cada vez que Pánfilo Narváez, su capitán, con una inoportuna vehemencia que pretendía hacer gala de honradez y cristiandad, les decía que iban a poner a Cortés en su sitio y que nadie, ninguno de esos pobres diablos, pensara que se saldría con la suya, pues no habían llegado a esas tierras para hacer fortuna, sino para proclamar la palabra del evangelio en aquella civilización de idólatras, «por la gracia de Jesucristo y de nuestro emperador Carlos V, amén». Al escuchar con detenimiento, Juan Cano podía percibir un eco muy tímido, el ruido del silencio rebotando entre las palmeras. El eco susurraba un lamento, una queja, un grito repleto de las calladas por respuesta de un montón de almas que al unísono proclamaban: «Eso te lo creerás tú».

A los pocos días partieron a Cempoala, a un par de leguas de distancia, donde Narváez decidió montar su campamento. La ciudad trajo a la tropa cierto sosiego; era suntuosa. Estaba amurallada como las ciudades europeas y desde las almenas los vigías se aseguraban de que nadie penetrara en ella. No imaginaron que tales construcciones pudieran estar tan cerca de los terrenos vírgenes en donde habían pernoctado los últimos días. A cada paso surgían templos y las calles estaban reticuladas, mucho más ordenadas que las de Toledo. Narváez subió a lo alto de una edificación que él supuso era un gran templo, pues para llegar a la cúspide había que subir unos grandes escalones de piedra. Algunos de esos escalones llevaban a cómodos aposentos que eran muchos y muy amplios.

Narváez se santiguó:

—Estos patios son como los de Granada —murmuró—. Todos los infieles son iguales.

Las paredes refulgían blancas a la luz del sol y unas decoraciones de color barro rojizo dibujaban filigranas en los remates.

—¡Hernández! —ordenó Narváez—. Acomode la artillería entre los pisos segundo y tercero.

Y Hernández obedeció.

Hasta lo alto de todo, coronando los templos, Narváez contempló los ídolos a los que esta cultura rendía pleitesía y no pudo sentir otra cosa que no fuera una infinita misericordia y un profundo agradecimiento por haber nacido cristiano, por haber sido criado en la religión verdadera, por haber tenido la suerte de ser un castellano al que le habían enseñado desde la infancia quién era el único Dios sobre la faz de la Tierra. No como a estos pobres infelices, que no distinguían una serpiente emplumada de un ser divino. «Perdona mi vanidad», dijo luego con cierta culpa, y se dio un golpe seco en el pecho. Cortés no tardaría en acudir a su llamado, si era sensato. Solo tenía que esperar que el ratón entrase en la ratonera.

Una vez instalados, el señor de Cempoala mandaba regalos que Narváez interpretaba como muestras de buena voluntad.

—¿Qué es eso que nos envían ahora, Hernández?

—Mantas, capitán. Para cobijarnos del relente, capitán.

Se oyeron voces de agradecimiento entre las filas. En la oscuridad de la noche la temperatura descendía helándoles las manos y enrojeciéndoles las narices. Pero las mantas no eran suficientes para todos.

—Nos las jugaremos a sacar la pajilla más larga —comentaron unos.

—De eso nada, los capitanes nos quedamos con las mantas —protestaron otros.

—Y por qué los capitanes, si ellos tienen aposentos para refugiarse del frío; nos toca a los soldados rasos.

—Tú me quitas la manta y yo te rebano el cuello, soldado.

—Eso si no te lo rajo antes.

—¡Silencio! —estalló Narváez—. Las mantas no serán de nadie. —Zanjó el asunto—. Las resguardaremos hasta que haya tantas como para repartir.

—Pero, capitán… —alcanzó a decir uno.

—No hay peros que valgan. He dado una orden. Dad las mantas al tesorero.

Un aire frío, rancio, con olor a podrido, se paseó entre las narices de los soldados. De nuevo los murmullos susurraban: «¡Será infame! ¡Nos dejará helarnos en tierra de indios!».

Entonces, Juan Cano, que había observado todo apostado en una esquina, dio un paso al frente. Tomó las mantas y con un escueto «Sí, mi capitán» retiró las mantas de manos de Hernández, que se le quedó mirando perplejo, pensando: «Y tú quién diablos eres». Juan Cano lo retó con la mirada.

—El capitán ha dado una orden —dijo.

Y Hernández, consciente de que eran el centro de la atención, cedió.

La gente le hizo un pasillo a Juan Cano, que caminaba sin titubear rumbo a la tesorería. Un pasillo denso durante el cual pudo sentir los ojos de todos clavados en su espalda. Llevó las mantas. El tesorero hizo recuento de cada una y dejó registro de ello en una especie de relación que llevaba de cada cosa acontecida.

Narváez, quizá por vez primera, se percató de aquel jovenzuelo que acaba de acatar una orden sin chistar. Y en medio de ese nido de víboras y de traidores, preguntó a Pedro Gallego, que estaba muy cerca, refunfuñando ante la idea de una noche a la intemperie:

—¡Eh, tú!

—¿Yo, mi capitán?

—No, mi abuela… Claro que tú, que te estoy señalando con el dedo.

—Dígame, mi capitán.

—¿Cómo se llama ese muchacho?

—¿Ese? ¿El de las mantas? —preguntó señalando en su dirección.

Narváez le miró con impaciencia. Pedro Gallego no esperó respuesta.

—Es Juan Cano, mi capitán.

—Juan Cano —repitió Narváez para memorizar ese nombre—. Decidle que venga a verme —le ordenó.

Y así, con ese pequeño paso, Juan Cano abandonó para siempre el anonimato.

La lengua

Tecuixpo no lloraba jamás. Ni por felicidad, dolor o tristeza. Morían hermanas y hermanos, asistía al sacrificio de vírgenes e infantes, sufría su padre, se hería el cuerpo y Tecuixpo no hacía otra cosa más que lamentarse dejándose peinar los largos cabellos por Citlali, sin que una sola lágrima lograra asomarse al secano de sus ojos. A pesar de su corta edad, todos en el palacio reconocían en ella una voluntad pétrea como el adobe secado al sol y un mirar lento, profundo, de unos ojos que no se sorprendían porque creían haberlo visto todo ya. Eran esos ojos en los que Tecalco, su madre, se perdía cuando la miraba al intentar indagar cuántas vidas habría dentro de ese espíritu incombustible e imperturbable. Pero desde que llegaron los teules, los hombres que habían creído dioses, los causantes del desequilibrio, los ojos de Tecuixpo miraban diferente. Solo quien los mirara muy de cerca y muy por dentro notaría la diferencia. Fue Tecalco quien comenzó a percibir una nueva curiosidad brotando en manantial desde los ojos de su pequeña, como si un nuevo horizonte se dibujara a lo lejos. La niña tramaba algo.

—Tecuixpo, tus pensamientos me perturban.

La niña clavó la mirada como un par de dagas en su madre. Lo hacía sin querer, era un mirar que le salía natural, sin dolo ni remordimientos.

—¿Cómo pueden perturbarte mis pensamientos?

—Son tus ojos, niña. Han cambiado. Ya no miras como antes.

De toda la gente del palacio, su madre era la única que le infundía un respeto distante. No era su severidad lo que la estremecía, sino su clarividencia. Como si pudiera ver a través de ella, como si toda ella fuera un agua cristalina en la que reflejarse. Y su madre podía bebérsela entera.

—La otra noche te escabulliste de tu habitación. ¿A dónde fuiste?

—A ningún lado, madre.

—No escupas flemas por la boca, hija. Sé que saliste porque revisé tu petate. Y sé que no fuiste a ver a Moctezuma porque no quiere verte.

Tecuixpo parpadeó un par de veces para alejar el espanto que aquellas palabras en boca de su madre acababan de asestarle en la conciencia. Su padre, su amado Moctezuma, no quería verla más. Aunque no lloraba jamás, Tecuixpo escuchó el crujir de su espíritu inquebrantable al rasgarse en grietas invisibles durante un segundo que duró mil años. A tientas, viendo sin ver, buscó algo que hacer con las manos. Agarró una madeja de hilos con los que dibujar ochos en un huso. Tecalco la detuvo en seco, agarrándola de las muñecas.

—Mírame, Tecuixpo, mírame.

La niña alzó la vista, despacio. Se topó de frente con la mujer que le había dado la vida. Y sintió que estaba a los pies de un árbol ancho que sus brazos jamás podrían abarcar. Todas las ideas se le apretujaron en la boca del estómago. Mentir era penado con dolorosas perforaciones en la lengua y en los labios. Si hubiera podido, si su madre no la tuviese asida con fuerza, se habría sobado la carne de la boca con las yemas de los dedos. Pensó en su hermano Axayácatl, herido por espinas de maguey. «No querrás soportar el dolor», le había dicho no hacía mucho. Casi no reconoció el sonido de su propia voz al escucharse decir en voz alta:

—Fui a ver a mi tío Cuitláhuac.

Tecalco la soltó con suavidad, sin aspavientos ni rudeza. Ambas se quedaron así, frente a frente, leyéndose los pensamientos. Tecalco dudó un segundo si quería saber la respuesta a la pregunta que estaba a punto de formular.

—¿Para qué fuiste a ver al jefe supremo de la guerra?

Tecuixpo tomó aire tan hondo y tan profundo que su pecho se hinchó:

—Para matar a los teules.

Tecalco retrocedió un paso. Ahora era ella la que se sobaba sus propias muñecas, en un alarde por mantener la calma. Conocía los planes de Moctezuma. Era su esposa legítima y aunque el tlahtoani no consultaba con ella sus decisiones, al igual que Tecuixpo se escabullía por las sombras, ella tenía informantes, espías, personas a las que llamaba «mis pequeños ratones», capaces de escudriñar desde los rincones. Sabía muy bien que Moctezuma no tenía planes de ir a la guerra. Desde hacía un año no hacía otra cosa que esperar, esperar, esperar. «¿Esperar a qué?», le había preguntado mil veces. «A que nos crean sumisos», fue siempre la respuesta. Pero de tanto fingir en el palacio de Axayácatl se había instalado una espera eterna. Y Tecalco, por más que le decía a Moctezuma que Cortés era solo la punta de una lanza que ya había sido arrojada, el tlahtoani no daba su brazo a torcer. Por fin, alguien empezaba a impacientarse. Y no era ninguno de los guerreros de tantos que había en el palacio. No era ni el mujer serpiente, ni el orador venerador, ni el sumo sacerdote. Era una niña. Su hija. Tecalco ignoraba cómo es que su pequeña hija conocía los planes del tlahtoani. Y recordó todas esas veces en que la chiquilla se había escabullido entre las sombras. Todas esas veces en que la reñía por no estar prestando atención a sus labores, todos esos bordados torcidos, esos nudos mal apretados en el telar, esas cuentas mal llevadas. Y se sintió orgullosa. Su hija tenía la cabeza puesta en una batalla que no se libraba aún, pero de la que medía cada paso. Se giró hacia ella. Ambas permanecieron en silencio un instante.

—¿Y cómo piensa hacer eso, si estamos presos en este palacio?

—De la única manera en la que daremos placer a los dioses, madre.

—¿Una guerra?

Tecuixpo asintió.

Tecalco estiró el cuello hacia las puertas, hacia las delgadas telas que hacían de cortinas para cerciorarse de estar solas. Lo que estaban diciendo podía costarles la vida. A ellas y a todos los demás.

—¿Cuándo?

—En la fiesta de Tezcatlipoca.

Tecalco soltó aire despacio y dejó caer los párpados, cerrándolos un segundo, uno solo, en señal de aprobación.

—Has hecho bien en decirme, niña.

—Ya no soy una niña —repuso Tecuixpo.

—Oh, sí que lo eres. Aún no llega el momento de tu florecimiento. Pero llegará. Crecerás, Tecuixpo, crecerás. Pero crecer duele. No tengas tanta prisa. Y ahora, guardaremos silencio. No hables de esto con nadie.

—Pensaba decirle a Cuauhtémoc…

—Con nadie, Tecuixpo, ni siquiera a tu primo Cuauhtémoc. Tu silencio honrará a los dioses.

Las dos siguieron con su labor, elaborando largas trenzas de hilo mientras tarareaban el cantar desgarrador de las mujeres de Chalco, canciones que hablaban de madres alejadas de sus hijos a la fuerza, pero sus pensamientos estaban lejos, muy lejos. Mucho más lejos.

Un par de días después, a Tecuixpo le carcomía la impaciencia. Cada vez que veía que los españoles se sentaban a comer, su corazón daba un brinco. Se les quedaba mirando, mientras en su mente imploraba que no empezaran a caer muertos todo lo largo y olorosos que eran sobre los tablones de madera. «No permitas semejante desagravio a nuestro pueblo, Huitzilopochtli», pensaba. Pero pasaban los días, con sus desayunos y cenas, y aún le quedaba impedir que Cortés, al que llamaban Malinche, muriera envenenado en lugar de que su tío Cuitláhuac le clavara un cuchillo bajo las costillas y le arrancara de cuajo el corazón palpitante. Axayácatl le preguntaba qué le pasaba, que la veía más acomedida de lo habitual, menos atolondrada. Pero ella le rehuía. Sabía que a él no podía engañarlo y había prometido guardar silencio. A veces, cuando se sentía desamparada, extrañaba los tiempos en que se sentaba sobre las piernas de su padre, cuando los teules no habían invadido su espacio, sus cuartos con baños, sus mercados, sus templos en donde ahora querían adorar dos palos atravesados. Esos tiempos ya no existían. Su padre ya no era aquel que la alzaba en brazos y que le recitaba poemas al oído. De ese Moctezuma solo reconocía el manto verde que le cubría, hecho con miles y miles de plumas de colibríes. ¿Acaso su padre creería que el nuevo dios era más poderoso que Huitzilopochtli? ¿Sería posible que en su soberana, plena sabiduría, sintiera predilección por las creencias de los recién llegados? Quería envenenar a Cortés, pero aliarse con Narváez. Tecuixpo pensaba que una batalla a muerte entre dioses pondría fin a la discusión. Ganaría el dios más fuerte. Eso hasta una niña podía saberlo. Y por eso, en el fondo, deseaba asistir al despliegue de fuerzas. Conocía cómo entrenaban los jóvenes en el calmécac y lo mucho que estudiaban para el sacerdocio en los teocalli. Estaban preparados. Cuántas veces había envidiado a su hermano Axayácatl, que se estaba convirtiendo en un guerrero fuerte. Si seguía así, de mayor sería como su primo Cuauhtémoc. Nunca había conocido a nadie más fuerte que Cuauhtémoc, a excepción —quizá— del hombre montaña que custodiaba a su padre. Pero Moctezuma obviaba su poderío para en vez de eso… ¡envenenarlos! Tecuixpo sacudía la cabeza, avergonzada.

Aún tenía que encargarse de los teules, tal y como le había prometido a Cuitláhuac. Tras sopesarlo mucho, decidió hacer algo que durante el largo año que llevaban recluidos con los españoles había evitado a toda costa. Tenía que acercarse a Cortés. ¿Pero cómo ella, apenas una niña, podría acercarse al hombre que había conseguido hacer prisionero al gran tlahtoani Moctezuma, señor del Anáhuac y de la Gran Tenochtitlan? ¿Cómo podría comunicarse con él?

La respuesta, tenía, como casi siempre, nombre de mujer. Y no era la española que peleaba como hombre. No. Era la otra. La esclava intérprete.

Marina. Malinalli. Malintzin.

Era ella, de todos los personajes que habían irrumpido en su mundo, por quien Tecuixpo sentía mayor curiosidad. Debía tener unos pocos años más que ella. Tal vez unos cinco años más. La había observado participar en ese trío de lenguas formado por Cortés y Jerónimo de Aguilar. Dos hombres y una mujer. Dos españoles y una indígena. Una santísima trinidad que hacía posible la comunicación entre gente de mundos distintos. Los tres formaban una pirámide de tres lenguas. Un triángulo equilátero prodigioso. Del español al maya, del maya al náhuatl, del náhuatl al español y vuelta a empezar todo de regreso. En medio de ese ir y venir de sonidos dispares se alzaba, con la imponente presencia de los templos, Marina, Malintzin, *la Malinche*. Los mexicas la llamaban igual que a Cortés. Los dos eran Malinches, en una simbiosis mágica que unía dos cuerpos en un mismo nombre, porque lo que decía uno lo repetía la otra y hablar con ella era casi como hablar con Cortés. Tecuixpo nunca había conocido a una esclava con más poder que Marina. Pero su poder era inversamente proporcional a su libertad. Escuchaba con sumisión, atenta, con la barbilla pegada al cuello, pero cuando abría la boca… Cuando abría la boca renacía investida de una autoridad que Tecuixpo, antes, no hacía mucho, admiraba en el huey tlahtoani. La veía transformarse de gusano en mariposa. Y Tecuixpo asistía con los ojos atentos y bien abiertos al renacimiento del orgullo perdido en una vida de sumisión y sometimiento, en una vida que no había conocido otra cosa que la obediencia a múltiples amos, una vida de cabeza gacha y de decir «lo siento», una vida que no conocía otra cosa que la vergüenza y la certeza de saberse esclava para siempre. Pero ahí, en ese momento, todo eso desaparecía como las olas borraban las marcas de los cangrejos en la arena. Marina, ahí, al lado de Cortés, era una nueva mujer. Tecuixpo alguna vez se había descubierto escuchándola con la boca abierta, observando cada uno de sus gestos, sin perder detalle de la parsimonia de sus manos, de la curvatura de su boca. La única persona capaz de transmitir las palabras de un tlahtoani y las de un extranjero venido de más allá de los límites del mundo, palabras para el resto de mexicas, y demás indígenas para tal caso, incomprensibles. Entonces, la esclava se hacía invisible y aparecía la *lengua*. Aquello era una magia digna de nahuales. Escuchaba con atención palabras en maya que Jerónimo de Aguilar decía y con pasmosa rapidez las convertía al náhuatl, lengua que Marina conocía misteriosamente, como si en otra vida hubiera hablado la lengua de los mexicas, como si una deidad políglota se le metiera en el cuerpo. Porque a Marina se la habían regalado a Cortés en Cozumel —le había explicado Citlali entre peinado y peinado—, así que no podía ser mexica. Cozumel estaba al otro extremo de la tierra conocida. Y allí no solo tenían un idioma distinto, sino otros dioses. Otros rostros. Otras costumbres y otros colores. No podía ser mexica. ¿O sí? Tecuixpo la miraba bien, escudriñando cada uno de sus rasgos, cada curva de sus cejas, la negritud de sus pestañas y pensaba que bien podría ser tenochca. Tenía hermanas menos bonitas. Porque la esclava era hermosa. Su nariz no se achataba en las aletas abiertas, ni tenía marcas de nacimiento que presagiaran un destino funesto. Pero no era su belleza lo que llamaba la atención de Tecuixpo, sino su don. Los dioses debían haberla bendecido en algún momento con el poder de hablar y ser escuchada, como a los tlahtohqueh. La niña se preguntaba si en verdad estarían traduciendo las palabras que su padre decía o si, en un juego perverso, estarían cambiando el significado de todo, a conveniencia de unos y otros. No podían saberlo. Tenían que fiarse de ella. Pero Tecuixpo se preguntaba por qué esa esclava bajaba los ojos cuando le hablaban los de su tierra y los ensalzaba cuando se dirigía al extranjero. Era casi como si sintiera un placer culposo, como si el vozarrón rasposo de los barbados le hiciera cosquillas, pensaba Tecuixpo. Pero todos estos pensamientos se los tragaba porque solo era una niña pequeña a la que le quedaba mucho por crecer. Algún día, si podía, se decía, le preguntaría a la lengua Malintzin cómo es que podía hablar dos lenguas. Si es que ese día llegaba. Porque ahora, lo único en lo que Tecuixpo pensaba era en cómo lograr que Marina, la esclava con la que evitaba cruzarse en el palacio, le llevara un mensaje suyo a Cortés.

Salvar la honra

Encontrar un momento en que Malinalli estuviera sola resultaba complicado. Siempre iba junto al Malinche Cortés y tras ellos un séquito de tres o cuatro soldados que hacían de escolta. La mujer-caballero, como Tecuixpo llamaba a María de Estrada, los acompañaba también, dejando en evidencia que les sacaba una cabeza en altura. Cortés cuidaba a Marina más que a nadie, por la cuenta que le traía. A veces, incluso, Marina se veía obligada a abandonar su posición de sombra para colocarse a su lado, porque Cortés le hablaba quedito al oído y ella pegaba su oreja a los labios velludos de aquel hombre para escuchar sus secretos. Tecuixpo, agazapada en las esquinas, esperaba el momento de saltar sobre ella cual lince paciente.

Para su sorpresa, no fue Tecuixpo quien dio el primer paso. Marina, lista como el hambre, se había percatado de la presencia de la niña. De un tiempo a esta parte descubría sombras tras las esquinas, una figura pequeña desvaneciéndose a su paso, el leve resbalar de pasos menudos y ligeros haciéndole cosquillas a los adoquines de barro. Marina fingía no verla, pero la veía. Y poco a poco su curiosidad comenzó a despertar. ¿Por qué la seguiría de cerca la hija de Moctezuma? La niña, como si se supiera descubierta por la esclava, dejaba pequeñas pistas para que no cupiera duda. A veces dejaba ver, solo un poco, asomándose un palmo apenas, la punta de su sandalia, otras veces un codo, de vez en cuando la punta de su trenza. Malinalli estaba cierta de que la pequeña rondaba siempre tras sus pasos, pero no estaba segura del porqué. ¿Sería por pura curiosidad infantil? Ya la había visto otras veces espiando a los españoles con ojos llenos de preguntas. Pero un día la niña asomó sus ojos duros de mirar lento en su dirección, sin pudor ni vergüenza, y levantó ligeramente la barbilla, suavemente, apenas un pellizquito. Malinalli se señaló a sí misma con discreción. Tecuixpo asintió y luego desapareció. Malinalli observó a ambos lados. Nadie se había percatado de la presencia de la niña. Nadie. ¿Cómo era posible? Los españoles pecaban de exceso de confianza. Porque solo un hombre confiado podría caminar por el palacio de Axayácatl sin percatarse de la presencia de la hija de Moctezuma merodeando entre los claroscuros. Pero no había duda: la hija de Moctezuma le había hecho un gesto: «Solo tú», le había dicho en señas. Y a Malinalli le quemaban las manos por saber qué era eso tan importante que la hija de un tlahtoani habría de decirle.

—Aguilar, dile a Cortés que, si no se ofrece nada más, me gustaría retirarme. Es tiempo de mi aseo en la casa de vapor —le dijo en maya.

Jerónimo de Aguilar se sorprendió un poco, pero en el fondo estaba encantado con la idea de poder conversar con Cortés sin la presencia de la indígena. Al pasarle el mensaje a Cortés, Aguilar notó cómo este se puso inmediatamente en guardia. No le gustaba que una pieza clave para sus planes anduviese por ahí, sola.

—¿Ahora?

—Sí, que necesita lavarse, dice.

—Estos indios y sus baños. Se van a gastar de tanto lavarse.

Cortés miró a Malinalli. No le parecía que ameritase lavarse en absoluto. La mujer estaba más limpia que una patena. En todo este tiempo, jamás había ido a esas casas de vapor que parecían la antesala del infierno con sus humos calientes emergiendo del suelo. A él bastaba con pasarse un paño húmedo por los sobacos. Pero los indios se bañaban dos veces al día, como si fuese una penitencia. Cortés pensaba que lo hacían como una forma de expiar pecados, del mismo modo que se frotaban los dientes con una repulsiva pasta de miel y ceniza blanca que solo podía corresponder a algún tipo de castigo autoimpuesto. Pero luego la veía. La verdad es que los dientes de la india eran blancos y brillantes y al hablar emanaba un olor a dulce de oblea. Sin darse cuenta, Cortés se humedeció levemente los labios y contuvo el impulso de relamerse.

—Pero que no tarde mucho —autorizó al fin.

Malinalli hizo una reverencia inclinando cabeza, doblando rodillas y sujetándose la falda por encima de los tobillos, porque sabía
que ese gesto apaciguaba a Cortés más que un pezón rebosante de
leche a un tierno bebé de pecho. En su Medellín natal, a nadie jamás
se le habría ocurrido pedirle la venia, ni permiso, ni mucho menos
hincar la rodilla en tierra ante su presencia. Así, satisfecho por la nobleza que sentía resurgir en su fuero interno, Cortés le indicó con un
gesto de sus dedos que podía partir. Los dos hombres la vieron marcharse, sin quitarle ojo al prieto vaivén de sus caderas.

—¿Apetece una copa de vino? —preguntó Aguilar, aprovechando que se habían quedado solos.

—No. No. Me voy a dormir la siesta. Si la india puede tomarse un
descanso, yo también. Tú haz lo que quieras.

Cortés se alejó de ahí, dejando a Aguilar y sus ganas de confrater-
nizar con dos palmos de narices.

Ajena a los murmullos de los españoles, Malinalli se dirigió a la
balaustrada en la que —estaba segura— había visto a la pequeña Tecuixpo. Su instinto rara vez fallaba. Nada más bordear las columnas,
la niña la tomó del brazo y le indicó en náhuatl:

—Ven, no te detengas. Pasando esa puerta ya no podrán vernos.

Continuaron caminando ocultas a los ojos de los españoles, cuyos pasos iban en otra dirección. Cuando estuvieron seguras de que
nadie las observaba, Malinalli habló:

—¿Qué quieres de mí, pequeña Copo de Algodón? ¿Por qué me
sigues como la noche a la luna?

—Necesito que le des un recado al Malinche.

De todas las respuestas posibles, aquella fue la única que Malinalli jamás imaginó.

—¿A Cortés? ¿Un mensaje?

Malinalli, con el ceño fruncido, trataba de meterse en esos ojos
impenetrables.

—Dile al Malinche que la ponzoña lo persigue.

Malinalli dio un paso atrás.

—¿Qué es lo que sabes, Hija del Señor?

—Lo que yo sepa no es de tu incumbencia.

—¿Por qué salvas la vida de tu enemigo? —preguntó Malinalli en
total asombro.

«Enemigos», pensó Tecuixpo. Era la primera vez que alguien se dirigía a los teules como enemigos.

—No les salvo la vida. Salvo la honra mexica. Los mexicas no matamos así.

Y después de eso, Tecuixpo se alejó. Malinalli la observó marcharse, hasta que la espalda de esa niña se perdió para siempre entre las sombras.

Solo tú

Cempoala se encontraba a dos leguas de la costa. Tecuixpo lo sabía porque aquellos eran los territorios de un señor tan gordo que su gordura precedía a su fama de cacique. Había oído hablar de él a Cortés, que no escatimaba en contar lo amable y amigable que el descomunal gobernante había sido con él. «Cacique Gordo convenienciero», pensó Tecuixpo. Quienes acudían ante su presencia por vez primera no podían evitar el estupor del espectáculo de sus brazos grandes como muslos desparramados sobre unos codos más oscuros que el caucho, la papada monumental cayéndole en cascadas de dos y hasta tres pliegues sobre el cuello, y un cabello largo, negro y liso que se difuminaba entre sus carnes igual que una cortina de estambres agitada por el viento. Bajo esas mismas carnes se había venido a refugiar también Narváez, el hombre que había venido a controlar al Malinche y al que su padre mandaba mensajeros un día sí y al otro también, en busca de una alianza que le permitiera recobrar un dominio que empezaba a desvanecerse.

Pero Moctezuma sabía jugar a la guerra. Lo había aprendido desde la cuna.

Cortés, viendo lo dadivoso que era el tlahtoani y creyendo que era fácil hacerlo comer de su mano, le pidió apoyo para poder ir a enfrentarse a Narváez:

—Moctezuma, necesito que envíes sesenta mil de tus guerreros a la lucha contra Narváez.

—¿Y por qué habría de mandar a mis hombres a la guerra contra esos recién llegados? No los mandé contra ti y los tuyos, pues te abrí las puertas de mi palacio, ¿por qué habría de hacerlo ahora?

—Esos hombres serán vuestra perdición, no os dejéis engañar, Moctezuma. Quieren tu cabeza.

Tras una breve pausa, Moctezuma prosiguió.

—¿Sesenta mil hombres?

—Aderezados para la batalla, sí.

—Si te procuro lo que me pides ¿abandonarás Tenochtitlan para ir rumbo a Cempoala a batallar?

—Sí, allí iremos.

—Sea —mintió el tlahtoani.

Moctezuma se restregó los nudillos, porque sabía muy bien que Cortés no llegaría nunca a juntarse con ese al que llamaban Narváez. Morirían antes de partir con veneno de serpiente en las entrañas. Entonces asestó el primer lance.

—Malinche, antes de partir, déjame invitarte a mi mesa. Un banquete para ti y tus hombres.

—No es necesario un banquete, gran señor —dijo Cortés asustado ante la idea de cientos de bandejas rebosantes de insectos y larvas.

—Pasarán varios días antes de la batalla. Mis guerreros partirán con los tuyos. Nosotros, antes de una batalla, siempre celebramos para que el dios de la guerra nos sea favorable. Comamos y brindemos por nuestra unión.

Cortés dudó. Pero sesenta mil hombres para enfrentar a Narváez bien valían la ingesta de algún que otro saltamontes. Además, por primera vez, sentía que Moctezuma y él empezaban a entenderse. Y el miedoso de Alvarado, uno de sus hombres de confianza, pensaba que el tlahtoani en cualquier momento se las jugaría. «No te fíes, Hernando», solía decirle cada vez que podía, «no te fíes». Y allí estaba Moctezuma, tocado alto y tez lampiña, invitándolo a brindar por la alianza. «Pobre infeliz», rumiaba Cortés, «si supiera que Narváez venía a apresarlo. Pero estas gentes son inocentes como niños… qué fáciles son de engatusar».

—Sea, sea, *Muteçuma*. Aceptamos con honor ese banquete. Pero poned por ahí unos de esos pescados que os traen frescos del mar.

Cortés salió de allí y dio la orden de quedarse solo, pero reparó en que su lengua Marina continuaba junto a él. La esclava tenía las mejillas encendidas, el pulso latiéndole en las orejas y una mirada esquiva que no sabía muy bien en dónde colocar.

—¿Acaso quieres ir a la casa del vapor otra vez? Eso de los vapores es cosa del diablo. ¡Se te enciende la cara! —le dijo Cortés en español sin esperar que la india respondiese.

A fuerza de escuchar, Marina comenzaba a identificar sonidos, significados, vocablos que eran cada vez más familiares.

—Don Hernán —dijo ella sin necesidad de que interviniese Aguilar—, ten-go infor-mación.

Cortés abrió los ojos entre asustado y sorprendido como si de pronto le hubiera hablado la mismísima Virgen. No había conocido a una mujer más lista que Marina en su vida. Cortés se giró hacia un soldado que custodiaba la puerta y le tronó los dedos:

—Rápido, que venga Aguilar.

—No. No —pidió ella—, lo que ten-go decir… solo tú.

Cortés estaba intrigado. Aquello era una novedad. La india no quería intérprete.

—Está bien… habla.

Marina alzó las manos y comenzó a hacer gestos en el aire. Cortés, maravillado ante la danza que estaba realizando con las manos, observaba cómo la india hacía como que comía sopa, porque se llevaba la mano a la boca en forma de cuchara.

—¿Comer? —preguntó Cortés—. ¿Tienes hambre, glotona? —le preguntó divertido.

Marina, entonces, llevó sus manos al cuello y simuló ahorcarse mientras sacaba la lengua y ladeaba la cabeza dejándola caer sobre sus hombros. Después del espectáculo teatral, Marina alzó una mano con el dedo índice estirado, señaló a Cortés y dijo:

—Tú.

Y volvió a apretarse el cuello, esta vez sin sacar la lengua.

Cortés, una vez sobrepuesto a la risa inicial, tardó unos segundos en reaccionar.

—¿Envenenarme? ¿A mí?

—Tú —repitió, esta vez sin señalarle con el dedo.

—No puede ser —dijo para sí Cortés.

—Sí —afirmó ella—. Tú. Muer-te.

Permanecieron unos segundos en los que ninguno movió una ceja. La indígena supo entonces que había cumplido su cometido.

Al poco tiempo el silencio empezó a incomodarla. Ella era una mujer de palabras, así que pidió permiso para retirarse con las mejillas menos encendidas que antes, aunque el corazón continuaba repicando a redoble de tambor.

Cortés caminó un par de pasos hacia adelante, un par de pasos hacia atrás. Miró a Marina que se alejaba de allí como si hubiera venido a comunicar que la cena estaba lista o los caballos ensillados. Todo menos un aviso de amenaza de muerte. No era la primera vez que la mujer lo libraba de una muerte segura. Ya una vez, a su paso por Puebla rumbo a la gran Tenochtitlan, gracias a su aviso se habían librado de una emboscada mexica. ¿Cómo se enteraba ella de estas cosas? Sus espías eran unos mequetrefes de tres al cuarto comparados con ella. Si no fuera por ella. Si no fuera, quién sabe dónde estaría él ahora. Cortés avanzó con paso firme hacia sus aposentos, cada vez más enfurecido. Pero su rostro no debía mostrar atisbos de sospecha. Tenía que mantener la calma y descubrir quién había dado la orden de envenenarlo. Moctezuma acababa de invitarlo a un banquete. Acaso podría ser así de taimado, así de ladino. «Será cabronazo», pensó. A lo mejor había sido ese otro hermano suyo, Cuitli, Cuita… Cuitláhuac, la madre que lo parió, menudo nombre impronunciable. No. No estaba seguro. De lo que sí estaba seguro era de que, a partir de ese momento, se andaría con mucho ojo. Las paredes en ese palacio tenían oídos. Y manos. Y puñales en las espaldas.

La mesa de Moctezuma

Cortés nunca imaginó que algún día se sentaría a comer en una mesa como la de Moctezuma. Mucho menos que la muerte acechaba en alguno —o en la totalidad— de esos platos. Aquello era un espectáculo. Más de trescientos platillos desfilaban en ese festín. Y Cortés, que ahora se avergonzaba de su propia ignorancia, veía cómo sobre la mesa no había insectos, sino carnes de varios animales sobre braseros de barro azuzados por un trozo de carbón ardiendo, pues los platillos debían estar en el punto exacto de temperatura cuando Moctezuma decidiese probarlos. Un mantel de hilo blanco cubría la mesa como el velo de una novia. Antes de poder sentarse a la mesa, a Cortés y a todos sus hombres se les hizo pasar a lavar las manos. Moctezuma y su séquito hicieron lo propio.

«Míralos», se dijo Cortés, «se lavan las manos como Poncio Pilatos».

Moctezuma se sentó en el lugar de honor. De pie, como las columnas de un templo, cuatro de sus consejeros lo custodiaban y daban conversación silenciosa al tlahtoani. Uno de esos hombres era Huasteca, fiel servidor y mensajero. Cortés no quitaba ojo. No había bullicio ni escándalo y los españoles extrañaban los ruidos alegres de las voces encimadas de las tabernas de Extremadura. Tanto silencio les incomodaba, sobre todo a Cortés, que no estaba muy cierto de si se hallaban todos muy callados por respeto como quien asiste a una misa, o si el silencio reinante hacía más evidente el retumbar de sus miedos en el corazón. La imagen de Marina avisándole del envenenamiento se le reproducía cada dos por tres, cada vez que le ponían un plato en frente y sentía la mirada de Moctezuma clavada en sus hombros. En efecto, solamente sentía tal mirada, pues ante el tlahtoani se había colocado una celosía dorada. Nadie podía ver comer a Moctezuma. Comer y cagar eran acciones de viles mortales. Y nadie, jamás, había visto realizar al tlahtoani ninguna de las dos.

Cortés tomó asiento, y Malinalli, su Marina, se quedó de pie junto a él, del mismo modo que los consejeros junto al tlahtoani.

Un desfile de mancebos depositaba ante Cortés elotes endulzados con miel de abejas, chapulines tostados, escamoles, todo tipo de frutas, a cual más jugosa y colorida, mameyes, zapotes negros, zapotes blancos, chicozapotes, chirimoyas, pitayas, tejocotes, tunas que hasta hacía poco pendían de los nopales. Pescados. Carne.

—¿De qué es esta carne? —preguntaban los españoles relamiéndose los bigotes.

—Buena, ¿eh? Es carne de esclavos —bromeaban en náhuatl. Y luego los mexicas sonreían sin enseñar los dientes.

Un escalofrío recorrió el cuerpo de Cortés, que aún no había probado bocado. Cada vez que iba a hacerlo, Marina colocaba una mano con suavidad sobre su hombro, y a Cortés se le metía la duda en el cuerpo. «Foder. ¿Será posible que no pueda comer nada de esto?». No quitaba ojo a sus soldados. Ninguno, de momento, había dado muestras de envenenamiento. María de Estrada comía tan voraz como luchaba, llenándose los carrillos de comida y rellenando la boca sin haber terminado de pasarse el bocado. Cortés dudó. ¿Acaso la india podría estar equivocada? Pero… ¿cuándo se había equivocado la Malinche? ¿Sería que no había entendido bien su mensaje? Repasaba mentalmente. No. No estaba equivocado. Disfrazada de manjares, en ese banquete estaba la muerte.

En esas tribulaciones estaba cuando, alejados más allá, al otro extremo de la mesa, divisó a los hijos de Moctezuma. Los había visto otras veces, muchas, pero no había reparado especialmente en ellos. Había tantos. Mozalbetes, mozas, infantes. Muchos de concubinas, pues Moctezuma poseía tantas que era difícil llevarle la cuenta. Pero a esa en particular, a la pequeña de trenza larga y negra, la reconocía por ser la hija de Tecalco, la esposa oficial. Marina, entonces, apretó el hombro de Cortés, dos veces. Cortés se giró. Se miraron sin hablarse. Cortés susurró:

—¿Tecalco? ¿Tecalco fue quien te dijo?

Marina negó con la cabeza, pero con la barbilla señaló en su dirección.

Cortés se giró hacia la retahíla de chiquillos. Luego, volvió a mirar a Marina. Esta vez, Marina asintió con la cabeza ante una pregunta no formulada. Cortés volvió a acomodarse en su asiento, vista al frente. Tecalco se acodaba junto a una niña de unos doce años. Ambas de mirada dura, de esas que apenas se las ve pestañear. Era la cuarta o quinta vez que Cortés las sorprendía mirando en su dirección. Los demás estaban ajenos a todo, solo pendientes de los manjares infinitos de aquella mesa. Ellas dos, al igual que él, no habían tocado sus platos.

—¿La hija de *Muteçuma?* —preguntó escéptico.

Y Marina bajó los ojos sin afirmar ni negar nada.

—¡Tú!, ¡niña! —llamó Cortés a voces señalando hacia allá.

Tecuixpo miró a su madre.

—El teule Malinche me habla, mamá.

—Lo sé, hija mía, lo veo al igual que tú.

—¿Y qué hago?

—No te muevas de mi lado —ordenó Tecalco.

—¡Eh, tú, niña! —repitió Cortés en una voz alta innecesaria, pues salvo el tragar de la saliva y el bufido leve del respirar, allí imperaba un silencio sepulcral. Hizo un gesto rápido con los dedos y añadió—: Ven.

La niña miró a su madre de nuevo.

—Déjame ir.

—No te muevas, Tecuixpo.

Cortés toleraba menos el desacato que un apretón de tripas. Por menos que eso había mandado a cortar manos, torturado a soplones, marcado a insurrectos.

—¡Que vengas, te digo!

Tecalco se puso en pie.

—Hablar a voz en grito en la mesa de Moctezuma ofende a los dioses. Yo lo hago ahora, pero solo porque me veo obligada por vuestra impertinencia.

Malinalli traducía rápido en la oreja de Cortés.

—A mi Dios, que es el único y verdadero, le ofende tu desobediencia. Solo he pedido a la niña que venga.

Marina traducía a toda velocidad, encimándose en las palabras de Cortés.

Y entonces, ante la estupefacción de todos, pero sobre todo de Moctezuma recluido tras su mampara dorada, se escuchó la voz de Tecuixpo decir:

—Yo soy Tecuixpo Ixcaxóchitl, Copo de Algodón, hija del señor, ¿qué quieres de mí, teule? —dijo poniéndose en pie.

—Copo de Algodón, ¿eh? Ven, pequeña, no temas.

La niña avanzó hacia Cortés, dejando atrás a su madre, que agarraba con rabia el mantel de hilo blanco hasta hacerlo bola entre sus manos.

Tecuixpo se puso frente a Cortés. Desde allí, la niña parecía mayor. No miraba con inocencia. María de Estrada, que observaba atenta como todos, reconoció enseguida esa mirada, pues fue como verse en un espejo. Cortés también sabía qué era eso que había dentro de sus ojos negros: era malicia. Cortés alzó su plato y lo levantó con parsimonia hasta que el guiso estuvo a la altura de su rostro.

—Come —le ordenó con una sonrisa.

Tecuixpo trató de disimular su sorpresa. Miró al lugar donde estaba su padre. Miró a la esclava Malinalli. Miró a Cortés, el hombre al que más odiaba en el mundo.

—Sería una descortesía comer de tu plato.

—No, no. En Castilla lo hacemos todo el tiempo. Nos damos de probar del mismo plato entre amigos. Y nosotros somos amigos. ¿No es por eso que estamos en este banquete?

Cortés miró hacia la celosía de Moctezuma. Sabía muy bien que el tlahtoani podía verlos a través de esos agujeritos de oro.

—Come —ordenó de nuevo, ya sin sonreír.

Un silencio más profundo que el océano detuvo el tiempo. Nadie se movía. Nadie respiraba. Los españoles miraban a sus platos con desconfianza y quienes aún tenían un pedazo en la boca lo escupieron sin pudor sobre la vajilla de oro. Tecuixpo estiró las manos y sostuvo el cuenco. En ese instante todo a su alrededor se congeló. Y maldijo su imprudencia. Maldijo su desobediencia. Maldijo su boca incontinente. Pero, sobre todo, maldijo no haber convencido a su hermano Axayácatl de haberle dado una daga que llevar encima. Si lo hubiera hecho, ahora acabaría con su vida clavándose el puñal en el corazón o, incluso mejor, podría clavárselo a Cortés. Lo tenía tan cerca, tan cerca. En lugar de eso, estaba a punto de morir por ponzoña. Una muerte que la invalidaría para ser comida después del sacrificio y alimentar a los suyos. Una muerte inútil.

Tecuixpo alzó el plato y se lo llevó a la boca. Y justo cuando estaba a punto de asestar un trago al caldo, sintió una mano azotándole el plato con fuerza. El plato salió volando por los aires, manchando de carne, verduras y maíz a todos los que se encontraban alrededor de Cortés. El sonido del plato girando en el suelo sobre su propio eje aún no cesaba cuando Cortés y todos los ahí presentes voltearon hacia la niña. El huipil de Tecuixpo estaba cubierto de alimento, pero su rostro, ese rostro imperturbable, estaba cubierto de asombro. Entre ella y Cortés, erguido con dignidad, estaba Huasteca, un muro de contención entre la hija de Moctezuma y Hernán Cortés. De un manotazo Huasteca acababa de salvar a la niña de una muerte lenta, espantosa. Una muerte reservada para el invasor.

—¡Apresadle! —gritó Cortés, enardecido y furioso.

Aún incrédula de que el mensajero de su padre se hubiera inmolado por ella, Tecuixpo preguntó:

—¿Por qué lo hiciste?

Y Huasteca, antes de sentir la fuerza de un montón de hombres cayendo sobre él, atinó a decir por última vez en su vida:

—Porque tú nos salvarás.

OME/DOS

Sin amor porque no quiero

El plan de Altamirano con respecto a Leonor no era muy distinto al del resto de los hombres con hijas casaderas: buscarle un marido con el que pudiera tener un buen porvenir. Cuando se hizo cargo de ella, nunca se imaginó que la chiquilla sería una especie de tabla de salvación. Aún recordaba el día en que la había arrebatado de los brazos de su madre, la mirada de piedra ardiendo con la que pareció condenarlo a todos los infiernos. Había llevado la carga de la niña durante años, así que el día que murió Cortés supo que había llegado el momento de sacar a Leonor del convento y empezar a jugar la partida.

Cortés le había dejado a la pequeña en herencia unos diez mil ducados que le servirían para pagar postas y algunos tejemanejes legales que habría de emprender si quería sacarle todo el jugo posible a la situación. Tenía previsto que, a través de Leonor, podría hacerse de una pequeña fortuna exprimiendo en su nombre las arcas de su primo. Pero Cortés se moría sin dejar un duro. Solo deudas, empobrecido por los múltiples pleitos que lo habían ido sangrando y empequeñeciendo como una planta sin agua. A estas alturas, Altamirano no estaba dispuesto a dejar perder los años de su vida invertidos en Leonor.

Así que, tal y como vaticinara la madre superiora, un día el tutor apareció en el convento, y le dijo a Leonor:

—Nos vamos.

—¿A dónde?

—A casa.

Y, sin más explicaciones, Leonor se fue a casa de su tutor.

Durante tres largos años aguardaron sin saber muy bien qué esperaban en esa tierra marrón como la corteza de los árboles en donde los inviernos resultaban cada vez más áridos e insoportables. Tres años largos como los días de un anciano solitario. Tres años de los que ninguno quiso acordarse. Tres años en los que la orfandad cayó sobre Leonor como una losa, consciente, por vez primera, de quién había sido su padre. Dormía sin moverse, aprisionada bajo el peso de su propia desgracia, y al caminar arrastraba las faldas tiesas y oscuras en una especie de procesión. Leonor se fue acostumbrando al pesar de su soledad, al frío del silencio en casa de Altamirano, que resultó ser diez veces más áspera que el convento.

En esa casa se encontraba una especie de cárcel de puertas abiertas. Su tutor resultó ser agrio como los limones rancios. Aunque a veces, cuando aún mantenía la ilusión de que Altamirano era lo más cercano a un padre y la curiosidad la invadía trepando desde los pies, Leonor lo esperaba acodada en el pasillo. Desde ahí podía escuchar los pasos de su tutor dando vueltas en círculos, oía que movía muebles, que sacudía libros, que los volvía a colocar. Una vez, con el corazón latiéndole en las orejas, Leonor se asomó. El hombre miraba unos papeles con cara de consternación. Luego los enrolló, tomó un par de ejemplares gordos desprovistos de sus hojas, libros huecos, y los metió dentro. Y en vez de colocar los ejemplares en el librero, los ocultó en una caja que escondía en un hueco de la pared, justo detrás del bargueño. Leonor se quedó mirando con curiosidad, sabiendo que hacía mal, con las orejas rojas, rojas, rojas, hirviendo de calientes y el corazón desbocado. No habría estado más nerviosa si hubiera visto a Altamirano esconder un muerto. Porque la alevosía era la misma y Leonor, por más que sabía que si Altamirano la descubría espiando le caería una buena reprimenda, se mantuvo allí, plantada como un árbol, hasta que este volvió a colocar todo en su sitio, se sacudió las manos en el jubón y volvió a sentarse tras su escritorio en su silla de brazos anchos. Leonor nunca osó preguntarle qué escondía ni por qué. Además, Altamirano apenas le dirigía la palabra y cuando Leonor trataba de acercarse solo recibía rebuznos y malos gestos. Con el paso del tiempo, Leonor se dio cuenta de que prefería mil veces la longevidad de aquel mutismo, porque cada vez que Altamirano abría la boca salían toda clase de culebras disfrazadas de perlas cultivadas capaces de minar el ánimo de cualquiera. Que si «las mujeres solo dais problemas», «las mujeres siempre con la misma cantaleta de ruegos y zollipos largos», «las mujeres a su territorio: la cocina y el bordado». Pero Leonor no era cualquiera. Dentro de su corazón batía el resabio de un tambor mexica que con cada una de esas aseveraciones latía más fuerte y se llenaba de coraje, negándose a admitir aquello como si esa música fúnebre que pretendía menoscabar cada una de sus ilusiones no fuera con ella.

Tres años tardó el destino en alcanzarlos. Ni un día más, ni uno menos. Una tarde Altamirano recibió la noticia de que aquella india de mirada de piedra ardiente, Isabel Moctezuma, había muerto al otro lado del mar. Altamirano leyó la misiva con suma atención y en su fuero interno dio gracias a Dios. La señal por la que tantas veces se había quedado en vela mirando el cielo raso de su cama de doseles, como si en ese techo estuvieran escritas las respuestas a sus preguntas en letras invisibles. Supo que la fortuna por la que debía luchar no eran las migajas que pudo haberle dejado su primo, sino la de Isabel Moctezuma. Con Isabel Moctezuma muerta ya no había que temer. Ni esconderse. Ya podía volver a la Nueva España con Leonor y comenzar a ejecutar su plan.

Altamirano había concebido el casamiento con cierta rapidez y sin que le afectara al sueño. Para todas las cosas que había visto y que le había tocado hacer, buscarle un marido a Leonor parecía un juego de niños. No faltaban hombres dispuestos a un matrimonio con una joven que ostentara un apellido de renombre, y si encima había riquezas de por medio no tardaba en formarse una pequeña fila de pretendientes. Leonor, además de todo, era bonita, por si hacía falta más. Altamirano solo necesitaba encontrar a alguien afín a Cortés y, de ser posible, alguien a quien poder engatusar para convencerlo de repartirse la fortuna y riqueza de Leonor a partes iguales. Riqueza, todo sea dicho, por la que aún debería pelear, puesto que no sería fácil que los otros hijos de Isabel Moctezuma fueran a abrirle los brazos y los dineros a una hija que nunca antes había figurado como tal, pero eso a Altamirano, lejos de echarlo para atrás, le producía un placer que le erizaba los pelos del bigote. Aunque era un hombre que siempre había preferido un mal acuerdo a un buen pleito, en esta ocasión estaba dispuesto a lanzarse a un mal pleito, teniendo en cuenta el pellizco de tierras que podía llevarse. Ya se encargaría él de los herederos de Isabel.

Se instalaron en la antigua casa que años atrás había ocupado Cortés y una de las pocas posesiones que el Real Fisco no había conseguido quitarle todavía. Leonor se encargó de decorar y de darle al lugar el aspecto más parecido a un hogar. Tardó varias semanas en dejarlo todo lo más acogedor posible, con la ayuda del servicio y de Puri, su nueva muchacha de compañía, mientras Altamirano cada día entraba y salía con urgencia, con la cabeza baja y el sombrero en la mano, cavilando y sopesando opciones como si llevara cuentas mentales. Hasta que un día, Altamirano, inusualmente atento, la llamó para darle una noticia.

—Os he conseguido un marido.

Leonor, que se afanaba en alinear un cuadro sobre el trinchador de madera, contuvo la respiración:

—¿Cómo decís? —preguntó incrédula.

—¿Nos sentamos? —dijo él señalando un par de sillas.

Leonor soltó el cuadro despacio y se aproximó hasta estar frente a frente con Altamirano. Al principio creyó que bromeaba —como si lo hubiese visto bromear alguna vez—, pero la seriedad de su rostro no dejaba lugar a dudas. Leonor bordeó la silla. El vuelo de su falda se infló al sentarse.

—¿Un marido?

—Así es.

—Y ¿se puede saber quién es ese que acepta por esposa a una mujer sin dote a la que no conoce?

—No deberías menospreciar. Es un señor de la alta aristocracia de Zacatecas.

—¿Zacatecas…? —murmulló ella.

—En la Nueva Galicia, lejos de la ciudad, sí.

—No entiendo, ¿cómo un aristócrata me quiere como esposa?

—Verás… esa es la parte que no te he contado.

Y Altamirano, que sabía que no había mejor mentira que una verdad a medias, soltó:

—Tu padre no te dejó en la ruina.

Leonor levantó las dos cejas.

—Vos me habíais dicho que tras las deudas de mi padre no había quedado nada para mí…

—Eso dije, sí.

—Que no podía casarme porque no tenía dote…

Altamirano carraspeó.

—Pensé que así os tendría bajo mi tutela un poco más —mintió en voz baja, mirándose la punta de las botas. Desde ahí, podía escuchar el ritmo acelerado del respirar de Leonor.

Altamirano alzó los ojos y al hacerlo se topó de bruces con su belleza mestiza. Altiva, con las mejillas encendidas de estupefacción y coraje. Vestida de negro como una viuda, una aparición en encaje de Manila. El pecho de Leonor se alzaba sobre el escote. Ambos guardaron silencio unos segundos.

—¿Queréis decir que tengo dote?

—Diez mil ducados.

—¡Diez mil ducados!

Leonor se puso en pie.

—¡Me habéis tenido engañada con vuestros embustes!

—Lo hice por vuestro bien.

—¿Mi bien? ¡Tres años! Tres años atrapada en Valladolid, en ese convento que bien sabíais que aborrecía, para qué, ¡para nada!, ¡para que ahora me vengáis a decir que soy más rica que vos!

Antes de que se diera cuenta de lo que había hecho, Altamirano le cruzó la cara de un bofetón.

—A mí no me alzas la voz, jovencita.

Leonor se quedó estupefacta, sin saber muy bien qué acababa de suceder. Humillada en lo más hondo. Sin derecho a alzar la voz, ni a enfadarse, sin derecho a protestar. Quiso llorar, pero se contuvo. Las lágrimas se negaron a salir como si una fuerza mayor le susurrara al oído: contente, Leonor, contente. Aún no ha llegado el momento. No llores, no parpadees. No le des el gusto de verte así. Saca pecho. No hay golpe capaz de doblegarte.

Altamirano reconoció su mirar. Ya lo había visto antes. Haciendo caso omiso, habló con su voz de marinero ronco:

—Mañana conocerás a tu marido. Más vale que le causes buena impresión.

Solo cuando Leonor se hubo quedado sola se sobó la mejilla. Aquel golpe dolía más en el orgullo que en la cara. La fuerza de un volcán comenzó a burbujear en su interior y empezó a liberar presión para no hacer erupción en medio del salón. Leonor se quedó sentada en el sillón de brazos de madera con forma de capitel, sintiendo en los pliegues de su regazo el peso de una herencia esperada durante mucho tiempo. A veces, en la soledad del convento, había imaginado que viajaba por el mundo recorriéndolo entero, sin más compañía que ella misma. Bien sabía que eso era un sueño imposible, pues Dios no daba alas a los alacranes. Pero ahora, ese sueño se le materializaba. Podría marcharse de la ciudad, ser libre, emprender su propio camino a pesar de tener un marido aristócrata y una hacienda, entonces por qué, se preguntaba, se sentía tan vacía.

Un silencio muy breve hizo nítidos y audibles los lejanos sonidos de la calle, un perro alternaba ladridos y aullidos compadeciéndose de su dolor, y aires de brisa otoñal se deslizaron por la sala. Leonor, erizada por un escalofrío, se giró hacia la ventana por si estuviera abierta. Estaba cerrada.

Purificación, su dama de compañía, entró en la habitación y nada más verla supo reconocer el golpe y la humillación en su cara.

—Ay, niña Leonor —le dijo, aun siendo casi de la misma edad—, no sufra. Le pondré unos paños de agua fría y se le pasará. No se le notará nada. A todas nos ha tocado recibir un golpe alguna vez.

Leonor la zarandeó llena de indignación.

—¿Cómo puedes resignarte así, Puri?

Luego la tomó de las manos y en seguida, ante los ojos de la muchacha abiertos como platos, le advirtió con rabia:

—Si me vuelve a poner una mano encima se la cortaré.

Y al decir esto el perro aulló en un lamento largo y las cortinas se movieron de nuevo. Puri se santiguó en un acto reflejo, pero a Leonor aquel movimiento imposible de las telas le había sonado a ovación.

Al día siguiente, Leonor veía el trajín de la ciudad desde la prudente distancia de un carruaje. Altamirano levantó la cortinilla. Se asomó durante un tiempo más de lo esperado para ser un hombre que vivía con prisa. A Leonor le pareció que Altamirano trataba de reconocer un lugar cuyo paisaje estaba profundamente cambiado.

Leonor iba sentada junto a la buena de Purificación, cuyo cabello castaño destellaba reflejos cobrizos al sol, la única acompañante en sus tardes de aburrimiento. Desde hacía pocos meses Puri era la encargada de cuidarla y ayudarla en las complicadas labores de encorsetarse, peinarse y bordar, y con quien Leonor, bajo amenaza de castigo, debía salir siempre en compañía. Leonor y Puri hicieron buenas migas enseguida, no solo por la cercanía de edad, sino porque Puri resultó ser un soplo de alegría entre tanto encorsetamiento. Aunque enmudecía ante Altamirano y siempre le contestaba con monosílabos, con Leonor era de un parlanchín de cotorra que según la ocasión ponía loca la cabeza. Cuando se quedaban a solas, con cierto pudor impuesto por la costumbre de los últimos años conviviendo entre monjas, pero con los oídos bien abiertos, Leonor escuchaba a Puri hablar de sus escarceos amorosos, porque para su corta edad, la zagala era de cascos tan ligeros como deslenguada, y ahora andaba en galanteos con Lorenzo, el mozo de espuelas de Altamirano:

—Es tan poco platicador como fogoso en la alcoba. ¡Tiene un miembro así!

—¡Puri! ¡No seas descarada! No son modos de una señorita.

—A las muchachas de servicio se nos está permitido lo que se les niega a las damas. Y yo no soy una dama, como usted —contestaba ella tapándose la boca con el abanico que dejaba al descubierto sus ojos picarones.

—Una dama ignorante. Me hubiera gustado aprender a leer.

—¡Y para qué quiere una dama saber leer o escribir! Mi padre dice que a las mujeres que leen las corrompe el diablo.

—Qué hablas tú de pecados y demonios, Puri. Anda, que no te pega nada. Además, eso es una tontería. El saber no corrompe.

—Saber, tanto saber… para qué. Una dama lo que tiene que saber es ser buena esposa y buena madre… ¡Y buena amante! Que si no los hombres luego andan por ahí, buscando fuera lo que no encuentran en la alcoba de su casa.

Leonor torcía el labio en una mueca de disgusto ante la idea de ser la esposa de alguien. Pero eso era lo que se esperaba de cualquier mujer afortunada. Casarse. Ser madre. Ser una dama.

Puri comenzaba a notar que siempre que salía el tema del matrimonio, Leonor enmudecía y las risas y los chismorreos cedían paso a un silencio caliente, a un sofoco largo como el del tedio de los caballos enganchados a un carro. Entonces, Leonor resoplaba y hacía bailar un mechón de pelo negro sobre su frente.

Por eso, el día en que fueron a presentarle al marido de Leonor, Puri estaba especialmente callada, pues en ese mutismo compartido pretendía hacerle saber a Leonor que compartía su descontento. Puri se imaginaba lo triste que sería casarse con un hombre que le sacara más de veinte años, de vientre abultado y nalgas flácidas. No como su Lorenzo, que era duro como la piedra y se la bebía entera cual vagabundo sediento, y así, recorriendo el cuerpo joven y recio de su amante, acodada en el apoyabrazos de la ventanilla, Puri se perdió, mientras sentía el cosquilleo de la humedad bajo sus faldas y un sofoco comenzaba a iluminarle los cachetes.

Ajena a los placenteros pensamientos de Puri, Leonor observaba el bullicio del exterior. Valladolid y el convento parecían haber quedado muy, muy lejos. Cuando Leonor se cansó de ver por la ventana, volvió su mirada hacia Puri, encendida como un faro, pero sentada a su izquierda con formalidad. Luego volvió hacia Altamirano que, lejos del espectáculo de las calles, estudiaba en ese momento unos papeles. Leonor pensó que era un hombre triste, y luego intentando no compadecerlo se recompuso, y decidió seguir viendo por la ventanilla. Solo cuando hubo terminado de revisarlos, Altamirano pareció reparar en la presencia de Leonor y volvió a repetir lo que había dicho antes de salir:

—Tolosa es un gran señor, minero, de Zacatecas. Más vale que le causes buena impresión.

Haciendo uso del resquicio de libertad que le quedaba, Leonor no se dignó a contestarle. Ni siquiera volteó a verlo, pero lo había oído bien. «Buena impresión» era un eufemismo más ancho que un templo para evitar decir que el hombre le echaría ojo, que el motivo de aquella visita no era otro que el de cerciorarse de convencer al tal Tolosa de estar escogiendo un buen cerdo para el matadero.

Por fin llegaron a conocer a Juan de Tolosa. Y al poner un pie en la tierra y emprender el paso, Leonor pudo sentir con cada poro de su piel que estaba caminando en dirección equivocada.

La «entrevista» salió según lo planeado: Leonor estuvo sentada a un lado de su tutor durante dos horas sin decir nada ni sonreír más de la cuenta, observando con atención a Juan de Tolosa, un vasco tan entrado en carnes como en años. Tolosa, en cambio, no paró de alabar el tremendo parecido que Leonor conservaba con su padre, a quien había conocido cuando llegó a la Nueva España tras la caída de Tenochtitlan. Después de las presentaciones protocolarias y ante las contestaciones monosilábicas de Leonor, los dos hombres le dieron la espalda y se pusieron a negociar.

Al volver a subir al carruaje, en cuanto se pusieron en marcha y comenzó el vaivén, Altamirano le reprochó a Leonor:

—¿Se puede saber qué demonios ha pasado?

—He hecho lo que me habéis pedido.

—Os pedí prudencia, no la frialdad de una muerta.

—¿No decís que las damas, mejor calladas?

—No te hagas la tonta conmigo. Sabes muy bien a qué me refiero.

—Sabéis tan bien como yo que lo que dijera era irrelevante. Vos ya lo habéis decidido.

—Un poco de cortesía no os habría matado. Menos mal que soy un hombre de recursos.

Y Leonor se volvió hacia la ventanilla para sumirse en ese paisaje colonial que la invadía entera, en la contemplación de un mundo mestizo como ella, único remanso capaz de contrarrestar la tristeza que había brotado en su interior. Y pensó y pensó. Pensó muchas cosas de regreso a casa.

Esa misma noche, Altamirano y Leonor cenaron en una mesa larga que los distanciaba lo suficiente para no estorbarse al comer y no tener que alzar la voz más de la cuenta. Altamirano comía rápido, masticaba cada bocado con una fiereza inusual y bebía de la copa a tragos largos, los bigotes se mojaban con las salsas, y aunque nada en esas muecas era sonriente, Leonor casi podía jurar que entre bocado y bocado su tutor disimulaba una sonrisa. Las velas titilaban dibujando sombras parpadeantes en la pared.

Con el paso de los años, cada vez que Leonor recordaba los momentos vividos junto a Altamirano, se desconcertaba ante la indolencia con la que este era capaz de sentarse ahí, a su lado, de convivir con ella, sabiendo, como supo después, lo que ella realmente significaba para él. Pero entonces Leonor aún ignoraba que cada milímetro de su existencia se había trazado meticulosamente con un compás, que la distancia entre cada uno de sus ángulos estaba medida al igual que la libertad de sus movimientos. Sin embargo, esa noche en el centro de Leonor comenzó a bullir un deseo que le quemaba las ganas, pues la mujer en la que estaba por convertirse pugnaba por empujar a la niña inocente y manipulada que hasta ese momento había sido.

—No voy a casarme —dijo desconociendo su propia voz.

Sin dejar de masticar, Altamirano pinchó un pedazo de carne con el cuchillo, y apuntándole con él antes de seguir comiendo, señaló:

—Tolosa es un buen partido.

—Es un viejo.

—Un viejo muy rico.

—Siempre pensando en el dinero.

—No desprecies el dinero, Leonor —aconsejó sin dejar de masticar—. No te gustaría ser pobre. Entre amar a un rico o a un pobre, escoge siempre al rico.

—Como si el amor tuviera algo que ver —balbuceó.

—Entonces, hazlo por el dinero.

—Pero es que yo no quiero casarme. Ni con él ni con nadie.

—Te quedarás para vestir santos. ¿Eso es lo que quieres? ¿Volver al convento?

—Y ¿por qué no? Ya vivo encerrada.

—Esto —exclamó dibujando un círculo con la punta del cuchillo— es un palacio.

—Quiero mi dote. No necesito un marido.

Tras un breve silencio arrullado por el chocar de los cubiertos de Altamirano sobre el plato, le contestó:

—No digas sandeces, Leonor. Lo mejor que le puede pasar a una mujer como tú es tener un marido español. Uno que te dé posición y prestigio.

—Ya soy hija del conquistador. No necesito más prestigio que ese.

—Un conquistador que murió en la ruina. Y para colmo tu madre era india —sentenció él.

Leonor se apoyó sobre los codos y colocó la barbilla sobre sus manos entrelazadas:

—Mira a tu alrededor, Altamirano —le dijo ella—: la Nueva España es mestiza.

La boca de Altamirano se torció en un gesto a medio camino entre una media luna boca abajo y un beso, a juzgar por el movimiento de sus bigotes tiesos. Una expresión indolente, estéril, atorada en la estupefacción de un Altamirano incapaz de darle la razón. Luego se desinfló en un suspiró y siguió comiendo. Después se hizo un silencio que Leonor, que no estaba acostumbrada a que su madre saliera en las conversaciones con Altamirano, rompió para preguntar por ella:

—¿Por qué nunca me hablas de mi madre?

—Te he contado todo lo que necesitas saber. Tu madre era natural de estas tierras y murió dándote a luz. Ya está.

—¿La conocías?

—¿Yo? Que va.

—Y mi padre, ¿cómo la conoció él?

—Vete a saber. Tu padre era un picaflor. Sería una india más de tantas —contestó antes de largar a la copa un buen trago de vino.

Leonor notó en las tripas el burbujeo del volcán. Tras permanecer unos segundos en silencio, volvió a decir:

—No voy a casarme.

—¡Harás lo que yo te diga! —gritó Altamirano mientras daba un puñetazo que hizo saltar los platos sobre de la mesa.

Fue ahí, justo en ese momento, cuando Leonor se dio cuenta de la repugnancia que le provocaba la violencia de los hombres. Como si tuviese más razón quien gritase más fuerte, como si por el hecho de reventar paredes a golpes y destrozar el ánimo con frases dolientes pudiese cubrir sus actos de coherencia. Como si al vociferar el mundo entero se pusiera de su lado. Leonor, entonces, aunque aún no era consciente de que en su interior se estaba gestando el germen de la valentía, comenzó a albergar hacia su tutor un amargor que le ayudaba a no amilanarse, a no achantarse, a no bajar la cabeza cuando le gritaba. Impulsada por una fuerza que emanaba de sus entrañas, por el batir de un tambor que golpeaba cada vez más fuerte, trató de no parpadear ni doblegarse ante el miedo. Porque no habría grito ni golpe sobre la faz de la Tierra que la hicieran claudicar ante lo injusto.

Lentamente, Leonor deslizó la silla hacia atrás y con una dignidad heredada se puso de pie frente a Altamirano y lo miró con toda la dureza de la que fue capaz, y por un segundo muy, muy breve, Altamirano se estremeció al reconocer en ella la pétrea mirada de sus pesadillas. Leonor se retiró de la mesa sin esperar a su venia. Altamirano despotricó a voces:

—¡Que vengas te digo, muchacha, a mí no me vas a dejar con la palabra en la boca!

Ese y otros gritos flotaron en el aire. Frases entrecortadas que le ordenaban volver y no darle la espalda. Pero Leonor siguió caminando sin detenerse, con el zumbido de su propio corazón envalentonado latiéndole en las orejas.

Antes muerta

Moctezuma consiguió convencer a Cortés, con muchísimo esfuerzo, de que Huasteca había actuado en solitario. Y aunque Cortés no estaba muy conforme con la explicación, tenía otros asuntos de los que preocuparse. Necesitaba más hombres, más fortaleza por si los mexicas sacaban los pies del tiesto, como —en vista de lo ocurrido— empezaba a suceder. Cortés decidió que partiría a encontrarse con Narváez sin más tiempo que perder.

Con su partida, en el palacio de Axayácatl se respiró una calma aparente. Muchos españoles abandonaron la ciudad y, al verlos marchar, Tecuixpo exhaló como si quisiera suspender un diente de león en el aire. Pero no todos se iban. María de Estrada se quedó. Aunque ella sola podría haber comandado a un ejército, el Malinche Cortés no la dejó al mando, sino a un hombre al que los indígenas llamaban *Tonatiuh*, «el Sol», por los reflejos rubios de su pelo, porque su barba amarilla le llenaba la cara y porque era delgado y alto como una vara. Don Pedro de Alvarado, Tonatiuh, era primer capitán, fiel a Cortés como un perro y cuya fama le precedía por tener más peligro que la pólvora seca.

Desde la muerte de Huasteca, Tecuixpo observaba todo con recelo, pues percibía sentimientos cuyas palabras aún no conocía: recelo, hostilidad, rabia. Especialmente hacia ese güero mal cocido. Ese hombre expelía un aroma distinto a los humores del no bañarse. Pero no era al Tonatiuh a quien espiaba Tecuixpo, sino a la mujer que le habían dado por esposa. Una tlaxcalteca, una de los enemigos de los mexicas desde tiempos lejanos. No era una esclava como Malinalli, destinada al servicio de su amo, sino una noble con la cual habían forjado una alianza, la hija de uno de los cuatro señores de Tlaxcala, la hija de Xicoténcatl el Viejo.

La mujer tendría la misma edad de la esclava Marina, y aunque las diferenciaba una aparente ilusión de libertad, una era esclava de los hombres y la otra esclava de su padre. A las dos las habían entregado en señal de alianza y buena voluntad. Tras un rito de rezos incomprensibles que hacían siempre los españoles cuando les daban una mujer, la salpicaron con agua en la cabeza y en las pestañas y le cambiaron el nombre, pues con ese nombramiento volvería a nacer distinta a ojos de su dios, con todo y huaraches, pero desprovista de su antigua naturaleza. Ahora llevaba por nombre doña María Luisa.

Un día, Tecuixpo se le acercó sigilosa, le tiró de la falda de su vestido y le preguntó:

—¿Qué significa *Luisa*?

El rostro de la muchacha fue un cielo previo a la tormenta: oscuro, negro, lleno de dudas.

—No sé —contestó.

—Pero debe significar algo, todos los nombres significan algo.

Doña Luisa se enterneció. Ante la imposibilidad de responder sobre el significado de su nombre, tan solo dijo:

—En otro tiempo fui Tecuelhuetzin. Nadie me llama ya así.

—Eres la esposa del Tonatiuh, ¿verdad?

—Lo soy.

Fueron solo eso. Dos palabras. Pero al momento de pronunciarlas, todo entre las dos había cambiado ya.

Doña Luisa, al contrario de Tecuixpo con Moctezuma, jamás se había sentado en las piernas de Xicoténcatl el Viejo, su padre. Siempre habían mantenido una distancia insalvable y aunque alguna vez hubiera querido acercársele para tocar su rostro con las manos y palparlo para acariciarlo, mandaba las ganas a la boca del estómago y se contenía. Recordaba los celos que había sentido del propio Cortés, cuando este apareció en Tlaxcala, y después de decirles con asombro que esa ciudad era como Granada —lugar que ellos no conocían, pero al que Tlaxcala debía parecerse—, aquel al que llamaban Malinche con voz triunfante pidió a su padre que se aliaran, que lucharan juntos frente a la opresión mexica. Juntos harían el más grande imperio, juntos se liberarían por siempre de Moctezuma, juntos se librarían de las guerras floridas y de los tributos con los que los mexicas los sangraban mes a mes. Juntos irían a la gloria. Xicoténcatl, ciego a causa de los muchos años, estiró las manos y quiso palpar con las yemas de los dedos el cuerpo del hombre que venía con semejantes ínfulas de grandeza. Doña Luisa recordaba la mano de su padre que tentaba a Cortés, le recorría la cabeza de cabello crespo, la barba poblada, las cuencas de los ojos, la nariz afilada, las orejas sin horadar, el torso de pectorales fuertes, los hombros con marcas de espadazos y heridas, y de vuelta al rostro, palpando cada uno de sus poros con las yemas, viendo a través de las manos el aspecto de ese hombre que les prometía la gloria. Y después, para sellar la alianza, oyó cómo su padre dijo una frase que cambió su destino para siempre:

—Toma a mi hija, Malinche. Nunca ha sido casada. Quiero que la tengas tú en señal de alianza.

Doña Luisa contuvo la respiración. Cortés miró a la muchacha. «Guapa para ser india», pensó.

—La tomaré, pero primero tenéis que conocer la palabra de Dios.

Acostumbrado a hacer alianzas sin tener que renunciar a sus creencias, Xicoténcatl indicó:

—Nosotros ya tenemos dioses. No necesitamos otros.

El padre Bartolomé de Olmedo, que hasta ese momento había permanecido en segunda fila, dio un paso al frente y en su impetuoso aparecer empujó a dos o tres. Tenía un sisear profundo cuyo silbar permanecía en el aire unos segundos aun después de haber terminado de hablar:

—Dejadme essso a mí, Hernando. No podéisss quitar a sssus diossses de repente.

—Está bien, padre, pero daremos una misa —protestó Cortés—, y luego bautizaremos a las indias. Que nadie las tome sino hasta que hayan sido bautizadas. No queremos cometer más pecados de la cuenta.

Los hombres de Cortés hicieron una mueca de disgusto.

—¿Y cuándo será eso, capitán?

—Mañana.

105

Y algunos resoplaron. Después, Cortés notó que Alvarado miraba a la hija del cacique con notorio interés. Se dirigió hacia él.

—Esta es tuya —le dijo.

Le dio un par de palmadas en la espalda y se alejó de allí, sin que Xicoténcatl se hubiera enterado de que su hija acababa de pasar a las manos de otro hombre al que no había conocido.

Doña Luisa entró en Tenochtitlan, la ciudad que combatía a sus tlaxcaltecas desde tiempo inmemorial, convertida en la mujer de Pedro de Alvarado. Y aunque oyó exclamar frases que no entendía, comprendió la admiración que escapaba de las bocas abiertas de los españoles. Y es que Tenochtitlan no dejaba a nadie indiferente. Algunos se tallaban los ojos como si despertaran de un sueño. Por lo visto, de donde venían los teules no había ciudades de semejante grandeza. A diferencia de los españoles, doña Luisa sabía que ese imperio, desde la maravilla de los acueductos, los puentes sobre los canales, los mercados repletos de abundancia, los templos majestuosos, las canoas, hasta las desafiantes chinampas de huertos flotantes que robaban espacio de cultivo y ponían tierra donde solo había habido agua… todo eso y más era el fruto del saqueo, del sangrante sistema de pago de tributos a los que los mexicas sometían a los pueblos vecinos. Señoríos enteros sometidos al tlahtoani Moctezuma y al padre de su padre desde tiempos remotos. La grandeza de Tenochtitlan se levantaba sobre la explotación de los pueblos, de la sangre derramada en los altares, sobre las piedras del sacrificio en donde morían otomíes, totonacas, tlaxcaltecas y tantos otros en nombre de los dioses. Doña Luisa pensó que pronto todo ese imperio sería tlaxcalteca, y con la ayuda de las armas de los teules la sangre por derramar, a partir de ahora, sería mexica. «Basta ya», se dijo, «basta ya de bajar la cabeza, de sacrificar a nuestros hijos, de darles nuestro maíz».

—No te dejes intimidar —le dijo entonces Luisa a Alvarado en una lengua que no entendió, pero cuyo tono guerrero y bravío no le pasó desapercibido.

De eso había pasado ya un año. Un año en donde los prisioneros, esta vez, habían sido mexicas.

Tecuixpo percibía en doña Luisa ese rencor tlaxcalteca, como si ser la esposa del Tonatiuh le otorgara cierto poder. Se preguntó cómo sería ser la esposa de un teule. Por más que quisiera crecer deprisa, el matrimonio no le urgía tanto. Su madre le había instruido sobre los placeres y la importancia del conocimiento del cuerpo propio y del ajeno. Los dioses bendecían con las flores, las danzas, los cánticos y el sexo. Desde pequeña oía a sus medias hermanas contar historias sobre el goce que se producían ellas mismas como fuente del autoconocimiento, para después indicar a sus amantes cómo conseguir ese nivel de placer. Que se movieran así, que presionaran por allá, que empujaran las caderas hasta doblarles la espalda. *Lujuria*, sin embargo, era una palabra que las mexicas no conocían, como tantas otras que estaban vinculadas al pecado. Porque no había tal. Sencillamente las diosas les habían regalado un cuerpo capaz de sentir placer de la misma manera que podían sentir alegría, temor, tristeza y regocijo. La carne sentía. Dolor y frenesí. Y eso era una cualidad tan natural como el color de los cabellos.

Pero ¿ser la esposa de un hombre venido del mar? ¿Un hombre con otro olor, otro sabor, otra textura? ¿Serían blandos como el maíz recocido? A lo mejor por eso llevaban esas corazas duras de metal, para sostener un cuerpo flácido incapaz de sostenerse erguido. ¿Cómo podría doña Luisa sentir placer con un hombre así? Tecuixpo no terminaba de entenderlo. Doña Luisa a veces se lo preguntaba también. ¿Cómo era que había terminado siendo la esposa de Pedro de Alvarado, un hombre de pelo amarillo como elote, de ojos pálidos, huecos, azules como los de los viejos a quienes las nubes se le han metido dentro de los ojos, con pelos debajo de las axilas y a lo largo de un torso tapizado hasta el ombligo?

Al principio, cuando su esposo la tomaba —lo que sucedía a menudo—, se encomendaba a la diosa de la fecundidad y el placer carnal, Tlazoltéotl, a ver si por una vez el hombre entendía que no estaba solo en aquel arrebato. Pero por más que intentaba hacerle ver que no hacía falta tanta brusquedad, que le hiciera el amor como a la hija de un rey y no como a una esclava en cuatro patas, por más que intentaba girarse y ponerse sobre él para que la mirara a la cara cuando se montaban, él parecía estar más preocupado en usarla como un depósito. Así que, cansada de esperar a que el hombre se diera cuenta por sí solo de los placeres que estaban destinados en el sexo compartido, decidió tomar la iniciativa. Y una de tantas noches, mientras él dormía, cogió un puñal pequeño y se puso a horcajadas sobre él. Así, con el filo de un cuchillo frío en su gaznate, le hizo sentir el gozo de los cuerpos moviéndose en un solo vaivén, y ella, por fin, sintió placer.

Alvarado empezó a decir cosas en un castellano que entonces ella no entendía, pero que sonaba a «indias lujuriosas, mira que sabéis». A partir de ese día, cada vez que Alvarado veía un pequeño objeto punzante sentía el sexo erigiéndose bajo las calzas. Y llegaba la noche y Alvarado le pedía que le pusiera el cuchillo al cuello, que le abofeteara las mejillas o que lo amarrara a la cama para dejarse dominar por ella. Doña Luisa se dio cuenta de que a su marido después le urgía irse a confesar con el padre Olmedo para lavar algo que él llamaba «los pecados de la carne». Así que le propuso un trato: «pecamos juntos por delante y por detrás, por arriba y por abajo, nos lamemos entre las piernas con las lenguas y luego con esa misma boca nos vamos a confesar». Alvarado no solo quedó conforme, sino que en la mesa comenzó a sentar en el sitio de honor a la pecadora de su mujer.

Quizá por eso Tecuixpo no encontraba en doña Luisa ese aire agazapado de incredulidad que veía en las demás mujeres de su raza que se veían obligadas a yacer con españoles. A ella la veía altiva, en pleno control del hombre con el que dormía. Y Tecuixpo estaba convencida de que ella, por más que le hubiesen cambiado el nombre y mojado los cabellos con agua bendita, seguía siendo tlaxcalteca. ¿A quién pretendía engañar? No era como la española, la mujer-caballero: esa iba de frente. Era transparente. Cuando Tecuixpo veía a María de Estrada sabía muy bien que se encontraba ante una mujer sin aristas. Lo sabía porque la observaba mucho, mucho rato, tanto que casi había llegado a aprendérsela de memoria. Le gustaba verla entrenar en el patio con los demás hombres, le gustaba ver cómo los hacía caer sobre sus espaldas mientras ella les ponía el filoso hierro al cuello y luego, tras haber demostrado su superioridad, les daba la mano para ayudarlos a levantarse.

Con la tlaxcalteca era diferente: por más que la miraba no encontraba nobleza en ella. Tecuixpo se juró que no correría su suerte. Ella era hija del gran tlahtoani Moctezuma. Y nunca, nunca, nunca, amaría a un español. No. Ella jamás. Ella nunca. Salió de allí rumbo a los aposentos de Cuitláhuac. Ahora, sin Cortés, los españoles eran más vulnerables. Había que aprovechar la situación. Pero, al dormir, traicionada por sus pesadillas, Tecuixpo se soñaba vistiendo ropas al estilo de doña Luisa, agarrada del brazo de un español, riendo como hacían ellas, tapándose la boca con un abanico. Tecuixpo despertaba empapada en sudor. «Antes muerta», se decía.

La separación

Al llegar a Chalco, Cortés preguntó a los mexicas que lo acompañaban:

—¿Dónde están mis sesenta mil hombres?

—Van delante —le contestaron.

Mientras los hombres de Cortés avanzaban confiados, Cortés percibía un olor a chamusquina. Era un olor familiar, pero que ahora se le presentaba camuflado, envuelto en cierta pasividad taimada con la que los mexicas contestaban y que aún no había aprendido a reconocer.

Llegaron a Tepeaca y volvió a preguntar:

—¿Dónde están mis sesenta mil hombres?

—Van allá, adelante —le volvieron a responder.

Y así, guiados por un aire chamuscado, Cortés llegó a la costa el día de Pascua del Espíritu Santo para comprobar, perplejo, atónito y sin ganas de disimular su disgusto, que ni sesenta mil, ni veinte mil, ni siquiera diez mil hombres de Moctezuma iban delante. Allí no había más armas que las españolas. Fue entonces cuando Hernán Cortes, por fin, reconoció ese olor que los había venido acompañando durante todo el camino: olía a mentira.

—¡Esto *Muteçuma* me lo pagará caro! —sentenció.

Avisado ya de la llegada de Cortés, y por encontrarse los caballos muy fatigados por el desastroso desembarco y el camino hacia Cempoala, Narváez decidió que esperaría apostado desde lo alto del templo, arropado por las carnes del Cacique Gordo y totalmente convencido de la lealtad de sus hombres, a quienes mandaba en grupos para negociar con Cortés.

—Decidle que venga a verme. No quiero dar un espectáculo frente a los naturales.

Pero a pesar de sus intentos por contener la codicia de sus hombres a punta de latigazos, los rumores de las riquezas a las que tenía acceso Cortés no hicieron sino acrecentarse en cuanto asomaron la cabeza por la costa. Pero sobre todo y por encima de todo, lo que marcó la diferencia fue la certeza, transparente y clara, a punto de reventar como una burbuja caliente, de que aquel al que los indios llamaban Malinche ostentaba algo más caro que el oro. Cortés tenía poder.

No hicieron falta esos sesenta mil hombres de Moctezuma para que los soldados de Narváez se inclinaran ante Cortés, olvidando con una amnesia superlativa que ese frente al que se cuadraban era el capitán al que habían ido a arrestar. Hernán Cortés apareció allí, sereno como un clérigo, derecho como una vela, altivo como un hombre al que confunden con un dios, y no hubo alma en esa playa que osara cerrarle el paso ni espíritu que soportara el juicio de su mirada. En un juego de espejos, algo del tlahtoani se le había mimetizado, pues los más débiles bajaban la vista ante su presencia y no osaban hablar sino cuando Cortés les cedía la palabra. Los hombres de Cortés, imbuidos de la dignidad de saberse junto al líder, caminaban también con paso firme y cabeza alta.

Al redil de Cempoala volvieron unos pocos. Juan Cano fue uno de ellos. El resto desertaba de las filas de Narváez —y por tanto de las de Velázquez— en tropel. «Queremos estar del lado de Cortés», decían. «Queremos estar con los vencedores», se arengaban. Narváez con risita nerviosa recibió a Juan Cano, a sabiendas de que no venía con buenas noticias. Juan tardó unos segundos en hablar, pero prefirió soltar la bomba sin cortapisas.

—Los hombres no quieren levantarse contra Cortés, capitán. Prefieren tenerlo de amigo que de enemigo.

Narváez, apoyado sobre la mesa, tiró todo lo que estaba sobre ella. Varias copas de vino salieron volando, mojando los papeles y haciendo tintinear un par de adornos que el Cacique Gordo le había regalado.

—¡Serán malditos! ¡Traidores! Buenos para nada. ¡Mal rayo los parta! ¿¡Pero qué les ha prometido ese ladino!?

—Pues lo de siempre, mi capitán. Riquezas. Oro. Dicen que allí donde tienen prisionero al rey se les sale el oro por las orejas.

—¡Sandeces! Ese oro pertenece a la Corona, no a nuestros bolsillos. Ya verán cuando les ponga las manos encima.

Narváez trató de recomponerse, estirándose la camisa sudada y echándose hacia atrás unos pelos que le bailaban sobre la frente. Esperó a que el rojo encendido de sus mejillas se apagase un poco para preguntar:

—Y a ti, muchacho, ¿no te tienta irte con el bellaco de Cortés?

—Yo os di mi palabra, capitán, y mi palabra vale tanto como el oro con el que corrompen.

Narváez levantó dos copas del suelo, las sacudió un poco y las rellenó de vino. Acercó una a Juan Cano.

—Más vale que Dios esté de nuestro lado, muchacho. Porque o somos muy leales o un par de insensatos.

Brindaron. Bebieron. Y luego Narváez preguntó:

—¿Pelearéis a mi lado?

—Hasta la muerte, mi capitán.

Pedro Gallego de Andrade se volvió callado, a tal punto que incluso a Juan Cano le incomodaba tanto silencio. Temía que algo pudiera haberlo hecho enfermar, porque algunos de los hombres que habían viajado con ellos en el barco, casi todos indios de Cuba, empezaron a manifestar síntomas de un mal que los afectaba. Se quejaban de dolores de espalda, de un cansancio que los aplastaba, de calenturas y fiebres a las que poco caso hacían los que estaban sanos. Ahora era Juan Cano quien lo sonsacaba:

—¿Estás bien? ¿Te ha comido la lengua el gato? ¿No estarás enfermo?

Pedro Gallego contestaba con movimientos negativos de cabeza:

—No me pasa nada.

Y es que Pedro Gallego no estaba enfermo, sino taimado. Observaba con cautela, astuto, a distancia; al igual que vio a los barcos aproximándose a la costa con peligro, con la misma suspicacia percibía cómo los hombres de Narváez eran cada vez menos. Por cada tres mensajeros que Narváez enviaba con órdenes de sometimiento a Cortés, volvían dos. Y ese uno, si es que después volvía, sembraba entre la tropa rumores de cómo Narváez iba a ser derrotado, que no tenía escapatoria. Cortés contaba con el apoyo de los tlaxcaltecas, los guerreros más bravos y temerarios de aquellos lares, de los pocos pueblos no sometidos al Imperio azteca, que despellejaban a sus enemigos para cubrirse con sus cuerpos como si fueran las pieles de fieras con las que los bárbaros se abrigaban en invierno. Esos eran los amigos de Cortés. El Chocarrero, por su parte, también adoctrinaba con sutileza, casi de manera desapercibida, convenciendo a los de Narváez que a quien debían apresar era a Pánfilo y no a Cortés.

—Si no lo apresáis terminaréis siendo los mozos de los hombres de Cortés. Pensadlo bien. Escoged bien a vuestro capitán.

El mensaje fue un veneno mortal administrado poco a poco, esparcido con tan buenos resultados que Pedro Gallego de Andrade, moldeable como el barro húmedo, supo enseguida que estaba en el bando equivocado. No por deslealtad, sino por supervivencia. Durante la noche los remordimientos le espantaban el sueño. Pensaba. Dudaba. Sucumbía al cansancio. Despertaba asustado de sus propias pesadillas y volvía a pensar.

El Chocarrero no estaba solo en la sibilina tarea de sembrar la duda entre los hombres de Narváez. También contaban con el fraile Olmedo, un hombre menudo, de barba rala y tonsura hermosa, de cejas tan pobladas que eran la envidia de los pájaros que se esforzaban por construir un nido y que siempre acompañaba a Cortés. Gustaba de susurrar al oído con la boca entrecerrada para que nadie pudiese leerle los labios, y se acercaba mucho a los oídos de los incautos que quedaban atrapados en su canto de sirena. Sabía usar las palabras adecuadas para hacer que lo malo pareciera mediocre, lo mediocre bueno y lo desleal justo. Pues su hábito no era más que un disfraz para ocultar a un político astuto, y Cortés, a sabiendas de las virtudes de su labia, lo mandó en avanzada para intermediar ante Narváez y, ya de paso, conseguir adeptos a su causa.

Los devotos rezos de Pedro Gallego no fueron inmunes a los argumentos de Olmedo que le hablaba bajito, tan bajito que Pedro Gallego sentía la necesidad de acercársele mucho para poder escucharlo, como si estuviera recibiendo el sagrado sacramento de la confesión, y esa voz susurrante que arrastraba las eses en un silbido serpentino: «Mira bien, júntate con Cortésss, hijo mío, que estas tierras son peligrosasss y solo a su lado encontrarásss refugio y protección, y eresss joven, hijo mío, y yo sssé mejor que tú qué es lo que te conviene, que he visto de muchasss atrocidadesss y penaresss de manosss de los indiosss; solo con Cortésss, hijo mío, podrás evitarlasss, solo con Cortésss», y así con cada frase lograba meter aquel sonido serpenteante en su conciencia y luego le daba la bendición «en nombre del Padre, del Hijo y del Essspíritu Sssanto. Amén». Hasta que un día, incapaz de resistirse más, Pedro Gallego de Andrade decidió, como tantos otros, no volver a Cempoala. No por haber caído ante el chocarrero y sibilino embelesamiento a favor de Cortés, sino porque un instinto más fuerte que él mismo le advertía que los hombres de Narváez eran volubles y con estados de ánimos más cambiantes que los de la luna, mientras que los de Cortés permanecían impasibles, estáticos cual pirámides a la espera de instrucción, como si estuvieran recubiertos por una coraza impermeable al dolor y al miedo. Y más que por afinidad con Cortés, fue la decepción ante Narváez, una decepción lenta y larga, una decepción mascullada hasta la extenuación, lo que ese día, cuando Juan Cano le dijo «venga, Pedro, vámonos a Cempoala a avisarle al capitán de la negativa de Cortés para entregarse», lo detuvo en seco.

—Ve tú, Juan. Yo no vuelvo.

Durante muchas noches, muchos años después, despertaría recordando la decepción que entonces se dibujó en el rostro del cacereño. Ese chico callado, calculador, con mirada de médico en inspección, por fin le dijo algo:

—No hagas tonterías, Pedro. Nuestro lugar está con Narváez.

—Mi lugar está aquí, Juan. No espero tu comprensión, sencillamente no me busquéis.

—Eso es traición. Te matarán si te quedas.

—Me matarán de todos modos. ¿Acaso no has visto este sitio? ¿No has visto a los indios que están con Narváez? ¿Y los de Cortés? Será un milagro que no acaben con nosotros. Solo con Cortés tendremos una oportunidad en estas tierras.

—No te equivoques. Cortés tiene los días contados —dijo Juan Cano apelando a su sensatez.

Pedro Gallego de Andrade, con la juventud de sus diecisiete años, trató de descifrar qué le hacía afirmar algo como aquello cuando a todas luces Cortés era uno de esos pocos hombres que moriría en la raya y, entonces, allí, Pedro Gallego comprendió qué era lo que se escondía en esa mirada de profundo analizar detrás de los ojos de Juan Cano: una necedad grande como un templo.

—Solo un necio pensaría eso, Juan.

Se miraron largo rato, compartiendo una vez más el silencio espeso que reinaba en sus conversaciones, diciéndose sin decir palabras no dichas, mudas, huecas, atoradas en sus gaznates, incapaces de pronunciar sonido alguno por temor a arrepentirse, aunque ambos comprendían muy bien lo que intentaba decir el otro, cargando su mutismo de significancia. Así pasaron largo rato, dibujando círculos en la arena con las puntas de sus espadas, sopesando, cavilando, sin atreverse a dar por zanjado un tema que definiría sus vidas, un instante previo a un antes y un después, porque ese silencio eterno pesaba más que la arenga de un obispo lanzada desde un púlpito, un silencio elocuente en donde el uno decía «por favor» y el otro respondía «no quiero», un silencio en donde uno decía «si nos enfrentamos en una guerra no dudaré en matarte» y el otro contestaba «haremos lo que haya que hacer», así, sin palabras, hasta que después de mucho meditar sobre el escenario hacia el que se abocaban, se despidieron en un abrazo muy corto, se dieron un par de palmadas fuertes en la espalda, y juntaron las frentes como cabritos a punto de retarse. Juan Cano se quitó una cruz que llevaba al cuello y se la tendió a su amigo entre las manos, apretándoselas fuerte. Un apretón que decía «ve con Dios, cuídate mucho». Luego se dio media vuelta y enfiló pasos en otra dirección, sabiendo que la próxima vez que se encontraran, ambos estarían en bandos distintos.

El sonido del caracol

Con el entrecejo fruncido hasta el fondo del alma, Cuitláhuac estaba listo para acabar con todos esos invasores que habían llegado a someter al tlahtoani y a todos los mexicas. A espaldas de Moctezuma se reunía con Cacama, el rey de Texcoco, para perpetrar una matanza que acabara con la prepotencia de los causantes del desequilibrio. Todo sucedería al tercer toque del caracol.

Antes de partir, Cortés le había dicho muy claramente al marido de doña Luisa:

—No te cargues lo que hemos construido en un año, Alvarado.

Y el otro, con sorna, le reía la gracia cuando precisamente lo que quería era cargarse a los mexicas de una vez por todas.

—Mano dura, eso es lo que necesitan esos indios. Mano dura. ¿Verdad, Luisa?

—Verdad, mi señor.

Alvarado estaba al mando de ciento ochenta españoles, tres caballeros con sus caballos —suficiente para impresionar a los indios que se sorprendían mucho al pensar que el hombre y el animal formaban un todo indisoluble—, y unos tirillos,[6] suficientes también para amedrentar a una población que creía a los españoles capaces de dominar la furia del trueno a través de esos tubos que disparaban desde lejos. Pero no eran sus consejeros ni los sacerdotes quienes susurraban al oído de Alvarado, sino alguien mucho más cercano, alguien que poco a poco había logrado ganarse su confianza, alguien

---

[6] Tirillos: cañones pequeños.

116

—sin duda— más lista, más maquiavélica y sibilina que él: su esposa doña Luisa.

Doña Luisa se paseaba por el palacio de Axayácatl observando todo. Contemplaba el poderío mexica y lo quería para sí. Quería que esos jardines fueran de ella, que los esclavos se rindieran a sus pies. Y sabía que el arma más efectiva no estaba recubierta de acero ni de pólvora: quería tener el poder de susurrar a los poderosos. Así, durante semanas, se aproximaba a su marido, al que a fuerza de tanteo comenzaba a controlar y a conocer, y le daba placer con la boca y con los pechos, y Alvarado se dejaba hacer, rindiéndose a los pies de esa lujuriosa mujer india que le había tocado en suerte y cometía con ella y en ella todos los pecados que se podían cometer con la carne, y entre embiste y embiste, empuje y empuje, ella le susurraba palabras envolventes como el siseo de la serpiente. «¿Narváez es… más poderoso, más… fuerte que tú, señor mío?». Y empujaba las caderas hasta el fondo en un ritmo vertiginoso que aceleraba el pulso de Alvarado. De pronto, cuando sentía que Alvarado estaba a punto de dejarse ir, se detenía, y lo dejaba detenido como un diente de león flotando a merced del aire, y luego empezaba a moverse de nuevo, despacio, tan despacio que Alvarado sentía que iba a morirse a contrapié. Y doña Luisa volvía a coger ritmo, poco a poco… «No… porque… tú eres… más… fuerte. Tú… eres… el Tonatiuh». Cada palabra acompasada con un círculo de caderas al batir chocolate. «Ellos… van a aprovechar que… Cortés no está… para… matarte…, señor mío… ¿No escuchas los tambores… no escuchas… los timbales…? Se preparan… para la guerra. Abre… los… ojos. Mira… a tu… alrededor». Alvarado, excitado por el peligro, por ese acelerado movimiento que lo arrebataba y envolvía, se encendía con las palabras de su mujer hasta que se venía al grito de: «¡A muerte con ellos, traidores, me los voy a coger a todos!». Y se dejaba ir lento y contenido en un instante que duraba demasiado poco.

Cuitláhuac, ajeno al poder de observación de la tlaxcalteca doña Luisa, no sospechaba que la hija de un ciego pudiese ver tanto. Convencido de que su plan era un muro sin fugas ni grietas por las que dejar ver o escapar sus intenciones, se dirigió hacia Moctezuma, a ver si conseguía llevar agua a su molino.

—Hermano, gran tlahtoani, no pienso quedarme de brazos cruzados. Déjame hacerles la guerra a los invasores. Ahora que no está Cortés.

Moctezuma, a pesar de seguir contrariado por el resultado fallido del envenenamiento de Cortés, no daba su brazo a torcer:

—La paciencia es una virtud de la que careces, por eso nuestro padre no te escogió como su sucesor, sino a mí.

Cuitláhuac disimulaba una mueca de disgusto, una mueca solo delatada por su entrecejo hundido.

—Podemos vencerles —le garantizaba.

—No seas soberbio, Cuitláhuac. Los teules matan desde lejos. No necesitan combates cuerpo a cuerpo, en donde somos igual o mejor que ellos. La guerra no es contra ellos. Es contra sus armas y contra todos los señoríos que se les unen. ¿No te das cuenta?

—Ya los hemos sometido antes.

—No. Las circunstancias son otras ahora. Ahora debemos esperar.

—¿Cómo esperabas matar a Cortés? ¿Con ponzoña en sus alimentos?

Moctezuma se giró con brusquedad. La altanería de su hermano empezaba a molestarle al punto de preocuparse. En lugar de eso, replicó:

—Ese Narváez vencerá a Malinche. En cuanto tengamos noticias de su victoria, te dejaré pasar a cuchillo a los de Cortés y sacrificaremos a sus mejores hombres.

—Al menos —Cuitláhuac hizo una pausa—... permite que rindamos homenaje a Huitzilopochtli y a Tezcatlipoca. Celebremos el fin del Tóxcatl.[7] Dale ese regalo a nuestra gente.

Moctezuma se irguió. Estuvo con la frente en alto unos segundos. Celebrar el inicio de la primavera sería algo que honraría a los dioses y garantizaría una buena cosecha y buenos resultados en la guerra. Sí. Tal vez sería buena idea celebrar a los dioses.

—Así sea. Prepara a los súbditos para la festividad.

[7] «Cosa seca. Sequedad y falta de agua». Es el quinto mes del calendario civil Cempohualli mexica. Equivaldría al inicio de la primavera.

Cuitláhuac sonrió en seriedad. Y entonces, a sabiendas de que con ello abriría la caja de los truenos, preguntó:

—¿Y el mancebo para el sacrificio?

—Escoge al que te plazca.

—¿Y qué les diremos a los españoles?

—Envía a los sacerdotes. Que les comuniquen que habrá fiesta en el Templo Mayor. Con sacrificio incluido.

Cuitláhuac salió de allí frotándose los dedos. Ya sabía cómo, cuándo y dónde perpetrar su venganza. Moctezuma había mordido el anzuelo.

Los mexicas recibieron la noticia del festejo con un entusiasmo renovado. De alguna manera, que el tlahtoani se decidiera a celebrar el inicio de la primavera con bailes y cánticos a sus dioses era una muestra de poder, de soberanía, una prueba de que no habían conseguido desterrar sus creencias, por mucho que los españoles osaran quitar las imágenes de sus dioses de los templos y se pasearan por el palacio de Axayácatl sin miedo ninguno. Tecuixpo sabía que aquello era solo una tapadera. Huitzilopochtli había nacido empuñando armas y matado a sus cuatrocientos hermanos para defender a su madre. Un dios nacido vencedor. El dios cristiano no podía, bajo ningún concepto, vencerlo. Y como tal, vencerían ese día. Estaba segura. Se acomodaba junto a Cuitláhuac en una estera y en silencio lo escuchaba despachar con los demás señores con los que mantenían Alianzas. Tecuixpo escuchaba, bien atenta, sin perder detalle de Cuitláhuac.

Azuzado por su mujer, Alvarado se paseaba por los pasillos. Estaba cansado de tanta sensatez. No le gustaba la sensación de estar allí, solo, sin Cortés. Por mal que le pesara, Cortés mantenía a raya a todos esos indios salvajes. Y ya empezaban a sacar los pies del tiesto. ¿O no habían intentado envenenarlo justo antes de partir? Alvarado sacudía la cabeza y le echaba la culpa de sus dudas a su mujer: «Luisa de los mil demonios, que me llena de miedos». Le pediría que le pegara bien fuerte con el cilicio en las nalgas descubiertas, por cobarde y temeroso.

Al día siguiente supo que esos azotes habían sido innecesarios, no solo porque tenía que sentarse de lado para soportar el dolor de sus posaderas despellejadas, sino porque los sacerdotes de Moctezuma se presentaron ante él para avisarle de la celebración del fin de Tóxcatl. Alvarado los recibió con sospecha, desconfiado, como siempre que recibía a mensajeros en forma de sacerdotes o guerreros —a él todos le parecían iguales—, y se ponía en guardia. Le dijeron que la celebración se haría en el Templo Mayor, como era su costumbre. Alvarado aceptó. Le dijeron que sacrificarían a un mancebo a Tezcatlipoca. Alvarado puso el grito en el cielo.

—¡Bárbaros, idólatras! ¡Es que acaso no sabéis celebrar nada sin despellejar vivo a un pobre infeliz! —Y al decir esto contuvo el deseo de sobarse sus propias nalgas.

Los sacerdotes no entendieron las palabras, pero entendieron los gestos.

—No habrá sacrificios. ¿Entendido?

Los sacerdotes inclinaron la cabeza y partieron indignados.

Sin embargo, a partir de ese día Alvarado aguzó los sentidos. Por todas partes le parecía intuir un alboroto generalizado. Se escuchaba el ruido de martillos a diestra y siniestra, tronando contra las piedras de obsidiana. Los indígenas decoraban con guirnaldas y engarzaban granos de maíz que explotaban al calor formando nubes diminutas en collares inmensos, pero al ver pasar de cerca a los españoles disimulaban y echaban lo que fuera que estuviesen preparando en unos enormes canastos. A Alvarado le parecía que tramaban algo. Por cada paso que daba sentía miradas cruzadas, le parecía ver señas dibujadas en los sacos donde acumulaban los granos, pero sobre todo sospechaba de un taimado servilismo que aparentaba docilidad, aunque bien sabía Alvarado que era más falso que Judas. Por el templo de Huitzilopochtli estaban clavando picas en el suelo, alineadas una tras otra, como las que usaban para clavar los cráneos de los sacrificados. Por las noches, entre polvo y polvo, doña Luisa le decía:

—Abre los ojos, esposo mío, que esas picas… son para vuestras… cabezas.

Y Alvarado eyaculaba muerto de miedo. Al otro día, sin la calentura del cuerpo, Alvarado le preguntaba:

—Luisa, ¿crees en serio que traman algo?

—Cuando un tenochca danza puede haber muerte —le contestaba ella.

—¿Muerte de quién?

—La muerte es muerte, no importa de quién. Tezcatlipoca vive en la muerte.

Y a Alvarado se lo llevaban los demonios:

—No debí haberles dejado hacer sus fiestas. Miedo me dan.

—No temas, Tonatiuh. Estarán desarmados. Juntos, los hijos y príncipes del imperio, danzando.

—Ya, ya… danzando. Y la danza es muerte… lo acabas de decir.

—Yo no he dicho tal cosa.

—Mira que eres intrigante, mujer.

Doña Luisa clavó sus ojos en los de Alvarado. Y dijo muy despacio:

—Lo que he dicho es que los hombres *estarán desarmados*, Tonatiuh.

Alvarado miró a su mujer.

Ella sostuvo su mirada.

—Quieres decir que…

—Que no habrá mejor momento, señor mío.

Una sonrisa maliciosa se dibujó en los labios del hombre. Y de la mujer.

Doña Luisa mandó a espías tlaxcaltecas a escuchar y ver todo lo que pudieran. Pero las noticias con las que volvían no eran halagüeñas. Decían que alrededor del Templo Mayor la gente estaba guardando armas en las casas.

«¿Y para qué se armarán, esos desgraciados?», se preguntaba Alvarado. «Algo no me gusta, no me gusta».

Un día, agarró a doña Luisa por las muñecas:

—No me estarás poniendo una trampa, ¿verdad, mujer?

Ella clavó sus ojos en las muñecas y él enseguida la soltó. Se miraron un instante y él le cedió voluntariamente sus muñecas a ella. Doña Luisa las apretó con tal fuerza que Alvarado sintió las uñas clavándosele lentamente en la piel.

—¿Una trampa? ¿Yo? Sabes que odio a los mexicas tanto como tú.

—Me dijiste que estarían desarmados, pero por todas partes nos llegan avisos de que no. Esos planean un ataque.

Doña Luisa apretó aún más las uñas. Alvarado hizo una mueca de dolor.

—Cálmate —le dijo ella—. Pareces un niño asustado. ¿Eres un niño asustado?

—No.

—¿No qué?

—No soy un niño asustado.

—Eso está mejor. —Ella lo soltó. Alvarado se sobó las muñecas.

—Lo único que tienes que hacer es adelantarte.

—Adelantarme, sí, sí —se repetía Alvarado.

—Y abrir los ojos. Mis espías me informan que Cuitláhuac trama algo.

Así que el belicoso hermano de Moctezuma estaba detrás de todo eso.

—A Cuitláhuac lo quiero encerrado ese día —ordenó.

Y doña Luisa asintiendo le dijo:

—Es lo más sensato que has dicho hasta ahora —y luego, clavando sus ojos en él, agregó—: Y asegúrate de esposar a Cuitláhuac.

Así, llegó el día de la festividad. En los corazones retumbaban redobles de tambores que Alvarado solo podía asociar con la batalla. Los mexicas habían esculpido enormes imágenes de sus deidades en amaranto y miel, y en los patios del Templo Mayor fue reuniéndose la alta nobleza mexica, los hijos de los señores, los príncipes, que iban llegando con los rostros pintados de negro, ataviados en ricas vestimentas de plumas multicolores, tocados opulentos a cual más imponente, brazaletes de oro del ancho de un palmo colocados a la altura de los bíceps, joyas insertadas en los petos de algodón. Aquello era una exhibición de un poderío que los mexicas quizá no habían mantenido oculto, pero del cual tampoco habían hecho alarde. Ese día, Alvarado supo en las entrañas que aquellos hombres podían matarlos en un santiamén. Los tenochcas eran fuertes, más altos que ellos por una o dos cabezas, y de pronto, al ver a toda esa juventud allí reunida, sintió ganas de santiguarse y encomendarse a la Virgen. Maldita la hora en que había autorizado aquella fiesta. Y malditos tambores que no paraban de sonar, poniéndolo aún más nervioso.

Lejos de los miedos de Alvarado, Cuitláhuac observaba desde un balcón. Los mexicas paseaban con los niños a horcajadas sobre los hombros y se apostaban a la entrada del Templo Mayor para ver llegar a los nobles vestidos en sus mejores galas. En la calle, algunos

122

sacerdotes pasaban dando a probar en la boca pedacitos de galletas de amaranto y miel con la forma de los dioses, y la gente los deshacía con la lengua y entornaba los ojos en blanco, como si acabara de recibir en su seno al mismísimo Huitzilopochtli.

—¡Están comulgando! —decían algunos españoles sorprendidos. Y se santiguaban.

Alvarado los reñía:

—¡Arderéis en el infierno por blasfemos!

María de Estrada observaba todo desde la curiosidad de unos ojos grandes y una arruga profunda en el medio de sus cejas. Todo ese mundo mexica le parecía extraño y le estremecía la idea de los sacrificios humanos. Desconfiaba de todos y de todo porque era muy difícil ser mujer en un mundo de hombres. Cambiar la aguja por la espada le había costado muchos sacrificios. Todos tan dolorosos y espeluznantes como los que le había tocado presenciar alguna vez en lo alto de los templos. De todos los presentes, ella se consideraba conquistadora nata porque había conquistado su propia parcela de mundo. Ella misma, con su jubón aterciopelado, botas y espada al cincho, con el pelo tan corto que dejaba al descubierto el nacimiento del cabello en la nuca, era la representación de su propia conquista. Sus manos eran anchas y callosas, y sus uñas muy cuadradas y muy gordas, pero a ella le parecían las mejores manos del mundo porque soportaban el peso de las armas. La causa aventurera era algo por lo que estaba dispuesta a dar su vida, porque el combate le parecía mil veces más cálido que la frialdad de vivir zurciendo calcetas, algo que, además, nunca había sabido hacer. Su pasión era su causa y la defendería más que cualquier castellano, pues bien sabía que cada paso que daba tenía que ser más ancho y más largo que el de cualquier hidalgo. María de Estrada aspiró hondo, como si pudiera oler la batalla.

Al otro extremo del palacio, Tecalco irrumpió en la sala en donde el resto de mujeres del tlahtoani y las demás hijas de Moctezuma se resguardaban por orden de Cuitláhuac.

—Tecuixpo, ven conmigo —ordenó.

La niña obedeció poniéndose de pie de un salto.

—¿A dónde vamos, madre?

—Veremos la ceremonia desde el palco.

Papatzin, la esposa oficial de Cuitláhuac, se puso en pie también.

—Tecalco, Cuitláhuac nos ordenó permanecer juntas. Por nuestro bien.

Las dos mujeres se retaron en un duelo de miradas. Dos mujeres fuertes, dos primeras esposas oficiales, una del tlahtoani, la otra del jefe del ejército mexica. Dos cuñadas conocedoras de muchos secretos. Sin necesidad de decir nada más, Tecalco sabía que su cuñada Papatzin le decía: «No te muevas de aquí, no te lleves a la niña. Es peligroso». Pero justo cuando el silencio comenzaba a ser incómodo, Tecalco habló con la autoridad que la investía.

—He dicho que Tecuixpo se viene conmigo. Órdenes de Moctezuma Xocoyotzin.

La niña miró a su madre y por un momento deseó que aquello no fuera mentira.

—Sabes muy bien que no puedo retener a la pequeña Tecuixpotzin, Tecalco, pero solo te pido que no hagas tonterías.

Tecalco se dirigió a su hija:

—Ya me has oído, Copo de Algodón. El tlahtoani te espera.

Salieron de allí sin decir palabra, hasta que estuvieron lo suficientemente alejadas del grupo. Entonces, Tecuixpo preguntó:

—No me llama mi padre, ¿verdad, madre?

—No.

—Y entonces, ¿por qué no quieres que me quede con Citlali y mis hermanas? Cuitláhuac dijo que podía ser peligroso estar fuera durante… la fiesta.

Tecalco entonces se detuvo y agarró a su hija de los hombros:

—Porque yo sí quiero que veas, Tecuixpo. Quiero que veas a la muerte a los ojos. Quiero que reconozcas el olor, el color de la muerte. Quiero que saborees en tu paladar el sabor de la matanza que tú misma has gestado.

Tecuixpo soportó la dureza en los ojos de su madre. «Ojalá Moctezuma mirase como ella», pensó. Con su madre ahí, hablándole con seguridad y sin miedo, por fin sentía algo de normalidad en el descascarillado equilibrio de sus días. Caminaron sin ser vistas hacia un balcón viejo en el que apenas había seguridad, y que solía pasar desapercibido para los españoles, pues llevaba a una zona de aseos y baños. Además, todos los españoles estaban abajo, a ras de suelo, y alguno que otro cubriendo las escaleras. A media altura apenas llegaba a los hombros de su madre, pero desde ahí podría observar el orgullo surgir en el mermado ánimo de los mexicas. Cuánto había sufrido su pueblo en estos últimos meses. A cuánto habían claudicado.

—Los dioses estarán orgullosos —le dijo a su madre.

Tecalco bajó los ojos hacia la niña. Sí, pensó, los dioses ya lo estaban. Había logrado criar a una niña valiente, fuerte, capaz de soportar las adversidades. Quizá un poco temeraria, pero ¿acaso no era ella misma así también?

La danza empezó al ritmo de un sinfín de cascabeles, sonajas y flautas. Los danzantes simulaban escaramuzas que cada vez eran más violentas, más intensas, más realistas. Alvarado recorría el Templo Mayor como si tuviera mil ojos. Nunca había estado más nervioso. Si eran ciertos los informes de los espías, en cualquier momento, en cualquier gesto desconocido para los españoles, alguien podría dar un grito de guerra ajeno a la farsa y comenzar un ataque.

Cuitláhuac, esposado por las manos, observaba la danza desde su balcón, custodiado por varios españoles apostados en la puerta y armados hasta los dientes. Solo tenía que esperar al tercer toque de caracol.

Sonó el primero.

El colmillo afilado en la boca de Alvarado lo alertaba de un peligro inminente. Las palabras de doña Luisa le zumbaban en los oídos como avispas en un panal. «Ataca tú primero. Tú primero. Están desarmados».

—Vosotros —ordenó Alvarado a sus hombres—, apostaos en las puertas. Nadie sale y nadie entra, ¿entendido?

Tecuixpo vio que los teules se colocaban en las puertas a espaldas del espectáculo. Entre ellos empezaron a hacer una red entretejiendo sus lanzas. Y entonces, miró a su madre, horrorizada.

—Madre… los teules, míralos.

Tecalco lo notó también. Frunció el ceño, pero no quería admitir la evidencia. No podía ser cierto, los españoles no podían saber que sobre ellos estaban a punto de caer muerte y filos de obsidiana.

—Madre —dijo entonces Tecuixpo—, ¿crees que lo sepan? ¿Crees que…?

—Calla, niña.

«No, no, no pueden saber nada», pensaba. «No pueden saberlo».

Desde su balcón, Cuitláhuac observaba con recelo también. Si él estuviera abajo, liderando a los suyos, adelantaría el ataque, pero no estaba con ellos. Estaba arriba, prisionero y custodiado. Y había dado una orden clara que los mexicas no traicionarían. Tenían que esperar al tercer llamado del caracol.

Y entonces sonó el segundo toque de un caracol.

Los nervios de Alvarado no pudieron resistirlo más. Se imaginó atrapado por los mexicas, se imaginó colocado sobre la piedra del sacrificio, se imaginó con el pecho abierto en canal por el cuchillo de obsidiana, se imaginó medio muerto pero con vida suficiente para ver su propio corazón latiendo en manos de esos hombres, se imaginó desmembrado y aventado escaleras abajo peldaño a peldaño, se imaginó despellejado vivo para que uno de esos sacerdotes se pusiera un traje de Alvarado, se imaginó decapitado, imaginó su cráneo clavado en una pica para decorar esos muros del demonio. Todo eso imaginó en el segundo previo al que gritó:

—¡A muerte!

Al mismo tiempo, Cuitláhuac gritó un: «¡No!».

Tecuixpo y Tecalco gritaron también, pero el sonido de sus voces fue opacado por el horror de su propio espanto.

Durante los primeros segundos los hombres siguieron danzando, ajenos a que caían los primeros muertos, algunos sentían de pronto un frío rebanándolos por la mitad y solo entendían lo que había pasado cuando veían sus tripas en las manos; alcanzaban a dar dos pasos antes de caer en charcos de sangre y plumas. Los gritos no lograron sofocar el retumbar de los tambores. «¡A muerte!», se oía. Y caían brazos cercenados, cabezas con los ojos aún abiertos con todo y penacho «¡A muerte!». Y de pronto los mexicas se dieron cuenta de que estaban siendo masacrados en pleno baile, a escasos instantes de agarrar sus armas, escondidas a pocos metros. Moctezuma, con los ojos desorbitados, se dijo:

—Nos matan, nos matan a traición… —Y de sus entrañas salió un grito fuerte y desgarrador, un grito lleno de rabia en donde solo cabía espacio para un nombre—: ¡Cuitláhuac!

María de Estrada gritó con el mismo horror, porque no podía creer que los mexicas estuvieran muriendo desarmados bajo las manos de las espadas de Alvarado.

—¡Qué hacéis! ¡Parad! ¡Parad!

Pero nadie atendía razones.

Los ojos de Tecuixpo miraron con horror, mientras el recuerdo de Huasteca cayendo envenenado a sus pies le azotaba la memoria. ¡Cómo lo habían sabido! ¡Cómo los habían descubierto! ¡Malditos españoles! Tecalco veía caer a sus hijos, a sus sobrinos, a sus primos cercenados por la mitad. Los ojos de Moctezuma también miraban incrédulos ante el horror. Aquello era peor que la visión del pájaro del espejo, porque todo sucedía ante la mismísima presencia de Huitzilopochtli. Tecuixpo había visto sacrificios humanos, pero eso, lo que estaba pasando en la arena, no era un sacrificio, sino una matanza. En los sacrificios no se oían gritos, ni se mataba por la espalda.

—Madre, ¡qué pasa…!¡Por qué!

—¡Corre, Tecuixpo! ¡Escóndete! —ordenó Tecalco.

—Pero, madre…

—¡Que corras te digo!

Y entonces, Tecuixpo vio lo que jamás, por más que tuviera cien años, habría imaginado. A su madre, esa mujer de piedra firme, se le doblaban las piernas. Tecuixpo echó a correr sin saber muy bien a dónde. «¡A muerte!». Su Dios no podía ser inferior al de los teules. «¡A muerte!». Por qué Huitzilopochtli no hacía arder el templo ahí mismo acabando con la vida de los españoles, como todos esos príncipes danzantes. «¡A muerte!». Qué espanto. «¡A muerte!». Qué clase de dios no quiere sacrificios, pero tolera semejante matanza. «¡A muerte!». Las olas estrellándose contra las rocas. «¡A muerte!». No todas las muertes son iguales. Y Tecuixpo tanteaba paredes, escalaba nichos, corría y corría tan rápido que no escuchaba más que el palpitar de sus propios oídos con un único pensamiento en su cabeza: «Tengo que llegar con Cuitláhuac. Tengo que llegar».

Cuitláhuac, confinado al encierro en sus aposentos, escuchaba los gritos. Olía la sangre. Y supo que los hombres de Malinche acababan de dar el primer paso hacia su destrucción.

«¡Malditos! Los mataré a todos», se dijo con la cabeza entre las manos esposadas.

De pronto vio a su sobrina Tecuixpo, con la cara roja hasta el tuétano de coraje, con una mirada en la que no se distinguía dónde empezaba la furia y acababa el miedo. La niña había logrado burlar la vigilancia, y al ver a su tío se colocó el dedo índice sobre los labios. Cuitláhuac comprendió. Pero su mirada humillada se posó sobre sus manos esposadas. No podía huir con ella así amarrado. Y entonces para mayor asombro la niña sacó de la trenza de su pelo un prendedor, dio dos pasos hacia su tío y lo introdujo en la cerradura de sus grilletes. La niña movía los dedos con ligereza, sin que los nervios se trasladaran al temblor de ninguna de sus manos. Se oían pasos que corrían por los pasillos, gritos de unos, de otros, y Tecuixpo seguía tratando de abrir el candado. Justo cuando Cuitláhuac empezaba a perder la esperanza, escucharon un leve clic. Un ligero sonido metálico, un pellizco y los grilletes cayeron al piso ante la atónita mirada de los dos.

Aún retumbaba el eco del caer de los grilletes cuando la puerta se abrió y un español, incrédulo ante la visión del liberado Cuitláhuac y la niña, se dejó ir sobre él con la furia de un loco.

—¡Atrás de mí, Tecuixpo!

La niña se apostó tras unos muebles mientras veía cómo su tío ahorcaba a aquel hombre con las esposas que hasta hacía unos minutos lo tenían inmovilizado. Uno a uno, fueron entrando hombres a matar a Cuitláhuac, y él a todos mató primero clavándoles sus propias espadas en la garganta, aplastando sus cabezas como cáscaras de nuez.

Tecuixpo no miraba, acurrucada sobre sus rodillas. No supo cuánto tiempo pasó, sino hasta que sintió una mano ensangrentada sobre su hombro. Al alzar la vista, Tecuixpo vio a su tío. Vivo. Sobreviviente. Sin sonreír. Ella le dio la mano. Esa fue la primera vez que sintió el duro, recio tacto de su piel rozando la de ella.

Ni olvido, ni perdón

Cuando los mexicas sobrevivientes vieron salir a Cuitláhuac enardecido y a voz en grito alzaron sus puños combativos. «¡Luchemos contra los invasores!». Les faltó tiempo para alzarse en armas.

Cuitláhuac organizó a sus hombres, que estaban deseando tener una excusa para pasar a los españoles bajo el filo de la obsidiana. Pronto las calles y las azoteas se cubrieron de guerreros. Alvarado, muerto de miedo, se había tenido que encerrar con sus hombres a cal y canto en sus aposentos, pero antes se aseguró de llevar consigo a su principal arma: tomaron a Moctezuma como rehén.

A Moctezuma jamás lo habían zarandeado tanto.

—¿Has perdido el juicio, Alvarado? —le preguntó María de Estrada—. ¡Vas a conseguir que nos despellejen vivos!

Alvarado trataba de pensar deprisa.

—¡Tienes que salir y calmarlos o morirás! ¡Diles! —le ordenó al tlahtoani a gritos.

—No apaciguaré a mis hombres —contestó—. Recogerás lo que sembraste —y luego agregó—: Mátame aquí mismo, así mis mexicas sabrán que no tuve nada que ver con esta matanza.

A Alvarado, que había pasado a cuchillo a cientos de mexicas jóvenes, fuertes, enteros como fruta recién caída del árbol, le faltó valor para matar al tlahtoani. En parte por eso y en parte porque sintió la amenaza de María de Estrada en el cogote:

—Si le pones un solo dedo encima al tlahtoani tendrás que enfrentarte a mi espada.

—¿Ahora eres defensora de los indios?

—Defiendo la honra castellana. La poca que queda tras vuestra matanza.

Alvarado resopló. Había visto pelear a esa mujer que le sacaba una cabeza y sabía que no mentía. Miró a los hombres que estaban con ella y supo que un solo movimiento en falso sería su fin.

—Llevadlo a resguardo —ordenó Alvarado.

Ante los ojos de María de Estrada se convirtió en un bandolero que asaltaba a traición. Y nunca volvió a dirigirle la palabra más que para transmitir alguna que otra orden en la batalla. Alvarado, para ella, no merecía más que una muerte lenta y tuvo que contenerse para no abrirlo en canal.

Los gritos se sucedieron durante días y noches mezclándose con los pensamientos de Moctezuma, que se arremolinaban en círculos. ¿Qué debía hacer? ¿Qué estaba pasando? ¿Qué haría un hombre sabio en esa situación? Dejar que los suyos mataran a los visitantes, dejar que los teules lo degollaran, propiciar el inicio de una guerra que —tal y como lo había visto en sueños— sería el fin de la Gran Tenochtitlan, o apelar a la tranquilidad de su gente, pedir paz, pedir calma para llorar a los muertos, incinerarlos y rendirles honores para que pudieran ir al Mictlán, al Más Allá, como los nobles aztecas que habían sido. Una palabra suya podía evitar más muertes. O crearlas. Y Moctezuma se preguntaba quién era un verdadero valiente: el que tenía el arrojo de ir a la guerra o el que poseía el valor para evitarla. ¿Qué debía hacer? ¿Qué estaba pasando? ¿Qué haría un hombre sabio en su lugar? Y de vuelta a empezar. Afuera se escuchaban gritos, a veces de tlaxcaltecas, a veces de españoles que habían caído en manos de los guerreros y a los que inmediatamente sacrificaban sin darles el honor de beber el líquido que les adormecía los sentidos antes de extirparles el corazón. Ya habían quemado los bergantines en las lagunas, y cada día que pasaba los españoles se veían más cerca de la muerte o, peor aún, despojados de las riquezas que habían conseguido a punta de regalos, las más de las veces, y con engaños otras tantas.

Pasados unos días, Alvarado intentó actuar como su capitán Cortés, y volvió a pedir, esta vez rogando:

—Os lo suplico, apacigua a Cuitláhuac.

Moctezuma tomó aire. Como hombre quería matar a todos y cada uno de los teules en aquella habitación, quería matar a Alvarado y hacerlo sufrir porque la muerte le parecía poco castigo por violar la confianza de sus dioses, por haber matado a sus propios hijos, sobrinos, primos, a los nobles aztecas que celebraban pacíficamente el inicio de la primavera, seiscientas almas sesgadas con vileza, sin darles la oportunidad de defenderse ni de morir como guerreros. Como gobernante sabía que ese era un lujo que no podía darse. Ser tlahtoani era más que comer en vajilla lujosa, más que tener zoológicos, más que vestirse cuatro veces al día con ropas distintas, más que gozar de muchas concubinas, más que hacer que todos cayeran rendidos a sus pies. Un verdadero líder se demostraba cuando en la duda, en la desesperación, las circunstancias requerían reaccionar como una deidad y no como un hombre. Su deber era llamar a la calma y, si había venganza, que fuera en otro momento, no con la rabia caliente palpitándole en las sienes.

Moctezuma pasaba de un pensamiento a otro con vértigo, intentando no marearse. Debía contener sus emociones y no pensar con el estómago. ¿Qué sabía? Sabía que el Malinche Cortés había partido con Narváez y era solo cuestión de tiempo que volvieran —vencedores o vencidos— con más hombres. Recordaba el dibujo de Huasteca en donde había visto la artillería de esos nuevos hombres, mucho mejor armados que los de Cortés. Si mataban a Alvarado ahora, si respondían con la misma lógica, matando por matar, esos hombres no tendrían excusas para declararles la guerra. Y entonces vendría la destrucción. Sí, había habido muchas muertes que llorar, habían sido vilmente masacrados, humillados, pero en su palabra de huey tlahtoani, el que habla y al que escuchan, estaba la posibilidad de detener el derramamiento de sangre. Muchos habían muerto ya.

—Subiré a la azotea —le dijo por fin—. Hablaré a mi gente.

Alvarado pasó a duras penas un trago de saliva seca. En total desconocimiento de lo que sucedía en su mente y corazón, con el turbio pensar de la conciencia sucia e intranquila, ordenó:

—Está bien. Pero ponedle grilletes en los pies.

Nada más salir a la azotea del palacio, miles de aztecas cayeron sobre sus rodillas. Alvarado no lo podía creer. Desde que habían llegado, jamás habían visto la manera en que el pueblo veneraba a su gobernante. Durante estos meses, solo algunos pocos podían presentarse ante él, y aunque notaban que nadie osaba mirarlo a la cara, no se les había ocurrido pensar que ver al tlahtoani era un acto religioso. Pero así era, y Moctezuma alzó los brazos y empezó a hablar en su idioma. Les pedía calma. Les pedía paz. Durante una hora estuvo hablándoles con gran dolor por las pérdidas, y todos arrodillados y con frente en tierra lo escucharon. Alguna voz disidente rompía el silencio de cuando en tanto, pero enseguida él hacía un gesto con las manos, se llevaba la mano al corazón, y sus palabras denotaban tiento, sosiego, tranquilidad. «Haya paz», les decía. «No es el momento aún», les pedía. Todos los hombres que escuchaban estaban armados, y ninguno se movía un ápice, escuchaban atentos a su tlahtoani como si les hablara un dios. Todos dejaron sus armas, sus rodelas, lanzas, arcos y flechas. Muchos llevaban piedras afiladas de pedernal que cortaban tan bien como las espadas españolas. Se oyeron protestas. Muestras de disgusto. Algunos guerreros se embarraban las manos de tierra y se la restregaban por los cabellos. Otros se pegaban en el pecho y señalaban a los teules con desprecio. Sabían que podían ganarles. ¿Por qué el tlahtoani detenía el ataque? Pero Moctezuma en persona había salido a darles la orden. Tenían que obedecer. Enfadados y a disgusto, tomaron sus armas y acataron con sumisión. Moctezuma les agradeció abrazándose con las manos y luego se dio media vuelta para encarar a los españoles.

—Vuelvan a sus aposentos. Todo está en calma ya.

—En verdad os escuchan. —Pareció sorprenderse Alvarado—. Moctezuma no contestó a semejante obviedad. —Nadie osará tocaros —le dijo Alvarado—. Os pido disculpas.

—¿Por masacrarnos o por amenazarme de muerte?

—Os pido perdón —repitió Tonatiuh en un suspiro tan leve que apenas se escuchó.

Moctezuma no contestó. No lo perdonaba. Ni lo perdonaría jamás.

El tufo de la traición

Narváez no dejaba de visitar constantemente a sus centinelas y a sus capitanes, alertado por un tufo de traición en el ambiente. Las manzanas podridas de Narváez se miraban sin atreverse a decir palabra, pero se reconocían al cruzarse en los caminos y se saludaban con un imperceptible movimiento de cabeza.

—Algo no me gusta —farfullaba Narváez.

Revisaba las esquinas, los quiebros, los huecos y los flancos para estar prevenido.

—Artillero, tenéis buen tino y sois bueno en vuestro oficio, apostaos en este punto —ordenó.

El artillero para allá se fue, y en el camino se cruzó con un arcabucero, y ambos nada más verse se saludaron con una leve, casi invisible, inclinación de cabeza.

Por la tarde empezó a caer una llovizna que cargó de humedad el ambiente. Cortés seguía sin aparecer. Por la noche ya llovía recio. Y Cortés no aparecía todavía. La lluvia constante mojaba cielo y tierra y un lamento se rompía con el ruido de los pasos al correr sobre los charcos. Los rostros estaban empapados, los cabellos escurrían y quienes iban cubiertos por borgoñonas veían caer una cortina de agua por encima de la visera.

Narváez mandó llamar a uno de sus capitanes para que fuese a casa del Cacique Gordo:

—Iros a guardarle, no vaya a ser que salga huyendo con el alboroto.

Y viendo que Juan Cano estaba junto a él, le indicó:

—Acompáñale. No os mováis de allí en toda la noche. Yo os avisaré cuando podáis volver.

—Sí, mi capitán.

Los demás estaban apostados en la cima de los templos, vigilantes. No se veía nada. La lluvia y la noche los cubrían en una total oscuridad. Cada capitán había turnado instrucciones para vigilar su área y se habían retirado a descansar. La tropa apostada en sus posiciones también dormía a pierna suelta, seguros de que Narváez exageraba. Las entradas estaban reforzadas tanto por centinelas como artillería. Además, un par de espías indígenas, camaleones capaces de difuminarse con la naturaleza, estaban encargados de dar aviso de cualquier persona que se aproximara. No veían la necesidad de alarmarse, si los hombres de Cortés eran tan pocos y ellos tantos.

Aún no los abandonaba la modorra, esa hora en donde ya no es de noche pero tampoco despunta el día, cuando oyeron pasos reventando a toda prisa sobre los charcos. El espía corría a toda prisa, con ojos desorbitados, buscando palabras que no venían a su boca, mientras señalaba hacia atrás con el dedo índice estirado y gritaba palabras que nadie comprendía, aunque todos podían entender que aquello solo podía significar una cosa. Las dudas se dispararon cuando al irrumpir en el patio alzó las manos y en un aspaviento gritó en burdo castellano:

—¡Ar-ma! ¡Ar-ma!

Narváez comprendió.

—¡Mi caballo! ¡Pronto!

Los soldados, amodorrados, corrieron en busca del animal ensillado del capitán, mientras el resto despertaba a trompicones para coger lanzas, picas, espadas y lo que fuera menester.

La sorpresa de Narváez fue mayúscula cuando sin apenas haberle dado tiempo de colocar un pie en el estribo de su caballo contempló un círculo de picas a las puertas de la muralla. «No puede ser», pensó. Al mismo tiempo comenzaron a sonar vítores de «¡Victoria, victoria!» ante la anonadada mirada de Narváez, que no entendía cómo era posible que los hombres de Cortés hubiesen llegado hasta la mismísima punta de sus narices sin ser vistos por ninguno de sus centinelas, sin que nadie, más que un natural asustado, diese la voz de alarma. Tenía quince hombres, ¡quince!, apostados en la entrada, quince almas vendidas al mismísimo diablo.

—Malditos bastardos —farfulló.

Cortés y los suyos se apearon de sus caballos.

—Guardad a los animales —ordenó con calma.

Y prestos, los llevaron a casa de un principal, como si alguien les hubiera dado coordenadas precisas de dónde se ubicaba cada construcción, cada templo, cada recóndita esquina, conocedores del terreno que pisaban. A la orden de Cortés, comenzó el ataque a pie.

Desde su puesto, Narváez dio orden de disparar la artillería:

—¡Abran fuego!

Pero ningún tiro salió.

Nada. Ni un solo estruendo.

Ni uno solo.

—¡Pero qué demonios! —gritó Narváez—. ¡Abrid fuego! ¡Fuego!

El artillero, que tan bueno era en su oficio, se disculpaba frente a los que le gritaban para disparar:

—¡Todas las cebaderas están tapadas por el agua!

Mentía, pues no era el agua lo que había cebado los cañones, sino la arena que él traicioneramente había colocado minutos antes.

Los pocos capitanes fieles aún a Narváez salieron a pelear con enjundia y valentía, combatiendo tiros de ballesta con espadas, y durante largo rato y con esfuerzo espartano resistieron lo que les fue posible, pero las largas lanzas de los de Cortés los apretaban. Poco podían defenderse con sus espadas y rodelas. Pese a las advertencias de Cortés, los pillaron con los dedos en la puerta, completamente desprevenidos.

—¡Al Templo Mayor! —gritó Narváez, a sabiendas de que no podrían retirarse en una ciudad amurallada.

—¡Hay que utilizar la artillería! Si no abrimos fuego estamos perdidos.

Fue inútil. Los acorralaban en un cerco cada vez más pequeño, y unos y otros luchaban a muerte, hiriéndose de gravedad. Narváez peleaba como un jabato, soltando espadazos certeros, luchando como sabía y había hecho en la isla La Española y en Jamaica, pero contemplaba impresionado cómo ninguno en la retaguardia acudía en su apoyo. Los capitanes subieron a lo alto de los templos y desde allí dieron órdenes a sus tropas de no intervenir. Afuera, los hombres compinchados con Cortés esperaban en el patio con sesenta caballos y ochenta peones. Pedro Gallego sentía el resquemor de su conciencia, mientras escuchaba los gritos desesperados de Narváez pidiendo que entraran refuerzos.

Lo último que vio el ojo izquierdo de Pánfilo de Narváez fue una pica que logró clavarse en él como un pincho moruno. Narváez gritó como si la lanza le hubiese atravesado entero, y así, tuerto y con el rostro cubierto de sangre, continuó peleando, bravío. Incapaz de contemplar traición semejante y motivado por el ejemplo de dignidad que estaba dando su capitán, un hombre muy joven, apenas un crío despuntando a la vida, corrió a pelear a su lado, a defenderlo con lo poco que estuviera a su alcance. Y así, espalda contra espalda se liaron a muerte contra los hombres de Cortés que los aniquilaban, pues más tardó aquel soldado en llegar junto a Narváez que en morir cosido a espadazos en medio del patio.

Juan Cano, desde casa del señor de Cempoala, resistía los embates de los hombres de Cortés con la dignidad de Narváez. Peleaba furioso, poseído por una ira jamás sentida, recordando las palabras de su amigo Pedro Gallego de Andrade: «Hay que ser un necio para pensar eso, Juan», y soltaba sablazos a diestra y siniestra, clavando en cada uno de esos traidores, cabrones mal paridos, toda la rabia, la frustración contenida, maldiciendo haber tenido que partir tan lejos para terminar matando a españoles.

—¡Miserables! —gritaba.

La refriega era cada vez más virulenta. Arcabuces, saetas, picas. A cual más daño. Volaron flechas encendidas que cayeron en los techos de paja de los aposentos y aquel infierno empezó a arder bajo una persistente lluvia que, lejos de apagar las llamas, las avivaba. Del interior salían soldados ardiendo vivos cual herejes, sin que nadie fuese a rescatarlos. A un alférez le cercenaron los cuatro dedos de una mano. Por primera vez se empezaron a oír tiros de artillería, pero eran los de Cortés disparando en dirección a los templos donde estaban apostados los impávidos capitanes de Narváez, que bajaron a toda prisa para entregarse con las manos en alto.

—¡No disparéis!

Y echaban a sus pies las armas que llevaban, soportando con descaro la mirada de desprecio que los de Cortés les brindaban en respuesta a su cobardía:

—¡Bellacos! ¡Pelead por vuestro capitán! —gritaban algunos.

Solo los más valientes tuvieron esa noche la muerte que merecían. Los cobardes clavaron la vista al suelo, prefiriendo ser humillados que morir en medio de aquel patio, sin saber que en vez de salvar la vida la estaban condenando al sacrificio. De haber sabido la muerte que les esperaba, se hubieran batido a golpe de rodelas y espadazos ahí mismo.

El tuerto Narváez ya casi no podía pelear cuando un criado suyo sediento de dinero lo tomó por la espalda con todas sus fuerzas, lo inmovilizó y comenzó a gritar:

—¡Aquí está! ¡Aquí está Narváez!

Los hombres de Cortés corrieron en tropel hacia los gritos.

—¡Eres un traidor, Avilés! ¡Un vendido! ¡No tienes honor!

—Quién necesita honor cuando se es rico —contestó.

Y así, rodeado por un charco de sangre, malherido, tuerto y traicionado por sus hombres, Narváez fue aprehendido y llevado ante Cortés.

Llegó ante él sin arrastrar los pies, apesadumbrado, ensangrentado y vencido, pero con el ojo que le quedaba miró a Cortés a la cara.

—Dadle un pañuelo —ordenó Cortés a sus hombres.

Un hombre al que no pudo ver presionó donde una vez hubo un ojo y detuvo la hemorragia que brotaba de la cuenca vacía, mientras traían un trapo para limpiarle la sangre.

—Sois un infame y un traidor, Hernán. Pagaréis por vuestros crímenes ante la Corona —le dijo Narváez.

—Dudo mucho que la Corona tenga algo que objetar a mis métodos cuando les mande el oro de *Muteçuma*.

—Eso ya lo veremos.

—Una lástima que no estemos en el mismo barco, Pánfilo.

—Antes muerto que compartir naves con rufianes.

Cortés tomó aire. Narváez no respiró.

—Cuando sanéis de vuestras heridas os dejaré preso en Veracruz. Nosotros partiremos a *Temixtitán*[8] con los hombres que quieran unírseme, que por lo que veo son muchos —dijo Cortés.

---

[8] Así le decía Cortés a Tenochtitlan, incapaz de pronunciarlo.

Narváez tragó gordo. Por primera vez coincidió con Cortés. Malditos hijos de puta, traidores, bellacos, ruines, ladinos, gaznápiros de tres al cuarto.

—¿Y los que no quieran qué? ¿Los vais a matar a todos?

—A esos más les vale venir conmigo o se los daré a los indios.

Una sonrisa muy leve, imperceptible al único ojo de Narváez, le rasgó a Cortés la comisura de los labios. Unos hombres trajeron a Juan Cano frente a Cortés:

—Estaba cuidando al Cacique Gordo durante la refriega, mi capitán —le informaron.

Cortés le echó una rápida ojeada. Joven, con una mirada distinta, ni imprudente ni valiente.

—¿Nombre?

—Juan Cano.

—Vendréis conmigo.

Los hombres de Cortés preguntaron:

—¿Qué hacemos con el Gordo, capitán?

—No le toquéis. En recuerdo de otros tiempos —ordenó.

—¿Y qué hacemos con los navíos?

—Dejadlos en puerto. Que vayan dos a reconocer la costa y que otros dos vayan a Jamaica a por cerdos, ovejas, becerros… habrá de criarlos aquí si queréis comer como en España.

—Sí, mi capitán.

Y luego, volviéndose hacia Juan Cano, le dijo:

—Más te vale que no te subleves, muchacho. Grandes cosas te esperan si estás de mi lado.

A Juan Cano la rabia de la derrota le palpitaba en el cuello. Y se juró, por su capitán Narváez, que jamás sería un esbirro de Cortés, aunque por salvar la vida se viese obligado a marchar a su lado, aunque batallara en nombre de la Corona junto a sus hombres, jamás de los jamases podría estar de acuerdo con él. Lo supo. Lo sabía. Y engañándose a sí mismo, se convenció de que Cortés era la antítesis de todo lo que representaba ser hidalgo, pues no podían ser entre ellos más distintos. Y quiso creer que no había dos hombres más dispares que ellos dos sobre la faz de la Tierra.

Sigilosa cual serpiente

Cortés pisaba con nuevos andares. La victoria frente a Narváez le había insuflado no más valor, sino mayor soberbia. Todos podían notarlo. Miraba diferente, hablaba diferente, ordenaba diferente. Juan Cano lo traía atravesado entre ceja y ceja. Pero más le valía estar con él que en manos de los totonacas. A muchos disidentes de Cortés les habían dado mala muerte, desnudos y garrocheados como toros. Juan Cano sacudía la cabeza cuando estas imágenes venían a medio caminar, a medio dormir, a medio vivir. A veces se descubría pensando en Pedro Gallego y rezaba para que no hubiese sufrido semejante tormento. Y entonces se decía que Pedro no era tonto, y que seguramente vendría en medio de esa marea de hombres, como él.

Y llevaba razón.

Llegaron a Tenochtitlan el 24 de junio. Cortés por segunda vez y Juan Cano y Pedro Gallego por vez primera. El ambiente que los recibió ya no arrastraba olores de maíz tierno ni sonidos del viento aflautados. Esta vez no hubo regalos. Nada de recibimiento de semidioses. El cielo, de haber estado en sintonía con los sentires, habría sido negro como la noche. Los españoles llegaron mugrientos, sucios y malolientes porque habían venido a toda prisa, con sus barbas grises, cubiertos de una capa cenicienta de polvo y sudor. Y así, llenos de tierra, profanaron el palacio. La gente aún lloraba a sus guerreros muertos, el aire olía a sangre reseca con miel, a tripas, a amaranto quemado.

Horrorizado y apesadumbrado, Moctezuma contempló que quien volvía vencedor era Malinche.

Alvarado recibió a Cortés con el perdón en la boca.

—Perdóname, Hernán, no sabía lo que hacía. Perdí los nervios. Creí que iban a alzarse contra nosotros.

—Eres un insensato, nos has puesto en peligro a todos.

—Haz que me apresas, Hernán, aunque todo sea una farsa. Eso tranquilizará los ánimos.

—Los ánimos están tranquilos ya. Gracias a la sensatez de Moctezuma, que no a la tuya.

—Sí, pero no sabemos por cuánto tiempo. Nada perdemos haciéndoles creer que me castigas.

Cortés dudó un segundo.

—Eres un iluso, Alvarado. Si te sacamos fingiendo castigo acabarás muerto. No te perdonarán. No tendrán clemencia hacia ti. Mejor guárdate en el palacio y no asomes la cabeza si no quieres perderla y verla clavada en un palo.

A Alvarado se le estremecieron las entrañas.

—Habla con Moctezuma. Él sabrá qué hacer —le pidió.

Cortés sintió un torrente de orgullo subiéndole desde las rodillas.

—Mucho me he debido ausentar para que ahora hagas más caso a un bárbaro que a tu capitán.

Alvarado reconoció en él una nueva altanería.

—Mira, Hernán, que no has visto como yo a los mexicas armados y en pie de guerra. No son como los otros indios.

—Son todos iguales. Matan y sacrifican. Y mueren como nosotros. Lo sabrás tú bien.

Alvarado hizo intentos por no bajar la cabeza, perseguido por el peso de su propia vergüenza.

Cortés se equivocaría muchas veces, pero la negativa a hablar con Moctezuma fue el primero de una larga lista de errores que cometió. Una segunda rebelión liderada por Cuitláhuac se gestaba en las esquinas. Los mexicas, disconformes con la decisión del tlahtoani, se arengaban y organizaban capitaneados por el señor de Iztapalapa, hermano de Moctezuma, al que empezaban a considerar su nuevo guía. Podían vencerlos, podían echar a esos teules del territorio. Si no lo hacían, cada día vendrían más y más. Atacar o morir.

Hacía tiempo que Tecuixpo no compartía tiempo con su hermano Axayácatl. El chico vivía recluido en el calmécac, pero no era solo por eso. Su hermano había cambiado. Ya no reía, no tenía ganas de bromas, ni de corretear en el palacio. De alguna forma ella tampoco. Ya nadie reía, nadie corría, nadie respiraba igual en Tenochtitlan. Tecalco apenas hablaba, Citlali tampoco. Pero de todas las personas a las que Tecuixpo quería, la ausencia de su hermano era la que más le pesaba. Fue Citlali la que un día le dio la sorpresa que tanto alegraría su corazón.

—Mira, niña, quién vino a verte.

—No quiero ver a nadie, Citlali.

—Oh, a este si lo querrás ver, pequeña.

Alzó los ojos y lo vio. Estaba mucho más alto que ella, como si en apenas unos meses el muchacho hubiera crecido una vida entera. Se abrazaron nada más verse. Ambos sabían que estaban vivos de milagro. Había sido cuestión de suerte que Axayácatl no hubiese estado en el Templo Mayor el día de la matanza.

—¿Cómo has crecido tanto? —le dijo él cariñoso.

—No tanto como tú, mírate, estás más alto que padre.

Y tras los cariñosos saludos, Citlali fingió retirarse a tejer para dejarlos hablar a solas. Tecuixpo no tardó en sacar el tema.

—¿Te ha buscado Cuitláhuac?

Axayácatl asintió.

—¿Y qué vas a hacer?

—No lo sé. Creo que debo informar a padre. El tlahtoani debe saber que se preparan para la guerra.

—¿Acaso crees que no lo sabe? Ay, Axayácatl, eres muy inocente.

—Intento impedir que se alcen contra el tlahtoani, que acaten su voluntad, pero no me escuchan.

Entre los dos se hizo un silencio. El gesto de Tecuixpo se llenó de nubes negras. Dudó un instante antes de proseguir:

—Nuestro padre se equivoca.

—No injuries al tlahtoani, Tecuixpo. Si padre dice que hay que aliarse con los teules, será por algo.

—No me lo puedo creer… ¿Tú también piensas que debemos rendirnos?

—A lo mejor su dios sí es más poderoso que los nuestros.

—¡Axayácatl! Los dioses te castigarán por pensar así.

—Los dioses nos han abandonado. ¿No lo ves? A lo mejor hay que recibir a los nuevos, a esa Virgen y a ese Espíritu Santo. ¿No lo ves? Se parecen mucho a los nuestros, un pájaro, una madre virgen.

Tecuixpo dio un paso hacia atrás, alejándose de esa nueva persona que era su hermano del alma. Primero su padre, ahora él. Tecuixpo quería arrancarse las orejas para no escuchar.

Axayácatl dio un paso adelante.

—Tecuixpo, no te enfades conmigo. No he venido hasta aquí para eso.

—¿Y a qué has venido entonces?

—Vine a darte esto. —De su cinturón sacó una daga con una madreperla en la empuñadura y agregó—: Es para ti.

Tecuixpo entrecerró los ojos, desconfiada.

—Toma, agárrala —insistió él.

—Un cuchillo de pedernal. Siempre quise tener uno —dijo Tecuixpo—. ¿De dónde lo sacaste?

—Me lo regaló el primo Cuauhtémoc, pero creo que deberías tenerlo tú. Es muy pequeño para mí —bromeó.

Tecuixpo sonrió. Era una daga hermosa, con serpientes labradas en la hoja.

—Siempre la llevaré conmigo.

—Eso espero —convino su hermano—. Pero ten cuidado, no te vayas a confiar por su tamaño, la obsidiana es muy afilada.

Y Tecuixpo la guardó con sumo cuidado entre sus manos. Entonces, Axayácatl colocó sus manos sobre las de ella y muy quedito, casi en un susurro, le dijo:

—Te ayudará… Llévala siempre contigo.

Ella comprendió mil cosas en esa frase, mil cosas no dichas, pero que se quedaron ahí, flotando, como el vapor antes de convertirse en lluvia.

Se despidieron con un abrazo apretado.

Pero Tecuixpo no pudo olvidar la duda que su hermano acababa de sembrar en su interior. Fue una semilla que cayó en un terreno fértil en donde todo alrededor ya estaba seco, inerte, inútil. Una semilla que cayó en el único resquicio por donde aún se colaba un rayo de luz. Quiso correr donde su padre. Quiso correr en busca de explicaciones, quiso saber. Pero cada vez que lo intentaba, este se lo impedía. No quería verla. Ella creía que era porque él seguía enfadado, pero la razón era otra muy distinta, pues en el corazón de Moctezuma no había espacio para el rencor, sino para la vergüenza. No quería que su hija lo viera con grilletes en los pies. No quería volver a ver a su hija predilecta mientras estuviera humillado.

Cortés supo de los grilletes demasiado tarde, cuando accedió a verlo por fin, cuando los humos de la victoria se le habían evaporado, cuando se dio cuenta de que los indios no estaban alzados, sino sitiándolos, y volvió a él la sensatez de otros tiempos. Nada más verlo, ordenó quitárselos, sin saber muy bien cómo habrían podido torcerse tanto las cosas. Pero ya era tarde. Ese fue el segundo error que cometió. Moctezuma, al igual que Cortés, miraba distinto. Porque sabía que la guerra estaba a punto de estallar. Por primera vez, Cortés escuchó a Moctezuma hablar con otro semblante.

—Pagarás esta humillación, Malinche. Te abrimos las puertas del palacio, te dimos mujeres, comida, riqueza, y pagas de esta manera. Nadie afrenta así a los mexicas. Es hora.

Cuitláhuac se había reunido con su primo Cuauhtémoc, señor de Tlatelolco. Entre los mexicas y los tlatelolcas liderarían la batalla a muerte contra esos españoles de una vez por todas. Los españoles contemplaron ahora una organización bélica distinta a la de la primera rebelión contra Alvarado. Ahora las filas estaban ordenadas. Los tambores retumbaron con un ritmo abovedado que en nada se parecía al de los cánticos y danzas, Alvarado los distinguía ahora. Los mexicas se distribuían en escuadrones cerrados, y aunque la artillería en cada tiro se llevaba por delante a una docena de hombres, los huecos se volvían a llenar como si el mismísimo Cristo estuviera realizando el milagro de los panes y los peces. En la cabeza de Cortés la voz de Alvarado le repetía advirtiéndole: «Mira que no has visto a estos mexicas pelear, Hernán». Y era cierto. No eran tribus aldeanas como las que se habían ido topando a lo largo del camino. Esto era otra cosa. Los mexicas caían por millares, pero avanzaban. Y como superaban a los españoles en número, no les importaba sacrificarse por la causa. Lo traían tatuado en sus espíritus: sabían morir para vivir.

Tecalco y las demás esposas de Moctezuma, Tecuixpo y sus medias hermanas estaban guarecidas en un lugar seguro dentro de palacio. Tecuixpo no lloraba como las demás, cuidándose mucho de no flaquear en momentos delicados. En cada oportunidad, Tecuixpo Ixcaxóchitl intentaba escaparse de la vigilancia materna, pero Tecalco le reñía. Que no fuera imprudente, que no fuera desobediente, que no se jugara la vida. Su lugar era la espera paciente, su lugar era la quietud obediente, y no había más que hablar.

Pero Tecuixpo era obstinada. Y esta vez no pensaba quedarse a esperar. Su mundo se caía a pedazos. Así, cuando su madre se quedó dormida, se escabulló como sabía hacerlo, por las sombras oblicuas de la noche. Llegó junto a la cama de su padre para verlo dormir. Tecuixpo se sorprendió ante el aspecto de este, envejecido en tan solo semanas. El cabello ceniciento, las manos arrugadas, los dedos se le torcieron como ramas viejas y unos surcos profundos se hundían en pliegues por su rostro. Un ruido despertó a Moctezuma. No pudo ni sonreír al verla.

—Vuelve con tu madre, hija.

—Padre, necesito saber… ¿Vamos a ganar?

Y entonces, Moctezuma se incorporó apoyándose en los codos para contestar:

—Cuitláhuac está convencido de ganar la guerra, pero si algo pasa, si por cualquier caso no fuera así, quiero que me prometas algo.

—Lo que sea, padre.

—Prométeme que aprenderás a vivir en el mundo naciente.

Semejante proposición le resultó extraña y hasta estuvo a punto de reír al pensar que su padre bromeaba. Pero pronto vio que no había atisbo de juego tras sus palabras.

—Promételo, Tecuixpo. Aunque a veces no comprendas por qué los dioses te hacen vivir en un mundo distinto, en un mundo cambiante, como tampoco entiendo yo por qué la profecía me hace vivir estos tiempos. Pero los animales aprenden a adaptarse al entorno. Se amoldan a los cambios para vivir; si no, mueren, se apagan. Como el fuego voraz que consume todo a su alrededor y termina por extinguirse. Tú tienes que ser el fuego, no la rama que lo alimenta. No dejes que las circunstancias te consuman.

Los ojos de su hija estaban muy abiertos. Él prosiguió:

—Tú eres la hija de un huey tlahtoani, eres la hija de Moctezuma Xocoyotzin, tienes que ser más fuerte que el entorno. Sé el jaguar que llevas dentro: ágil, astuta, pero también tienes que ser sigilosa cual serpiente. Aprende. Escucha. Y nunca te apagues.

Los dos permanecieron en silencio hasta que Tecuixpo bajó la cabeza para decir:

—¿Quieres que me rinda?

—No entiendes, Tecuixpo. Quiero que vivas.

—No, tú quieres que claudique. Que viva una vida de sumisión. Que baje la cabeza ante esos hombres que vienen a imponerse.

Moctezuma veía aparecer la humedad en los ojos secos de su hija.

—Tecuixpo, comprende…

—¡No, padre! Comprende tú… No puedo hacer eso que me pides. Jamás podré. Jamás me doblegaré ante ellos. No soy como tú. No puedo darles mi corazón. Tú les diste el tuyo porque vagas sin rumbo.

—Tecuixpo, escucha a tu padre.

—Tú ya no eres mi padre, sino un hombre que vive con miedo. Te has perdido a ti mismo. Te desconozco. Ya no soy hija tuya.

Y la niña salió de allí sin dar a su padre la más mínima oportunidad.

Tecuixpo volvió a los aposentos donde nadie la había echado de menos. Todas dormían. Unas con un sueño más alterado que otras, pero por fin lograban descansar un poco. Tecuixpo se acostó con las palabras de Moctezuma taladrándole en las muelas. Vivir. Adaptarse al entorno. Su padre había perdido el juicio. Giró sobre sí misma para dormir acurrucada con las rodillas al pecho. Tanteó debajo del petate y palpó la daga que le había dado su hermano. La sacó de su funda y dejó que sus dedos resbalaran por el filo despacio, lentamente, hasta que sintió un pinchazo. Se había cortado. Su hermano llevaba razón, la daga era pequeña, pero cortaba con precisión. Se llevó el dedo a la boca y se chupó la sangre. Le supo a metal. Volvió a guardarla con sigilo y la escondió de la vista de todos. Trató de no soñar con su padre, arrugado, demacrado, envejecido. Rendido.

La condena

Con discreción y a puerta cerrada, Cuitláhuac se reunía en secreto con el consejo para proponer nombres de un nuevo tlahtoani. Alguien más flexible que Moctezuma. Alguien a quien se pudiera hablar al oído. Tecuixpo le había contado que Moctezuma había perdido todas sus facultades y al parecer ya empezaba a parecerse más a un español, pues lejos de incentivar las rebeliones las apaciguaba a petición de los teules. ¡Dónde se había visto eso! ¡Un tlahtoani mexica llamando a la calma cuando habían masacrado a su gente en sus propias narices! Todos pensaban lo mismo. Esos teules eran unos invasores. Ni dioses, ni nada. Eran hombres y como tales los aniquilaría. Hablaba Cuitláhuac y la gente escuchaba. Sus palabras encendían los corazones como lumbre en madera seca, la gente gritaba de júbilo. «Al fin», se decían, «al fin una voz sensata en medio de esta locura».

Tecuixpo lo aclamaba también. Deseaba secretamente que su padre fuese Cuitláhuac. Alguna vez, hacía años, había creído que así era su padre. Así de valiente, así de magnánimo. Así lo había imaginado tantas y tantas veces sentada a sus pies, observándolo desde la pequeñez de sus pocos años. Qué desilusión mirarlo ahora y ver que Moctezuma no era ni la sombra de sus idealizaciones.

Cortés, sin embargo, seguía aferrado a Moctezuma como tabla de salvación. Cada vez que guerreros armados llegaban hasta ellos para matarlos, se escudaban tras Moctezuma. Los guerreros mexicas entonces daban un paso atrás, temiendo que su imprudencia fuera a acabar con la vida del tlahtoani. Y así, muchas veces, Moctezuma no era más que un escudo humano. Pero los mexicas estaban llegando a su límite. Cada vez se acercaban más, cada vez acorralaban más. Cada vez Cuitláhuac les cerraba el círculo. Los tenían sitiados. Cortés ordenó a sus hombres subir con Moctezuma a la azotea para, una vez más, llamar a la calma. Ese fue el tercer error que cometió, porque los mexicas ya no aguantaban más sometimiento. «Subirás a la azotea», repitió Cortés. Moctezuma cerró los ojos. Contempló la destrucción de sus presagios y deseó con todo su corazón pasar a la historia por intentar evitar la guerra, al igual que esperaba que Cuitláhuac pasara a la posteridad por ganarla.

—Pero, capitán —intervino un rodelero—, le acribillarán en cuanto asome la cabeza.

Cortés miró alrededor. La multitud estaba enardecida. Vítores, silbidos, la gente quería ver colgar una cabeza y Cortés tenía muy claro que no sería la suya. Echó una mirada al soldado que había hablado:

—Tú lo protegerás con la rodela.

El muchacho palideció.

—Pero, capitán, Moctezuma es más alto que yo por una cabeza.

—Pues estira bien el brazo.

«Eso me pasa por abrir la bocaza», pensó.

—Andando. —Empujó con el hombro el pequeño rodelero.

Ante la insolencia, con cada peldaño que subían, Moctezuma reafirmaba una sola idea en la cabeza. No podía postergarlo más. En cuanto aquel jovenzuelo retirara el escudo llamaría al ataque. Ya los había apaciguado bastante. Era el momento de unir fuerzas con Cuitláhuac. Era el momento de demostrar quiénes eran los mexicas. El pequeño rodelero se colocó ante Moctezuma y con esfuerzo estiró su brazo para que su escudo redondo los salvara de lo peor. Moctezuma apenas se veía. El muchacho, que sudaba la gota gorda, ocultaba al emperador ante una multitud que apenas lo reconocía. Y Moctezuma estaba a punto de abrir la boca para decir lo que no había dicho en un año de sometimiento —«¡Mexicas, la guerra nos pertenece! ¡Démosle a Huitzilopochtli la sangre de todos estos españoles!»— y por fin insuflarlos con aires de gloria cuando la rodela se abrió lentamente.

Un claro de luz iluminó el escudo cegando por un instante a Moctezuma, que entrecerró los ojos, molesto. Apenas pudo ver la lluvia de pedradas que comenzó a caer con furia sobre ellos. Pedruscos como puños. El rodelero gimió cuando usó la rodela con todas sus fuerzas para protegerlos. Los guerreros tan solo veían a un hombre armado a la usanza española en plena azotea. Nadie veía a Moctezuma. Nadie podía saber que su tlahtoani estaba en lo alto, a punto de dar el grito de guerra. La lluvia de saetas se desató como las estrellas en las noches de agosto y, por más que intentaron evitarlas, se clavaron en los hombros del rodelero y en las piernas desnudas del tlahtoani. Moctezuma estalló en un grito de dolor. Quiso gritar: «¡Deténgase! ¡Soy yo! ¡Moctezuma Xocoyotzin!», pero no pudo. El rodelero no soportó más el peso de su escudo y bajó el brazo un segundo. Fue solo eso. Un instante. Suficiente para que una flecha le atravesara la cuenca de un ojo y cayera al suelo. Abajo, con cara de venados asustados, los mexicas vieron por vez primera a su tlahtoani malherido y en pie justo en el momento en que una piedra grande como los tezontles que sostenían los templos le reventó en la frente.

—¡Rápido! ¡Ayudadme! —gritaba un soldado mientras huía de la lluvia de pedradas y arrastraba a Moctezuma por los pies.

—¡Abran paso! —gritaban.

Cortés contemplaba la escena alucinado:

—¡Mal rayo me parta!

—Estamos perdidos —se lamentó Alvarado.

—Calla, insensato —le ordenó Cortés—. Aún no está muerto.

—Ya no nos sirve de nada. Le han perdido el respeto. ¡Lo han apedreado!

—Ahora sí, nos sitiarán como a ratones —se lamentaban.

—Estamos sitiados desde hace semanas. Pronto no habrá de qué abastecernos —dijo un capitán.

—Nos matará el hambre —se oía en murmullo.

—¡Silencio! —gritó Cortés—. Parecéis mujeres asustadas.

Trataba de pensar. El tlahtoani se desangraba a causa de la pedrada que le había hundido la frente:

—Rápido, ¡llevadlo a curar!

—Deberíamos bautizarlo antessss de morir —sugirió el padre Olmedo, apostado en una esquina.

—¿Y de qué nos serviría eso ahora?

—Este hombre merece entrar en el reino de los cielosss —contestó el fraile.

—No me vengas con esas ahora, Olmedo, que estamos en guerra.

Cortés abandonó la habitación, pero Olmedo, sin que nadie le preguntara, antes de que se lo llevaran alzó la mano y cruzando el aire con los dedos lo bendijo: «*in nomine Patris, et Filii, et Ssspiritus Sssancti*. Amén».

La noticia de que el tlahtoani Moctezuma había sido abatido y casi muerto se esparció por todo el palacio a velocidad del rayo. Tecalco y las demás mujeres se enteraron las primeras. La esposa de Moctezuma reprimió el impulso de llevarse las manos a la boca. No podía ser, un tlahtoani atacado por los propios mexicas. ¡Ay! Se lamentó, eso solo podía ser un mal presagio. Y luego, inmediatamente, pensó en Tecuixpo. Llamó a Citlali.

—Citlali, han herido a Moctezuma. Corre. Ve y trae a Tecuixpo.

—¿Cómo? ¿Quién lo ha herido?

—No se sabe bien, pero está muy grave. ¡Corre!

Y Citlali salió corriendo para dar aviso a su pequeña. Sentía una opresión en el pecho. Sabía que esa noticia la devastaría. En el camino, pensaba maneras de dar la noticia, y todas parecían malas. Así que cuando la tuvo delante, soltó aquello de la misma manera en que se había enterado ella:

—Mi niña, han herido a tu padre. Corre.

—¿Herido? ¡Cómo?

—No sé, niña, pero es grave. ¡Vamos! Tu madre te espera.

Un dolor hondo le apretó las entrañas, un dolor incomparable con la impresión que le causaría verlo después con la cabeza deshecha. Nada más entrar al cuarto, Tecuixpo se detuvo en seco, incapaz de dar un paso hacia delante. Varios lo atendían, pasándole hierbas y tratando de darle de beber. Tecalco presionaba la herida para detener la hemorragia.

—Rápido, pásame un paño. Presiona aquí —le dijo Tecalco al verla en la puerta.

Tecuixpo avanzó más despacio de lo que debería. No podía creer que ese ser desvalido y débil fuese el tlahtoani grande y fuerte que hasta hacía poco la cargara en volandas, haciéndola girar por la habitación. El hombre al que hacía poco había negado. Su padre adorado. Tecuixpo se sentó junto a su madre y su huipil pronto se tiñó de rojo. El paño absorbía sangre sin darse abasto. Su padre se vaciaba.

La vida se le escurría sin que nadie pudiera impedirlo. Ambas guardaban silencio, pétreas, firmes, sin darse el lujo del llanto. Tecuixpo sintió remordimientos. A su cabeza solo venían las palabras duras de su último encuentro. «Has dado tu corazón. Ya no soy tu hija». Tecuixpo dejó que el peso de su conciencia cayera sobre su espalda y se encorvó sobre los hombros.

Durante tres días Moctezuma agonizó sin apenas volver a pronunciar palabra. Balbuceaba, jadeaba, pero por más que Tecuixpo acercaba su oreja a la boca, no entendía nada. Él, que había sido dueño de las palabras, el dador de vida, el tlahtoani que había guiado a su imperio a la gloria, moría habiéndolo perdido todo. Una carga demasiado pesada para un solo hombre. Muerto por una pedrada, como un vulgar animal. Tecuixpo rezaba a los dioses para que su padre no sufriera más, y le daba sorbos de la sustancia con la que aturdían a los mancebos que entregaban al sacrificio para que no sintiera dolor. No rezaba por su vida, sino por su muerte. Que fuera buena, pedía, que fuera pronta. Prendía tabaco para que los malos espíritus se fueran y dejaran descansar a su padre.

El padre Olmedo no se separaba de la niña. Al principio fue por acompañar a Moctezuma, a quien consideraba digno de recibir la extremaunción, pero pronto un nuevo interés ocupó su ánimo.

Y ese nuevo interés se llamaba *Tecuichpo* —así le decía él—, la hija de Moctezuma y de Tecalco. La hija legítima del tlahtoani. Ese interés le abrió el entendimiento al igual que Yahvé había mostrado la zarza ardiente a Moisés. Absorto, observaba la devoción con que la niña rezaba, porque eso era lo que hacía la pequeña. Su mente empezó a calibrar una nueva forma de adoctrinamiento. Ahí, a los pies de su moribundo padre, esa niña estaba rezando —no cabía duda alguna— como rezaban los cristianos. Le cubría a su padre la hendidura de la frente con paños húmedos y luego se encomendaba a una fuerza divina hasta que su padre dejaba de gemir de dolor, y entonces el padre Olmedo contemplaba ilusionado cómo Tecuixpo cerraba los ojos y colocaba sus manitas juntas, palmas arriba, como si quisiera retener en ellas un poco de agua. El fraile Olmedo la observaba callado, embelesado ante la imagen de la pequeña niña morena, de rasgos finos y delicados, que le recordaba, Dios perdonara su blasfemia, al retrato de la mismísima niña Virgen María.

«Sssí», se decía, «sssobre esta niña edificaremosss nuessstra iglesssia».

Moctezuma agonizaba. No estaba consciente, porque el golpe de la cabeza había sido muy grave y había afectado su movilidad y su habla. Pero un día, de pronto, empezó a hacer esfuerzos por hablar. Abría y cerraba la boca escupiendo sílabas con impaciencia y Tecalco, que estaba junto a él, acercó su oído a la boca de su marido. Con mucha dificultad, entrecortando palabras inconexas, atinó a entender dos palabras:

—Tlahtoa… Malinche.

Tecalco se retiró despacio.

—¿Quieres hablar con Malinche? —preguntó sorprendida de que el tlahtoani quisiera parlamentar con su enemigo.

Incapaz de hablar más, debilitado hasta la extenuación, Moctezuma guardó silencio.

Tecalco, investida de la dignidad que siempre la acompañaba, se puso en pie.

—Que venga el Malinche Cortés.

El padre Olmedo salió en busca de Cortés que, en un salón principal, con las manos apoyadas sobre un gran mapa de la ciudad, buscaba un plan de huida por si tenían que escapar con lo puesto ante la furia de los ataques de Cuitláhuac. Afuera se escuchaba el murmullo de una multitud enfurecida. Sin Moctezuma estaban perdidos. Y, además, estaban sitiados. Cortés sabía que el hambre los mataría a todos por igual. Los mexicas estaban más preparados, pues sabían por dónde violar un cerco que ellos mismos habían levantado, y cada dos o tres días dejaban pasar alimentos escondidos de las más diversas maneras, pues ya no había mercado y el comercio estaba detenido como un río estancado. Las mujeres tlaxcaltecas embarazadas de los españoles perdían a sus bebés porque se les morían de hambre dentro del vientre. Como si la diosa de la fertilidad supiera que no eran buenas épocas para engendrar vida. Los codiciosos hombres de Narváez maldecían haberse tragado el cuento que les contara el Chocarrero —quien, víctima de su propia mezquindad, había muerto a manos de los totonacas—. ¡Dónde estaban las riquezas con las que Cortés los cubriría! Ahí solo había desolación.

Olmedo, con la barriga flácida y la cara encendida como un faro, con gotas de sudor escurriendo por la calva debido a la carrera, irrumpió acallando sus pensamientos:

—Hernán, Moctezuma se nos muere.

Cortés levantó la cabeza de sus papeles.

—¿Cuánto le queda?

—Poco… Horasss. Minutosss. No sssé. Pero de hoy no passsa. Ha pedido verte.

—Avisa a Marina.

—Ya está avisssada. Debe estar esssperándote.

Cortés apuró sus pasos. Con cada pisada resonaba el sonido metálico de su espada al cincho y el rasgueo de sus botas altas con el bombacho. Durante el camino no mantuvieron conversación. Marina los esperaba en la puerta. Su conocimiento de español había mejorado bastante y para casi todo prescindían ya del maya de Aguilar, que deambulaba entre los hombres sin oficio ni beneficio. Los tres juntos entraron en los aposentos. Un corro de mujeres lloraba en silencio. Menos Tecuixpo. Ella no. Al ver entrar a Cortés, la niña apretó con fuerza el volante blanco de su huipil.

Cortés se acercó a los pies de Moctezuma. Tecalco, apostada al lado derecho del tlahtoani, se aproximó a su oído:

—Ya está aquí el Malinche —le susurró, tratando de contener su desprecio.

El tlahtoani empezó a hacer esfuerzos por balbucear. Marina, al otro lado de la cama, acercó el oído a la boca de Moctezuma, pues hablaba muy bajo. Casi no se le escuchaba. Parecía que estaba a punto de contar un secreto. El gobernante habló y Marina transmitió sus palabras en castellano:

—Cuida a mis hijas…

La petición tomó por sorpresa a Cortés. De todas las cosas que esperaba oír, aquella era la última de ellas. Moctezuma, el gran tlahtoani, en la hora de su muerte ¿pensaba en sus hijas? Cortés no salía de su asombro. Marina también parecía sorprendida, pero por razones distintas. Esa petición acababa de remover las aguas turbias de su interior. Un recuerdo olvidado en lo profundo. Tan enterrado en el olvido que casi había desaparecido. Cuando la ráfaga del pasado le azotó en la frente, Marina, de pronto y por primera vez en años, pensó en sus padres. Sacudió la cabeza para recuperar la concentración. El tlahtoani balbuceó algo más. Marina tradujo de nuevo:

—En especial a Tecuixpo Ixcaxóchitl, Copo de Algodón.

Aunque Marina hablaba en un susurro, Tecuixpo alcanzó a identificar su nombre. Lo había oído muchas veces, muchísimas, en boca de su padre. Su nombre adorado. Su nombre. Los ojos de Tecuixpo se abrieron como platos. Se cubrió nariz y boca al juntar las palmas de las manos para ahogar un lamento y el padre Olmedo se santiguó efusivo «por la señal de la Santa Cruz, de nuestros enemigos, líbranos Señor Dios nuestro» y alzó los ojos al cielo agradecido porque la silueta de la pequeña niña devota era sin duda un milagro.

Moctezuma volvió a hablar, y esta vez Marina se quedó muda.

—¿Qué ha dicho, mujer? —pidió Cortés.

—Ha dicho… —Marina se detuvo, buscando palabras—. Ha dicho…

—¡Habla ya! —protestó Cortés impaciente.

Marina se irguió.

—Que, si te vas, la lleves contigo.

Marina miró a la pequeña niña y soltó aire muy despacio, desinflándose, liberando la tensión que aquellas palabras encerraban. Al menos, pensó, al haberlo dicho en castellano Tecuixpo no se habría enterado de que su padre acababa de entregarla a la merced de Cortés. Por un momento, Marina creyó que volvería el estómago. Las palabras del tlahtoani acababan de alterar su memoria. Las imágenes se sucedían ante ella a toda velocidad, fogonazos de recuerdos traídos con brusquedad a la superficie. Recuerdos que había logrado mantener invisibilizados en la lucha por la supervivencia. Se recordó vendida por su propio tío como esclava, siendo una niña menor que Tecuixpo. Por eso podía hablar náhuatl y maya, porque en otra vida también había sido mexica, antes de que la desterraran para siempre, vendida cual mercancía al mejor postor.

—Eh, Marina, vuelve. —Cortés le tronaba los dedos para recuperar su atención.

—¿Mande?

—Dile a *Muteçuma* que cuidaré de sus hijas, las procuraré y no les faltará de nada… mientras tenga vida. Sobre todo a la Copo de Algodón.

Y así lo hizo.

Moctezuma pareció descansar. Y entonces llamó con un gesto a su pequeña Tecuixpo. La niña caminó hacia él sorteando a Cortés, y con una actitud más propia de una mujer que de una niña, tomó a su padre de la mano y colocó la otra sobre su frente maltrecha. Quizá sería la última vez que hablaría con su padre. Quiso pedirle perdón, decirle que ella siempre sería su hija y él su padre adorado. Que encontrara el rumbo al Mictlán de la mano de sus ancestros. Que honraría su recuerdo. Pero no le dijo nada. Calló. Con las palabras atoradas en el mismo lugar donde vivía el orgullo. Moctezuma, en cambio, jaló aire de donde no había para decirle entre atropellos:

—Sé... la... serpiente.

Esa noche, mientras la oscuridad caía sobre ellos y Cortés corría de un lado a otro organizando a su gente por si tenían que salir corriendo del palacio de Axayácatl, Citlali se acomodó junto a su señora Tecalco.

—Trata de dormir un poco, Tecalcotzin. Llevas horas velando al tlahtoani.

Tecalco estaba agotada. Llevaba varias horas velando el sueño intranquilo del tlahtoani, asistiendo a la respiración desacompasada de un hombre a punto de exhalar el último aliento.

—No quiero irme, Citlali. Quiero estar aquí cuando suceda.

—Todo lo dicho, dicho está. Trata de descansar. Ahora tienes que estar fuerte para tus hijos. Fuerte para tu gente. Sin Moctezuma te necesitaremos más que nunca.

—Bien sabes que a una mujer no escuchan los mexicas.

—Algunos sí escuchamos, Tecalcotzin. Yo haré lo que tú digas.

Tecalco miró a Citlali. Cuánto habían compartido juntas. Miró a Moctezuma. Su cuerpo estaba ahí, pero el hombre ya no estaba.

—Está bien. Descansaré. Pero avísame si el tlahtoani recupera el sentido.

Tecalco se levantó y dejó a Citlali sola en la habitación.

Apostada en las sombras desde hacía unos minutos, Tecuixpo las observaba desde la puerta. Vio salir a su madre en total abatimiento. Solo entonces se atrevió a entrar. Al lado del lecho un montón de paños ensangrentados llenaban unas cubetas, mientras Citlali colocaba trapos limpios de algodón sobre la frente aplastada de Moctezuma. Había perdido muchísima sangre. Suficiente para alimentar a Huitzilopochtli un mes. Citlali brincó en su lugar al ver a la niña junto a ella.

—¡Ay, escuincla, qué susto me has dado! Pareces una aparición.

Tecuixpo se aproximó.

—Citlali, déjame a solas con mi padre.

La muchacha no reconoció el tono de la niña. Algo en ella había cambiado. Hablaba con una edad desconocida. Como si en unas pocas horas el tiempo la hubiese empujado hacia un abismo. Como si el futuro de pronto la hubiese alcanzado. Citlali dudó.

—Déjame con él. Por favor —repitió en un tono más dulce.

—Está bien —dijo—, pero solo un momento.

Citlali salió dando un bostezo.

Tecuixpo la observó alejarse y esperó unos segundos hasta cerciorarse de que estaba completamente sola. Unos grillos arrullaban con un cricrí tan calmo que por un momento Tecuixpo se olvidó de que su mundo estaba volteándose de cabeza. En el frescor de la noche todo era tranquilidad. Se acercó hacia su padre y colocó una mano sobre su cabeza de vasija rota. Cerró los ojos para no verlo. Moctezuma ya no podía oírla. Ya no. Todo lo que hubiera querido decirle antes se lo tendría que decir sin palabras. Y entonces, Tecuixpo abrió los ojos que ya no eran duros e infranqueables, sino dúctiles, moldeables, de la acuática materia en la que flota el pesar. «Por qué tenías que regalarme a Cortés. ¡A Cortés! ¿Por qué tuviste que hacerme esto? Perdiste tu rumbo y quieres que lo pierda yo también. ¿Acaso quedará algo en pie si me voy con ellos? ¿Acaso algo permanecerá?». Los pensamientos de Tecuixpo iban y venían de un lado al otro del rencor a la pena, de la rabia a la negación. Y entonces, se acercó para susurrarle:

—Espero que Cuitláhuac mate a Cortés. Que lo haga pedazos.

Tecuixpo pegó un brinco cuando su padre despertó y la miró con unos ojos muertos que seguían vivos. Ajeno al dolor que encerraban las palabras de su hija predilecta, Moctezuma hacía esfuerzos por que el sonido saliera de su boca.

—Tú… una nueva… raza. Tú… nuevos mexicas.

Un escalofrío la recorrió entera.

—¿Nuevos mexicas?

Moctezuma alzó la mano con mucha dificultad y, tras recorrer lentamente el aire, se posó en la mejilla de su hija.

—Tú. Serpiente. Piel.

—¿Piel de serpiente?

—Renace. Cambia de piel.

Y tras decir esto, un rayo de luna iluminó la hoja de pedernal que llevaba en el cincho. La mano de Moctezuma abandonó la mejilla de su hija y señaló al cuchillo.

—¿Esto? Ah, me lo regaló Axayácatl.

La sacó, la empuñó con seguridad con su mano derecha y se la mostró a su padre.

Moctezuma colocó la mano sobre la daga y en un baile de mariposas llevó la mano de su hija hacia su propio cuello. Tecuixpo palideció al ver la obsidiana apoyándose sobre el pellejo de su padre. Su piel tan fina, transparente. Un pequeño empujón y esa daga la perforaría.

—¿Qué haces, padre?

Moctezuma volvió a mirarla desde la profundidad de esos ojos sin vida.

—Ayúdame a bien morir —le pidió.

En un impulso, Tecuixpo trató de retirar la mano, pero Moctezuma la tenía bien asida con fuerza, tanta que Tecuixpo pensó que el espíritu de un chamán se había metido en el cuerpo moribundo de su padre. No podía soltarse. Moctezuma mantenía la daga junto a su cuello. La mano de Tecuixpo empuñaba el arma.

—Dame muerte digna —volvió a decir.

—No puedo —sollozó ella.

—Sí, puedes.

Tecuixpo miró a su alrededor. Las cubetas de sangre, los paños sucios, la frente aplastada, la baba escurriéndosele por la comisura de los labios. Y cerró los ojos para transportarse a otro tiempo. Un tiempo cuando aún no conocía el miedo, ni el desequilibrio. Vio a su padre joven, sano, fuerte. Los brazos morenos de Moctezuma alzándola en volandas, sus piernas recias en las que sentarse durante horas largas, los dos asomados hacia el lago, el atardecer, las cosquillas que le hacía jugar con su tocado monumental, escuchó su voz, sus conversaciones en la oscuridad mientras todos dormían, abrazos en un mundo en donde ningún gobernante abrazaba a sus hijos. A ella la habían colmado de ellos. Al abrir los ojos, Moctezuma reconoció esa mirada dura de piedra, esa mirada capaz de hundirse y cortar, esa mirada de las almas fuertes capaces de soportar todas las penurias del mundo sin quebrarse. Y se acordó de los presagios de su nacimiento. Su niña cambiaría el mundo porque el mundo cambiaba con ella.

—Hazlo —le pidió Moctezuma—. Nuestros espíritus siempre estarán juntos.

—Siempre juntos —repitió ella con un pesar tan grande que creyó que moriría con él.

Y se perdonaron todos los daños, todas las palabras mal dichas, todos los dolores y penas cometidas y por cometer. Tecuixpo se dejó ir sobre él con todas sus fuerzas mientras exhalaba un grito ahogado, un grito de furia, de rabia y de dolor que se hundió hasta el fondo de las venas de su padre. La poca sangre que le quedaba a Moctezuma salía a borbotones, manchando sábanas y el huipil de Tecuixpo, mientras ella dejaba que se vaciara sin dolor, con la piedad con que se degüella a un animal moribundo. Un llanto seco le quemaba en la garganta mientras esperaba a que su padre se muriera entre sus brazos, lentamente. Sin aspavientos. Sin espasmos. Sin haber tenido que decirle «te quiero».

Sacó la daga del cuello, el negro de la obsidiana apenas dejaba ver la sangre, pero al limpiarla en su vestido Tecuixpo notó que estaba completamente roja y dejó caer el cuchillo al suelo. Un mudo tintineo se ahogó en el charco de sangre. Tecuixpo se agachó para abrazar a su padre. Así permaneció con su cuerpo muerto en el regazo quién sabe cuánto tiempo. Quizá fue un minuto, quizá fueron veinte. No había tiempo, ni espacio. El mundo se detuvo. Los grillos enmudecieron. El viento ululaba quedito sin atreverse a mover los cabellos de su melena. Nada jamás volvería a ser igual. Ni para ella ni para nadie. Parpadeó varias veces, queriendo reconocer el cuerpo sin vida de su padre y, al fin, lo dejó echado en su quietud. Se giró, solo para toparse de frente con una Citlali completamente asustada.

—¡Pero qué es esto!

—Tranquilízate, Citlali.

—¡Mataste a tu padre!

—Mi padre ya estaba muerto.

Citlali miraba a su niña solo para descubrir que ya no estaba. En su lugar había una mujer recién nacida en el dolor.

—Pero qué hiciste…

—Lo que tenía que hacer, Citlali. Ven, ayúdame a limpiarlo todo. Nadie tiene que saberlo.

—¡Pero si hay sangre por todos lados!

Citlali avanzó hacia el lecho y sus pies chocaron con el cuchillo de pedernal en el suelo. La mujer miró a la niña con ojos desorbitados.

—Nadie notará el corte —dijo Tecuixpo—. Ha sido limpio.

Citlali no reconocía a esa nueva mujer que miraba diferente, sonaba diferente. Casi se sentía con una extraña. Pero trató de encontrar en ella a la niña de siempre, a la del pelo largo, a su pequeña Copo de Algodón a quien la vida se le torcía tal y como pronosticaron los funestos presagios de su nacimiento. Miró al tlahtoani y la cubeta de paños ensangrentados, se vio las manos arrugadas de tanto exprimir sudor y sangre de la frente de un cadáver. Matar a un padre estaba penado con la muerte. Y Citlali ya había tenido suficientes muertos que llorar.

—Está bien, limpiemos. Nadie puede verlo así.

Entonces, Tecuixpo se acercó a Citlali y se acomodó entre sus brazos. Poco a poco, Citlali fue sintiendo el cuerpo de Tecuixpo soltándose en lamento triste y verdadero, mientras se dejaba abrazar por ella y paladeaba la pena de la pérdida. Sin mayores explicaciones, ni preguntas, se juraron guardar para siempre el secreto.

Toda la noche acarrearon cubetas, limpiaron sábanas, fregaron pisos. Al amanecer, Tecalco acudió junto a su esposo moribundo. Nada más entrar, el olor a trapo limpio le azotó en la cara. Olía a sahumerio ardiendo al fuego. A copal. Y en medio de la habitación impoluta, un cadáver perfectamente vestido y pálido. Moctezuma, por fin, había dejado de sufrir.

YEYI/TRES

Citlali

Nueva España, Ciudad de México, 1550

Fue un día después. O quizá fueron dos. Pero no había pasado mucho tiempo desde el día en que Altamirano le había anunciado a Leonor que le había conseguido un marido, y a quien Leonor, al irlo a conocer, le pareció que olía a la madera vieja y mojada de los ríos.

Puri y Leonor hacían la compra en el mercado. El bullicio de la calzada era solo comparable con la infinidad de olores que les azotó en la cara. Todos los aromas del mundo parecían emanar de aquellas calles. Olores rabiosos envueltos en otros dulces, aromas picantes que hacían estornudar o aflojaban la humedad de la nariz, sal y limón, chiles tostados, aceites, cebolla, olores que el viento arrastraba hasta envolverlos en tortillas de maíz. La gente iba y venía sin prisa entre los puestos. Leonor caminaba por calzadas que atravesaban fuentes y calles tan anchas por las que podían pasar dos carruajes sin chocarse. Un acueducto abovedado llevaba agua a todos los puntos de la ciudad, y en su correr el torrente refrescaba el ambiente. El relinchar de los caballos se mezclaba con el de los pasos amodorrados de una marea de gente hundiéndose en la tierra. A lo lejos, lomas, collados y montes selvosos verdes como pericos se perdían en la vista de cultivos entre los que brotaban haciendas inmensas pintadas de rojo y arcilla cocida. En el lago, desde decenas de canoas, los pescadores batallaban por no volcar al sacar redes rebosantes de peces que se negaban a asfixiarse con el aire fresco y brincaban asustados en un inútil intento por volver al agua. A ambos lados de las acequias, los manantiales regaban los campos de cultivo. Los pueblos de los indios se asentaban en lo alto e iglesias de todos los tamaños coronaban esquinas donde antes había habido templos. Leonor avanzaba haciéndose un poco de sombra con la mano porque el reflejo del sol le rebotaba en los ojos. Allí, en esas calles, se sentía feliz. Sin que hiciera falta mucho más le pareció que por fin había encontrado su lugar en el mundo.

Llevaban casi toda la mañana fuera y Leonor ya estaba cansada y un tanto sofocada por los descarados alcances de Puri, que no dejaba ocasión para regatear con cuanto mozo guapetón le hiciera la plática. Leonor decidió apartarse un poco. No se había alejado más de unos cuantos metros cuando una anciana de larga trenza blanca se le atravesó al grado de que Leonor casi tuvo que bajar el pie de la banqueta para esquivarla.

—¡Señora, tenga cuidado!

Azorada y con el susto aún latiéndole en la sien, Leonor se percató de que la señora se había quedado pasmada, detenida junto a ella; apenas podía ver y Leonor se arrepintió de haberle hablado de aquella manera. Se le acercó y dulcificó el tono de su voz cuando le habló casi al oído:

—¿Se encuentra bien? ¿Puedo ayudarla en algo?

Al acercarse un poco más, Leonor distinguió que la anciana no estaba ciega, sino petrificada, con la mirada en un limbo inmenso donde pasado, presente y futuro parecían coexistir. Porque la anciana podía verla, entre contenida y asustada, como si se le hubiese aparecido el fantasma de alguien muerto hacía mucho tiempo.

—¿Se encuentra bien? —repitió Leonor.

La anciana, entonces, alzó las manos y sin pedir permiso agarró de las mejillas a Leonor —que por poco se muere del pasmo ante la intromisión—, y se aproximó para poder verla de cerca. Sumamente incómoda, Leonor trataba de zafarse de las manos húmedas y arrugadas de la anciana, que sin embargo la tenían asida con una fuerza insospechada. Esta última empezó a hablar en una lengua que Leonor desconocía, lo que la puso aún más nerviosa.

—Perdone, no la entiendo…, suélteme, por favor.

Y entonces la anciana, no sin cierto dejo de decepción, habló en perfecto castellano:

—Eres igualita a tu madre.

Leonor se paralizó.

—Me debe estar confundiendo con otra, señora.

—No —aclaró la anciana—. Tú eres la hija de Tecuixpo.

—No, no —dijo Leonor zafándose de esas manos que la agarraban con ternura—. Me confunde.

—No. No te confundo. Tú eres Leonor, hija de Tecuixpo.

Leonor dio un pequeño brinco.

—¿Cómo sabe mi nombre?

—¡Ay, mi niña! ¡Porque te buscamos desde que naciste! —exclamó la anciana mientras daba una única palmada de pesar y de alegría.

Los ojos de Leonor se abrieron tanto que creyó que se le iban a salir de la cara. El corazón le latía deprisa. El barullo del tianguis habría hecho prácticamente imposible que siguieran con su plática, pero el mundo se silenció. No había más sonido que la voz de esa anciana desconocida hablándole quedito en medio de un tumulto de gente que las esquivaba, ajenos a que ahí, en media calle, acaba de suceder el milagro de un reencuentro.

—¿Quién es usted?

—Citlali —dijo—. Me llamo Citlali.

La anciana parecía bucear en el interior de Leonor. Había pesar en sus ojos, la angustia de reconocer el mucho tiempo perdido y encontrado al unísono. Leonor, por su parte, también miraba a la anciana con extrañeza, pero por más que hurgaba no le parecía encontrar en la anciana rastro de locura ni de mentiras. Aquella mujer le estaba diciendo la verdad.

—El paseo del mercado no nos va a alcanzar para decir todo lo que tengo que contarte, muchacha.

—¿Qué tiene que contarme?

Citlali reconoció en ese tono a una niña que había conocido hacía mucho, mucho tiempo. Suspiró hondo.

—Tienes que saber quién fue tu madre.

—Mi madre murió cuando yo nací —contestó Leonor extrañada e incómoda. ¿Qué sabría ella de su vida?

La anciana entonces volvió a mirarla desde el fondo de sus ojos apagados.

—No. Las cosas no sucedieron así. Tienes derecho a saberlo. Tengo algo para ti. Algo que ella me dejó para ti. Búscame, niña, mañana, frente a la catedral. Cuando el sol esté en su punto más alto. Pero no le digas a nadie que me has visto, niña. Es peligroso.

Una duda voló por encima de Leonor. Muchas veces Altamirano le había advertido de los peligros de la calle: «Si alguien te pide que te escondas, o que acudas en secreto a un sitio, probablemente sea para matarte, robarte, violarte o todo lo anterior».

—¿Cómo sé que no me engaña?

—No lo sabes, niña. Tienes que confiar en mí. Nunca serás libre si no sabes quién eres.

Leonor pensaba cosas a toda velocidad, cuando sintió la presencia de Puri, la buena de Purificación, apostada a su lado.

—¿La están molestando, niña Leonor? —preguntó envalentonada como si en vez de una anciana Leonor estuviese rodeada por un grupo de bandoleros.

—No, no —atinó a decir Leonor.

La anciana solo dijo:

—Adiós, niña Leonor.

Y desapareció entre el mismo gentío del que había brotado.

—¿Quién era esa? —Puri no tardó en preguntar.

—Nadie. Una señora vendiendo pulseras —mintió.

—Pero la llamó por su nombre…

Leonor sintió un torrente queriendo salir por su boca, unas ganas más anchas que su voluntad de contar lo que acaba de sucederle, solo para constatar, quizá, que no había soñado aquello, que una anciana de trenza larga hasta la cintura acaba de interceptarla y que la había reconocido y que al hacerlo le había dicho el desconocido nombre de su madre, le había dicho que tenía que saber toda la verdad sobre su madre, una madre que no estaba muerta ni podía estarlo, de algo guardado para ella porque esa mujer le había dicho: «Tengo algo para ti», todo un pasado de sombras que esa mujer prometía despejar. Así, de pronto, con esa necesidad por verbalizar sus pensamientos, Leonor se giró hacia Puri, la agarró de los hombros y le dijo muy, muy seria:

—Te lo voy a contar. Pero tienes que jurarme que guardarás el secreto.

Y Puri, a la que le encantaba ser cómplice y confidente, con ojos pizpiretos se cruzó el corazón con una equis y luego se besó la uña del pulgar:

—Por mi madre que no diré nada.

—¿Me lo juras?

—Por mi madre —repitió.

—Bien. Pues esa señora… sabe… me ha dicho que sabe quién fue mi madre, Puri. Dice que dejó algo para mí.

Interesada solo en sus problemas, a Puri nunca se le había ocurrido que Leonor pudiera tener los propios, siempre preocupada en hablar y hablar para entretenerla mientras cosían y bordaban; hasta ese momento se dio cuenta de que nunca antes le había preguntado a Leonor por su orfandad.

—Pero ¿su madre no murió en el parto?

—Sí, sí. Pero nunca me dijeron quién había sido. Altamirano nunca quiere hablar de ella. Y deja de llamarme de usted, que me haces sentir vieja.

Puri sonrió. Demasiado buena estaba resultando la mañana. Amigas, confidentes y ahora encima podía tutear a su señora.

—Vale, pero no en frente del señor Altamirano o me tirará de las orejas por insolente.

—Si tú no se lo dices, yo tampoco.

Y emprendieron el camino llenas de bolsas con fruta madura. Leonor se quedó rumiando un sinfín de preguntas sin respuesta hasta que llegaron al carruaje, en donde Lorenzo, el mozo lleno de pequeñas espinillas y alto como una espiga que alegraba las noches de Puri, las esperaba para llevarlas de regreso a casa.

Esa noche, durante la cena, incapaz de quedarse callada y simulando una inocencia que a todas luces empezaba a perder, Leonor le preguntó a Altamirano por su madre:

—¿Conocisteis a mi madre?

—Y dale con la cantaleta. Ya te he dicho que no.

—¿Cómo se llamaba?

—¿Quién?

—Mi madre. ¿Cómo se llamaba?

Altamirano pareció dudar.

—Las indias tenían nombres raros. Impronunciables. No me acuerdo.

—¿Y no tenía un nombre cristiano?

—No que yo sepa —mintió Altamirano.

—A todas las indias les cambiaban los nombres al bautizarlas…

—Dime algo que no sepa.

Permanecieron unos segundos callados. En la habitación solo se oía un molesto masticar y el trasiego de cuchillos cortando carne. Leonor se llevó el vaso repujado a los labios y se humedeció la lengua. Altamirano se arremolinó incómodo en su asiento. No le gustaba un pelo que Leonor, de pronto, se pusiera a hacer preguntas sobre su madre justo ahora que estaba a punto de recibir las probanzas para poder impugnar el testamento de Isabel Moctezuma.

—¿Te suena de algo el nombre Citlali?

Altamirano, que estaba bebiendo un poco de vino, tuvo que hacer esfuerzos por no errar el trago. Tosió levemente un par de veces.

—¿Citlali?... No. ¿Por qué habría de sonarme?

—Por nada. Es el único nombre indígena que me sé. Significa «estrella», creo.

—¿Vas a aprender ahora la lengua de los indios?

—Puede ser.

—Mira que sois necias las mujeres —dijo generalizando—. Ellos aprendieron castellano para evitarnos la fatiga de pronunciar sus nombres. ¡Menudos nombres tienen los indios! Si lo sabré yo.

Leonor, sin inmutarse ante la misoginia e ignorancia de Altamirano, volvió al tema:

—¿No se llamaría Citlali?

—¿Quién?

—Mi madre.

—No —contestó muy serio.

—Pensé que no os acordabais.

—Me acuerdo que no se llamaba así. Y a callar ya. Que te estás volviendo muy insolente e impertinente.

Durante el resto de la cena se instaló entre ellos un tufo hediondo a mentira. Por primera vez en su vida, Leonor parecía estar indagando terrenos pantanosos. Altamirano se arrepintió levemente, apenas un instante, por haber regresado a la Nueva España cuando el cuerpo de Isabel Moctezuma estaba aún caliente. Leonor había salido díscola y preguntona. Pero ya se encargaría él de mantenerla a raya, que ninguna mujer, hija de quien fuera, iba a venir a arruinarle sus planes.

Por su parte, Leonor supo con la certeza con la que conocía el color de sus cabellos que todo lo que Citlali le había dicho en plena calle era cierto, esa mujer tenía algo que contarle, esa mujer sabía algo de su madre que le había legado algo para ella, todas las respuestas que Altamirano no podía o no quería darle. Leonor se cepilló el cabello hasta dejarlo dócil como alga marina, mientras trataba de recordar el nombre que la anciana le había dicho. Te-cuich-po. Y se peinaba repitiendo el sonido dulce de aquel nombre en una letanía. Porque estaba a punto de abocarse en la desobediencia como una doncella en los brazos de un amante, porque Leonor se erizó entera, como si su espíritu hubiese podido reconocer antes que su cuerpo que su vida estaba por dar un vuelco. Un giro que la aventaría a cambiar el rumbo de sus días por y para siempre. Se fue a dormir creyendo que mañana sería un día mejor y definitivo.

Una tea gruesa

La ciudad estaba sitiada. El cuerpo de Moctezuma aún estaba caliente cuando Cuitláhuac se puso en pie de guerra.

—Los españoles, los tlaxcaltecas y los demás pueblos que los acompañan no podrán escapar de los mexicas —dijo Cuitláhuac—. ¡Basta de sometimiento! ¡Nuestro tlahtoani Moctezuma Xocoyotzin ofreció paz y regalos y le pagaron con humillación! ¡Ha llegado la hora de despertar! ¡Yo lideraré a los guerreros mexicas hasta la victoria! ¡La gloria nos pertenece!

Eufóricos, los guerreros alzaron sus lanzas al cielo, listos para el combate.

A Cortés no dejaban de retumbarle las palabras de Blas Botello, un nigromante pecador que rondaba por ahí y que un día, mientras jugaban a los dados y a los naipes, le había dicho que había visto en las estrellas la derrota española.

—Deja de decir sandeces, Botello.

—Si no me hacéis caso moriréis. Lo he visto en las estrellas.

—Al infierno es a donde iréis por pecador y brujo.

—Podéis creer lo que queráis, pero yo sé lo que he visto.

—Ya habláis como un mexica, Botello. Estas creencias os han afectado la cabeza.

—Los ángeles se me han aparecido en sueños, Hernán, no los demonios. Aunque las cosas que has de ver parecen salidas del mismísimo infierno.

Cortés dudaba. Los ángeles de Cristo a lo mejor estaban usando a este pobre infeliz para mandarle un mensaje.

—¿Y qué te han dicho los ángeles?

—Me han dicho que habrá una matanza y que todos pereceremos.

—¿Vos también?

—Y vos también.

Cortés se revolvió en su asiento. Incómodo.

—No sé para qué os escucho, Botello.

—Vos mismo, capitán. Yo sé lo que sé.

Y dieron por finalizada la conversación, pero Botello dejó sembrados el miedo, la duda y la incertidumbre en el corazón ya de por sí pesimista de Cortés.

Por eso, cuando vio que los mexicas los tenían contra las piedras, Cortés, embebido de superstición, mandó llamar a Botello:

—Blas, quiero que me digas qué te han revelado los ángeles —pidió y se santiguó, como si con ese gesto se pudiera limpiar el pecado de recurrir a un hidalgo que echaba conjuros y pronosticaba el futuro.

Botello juntó las palmas de las manos, entornó los ojos en blanco y comenzó a hablar en lenguas que ni la mismísima Marina sería capaz de interpretar. Si hubiera sido un perro rabioso, Cortés lo habría matado de un sablazo allí mismo. Pasado el trance, el hombre habló:

—Dicen que si no salís esta misma noche de la ciudad, pereceremos todos.

—¿Esta noche decís?

—Esta noche. Me lo han hecho saber los mismísimos ángeles.

Un escalofrío recorrió a Cortés. En parte por la seguridad con la que Botello había dicho aquello, en parte porque afuera se oían cada vez más cerca los tambores.

—Está bien —concedió Cortés—, llamad a los capitanes.

A los pocos minutos, el aposento estaba lleno de hombres. Alvarado, el alférez Olid y tantos otros.

—Lo haremos esta noche —les dijo Cortés—, pero en secreto. No quiero que noten nuestra retirada. Yo iré a la retaguardia y tú, Alvarado, en la vanguardia.

Botello se aproximó lentamente a Cortés y le susurró despacio, para que ninguno de los presentes pudiera escucharlo:

—No, Hernán, la retaguardia no.

Impaciente, Cortés se dirigió a él:

—A ver si te aclaras, Botello.

—La retaguardia será donde haya mayor peligro. Yo mismo pereceré en ella. Y vos, si vais, también.

A Cortés se le pusieron los pelos de punta al oírle hablar así, pero reprimió el instinto de santiguarse ante la mirada reprobatoria del padre Olmedo.

—He cambiado de parecer. Alvarado, tú irás en la retaguardia.

Alvarado, ajeno a las premoniciones de Botello, estuvo de acuerdo.

—No corráis la voz de nuestra huida —ordenó Cortés—. Avisad a vuestros soldados, y los que no se enteren que aquí se guarden los desgraciados, para no despertar sospechas.

El fraile Olmedo habló:

—Eso sería tanto como entregarlos a los indios en bandeja de plata, Hernán.

—Es la guerra, Olmedo, unos han de quedarse y resistir.

—Creía que era una retirada.

Cortés hizo caso omiso, aunque el orgullo se retorció tras la patada. Unas voces preguntaron:

—¿Y nos iremos con las manos vacías?

Cortés pensaba lo mismo. ¿Cómo nadar sin mojar la ropa? Tenían resguardado el oro destinado al quinto del rey, el impuesto que aún no habían mandado. Nadie lo reclamaría. Oro sin marcar. Montañas de oro. Cortés, entonces, alimentó la avaricia de los hombres:

—Podéis llevar todo cuanto podáis cargar.

Los ojos de aquellos hombres brillaron como los de las bestias ante sus presas. A algunos les faltó tiempo para salir en tropel a cargarse de sacos de oro hasta las cejas.

El padre Olmedo rompió el avaricioso momento al preguntar:

—¿Y las hijasss de Moctezuma, Hernán?

«Las hijas», pensó.

—Traedlas —dijo—, vendrán conmigo. Pero no las pongáis sobre aviso hasta que sea hora de partir.

Tecuixpo no necesitó que nadie le explicase lo que sucedía para saber que los españoles estaban retirándose en medio de la noche. Huyendo en medio de la lluvia con el rabo entre las piernas. Escondiéndose bajo el agua, los truenos y el granizo. El aire frío les calaba los huesos. Los caballos avanzaban en un lento caminar debido al peso. A la cabeza iba Cortés con Malintzin. Tecuixpo no podía creer que a escasas horas de que Cuitláhuac atacase a los invasores, estuviese huyendo de la mano de los españoles en esa humillante retirada nocturna. La llevaban atada de manos junto con dos hermanas, igual que se amarra a los guajolotes silvestres para que no alcen el vuelo. Citlali y Tecalco habían salido con ellos también, como rehenes de sus enemigos, pero iban más adelante, o más atrás, Tecuixpo no lo sabía bien. Apenas habían podido hablarse cuando las sacaron de las camas, sin decirles nada, ni a dónde las llevaban, ni qué pensaban hacer con ellas. De eso habían pasado ya varias horas en las que había podido ver, con incredulidad, cómo la fila de gente aumentaba y aumentaba. Tecuixpo estiraba el cuello para ver en lo alto de los techos a algún mexica apostado. Gritaría, haría aspavientos, ¡qué no veían que los españoles huían con la nobleza mexica sobreviviente de la matanza del Templo Mayor! ¡Acaso los espías de su tío estaban ciegos y sordos! ¿Cómo no podían ver a un ejército tlaxcalteca formado por siete mil hombres en marcha junto a mil trescientos españoles con oro hasta en los calzones abandonando la ciudad en la clandestinidad de la noche?

Tecuixpo oteaba para reconocer caras, gente. Cuarenta indígenas iban cargando un puente de madera portátil para poder salvar los canales. Miraba a todas partes, empapada bajo la lluvia, chorreando agua por el pelo largo hasta la cintura, y maldecía su suerte. Las palabras de su padre la atormentaban a cada paso. «Sé el jaguar y la serpiente. Llévatela contigo, Malinche». ¿Dónde estaría Tecalco? Cómo deseaba poder seguir su estela, cobijarse tras ella y defenderla de cualesquiera de esos hombres que osaran mancillarla. Con el codo palpó el cuchillo de pedernal adornado con la madreperla que había logrado esconder bajo su huipil. Al sentirlo pensó en su hermano ¿Dónde estaría Axayácatl? Sacudió la cabeza. Temblaba. El frío se hacía cada vez más insoportable. Los dientes le castañeaban. Quizá por eso hombres y mujeres avanzaban en peregrinación en absoluto silencio por la calzada de Tlacopan, porque el frío los mantenía aturdidos, incapaces de abrir la boca sin congelarse. De pronto una mano grande, recia, dura como el estambre, le tocó en un hombro. Alzó la vista y se topó de frente con Cacama, el señor de Texcoco, con quien su padre mantenía la Triple Alianza contra los pueblos vecinos. El hombre se colocó un dedo sobre los labios.

—Cacamatzin —le dijo la pequeña—, ¿qué haces aquí?

—Shhh —volvió a indicarle.

El hombre habló en un susurro tan bajo que Tecuixpo casi tuvo que ponerse de puntillas para alcanzar a oír.

—Tu madre me mandó para protegerte.

—¿Viste a mi madre?

—Sí, mi niña —afirmó tras él una voz de mujer. Una voz familiar y amiga. Una voz que la tranquilizaba y con quien compartía sus peores secretos.

—¡Citlali!

—No se detengan —ordenó en voz baja Cacama.

—Tú madre va atrás, niña, con el resto de concubinas en la retaguardia. Me mandó con Cacama para darte un mensaje.

La niña miró a Citlali con los oídos abiertos. El murmullo de sus pies desaparecía entre los charcos.

—Ha dicho que te olvides de la espera paciente. Que ha llegado la hora de ser una tea gruesa que ilumina sin ahumar. Debes darnos luz.

Tecuixpo agradeció a la diosa madre Tonantzin por esas palabras que le infundían valor en medio del caos. Por las manos fuertes de Cacama que la agarraban. Por tener por madre a Tecalco, una mujer impertérrita, fuerte, que no se doblegaba ante ningún viento. Las mujeres avanzaban sin detenerse, empujadas por la marea humana. Entre paso y paso, en voz baja, se pasaban información:

—¿Sabes dónde está Axayácatl? —le preguntó la niña.

—No está aquí. Logró huir con unos sacerdotes a Xicotepec. Dicen que será el nuevo tlahtoani.

—¡Axayácatl! Axayácatl no está preparado…

—Shhh… —las calló Cacama—. Será mejor que guarden silencio. No te separes de mí, Tecuixpo.

Juan Cano acompañaba a Alvarado en la retaguardia y a unos cuantos pasos por delante veía la enorme silueta de María de Estrada ataviada con su armadura; por el medio, perdido entre cientos de desconocidos, Pedro Gallego de Andrade —que no había sucumbido a ningún ataque totonaca como temía Juan Cano—, marchaba ligero, sin lingotes colgando en albardas alrededor del cuello. Veía a los demás, cargados cual bestias, y se avergonzaba. Y es que los hombres de Narváez fueron quienes más se atiborraron de riquezas. Tanto, que a duras penas avanzaban, como si arrastrasen cadenas. Juan Cano, en la retaguardia, al igual que su amigo, pensaba en lo mucho que Narváez reprobaría esa acción ratera. Ese oro pertenecía primero a los mexicas y después a Carlos V. «Narváez jamás habría permitido semejante saqueo», se decía. En el poco tiempo que había permanecido en Tenochtitlan, Juan Cano había visto derretir joyas de la más exquisita y delicada orfebrería para convertirlas en lingotes deformes solo para poder encimarlos unos sobre otros. No olvidaba las expresiones de los aztecas cuando veían fundir los delicados y finísimos regalos que les mandaba Moctezuma transformados en viles bloques. La incredulidad de sus rostros era la misma que llevaban los prisioneros ahora, marchando a hurtadillas bajo la lluvia.

Hernán Cortés se movía de la vanguardia al centro, vigilante de que todos marcharan en orden cuando llegaron al borde de la calzada. El alférez dio la orden de echar el puente portátil para que despacio, sin hacer demasiado ruido, fueran pasando al otro lado. Si llegaban a Tacuba estarían fuera de peligro. Los mexicas jamás luchaban de noche. Así, no sospechaban que sus enemigos estuviesen huyendo arropados por la oscuridad. Tecuixpo avanzaba en silencio, titiritando de frío, pero alerta. No había nadie en la calle. Nadie al que poner sobre aviso. Nadie ante quien manotear pidiendo auxilio. Era como si todos los mexicas hubiesen desaparecido. Cuando, de pronto, Tecuixpo divisó a una mujer. Una sola. La figura borrosa de una mujer que barría para evitar que el agua entrara en su casa. Tecuixpo achicó los ojos para verla mejor. Sí, sí. Era una mujer barriendo. ¿Acaso no veía esa columna de peregrinos a media noche? Debería de estar ciega para no ver el río humano pasando a escasos metros de su puerta. Tecuixpo siguió avanzando con paciencia hasta llegar a la altura de la mujer. Y entonces, Tecuixpo abrió los ojos de búho y miró a Citlali. Citlali miró a Tecuixpo. Y en una ráfaga de segundo la nana supo lo que la niña estaba a punto de hacer. Su corazón salió a galope. Sin poder hacer nada por impedirlo, oyó a Tecuixpo clamar a voz en gritó:

—¡Aquí! ¡Aquí! ¡Los españoles huyen! ¡Avisa a los guerreros!

La mujer que barría soltó la escoba, espantada por el grito procedente de la noche.

Tecuixpo no vio venir la mano que la tumbó al suelo. Sus dos hermanas, que iban amarradas a ella con un cordón de amate por las muñecas, cayeron también.

—¡Calla! —le dijo el tlaxcalteca dándole un bofetón.

Tecuixpo se pasó el dorso de la mano sobre el labio. Con la lengua se lamió la sangre. Sus hermanas la veían asustadas ante su imprudencia. Citlali quiso detenerse a levantarla, pero la empujaron para que continuase andando. Horrorizada, vio cómo el tlaxcalteca sacó un cuchillo del cincho y se aproximó a ella. «Mi niña no», pensó. «Mi niña no».

—Obedece, Tecuixpo, o te matará aquí mismo —le rogaron sus hermanas.

Lejos de doblegarse, Tecuixpo volvió a gritar con más fuerza:

—¡Mexicas! ¡Los enemigos escapan!

El tlaxcalteca se acercó y alzó el cuchillo en alto. Tecuixpo ni parpadeó cuando el tlaxcalteca soltó la mano y cercenó la cuerda que la mantenía unida a sus hermanas.

—Tú, aquí a mi lado —le dijo. Y la alzó como quien levanta a un pajarillo.

Citlali respiró hondo.

Cacama, que había visto todo, los siguió de cerca.

La mujer que barría había dejado de hacerlo. Alertada por el grito de Tecuixpo y por la visión de miles de ánimas en pena en mitad de la noche, se talló los ojos. Enfocó la vista —que ya le fallaba— y, entonces, los vio. ¡No podía ser! ¿Acaso eran los invasores? ¿Acaso? ¡Huían como ladrones en mitad de la noche! Y así, la voz que la había alertado cobró sentido. Entendió. Sabía lo que tenía que hacer. Tenía que avisar. Una voz más añeja que sus entrañas acudió a su garganta:

—¡Mexicas! ¡Se van los enemigos! ¡Mexicas! ¡Despierten! —Y corrió hacia el interior de su hogar donde guardaba un caracol. Volvió a salir e insufló aire al instrumento con todo su empeño.

Un español nervioso ante el llamado delator de la mujer le apuntó con su escopeta y sin pensárselo dos veces apretó el gatillo.

¡Pum!

El trueno español. El estruendo del tiro retumbó en los corazones de todo ser viviente a kilómetros a la redonda. Unos pájaros que se guarecían en las ramas de unos árboles echaron a volar. El lago de Texcoco pareció gemir. El águila real batió sus alas sobre el nopal.

El cuerpo inerte de la mujer que barría aún no tocaba el suelo cuando Cortés maldijo:

—¿¡Quién ha sido el imbécil!?

Los mexicas, apostados y prestos para atacar al amanecer, distinguieron perfectamente el sonido de ese trueno, tan distinto a los otros tronidos de la tormenta. Unos a otros comenzaron a levantarse, curiosos, para descubrir de dónde provenía la carga. Cuitláhuac también.

—¡Los españoles y los tlaxcaltecas se escapan! —se dijo entre dientes Cuitláhuac desde lo alto del cu[9] de Huitzilopochtli—. ¡Malditos cobardes!

Cuitláhuac jamás había liderado un ataque en la noche. Los mexicas siempre peleaban de día y no agazapados en la oscuridad. Pero fue tal su enojo, sus ganas de acabar con los invasores, que obviando el código de guerra azteca dio la orden:

—¡Acabemos con ellos!

Y se desató la furia.

Por todas partes comenzaron a salir atacantes tlatelolcas y mexicas. Al verlos venir, armados y ataviados con sus trajes de guerreros águila y jaguar, la multitud comenzó a correr despavorida para llegar al otro lado del puente.

—¡No corráis o lo hundiréis! —gritaban los capitanes españoles.

Pero era inútil. Un segundo después del escopetazo no hubo un alma que no saliese disparada en estampida. Y los que no corrían eran arrollados por la marea humana que arrojaba a unos al agua y a otros los pisoteaba para morir aplastados con la cara sumergida en el lodo. Cientos de mexicas por las calzadas, tlatelolcas en canoas, miles de aztecas combatiendo a muerte los atacaban por detrás, por delante, por los costados. La formación tlaxcalteca se enzarzó en la batalla, mientras que los españoles corrían por donde podían para inten-

---

[9] Cu: templo piramidal.

tar salvarse. Pero eran lentos, pues el oro que cargaban los hacía torpes, los volvía inútiles ante la fiereza y técnicas de sus combatientes, ya que no podían saltar ni correr ni moverse con libertad. Los que caían al agua eran arrastrados al fondo, ahogados por el peso del oro en sus bolsillos y quienes podían mantenerse en tierra veían horrorizados cómo sus brazos eran cercenados con los lingotes aún en la mano. No tenían tiempo ni de gritar cuando sus cabezas eran reventadas de un golpe por garrotes. Piernas, cabezas, rodaban por el puente. Los de vanguardia, con Cortés a la cabeza, pudieron huir antes de que el puente se hundiera para siempre en el fango, pero en la retaguardia, atrapados sin salida ni lugar en el que esconderse, caían como moscas.

Alvarado, malherido, luchaba con Juan Cano espalda con espalda para defenderse de unos ataques, a cual más fiero. Los silbidos de las flechas y dardos de tres puntas surcaban el cielo en competencia con la lluvia. En la confusión, ninguno de los que custodiaba a las hijas de Moctezuma se preocupó por ellas, pero quienes las reconocieron las vieron muertas, saetadas en la garganta y en el pecho como las espinas al maguey. El tlaxcalteca que había agarrado a Tecuixpo había caído muerto cuando Cacama le reventó la cabeza con un macuahuitl.[10] Tecuixpo luchaba también, con su cuchillo de pedernal en mano, asestando cuchilladas a diestra y siniestra a todo lo que se acercara, pero lo cierto es que no asestaba ningún golpe mortal. Era Cacama, con su espada mexica, quien le salvaba el pellejo. Citlali, que luchaba por su vida, dio una orden por vez primera en su vida:

—¡Escondámonos!

¿Dónde? Si ahí no había a dónde huir. Otearon con rapidez y decidieron ocultarse de las flechas que les llovían bajo una rodela de un guerrero abatido. Allí, hechas un ovillo, oían los silbidos de los proyectiles y dardos al pasar junto a ellas. Los gritos de Cacama se escuchaban a cada golpe de espada.

—¡Tengo que ayudarle!

—¡Tú te quedas aquí! —La detenía Citlali con una autoridad infundida por el miedo.

---

[10] Macuahuitl: arma semejante a una espada, hecha de madera con filos de obsidiana a cada lado. A cada uno de sus lados se incrustaban navajas prismáticas hechas de obsidiana.

Y cada vez que la niña trataba de salir para pelear, Citlali se lo impedía.

—¡Quieta! —le gritaba.

—¡Pero tengo que ayudarle! ¡Lo matarán!

—¡Y a nosotras también!

—Pero…

—Nada ganarás muriendo hoy, Tecuixpo. Recuerda las palabras de tu madre.

Y así, bajo la rodela, esperaron a que cesara el horror.

Más allá, Alvarado luchaba como podía. No muy lejos de allí, María de Estrada, rodela en mano, salvaba a doña Luisa en una lucha desesperada, mientras corrían en dirección al puente. Peleaba con tal fiereza que incluso los españoles se espantaban ante la monumentalidad de la mujer cuya armadura abollada y magullada no hacía sino resaltar aún más la bravura de su imagen monolítica, asestando sin dudar ataques mortales. Juan Cano, que luchaba junto al Tonatiuh en la retaguardia, asestaba espadazos enardecido. Les caían encima mexicas por todas partes, a cual más fiero y embravecido. Doña Luisa estaba escoltada por tlaxcaltecas que la rodearon en un círculo, pero Juan Cano sabía que de ahí ninguno saldría vivo. Los mexicas los tenían cercados y era cuestión de minutos que llegaran hasta allí. No tenían escapatoria. Un caballo que acababa de perder a su jinete se defendía a dos patas y Juan Cano supo entonces lo que debía hacer. Llegó hasta él abriéndose paso en estado de locura, matando sin ver, hasta que logró montarlo de un salto y salió disparado hacia doña Luisa. Burló a unos cuantos tlaxcaltecas que ya no distinguían entre amigos y enemigos, y llegó a la esposa de Alvarado.

—¡Sube! —le ordenó tendiéndole la mano sin apearse del caballo.

Doña Luisa, asustada ante la presencia del animal, no dudó más que un segundo en subirse a él. Juan Cano le propinó apretones en los ijares, y al grito de ¡eah! salió tendido hacia el otro lado del puente, mientras la espada de María de Estrada seguía relampagueando a diestra y siniestra en la batalla.

Al otro extremo, Cacama, muy malherido, gritaba buscando a la hija de Moctezuma.

—¡Tecuixpo! ¡Tecuixpo!

Una rodela completamente saeteada rodó calle abajo. Citlali estaba entera, pero una flecha había impactado en el tobillo de Tecuixpo.

—¡Cacamatzin! —gritó Citlali—. ¡Aquí!

El hombre se acercó.

—¿Puedes caminar?

—Sí —contestó Tecuixpo.

—No —contestó Citlali—. Así no llegarás muy lejos.

Y el hombre, cubierto de sangre y restos de sesos, la alzó en brazos para sacarlas de allí.

—¡Vamos!

En brazos, Tecuixpo pudo ver a los guerreros águila, de los mejores del ejército azteca, desmontar a los jinetes españoles y matarlos con sus rodelas, reventarles los cráneos con piedras y mazos contra la calzada. La supremacía mexica era solo equiparable al horror del espectáculo. La lluvia apenas lavaba la sangre que corría calle abajo en ríos y meandros. Tecuixpo, que no temía a la muerte, no quería morir ahí. Por todas partes veía cadáveres de españoles atravesados por lanzas y flechas, de indígenas con los pechos perforados por los arcabuces, totonacas saeteados, caballos partidos por la mitad, tlaxcaltecas garrocheados, el oro mexica desparramado por el suelo, lodo embarrado, ropa, cascos, arcos, alabardas. Una idea empezó a rondar por su mente. Sobrevivir, sobrevivir, sobrevivir.

Con Tecuixpo aún en brazos, Cacama se abría paso entre flechas, garrotazos, lanceros, cuando de pronto, un silbido. Un lamento lastimero. Y un silencio. Tecuixpo miró a Cacamatzin y la niña no halló vida en él. Los dos se desvanecieron hacia el suelo. Tecuixpo se pegó en la cabeza al chocar contra las piedras. Ya no supo más. Ahí, entre ríos de sangre, perdió el conocimiento.

Cortés había dicho que al cruzar los puentes se resguardaran en Tacuba, pero al llegar del otro lado no estuvieron a salvo. Los guerreros águila y jaguar les dieron caza más allá de los límites. Aquello era una guerra sin cuartel. Viendo aquello, Cortés siguió de largo.

—¡No os detengáis, no les hagáis frente! —gritaba desesperado—. ¡Corred mientras haya vida!

Cortés, Pedro Gallego de Andrade y unos pocos hombres corrieron como pudieron, pues iban heridos, hasta un cerro. Se habían salvado, pero casi todos sus compañeros habían sido masacrados. Cerca de un millar de españoles había muerto, pero las muertes tlaxcaltecas eran cuatro veces eso. Medio centenar de caballos y yeguas yacían sin vida por los caminos y de los que quedaban vivos lo más probable sería que no sobrevivieran esa noche, malheridos y molidos a palos. María de Estrada caminó tambaleándose porque las heridas del cuerpo comenzaron a dolerle todas a la vez y se sentó sobre la hierba para recuperar el aliento. Clavó sus ojos marrones en el suelo, consciente de lo cerca que había estado de morir. Había coqueteado con la muerte muchas veces, pero nunca como aquella noche.

Unos metros más allá, Hernán Cortés se llevó las manos a la cabeza, dejó caer el peso de su cuerpo sobre sus rodillas y lloró como jamás había llorado por nada ni por nadie, por última vez.

Un guerrero jaguar alzó a Tecuixpo por los aires. A zancadas de gigante, acunada por esos brazos, Tecuixpo se dejó llevar en volandas por ese hombre felino. Se abrazó a su cuello con fuerza y deseó que la alejara del olor a muerte, de la pérdida de tantos seres queridos en una sola noche. Cacama, sus hermanas. Cientos de mexicas. Quería huir de allí. Que la llevaran con su madre. Porque su madre no podría haber muerto. La duda la aturdió. ¿Estaría viva su madre? ¿Y Citlali? ¿Qué había sido de ella? ¿Por qué no estaba a su lado? No quería saber la respuesta. Veía a los mexicas celebrar su victoria con puños en alto. Habían derrotado a los españoles. Pero en su corazón no había espacio para la alegría. Había visto demasiado sufrimiento, demasiados horrores. Había sentido tanto miedo que deseó que nunca, jamás, aunque viviese cien años, tuviera que volver a albergar tanto terror en su interior.

En Tenochtitlan, Cuitláhuac tampoco celebraba. Habían luchado con honor, eso sí, pero las calles estaban llenas de muertos, las acequias no se daban abasto, las calzadas estaban destruidas, algunos templos ardían en llamas y en muchas casas lloraban huérfanos. Había que cavar fosas para los cadáveres y levantar trincheras por si los españoles volvían a contraatacar. No era momento para celebraciones. Solo al ver aparecer a Tecuixpo, malherida y muy lastimada en brazos de un guerrero jaguar, Cuitláhuac hizo una mueca parecida a la sonrisa. Enseguida dio la orden de curarla y de llevarla a sus aposentos. Que nada le faltase, que nadie la perturbara. La pequeña era la única sobreviviente de la Batalla de la Victoria y del linaje de Moctezuma Xocoyotzin. La llave para el trono.

Jamás, nunca

Axayácatl supo que las noticias que le traían debían de ser importantes cuando vio aparecer en la residencia de Xilotepec, a unas leguas de Tenochtitlan, a un séquito de sacerdotes, consejeros y filósofos mexicas encabezados por Cuitláhuac. Su tío traía el rostro marcado por las huellas de la batalla. Muchas cicatrices en los brazos, la cara amoratada, cortes en el pómulo derecho, pero estaba más entero que nunca, investido de un aura de superioridad que hacía tiempo no veía. Se saludaron afectuosamente.

—Axayácatl, venimos a traerte noticias. Hemos librado una batalla contra los teules y hemos ganado. Los españoles se han retirado. Abandonaron Tenochtitlan, no sin antes probar el filo de la obsidiana.

Axayácatl asintió.

—¿Ordenó mi padre el ataque?

—No. Bien sabes que tu padre no estaba a favor de atacar.

—Y ¿cómo lo convenciste?

—No lo hice.

Axayácatl se quedó esperando una respuesta más extensa. Pero intuía que algo grave había pasado. Un sacerdote tomó la palabra:

—Axayácatl, tu padre, el gran tlahtoani Moctezuma Xocoyotzin, murió poco antes de la batalla.

Un jarro de agua fría cayó sobre él. El niño trató de recomponerse.

—¿Cómo murió?

—De una pedrada —contestó Cuitláhuac con sequedad.

181

Axayácatl disimuló el impacto que la noticia le había causado. «Una pedrada… el tlahtoani muerto como un animal». Un escalofrío le erizó los pelos de la nuca.

—Y… en esa batalla… ¿se retiraron los españoles?

—Trataron de huir en la noche, como ladrones, sin honra —apuntó un consejero.

—Se llevaron a Tecuixpo y a Tecalco con ellos —dijo Cuitláhuac.

Axayácatl palideció.

—Tecuixpo sobrevivió —añadió casi de inmediato.

—¿Y mi madre?

Un silencio se instaló en el salón. Las cabezas de todos los presentes miraron hacia los pies. Axayácatl sintió la orfandad cayendo encima de él como la noche sobre el día. Pensó en Tecuixpo. Su hermana seguía viva. Un consejero tomó la palabra.

—Tú, joven Axayácatl, tienes derecho a ser nombrado tlahtoani por linaje.

Axayácatl miró a su alrededor. Al fin comprendía qué hacían todos esos hombres ahí.

—¿Yo? No. Yo no sería un buen gobernante. Nombrad a Cuitláhuac.

—Cuitláhuac es un líder guerrero, no un tlahtoani —dijo un filósofo.

—Es cierto —contestó Cuitláhuac tratando de disimular el pálpito de su sien—. Los guerreros me necesitan por si contraatacan los españoles. Mi lugar es ante las tropas y no en el palacio. Y por tus venas corre la sangre de Nezahualpilli y Nezahualcóyotl. Sabrás ser un buen gobernante.

—Nosotros estaremos junto a ti para aconsejarte, joven Axayácatl.

El chico meditó unos segundos.

—Me honran con el nombramiento —dijo por fin—. Acepto ser su huey tlahtoani.

Y a la espera de una ceremonia de reconocimiento, todos cayeron de rodillas ante él.

Mientras tanto en Tlaxcala, Cortés intentaba recuperarse de las pérdidas. Españoles solo quedaban quinientos de los casi dos mil que habían llegado, indios había muertos a montones, casi una decena de miles; caballos, perros, artillería, todo se había perdido en la huida. A Juan Cano le pareció que no habría en el mundo ejército más diezmado que el suyo. Le dolía todo el cuerpo, un par de flechas perdidas le habían rajado el pómulo del lado izquierdo y tendría por lo menos un par de costillas rotas que se le clavaban al respirar. Pero sobreviviría. No como el montón de infelices que se habían quedado en Tenochtitlan, que a estas alturas estarían en lo alto de un teocalli con el pecho abierto.

Maxixcatzin, el señor de Ocotelulco, Tlaxcala, y aliado suyo, los recibió con profundo pesar. Se acercó a Cortés y cuando estuvieron uno frente al otro, el jefe juntó su frente a la del extremeño, y así permanecieron un rato los dos hombres, dándose un pésame afligido, sin reproches, largo y doloroso. Después se separaron y ni el uno pidió explicaciones ni el otro quiso darlas.

Atendieron a los heridos, que eran muchos y que serían más, pues aunque habían llegado algunos con vida, pronto la perderían por la gravedad de las acometidas. Estaban hambrientos y deshechos. Durante el camino apenas si habían comido. Los fantasmas de la incertidumbre empezaron a sobrevolar el campamento. «Deberíamos volver a Cuba», pensaban, y luego, asustados, imaginaban que allí no les esperaría mejor destino. Serían juzgados por rebelión y desacato. Maldita la hora. Y como si hubieran perdido la capacidad de optimismo, imaginaban distintas formas de morir. Ahorcados o a manos de los mexicas. Ese era el destino hacia el que se acercaban con demasiada prisa. Los mexicas acababan de demostrar ante todas las comunidades indígenas que seguían manteniendo la supremacía en esos territorios, a pesar de las matanzas a las que los habían sometido en el último año, a pesar de haberlos emboscado en Cholula, a pesar de haberlos aniquilado en el Templo Mayor, a pesar de todas las bajas, esos mexicas habían hecho retroceder a los teules y a sus huestes de aliados con el rabo entre las piernas.

Pedro Gallego de Andrade rezaba bastante. Ya no hablaba tanto. Le gustaba estar en silencio y escuchar sus pensamientos. No era el único que en el silencio había encontrado quizá no la paz necesaria, pero sí cierto recogimiento. Porque nadie quería hablar. Todos enmudecieron. Apenas se oían lamentos para quejarse por los dolores del cuerpo. Los dolores del alma se murmuraban con la boca cerrada. Y nadie, ni el más taciturno ni sombrío, separaba los labios para siquiera sollozar. Ninguno se atrevía a verbalizar los miedos, a insinuar en voz baja los pensamientos que los asaltaban: que se habían equivocado al adentrarse en esas tierras, que estaban vencidos, que allí morirían, que no volverían a ver el mar, esa inmensidad de agua que los había llevado a ese otro mundo que a veces olía a magia, a veces a muerte y a veces a esperanza. Ahora no olía más que a derrota. A desolación. A abandono. Pedro Gallego era aún muy joven, pero se preguntaba si viviría lo suficiente para llegar a albergar algún nuevo deseo, alguna ilusión distinta a ese pesar que le embargaba y que lo secaba por dentro, chupándole hasta el mínimo atisbo de futuro. Todo él era una rama seca. Un pedazo de materia inerte. Un trozo de carne. Allí, en medio del caos, se preguntó si la vida sería eso, si la vida sería un matar para vivir, un destruir para construir, un levantarse para volver a agacharse. Se preguntaba si valía la pena vivir así, pisoteando creencias, ritos y formas de vida ajenas para salvar el pellejo. Polvo era y en polvo se convertiría. Qué más daba. Qué sentido tenía todo aquello. Por eso cada vez rezaba más fervorosamente, cada vez se encerraba más en sí mismo, enconchándose en un caparazón de rezos e imágenes de advocaciones de la Virgen y santos, implorando, rogando, penando en busca desesperada de respuestas que no encontraba. Porque lo cierto es que, por mucho que se esforzaba, fingía, se engañaba, pues esa fue la manera que encontró para ocultar su falta de fe en todo, cuando ya no creía en nada.

Allí, en Tlaxcala, descansaron un mes, mientras Cortés pensaba qué hacer. Qué hacer. Esa era la pregunta que no lo dejaba descansar. Qué hacer. Cuando un día, su aliado, el jefe Maxixcatzin, se aproximó para hablarle:

—Malinche, ya no podemos sustentar a tanta gente.

El suelo bajo los pies de Cortés se abrió en un abismo.

—Necesitamos que busquen otro sitio al que partir.

—Sabes bien que no tenemos a dónde ir.

—Lo sé. Solo hay un sitio en donde podrás tener cabida.

—¿Dónde? —preguntó Cortés con ojos esperanzados.

—Tenochtitlan —contestó el gobernante tlaxcalteca.

Cortés lo miró con desilusión. Aquel nombre despertaba su más hondo pesar.

—No comprendo —dijo al fin.

—Comprendes muy bien, Malinche. Tú eres un gran guerrero. Debes regresar y contraatacar.

—¿Con qué hombres? ¿Con qué armas?

—Yo te daré hombres. Armas habrás de construir. Tenemos que hacer la guerra a los mexicas, Malinche. Tras esta derrota, endurecerán los tributos y las guerras floridas. Tenemos que volver. Hemos entregado muchos hombres a esta guerra. Muchos huérfanos. Muchas viudas. No podemos rendirnos ahora. Tenemos que luchar juntos. No hay otra manera.

Cortés soltó aire despacio. Sabía muy bien que Maxixcatzin era un estratega. Se utilizaban mutuamente. Luchaba para quitarse de encima el yugo mexica bajo el que vivían desde hacía generaciones. No lo hacían en nombre de Carlos V, no lo hacían en nombre de la Virgen de los Remedios, ni por la Corona de Castilla. Lo hacían por ellos, para conseguir por fin la libertad para su pueblo. Querían sacudirse el tributo de Moctezuma. Querían dormir por las noches sin temor a que los mexicas los cazaran al amanecer, querían que los dioses bebiesen de otras sangres. Pero a Cortés todo eso no le importaba. Los tlaxcaltecas eran los mejores aliados que tenían. Eran valientes. Eran bravos. Bien lo sabía, pues les habían hecho frente a los españoles cuando llegaron, antes de establecer las primeras alianzas. Eran buenos amigos y terribles enemigos. Contra los mexicas y los tlaxcaltecas no podían luchar.

—Está bien. Déjame pensar qué podemos hacer.

«Qué hacer», pensó Cortés, una vez más de infinitas veces.

Miraba a sus hombres y no los podía llamar «su ejército». Aquello era una panda desordenada de muchachos cabizbajos, derrotados en cuerpo y en alma. Ninguno hacía caso de las órdenes que se les daban. Se amenazaban, se robaban, se engañaban y se pisoteaban como si el grito de «sálvese quien pueda» de la noche de la retirada se les hubiese quedado tatuado en la piel. Así, jamás conquistaría un ápice de nada. Tenía que reorganizar a sus tropas. Necesitaba transformar aquella desventura de derrotados en una banda armada, organizada y letal. Tenía que extirparles el miedo a perder.

Sentado en sus aposentos, tomó papel y lápiz y se puso a redactar. Con buena letra, tal y como había aprendido en sus años de estudios en Salamanca, comenzó a escribir *Ordenanzas militares*. Aún sin terminar de trazar la última letra de aquellas líneas, el alma empezó a hinchársele de orgullo. Pero no fue solo una bofetada de dignidad reventándole en la cara. Fue mucho más. Sin serlo, fue algo parecido a la venganza. Algo muy cercano al «no me van a doblegar», al «no van a conseguir que me quiebre, que me rinda, que me humille. Nunca jamás. Porque yo nací para hacer grandes cosas, más grandes que yo mismo, más grandes que mi nombre y que mi persona. Porque yo soy Hernán Cortés, de Medellín, que nací sin gloria y moriré conquistador de imperios, porque el mismísimo Carlos V me recibirá en el palacio y me rendirá honores». Y la rabia, el rencor, el llanto que le habían subyugado el corazón, que le habían apretujado el espíritu aquella Noche Triste, tristísima, fueron algo que se prometió no volver a sentir jamás. Y con cada línea que escribía en sus ordenanzas, en las que organizaba a sus hombres en capitanías, en que señalaba como principal motivo de la lucha el combate contra la idolatría y la implantación de la fe católica, se decía «Jamás, nunca»; y seguía escribiendo sin parar, como si estuviera en estado de gracia y los mismísimos ángeles que antes le hablaban a Botello ahora le hablasen directamente a él, sin intermediarios, para decirle que prohibiese las blasfemias y los juegos de azar, jamás nunca, y proseguía escribiendo que en su ejército quedaban prohibidas las burlas y los enfrentamientos entre gente de distintas regiones, «que ya vale de que los de Extremadura se burlen de los de Sevilla, demasiado tenemos ya con aguantar a los indios que se hacen la guerra entre ellos como para encima tener rencillas entre los nuestros, jamás nunca, que cada capitán tenga su tambor y su bandera, jamás nunca, que nada de pillajes para uso personal, que aquí lo que se roba es de todos, faltaría más, y que a los indios aliados se les permite incendiar, saquear y comerse a los otros indios sin que eso implique antropofagia sino supervivencia, pues somos muchas bocas que alimentar, jamás nunca, y al fin y al cabo ellos hacen así la guerra y, mientras nos ayuden a ganar, que hagan como les plazca, jamás nunca, nunca jamás, jamás de los jamases, volverán a hacerme sentir que me han vencido. Yo soy Hernán Cortés, conquistador y señor de estas tierras, en nombre de Nuestro Señor Jesucristo y de Carlos V. Amén». Y al poner el punto final supo que acaba de dar el primer paso hacia la victoria.

Ecos de Moctezuma

Axayácatl caminaba por sus aposentos con las manos entrelazadas en la espalda y mirándose la punta de los huaraches. No paraba de dar vueltas y más vueltas a las acciones que debería llevar a cabo como nuevo tlahtoani. Aires de renovación flotaban en el ambiente, pero el joven rey hacía recuento de los daños. Su tío Cuitláhuac, apoyado por su primo Cuauhtémoc, acababa de ganar una batalla vital contra los invasores. Al fin habían logrado echarlos de Tenochtitlan. Lo que su padre no había logrado con la diplomacia lo había logrado su tío con las armas. A cambio, casi todos estaban muertos. Su padre. Su madre. Muchos de sus medios hermanos. Menos Tecuixpo. Su querida y amada Copo de Algodón continuaba con vida, aunque había sobrevivido en la huida de puro milagro. Herida por dentro y por fuera, trataba de recuperarse de las pérdidas en el palacio de Axayácatl, junto a su fiel Citlali, superviviente también. La ciudad entera intentaba reponerse del asedio autoimpuesto que había forzado la retirada del ejército invasor. Pero poco a poco la vida parecía retomar su curso. Y la lluvia cedió paso al sol.

En Iztapalapa, el rebosante jardín de Cuitláhuac reverdeció en todo su esplendor. Las flores se abrieron en una explosión de aromas tan vasta que era imposible distinguir a cuál pertenecía cada uno, los cultivos volvieron a retoñar en las chinampas, los tianguis volvieron a surtirse de granos y manjares, los dioses se alzaban victoriosos sobre los templos y los cuerpos de los doscientos setenta españoles que tras días de acorralamiento decidieron entregarse muertos de hambre rodaron desmembrados escaleras abajo de los recintos ceremoniales. La gente caminaba por las calles sin cuidarse las espaldas, los niños volvían a jugar en los patios, el calmécac continuó con su duro adiestramiento y los artesanos volvieron a dibujar figuras de sus dioses con grandes tocados y mujeres con cuerpo de serpiente en vasijas, tapetes y huipiles.

Toda esa normalidad no era tal a ojos del joven tlahtoani Axayácatl. No podía dormir. No podía meditar. Ser el nuevo tlahtoani era una carga demasiado pesada para sus estrechos hombros. Se clavaba espinas de maguey en los lóbulos de las orejas y en la lengua, pero se las arrancaba a toda prisa porque sus pensamientos le impedían soportar el dolor. Aunque los asesores y consejeros pasaban largas horas junto a él dispuestos a ayudarle a tomar las riendas del imperio, una idea constante se había instalado en su cabeza. Una idea que le aturdía, lo atosigaba. Cuando lograba conciliar un sueño intranquilo, Moctezuma se le aparecía para susurrarle: «¿Y si formas con los españoles una alianza como la que yo formé con Texcoco y con Tlacopan?», y su padre le sonreía desde el inframundo con la sonrisa de un hombre loco. Axayácatl despertaba empapado en sudor, asustado por el eco de esas palabras. ¿Por qué Moctezuma lo atormentaba de esa manera? Las dudas le daban dolor de estómago. Una bola de incertidumbre ardía en su interior. ¿Y si…? ¿Y si tal vez? ¿Y si aquello fuera un mensaje al que debería poner atención? Su tío Cuitláhuac no lo toleraría. Y se volvía a dormir, y volvía a soñar, y volvía a aparecérsele su padre, ensangrentado de pies a cabeza como si acabaran de extirparle el corazón, y volvía a decirle: «Alíate con los españoles, hijo mío». Axayácatl no podía más. Necesitaba hablar con alguien. Y ese alguien era su hermana.

Tecuixpo acudió a su llamado tan pronto se lo comunicaron. Pero apareció ante él con un nuevo semblante. En apenas unas semanas, Tecuixpo había crecido. No solo con el cuerpo, sino con la mente. Era una nueva mujer. Cualquiera con dos ojos en la cara podría notarlo. Ya no era la niña atolondrada que espiaba tras las puertas. En su lugar estaba en pie una mujer azotada por la furia de un vendaval a la que la tempestad no ha logrado sacar de su centro, sino enraizarla más. Tecuixpo echó rodillas en tierra y se inclinó en su presencia.

—¡Oh! ¡Gran tlahtoani!

—Tecuixpo, levántate. No es necesario que tu frente toque la tierra.

Tecuixpo no se levantó:

—Ahora eres el tlahtoani, Axayácatl. No debo verte a los ojos.

—Levántate —ordenó Axayácatl incómodo—, no te he llamado para que me rindas pleitesía. Con nuestro padre nunca guardabas el protocolo. Tampoco quiero que lo guardes ante mí.

Tecuixpo separó la cabeza del suelo y se atrevió a mirar a su hermano.

Él también había cambiado, pero no lo suficiente. Quizá era un poco más alto, un poco más fornido, pero su mirada seguía siendo la de alguien deseoso de hacer lo que otros más sabios que él le aconsejaban. Se acercó a ella y le tendió una mano para ayudarla a incorporarse. Quizá en otro tiempo se hubiesen abrazado.

—Necesito consejo, Tecuixpo.

—¿De mí?

—Sí.

—Tienes a sabios y filósofos, no me necesitas.

—Oh, no. Te equivocas. Te necesito más que nunca.

Tecuixpo sonrió.

—Nunca me necesitaste menos —dijo señalando la abundancia a su alrededor.

Axayácatl no sonreía.

—Tengo miedo, Tecuixpo.

—¡Miedo! ¿Cómo puedes tener miedo? Ahora eres tlahtoani, puedes hacer todo lo que siempre soñaste. Ahora tienes poder. Puedes dar órdenes, organizar, liderar. Puedes cambiar el destino de tu pueblo.

—Es a eso a lo que temo.

—Solo tienes que hacer lo que hemos hecho siempre. Cuidar a tu pueblo. Alimentar a los dioses. Y vivir en paz. ¿Y hablas de miedo? No se puede liderar con miedo.

Axayácatl resopló.

—Padre se me aparece en sueños, Tecuixpo.

Tecuixpo casi abre mucho los ojos de la impresión, pero contuvo el impulso.

—¿Cuándo se te apareció?

—Cada noche.

—¿Te habla?

—Me dice cosas. Sí.

Tecuixpo temió que en sueños viniese a decirle cómo había muerto. Que ella lo había matado.

—¿Y qué te dice?

—Que me alíe con los españoles. Que haga con ellos una cuarta alianza.

Tecuixpo hubiese preferido oír que la acusaban de asesinato.

—¿Qué?

—Lo que oyes.

—No hablas en serio.

Axayácatl le dio la espalda, avergonzado. No podía soportar la mirada de incredulidad de su hermana.

—Por eso te he llamado. ¿Qué debo hacer?

—Has perdido el juicio si te atreves a considerarlo.

—¡Pero piénsalo! —dijo Axayácatl con un nuevo entusiasmo, como si de pronto la idea le excitara y asustara en igual proporción—. ¿No es eso lo que habría hecho nuestro padre?

—Y murió precisamente por eso. Por querer ser amigo de los españoles.

—A lo mejor murió injustamente. Padre siempre se aliaba con los más fuertes. Los españoles tienen embarcaciones como montañas por las que surcan mares infinitos. A lo mejor de donde vienen hay más tierras, más lagos, más volcanes.

—Si tuvieran todo eso no estarían aquí. ¿No viste las caras que pusieron cuando vieron Tenochtitlan por vez primera? Casi se desmayan de la impresión.

Axayácatl prosiguió sin detenerse a considerar el comentario de su hermana.

—Quizá esas montañas flotantes nos lleven a extender el imperio. Qué mejor manera de honrar la memoria de nuestros padres y abuelos que extender nuestros dominios a donde ningún mexica ha llegado antes, ni en sueños. ¿Te imaginas que el imperio se desparramase más allá del lago de Texcoco, más allá de Iztapalapa y de Tlatelolco, más allá de Cempoala, más allá del agua?

Tecuixpo estaba quieta como una estaca en medio de la habitación, sin dar crédito a las palabras que salían de la boca de su amantísimo hermano. No podía ser cierto lo que escuchaba. A medida que hablaba, Axayácatl parecía poseído por una fuerza inusual, por un espíritu que no podía ser otro que el de su padre susurrándole desde la muerte.

—Esos hombres, bárbaros y de costumbres poco pulcras, es cierto, de modales toscos y maneras burdas, doman a las bestias salvajes, tú lo has visto, Tecuixpo, has visto cómo las usan para atacar con la fiereza de un jaguar. Es verdad que esos brutos barbados no distinguen los cantos de los pájaros, pero controlan armas por donde salen fuego y truenos, y se desplazan en ciervos sin cuernos a velocidades nunca vistas. ¿No lo ves? ¡Ellos podrían enseñarnos!

—¡Pero los vencimos! ¡Nuestra madre, Cacama...! ¡Moctezuma! Todos murieron por su culpa. ¡No te das cuenta! ¡Se aliaron con nuestros enemigos! ¡Y, además, ya no están! ¡Ya se han ido! ¡Cuitláhuac los echó!

Axayácatl, al ver que estaba alterando a su hermana, moderó el tono de su voz.

—Los vencimos, sí, pero... ¿los queremos de enemigos? Ahora, así vencidos, es cuando podemos proponerles un pacto. Ahora que están con la rodilla hincada, diezmados.

Tecuixpo pensaba a toda velocidad intentando ordenar el enjambre de ideas revoloteando en su cabeza. Tragó saliva con esfuerzo y trató de mantener la calma.

—Me has llamado para pedirme consejo...

—Sí... lo he hecho. Pero al preguntarte creo que me he respondido solo.

—¿Ya no quieres mi consejo?

—Quiero tu beneplácito.

—No necesitas mi beneplácito.

—Es cierto, no lo necesito.

Los dos hermanos se miraban como extraños. Se buscaban tratando de reconocerse, de encontrarse, pero no lo lograban. Los separaba un océano invisible, insondable. Un mar más ancho que el que había traído a los españoles desde Castilla. El corazón de Tecuixpo se partió en mil pedazos y pudo escuchar con claridad una explosión abrupta, lacerante, el sonido de la decepción estallándole en el centro del pecho. A pesar de ello, Tecuixpo buceó en su dignidad para insuflarse aire al decirle:

—Esa alianza será tu perdición. Aunque sea de jade se quebrará, aunque sea de oro se romperá, aunque sea de plumaje del quetzal se desgarrará. Nada quedará para nosotros.

Axayácatl se estremeció. Solo a su madre había oído hablar así. Y, sin despedirse, Tecuixpo abandonó la habitación, dándole la espalda.

Salió de allí llena de rabia. No podía creer que su hermano fuese tan estúpido, tan imprudente. No lo permitiría. Estaba furiosa con Cuitláhuac: todo lo que había organizado lo había diseñado mal. Los españoles por poco se le escapan en mitad de la noche; si no fuera porque ella dio la voz de alarma, quién sabe dónde estarían ahora, en Tlaxcala, seguramente, bailándole el agua a Maxixcatzin. Parpadeó un par de veces y humedeció sus labios resecos, consciente de que lo que estaba a punto de hacer acabaría con su hermano. Pero la guerra requería sacrificios. Las últimas palabras de su madre resonaron en su interior. Una tea gruesa. Eso tenía que ser. Una gruesa tea que iluminara sin ahumar. Sin levantar sospechas. Sin arder más de la cuenta. Tenía que consumirse despacio y resistir. Con discreción y sumo cuidado, se dispuso a sembrar para cosechar. Se llevó una mano al pecho. Ya nada importaba. Solo salvar a los mexicas. Una vez más, sin esperar invitación y por sorpresa, Tecuixpo se presentó ante Cuitláhuac, en medio del silencio de la noche.

—Tengo que decirte algo —anunció.

En el Valle del Anáhuac hacía frío por las mañanas y por las noches, pero a mediodía el sol caía justiciero sobre los hombros de los hombres. El viento aullaba cuando Cuitláhuac se presentó ante su sobrino Cuauhtémoc para contarle las intenciones del nuevo tlahtoani.

Cuauhtémoc escuchó con oídos bien abiertos, sin terminar de creerse lo que su tío le contaba. No podía ser cierto. Axayácatl estaba bien asesorado por sumos sacerdotes y filósofos que jamás le aconsejarían tal cosa. Por la mente de Cuauhtémoc pasó una sombra. A lo mejor, pensó, su tío estaba sembrando la discordia porque sus deseos, los verdaderos deseos de su corazón, estaban vinculados a ser tlahtoani. El nombramiento de Axayácatl se había atravesado en medio de su ambición.

—¿Cómo te has enterado?

Cuitláhuac guardó silencio. No podía decir que su fuente era una niña de doce años.

—Lo sé. Fíate de mí.

—No sé, Cuitláhuac. ¿Por qué Axayácatl haría algo así?

Cuitláhuac enumeró una a una las razones del joven tlahtoani. Las razones que Tecuixpo le había contado con cara de angustia y estupefacción la noche anterior.

Cuauhtémoc escuchaba sin salir del asombro, reprimiendo los pensamientos que le acosaban para no precipitarse en conclusiones. Le parecía imposible lo que Cuitláhuac le contaba. Pero entonces, su tío mandó llamar al mensajero del palacio para que de viva voz le dijera a Cuauhtémoc: «Axayácatl había mandado a Tlaxcala embajadores a Cortés para ofrecerle alianza, para abrirles las puertas de Tenochtitlan de par en par».

Cuitláhuac habló:

—Aún huele a muerte en nuestras calzadas y Axayácatl los invita a volver.

Cuitláhuac iba soltando aquí y allí semillas de duda sobre el linaje de Moctezuma. Quería que fuese el propio Cuauhtémoc quien dijera lo que él había decidido desde que Tecuixpo le había contado la decisión de su hermano. La niña había sido clara: «Quítale esa idea a mi hermano, por favor, no permitas que cometa el mismo error que mi padre. Tienes que aconsejarle. A ti te escuchará». Pero no era eso lo que había decidido Cuitláhuac. Él era un guerrero. Y los guerreros atajaban los esquejes de las malas plantas cortándolas de raíz.

Cuauhtémoc caminaba en círculos. Se habían equivocado nombrando a un chiquillo como sucesor. Las palabras de su tío calaban en un corazón joven y apasionado como el suyo. «Nuestro linaje. Nuestra estirpe. Nuestro legado». Por fin, tras meditar, mordió el anzuelo al decir lo que bullía en su garganta:

—Tenemos que acabar con el linaje de Moctezuma. Esa sangre está podrida.

Cuitláhuac sonrió sin mover los labios. La jugada le había salido maestra: Cuauhtémoc creía ahora que él acababa de tomar una decisión. Él solo. Sin que nadie lo empujara, sin que nadie lo contaminara. Él solito.

—Hablas de matar a mis sobrinos.

—También son mis primos. Pero no podemos dejar que vayan tras los pasos de su padre. Piénsalo bien, Cuitláhuac. Piensa en los españoles. ¿Quieres a esos hombres gobernando en Tenochtitlan de la mano de todos los señoríos enemigos?

Se mantuvo un breve silencio. Cuitláhuac prosiguió:

—Moctezuma tuvo muchos hijos.

—Hay que acabar con todos. Moctezuma llenó sus mentes de duda y sus corazones de miedo. Ninguno será un buen un líder.

Y entonces, Cuitláhuac rompió la primera lanza a su favor:

—No todos.

—¿Qué quieres decir?

—Tecuixpo —dijo—, esa niña mira diferente.

—Pero es una mujer… No supone ninguna amenaza.

—A lo mejor no sentada en el trono, pero sí junto a él.

—¿Qué quieres decir? —volvió a preguntar Cuauhtémoc.

Por toda respuesta, Cuitláhuac ordenó:

—A Tecuixpo déjala viva. Que nadie toque un solo cabello de su cabeza. La necesitaremos para calmar al pueblo.

—Sea —aceptó Cuauhtémoc—, pero a los demás… déjamelos a mí.

Cuitláhuac y Cuauhtémoc sellaron un pacto tomándose de los antebrazos.

Antes de que el viento terminase de aullar, uno a uno fueron cayendo los hijos de Moctezuma. Algunos eran solo niños que apenas levantaban medio metro del suelo. En la fría oscuridad, los arrebataron de los brazos de sus madres y cuchillos afilados y certeros les daban muerte. El turno de Axayácatl llegó pronto.

Arrodillado en sus talones sobre un petate, Axayácatl sintió una presencia tras de sí. Se giró con rapidez.

—¡Cuauhtémoc! ¡Primo! ¿Qué sucede?

Apenas tuvo tiempo de incorporarse. Tan solo era un niño convirtiéndose en hombre y a su lado Cuauhtémoc parecía un gigante. La mano recia, fuerte de su primo guerrero lo alzó en volandas. Axayácatl se colgó de ese brazo, aturdido, sin entender qué estaba pasando. Trató de golpear a Cuauhtémoc. Con esfuerzo sacó de su cinturón un cuchillo y le hizo un tajo en la muñeca, pero el agresor ni se inmutó y de un manotazo aventó el arma al suelo. El cuchillo tintineó cual cristal.

—Te equivocaste de enemigo, primo. Así deberías haber luchado contra Malinche en lugar de proponerle alianzas.

La imagen de Tecuixpo se paseó lentamente ante los ojos de Axayácatl. «Ella no. Ella no…», se decía mientras pataleaba en alto, colgado del brazo de su primo, fuerte y ancho como un muslo, que le aprisionaba la garganta.

—Soy… tu… tla… to…

—¡No! —lo interrumpió Cuauhtémoc mientras apretaba más fuerte—. Eres un traidor a tu pueblo.

Los ojos de Axayácatl comenzaron a hincharse tanto que por un momento Cuauhtémoc creyó que se saldrían de sus órbitas. El pequeño Axayácatl pataleaba en busca de aire, su piel comenzó a tornarse azulada, morada. Color a muerte. La saliva empezó a escurrírsele por las comisuras de los labios. Cuauhtémoc apretó con todas sus fuerzas y un crujido de rama seca hizo que el joven Axayácatl dejara de moverse. Cuauhtémoc ni siquiera había necesitado el otro brazo para acabar con él. Lo soltó y el cuerpo del muchacho cayó sobre el petate, en un golpe opaco de campana sin badajo.

A la mañana siguiente un grupo de hombres encabezados por Cuitláhuac, clamando al cielo ante semejante desgracia, lo encontraron muerto con los ojos abiertos, las huellas de una mano amoratándole el cuello y la nuca partida en dos como la de un guajolote destazado.

Tecuixpo paseaba por el palacio de Axayácatl del brazo de Citlali. La herida del tobillo cicatrizaba despacio, pero las laceraciones de su corazón seguían doliéndole en carne viva.

Un mensajero las interceptó en medio de su recorrido. Se arrodilló ante ella pidiendo la venia y Tecuixpo le indicó que podía ponerse en pie. Enseguida reconoció el gesto compungido de quien trae malas noticias.

—¿Qué sucede?

—Hija del Señor, es tu hermano Axayácatl…

Tecuixpo inclinó la cabeza.

—¿Sí?

El mensajero tragó saliva antes de decir:

—Lo encontraron muerto, hija del señor. En sus aposentos.

Las piernas de Tecuixpo se tambalearon y se agarró del brazo de Citlali, que por poco se cae también de la impresión.

—¿Muerto? ¿Cómo?

—Asfixia, hija del señor.

—¿Asesinado?

—Sí, hija del señor —confirmó avergonzado el mensajero.

—No. No. No. No puede ser.

Citlali hizo un gesto con la mano para que el hombre se retirase. Cuando estuvieron solas, Tecuixpo se agarró de los dos brazos de Citlali… tenía la mirada clavada en el suelo, incapaz de mirarla a los ojos. Tecuixpo hiperventilaba.

—Respira, niña, respira.

—Axayácatl… no, Citlali. Axayácatl… no.

—Tranquila, niña. Respira.

—Yo lo maté, Citlali.

—¿Qué dices, niña?

Tecuixpo levantó la vista.

—¡Yo lo maté!

—Tú no hiciste tal cosa, niña, ¡no digas eso!

—Ay, Citlali, los dioses me castigarán por lo que hice. Porque maté a mi padre. Y ahora a mi hermano.

—¡Calla! —dijo Citlali mirando a todos lados para cerciorarse de que nadie las escuchara.

—Los dioses me castigarán por siempre.

Y las dos guardaron silencio, sin atreverse a decir ni una sola palabra más. Pero Tecuixpo sabía muy bien quién había sido el artífice del asesinato de su hermano. ¡Cómo no saberlo! Si ella misma lo había entregado.

❖

El cuerpo de Axayácatl aún estaba caliente cuando empezaron a escucharse ecos de un nuevo nombramiento. Nerviosos y con la sombra de la traición pululando entre ellos, los mexicas volvían a estar acéfalos. Los consejeros discutían un día sí y al otro también cómo podían haber osado matar a todos los hijos de Moctezuma y las sospechas apuntaban en diversas direcciones. Justo ahora cuando se habían librado de los españoles, les salían asesinos entre los de su propio pueblo.

Ante la atenta mirada de Tecuixpo, sentada a la izquierda de los sumos sacerdotes, Cuitláhuac trataba de explicar frente una multitud presidida por el consejo cómo a sus oídos había llegado la noticia de la traición de Axayácatl:

—¡Eso es imposible!

—¡Aunque así haya sido! ¡No se justifica el asesinato de un tlahtoani, así como no asesinamos a Moctezuma!

Tecuixpo se incomodó en su asiento.

—Quien sea que lo haya hecho pretendía proteger a nuestro pueblo.

Tecuixpo clavó sus ojos en Cuitláhuac. Estaba tranquilo, sereno. Todos los hijos de Moctezuma estaban muertos, menos ella. ¿Qué querría Cuitláhuac? ¿Por qué no la había matado a ella también? Un escalofrío la recorrió entera. Alguien la observaba. Giró hacia la puerta. Ahí, de pie, a un costado de la entrada, Cuauhtémoc no le quitaba ojo. Tecuixpo se fijó en sus brazos cruzados sobre el torso. Llevaba la muñeca derecha vendada en unas tiras de algodón. Al sentir la mirada fija de Tecuixpo sobre su vendaje, colocó los brazos detrás de su espalda.

Iracundos, entre voces de defensa y otras acusadoras, los consejeros discutían qué hacer con el asesinato de Axayácatl:

—Lo mejor será ocultar su muerte. Los enemigos no pueden saber lo que ha ocurrido.

—Diremos que murió en la batalla de la Victoria.

—¿Y qué hacemos con los embajadores que mandó a Cortés?

—Corran la voz de que son espías, el Malinche se encargará.

—Los matarán o les cortarán las manos, Malinche hace eso con los espías.

—Tenemos que nombrar a un nuevo tlahtoani —alzó la voz Tecuixpo, de pronto.

Y todas las cabezas de esa habitación voltearon hacia Cuitláhuac. Él fingió sorpresa. Igual que los depredadores acosan a una presa, los consejeros lo rodearon.

—Tú, Cuitláhuac, eres un gran guerrero, nos llevaste a la noche de la Victoria, expulsaste a los invasores de Tenochtitlan y lideraste a tu pueblo cuando la oscuridad amenazaba con tapar la luz. Tú debes ser nuestro tlahtoani.

Los oídos de Cuitláhuac estuvieron de acuerdo desde el primer momento, pero dejó hablar a los consejeros, pues las palabras ensanchaban su pecho:

—Estuviste preso junto a tu hermano Moctezuma, y en cuanto te liberaste tomaste las armas, no dejaste que el miedo ni las sombras inundaran tu espíritu. Solo tú puedes ser nuestro tlahtoani.

Cuitláhuac sabía que llevaban razón. Solo él podía serlo. Eso era lo que siempre había deseado. Todas las razones apuntaban en su dirección, pero necesitaba una razón más. Una gota que colmara el vaso. Cuitláhuac, entonces, miró a Tecuixpo.

—Con honor aceptaré el nombramiento. Seré un buen tlahtoani para mi pueblo. Lideraré con orgullo a los mexicas. Todos los días entablaré el divino combate para que triunfe el sol, para que sea fuerte y vigoroso, para que luche contra las innumerables estrellas… Alimentaremos al sol con el néctar de nuestros enemigos, con la substancia mágica que se encuentra en la sangre del hombre. Pero no estaré solo. A mi lado debe estar el linaje de Moctezuma Ilhuicamina, de Itzcóatl y Acamapichtli. Un linaje ancestral que vive hoy solo en una persona. En una superviviente.

Un murmullo parecido al del viento otoñal se esparció cuando todos los ojos se tornaron en dirección a Tecuixpo. Al igual que el resto de presentes, la niña acababa de escuchar con los oídos bien abiertos y la boca cerrada, incapaz de hacer un solo gesto.

«Así que eso era», pensó.

Ahí estaba la razón por la que Cuitláhuac le había perdonado la vida.

—¡Tecuixpo Ixcaxóchitl! —dijo señalándola—. Tú serás mi esposa.

El corazón dejó de latir un segundo y después salió en estampida. ¿Había oído bien? No estaba segura. Un estruendo de pies descalzos, cascabeles y conchas reventaba en medio del consejo. «¿Ha dicho *esposa?*», Tecuixpo trataba de confirmar lo que acababa de escuchar y que su cabeza se negaba aceptar. A velocidad de rayo, buscó a Citlali, camuflada entre la muchedumbre. Pero no la encontraba. Se mareaba entre las miradas de todo el mundo clavadas sobre ella. Volvió sus ojos a Cuitláhuac. Su tío, el asesino de su hermano, un hombre mayor que su padre. Todas las veces que había acudido en su ayuda, buscando la complicidad de su malicia, le azotaron en la frente. Necesitó a su madre para agarrarla de la mano, para cobijarse en su abrazo, para refugiarse de las intenciones de ese hombre que de pronto se le antojaba desconocido y peligroso.

—¿Cuándo celebraremos la boda, gran señor? —preguntaron los consejeros con un tono de veneración recién estrenado.

—Tecuixpo y yo juntaremos nuestros mantos el mismo día de mi coronación.

He ahí. Ahí estaba. Había oído bien. «Yo, casada con mi tío, con el asesino de mi hermano, con el hermano de mi padre». Los dioses me castigarán por siempre, se dijo.

—Sea —contestaron al unísono.

Y a la pequeña Tecuixpo se le doblaron las piernas.

Hojas mecidas por el viento

Ante lo inevitable, Tecuixpo decidió ser un árbol. Paseaba por la inmensidad del jardín de Cuitláhuac en Iztapalapa y se abrazaba a los troncos. Quería ser capaz de abarcarlos con sus brazos cortos, pegaba su rostro a la corteza como si pudiera fundirse en ellos y meterse dentro. Alzaba la mirada y contemplaba lo alto de esas copas, tan altas que rasgaban las nubes, frondosas a pesar del ulular que doblaba sus ramas sin quebrarlas. Ramas flexibles, húmedas, que bailaban con la dirección del viento. Algunas hojas caían, pero flotaban unos segundos antes de tocar el suelo. Tecuixpo las miraba embelesada mientras su largo pelo negro se arremolinaba con la brisa. Quería ser una hoja mecida por el viento. Flotar un poco, danzar en el aire antes de caer de bruces. Así. Quieta. Tenía que aprender a flotar. Pero no podía porque pensaba en su padre. En lo triste que había sido su despedida después de haberse amado tanto. En las palabras hirientes, más mortales que la herida del cuchillo de pedernal incrustándose en el cuello. Lo mató el día que le dijo que ya no era hija suya, ni él su padre. Ese día le clavó una daga en el corazón. Ese día había matado a su padre. Pensaba en su hermano muerto por su imprudencia y se preguntaba si no estaría equivocada. Si no estaría nadando contra corriente. Si no estaría empeñada en luchar contra un viento que la azotaba sin remedio. Porque soplaba. Soplaba con la potencia de un huracán. A veces daba bandazos de un lado a otro. Y ahora esa tempestad era su tío Cuitláhuac. Y ella quería ser un árbol.

Septiembre fue el mes escogido para la coronación y la boda. Un mes de ritos. Los fuertes vientos en el valle del Anáhuac anunciaban las próximas lluvias de invierno, el fin de la estación de crecimiento y el inicio de la cosecha, no solo de maíz, sino también de cautivos para sacrificar a los dioses. La guerra florida. Solo que esta vez no haría falta ir demasiado lejos en busca de víctimas para el sacrificio, pues tenían suficientes prisioneros españoles. Incautos, los pobres hombres aún pedían clemencia sin saber que serían el plato fuerte de la coronación del nuevo huey tlahtoani. Durante los días previos a la ceremonia, en Tenochtitlan reinaba el silencio. Todos hacían votos para poder mirar hacia adentro de sus espíritus en busca de quietud. No se podía hablar. En aquella calma, la ciudad sonaba de otra manera. De haber seguido ahí, los españoles se habrían quedado pasmados al poder escuchar los susurros de la naturaleza. El pequeño oleaje del agua chocaba con las chinampas, el crepitar de las hojas en los árboles, sonaba la nieve al caer sobre las montañas, se oía el frotar de las patas de los chapulines cantando en la noche y a los escamoles[11] desperezándose debajo de las nopaleras. Pero a Tecuixpo le costaba escuchar los sonidos del silencio.

A veces, angustiada, salía de su habitación en mitad de la noche y se colocaba en el centro del patio para dejar que el viento la rozara, a ver si así conseguía calmar los ruidos de su interior. Pero no lo lograba. Las dudas, las preguntas, unos miedos que sin permiso la aturdían a todas horas, gritaban con estridencia. En sueños, como le había contado Axayácatl, veía a su padre con la cabeza aplastada por la piedra, mirándola con los ojos abiertos sin decirle nada, y ella lo zangoloteaba y le preguntaba: «¿Qué quieres de mí, padre, qué hago?», y entonces los labios de Moctezuma se abrían despacio para hablar con otra voz, una femenina, la de la esclava Malintzin que susurraba: «Si te vas, llévatela contigo, Cortés». Tecuixpo despertaba deseando gritar.

Citlali se dio cuenta de los nervios de la niña. Podía verlo. Podía sentirlo. Desde su ventana, la observaba salir a mitad de la noche y en medio del patio abrir los brazos al cielo como si sostuviera una vasija, para luego volver a entrar corriendo enfadada a toda prisa. En el silencio podía escuchar su respirar inquieto, similar al de esos grandes venados sin cuernos que montaban los españoles. Tecuixpo relincha-

[11] Escamoles: larvas de hormiga.

ba. Y una tarde, mientras la ayudaba a peinar su larga cabellera negra, Citlali decidió romper los votos de silencio:

—¿A qué sales al patio todas las noches, Tecuixpo?

La voz de Citlali era dulce de piloncillo, fuerte sin ser violenta, tierna sin ser débil. Tecuixpo le agarró la mano, agradeciendo con ese gesto que alguien al fin hablase con ella.

—Para acallar los ruidos que me atormentan.

—¿Y no lo consigues?

—No. No puedo. Tengo mucho ruido dentro.

Citlali vaciló. Sabía que Tecalco les había hablado a todas sus hijas sobre los placeres de la carne, sobre cómo los esposos comparten lecho, pero Tecuixpo aún era pequeña.

—No tienes que temer, Copo de Algodón. Aún no has tenido tu primera sangre. Cuitláhuac esperará.

Tecuixpo no dijo nada. Citlali continuó peinándola, deslizando el peine entre las hebras de su pelo negro, negrísimo, y fingió ser ajena al remolino de inseguridades de la chiquilla.

—Cuitláhuac unirá su manto a tu huipil, pero nada pasará. No hasta que tengas tu primera sangre. Y por lo que veo, aún falta tiempo para eso.

Tecuixpo bajó la mirada hacia los pechos, ciruelas diminutas que apenas comenzaban a emerger entre la carne. Colocó con discreción sus manos una sobre la otra a la altura del pubis.

—¿Y si a mi tío no le importa?

—Le importa. No siente placer con los cuerpos tiernos.

—¿Estás segura?

—Completamente, niña.

—¿Cómo lo sabes?

—Me lo ha dicho Papatzin. Su otra mujer.

Citlali continuaba cepillando el cabello de Tecuixpo, tan desenredado ya que se resbalaba como maíz molido entre los dedos.

—No quiero casarme con Cuitláhuac.

—Lo dices porque no estás lista. Pero no temas, Cuitláhuac tiene muchas mujeres que lo complacerán mientras tú creces.

—No. No lo digo por eso.

—¿Entonces por qué no quieres casarte?

—Porque me da miedo.

—Cuitláhuac jamás te haría daño, niña. ¿A qué le tienes miedo?

—A que quiera hacerle daño yo a él.

La imagen del tlahtoani Moctezuma desangrado en su dormir, con el cuello cercenado por la mano de su propia hija, le puso a Citlali los pelos de punta. Un silencio denso volvió a envolverlas en un manto. Pero Tecuixpo, aunque continuaba queriendo salir al patio por las noches, no volvió a hacerlo más.

Durante los días previos a la boda, los guerreros marchaban en procesión por las calles de Tenochtitlan. Llevaban cientos de ramos naranjas de flores de cempasúchil, tantas que competían con las puestas de sol. El silencio total solo se rompía con el batir de los tambores. Tecuixpo también oía el batir de su corazón. Pum, pum. «No temas, pequeña», oía a Citlali cuando sentía el pálpito salir desbocado. «No temas, niña. Cuitláhuac esperará». Pum, pum. «No siente placer con los cuerpos tiernos». Pum, pum. «Él mató a Axayácatl». Pum. Pum. Pum. Hasta que un día, por fin, se acabó el rito del silencio. Entonces vino el bullicio. A las calles salieron todas las curanderas y parteras de Tenochtitlan. Olían a tabaco de tanto abanicar un fuego inexistente con las hojas de la planta y por las tardes simulaban batallas con las ramas y las flores que los guerreros habían dejado el día anterior. La ciudad olía a verde, a renacimiento, a vegetación. Pero Tecuixpo olía a sangre vieja. No podía reprimir cierta empatía con una mujer a la que obligaban a sonreír al borde de la histeria, pues sería sacrificada para asegurar la fertilidad de la tierra y de la guerra. Llevaba la cara pintada de blanco, menos la mandíbula, que estaba toda pintada de negro. Los dientes brillaban amarillos en la mueca de la sonrisa. Su boca reía. Debía hacerlo, pues así como los niños sacrificados a Tláloc, dios de la lluvia, debían llorar para garantizar la pluviosidad, esta mujer debía reír por la prosperidad de las cosechas. Tecuixpo se reflejaba en esos ojos huecos, vacíos, ojos conocedores de su próximo despellejamiento. Tecuixpo se juró que jamás sería como ella. Ella no. Las parteras barrían las calles con ímpetu para que la diosa Toci, la abuela de los dioses, la diosa parturienta, la diosa de la fecundidad, garantizara una próspera guerra sangrienta. Y así, entre ritos barrenderos de fertilidad, sangre y muerte, llegó el día de la boda.

A pesar de conocer muy bien a su tío, le pareció ver al hombre parado junto a ella por primera vez. Cuitláhuac le pareció más grande, más viejo, más seco que nunca. Toda la admiración que sentía por él se había desvanecido. Se sentía utilizada. Se preguntó, inamovible como un árbol, cómo era posible que hubiese terminado casada con él. Cómo sería capaz de vivir con el asesino de Axayácatl. Cuitláhuac era tan alto que Tecuixpo tuvo que ponerse de puntillas para alcanzar a amarrar el huipil con su manto. Ajena a la multitud que los observaba en alegría, a la mirada atenta de Citlali, Tecuixpo clavó en él una mirada aún más dura que el tezontle. Cuitláhuac frunció el ceño tanto que Tecuixpo pensó que bien podría sostener entre sus pliegues un tocado de plumas.

«Soy una hoja mecida por el viento», murmuraba entre dientes. «Floto, no caigo, no me lastimo al darme contra el suelo. Soy la hija de Moctezuma. Y no habrá teule ni extranjero que consiga llevarme de aquí. Esta es mi tierra».

El sol apenas había recorrido medio día cuando comenzaron a sonar los cánticos, la música, y la pareja se encerró en sus aposentos. Debían permanecer ahí tres días. Tres días en los que no podía salir ni podía entrar nadie, salvo una mujer que les llevaba alimentos. Tres días en los que Tecuixpo imaginó todas las maneras posibles de hacer daño a su tío. Quería vengar la muerte de su hermano, pero por otro lado Cuitláhuac garantizaba la unidad del imperio. Ambos sospechaban lo que pensaba el otro y ninguno se atrevía a decir nada. Lo que estaba claro era que entre los dos la tensión era tan grande que ni las moscas se atrevían a entrar por la ventana. Afuera, el seseo de los pies al arrastrarse contra el suelo, que durante los bailes hacían sonar cientos de cascabeles y un tamborileo festivo celebraba la unión. Dentro, los recién casados estaban más distantes que nunca. Cuitláhuac parecía estar en otra parte, divagando, con ese rostro inexpresivo e impenetrable de muro de piedra. Cada uno sentado en esquinas opuestas. Tecuixpo estaba tan muda como si le hubieran cortado la lengua. Cuitláhuac fingía no verla, como si no estuviera perfectamente alerta de que en esa habitación no estaban más que ellos dos. Y las horas pasaban lentas como si una suerte de magia hubiese detenido el tiempo. De vez en cuando Tecuixpo advertía aliviada que la sombra de la ventana se recorría. El tiempo avanzaba a marchas forzadas. Entonces volvían las dudas. La noche pronto los cubriría. «Si se me acerca, lo mato», pensaba asustada. «Si me toca, le corto las manos», y disimuladamente echaba mano al cuchillo que su hermano le había regalado y que siempre llevaba oculto bajo sus ropas. Pero Cuitláhuac no hacía ni el más mínimo intento por acercarse. Cayó la noche y cada uno se tendió lejos del otro. A diferencia de ella, Cuitláhuac dormía plácidamente. Hasta que de tanto contemplar su calmo respirar, Tecuixpo bajó la guardia y se quedó dormida.

A la mañana siguiente comprobó que era verdad lo que le había contado Citlali. A su tío no le gustaban los cuerpos tiernos. Eso la hizo sentirse más confiada y de vez en cuando se sorprendía llevando el ritmo de los cascabeles de la plaza con el girar de sus muñecas. Se trenzaba el pelo y se lo volvía a destrenzar. Sin embargo, seguía enfadada. Pero también se sentía pequeña al lado de la monumentalidad de su tío. Ese hombre la había salvado de Cortés. Pero por qué ahora sentía tal animadversión. ¿Acaso no era ella tan culpable como él de la muerte de su hermano? Tecuixpo trataba de pensar con claridad. Cuitláhuac sencillamente había hecho lo que tenía que hacer. Pero lo que estaba matándola era ese silencio. Estar inmersos en aquel mutismo en donde sus acciones se daban por entendidas sin mayores explicaciones. Esa indiferencia acabaría con su cordura. Sin embargo, Cuitláhuac podía arrodillarse en el petate y sentarse sobre sus talones durante horas en total concentración, acompañado únicamente por el vaivén de su respiración. ¿Acaso no pensaba hablar con ella? «Soy una hoja bailando entre las ramas», se decía. Pero antes de que se diera cuenta era una hoja a ras de suelo, sin aire que la moviera ni viento que la abanicase.

Al tercer día de encierro Tecuixpo decidió no callar más. Hablaría. Enfrentaría a su tío, ahora marido. Solo así podría enfrentarse a su nueva vida junto a él.

—Jamás te perdonaré lo que hiciste —dijo al fin—. Me da igual ser tu esposa. Me da igual que seas tlahtoani.

Cuitláhuac, por primera vez en tres días, miró a la mujer que se había convertido en su esposa. Miró a la Tecuixpo de verdad.

—No espero tu perdón, sino tu lealtad.

Tecuixpo tragó saliva.

—Y yo espero tu confesión.

—Tú habrías hecho lo mismo que yo. No somos tan distintos, tú y yo.

—Yo jamás habría matado a un hombre desarmado.

—¿Estás segura?

Tecuixpo se estremeció. Dudó. «No», se dijo, «no hay forma de que él sepa. No puede saber».

—Jamás —reafirmó.

Cuitláhuac modificó el tono de su voz. Le habló pausado, sin condescendencia.

—Soy el jefe de los ejércitos mexicas. Nos necesitamos.

—¿Por eso no me mataste? ¿Para legitimar tu reinado?

—Por eso y porque has demostrado ser leal a tu pueblo. Te lo has ganado.

—Nunca pretendí casarme con un tlahtoani. Ni tampoco ser tu esposa.

—No puedes huir de tu destino, Tecuixpo.

—Mi destino no corre paralelo al tuyo.

Cuitláhuac carraspeó. Se le estaba agotando la paciencia.

—Si no fuera por mí, estarías en Tlaxcala, de esposa de un español en lugar de casada con un tlahtoani. No nos conviene pelear.

Tecuixpo se alejó hacia la ventana. Pensó en doña Luisa. Antes muerta que esposa de un teule. No hacía mucho se había jurado aquello.

—¿Por qué lo mataste? —preguntó con tristeza en su voz—. No tenías que haberlo hecho.

—Yo no lo maté.

Tecuixpo contuvo la respiración.

—Tuviste que ser tú.

—No fui yo.

—¿Entonces quién fue?

—Jamás lo sabrás.

—Antes o después me enteraré.

Afuera, la música dejó de sonar.

—La fiesta ha terminado, ya podemos salir —dijo Cuitláhuac.

El grano divino

Jamás nunca volvería a menospreciar a los mexicas. Y jamás volvería a atacar Tenochtitlan solo por tierra. Cortés aún recordaba a la gente avasallada en mitad de la noche, cuerpos de caballos, indígenas y españoles unos encima de otros amontonados en las calzadas. Nunca más. Si esa ciudad era una isla rodeada de lagos habría de ser atacada por todos sus frentes. Por agua. Cómo no lo pensó antes. El aire cálido de Tlaxcala se pegaba a los cuerpos.

—¿Bergantines? ¿Tierra adentro? —contestó estupefacto Alvarado cuando Cortés le comunicó la intención de construir doce bergantines para acometer de nuevo contra los mexicas. Aún no se recuperaba del milagro que había supuesto salir de allí con vida, ayudado por Santiago apóstol y todos los santos y mártires de la Tierra. Los vellos de los brazos se le erizaron al pensar que Cortés pensaba contraatacar.

—Los construiremos, los desmontaremos y luego los llevaremos hasta Texcoco, a la orilla del lago.

—Eso es imposible, Hernán. Tendríamos que recorrer unas dieciocho leguas[12] a pie.

—Lo haremos. Maxixcatzin me ha dado su apoyo. Nos ayudarán con hombres. Miles.

—Sí, pero Hernán…

—Lo tengo todo pensado. Mandaré a Alonso de Grado con los más fuertes a Veracruz, que traigan los cascos de los barcos barrena-

---

[12] Unos ochenta y cinco kilómetros.

dos y todo lo que se pueda: anclas, estopas, cables, velas. Todo lo que nos pueda servir, hasta los calderos para la brea…

—Pero, Hernán —interrumpió Alvarado sin salir de su asombro—, suponiendo que Alonso lograra construir los bergantines, tendríamos que atravesar con ellos, ya no hablemos de distancia y montañas, sino tierras enemigas… sería un suicidio.

—No me seas mujeril, Alvarado.

—Y tú no me seas fanfarrón. Sabes tan bien como yo que lo que pides es una locura.

Cortés masculló. Sabía que lo que pretendía era una insensatez, una fanfarronería incluso, sí, ¿pero acaso no era toda su empresa una locura?

—¿Acaso no es todo esto una locura? —verbalizó—. ¿Acaso quieres morir aquí, acorralado en Tlaxcala, sabiendo la ciudad que tenemos a las espaldas? Estábamos tan cerca, tan cerca. No hay otra igual en el mundo, bien lo sabes. Y podríamos vivir en ella. Morir en ella. *Temixtitán* bien vale el intento.

Los hombres se miraron largo rato. Alvarado recapacitaba. ¿Construir bergantines a cien kilómetros del agua? ¿Transportarlos a pie? No había oído idea más descabellada en los años que tenía de vida. Cortés insistió:

—Podemos lograrlo, Alvarado. Dios está de nuestro lado.

—Dios nos abandonó hace tiempo.

—No sé si hablas por cobarde o por blasfemo, pero no toleraré ninguna de las dos.

Alvarado sintió vergüenza y remordimientos. Su Dios era lo único que le quedaba en aquel sinsentido. En aquel barrizal. Bajó la cabeza e hizo la señal de la cruz sobre el pecho.

Cortés entendió aquello como una confirmación.

—Se harán los bergantines. No se hable más.

Y así Cortés comenzó a preparar su regreso a la tierra que lo había hecho llorar.

Nunca antes Cortés había sido tan claro en sus propósitos. Tenía un plan, una estrategia de guerra cuidadosamente labrada en largas noches en vela. La depuración de su ejército, las nuevas ordenanzas, la disciplina se aplicaba a rajatabla, no toleraba el más mínimo desliz. Si pillaba a alguno de sus hombres en desacato lo hacía azotar, aplicaba castigos ejemplares, amenazas, torturas. Cortés comenzó a mandar bajo la complicidad del miedo. Incluso del terror. Si antes no se tentaba el corazón, a partir de la derrota se volvió implacable. A los tlaxcaltecas les permitía todo tipo de barbaridades para tenerlos contentos, desde matar en lo alto de los teocalli en presencia de los españoles, hasta comerse a los muertos asados o hervidos. Comían carne humana sin el menor recato, y algún español hambriento probó un pedazo de pierna o de muslo sin saber —decían— cuál era la procedencia. A los indígenas de otros pueblos que iban sometiendo en su avanzada les marcaban una «G» en la frente con un hierro candente.

«Guerra», aprendieron a decir los tlaxcaltecas en castellano, mientras señalaban las frentes de sus esclavos.

Al oír los gritos de los marcados, Pedro Gallego de Andrade se retorcía. Creía no poder resistirlo. No entendía qué los diferenciaba de los bárbaros que supuestamente llegaban a civilizar. A lo mejor sus cuerpos estaban desnudos, a lo mejor sus ídolos tenían caras grotescas de animales, pero la gente del campo era inocente, limpia, vivía en familia y criaba chiquillos contentos sin más pretensiones que las de vivir en paz. Palabras como *envidia, lujuria, gula, avaricia* no podían traducirse porque los indígenas no las conocían, pero aparecieron al ser por primera vez nombradas. Y rezaba para que todo aquello acabase pronto. Que cesasen los gritos. Que cesase aquel horror.

El mes de septiembre aún retumbaba con los ecos de los tambores a la diosa Toci cuando el horror se incrementó transformado en ángel exterminador. Sin espada que los atravesara ni balas que los acribillasen, los mexicas empezaron a caer como moscas. Un mal invisible los atacaba sin piedad. La enfermedad los tumbaba, los aturdía con alucinaciones y les llagaba todo el cuerpo. Se contagiaban unos a otros con mirarse. La pestilencia les pudría las carnes. Brazos, piernas, cuellos, rostros bullían como si los hubieran echado a hervir en un caldo. Cientos de personas, horrorizadas, contemplaban la muerte en una forma que jamás habían visto y para la que ni los brujos ni los médicos, encomendados a los dioses curanderos, encontraban explicación. Se tornaban blandos como las frutas podridas. ¿Qué era ese mal que los mataba en sus propias casas? ¿Qué era esa putrefacción dolorosa? Nadie lo sabía.

Los sacerdotes consejeros de Moctezuma recordaban las palabras del tlahtoani: «He visto nuestra destrucción» y, espantados, pensaban si acaso las profecías habían sido malinterpretadas y lo que terminaría por exterminarlos no serían las armas de los teules, sino su aliento. Su maldición. ¿Por qué no había llegado la muerte hacía un año, cuando Moctezuma les había abierto las puertas de la ciudad, sino ahora, cuando los habían echado? Por qué ahora. ¿Acaso los dioses mandaban algún tipo de mensaje? El contacto con esos seres se volvía contra ellos de forma invisible. Como fantasmas. El aire llevaba la enfermedad de un lado a otro. La muerte viajaba más rápido que nunca. Y por más que quisieran huir, esconderse, alejarse de la peste, no podían evitar respirar un aire viciado y contaminado. Cómo combatir un mal que no tiene forma, que no puede verse y que se mete dentro del cuerpo sin avisar y sin permiso.

Cuitláhuac quiso saber qué era ese mal que hacía que los muertos siguieran llenando las calzadas aún después de que el ejército pasara día y noche retirando cadáveres. Le traían noticias. Los enfermos agonizaban acostados, quietos sin moverse porque el más leve movimiento les hacía emitir alaridos de espanto. Morían adoloridos, sus rostros se cubrían con señas de guerra sin necesidad de ser marcados con hierros candentes. Se agujereaban como nopales carcomidos por las cochinillas. Sus cuerpos se llenaban de burbujas, de pústulas pestilentes que explotaban. Hedía a putrefacción. A carne podrida. Cientos de cadáveres cubrían las calles. Al primer síntoma, la gente abandonaba a sus familias a su suerte, las madres cogían en brazos a sus hijos y los alejaban de sus padres, los esposos se alejaban de esas muertas vivientes que eran sus esposas, los hermanos se abandonaban con miedo a contagiarse. Huían despavoridos y se iban a bañar tallándose con estropajos de calabaza los brazos, las piernas, la boca, la nariz, los ojos. Y de vuelta a empezar en sentido inverso, los ojos, la nariz, la boca, las piernas, los brazos. Pero era inútil. A los pocos días, las familias dispersas no hacían sino propagar la enfermedad porque la llevaban dentro al igual que la savia los tallos verdes. No sabían que el contagio iniciaba mucho antes de que aparecieran las laceraciones de los cuerpos. Mucho antes de ver el grano supurar, mucho antes de brotar enteros. Al tocarse, al dormir en la misma cama, al abrazarse, saludarse, al compartir una vasija.

La muerte era invisible y solo se manifestaba cuando ya había decidido a quién llevarse. Muy pocos sobrevivían. Pero no volvían a ser los mismos. Sus cuerpos quedaban marcados con heridas que convertían sus caras en piñas y, a veces, los ojos perdían para siempre la luz. La enfermedad los cegaba. Los quebraba. Los apartaba. Los condenaba a ser ermitaños porque la gente rehuía al verlos como si vieran a Mictlantecuhtli[13] caminar en la superficie. El ángel exterminador arrasaba poblaciones enteras sin que nada ni nadie lo detuviese. Morían niños, bebés aún pegados al pecho enfermo de su madre, ancianos supervivientes de batallas legendarias morían sin gloria chillando de dolor y vergüenza, morían vírgenes, jovenzuelos que apenas habían aprendido a agarrar la rodela, sacerdotes, campesinos, herreros, guerreros jaguares y águilas, artesanos, todos, sin distinción, fueron muriendo de muerte silenciosa a una velocidad tan pasmosa que en verdad creyeron que sus dioses los estaban castigando. La muerte se cebaba en ellos, indefensos como jamás lo habían sido.

Cuitláhuac empezó a toser una noche. Cada vez con mayor insistencia. Al principio se negó a que el miedo se apoderase de él. Era un gran guerrero, un tlahtoani. Esa no podía ser su muerte. Esa tos no tenía que alarmarlo. Seguro tenía atoradas en la garganta cosas sin decir. A la mañana siguiente continuó obviando las señales del cuerpo que le avisaban que algo traía metido dentro. Los calores, los sudores fríos, el tiritar de sus labios. Lo podía sentir circulando por las venas. Y entonces lo supo. Pero lo negaba. Él no. Él no. Y volvía a toser. Y se mareaba. Y de pronto sentía que el suelo le bailaba y se tenía que apoyar en una pared para no caer todo lo largo que era sobre los bruñidos suelos del palacio. Ardía en fiebre. Quemaba. Tenía frío. Los labios se le tornaron del color de la nieve de los volcanes. Tiritaba. «Yo no», se decía. Y de nuevo el cuerpo le fallaba. Ese cuerpo grande, recio, duro y cicatrizado por las batallas, ese fiel compañero,

[13] Mictlantecuhtli: dios del inframundo.

esa armadura con la que los dioses lo habían bendecido haciéndolo crecer fuerte, de casi dos metros de altura, ese cuerpo moreno que jamás se había doblegado al dolor, le fallaba. Pero se mantenía firme, inalterable a pesar de que el miedo venía a besarlo en la boca, a seducirlo, a susurrarle que la muerte estaba cerca, y no una muerte de guerrero, de tlahtoani, no, no, sino una muerte sucia, pestilente, podrida. «Témeme», le decía una voz en sus delirios. Pero Cuitláhuac se alzaba con la fuerza que aún le revestía y que jamás, en tantos años, lo había abandonado, dirigía su vaga mirada a un ser inexistente postrado ante él, se erguía y se pegaba fuerte en el pecho con el puño cerrado para gritar: «¡Yo no!».

Él sí.

Cuitláhuac impidió por todos los medios que la pequeña Tecuixpo se le acercase. Aislaron a las mujeres y a los niños, en un intento por contener el mal invisible. El tlahtoani pensaba qué clase de maldición era esa a la que estaban siendo sometidos. Algún tipo de brujería, algún tipo de mal divino. ¿Sería posible que el Dios español fuera así de vengativo? Cuitláhuac comenzó a sentir miedo por primera vez en su vida. No temía a la muerte, sino a la posibilidad de haber estado adorando a dioses falsos. Pero cuanto más pensaba así, más sufría. En delirios, Moctezuma y Axayácatl se le aparecían para atormentarlo, lo señalaban con dedos huesudos y explotaban en risas macabras que tronaban dentro de sus oídos con un «te lo dije».

A los pocos días, sin dar tiempo a los sacerdotes de remediar ni sus dolores ni sus tormentos, Cuitláhuac murió. Llagado entero. Con los ojos supurantes y una mirada de humillación tan grande, tan profunda, tan honda, que todos quienes acudían a ver su cuerpo sin vida se llevaban las manos a la cabeza y se les metía un miedo dentro que no conseguían sacarse por más que prendían copal, sacrificaban tórtolas y juraban a los dioses toda clase de promesas. El miedo había entrado en sus corazones y, por más que trataban de ahuyentarlo sacudiendo brazos y cabezas, no lo acallaban.

A Tecuixpo no la dejaron verlo. Por más que insistió a Citlali una y mil veces que quería ver el cadáver del tlahtoani, que era su derecho de viuda, la respuesta siempre era la misma. «No, Tecuixpo. Los sacerdotes no quieren que lo veas. Es por tu bien, para protegerte». Pero ella seguía insistiendo. No era la primera vez que veía a un muerto, decía, pero Citlali, férrea como una estaca, respondía contundente:

—Te prohíbo que lo veas así.

—Si tú lo has visto, yo quiero verlo también.

—No sabes lo que dices, niña. —La voz de Citlali era un eco apagado, sin resonancia, hueco, una caracola rota. Tecuixpo la vio llorar—. No quieres ver al tlahtoani de esta manera.

—¿Por qué?

—Porque el miedo se instalará por siempre en tu corazón. Y no se puede vivir con miedo.

—Pero tú lo viste.

—Para mí ya es tarde.

—Pero…

—No lo veas —repitió con firmeza.

No fue una petición, sino una orden.

Tecuixpo notó algo distinto en Citlali. Algo que también reconocía en otros. Citlali estaba asustada. La confianza en que el sol saldría al otro día gracias a los sacrificios humanos se extinguió de pronto. Fue como si la luz hubiese cedido el paso a las tinieblas. Como si todas las puertas fueran a tapiarse con ellas dos dentro. Porque las dos se dieron cuenta, en ese mismo instante, de que el fin estaba cerca.

—Está bien —dijo—, pero dime cómo murió.

Citlali tomó a la niña de las trenzas que le caían a ambos lados de los hombros y se las acomodó por detrás de la espalda.

—¿Para qué, mi niña? Si ya sabes cómo vivió.

Citlali hizo una leve reverencia con la cabeza, antes de marcharse. No quería que Tecuixpo la viera llorar de nuevo.

Y así, Tecuixpo volvió a ser una mujer sin marido. Aunque por poco tiempo.

Pasos en el fango

Todos los días llegaban al palacio noticias de avances de indígenas liderados por los españoles. Lejos de rendirse, se estaban reorganizando. A veces los mexicas los hacían retroceder y otras avanzaban en un eterno estira y afloja que se prolongaba hasta el fin de los tiempos. A pesar de la superioridad mexica, las alianzas de los totonacas, los tlaxcaltecas, los otomíes y acolhuas se reforzaban por momentos. El Malinche Cortés había sido especialmente cruel en Iztapalapa, donde se ensañó para demostrar que sus fuerzas eran tan grandes como las del mexica que había liderado la Noche Triste, pues bien sabía que Cuitláhuac había sido el causante de hacerlos huir de Tenochtitlan y que les había dado tan dura guerra. Poco le importó que hubiese muerto de viruelas. «Para que escarmienten», dijo.

Los indígenas de los señoríos de los alrededores huían con lo puesto cuando veían llegar a los cientos de indígenas liderados por los barbados. Tomaban toda la ropa que podían, los enseres más preciados y los colocaban en piraguas rumbo a Tenochtitlan, donde confiaban en estar más seguros y protegidos. Los tlaxcaltecas avanzaban cual ríos esquivando rocas y eran especialmente violentos en los saqueos, pues Cortés les había dado permiso para llevar a cabo actos de guerra. Así, robaban objetos cuyo valor resultaba incomprensible para los españoles, pero que ellos festejaban como excelentes botines, y sometían a los sobrevivientes maniatándolos a una vara de bambú a la que permanecían unidos con los brazos por encima de los hombros durante largas caminatas hasta que decidían matarlos. Las mujeres no corrían mejor suerte. A quienes daban batalla y mostraban rebeldía los sacrificaban a los dioses. A los otros, rogantes de clemencia, se los comían sin ningún tipo de conmiseración. El aire arrastraba olores a carne quemada tras marcar a los prisioneros como a reses, mientras los españoles buscaban piezas doradas por mínimas que fueran y mordían cada plato, cada remache y prendedor esperando encontrar oro, a veces sin demasiada fortuna. Cortés les había prometido oro, pero fuera de Tenochtitlan no había más que plumas y sangre.

No permanecían mucho tiempo en cada señorío tomado. Estaban unos días, tomaban lo que les servía para complacer el cuerpo y combatir la voracidad del hambre, que era mucha, y seguían su camino. Al marcharse, dejaban tras de sí un panorama desolador de pueblos violentados en su dignidad, en su amor propio y en su paisaje.

En uno de esos saqueos tras la batalla, Juan Cano y Pedro Gallego de Andrade volvieron a encontrarse. Parecía que había pasado una eternidad desde la última vez que se vieron. Fue en Texcoco. Se reconocieron al instante, aunque muy poco conservaban ya de sus ellos de antes. Sus yos de ahora ni siquiera mantenían el mismo aspecto. Las barbas mal crecidas, los cabellos mal cortados, los pómulos salientes por hambres largas. Sus cuerpos enjutos, las miradas taciturnas de quienes han visto demasiadas traiciones, los gestos más abruptos, las manos callosas por trabajos alejados de la hidalguía. Dos hombres que habían dejado de ser muchachos a fuerza de matar y de sobrevivir. Dos adultos cansados a pesar de la juventud. Sin embargo, al verse, algo del color que se había esfumado de su tez pálida les iluminó las mejillas e inclinaron las cabezas levemente. Fue un segundo, un esbozo de saludo prácticamente imperceptible, pero ambos sabían muy bien que tras ese gesto se decían «me alegro de verte, me alegro de que no hayas muerto en Cempoala ni tampoco en la noche de la huida, me alegro de que sigas aquí, de que no te hayan sacrificado en lo alto de los templos, de que la viruela no te haya lacerado la cara, de que conserves tus brazos, tus piernas, tu lengua, tus ojos, tus manos. Me alegro. Me alegro mucho». Y luego, sin más, volvieron a separarse, cada uno en sus respectivos regimientos.

No eran los únicos que se hablaban con la mirada. Muchos hombres de Cortés, a disgusto con cómo se estaban desarrollando los acontecimientos, empezaban a murmurar. Aquello se pasaba de castaño oscuro. Narváez seguía preso en Veracruz, pero Velázquez —engañado porque recibía cartas en las que le confirmaban que Narváez estaba al mando— le mandaba refuerzos. No tardaron en empezar a brotar disidentes en el camino. Cortés estaba jugando con fuego. Cada vez sus ínfulas crecían como la hierba regada por la lluvia. Siempre había sido ambicioso, pero desde la triste noche de la huida de Tenochtitlan se había endurecido como las rocas viejas. No se tentaba el corazón ante nada ni por nadie. Su apetito con las indias se acrecentó y tenía siempre a su disposición un harén de mujeres cuyos rostros hablaban de resignación más que de complacencia. Aunque todos sabían que Malintzin era su favorita, quizá porque con ella podía hablar el mismo idioma y después de hacerle el amor se quedaban charlando un rato, desnudos, tumbados boca arriba, mientras ella hacía enormes esfuerzos por enseñarle náhuatl.

—¿Cómo se dice la Virgen Santa María?

—*In quenquizca ichpochtli Sancta María.*

—Mejor nos ceñimos al castellano, Marina —le decía rendido ante su incapacidad de pronunciar palabras que combinaran las tes y las eles en la misma sílaba. Y Malintzin no dejaba de sorprenderse de que un hombre capaz de conquistar pueblos no fuera capaz de llamarla por su nombre.

Pero mientras él yacía con cuanta mujer osara cruzarse con su mirada, algunos de sus mejores hombres conjuraban a sus espaldas. Que si eso ya se pasaba de la raya, que si el ego de Cortés no le cabía en el pecho, que lo que había hecho con Narváez era imperdonable, que menuda locura era querer volver a Tenochtitlan después de la noche de la matanza y encima transportando bergantines a pie por tierras montañosas, ni que fueran mulas de carga, que en el momento en que ya no les fueran útiles a ver qué sería de ellos, milagro sería si no acaban con sus cráneos clavados en una pica. Que mejor amotinarse. Y así, en un ronroneo que cobraba brío cada noche de cada día, decidieron que había llegado la hora de restituir en su cargo a Narváez, deshacerse de Cortés y volver a Cuba con su cabeza.

Juan Cano no fue de los primeros en enterarse de la conjura contra Cortés. Oía cosas aquí y acullá, pero por su fama de hombre legal nadie se atrevía a decírselo de frente. Ni siquiera Pedro Gallego se le acercó para contarle lo que se tramaba entre las filas. Fue un tal

Villafaña, famoso por no saber mantener la boca cerrada, quien comenzó a susurrarle con la persistencia de la serpiente a Eva, mientras comían rancho, al azuzar el fuego de las hogueras, antes de dormirse al frío de la intemperie, al pasear entre los árboles en busca de hierbajos para curarse heridas: «Mira, Juan, que sabemos lo que nos hacemos, Cortés tiene los días contados, y tú que eras hombre de Narváez debes más que nadie apoyar la causa. Libera a tu capitán, que está preso en la Villa Rica, ¡habrase visto semejante bajeza!». Pero Juan Cano no mordía esa manzana. Por mucho que odiase a Cortés su ánimo no estaba hecho a las traiciones, a las puñaladas traperas, a las zancadillas en la oscuridad. Sabía muy bien que andaban desnudos y, por más que deseara restituir a Narváez, sabía que esa acción podía costarles la expulsión del paraíso. Cortés siempre iba protegido por los indígenas más bravíos y, además, mal que bien, en medio de aquella jauría necesitaban un líder. No le gustaba Cortés, de hecho jamás había sido santo de su devoción; sabía también que Cortés no sería un misionero, viva Dios, pero sabía mandar e imponer su voluntad ante castellanos y —aún más importante— ante indios, y eso era mucho más de lo que ninguno podía garantizar. «Más vale malo conocido», se dijo.

—¿Quiénes están metidos en esto? —preguntó Juan Cano.

—Casi todos —contestó Villafaña.

—¿Todos?

—Casi.

Juan Cano miraba a su alrededor y en un velo de sombras volvían a él los fantasmas de Cempoala. Reconocía ese olor putrefacto. Reconocía el batir de los murciélagos en la oscuridad y el chillido de las ratas en la basura. Todos cabizbajos fingían hacer labores repetitivas, dibujaban rayas y círculos sobre la tierra, encriptaban mensajes en los que se dejaban horas, datos, fechas, y se saludaban sin reconocerse. Mirándose con ojos habitados por la duda, la esperanza y también, cómo no, cierto dejo de vergüenza. Todas las traiciones se parecían.

—¿Te apunto en la carta? —preguntó Villafaña.

—¿Cuál carta?

—Esta… —dijo señalando con discreción un papel que guardaba entre sus ropajes—, la que mandaremos a Velázquez para ponerle sobre aviso.

—¿Estás loco? Si Cortés la encuentra nos colgará a todos… o peor… nos dará a los indios.

—Que no, hombre, que no. Que está a buen recaudo —y se golpeó la pechera—. Entonces, ¿te apunto? Mira que para quienes hayan sido fieles a Velázquez habrá recompensas, oro, tierras, mujeres.

—Lo mismo promete Cortés. ¿Y de qué nos servirá todo eso si estamos muertos?

Villafaña se sorbió un gargajo y luego escupió sobre la tierra.

—Piénsatelo, Juan. Y si te decides, avísale a ese que va por ahí —señaló con la punta de la barbilla—. Se llama Taborda. Él te dirá qué hacer.

Villafaña se alejó con andares de comadreja, mientras Juan Cano se sumía en un ronroneo de dudas que iban y venían con tal velocidad que se mareó. Pero qué dudas ni qué dudas. ¿Acaso había perdido la chaveta? ¿Conjurar contra Cortés? Bajo ningún concepto, en ningún futuro posible, su nombre constaría jamás en ningún documento ni relación que lo vinculara con un levantamiento. Ni para bien ni para mal. El anonimato sería su escudo. Juan Cano no figuraría nunca en ningún papel, ya fuese por triunfador o por traidor. Así le fuera la vida en ello. Eso se decía y se repetía una y otra vez «tú no eres un traidor, Juan», porque lo cierto es que a veces, cuando el sueño se tornaba oscuro como un mar en la noche, afloraban pesadillas en las que apresaba a Cortés, lo apartaba del frente, lo desvestía, se colocaba su yelmo y su pechera, lo acusaba con el dedo señalándolo «tú, maldito» y alzaba la espada para gritar a los cuatro vientos «yo soy el dueño de estas tierras. Yo. Juan Cano, señor de Tenochtitlan», y entonces despertaba sobresaltado, con el corazón latiéndole a ritmo de redoble, asustado hasta el tuétano por sus deseos ocultos y corría a echarse agua en la cara, se abofeteaba y se atusaba la barba con brusquedad mientras se recriminaba «serás, imbécil, Juan, serás imbécil».

No muy lejos de allí Alonso de Grado, hombre de confianza de Cortés, intentaba reconocer el olor que de un tiempo a esta parte flotaba en el campamento. Al principio creyó que eran náuseas por ver cocinar y oler la carne humana, pero desechó esa idea cuando vio que doña Marina parecía notar también algo distinto en el ambiente. Caminaba asustada, sobresaltándose con cualquier ruido. Su ceño se había fruncido tanto que se le unían las cejas. Sí. Ella también se olía algo. Ambos miraban con recelo a cada paso y como si una fuerza los alertara, cada cierto número de pasos se giraban por si alguien los seguía. Se detenían en las esquinas, estiraban el cuello para ver a distancia, aguzaban el oído para escuchar los susurros en el viento. Alonso de Grado abría las aletas de la nariz para aspirar el aire que llegaba hasta él. Un nuevo hedor a tufo soplaba en su dirección, porque la pestilencia, lo sabía bien, provenía de los castellanos. Y no era ni por el sudor ni por el aliento. Era algo más profundo, más corrupto, más compacto. Alonso de Grado no era un hombre de guerra, sino de letras y artes, escribano y buen platicador. En su natal Alcántara, en Extremadura, había leído la *Gramática* de Nebrija y había sido escogido para partir hacia las Américas por no haber sido ni penitenciado por la Inquisición ni tener antecedentes penales, y desde luego por no ser judío ni morisco. Nunca estuvo de acuerdo con la idea de Cortés de adentrase hacia Tenochtitlan. Él habría sido feliz quedándose por siempre en la Villa Rica de la Vera Cruz. Durante un tiempo Cortés lo había dejado allí al mando. Llegó a pensar incluso que podría acostumbrarse a esa calma chicha húmeda del cabildo y vivir en paz. Le gustaba el clima y la cercanía a la costa, y secretamente maldijo la hora en la que Cortés albergó la intención de adentrarse hacia Tenochtitlan. Había sido él quien alertó sobre la llegada de Narváez. Algo le decía que eso acabaría mal. Lo sabía porque era un hombre intuitivo y podía ver cosas que pasaban desapercibidas a los demás. Cuando sospechaba de algún levantamiento de los indios le picaban los brazos y los vellos se le levantaban en punta atraídos por una especie de pararrayos. A veces ni se molestaba en decir sus pensamientos en voz alta, tan solo esperaba, y cuando a toro pasado veía confirmadas sus sospechas, se rascaba los antebrazos y se decía: «Ya me lo temía yo, ya me lo temía». Demasiado tarde siempre. Era una de las pocas personas con las que Cortés privaba a gusto, charlando sin necesidad de alcohol ni mujeres, porque a su juicio Alonso era de buena labia y correcto entendimiento, educado como los eruditos de Salamanca y a fuerza de confianzas y de largas conversaciones, Cortés comenzó a sentir aprecio por Alonso de Grado. Pero Alonso… A Alonso de Grado no le atraían ni la camaradería ni a la admiración. Cuando hablaban de Extremadura, de lo que harían al volver a España, de las familias y amores que dejaron atrás, Alonso leía el movimiento de labios de Hernán hasta perderse en ellos. Seguía cada uno de sus movimientos, por leves que fueran, y se imaginaba cómo sería rozarlos, besarlos, hundirse dentro de esa boca de labios carnosos y voz ronca. Y al despedirse, lo apretaba bien fuerte, propinándole un buen par de palmadas en el tronco, con un apretón desprovisto de sentimentalismos, sino recio y compacto, un abrazo corto que rendía para largo. Se cuidaban las espaldas, se aconsejaban, se acompañaban. Y siempre se despedían del mismo modo: «Queda con Dios, amigo, que con el diablo ya vivimos». Y era verdad. Porque el diablo no olía a azufre, sino a traición. Ese era el olor que, de pronto, dándose una palmada en la frente Alonso de Grado reconoció. Y entonces se rascó los brazos con fruición, hasta dejarse marcadas las uñas en la piel.

—Hernán —le interrumpió una tarde en sus aposentos—, tenemos que hablar.

—¿Qué sucede?

Alonso hizo una pequeña pausa antes de soltar la indignación que llevaba días mascullando.

—Los hombres conjuran contra ti.

Cortés se pasó por la barba la mano izquierda que solo conservaba tres dedos. Los otros dos los había perdido en una batalla en Otumba.

—¿Quiénes?

—No lo sé con certeza. Pero muchos.

—¿Del batallón?

—Por lo que he podido averiguar, también algunos capitanes. El tesorero de Velázquez, Villafaña, un tal Taborda…

—Maldito Villafaña —interrumpió Cortés—. Siempre supe que no era trigo limpio.

—Sí. También me lo temía yo. Tampoco me daba buena espina. —Y sintió un escalofrío poniéndole de punta los antebrazos.

Ambos sopesaban la situación.

—¿Cuándo? —volvió a preguntar Cortés.

—Mañana por la noche.

—Bien. Tráeme a un pobre infeliz con el que escarmentar al resto.

Y sin más, Alonso abandonó la tienda de campaña. Sabía dónde buscar.

El día que prendieron a Villafaña, Juan Cano no tuvo agradecimientos suficientes a la Virgen y a los santos apóstoles por no haberse dejado convencer y que su nombre no figurase en aquella carta. Entre dos fortachones lo tomaron de las solapas y lo aventaron en medio de una especie de corral en donde se les hundieron las botas en lodazal, cada paso resbaladizo hacía trastabillar a Villafaña, un empujón por la espalda lo hizo caer de rodillas y sus cabellos y sus barbas salpicaron en la tierra blanda, marrón y húmeda. Quienes sabían que sus nombres estaban escritos de su puño y letra en la carta que Villafaña llevaba en la pechera sintieron horrorizados cómo sus pies se hundían en aquel fango. De pronto, trajeron al tal Taborda asido de las axilas cual marioneta. Arrastraba los pies porque le habían propinado tal cantidad de golpes en las costillas que no podía andar. Un hilo de sangre seca le escurría por la comisura de los labios y apenas podía mirar a través de unos ojos hinchados y amoratados. Lo aventaron junto a Villafaña. Todos enmudecieron. Cortés apareció ante ellos, firme y severo, conocedor de estar ante enemigos que hablaban su mismo idioma.

—¿Sois tan ilusos que pretendíais entregarme a Velázquez?

Los hombres callaron. Cortés caminaba frente a ellos de lado a lado. Por su cabeza resonaban la advertencia de Alonso. «Son muchos», le había dicho. Esos dos no eran más que un par de instigadores en una conspiración mayor. Debía ser cauteloso.

—Dadme los nombres de los traidores y viviréis.

—El único traidor sois vos —habló por primera vez Villafaña—. Algún día pagaréis por vuestra insolencia.

—¿Insolencia?

—Matáis en nombre de Dios, yacéis con indias, traicionasteis al adelantado Velázquez.

—Nada que vos no hayáis hecho —contestó Cortés.

Los pasos de Cortés hundiéndose en el barro chapoteaban en medio del silencio. Ni un alma osaba respirar. Algunos se miraban pensando si debían intervenir o permanecer en lugar seguro, bajar la mirada y fingir lealtades. Entonces, Cortés habló a voz en grito a esa multitud de hombres acorralados en su propio temor.

—¿Creéis que se puede conquistar una tierra como esta con rezos y cánticos? ¿Creéis que Narváez iba a hacer las cosas de otro modo? Hace falta valor, mano dura y firme para sobrevivir en estas tierras. ¿Es que no tenéis ojos en la cara? Vive Dios que intenté pacificar a los indios, pero ellos son guerreros, matan en nombre de sus dioses tanto y más que nosotros en nombre de Cristo. ¿Acaso creéis que los tlaxcaltecas son nuestros aliados por gentileza? No…, lo son porque temen a los mexicas y saben que solo con nuestras armas podrán vencerlos. Nos necesitan para ganar una guerra que empezaron ellos. Un acuerdo provechoso para todos. Ellos conseguirán su libertad y nosotros honra y riquezas para Castilla. Y al que no le gusten mis métodos, que dé un paso al frente y se una a la suerte de estos hombres.

Taborda buscó con desesperación a algún valiente o insensato capaz de dar un paso al frente, pero pronto descubrió que aquellos devolviéndole la mirada estaban tiesos, clavados como estacas, esculturas inertes de piedra cuyas expresiones contaban historias de recelo, hostilidad, miedo, parálisis, quietud, indolencia. Nadie osaría moverse un ápice para arriesgar el pellejo.

—Os juzgarán, Hernán —habló de nuevo Villafaña—, la Corona se enterará de vuestros abusos.

—Dios será mi único juez.

Se retaron cual duelistas. Uno de rodillas, el otro en pie. Cortés dio entonces una orden inesperada.

—Esculcadle.

El horror atravesó el rostro no solo de Villafaña sino de esa multitud de hombres asustados, clavados en el suelo, que atestiguaron cómo una mano escudriñadora palpaba el pecho temeroso de aquel hombre. El tronco de Villafaña se hinchaba y deshinchaba por la violencia del respirar, hasta que de pronto se detuvo, abrupto, porque Villafaña contuvo la respiración. El soldado sacó un papel, arrugado, mojado y apretado del bolsillo de la pechera. Un papel en el que figuraban los nombres de todos los traidores. Que no eran todos, pero casi. Y sin embargo, a pesar de ser tantos, ninguno osaba dar un paso. Entonces todos, casi, miraron cómo en un instante, cual felino en cacería, Villafaña se abalanzaba sobre la mano que había extraído aquel papel. Los dos hombres cayeron al suelo, embarrándose de lodo hasta las cejas, ante la mirada inaudita de Cortés que no daba crédito de la rapidez con la que Villafaña acababa de arrebatar aquel papel para metérselo en la boca.

—¡Sacádselo! —gritó Cortés.

El otro hombre le metió los dedos hasta el gaznate, pero Villafaña, fiero como un perro con su presa, alejaba la cara como si pudiera desprender la cabeza del cuerpo, y antes de que pudieran sacarle nada se lo tragó. Todas esas firmas bajaron al estómago parsimoniosas, sabedoras de que por el esófago pasaba una condena de muerte.

—¡Te voy a sacar ese papel de las tripas! —amenazó Cortés.

Villafaña pensó que a lo mejor sería verdad. A lo mejor Cortés lo abriría en canal para sacarle el papel de las entrañas. Aun así, sintió cierta paz, porque podía ser un conspirador, un usurpador, un conjurador de tres al cuarto, pero nunca, nunca, nunca sería un soplón. A su alrededor todos los hombres notaron una especie de airecillo que circuló entre ellos; era el aire que, sin apenas darse cuenta, habían liberado todos al unísono, despacio, como si quisieran hacer flotar los pétalos de un diente de león, liberados y agradecidos. Villafaña, sin embargo, percibió un escalofrío cuando comprendió que la muerte le llegaría antes de lo previsto. Solo pedía una muerte cristiana. Nada de sacrificios en donde le sacaran el corazón latente. Los indios se rieron.

—¿De qué se ríen, Marina? —preguntó Cortés.

—Se ríen —explicó un tanto compungida— porque esa muerte no es digna de un traidor. Está reservada a los valientes.

A Villafaña no le importó que lo consideraran poco digno de morir sacrificado en lo alto de un templo. Al menos le quedaba la certeza de haber intentado hacer lo correcto. De pronto, su mirada se cruzó con la de los otros a los que había creído valientes, la de esos otros que le habían jurado estar con él, a su lado, hasta la muerte, por el bien de la Corona y de Carlos V, pero nadie estaba a su lado ahora, solo el pobre de Taborda malherido, con las costillas hechas trizas, humillado sobre el fango. Un paso distanciaba al valiente del cobarde, porque solo ante el miedo se conocía a los cobardes, solo la injusticia descubría a los valientes. Y en esos pensamientos estaba cuando se topó con la mirada de Alonso de Grado, el hombre que los había descubierto, el astuto hombre de letras capaz de infligir más daño con las palabras que con una espada. A diferencia de otros que la rehuían, Alonso le sostuvo la mirada. Le pareció ver cierta compasión en él. Villafaña giró la cabeza un poco más y se encontró con los ojos de Juan Cano, un hombre entre dos tierras, un hombre al que no sabía si debía temer o alabar, porque era capaz de nadar y guardar la ropa. «Piénsatelo bien», le había dicho. Se preguntaba si no habría sido el delator.

Y antes de dejar caer su cabeza sobre el peso de los hombros volvió a mirar, a ver si encontraba a un amigo en medio de ese silencio atronador, en medio de ese mutismo de hombres que, como él, pensaban que había que pararle los pies a Cortés, pero que ahí, en ese lodazal, preferían callar y seguir como estaban. Entonces, a lo lejos, un tanto apartado del resto, vio a Pedro Gallego de Andrade tapándose la boca con la palma de la mano y moviendo la cabeza de lado a lado. Fue lo más cercano a un lamento, lo más cercano a una mirada cálida en la frialdad de toda esa indiferencia. Lo colgaron en medio de la plaza sin mucho preámbulo y sin redobles de tambores ni nada que anunciara el ajusticiamiento de un amotinado. El único sonido que rasgaba el cielo eran los gritos de Taborda a quien, entre otros tormentos, le quemaban las manos en aceite. «Al menos a mí no me han torturado», pensaba. «Al menos yo moriré de una pieza. Con mis manos, con mi lengua».

Y con cada grito de Taborda pensaba que era solo cuestión de tiempo para que, uno a uno, fueran cayendo nombres como canicas en escalera. Nombres de una lista que le hacía circo en el estómago y revolvía sus tripas. Villafaña no sabía si aquel malestar era a causa de lo ingerido o por un miedo atroz a la muerte que, de pronto, le hizo acordarse de una vida que quería más de lo que estaba dispuesto a admitir. Se acordó de todo lo que había dejado en Castilla, que no era mucho, pero tampoco era nada: las ovejas de su pueblo, el páramo desde el que veía atardecer, el vino de las barricas, los ojos acuosos y duros de un padre ya anciano que con sus manos ajadas de mucho trabajar le había dado dos palmadas en la cara antes de partir a Cuba, las arrugas hondas de su madre, el cielo limpio y helado de las noches. ¿Acaso los cobijaba el mismo cielo? Cristóbal de Olid, maese de campo de Cortés, iría a la cabeza de esa lista que burbujeaba en sus intestinos y pensó que, a lo mejor, la cobardía indigestaba. Porque eran muchos. No todos. Pero casi. Muchos, los hombres que empezaban a estar hartos de Cortés.

Sin embargo, ahí, en la plaza, solo dos gritaban. Solo dos sufrían. Solo dos. Villafaña murió sin llegar a saber que Taborda, torturado hasta desfallecer, tampoco se había quebrado y que ninguno de los hombres dispuestos a levantarse contra Cortés, ninguno, ni uno solo, correría su misma suerte. Pero antes de morir, colgado, con los ojos desorbitados porque el cuello se negaba a rompérsele, pudo balbucear entre saliva y angustia una palabra que se sostuvo un segundo en el aire, flotando en una especie de círculo concéntrico, una nube resistiéndose a desplazarse a pesar del viento antes de desvanecerse entre espasmos. Una palabra que todos fingieron no escuchar y que obligó a más de uno a mirarse la punta de las botas. «Co-bar-des», les dijo. Y luego su cuerpo dejó de convulsionar y de dar patadas, ahí, colgado, con la lengua fuera y cubierto en su propia mierda que le escurría por la pierna izquierda en un camino de hormigas, pues la cuerda, la asfixia, el miedo o la cobardía, a saber, le habían aflojado el esfínter y la cagalera le goteaba hasta el suelo desde el dedo gordo del pie. El papel delator le quedó por siempre en las tripas. Y a partir de entonces, Cortés se hizo cuidar de una escolta personal que velaba por él día noche. Por si acaso.

El final/el comienzo

Las palabras que Cuitláhuac le había dicho en los días de su boda perseguían a Tecuixpo. «Yo no lo maté», le había dicho. «Yo no maté a Axayácatl». Y Cuitláhuac se había muerto sin llegar a confesar quién había asfixiado a su hermano. Pero no hacía falta. Cuauhtémoc tenía en la muñeca una cicatriz que se había hecho misteriosamente el mismo día en que su hermano había aparecido asesinado. Por más que era normal que los guerreros tuviesen heridas en el cuerpo, Tecuixpo sabía que la cicatriz del brazo no correspondía a un corte limpio. Era un corte de defensa. La duda de que Cuauhtémoc fuera el asesino de su hermano comenzó a carcomerla a todas horas.

En medio del olor a putrefacción que no terminaba de extinguirse, con la población diezmada en la peor de las mortandades imaginables, el mes Izcalli del año 3-Casa, con las noticias de que el Malinche estaba reorganizando a su ejército en Tlaxcala, nombraron a Cuauhtémoc nuevo tlahtoani. Esta vez no hubo ceremonia de reconocimiento del mandatario. Tan solo Cuauhtémoc cortó su cabellera en señal de abandono del sacerdocio y luego, para legitimar el linaje descendiente de Moctezuma, tomó a Tecuixpo por esposa en una ceremonia más silenciosa que la de Cuitláhuac. Un nuevo rencor la recorría desde la punta de los pies hasta las raíces de su pelo, porque estaba atrapada entre dos odios distintos, aunque igual de grandes: el odio a los teules y el que sentía hacia el asesino de su hermano. Pero empujó ese rencor hasta el centro de sus tripas, porque en medio de toda la rabia e impotencia, haciéndola resistir con la cabeza erguida, derecha como una vara, la sostenía el inmenso bastión del amor a su gente.

A pesar de conocer a su primo desde que era pequeña, Tecuixpo observaba a su nuevo esposo desde otro ángulo. La perspectiva desde la que lo miraba había cambiado completamente ahora. Y Tecuixpo sabía que no era su mirada la que había cambiado, sino su mundo entero. Estaba creciendo a pasos de gigante. Cuauhtémoc no era un guerrero como Cuitláhuac. Se encerraba en su habitación y prendía el copal para dejarse invadir por los humos del incienso, se pintaba la cara de negro y esperaba a que los espíritus le hablaran. A veces, embriagada por los olores de los humos que prendía Cuauhtémoc, Tecuixpo escuchaba la voz de Tecalco. «No muestres desasosiego, hija mía, mira con cara serena. Honra a tus ancestros y danos fama con tu nueva vida. Porque naciste en mal tiempo, pequeña flor. Grandes cosas has de ver». Tecuixpo despertaba aturdida por el recuerdo de la voz de su madre. La echaba mucho de menos.

Cuauhtémoc se le acercó una noche mientras dormía. Se sobresaltó al verlo tan cerca en la oscuridad.

—No te haré daño —le dijo él.

—No puedes hacerme daño —contestó ella.

Su primo era un hombre fuerte. Axayácatl apenas le habría llegado a la altura de los hombros. Tecuixpo trató de borrar esa imagen de su cabeza.

—Si me tocas, te mato —amenazó ella.

Cuauhtémoc la miró curioso. Podía entender por qué le gustaba tanto a su tío. La niña tenía carácter. Él fácilmente la doblegaría si quisiera, pero no quería hacerlo. Una mujer que plantaba cara se merecía respeto. Mucha más cara que la que le había plantado su hermano.

—No voy a tocarte.

Tecuixpo le sostuvo la mirada. Quiso mirar dentro de esos ojos que hurgaban en ella. ¿Qué era eso en su interior? ¿Curiosidad? ¿Deseo? Nadie nunca la había mirado así. Calculó el tamaño de sus brazos y recordó los árboles del jardín de Cuitláhuac, inabarcables.

—Bien —contestó ella.

—Hasta que tú consientas —añadió él.

—No consentiré jamás.

Ella contuvo la respiración. Sin que Cuauhtémoc lo sospechara, Tecuixpo, con la mano a la espalda, tenía bien asido entre los dedos el cuchillo de pedernal, dispuesta a defenderse si él osaba dar un paso más. Y Cuauhtémoc debió sentir la fiereza de su mirada, porque iba a rozarla con la punta de los dedos, pero se detuvo. Le apartó de la cara un mechón de pelo que le cubría un ojo y lo colocó detrás de su oreja. Podía sentir el agitado respirar de la niña. Demasiado tierna aún.

De pronto, alguien llamó a la puerta. Un mensajero traía noticias funestas. No había tiempo para seducir a su prima, ahora esposa, ni para engendrar hijos reales. Los españoles se rearmaban y reorganizaban, les dijo el mensajero. Cuauhtémoc salió de la habitación con los puños apretados y el rostro fruncido.

Mientras Cuauhtémoc organizaba a las tropas, Tecuixpo y Citlali pasaban casi todo el tiempo juntas. Desde que estaba casada, Tecuixpo llevaba el pelo recogido en una especie de corona de cuernitos que Citlali le hacía a diario con sumo cuidado. Y mientras la peinaba cantaba canciones de las mujeres de Chalco, «añoro las flores, añoro los cantos, aquí donde hilamos entono las canciones del rey Axayácatl», en un arrastrar de mechones tierno y calmo. Sin embargo, apenas hablaban. En el palacio solo había espacio para los temas de guerra. Caras largas iban y venían por los pasillos con noticias de muerte, avances de los españoles y derrotas de los nahuas, y la sorprendente historia que circulaba de que los teules estaban transportando sus barcos en piezas a través de las montañas.

El asedio empezó los últimos días del mes de mayo. Cuauhtémoc apenas pudo creer la noticia que sus compungidos sacerdotes y guerreros principales le dieron entre la incredulidad y la angustia. Los enemigos habían logrado cortar el abastecimiento de agua de Chapultepec a la ciudad.

—¿No tenemos agua dulce?

—No, mi huey tlahtoani. Los sitiadores cortaron el acueducto.

Cuauhtémoc intentó disimular su propio espanto. ¿Cómo había sido posible que unos hombres vencidos avanzaran hasta este punto?

—Tenemos que proteger el mercado de Tlatelolco —ordenó Cuauhtémoc—. Que se aposten ahí regimientos. Ese mercado es nuestra única garantía de abastecimiento de alimentos.

—Sí, mi huey tlahtoani.

Y después, Cuauhtémoc tomó aire, se dio la vuelta y comenzó a organizar la intendencia para soportar, por primera vez en su historia, el sitio de la gran Tenochtitlan. Una ciudad que jamás había conocido el hambre ni la sed. La ciudad, hogar de dioses, sería sometida a la guerra en sus calles, en sus calzadas, en sus puentes, una ciudad que jamás había sabido lo que era inundar el aire del hedor a putrefacción, a cadáveres apilados cual chinampas sobre el agua, a ingentes lamentos de sufrimiento, de horror, de humo. Una ciudad que Moctezuma ya había visto así en sus peores pesadillas, visión que intentó por todos los medios evitar. Pero Cuauhtémoc no había tenido la clarividencia de su antecesor y jamás, ni en sus peores presagios, pudo imaginar a lo que estaban a punto de abocarse.

Tecuixpo tampoco había sabido nunca lo que era el hambre ni la sed. Si acaso alguna vez había sentido el rechinar de las tripas cuando los manjares a los que estaba acostumbrada se dilataban un poco más de la cuenta en las cocinas. Incluso alguna vez se había dado el lujo de despreciar los alimentos por estar demasiado llena o hastiada de tanta abundancia, pero entonces no sabía que algún día sabría lo que era tener un hueco en el estómago tan hondo y tan profundo que sentiría deseos de comerse su propia ropa, lamer las cortezas de los árboles, beberse sus orines o comerse la tierra a puñados. No podía ni siquiera imaginar lo que significaba morir de hambre. No podía imaginar que peor que la muerte era una muerte lenta. La muerte que mataba en vida, que laceraba el entendimiento, la esperanza, las ganas de vivir porque no quedaba apenas vida a la que asirse, una muerte que sin embargo no llegaba, sino que los mantenía moribundos, con los pómulos salientes y las costillas marcadas, famélicos, como si la vida se resistiera a apagarse, como si una mosca fuera alimento suficiente para mantener un cuerpo latiendo, una cabeza sobre los hombros, unos huesos amenazando con asomar tras el pellejo enjuto.

Los bergantines lograron abrirse paso a través de las cumbres en una cadena humana larga e imposible en donde los de atrás se iban apartando para turnarse con los de adelante y los de adelante pasaban hasta atrás, en un trabajo de hormigas capaces de cargar diez veces su peso, y si tal no era la proporción, sin duda lo parecía, porque los hombros indígenas se desollaban y, de cuando en cuando, pedían a los españoles que les prestaran un trozo de tela de sus ropajes para protegerse los cuellos, los omóplatos, la carne viva. Pedro Gallego de Andrade también transportó piezas de bergantines a hombros, como Juan Cano, como Alonso de Grado, porque, quién más, quién menos, todos participaron en esa procesión del silencio al igual que Cristo cargó su cruz hasta el Gólgota. Paso a paso lograron llegar al lago y allí se armaron los barcos cual piezas de un rompecabezas.

Y un día, Cuauhtémoc comprobó horrorizado que por sus lagunas surcaban trece embarcaciones armadas de cañones que escupían fuego y que bombardeaban sus puentes y sus calzadas a todas horas. La flota de quinientas canoas con la que contaban era desbaratada por la supremacía invasora. Cortés, a pesar de haber tenido que convencer a sus mejores capitanes de remar como esclavos, en su fuero interno veía recompensada su astucia, «jamás nunca me derrotarán mientras respire, mientras Dios esté de mi lado», y se vanagloriaba de su ingenio y osadía al haber llevado bergantines contra viento y marea. Aquello había sido una proeza militar, qué duda cabía, e intentaba no sonreír más de la cuenta y controlar su vanidad. La sonrisa se desdibujó nada más ver cómo les contestaban los mexicas. Trescientos mil hombres y miles de canoas resguardaban Tenochtitlan. Llovían flechas y hombres furiosos ataviados con trajes de jaguar saltaban al interior de los bergantines dispuestos a morir si con eso se llevaban por delante a tres enemigos.

«¡Apunten, fuego!», gritaron los capitanes de los bergantines.

Los alaridos y gritos de los mexicas al luchar contra los enemigos eran tales que, a lo lejos recluida en el palacio, Tecuixpo se tapaba los oídos. Gritos ensordecedores que la inundaban al igual que el vapor a las nubes y que no cesaban, porque cuando intentaba hablar y rogar silencio esos mismos gritos le salían por la boca. Gritos, relinchos, ladridos y cañonazos fundidos en un tronar de cornetas y atabales que giraban en espiral sin saber dónde empezaban unos y acallaban otros. Solo entonces Tecuixpo fue consciente de su propia desesperación, porque los gritos de esos hombres eran gritos de muertos.

Juan Cano iba en el destacamento de Alvarado. Les habían encargado la misión de tomar la Calzada de Tlalpan: la calzada principal y la que, con toda seguridad, sería un avispero de tenochcas. Juan

Cano echó un vistazo a sus hombres. El terror les latía en las sienes y algunos trataban de controlar los temblores delatores del miedo apretándose los nudillos de las manos. Quienes habían conocido Tenochtitlan la primera vez se quedaron pasmados ante el horror que ahora presenciaban. Juan Cano contemplaba con horror las pérdidas de la que había sido una ciudad más grande y hermosa que ninguna, imaginable solo en la literatura, con edificios refulgentes de plata y aguas mansas. Nada quedaba ya. Lo más insoportable era el olor. Estaban acostumbrados a la pestilencia, al olor metálico de la sangre reseca, a la putrefacción de las gangrenas y a sudores agrios, pero Juan Cano tuvo que reprimir el impulso de taparse la nariz con la manga de su jubón. Los cuerpos descompuestos llenaban el aire de moscas y desolación. Muertos de todos los colores cual fardos cercenados, destripados, saeteados y mutilados, árboles talados antes de tiempo, el agua de los canales densa y turbia como un aceite saturado de almas, y el chapoteo constante de los cuerpos al caer.

Cortés hacía lo imposible por llevar sus bergantines a ambos lados de las calzadas que los mexicas recorrían de arriba abajo a voluntad. Los mejores hombres de Cortés y de Cuauhtémoc recibían heridas, de balas unos, de obsidiana otros. Graves todas. Lo que se destruía en el día se construía por la noche, tanto en uno como en otro bando. Los mexicas intentaban destruir los barcos, mientras de la cima de los templos caían los dioses, rodando peldaño a peldaño como si hubieran sido sacrificados y desmembrados. Los templos, las casas, los recintos ceremoniales, todo se incendiaba en llamaradas, porque Cortés no solo quería ganar a los mexicas, sino hacerles sentir que perdían, que los humillaba, que su mundo idólatra ardía. Los mexicas, lejos de claudicar, respondían con mayor fiereza, como si esos fuegos avivaran más su sed de guerra y deseo de victoria. A los prisioneros que cogían los sacrificaban sin miramientos y sin boato, que no había tiempo para ser ceremoniosos. En el fondo, muy en el fondo, Cortés se maravillaba ante la bravura mexica y se acordaba de Moctezuma, de su palacio, de su zoológico, de sus riquezas, de su diplomacia y de la impresión que le había causado llegar por vez primera a *Temixtitán*. Cuánto habría de aprender de los mexicas, se decía, aunque luego mandaba esos sentimientos al fondo del estómago y, arrepentido hasta el tuétano por haberse dejado tentar por el diablo, se convencía de que Dios estaba de su lado: «Pero ¿cómo puede ser que os dé lo mismo morir que vivir?».

Y, apesadumbrados unos y envalentonados otros, seguían con el asedio.

El 30 de junio de 1521 se cumplía un año desde la noche en que Cortés y sus hombres habían tenido que partir cagando leches. *La Noche Triste*, la empezaron a llamar los españoles cuando, a veces, como en un susurro dicho en secreto para no atraer la atención de la mala fortuna, rememoraban el día funesto aquel. Cortés también lo recordaba. No lo había olvidado ni se permitía olvidarlo. Y de nuevo, azuzado por los recuerdos y por la superstición que sin querer se había dejado contagiar de Botello, trataba de convencerse de que aquel día era solo una fecha en el calendario.

«Déjate de majaderías, Hernando», se regañaba en voz baja. «Se te está pegando lo indio».

Llevaban días hundidos en trincheras que improvisaban según avanzaban, y a veces la guerra parecía enmudecerse. La quietud era tal que algunos olvidaban por qué estaban allí y se preguntaban si, en una especie de milagro, los mexicas se habrían replegado. El cansancio comenzó a silenciar las voces de los guerreros y empezaron a escucharse los ruidos de un silencio macabro que ponía los pelos de punta. Al principio del asedio se escuchaban llantos de niños, pero a medida que avanzaron los días ya nadie lloraba. Los cuerpos de los infantes hambrientos aparecían tendidos en medio de los caminos. Ya nadie sollozaba. El hambre los fue callando con su manto. A medida que se aproximaba la fecha del aniversario de la Noche Triste, sin pretenderlo, parecieron invocar a los espíritus de las tragedias y empezaron a pulular entre las tropas recuerdos de derrota. Llevaban ya un mes de asedio. Un mes de suciedad, de pestilencia, de hambre, de sed, no había agua dulce. Empezaron a beber agua salada y volvían el estómago cada vez que daban un trago. Las calles olían a excremento, a vómitos secos, a sangre vieja, a óxido, a plumas húmedas. El miedo se apoderó de sus corazones. Las fuerzas les fallaban, las municiones se terminaban, las ganas de unos y de otros se aminoraban. Y Cortés intentaba sacudirse esos demonios.

—La Noche Triste nos pilló desprevenidos porque huíamos como mujeres. A hurtadillas y en la noche. Pero ahora no, ahora atacamos, ahora vencemos. Jamás, nunca, nos volverán a ganar como aquella noche. Los tenemos sometidos. Están casi entregados. Resistid.

Los hombres querían creerle.

Decidieron tomar el mercado de Tlatelolco, el único reducto en donde los sitiados podían abastecerse. Si tomaban el mercado, ganarían la guerra. Por fin habría paz. Por fin terminaría la guerra. Por fin. No podían más. Se dispusieron a cegar los canales y a aderezar los puentes. Y hacia allí se dirigieron con la valentía a cuestas y una leve llovizna que les escupía en la cara. Las calles hacia allí eran estrechas. Unos a otros se miraron pensando en quién sería el primero en decir lo que el resto pensaba. Pero ninguno creyó menester meter en el cuerpo más miedo del necesario. Alonso de Grado también lo veía, pues desde mozalbete jugaba al ajedrez con un profesor de gramática en su natal Cáceres que, además de enseñarle la belleza escondida en sus ojos azules, le había enseñado a ver tan claro como el agua todas las piezas del tablero. «Al completo, Alonso, al completo, negras y blancas, solo así ganarás». Con esa clarividencia Alonso supo que los emboscarían, que estaban siendo guiados a una ratonera, que aquella calle estrecha sería su fin. Y Cortés, que creía saber leer a su amigo como un libro abierto, intervino.

—No temáis. Alvarado ya ha allanado el camino. Podrán ir vestidos como águilas y felinos, pero esos indios son solo hombres. Avancemos a la gloria.

Y así, algunos, Alonso de Grado el primero, ocultaron con aplomo la incertidumbre. Porque lo cierto es que Juan Cano, en el destacamento de Alvarado, jamás recibió orden de allanamiento. Ni él, ni ninguno de sus hombres. No fue gloria sino una estampida de hombres corriendo por sus vidas lo que encontraron al cruzar. Los indios, esos hombres ataviados como guerreros de otro mundo, lograron apresar a Cortés. Un guerrero jaguar le hirió en una pierna que por poco le cercena con el filo de su obsidiana, pero se detuvo a tiempo al ver que ese hombre no era cualquier *caxtilla*, sino el mismísimo Malinche. Cortés aulló de dolor, pero sus gritos se ahogaron por las voces de sus captores: «¡Malinche! ¡Malinche!», gritaban extasiados en trance.

De pronto, una mano disparó contra los indios. Ningún escudo, ninguna coraza mexica era capaz de contener una bala. Cuando Cortés alzó la cabeza, sordo por la detonación, se topó de frente con el rostro ensangrentado y sucio de Alonso de Grado.

—Ya te tengo, Hernán, ya te tengo.

—Alonso, mi pierna…

—Sobrevivirás. Ahora, abrázate a mí.

—¡Maldición! —se recriminaba Cortés.

Pero Alonso lo arrastraba todo lo largo que era fuera de la refriega. Llovían flechas de ballesta y de arco en una y otra dirección. Los mexicas cortaban cuanta cabeza de español y enemigo encontraban en las calzadas y las enseñaban a los prisioneros como trofeos de guerra: «¡Malinche!», decían señalando la cabeza barbada. «Malinche».

Y algunos, horrorizados, lo último que creían ver antes de morir era la cabeza del capitán. A los soldados de Cortés les decían: «¡Tonatiuh, Tonatiuh!», haciéndoles creer que era la cabeza de Alvarado la que sostenían. Y así se amedrentaban unos a otros en un maquiavélico y macabro juego de manipulación de cabezas.

Horas después, apaleados en su amor propio y en sus cuerpos, los sobrevivientes pudieron comprobar a salvo y lejos de las calzadas tres cosas: que la maldición del 30 de junio seguía en pie por obra del diablo, que el mercado de Tlatelolco era un bastión resguardado a cal y canto por los mexicas, y que Cortés y Alvarado milagrosamente aún conservaban sus cabezas sobre los hombros. Malherido por los cuatro costados, Cortés cojeaba y apenas podía apoyar la pierna, pero estaban vivos. Juan Cano había conservado su cabeza también, pero poco había faltado, aunque el brazo izquierdo lo traía abierto de hombro a codo en forma de huso.

Esa victoria insufló ánimos a Cuauhtémoc. De nuevo los habían replegado, aunque no sabía por cuánto tiempo. Tecuixpo logró acallar momentáneamente los gritos de su corazón y comenzó a oír de nuevo música de atabales. Cuauhtémoc se sobresaltaba, pero no por el miedo de sus pesadillas, sino por los refuerzos que no llegaban. Esperaba que los pueblos vecinos en donde tenía parientes vinieran en su socorro y atacaran por la retaguardia, pero pasaban los días y ni asomo de ayuda en el horizonte.

Cortés, por su parte, se dedicaba a secar las lagunas a como diera lugar y a incendiar todo lo que pudiera arder, como hizo Nerón con Roma. Las ropas y los cabellos olían a humo y el aire se volvió tan denso que ningún ave osaba quedarse en las ramas secas de aquellos árboles. Algunos intentaban huir como los pájaros, pero no había a dónde. La peor desolación era el hambre. La gente tenía llagada la piel debajo de las uñas de tanto arañar la tierra en busca de raíces e insectos que comer, de rasgar las cortezas de los árboles para comérselas a tiras. A veces se comían el barro seco de sus ropas y relamían la sangre de sus heridas como si fuera el fondo de un cuenco de sopa. El hambre era un precipicio de locura al que se abocaban cada día. Se peleaban por gusanos, por un pedazo de tela con sangre reseca que chupaban como si fueran limones, por un puñado de termitas arremolinadas en un tronco.

Tecuixpo también conoció el hambre. Descubrió que el hambre dolía. Un dolor espantoso que extirpaba la voluntad, porque se estaba dispuesto a lo que fuera, a pagar cualquier precio con tal de no pasar hambre, por llevarse algo a la boca. ¿A qué estaría dispuesta por no volver a pasar hambre, si acaso vivía para saberlo? ¿A qué? ¿A cuánto? La victoria del mercado no era sino un espejismo, porque nadie podía salir victorioso de aquella desgracia. Porque Malinche se adueñaba de cada pedazo de tierra que pisaba. Y por cada templo que quemaba mandaba unos emisarios a negociar la paz con Cuauhtémoc. «Detengamos esta masacre, detengamos la guerra. Ríndete». Y Tecuixpo, con el alma compungida, presenciaba cada una de las negativas que el tlahtoani mandaba con sus emisarios.

—Me rendiré si se marchan.

No era precisamente la rendición que Cortés tenía en mente.

Tecuixpo quería saber a cuánto estaba dispuesto Cuauhtémoc con tal de no pasar hambre y en un tono mucho menos beligerante que el que usaba Cortés, un tono más persuasivo y sumiso, se acuclillaba a sus pies:

—¿No te rendirías por salvarnos de la destrucción?

—Jamás. Nos enterrarán bajo los muros de Tenochtitlan.

Tecuixpo sintió ardor en el nacimiento de las lágrimas. Lágrimas que no caían, que no caerían nunca porque no se permitía llorar, mucho menos a los pies de su tlahtoani y marido. Se levantó despacio y sin darle la espalda se recompuso, y tomó aire muy despacio antes de salir. Porque supo entonces, con una certeza clara, cristalina cual cenote, que moriría allí, sepultada por los muros del palacio de Axayácatl. Y esperó. Quieta. Como esperan las hojas la llegada del otoño. Hasta que un día, sentada de cuclillas, sintió que la zarandeaban.

—Tenemos que salir del palacio —le dijo una voz conocida.

Tecuixpo alzó la mirada y creyó ver a su madre Tecalco. ¿Acaso habría muerto ya?

—¿A dónde vamos? —preguntó en una especie de adormilamiento.

—Al agua —contestó la mujer.

Tecuixpo reconoció su olor.

—¿Citlali?

—Vámonos, mi niña.

Salieron del palacio a toda prisa. Cuauhtémoc había dado la orden de partir porque Cortés venía con sus huestes dispuesto a prenderle fuego a todo aquello. Al palacio, al zoológico, a la suntuosidad de Moctezuma Xocoyotzin.

—No me iré —replicó ella—. Me enterrarán los muros del palacio.

Pero sin fuerzas para imponer su voluntad, en una especie de desmayo, se dejó llevar apoyada en los hombros de Citlali.

—¿Volveremos algún día?

El silencio cayó sobre ellas con la fuerza de un rayo en el templo de Huitzilopochtli.

El humo salía de los templos de Tlatelolco, señal inequívoca de que Alvarado había logrado hacerse con el control. Desde lo alto de las azoteas, Juan Cano comprobaba horrorizado los restos de las batallas, los estragos del hambre, espectros famélicos cual almas en pena recorriendo desnudos las calles. Visto así, contemplando la tragedia a vuelo de pájaro, Juan Cano sintió un profundo pesar y cierta simpatía por los mexicas y tlatelolcas que habían defendido ese último resquicio de soberanía con uñas y dientes, con lanzas contra balas, con dignidad, sin miedo a la muerte. Orgullosos como nadie jamás había conocido, ni nunca volvería a conocer. Por instinto se llevó la mano a la frente y se santiguó con una devoción que le recordó a su amigo Pedro Gallego de Andrade. Dónde estaría Pedro ahora.

Se decía que Cuauhtémoc y los principales habían huido en canoas y navegaban por las lagunas. Y debía ser verdad porque ya no quedaba reducto de tierra sin ocupar. Pasaban ya más de setenta días desde el inicio del sitio y Cortés no podía permitir por el bien de su alma que aquella situación se prolongara más tiempo. «Que todos los bergantines busquen a *Guatimucín*»,[14] ordenó. No puede haberse esfumado.

Y entonces, Tláloc los cubrió a todos con un manto de lluvia helada, constante y triste que lavó las calles.

Atónita, desde su real embarcación, Tecuixpo contemplaba la destrucción a su alrededor. Citlali preguntaba qué pasaba, pero nadie le daba respuesta. Todos habían enmudecido. Los señores de la Triple Alianza, el señor de Texcoco y el señor de Tlacopan miraban la devastación con la misma incredulidad. Alrededor de ellos otras tantas canoas transportaban a algunos príncipes sobrevivientes y mujeres del tlahtoani. Todos compartían la misma mirada de tristeza, de humillación, de derrota. La mirada de quien contempla los cimientos de una civilización desparramarse por el suelo. Tecuixpo bajó la vista y la pasó sobre las manos reposadas en el regazo. Lejos estaba la elegancia mexica de plumas y abalorios con la que estaba acostumbrada a vestirse desde niña, ahora la cubría un huipil sucio de fibra de maguey, sin insignias ni símbolos más allá que los que portaba en su conciencia.

Tecuixpo intentaba entender qué pasaba por la cabeza de su marido. Su mirada altanera comenzaba a diluirse en un dejo de deshonra. ¿Sería eso? Alguna vez había visto esa mirada de pesadumbre, pero no recordaba cuándo. Ni dónde. Pero estaba casi segura de haberla visto antes. El hambre no la dejaba pensar con claridad. A veces sentía que se desmayaba, que los vaivenes del agua la mecían hasta hacerla bambolear y caer. Miró a Cuauhtémoc. Un tlahtoani vencido, por primera vez en la historia de su pueblo. Los relámpagos iluminaban el cielo. Tecuixpo deseó que las acequias y los canales se inundaran de agua, que el lago de Texcoco se desbordase como

[14] Así pronunciaba Cortés el nombre de Cuauhtémoc.

cuando el águila se posó sobre el nopal, que subiera el nivel del agua, que Tláloc reventara las nubes hasta ahogarlos a todos, a los teules con sus huestes de animales y fuego, a mexicas, tlatelolcas, tenochcas, tlaxcaltecas, dioses y hombres sumergidos en las profundidades de una vez por todas. Un trueno cayó a lo lejos cuando vieron un bergantín aproximándose.

Cuauhtémoc se puso en pie. Y ahí, sentada a sus pies, Tecuixpo vio por vez primera al tlahtoani que siempre había merecido ser. A un hombre valiente. Ni sombra de la pesadumbre que —ahora recordaba— le había conocido a su padre cuando le colocaron los grilletes. No. Ahí no estaba un asesino, sino un guerrero. Un hombre que había liderado en contra de todos, en favor de los mexicas. Y lo vio resurgir de las cenizas con una dignidad que la hizo olvidar el hambre, el hedor a muerte, los llantos, el humo de los templos. Ahí, de pie, estaba su marido. Ella era la esposa del tlahtoani Cuauhtémoc. Ellos juntos eran el águila y la serpiente.

—Soy tu prisionero —dijo Cuauhtémoc.

Tecuixpo contuvo la respiración.

—Llévame con Malinche —pidió después.

Era el 13 de agosto de 1521.

Ahí acababa todo. Ahí empezaba todo.

NAHUI/CUATRO

La herencia

Nueva España, Ciudad de México, 1550

Después de aquella cena imposible en donde Leonor había azuzado las sospechas de Altamirano preguntándole por su madre, las antenas de este se alzaron en punta a la espera de un zumbido, una señal, un aviso de lo que sucedía a su alrededor. Al andar, oía el crujir de sus huesos maliciosos partiéndose cual ramas secas y se preguntaba si no habría subestimado a Leonor. Sin poder decirse que sintió miedo —porque Altamirano hacía tiempo que no temía ni a Dios ni al diablo—, comenzó a experimentar la molesta angustia de saberse en desventaja y la barba se le tornó aún más tiesa y áspera de lo normal. ¡En desventaja! ¡Él! Ni hablar. Él siempre iba un paso por delante, vive Dios. Le preocupaba, eso sí, que Leonor estuviera indagando más de la cuenta. La alusión a Citlali era suficiente para haber puesto en guardia a cualquiera con dos dedos de frente. ¿Quién podría haberle hablado de Citlali a Leonor? Sería una coincidencia inocente, un nombre sacado al azar entre tantos que había por ahí, sueltos, pájaros volando, tentando a su suerte, tal y como ella habría sugerido. ¿Podría el destino jugar con sus conciencias de aquella manera? Altamirano se atusó la barba reseca y hablándose en voz alta para escucharse se contestó con un rotundo, grave, profundo, definitivo y malicioso: «No».

Llamó a Puri.

La chiquilla se presentó ante él cabizbaja y sumisa, enrollándose con nerviosismo el dedo índice en el delantal. A pesar de su corta edad, había trabajado en suficientes casas para saber que cuando el señor llamaba con urgencia, o había habido bronca o la iba a haber.

—¿Me mandó llamar, patrón?

—Purificación, ¿a dónde ha estado saliendo la señorita Leonor?

—¿A dónde? Pues a los sitios de siempre, patrón. A misa, al mercado…

—¿Y no se ha visto con nadie?

Por un momento, Puri pensó que todo el interrogatorio iba dirigido a hacer labores de chaperona, ahora que la niña Leonor estaba a punto de desposarse.

—¡Oh, no!, con nadie, señor. La honra de la niña está segura, patrón —contestó con ojos de búho y sonrisita nerviosa.

—No, no. No es eso a lo que me refiero. No ha hablado o visto a alguien… ¿inusual? Una india, ¿tal vez?

La sonrisa de Puri se desdibujó.

—Ah, no. Tampoco, patrón.

Al decir esto, Altamirano notó cómo sus ojos habían hecho un titubeo rápido e imperceptible de águila rapaz en dirección al suelo.

—¿Nadie? —volvió a preguntar, ahora atento a cada uno de sus gestos.

—No, patrón —respondió Puri, que cada vez tenía la barbilla más pegada al pecho.

Si hubiera sido un avestruz, Puri habría metido la cabeza en la tierra.

Altamirano se acercó hacia ella y arrastró una silla de brazos en forma de capitel con remaches de cuero que se arrastró por la habitación con el pesar de un penitente. Y luego, le indicó a Puri que tomara asiento.

—Siéntate, Purificación.

No fue una sugerencia gentil. Fue una orden.

Puri se sentó.

—Tengo entendido que dejaste a muchos hermanos allá en tu tierra.

Puri alzó la mirada, extrañada por el giro que acaba de tomar la conversación.

—Tengo ocho, patrón. Todos más pequeños que yo.

—¿Y se quedaron todos en Sevilla?

—Sí, patrón, con mis padres. Eran muy chicos para venirse conmigo.

Un bochorno caliente empezó a sofocar las mejillas de Puri, quien se puso colorada como un jitomate maduro.

—¿Y sois todos cristianos?

—¿Cómo dice?

Lentamente, Altamirano dobló las rodillas, apoyó sus manos sobre los muslos y se acercó a Puri, tanto, que las barbas tiesas por poco le pinchan la nariz.

—Que si sois todos cristianos.

—Sí, señor, claro. Todos cristianos.

—¿Estás segura? Me ha llegado a oídas que tu padre lee el libro del infiel Mahoma.

Puri se asustó ante la sola sugerencia, la duda, la sospecha.

—No, patrón, quien os haya dicho eso es un embustero. Mi padre es cristiano desde la cuna. Ni siquiera sabe leer. Somos gente humilde, patrón.

—No es eso lo que me dicen. Dicen que en tu casa se juntan infieles y mujeres adoradoras de falsos profetas.

Puri se agarró con fuerza a la silla de brazos en forma de capitel.

—¡Os mienten, patrón! Nosotros somos familia honrada, de misa los domingos y fiestas de guardar. Se lo juro por Nuestro Señor Jesucristo —dijo besándose los dedos.

—¿Y a quién crees que van a creer los del Santo Oficio si preguntan, a vos, una chiquilla que anda a salto de mata entre las camas de mis mozos, o a mí?

Puri perdió el color sonrosado y alegre de sus labios.

—¿Sabes, Puri? Te conviene darme lo que te pido.

La quijada y las manos de Puri temblaban. No entendía cuál era la intención de su patrón al arrinconarla así, al amenazarla con ventilar asuntos que de ciertos no tenían ni un resquicio, por hacer pasar a su familia por hereje. Respiraba acelerada, sintiendo cómo su pecho subía y bajaba a mayor velocidad de lo normal porque le faltaba el aire. La mirada fugaz de Altamirano se posó sobre su pecho. Fue un instante, apenas, una ráfaga, un centellear. Pero Puri, a quien otros habían visto así antes, reconoció la intención de aquel mirar. Se llevó las temblorosas manos al escote y lentamente comenzó a desatar los cordones de la lazada ante un atento Altamirano que miraba paciente, sin hacer nada por detenerla, dejando que las manos de esa chiquilla deshicieran cada nudo, hasta que dejó al aire un par de pechos demasiado grandes para un rostro tan pequeño, de pezones sonrosados y rebosantes sobre el vestido. Altamirano se imaginó el sabor salado de esos pechos carnosos, el tacto dúctil de la carne firme y redonda y se imaginó manoseándolos, hundiendo su nariz en ese escote por donde no entraba la luz, metiéndoselos en la boca y mamándolos a conciencia. Quizá lo haría luego.

—No es eso lo que salvará a tu padre ni a tus ocho hermanos de la pira. Y a lo mejor a ti tampoco, por casquivana y tentadora de hombres —le dijo a la chiquilla.

Tragándose las lágrimas, Puri guardó sus pechos en el vestido, y con el temblor de sus manos intentó volver a amarrar los nudos de la lazada, mientras trataba de contener ya no el llanto, sino la humillación que la anegaba entera.

—Habla, Puri. ¿Con quién se ha visto Leonor?

—Ayer... en el mercado... una india se le acercó.

—Bien, bien... Esto ya me gusta más. Sigue.

—Le dijo que conocía a su madre.

Altamirano no necesitó mucho más para saber quién era la india que se le había acercado a Leonor. «Maldita Citlali entrometida», pensó. No estaba dispuesto a que por culpa de la indígena se le fueran al traste los planes de enriquecimiento. Si Leonor descubría la verdad... si llegara a descubrirla, el esfuerzo de años por echarle mano a la herencia de Leonor se iría por un caño.

—¿Y qué más? ¡Di! —gritó azotando la mesa.

—Le dijo que la esperaba hoy, en la catedral. A mediodía.

El peso de la traición a Leonor le cayó encima a Puri tan de golpe que se encorvó hacia adelante, incapaz de mantener la espalda derecha.

—¿Ves? No era tan difícil —replicó Altamirano mientras se dirigía a su escritorio para servirse un vaso de vino.

—A partir de ahora vas a vigilar a Leonor a toda hora, ¿me oíste?

—Sí, patrón.

—Y cualquier cosa que haga o diga te vienes derechito a contármela, ¿oído? Y como Leonor te dé esquinazo o le dejes dártelo será tu familia quien lo pague, ¿entendido?

Puri asintió con la vista en la punta de sus zapatos enconchándose cual caracol asustado.

—Bien —dijo Altamirano—. Retírate.

Aunque apenas había estado allí un rato, Puri se fue con el alma mucho más vieja que como había entrado.

Nada más verla salir, Altamirano sacó un cofre que guardaba tras unos gruesos libros de lomo rojo, lo abrió y contó unas monedas. Con eso bastaría, se dijo. Luego las echó en un saquito de terciopelo azul casi negro y se las colgó del cincho. Conocía a un hombre de cejas como orugas y medio prognata que en otras ocasiones le había aliviado de problemas e inconvenientes similares. Salió de allí a paso ligero. Debía apurarse. No le quedaba mucho tiempo.

Mientras tanto, Puri había tratado de recomponerse y había acudido donde Leonor para hacerle desistir de su encuentro con la indígena. Nerviosa, con los restos de un temblor imperceptible en una voz cambiada y grave, argumentaba todo tipo de pretextos hasta que no tuvo más remedio que pedírselo abiertamente:

—No vayas, niña Leonor, por favor, te lo pido.

—¿Pero se puede saber qué mosca te ha picado?

—Me da mala espina. A lo mejor esa mujer quiere robarte, no te fíes, Leonor, que hay gente mala en el mundo. —Y al decir esto la imagen de Altamirano la asaltó sin permiso.

A Leonor no le pasó desapercibido el olor a chamusquina que Puri emitía. La miró con atención y esta, avergonzada, bajó la cabeza como si acabara de comulgar, al no resistir la dureza de su mirada.

—¿Qué has hecho, Puri?

—Lo siento, niña Leonor, me amenazó, me dijo que mandaría a mis hermanos a la hoguera. A mis padres… —Lloraba desconsolada.

Leonor la sujetó por los hombros:

—¡Qué has hecho, Puri! —repitió enervada y verde del coraje.

—Lo sabe… lo sabe.

—¿Qué sabe?

—Que te vas a ver con la india… hoy.

Leonor cogió su chal mientras se iba regañando a sí misma: «Eso me pasa por hablar, por abrir la boca, quién me manda, si ya me lo advirtió ella: "No se lo digas a nadie", ¿y a quién se lo cuento? ¡A ti!, a la cabeza más atolondrada de la Nueva España, seré imbécil».

—Aparta, Puri. Voy a salir.

Puri se había colocado frente a la puerta con brazos y piernas extendidas en cruz aspada como San Andrés.

—¡No vayas! ¡Si vas será mi ruina!

—Que apartes, te digo.

—Nos matará a las dos, Leonor. Por favor…

—¿Pero qué cosas dices, Puri?

—Tengo miedo.

Leonor se compadeció. Puri era un pajarillo que se había caído del nido, temblorosa y mirando perdida en todas direcciones, sabiendo que no tenía escapatoria. Leonor trató de calmarla.

—Puri, mírame. Mírame. Necesito que te recompongas. ¿Dónde está Altamirano?

—No lo sé, no lo sé. Salió.

—¡Pues ya está! Se ha ido. Debe haber ido a sus diligencias. Saldremos juntas, como cada tarde. Vemos a Citlali y luego pasamos por la iglesia para que nos vean. Decimos que hemos ido a confesarnos y volvemos. Ya está. Solo te pido eso. No tengas miedo. Ayúdame. Por favor. Solo te pido eso.

Puri se enjugó las lágrimas. La seguridad de Leonor la reconfortaba. Quería creer que todo estaba bien. Que todo volvería a ser como antes.

—No sé, Leonor. ¿Y si ha dado orden de mandarnos seguir?

Leonor la miró con la ternura de una hermana mayor y le aconsejó:

—Tienes que aprender a jugar mejor tus cartas, muchacha. ¿No decías que Lorenzo andaba tras tus huesos?

Puri asintió.

—Pues hala —dijo guiñándole un ojo—. Que sirva de algo esa coquetería tuya. Venga, vamos. Tenemos que darnos prisa.

Citlali no podía saber que aquel miércoles a mediodía, mientras se dirigía a la catedral para reunirse con la hija de su querida Tecuixpo, a unas cuantas cuadras más allá un arriero aseguraba el balancín y las clavijas de su carreta cerciorándose de que todo estuviera alineado. Después, este mismo hombre enganchó su par de rocines viejos, sin saber, porque no podía saberlo, que acababa de echar a andar la maquinaria de la mala suerte. El arriero se subió y tiró de las riendas levemente, porque no era necesaria mucha insistencia para poner a los animales en marcha, acostumbrados desde siempre a arrastrar mercancías pesadas sin quejarse. Al sentir la fusta sobre el lomo, los caballos echaron a andar a paso ligero.

Un hombre con cejas de oruga y medio prognata llevaba largo rato echándole ojo, mientras contaba con los dedos de largas uñas negras las monedas que Altamirano le había pagado en un saquito de terciopelo azul casi negro. Con discreción, el prognata sacó de su jubón una cerbatana. Citlali caminaba en dirección contraria, en medio de la gente que esquivaba coches, jinetes, carretas y algún que otro empujón. De pronto, a lo lejos se oyó un escándalo. Todos los transeúntes voltearon a contemplar el motivo de tanto alboroto. Una carreta tirada por dos rocines viejos y un arriero asustado había perdido el control y bajaba desbocada a toda velocidad por la calzada. El conductor tiraba de las bridas, pero los caballos no respondían. Algunos corrían, otros gritaban y los más se orillaban pegando la espalda a los muros para no ser arrollados. Citlali los vio venir. Citlali se pegó a la pared para ceder el paso. Y justo cuando la carreta estaba a punto de pasar por su lado, unas manos de largas uñas sucias salieron del mismísimo infierno, la empujaron con fuerza y Citlali salió volando unos segundos antes de quedar atrapada bajo aquellas ruedas.

Leonor llegó justo a tiempo para verla volar por los aires mientras exclamaba un grito de horror con una voz pavorosa que le resultó nueva y desconocida. Puri estuvo a punto de darse media vuelta, pero en vez de eso se quedó tiesa, paralizada, mientras veía a Leonor correr en dirección al accidente, donde ya se arremolinaban los mirones, deseosos de ver a la anciana aplastada de cerca, unos para ayudar, otros para estorbar, algunos por simple curiosidad. Puri sospechó que aquello no podía ser obra de la casualidad ni de la mala fortuna y las caritas de sus ocho hermanos quemadas en la pira se le dejaron venir en una especie de pesadilla que le dobló las piernas y la hizo volver el estómago.

Leonor llegó junto al arriero que, con cara compungida y lleno de espanto, juraba y perjuraba que no había sido culpa suya y que los caballos, que eran pánfilos y mansos como cachorros de mastín, habían salido azuzados por obra del demonio, mientras la gente trataba de hacer reaccionar a la anciana, a la que se le habían roto todos los huesos del cuerpo y de cuya cabeza salía un chorro de sangre que le tapaba los ojos. Leonor corrió hacia ella y se arrodilló para hablarle al oído:

—Citlali, Citlali…

La mujer pareció reconocer la voz de la muchacha porque, aunque fue incapaz de mover uno solo de sus músculos, balbuceó su nombre.

—Le-o-nor.

—Estoy aquí —contestó la muchacha mientras le agarraba una de sus manos.

La anciana le susurró algo al oído.

—¿Que saque qué?

—Aquí… —Con dificultad, la anciana señaló su pechera.

Con cierto pudor, Leonor metió la mano entre el escote de la mujer y tanteó un paquetito envuelto en una tela de algodón. Leonor le mostró el paquete. Citlali asintió.

—Tu herencia, Leonor. Te pertenece —balbuceó Citlali con esfuerzo.

Nerviosa, tratando de contener el temblor de sus manos, Leonor desató el mecatito que mantenía apretado el hatillo, y el reflejo verde de un collar de jade le deslumbró en la cara. Un montón de cartas se resbalaron al aflojarse.

—No se lo enseñes a nadie. Eso es tuyo. Solo tuyo.

Leonor miró alrededor, estaba rodeada de curiosos. Volvió a guardar todo en la tela con rapidez, sin tener tiempo de volver a hacerle un nudo y se lo guardó en la faltriquera. Citlali tosió y escupió sangre sobre el vestido de Leonor, que estaba aterrorizada porque las advertencias de Puri se le dejaron venir todas juntas y empezó a pensar que tanta mala suerte no podía ser casualidad, pero un pudor más viejo que la prudencia le impedía preguntarle qué era eso tan secreto que tenía que contarle. Leonor sabía que un montón de respuestas morían con ella.

—¡Ayuda! ¡Un médico! —escuchó que gritaban.

Citlali trató de moverse, pero un grito de dolor se le escapó.

—No te muevas, ya viene la ayuda —exclamó Leonor mientras sostenía su maltrecha cabeza sobre la falda. Se arrancó un pedazo de tela de la camisa para limpiarle la sangre de los ojos.

Citlali la miró. Era igualita a Tecuixpo. Pensó en lo valiente que había sido siempre Tecuixpo, su Tecuixpo, siempre sin doblegarse, siempre recia, por más fuertes que habían sido los embates del viento, con su padre Moctezuma muriendo en su regazo, tal y como ella moría ahora entre los brazos de Leonor. Respiraba con dificultad porque las costillas le habían perforado los pulmones. Entre espasmos de asfixia la voz de Citlali encontró un camino para salir en un hilo:

—Tienes todo… lo que necesitas aquí —dijo señalando a Leonor en el centro del pecho— y aquí. — Señaló el centro de la frente—. No te dejes doble-gar.

Leonor sonrió tristemente.

—¿De quién son esas cartas?

—De Tecuixpo —contestó Citlali—, para ti.

—¿De mi madre?

—Sí. Las escribió… para… ti.

—Pero… Yo no sé leer —confesó Leonor con vergüenza.

Entonces, en un último esfuerzo descomunal, Citlali mencionó un nombre.

—Fra-y, Mar-tín. Busca a… fray…

Leonor trató de confirmar. ¿Fray Martín? Pero Citlali no pudo hablar más. Empezó a respirar con dificultad y con dolor. Cada bocanada de aire era una puñalada en el corazón, en los pulmones, en la garganta. Abría los ojos como si a través de ellos pudiera jalar aire, desesperada. El cuerpo se retorcía en un sufrimiento espantoso que Leonor no sabía cómo aliviar, mientras mantenía su maltrecha cabeza sobre el regazo. Y entonces, con sus últimas fuerzas, Citlali colocó su mano arrugada sobre la mejilla de Leonor, exhalando un último grito de auxilio, y se dejó ir en una angustia lenta que se apagó de golpe. Leonor la sacudió por los hombros:

—Citlali… no. No… Citlali…

Pero ahí no había más que un cuerpo, el cascarón en donde alguna vez había habitado un alma.

Puri, que había observado tras ella sin atreverse a intervenir, le puso la mano sobre el hombro y la azuzó porque Leonor se había quedado paralizada ante la presencia de la muerte.

—Vámonos, Leonor… Vámonos ya.

Leonor reaccionó. La visión de Puri la había traído de vuelta al mundo. «Altamirano», pensó. La amenaza de Puri rogándole: «No vayas, nos matará», comenzó a rebotar en su conciencia con la estridencia de un tambor en procesión.

—¡Vámonos! —ordenó Puri con un grito lleno de más miedo que imprudencia.

Con mucho cuidado de ocultar el bulto ensangrentado que llevaba entre sus faldas, Leonor se puso en pie y se alejaron, dejando a la pobre Citlali a la merced de los curiosos y del anonimato de los cuerpos sin reclamar.

En el vaivén del carruaje guiado por Lorenzo, Leonor ordenó a Puri guardar silencio, aunque no habría hecho falta porque Puri había enmudecido y sostenía el peso de la cabeza entre las manos. Leonor trataba de pensar. Recapitulaba cada una de las palabras dichas por Citlali, cada movimiento, cada suspiro entrecortado. No quería olvidar nada de lo que acababa de suceder. Entre sus brazos acababa de morirse la única persona dispuesta a hablarle de su madre. Se palpaba el paquete del bolsillo para cerciorarse de que no había soñado aquello. Citlali le había dado un paquete. «Algo para ti», le había dicho. «Búscame, niña, mañana, frente a la catedral». «El paseo del mercado no nos va a alcanzar para decir todo lo que tengo que contarte». No, no lo había soñado. ¿En el bolsillo de su falda estarían todas las respuestas? Leonor pensaba. Ni siquiera a ella, que había recibido una educación privilegiada de convento, le habían permitido aprender a leer y a escribir. Lo poco que sabía lo había aprendido sola, a hurtadillas, escondiéndose y rogando a los frailes franciscanos de España que le enseñaran un par de líneas sueltas para el rezo, y cuando Altamirano la había pillado husmeando en los libros la había reñido a conciencia. Que eso no era digno de mujeres. Que dejara esos saberes a los hombres. Leonor se llevó la mano al bulto de su falda para sentir entre los pliegues del vestido las cartas de su madre. Una indígena. ¿Cómo era posible que supiese escribir? Por un instante, Leonor palideció. ¿Estarían en castellano o en ese idioma imposible de los naturales? Un tintineo le recordó el collar de jade digno de una reina. ¿Pero quién demonios había sido su madre?, blasfemó. Tenía que averiguarlo. ¿Pero cómo? Citlali había mencionado un nombre de un fraile. ¿Fray Martín? ¿Cómo iba a encontrarlo sin más señas en la inmensidad de frailes que había evangelizando en la Nueva España? La duda le rondaría aún un tiempo, porque nada más llegar a casa, se toparon con un Altamirano enfurecido al que poco le faltó para agarrarlas de las orejas por haberle desobedecido.

Yo les entiendo

Tecuixpo estaba a punto de convertirse en otra persona, pero entonces aún no lo sabía. La residencia de Cortés en Coyoacán parecía el arca llena de sobrevivientes de un diluvio. Tecuixpo oteó las caras, algunas las recordaba, otras le resultaban familiares, aunque desconocidas, y por más que intentaba recordar dónde las había visto le era imposible identificar unos rostros que eran muy iguales, todos con pelo en la cara de nariz para abajo, todos con ojos severos, todos con ropas que les tapaban la carne, todos con el penetrante olor de las guayabas rancias. En primera fila, la lengua de Cortés, Malintzin, apostada en una columna, el Tonatiuh, rubio como el sol y ojos opacos como la luna, doña Luisa y su rostro ambiguo que a veces parecía ser amable y otras el del más temible enemigo, hombres barbados serios, muy serios, que alguna vez había visto despachar en el palacio de Axayácatl hacía ya lo que parecía ser una eternidad. Una voz de otro tiempo se dirigió a ella:

—Niña, estáisss viva. Graciasss a Diosss.

Tecuixpo dio un paso atrás, avasallada por el fraile Olmedo y su voz silbante abalanzándose sobre ella para hacerle una señal sobre la frente. Al no poder concretarla, se limitó a hacer aspavientos con las manos de arriba para abajo y de izquierda a derecha, como si espantara avispas. Sin esperar a que nadie se lo mandara, Malintzin se dirigió a ella en náhuatl mientras el fraile seguía con su manotear:

—Es la bendición de su dios, Copo de Algodón. Quiere protegerte.

—¿Protegerme de qué?

254

—De ti misma, niña.

—Vaya tontería. Estos españoles están locos. De lo único que tengo que protegerme es de ellos. Y tú también.

—Eso hago, niña, eso hago.

Y las dos intercambiaron una rápida mirada que duró mucho, como si el tiempo fuera elástico y pudieran manipularlo, expandirlo y encogerlo a voluntad. Un instante congelado en donde las dos se dijeron cosas sin separar los labios. Tecuixpo clavó sus ojos de mirar lento en Malintzin y le pareció entender que le decía:

—Escucha, niña mía, no somos el eslabón más débil de la conquista, resiste.

Y Tecuixpo, leyéndole la mente, le dijo:

—Tú resiste también. ¿Dónde está mi marido el tlahtoani Cuauhtémoc?

Marina se sorprendió.

—¿El tlahtoani es tu esposo?

—Unimos nuestros mantos, sí —Tecuixpo, ajena a la sorpresa de Marina, volvió a preguntar—: ¿Qué han hecho con él?

—Tranquila, está a salvo. Como tú. Ahora los dos serán huéspedes de Cortés, aquí en Coyoacán.

—Quiero verlo.

—Me temo que no será posible, niña. Pero ten paciencia.

Y Tecuixpo no tuvo más remedio que aceptar la ausencia de todo el mundo conocido. Estaba entre extraños ahora.

Pero, con el paso de los días, Tecuixpo fue acercándose más y más a Marina. Al menos con ella podía hablar náhuatl. Y Marina, de paso, le iba enseñando palabras sueltas en español. Se aferraron a una complicidad que las unía por encima de sus orígenes dispares, por encima de sus distintas etnias, aunque una fuera de Potonchan y la otra de Tenochtitlan, una del este y otra del oeste, aunque una fuera esclava y la otra hija de un tlahtoani. Ahí, en Coyoacán, en casa de Cortés, cada una a su manera, las dos habían dejado de ser quienes eran para pasar a ser sencillamente miembros de un altépetl[15]

---

[15] Altépetl: literalmente «el agua, el cerro», se refiere a los asentamientos humanos poseedores de un territorio, tierras y por lo general habitados por una etnia de ancestros y pasados comunes, incluida la lengua y una misma deidad protectora. Fue la organización civil primordial de Mesoamérica.

conquistado y sabían muy bien que les tocaba servir al vencedor. Un pueblo vencido se sumaba a las tradiciones y costumbres del pueblo vencedor. Y esa idea, la certeza de que ambas eran mujeres vencidas, las unió en un nudo más apretado que la sangre. Un vínculo del que al principio no fueron conscientes, pues intentaban repelerse, creían ser una de agua y otra de aceite, pero no podían. Por mucho que intentaran verse como rivales, como mujeres que se habían hecho la guerra, se atraían constantemente con la fuerza de las rocas unidas por la marea, una atracción mutua que las obligaba a permanecer una frente a otra forzándose a mirarse, a aprenderse, a interpretarse.

Para Malintzin, Tecuixpo era la hija de Moctezuma, el tlahtoani mexica que había sometido a su gente y a tantos otros pueblos de alrededor durante décadas. Un hombre que sin ser dios era lo más cercano a uno, alguien a quien no se le podía mirar a la cara y al que Malintzin había servido de intérprete, muy a su pesar. Un hombre al que ella una vez, hacía no muchos cambios de estación, había advertido: «No te enfrentes a los teules o tu pueblo morirá, he visto lo que hacen sus armas, he visto el poder de sus máquinas». Por otra parte, Tecuixpo, como nahua que era, no exteriorizaba jamás sus sentimientos, era fría como un témpano, impenetrable como un templo de piedra. Pero Malintzin, acostumbrada a nadar entre tiburones, dominaba un don que a lo largo de sus años la había mantenido no solo con vida, sino que comenzaba a volverla indispensable: Malintzin era lista como el hambre y capaz de absorber conocimiento con la facilidad de una esponja. Así, la chiquilla mexica despertaba en ella una gran curiosidad. Cuanta mujer había conocido era esclava, sirvienta o concubina —salvo doña Luisa, que era a su vez hija de un gran señor—, pero nunca había tratado de cerca a la hija de un tlahtoani, a la esposa principal de un tlahtoani. En su mundo viejo, compartir espacio con una mujer de la corte habría sido imposible, pero en su mundo nuevo las dos convivían bajo el mismo techo. Una vida nueva en la que incluso algunos indígenas le rendían tributo a Malintzin, doña Marina.

No siempre fue así.

Hubo un tiempo anterior a su -*tzin*.[16] Un tiempo en donde a nadie se le habría ocurrido llamarle «doña». Un tiempo lejano del que

---

[16] El sufijo -*tzin* se agrega a los nombres nahuas en señal de reverencia y respeto.

cada vez se distanciaba más, pues una serie de decisiones tomadas, por intuición y afán de supervivencia la mayoría de las veces, la habían llevado hasta allí, al igual que los peces deciden que no tiene ningún sentido nadar contra corriente.

Desde que tenía memoria, Malintzin siempre había recibido órdenes. Su recuerdo más lejano se remontaba a un patio de una casa señorial —al menos eso creía ella—, cerca del mar. Una casa con un patio grande en donde rebosaba la luz. Tenía vagos chispazos en los que se veía allí, junto a otros niños, haciendo bailar el huso de hilos para bordar, jugando con la vara del tejer, mojándose los pies en las aguas de la costa. Cantaba. Esos chispazos se interrumpían por otros más violentos en donde ella estiraba desesperadamente sus pequeños bracitos hacia arriba, pero en lugar de lograr aferrarse a los brazos de su madre, la cogían otros, recios y desconocidos, de unos hombres que la arrebataban del suelo y se la llevaban de allí sin hacer caso a su llanto, hombres pequeños de orejas horadadas y frentes largas. Hombres de otro pueblo, que se la llevaron lejos.

Durante los primeros días le parecía escuchar los gritos de su madre pidiendo que no se la llevaran, pero esa voz se fue difuminando poco a poco y mucho a mucho, en la distancia. Después, la oscuridad, y tras la oscuridad, la nada. Esos hombres le hablaban con palabras nuevas que no entendía, pero le hacían gestos cuya intención sí comprendía. «A trabajar», decían. Y ella, con sus bracitos cortos, trabajaba. Con el tiempo le enseñaron a creer en nuevos dioses y palabras de sonidos cortos, *Uxmal, Ixchel, Chichen Itzá*, y ella movía la cabeza como un cachorro despistado. Lloraba y la reñían. Nunca una palabra de consuelo, ni de cariño. Solo órdenes que debía cumplir si no quería sufrir algún castigo. A su corta edad, había aprendido que estaba sola en el mundo. Se acostumbró a hacer lo que le pedían, a hilar, teñir las telas para los bordados, a señalar todo con el dedo para pedir cosas, a juntar las yemas de los dedos y llevárselos a la boca para pedir comida, a bajar la cabeza y pasar lo más desapercibida posible y volver a tejer, a echar tortillas, a ir por agua. No supo cuántas lunas pasaron, pero después de muchas, muchas, muchas noches, un día todo cobró sentido, y al estirar el índice para señalar un cerro, de su boca salieron palabras: «montaña», dijo. Tuvo sed y al abrir la boca de pronto se oyó nombrándola en voz alta: *Já*, dijo pidiendo agua; luego dijo aire y se escuchó diciendo *lik'*, quiso nombrar el fuego y dijo *K'áak'* y la tierra que pisaba y en la que hundía los dedos de los pies era *Kaab Lu'um*. Quiso hablar maya y pudo. Y esa fue desde entonces su nueva identidad. Pensaba en maya, soñaba en maya, hablaba maya, y si alguna vez quiso volver a hablar en la lengua nahua de sus padres no tuvo con quién, ni ganas de hacerlo. Enterró la memoria de su lengua materna junto al dolor del abandono. Ni siquiera se dio cuenta de cómo perdió conciencia de un tiempo previo a su presente. El pasado se volvió un chispazo de recuerdo, una vida que pudo ser y que no fue, un destino que se truncó cuando se volvió una esclava vendida a los mayas y junto a su nueva lengua intentó construirse un futuro en donde todos los días procuraba olvidar la vergüenza de ser una niña vendida en el mercado de esclavos por su propia familia.

Los días con sus soles morían y volvían a nacer y Malintzin fue creciendo dócil y maleable como las plumas del quetzal. Su cuerpo se redondeó, su cabello creció largo como una cobija pesada de azabache y llegó el día en que dejó de cubrir su pubis con una caracola porque había dejado de ser una niña. Fue entonces cuando llegaron ellos. Los hombres barbados de más allá del mar. Y de nuevo, por ser lista y hermosa la regalaron a esos recién llegados en señal de buena voluntad, de paz, de hermanamiento, la rociaron con agua y la llamaron Marina, como los seres que habitan el agua salada, como las olas que bañan la orilla y se retiran arrastrando lo que tocan. Marina, como el mar.

—Malina —repitió ella despacio.

—Eso es, hija mía, Ma-ri-na —pronunció separando cada sílaba el hombre que rociaba agua sobre su rostro.

Quieta en la fila, mientras las demás esclavas, estacas en la arena como ella, esperaban su turno al salpicadero de agua bendita, a lo lejos, Marina vio a un hombre barbado distinto al resto. Su piel estaba curtida de muchos años al sol, no como la de los otros blancos que tenían la nuca ardida en carne viva. Los lóbulos de sus orejas dejaban ver una horadación en donde habría pendido un pequeño arete redondo. Marina achicó los ojos para verlo a contraluz. Era un barbado amayado. No compartía la extrañeza de los otros en su mirar, sino que a este todo le resultaba familiar. No reparaba en los pechos al descubierto de las mujeres, ni en los adornos atravesados en las narices y labios de los indios. Al hablar movía los brazos en círculos grandes como los hombres de esas tierras, pero, como si se diera cuenta de aquello, ante su capitán volvía a adoptar una postura al uso de los de *Castilia* y cruzaba los brazos. Malintzin reconoció sus ademanes. Ese hombre blanco era tan maya como ella. Aquella sospecha fue evidente cuando el barbado, cubierto con telas de mangas largas hasta las muñecas, ¡con el calor que hacía!, se aproximó hacia la fila de indígenas recién bautizadas siguiendo muy de cerca al principal. Entonces, el capitán habló y el sonido brusco y seco de tambor que salió de su boca hizo que las mujeres dieran un saltito en su lugar, porque un susto rebotó en sus corazones. El capitán dirigió una mirada al hombre barbado sin adornar y este comenzó a hablar… ¡En maya! Malintzin entreabrió la boca, maravillada. Aquel hombre comprendía dos lenguas, dos lenguas distintas. Y por cada estruendo que salía por boca del capitán, el maya dulcificaba con tersura cada vocablo.

—Ahora tu señor será ese —le dijo a Marina el maya barbado, Jerónimo de Aguilar, que tal era su nombre, y señaló a un hombre alto, de buena planta al que llamaban Alonso Portocarrero.

Marina supo entonces que por muy distintos que se vieran aquellos hombres, por muy golpeado que hablasen, por muy pocos adornos que usaran, su destino seguiría siendo el de una esclava. Le tocaría hacer lo mismo que había hecho siempre: servir a su señor, rendir pleitesía y obediencia, abrirse de piernas cuando se lo pidiesen, dar de comer cuando se lo pidieran, callar cuando se lo indicaran, hablar cuando se lo ordenaran.

Y eso fue lo que hizo.

Y volvieron a decirle que sus dioses no eran buenos. Que eran falsos. Que el verdadero era otro. Ella no entendía cómo un dios podía ser falso, pero ya una vez había cambiado de dioses y había aprendido que si quería vivir más le valía adorar a los dioses de sus señores. Así que, sin mucho discutir, abrazó a ciegas al nuevo dios a la espera de que llegara otro a destronarlo. Lo curioso es que cuantas más vueltas les daba a esas nuevas creencias, más parecidas se le antojaban a las de los mayas. Los nombres eran distintos, pero las ideas no lo eran tanto. Los de *Castillia* también tenían muchos dioses, solo que ellos les llamaban *santos*. Y también tenían una diosa madre como Ixchel que ellos llamaban María. Marina no entendía cómo tres dioses distintos podían habitar un mismo cuerpo, pero luego pensó que sería como si Kukulkán[17] fuera una serpiente emplumada de tres cabezas y se quedó satisfecha.

Los días pasaron lentos y solitarios, en sumisión y expectación. Muchas de las esclavas despertaban y dormían atemorizadas ante la violencia con la que las tomaban esos hombres nuevos que habían venido en grandes barcos, cuya tierra estaba en un lugar oculto tras el horizonte. Pero Malinalli nunca temió. Pasada la primera noche junto a Portocarrero se quedó tranquila. Aquel hombre no le había hecho ningún daño, más bien al contrario. Y antes de hacerla tenderse en la hamaca había estado intentando comunicarse con ella por medio de señas. Malinalli sonrió. Chispazos vagos de una niñez olvidada trajeron imágenes en donde ella, por no saber nombrarlas, también señalaba las cosas con el dedo. El hombre empezó a hacer cosquillas al aire, moviendo los dedos de sus manos a la vez, simulando una cascada de agua que caía de arriba abajo.

—Lluvia —dijo Portocarrero.

—Yuu-via —repitió Marina.

—Sí, lluvia. ¿Cómo se dice lluvia?

—Yu-via —repitió ella. Y luego, con claridad y cuidado, para que el hombre entendiera, apretó los dientes antes de pronunciar—: Chaak.

—¿Chaak?

—Chaak —reafirmó Marina, y luego también hizo al aire cosquillas con los dedos.

—Lluvia —contestó él. Y le sonrió.

Así estuvieron toda la noche. Hablando con palabras sin contexto porque no hacía falta. Y al unirse, se movieron en un mismo vaivén que iba y venía con la suavidad de un oleaje nocturno. Marina se sintió una mujer libre.

Cuando nadie la miraba, se acercaba a la orilla y se hacía una visera con la mano para comprobar si alcanzaba a extender la vista más allá del mar. Nunca logró divisar nada. Tan solo una vasta cantidad de agua infinita comparable con el nuevo renacer de su espíritu inconquistable.

[17] Kukulcán es el dios maya, equivalente al Quetzalcóatl mexica. Ambos se representan con serpientes emplumadas.

Hasta aquel día.

Despertó al alba, como siempre se aseó, se peinó el cabello, limpió las estancias, preparó comida y se dispuso a atender a la tropa junto al resto de mujeres. Caminaba hacia los aposentos de su señor con un cuenco de hojas de plátano lleno de frutas, cuando sus pasos se detuvieron tan abruptamente que un par de mangos salieron catapultados del plato. Unos indígenas desconocidos estaban en presencia del capitán. Palideció. No podía ser cierto. Por sus collares, tocados y brazaletes reconoció su origen tenochca. Y entonces, las palabras que había oído tantas veces en su niñez, las palabras que más temía, los miedos más añejos de su corazón se presentaron ante ella prístinos y sin escapatoria. «Si alguna vez ves a un tenochca, corre, Malinalli». Ese era el consejo que más veces le habían dado desde pequeña. «Si alguna vez ves a un tenochca, corre lo más rápido que puedas y no mires atrás».

Y esos malditos chispazos de memorias cada vez más frecuentes, más nítidos, más esclarecedores y turbadores arrojaban luz sobre un pasado que creía olvidado. Fogonazos inesperados en donde veía a gente correr, a mujeres cargándola en brazos para esconderla de los mexicas que venían a hacerles la guerra florida, a cazar prisioneros para sus sacrificios y a cobrarse a la brava los tributos que les debían, mientras ella, oculta, agazapada en las faldas de otras mujeres asustadas que le tapaban la boca para ahogar su miedo, para esconderse, huir de esos hombres que llegaban y se llevaban a los jóvenes amarrados en palos, gritos de mujeres violentadas no por placer sino por puro sometimiento, como quien arranca una flor fresca porque sabe que puede hacerlo, mientras las lágrimas de Marina, apenas una niña, mojaban la mano que le cubría la boca. Sus manos temblaron con los recuerdos y el cuenco de fruta se le resbaló y rodó a sus pies. El rostro de Marina se endureció, seco como el adobe de las casas, áspero como el tezontle, oscuro como el fondo del océano. Portocarrero notó el gesto fruncido en el rostro de Marina.

Y entonces, ocurrió.

En el centro mismo de su temor, los oídos de Marina se abrieron como ostras al vapor en cuyo interior, solitaria, durmiente y a la espera de ser descubierta, esperaba una perla. Porque esos hombres a los que temía tanto, a los que odiaba tanto, hablaron en un idioma distinto, una lengua desconocida, y en su cabeza resonaron palabras que jamás había pronunciado, que jamás creyó haber oído, que jamás había usado y que, sin embargo, entendió con total claridad. El pasado tronó en su alma en plena tormenta. Un relámpago de luz arañó el cielo. Al principio no comprendía cómo esas voces sonaban cristalinas en su cerebro, cómo comprendía palabras largas de tlas, tles, tlis. Ellos decían *xóchitl* y ella entendía «flor», ellos decían *ximopanolti* y ella entendía «bienvenido», ellos decían *tetlautili* y ella entendía «regalo». ¿Cómo podía ser eso posible? ¿Cómo? Si esa era la lengua de los enemigos, la lengua de los cazadores de hombres, los extirpa corazones. Un chispazo. Un rayo de otro tiempo la azotó. «No mires atrás. Corre. Yo entiendo lo que esos hombres están diciendo». Absorta estaba ante su propio descubrimiento cuando el capitán comenzó a vociferar, ahora sí, con un sentir, un tono, un respirar distinto. Ahora sí estaba enfadado. Todos podían verlo. Manoteaba, caminaba de un lado a otro haciendo aspavientos con los brazos, mientras señalaba a Aguilar primero y a esos otros indígenas después. Y Jerónimo de Aguilar, en total consternación, se limpiaba con el dorso de las manos las gotas de sudor que le perlaban las patillas, movía la cabeza de lado a lado y se señalaba a sí mismo colocando las manos juntas sobre su pecho y volvía a intentar hablar con los indios, y unos a otros se miraban sin entenderse, sin comprender, sin saber qué estaba pasando.

—Pero ¿cómo que no entiendes lo que dicen? ¡Si has convivido entre estos indios diez años, Aguilar!

—Entre estos indios no, con mayas. Estos son mexicas, y no hablan en la misma lengua.

—Pues improvisa… ¿qué tan distinta puede ser una lengua de otra? Si son muy primitivos… Improvisa, diles algo…

—Que ya lo intento, pero no me entienden, ¿no ve cómo me miran?

—Pues entonces no me sirves, Jerónimo… estarías mejor de vuelta en Cozumel, con el desertor de Gonzalo Guerrero.[18]

---

[18] Gonzalo Guerrero fue un español, compañero de Aguilar, que se volvió maya, se casó y tuvo hijos mestizos; incluso peleó en contra de los españoles para defender a los mayas cuando llegaron a conquistarlos.

—No, por favor, don Hernán. Déjeme con usted. Haré que me entiendan.

—Pues más te vale que hagas algo pronto porque soy de paciencia corta.

Y los hombres vociferaban y gritaban sin parar ante la atónita mirada de los mexicas, a quienes les parecía que semejante falta de control ante los emisarios de Moctezuma era signo de debilidad. Ni entre ellos se entendían. Los mensajeros se relamieron al comprobar que estaban ante un enemigo sin control de sus emociones. Sería fácil convencerlos de volver por donde habían venido.

Marina los veía balbucear, «que no, que no les entiendo, don Hernán», y vuelta a manotear y a mirarse en silencio, mientras ella, en un juego mágico y misterioso que solamente podía ser obra de la diosa Ixchel, percibía asomar entre los huecos de su rencor, entre los espacios que el terror no había logrado llenar, un resquicio pequeño, una grieta en la roca, un pequeño arroyo en su interior por el que fluía un chorro de orgullo. «Yo sí les entiendo. Yo sé lo que dicen». Y solo entonces apareció ante ella ese horizonte que intentaba vislumbrar cuando se asomaba al mar intentando ver los límites del destino. Pudo ver su presente teñirse con los colores de un futuro en donde no era tratada como esclava, en donde se liberaba de un yugo de obediencia y sometimiento, una vida en donde su voz la salvaría.

Aunque solo fuera por esa ensoñación, sus pasos avanzaron hacia adelante con autonomía, haciendo a un lado el acelerado palpitar del corazón que batía a toda prisa al ritmo de timbales, una voz machacona hablándole al oído que qué estaba haciendo, que se diera la vuelta ahora mismo y tomase la batea del suelo y fingiera no haber visto nada, no haber oído nada, no haber entendido nada. «Porque tú eres una esclava, Malinalli, y tienes que servir a un señor, tener hijos y limpiar la casa, qué pretendes, Malinalli, date media vuelta a los brazos de Portocarrero, que te habla con señas y te enseña el tronar de letras desconocidas en el paladar mientras hace cosquillas con los dedos, detente, Malinalli, detente y no te juegues la vida, si alguna vez ves a un tenochca, corre, corre y no mires atrás». Pero sus pies sabían a dónde ir y paso a paso se reafirmaban con independencia, cada uno en dirección opuesta al rumbo de sus dudas, como si cada paso la acercara a las causas de su abandono, a las razones de su esclavitud, a los porqués de sus angustias y silencios, y no se detuvo hasta que, de pronto, estuvo ante el capitán, frente a frente.

—Yo les entiendo —afirmó soltando de sopetón un peso que ya no podía cargar más.

—¿Qué dice? —preguntó Cortés a Jerónimo, señalando a la esclava. Pero Jerónimo de Aguilar no le contestó porque poco le faltó para tirarse a los pies de la mujer y besárselos como María Magdalena a Cristo.

—¿Hablas su idioma? —preguntó en maya Aguilar a Marina.

—Les entiendo —dio por respuesta, pues no se atrevió a aseverar algo semejante.

—¡Qué dice, demonios! —protestó Cortés sintiéndose al margen de la conversación.

—Dice que les entiende.

Cortés la miró con el gesto trunco.

—¿A los de *Monteçuma*?

—Sí. Habla náhuatl.

—¿Y será de fiar? —preguntó sin perder la desconfianza en el semblante.

—No tiene por qué mentir. Es maya. No entiendo cómo es que habla su idioma.

—Pues porque esta mujer es más lista que tú, Jerónimo, ¡está claro! —Y al decir esto le propinó una palmada fuerte sobre el brazo que casi lo tumba—. ¿Cómo te llamas? —preguntó a la muchacha.

Marina miró a Jerónimo. Jerónimo le tradujo del español al maya.

—Malina —contestó ella usando el nuevo nombre que le habían dado.

—¿Malina?

Portocarrero, que había observado todo a prudente distancia, se aproximó para corregir:

—Es Marina, Hernán. La india que me diste.

Cortés recordó por qué le había dado esa india a Portocarrero, que no era cualquier pelele sino un hidalgo, razón por la cual había visto la necesidad de congratularse con él ofreciéndole a la más guapa de todas las mujeres recibidas, porque a los hidalgos los quería contentos. Contentos y de su lado, para que, a la hora de hablar en las cortes —si fuera menester—, se refirieran siempre de buenas maneras y grandes elogios hacia su persona. Y la india esa era guapa. «Sí, señor. Guapa y serena. Cara de lista. Si es que tengo un ojo para las mujeres, Dios mío, si es que… debe ser un don que Dios me ha dado, porque nunca fallo, nunca fallo».

—¿Hablamos con los mensajeros de Moctezuma, Hernán? —Las palabras de Portocarrero lo sacaron de sus pensamientos.

—Sí, sí. Hablemos. Veamos qué tanto nos es útil la india.

Y así, a un costado, Marina se acomodó un paso atrás del capitán.

Los emisarios de Moctezuma comenzaron a hablar. Marina cerró los ojos para escuchar. Transparente como el agua turquesa de Chichén Itzá, entendía todo el boato de la corte, todos los tecnicismos, los giros de los mensajeros de los tlahtoqueh, una forma de hablar elocuente y edulcorada por la que asomaba una falsa humildad, pues bien sabía Marina que no había pueblo más severo en sus juicios y más orgulloso que los tenochcas y los tlatelolcas. «Yo les entiendo». Se maravillaba de nuevo. «Yo sé lo que dicen». Y luego, saboreando por primera vez el sabor del poder en la punta de la lengua, pensaba: «No van a subyugar a mi pueblo».

—¿Y bien? —se impacientó Cortés.

—Les dan la bienvenida en nombre del huey tlahtoani Moctezuma, como muestra de buena voluntad les manda regalos preciados y muy hermosos, mantos de algodón adornados con plumas de quetzal, broches de oro, y les pide que después emprendan camino al mar y se marchen por donde salió el sol —tradujo al maya sacando pecho, aún sorprendida de su entendimiento.

Un silencio corto se mantuvo entre los hombres hasta que Cortés habló:

—Por el amor de Dios, Jerónimo, traduce al cristiano, que me estoy volviendo loco.

Y Jerónimo redujo las palabras de Marina al mínimo de la expresión:

—Que nos dan la bienvenida, cojamos los regalos y nos marchemos.

—En eso estamos pensando —ironizó Cortés.

El capitán Cortés bañó a Marina con unos ojos con los que nunca nadie la había mirado antes. Unos ojos que decían «te encontré, dónde habías estado todo este tiempo», unos ojos que la saboreaban con gula, no solo porque quisiera comérsela sino porque supo que esa boca era suya, esa lengua era suya, que por esa voz hablaría su espíritu en un regalo místico que le hacía la mismísima Virgen, madre de Dios y de todos los hombres. Unos ojos que sofocaron en Marina el temor latente a los mexicas y lo transformaron en un deseo más grande, más fuerte que el miedo, más grande que el odio, más ancho que la venganza. El deseo de estar, por primera vez en su vida, con los que ganaban.

Portocarrero desapareció de su vida porque Cortés reclamó a Marina para sí. Era su lengua y la necesitaba junto a él todo el tiempo, para hablar, para beber, para lamerla mejor. Ya le daría al hidalgo otra mujer. «¡Sería por mujeres! Pero a esta me la quedo, Portocarrero, entenderás que sin ella estamos perdidos». Y él la dejó marchar sin despedirse. Con el tiempo Aguilar se volvió prescindible porque Marina aprendió español. Hasta que un día se reflejó en un espejo y descubrió que ya no era la misma mujer regalada a los españoles en Potonchán. Ya no era la misma. Había aprendido a pensar diferente, a hablar diferente, a entender que el mundo no era estático, que giraba constantemente en una espiral infinita y que las tornas cambiaban según la fuerza de quien las apretase. Porque se dio cuenta de que solo tenía un destino, un único camino que recorrer, un camino al que las circunstancias la habían empujado con la fuerza de las olas reventando en las rocas. Y en esa fuerza intempestiva solo una cosa iba a salvarla. Una sola. Ni los hombres, ni las armas, ni su pueblo. Una y no más. Convertirse en la mejor intérprete que ningún conquistador, hombre o aventurero pudo haber soñado tener jamás.

Los gritos

Marina y Tecuixpo estaban en el patio cuando empezaron los gritos.

—¡Marina! ¡Marina! —la llamaron unas voces enardecidas.

Alertada por un instinto más viejo que el tiempo, Tecuixpo palideció como si le hubieran sacado la sangre del cuerpo. Malintzin se levantó y acudió corriendo al llamado.

Había visto muchos horrores desde que Cortés la usara de lengua. Había visto cortar manos, ahorcar y empalar hombres, torturar a Xicoténcatl el joven —el hijo de su aliado tlaxcalteca— por querer hacerles la guerra, y en todos había estado presente, intentando no desmayarse, aprendiendo a soportar los gritos de hombres fuertes sometidos a tormentos, a cual más espantoso, mientras se veía obligada a traducir palabras que una vez dichas se le quedaban dentro para siempre, tatuadas a fuego con un hierro más hiriente y más candente que el que usaban para marcar a los prisioneros de guerra, porque las palabras dichas con angustia y sufrimiento dolían más que las heridas de la carne. Esas palabras no sabían cicatrizar. Lo que Malintzin había visto la había curtido como los cueros de las sillas de montar. Y, sin embargo, cuando entró en esa habitación, a Malintzin se le doblaron las piernas. Cuauhtémoc estaba atado de pies y manos y el tesorero Alderete, que insistía en que tenía que haber más oro del que habían conseguido salvar, había colocado sus piernas sobre un brasero en donde unos carbones ardían al rojo vivo.

Alderete estaba completamente enfurecido, congestionado cual demonio porque las cuentas no le salían, y después de una guerra había muchas deudas que pagar. Deudas con los ballesteros mancos, con los escopeteros tuertos, con jinetes cojos sin caballo, muchas armas que reponer que valían una fortuna, deudas con los médicos y boticarios, pero sobre todo deudas con los soldados que tras jugarse la vida empezaban a conspirar de nuevo al no verse recompensados: «¿y nuestro oro?, ¿y nuestras riquezas?». Y el malestar de las tropas llenaba el aire ya de por sí viciado de una sospecha que arrastraba el germen de un motín, porque seguro entre el capitán y el tesorero Alderete se estaban quedando con el oro sin sellar, «que mejor les pasamos cuchillo antes de que nos sigan viendo la cara de imbéciles». Alderete, sin cargo de conciencia alguno y sin consultar a Cortés, decidió hacer hablar a los señores indios, porque aún no había nacido hombre en la Tierra capaz de guardar silencio ante el tormento que pensaba darles.

Malintzin palideció. Aunque aquellos no eran sus señores sino enemigos mexicas a los que siempre deseó vencer, algo en su interior se petrificó. Ningún hombre merecía sufrir así. Estaba harta de tanta barbarie. Harta del dolor, de los chillidos. «¡Basta!», pensó. Al hombre le untaban los pies en aceite sobre un brasero al rojo vivo y Malinztin veía cómo los pies se derretían en llagas lentamente, los dedos de los pies comenzaban a desprendérsele. Creyó que iba a vomitar.

—¡Qué dice, Marina! ¡Qué dice! —gritó Alderete.

Y Malintzin intentaba hablar en medio de un mar de gritos.

—¡No hay más oro, no hay más! Todo se lo llevaron ya. ¡Todo! —gritaba Cuauhtémoc.

Malintzin sabía que esa respuesta lo llevaría al cadalso.

—¡Dile algo, Cuauhtémoc! ¡Habla! ¡No parará hasta saber!

—No tengo nada más que decir. ¡Que me dé muerte! —imploró Cuauhtémoc.

Y entonces, un portazo reventó en la pared.

Marina, con horror, miró que quién había entrado era la pequeña Tecuixpo. Los gritos de Cuauhtémoc eran insoportables, el espectáculo también. Pero Tecuixpo permaneció apostada en la puerta, tiesa. Impertérrita.

—¡Qué haces aquí, niña! ¡Largo o la siguiente serás tú! —gritó Alderete.

Aún sin entender una palabra de lo que Alderete le había dicho, Tecuixpo podía imaginar lo que significaban. Pero esas amenazas no movieron ni uno solo de sus cabellos. Ya no. Era una mujer renacida del miedo. Ignorando al torturador, Tecuixpo avanzó hacia Cuauhtémoc y se colocó justo frente a él.

—Tecuixpo. ¡Vete! —rogó Cuauhtémoc entre gritos de dolor.

—No voy a irme a ningún lado —le dijo.

Pocas cosas hacían enmudecer a Marina. Ver el valor de Tecuixpo fue una de ellas.

—¿Qué se dicen los indios, Marina?

Marina no hablaba. Por una vez, decidió callar.

Tecuixpo rompió el silencio:

—Cuauhtemoctzin. Confiesa. Y el dolor acabará.

—¡No sé nada! ¡No sé dónde está el oro!

—No me refiero al oro.

Marina miró a la niña. Cuauhtémoc también.

—Confiesa que mataste a los hijos de Moctezuma. Confiesa que mataste a Axayácatl.

Marina abrió los ojos como platos al tiempo que contuvo la respiración.

Cuauhtémoc gritaba. La carne de los pies se le caía a pedazos.

Alderete miraba a ambos, de Cuauhtémoc a Tecuixpo, de Tecuixpo a Cuauhtémoc, sin enterarse de nada. Con los ojos llenos de furia se puso a buscar su fusta.

—Estos indios… ¡Hablad! —Y azotó la fusta contra una mesa.

Y se dejó ir hacia Tecuixpo con la fusta en lo alto. Pero ella se giró y le detuvo el brazo a medio camino, con una agilidad y fuerza que a Alderete dejó perplejo.

—Si me tocas, te mato —dijo en un náhuatl amenazante que lo detuvo en seco. Y luego, dirigiéndose a Marina, agregó—: Y que no crea, ni por un segundo, que no seré capaz.

Malintzin, por primera vez en buen rato, tradujo a toda velocidad.

—Pero ¿quién te has creído, mocosa? ¿Amenazas? ¿A mí?

El hombre empujó a Tecuixpo, que tropezó con una mesa. Un estruendo de candelabros rodando por el suelo acompañó a los gritos de Cuauhtémoc.

Marina gritó:

—¡Detente! ¡No la toques!

Y justo cuando Alderete se abalanzaba sobre ella, Tecuixpo dijo lo único que sabía decir en castellano. La única frase que le hacía falta conocer para sobrevivir en ese nido de codicia:

—¡Sé dónde hay oro!

Marina y Cuauhtémoc se pasmaron al oírla hablar. Alderete también. Tecuixpo se puso en pie.

—¡Pues habla de una vez! —le gritó Alderete—, si no quieres ver tus pies sobre ese brasero.

Tecuixpo habló en náhuatl dirigiéndose a Cuauhtémoc.

—Yo puedo detener tu sufrimiento. Solo confiesa.

Cuauhtémoc la miró estupefacto. No podía soportar más dolor.

—Yo maté a tu hermano... —susurró.

Tecuixpo se arrodilló ante él.

—No te he oído...

—¡Yo maté a Axayácatl! —gritó al borde del desmayo.

Tecuixpo le habló bajito, pero lo suficientemente cerca para que Cuauhtémoc pudiera oírle.

—Pues así pagas tu crimen.

Y Cuauhtémoc la miró lleno de miedo. El mismo miedo que había visto antes. En Citlali, en su padre, en Cuitláhuac.

—Ayúdame —rogó él.

Tecuixpo suspiró y dejó caer la cabeza. Ella jamás dejaría al miedo entrar en su corazón. No lo permitiría. Tenía que ser una serpiente. Y entonces, un segundo. Todo sucedió tan rápido que ninguno de los presentes supo qué pasó con certeza. Tecuixpo se levantó a velocidad de vértigo, y de su cincho sacó la daga para cortar de un solo tajo las cuerdas que aprisionaban a Cuauhtémoc. El joven mexica rodó al suelo.

—Pero ¡qué haces! —gritó Alderete mientras se abalanzaba sobre la chiquilla.

Lo único que Alderete sintió fue la hoja de obsidiana clavándosele hasta el fondo de la garganta. Incrédulo, trataba de contener con las manos la sangre saliendo a chorros de su cuello cuando Tecuixpo le asestó otro tajo mortal en todo lo ancho de la barriga. El piso retumbó con el peso muerto de aquel hombre. Y Tecuixpo, en pie, con la daga ensangrentada y el huipil salpicado a borbotones, esperaba al próximo que osara venir a detenerla.

Malintizin, sin atreverse a respirar, contemplaba a los dos hombres grandes cual columnas sobre el suelo. Uno, muerto. Otro, casi. Y entonces, se topó de frente con los ojos de Tecuixpo. Unos ojos duros, sin pizca de inocencia ni resquicio de compasión. Ojos firmes desvirgados de espanto. Malintzin se sintió estremecer, porque eran ojos acusadores, ojos que la miraban con desconfianza, con estupefacción, ojos que le decían «pero cómo es posible que seas capaz de estar del lado de los bárbaros, del lado de la avaricia y del tormento», y que al mismo tiempo le gritaban «sálvame, no permitas que me hagan daño, que no me torturen, que no me corten en pedazos, que no me derritan la piel palmo a palmo, que no violenten mi dignidad». Malintzin dudó si debía abrazar a la niña o soportar el juicio de la mujer que la miraba. Cuando, de pronto, oyeron a Cortés gritar desde la puerta:

—¡Qué locura es esta!

Malintzin caminó hacia él y estiró las palmas de las manos para contener sobre ellas el peso de una pared invisible y se colocó entre Cortés y Tecuixpo:

—¡La niña solo se ha defendido!

A espaldas de Marina, Tecuixpo apretó la empuñadura del cuchillo.

Cortés miró a Cuauhtémoc. El hombre estaba hecho un ovillo sobre sí mismo con los pies en carne viva.

—¡Pero qué demonios ha pasado aquí! —exclamó Cortés. Y se agachó a comprobar si *Guatemucín* seguía vivo. Suspiró al verificar que aún respiraba.

—Maldito Alderete —balbuceó. Detrás de la mesa, a un metro escaso, el cuerpo destripado del tesorero se desangraba.

Marina corrió a echar agua sobre las brasas al rojo vivo y el olor a carne quemada se extendió en el humo que invadió la habitación. Cortés se dirigió a la chiquilla:

—Le hice a tu padre una promesa, *Tequichpo*. Y por esa promesa hoy no te pasará nada. Yo me encargaré de Alderete. Quién le manda al infeliz a tomarse la justicia por su propia mano. Pero no habrá una segunda. ¿Me oyes? Marina, traduce. Quiero que entienda que no toleraré más altercados.

Marina traducía con el nervio en la garganta:

—Entiende bien, Tecuixpotzin, esto no puede volver a ocurrir jamás. —A Tecuixpo no le pasó desapercibida la gentileza con la que Marina se había referido a ella usando un *-tzin*—. ¿Has comprendido?

Tecuixpo, muy despacio, bajó el arma.

—Sí —contestó en castellano.

Cortés sonrió.

—Y ahora, dame esa daga, niña —le ordenó Cortés extendiendo el brazo.

Tecuixpo miró a Marina. Luego a Cortés.

—Dámela —repitió él moviendo los dedos.

Tecuixpo contempló el pedernal. Si hubiera estado sola, la habría besado antes de soltarla. Pero esa era una demostración de debilidad que no podía permitirse. Mucho menos ahora. En un movimiento rápido de muñeca, hizo girar la daga y la colocó sobre la mano de Cortés por el lado de la empuñadura con la madreperla.

—Yo te la guardaré —le dijo—. Y ahora, vete a lavar.

Tecuixpo enfiló sus pasos hacia la salida.

Marina y Cortés se miraban tratando de entender qué acababa de ocurrir.

Al borde de la inconciencia, Cuauhtémoc contempló horrorizado sus pies sin dedos, una amalgama de sangre y mojones de carne quemada donde antes hubo dos columnas firmes que sostenían el peso de un imperio. Luego, se desmayó.

Quién soy

El padre Olmedo preparaba el bautizo de la niña Tecuixpo con la ilusión y los nervios de quien emprende un camino de peregrinación. Cada vez que la veía, se le reían los huesos al pensar que ella sería la llave. Con ella ninguna puerta se le resistiría a la evangelización de los idólatras indios inocentes. Lo había sabido desde el día en que la vio rezar a los pies de su moribundo padre, con las manos juntas sobre el pecho. Y Dios, en su infinita misericordia, la había mantenido a salvo de la viruela, a salvo de la muerte violenta de la guerra y del letargo lento de la inanición. Dios la había salvado para ayudarles a cumplir sus propósitos, estaba seguro, y esa certeza mantenía a Olmedo emocionado como un chiquillo al que se le deja subir a lo alto de un campanario para colgarse de las cuerdas al tañer las campanas. Cortés, en cambio, la observaba desde la distancia del recelo. Esa niña era un animal salvaje. De su cuenta corría domesticarla, de su cuenta corría.

—¿Qué van a hacerme, Marina?

Y Malintzin explicaba a Tecuixpo que iban a rociarle agua y a cambiarle el nombre.

—Los mexicas también cambiamos de nombre cuando sucede algún acontecimiento extraordinario en nuestra existencia —le explicó Tecuixpo, como si Marina no lo supiera ya.

—Lo sé, Tecuixpo.

—Ya no soy «hija del señor», Marina. Míranos: ya no queda ni un solo tlahtoani en pie.

—Pero te pondrán el nombre de su reina, Tecuixpotzin —dijo Marina, y se inclinó ante ella con respeto.

273

Sin embargo, al pensar que dejaría atrás el nombre que su padre le había dado dulcemente, Copo de Algodón —un nombre preciado, tierno, digno del tejido de los mantos más finos—, se retorció como la maleza alrededor de un tronco viejo. No era por el nombre. Era por dejar atrás. Por dejar de ser ella. ¿Puede la luna seguir siendo luna si recibe otro nombre? ¿Si le dicen que no ilumine por las noches? ¿Si le dicen que su reino ya no será la noche sino el día? ¿Seguiría siendo luna o sería otra cosa? Tecuixpo pensaba que sí, que nada podría hacer a la luna saberse distinta, pero a veces salía al patio en mitad de la noche y la contemplaba redonda y blanca, otras diminuta y doblada en forma de hoz y pensaba que no era posible cambiar tantas veces sin resentirse, sin resquebrajarse. Sin romperse un poco. Ella quería permanecer quieta, estática, ser Tecuixpo eternamente. Tecuixpo Ixcaxóchitl, la hija de Moctezuma, y que nada ni nadie, por más nombres que le pusiesen, fuera capaz de corromper su espíritu de luna llena. El padre Olmedo venía a hablarle muchas veces del alma. ¿Qué era eso? Era algo que los hombres y las mujeres tenían dentro. Un fuego capaz de arder dentro de un tronco tras el impacto de un rayo. Y ese rayo era el soplo divino. Algo que no tenían los animales sino solo los hombres, criaturas a la imagen y semejanza de su dios. ¿Acaso no eran las bestias criaturas de dios? ¿Acaso el águila real no era creación de un dios que le había dado un alma soberbia y majestuosa? ¿No eran los peces criaturas creadas por los dioses de las aguas?, ¿no había alma en los peces? ¿No eran las ceibas seres creados por Dios para cobijarnos del sol y darnos sombra, no eran los frutos de los árboles regalos de los dioses? ¿No eran las rocas seres muy quietos que se movían tan despacio que parecían no moverse en absoluto? «No, hija mía», contestaba impaciente Olmedo, «esasss criaturasss son creadas por Diosss, pero solo al hombre le concedió alma e inteligencia». ¿No había alma en el canto del quetzal, en el olor de las flores, en las semillas del amaranto molido? El alma no podía ser algo que solo tuvieran los hombres. Algo que, además, parecía ser muy endeble, pues se podía echar a perder si no se le rociaba esa agua bendita de la que tanto hablaban. Y el padre le decía que abriera el corazón para recibir a Jesús en su interior, y Tecuixpo pensaba cómo podía abrirse algo que estaba sellado por dentro, mientras imaginaba semillas de frijol germinando entre la tierra.

Los pies de Cuauhtémoc sanaban más rápido que su orgullo ultrajado. Tras la tortura, jamás volvió a ser el mismo. Aunque Malintzin traducía sus palabras con un eco de fanfarronería, su voz se tornó opaca, siempre al borde de un lamento. Su corazón valiente se arrugaba por más que Tecuixpo tratase de estirárselo con las manos. Porque todos los días, Tecuixpo acudía a sanarle las heridas. A Cuauhtémoc le costaba mirarla a la cara. A él también le llegaba el padre Olmedo con monsergas de salvaciones de almas, demonios y fuego eterno. Entre curación y curación, mientras Tecuixpo intentaba reparar lo irreparable con ungüentos y vendajes, Cuauhtémoc escuchaba atónito las palabras del fraile y a través de Malintzin contestaba:

—Ahí tienes el fuego del demonio del que tanto hablas. —Y señalaba sus pies ardidos.

—¿Qué dice, Marina? —preguntaba Olmedo.

—Dice que mire cómo tiene los pies —mentía—, que así no puede arrodillarse ante tu dios.

—Nuestro Diosss, Marina, nuestro Diosss. Dile que Diosss le hará sanar y que cuando reciba a Diosss en su corazón la gracia eterna lo librará de cualquier mal sssobre la Tierra. Su alma será eterna. Su alma se sssalvará.

—Dile al sacerdote blanco que soy sacerdote colibrí. Que «mi alma», como la llaman ellos, siempre ha sido libre y eterna.

—¿Qué dice, Marina?

—Dice que le explique otra vez lo de comulgar —mentía Malintzin.

—El Sssanto Sssacramento de la comunión… esss comer y beber el cuerpo y la sangre de Crisssto.

Y Cuauhtémoc reía por la falsedad cristiana:

—Ya ves, Tecuixpo, ellos también comen y beben la sangre del hijo de su dios.

Malintzin se desvivía por crear palabras nuevas para conceptos que no existían. Por explicarle a Cuauhtémoc la existencia de un único dios, por hacer entender un sinfín de creencias nuevas que, a su juicio, no lo eran tanto. Lo que jamás le dijo fue que también a él pensaban bautizarlo y cambiarle el nombre. Para ello habría de arrodillarse y besar la imagen de Cristo crucificado. «Jamás lo hará», pensaba Malintzin. «Jamás». Porque tras verlo soportar la tortura aprendió a respetar su entereza, su alma ingobernable. Y a pesar de haber traducido todo lo que le habían pedido desde hacía tres años, a pesar de haber puesto palabras en bocas de tlahtoqueh y de prisioneros, a pesar de saber lo que estaba haciendo con su silencio, jamás osó humillar a Cuauhtémoc de esa manera.

Olmedo empezaba a sospechar que Malintzin no traducía con exactitud.

—¿Le hasss dicho, Marina, que le bautizaremos con el nombre de Hernando?

—No, padre, aún no.

—¿Y a qué esperasss, chiquilla? —decía atragantado de piloncillo—. Sabesss que estamos esssperando para bautizarlo con Tecuixpo, que la pobre alma de Diosss está en peligro por sssu culpa, por sssu culpa, por sssu gran culpa.

—Se lo diré, padre.

—Dísselo pronto.

Hacía tanto calor que las hormigas ese día caminaban por la sombra. Como cada tarde, Tecuixpo acudió a hacer la cura a Cuauhtémoc. Empezaba a sentirse cómoda junto a su primo y marido. La primera vez que acudió junto a él, al día siguiente del tormento, Cuauhtémoc sintió que el cielo se había reventado sobre su cabeza. Su niña esposa lo curó sin decir palabra, pero con tal delicadeza que el joven tlahtoani sintió algo parecido al pudor. Apenas se miraron. Luego, se marchó. La segunda vez descubrió que su vapuleado corazón latía un poco más contento cuando su esposa niña, para mitigar el dolor entre el vendaje viejo y vendaje nuevo, le recitaba poemas de Nezahualcóyotl, «No acabarán mis flores, no acabarán mis cantos». Se miraron solo una vez. Luego, se marchó. Al otro día la esperaba impaciente. Verla era lo único que alegraba sus días. Tecuixpo, a pesar de saber que aquel hombre era el asesino de su hermano, empezaba a sentir algo parecido al cariño. Quererlo sería decir demasiado. Pero lo cierto es que su corazón delator aleteaba con cada roce sobre sus pies. Trataba de no hacerle daño, de no lastimar la carne lacerada. Esos pies eran el símbolo de su mundo reducido a muñones. Y entonces, cuando entre los dos podían leerse el pensamiento, Tecuixpo abría la boca y de su voz salían versos: «Por fin

276

lo comprende mi corazón/ escucho un canto/ contemplo una flor/ ¡Ojalá no se marchiten!», mientras sus manos, esas manos capaces de hundir una daga en la garganta y acariciar sin hacer daño, curaban sus heridas. Y ese día en que hacía tanto calor que las hormigas caminaban por la sombra, Tecuixpo se puso en pie para marcharse cuando, de pronto, Cuauhtémoc la sujetó de la mano.

—No te vayas.

No fue una orden. Fue una petición con regusto a súplica. «No te vayas, quédate a mi lado. No te vayas, siéntate conmigo. No te vayas, hazme compañía. Sé mi apoyo, mis pies, mis piernas. Quédate».

Y con las yemas de los dedos Tecuixpo acarició sus labios.

Desde la puerta, Cortés contemplaba la escena en total silencio. Sus pensamientos iban de un lado a otro. «No me gusta un pelo», se decía atusándose la barba. «Qué peligro tienen estos dos, ¡qué peligro!». Más le valía separarlos, porque ahí, bajo sus narices, entre un tullido y una niña, por mal que le pesase estaban representadas las altas esferas del poder que pretendía doblegar. «Solo nos falta que la niña quede embarazada del heredero al trono de Tenochtitlan y encima el vástago sería nieto de *Monteçuma*, ¡Dios nos guarde! No, no, de ninguna manera. Separados en puntos extremos de la casa y si han de aparecer juntos siempre ante mi presencia. Que mucho nos ha costado la guerra para venir a fastidiarla por un polvo».

Al día siguiente, un soldado cerró el paso a Tecuixpo ante la puerta de Cuauhtémoc.

—No puedes pasar.

—¿Por qué no? —preguntó ella en parco castellano.

—Órdenes de Cortés.

Tecuixpo, haciendo caso omiso, quiso pasar. El soldado se colocó en jarras ante la puerta.

—No —repitió él como si le hablara a un perro terco.

—Voy a curar a Cuauhtémoc —alegó ella señalando los vendajes y los ungüentos.

—He dicho que no.

Tecuixpo se dio media vuelta, alejándose a disgusto de ese muro impenetrable, sin entender del todo qué había pasado.

Al día siguiente no hubo soldado en la puerta, pero tampoco encontró a Cuauhtémoc. La habitación estaba vacía. Cuauhtémoc estaba recluido lejos de su alcance e influencia. Algunos decían que estaba en Tlatelolco. Desde entonces, Tecuixpo sintió que le dolía al tragar. Eran los versos atorados en la garganta.

Tecuixpo envidiaba a Malintzin, que a menudo iba a visitarlo con el padre Olmedo para adoctrinarlo. La veía marcharse en la mañana y volver al atardecer.

—¿Cómo está? —le preguntaba Tecuixpo.

—Callado —le contestaba Malintzin—. No quiere hablar, no quiere escuchar. Y si no acepta la fe de los españoles me temo que puedan hacerle daño.

—¿Más?

Malintizn notó el tono sarcástico de la chiquilla.

—Más, niña. Más. Malinche solo necesita una excusa para quitarlo de en medio, y así… débil como está… no sé…

Tras un breve silencio, Tecuixpo dijo:

—Yo sé qué podría ayudar.

—¿Qué cosa?

—Un canto.

—¿Un canto?

—Dile… «Aun cuando las flores se marchitan y amarillecen / serán llevadas allá / al interior de la casa / del ave de plumas de oro». ¿Se lo dirás?

Malintzin se enterneció.

—¿Y así se apaciguará?

—No. Así sabrá que no lograrán cambiar su esencia.

Así, entre cantos que iban y venían de Coyoacán a Tlatelolco, llegó el día del bautizo. Con un poco de suerte, Malintzin esperaba que la ceremonia transcurriera sin la solemnidad de siempre: que les echaran agua sin preguntar ni pedir permiso, que empezaran a llamarles por otros nombres y santo remedio, como habían hecho con ella y con doña Luisa, con todos los tlaxcaltecas y con cientos de indígenas que pasaban de ser politeístas a cristianos con la velocidad con la que la lluvia mojaba la tierra, sin jurar lealtades a nuevos dioses, ni besar imágenes de un hombre atravesado por el costado con una lanza, atormentado con una corona de espinas, de pies y manos perforados por clavos en una cruz de madera. Los indígenas practicaban sacrificios, pero de ninguna manera adoraban ni adorarían jamás la imagen de un sacrificado. Las cosas se facilitaban cuando adoraban a la Tonantzin María que, a pesar de ser una mujer y no una diosa destructora y caprichosa, era madre de Dios y por tanto símbolo de fertilidad, de la vida que fluía, de las cosechas prósperas de maíz y vestía un manto de ropajes que brillaban como las estrellas en un cielo despejado. Ante ella era más fácil arrodillarse.

Cuauhtémoc apareció cojeando y soportando un dolor que desde el tormento siempre le acompañaba. Arrastraba su cuerpo como un alma en pena arrastra sus cadenas, incapaz de recuperar la movilidad valiente de otros años. Ahora era tan solo un lisiado. Tecuixpo contuvo el aire cuando lo vio aparecer apoyado en un bastón, cojo, un loro de rodillas dobladas al caminar. Él también la vio. Con un esfuerzo enorme empujó sus pasos para apostarse junto a ella. A Cortés le pareció estar ante la imagen de unos novios acercándose al altar. Cuando estuvieron uno junto al otro, sin necesidad de hablar Tecuixpo le dijo: «¿Qué te hicieron?». Y él, metiéndose en la espesura de sus ojos, contestó: «No se marchitarán las flores». Ambos contuvieron el coraje, el sentimiento, las ganas. El deseo. Pero como mexicas que eran no hicieron un solo gesto, ni uno solo, que dejase notar la turbación de su corazón.

Cortés, sentado en una silla de tijera, se acomodó un tanto incómodo, rodeado de los miembros principales de esa corte sin rey. El padre Olmedo iba ataviado con una sotana de terciopelo verde que reservaba para los cultos importantes. Tecuixpo era inferior en estatura, así que desde abajo contempló la doble papada de satisfacción que se le hizo al padre Olmedo cuando se aproximó hacia ella con el hisopo para rociarle el agua.

—Yo te bautizo Isabel Moctezuma, en el nombre del Padre, del Hijo y del Essspíritu Sssanto… Yo te bautizo Fernando —continuó entonces Olmedo.

Dos nombres de soberanos. Como a los Reyes Católicos. Reyes que llevaban por bandera la cristiandad a los lares del mundo. Cuauhtémoc se dio media vuelta y dirigiéndose a Tecuixpo, le dijo:

—Sígueme mandando cantos. Así sabré que no has renunciado a tu pueblo.

—Jamás.

—Eres valiente, Tecuixpotzin.

Cortés se puso en pie.

—Bueno, bueno… Fernando e Isabel… brindemos por vuestra cristiandad.

Y todos alzaron sus copas. Cuauhtémoc no aguantó más y encaminó lo que quedaba de sus pies a la salida.

—¿A dónde vas? —preguntó ella.

—A Tlatelolco. Ahí no tengo que fingir.

Tecuixpo lo observó marcharse en silencio. Cortés descansó al ver que la complicidad de semanas atrás era agua pasada. Todo parecía estar en orden, al menos, en apariencia. Malintzin, que había observado a la pareja desde la distancia, se dirigió a Tecuixpo una vez se hubo quedado sola:

—Ya eres doña Isabel. Como la otra reina. La otra Isabel.

—Ixapel —contestó Tecuixpo al tratar de replicar su nombre.

—Sí, Ixapeltzin —afirmó Malintzin con sus ojos brillantes como un par de escarabajos.

—¿Quién soy, Malintzin? ¿Quién es la mujer que me mira desde el fondo de los espejos?

—Eres, tú, Ixapeltzin.

—No —volvió a preguntar—. ¿Quién soy?

Y Malintzin contestó de la única manera posible. La única respuesta que podía darse. Con la contundencia con la que le hubiera gustado que alguien, alguna vez, por leve y fugaz que fuera, le hubiese contestado a ella. Porque esa era una pregunta que se había hecho muchas, muchas veces, en muchas vidas. Malintzin sacó pecho y contestó:

—Eres una sobreviviente.

La castellana

Catalina Xuárez Marcayda bajó del barco que la traía desde Cuba con un vestido de cuello alto de encaje que se le clavaba en la barbilla con insolencia. Lo último que esperaba Cortés, metido en plena reconstrucción de la ciudad, era saber que su esposa legítima —de la que apenas se acordaba— acababa de llegar a las costas de Coatzacoalcos en Veracruz sin haber recibido invitación alguna.

Su primo y albacea, don Juan de Altamirano, cuidador de sus asuntos legales y financieros, le dio la noticia.

—¿Catalina? ¿Aquí? —respondió Cortés.

—Sí. Y ha venido con toda la parentela.

—¿Con su madre?

—Y con su hermano y hasta la señora madre de vuestra suegra.

—¡Pero será posible! ¡Será impertinente esta mujer con la que me casé! Si es que la juventud, la juventud… ¡nos hace idiotas! —se lamentaba Cortés tras recibir la noticia.

—Habrá que organizar el traslado a la Coyoacán, Hernán. Y buscarles alojamiento a vuestro cuñado y suegra… a no ser que los queráis aquí.

—Encárgate tú, Altamirano, que yo no tengo cabeza ahora para esos asuntos. Haz lo que tengas que hacer, pero con Catalina aquí tendré suficiente.

Y Altamirano salió de allí rezongando por todos los preparativos que hacer para que la mujer de su primo atravesara el extenso territorio de la Nueva España. Estaba acostumbrado a ir tapando los hoyos que Cortés destapaba.

La nueva ciudad comenzaba a construirse sobre los cimientos de la anterior, una ciudad a la usanza española que conservaba el sabor y ajetreo de su predecesora, porque Cortés se aferró a la idea de que, si antes funcionaba bien, no tenía caso cambiarla. El mercado se llenó de alimentos viejos que compartían protagonismo con los nuevos. Los agricultores aprendían a cultivar frutas y hortalizas nunca antes vistas: limones verdes y amarillos, naranjas dulces, manzanas que crecían en árboles, uvas que bien podían comerse de la mata o apachurrarse para hacer vino y unos pequeños granos blancos que se cultivaban sobre camas de agua. «Es arroz», explicaban. Por su parte, los españoles se maravillaban con el cacao, preciadísimo por los indígenas, tanto que lo usaban como moneda y que molían para hacer una bebida de poderes inigualables con la que los castellanos se mojaban los bigotes, bebían y volvían a beber. «Es xocolatl». Todos los sabores eran una fiesta para unos y para otros. Patatas que crecían bajo la tierra, jitomates rojos como la pasión que los españoles ponían en macetas para decorar sus casas ante la mirada atónita de los indígenas que negaban de un lado a otro con la cabeza y les hacían gestos para hacer ver que eso se comía como las manzanas, frijoles negros, marrones y güeros, aguacates que se untaban sobre tortillas cual mantequilla y pimientos picantes como el demonio que los indígenas usaban en todas sus presentaciones, en salsas, hervidos, asados, en caldo, en seco.

Nuevos animales comenzaron a pasearse por las granjas, pavos, pollos, vacas, cerdos que no había que cazar cual jabalíes, sino criarlos en cautiverio para después matarlos y comerlos enteros. Porque «del cerdo, hasta sus andares», decían los españoles que salivaban solo con ver al animal retozar imaginando los chorizos, los jamones, las orejas, los morros, los lomos que se comerían. Unos y otros sin necesidad de hablarse se señalaban platillos y se enseñaban a comer, a probar, a introducirse en un mundo de sabores conjuntos por medio de los cuales comenzaron a hermanarse. Carpinteros indígenas aprendían con afán a construir puertas con imágenes sagradas, sillas de tijera, mobiliario castellano; albañiles, canteros y plateros hacían lo propio, construían palenques para guarecer a los soldados, atarazanas para los bergantines, y todas las calles y plazas de extensiones monumentales se trazaban con cuidado para que todos los caminos no llegaran a Roma, sino al centro ceremonial de los mexicas, al Templo Mayor, donde, justo a un costado, se levantaba piedra a piedra una iglesia.

—Algún día alzaré una catedral —se regocijaba Cortés, que pensaba en cuánto habían girado las tornas de su vida. Podía haber sido un labriego, un mozo de armas, quizá un leguleyo, y en lugar de eso estaba soñando con alzar catedrales al otro lado de un mundo conquistado.

—¿Y qué hacemos con los templos de sus ídolos, Hernán? —preguntaban los arquitectos encargados de la reconstrucción.

—Pues ¿qué hay de hacer con ellos? Dejadlos, que son símbolo y constancia de memoria.

—Habríamos de quemarlos.

—No seáis insensatos —se enfadaba Cortés—. Estas casas son viva imagen de la civilización que conquistamos. No oséis prenderles fuego.

—Pero necesitamos materiales para los nuevos edificios…

—Tomad solo lo que sobresalga de los templos… pero no los arraséis.

Y los arquitectos se iban enfurruñados y dispuestos a desobedecer, que ya se encargarían ellos de levantar lo nuevo sobre lo viejo.

Mandaron traer de Cuba todo tipo de animales y enseres, sedas, paños, vidrios, cañas de azúcar, sarmientos, pólvora, hierro, vacas, puercos, ovejas, cabras, yeguas, moreras, plantas muchas, y de paso mujeres para casar con los castellanos.

Catalina Xuárez Marcayda, señora de Cortés, fue una de tantas que, alzando vigorosa su pañuelo de lado a lado cual náufraga pidiendo auxilio, se presentó en el puerto una de esas tardes. Cuando días después por fin llegó a su residencia en Coyoacán, Tecuixpo-Ixapeltzin la observó con sumo cuidado. Una mujer castellana de cabellos anaranjados y piel tan transparente que bajo los brazos podían vérsele las venas formando meandros de un río azul. La punta de su nariz se unía en una pequeña cuenca, la quijada recta sin papada ni carnes blandas, y una cintura estrecha que bien podría abarcarse con las manos. Cortés no supo ni fingir una sonrisa al verla entrar por la puerta. Con la poca alegría que le quedaba tras un trayecto de días, polvo, peligros y carretas Catalina atravesó el portal, pero su sonrisa se esfumó en cuanto clavó los ojos en la indígena que estaba cerca, muy cerca, cerquísima, de su marido.

Ixapeltzin siguió la mirada de Catalina posándose sobre el vientre abultado de Marina.

—¿Quién es esta, Hernando, que tanto se te pega? —preguntó.

—Es doña Marina. Y entiende y habla español mejor que vos.

Malintzin inclinó la cabeza en señal de saludo.

—Y junto a ella, doña Isabel Moctezuma, hija del que fue señor de estas tierras.

Ixapeltzin no se inclinó.

Hablaron como si ella no estuviera presente.

—Un poco arisca —dijo por lo bajo Catalina a su marido.

—Que no te engañe su apariencia. La he visto hacer cosas que no te imaginas. Si yo te contara…

—Aún no me dices quién es la otra, Hernán —interrumpió señalando a Marina y haciendo caso omiso a los comentarios de su marido acerca de Isabel.

Cortés se irguió dentro de sus ropas.

—Ella es mi lengua.

—¿Tu lengua? ¿Acaso te has vuelto indio? —ironizó.

—No hay definición más certera para lo que Marina es para mí.

Catalina torció levemente el labio superior al escuchar que su marido se refería a la mujer con tal familiaridad.

—Y por lo que veo vas a ser madre… —Se dirigió por primera vez a Marina y a su vientre abultado—. Enhorabuena.

Malintzin inclinó la cabeza con sumisión.

—Pues para ser «tu lengua» habla más bien poco.

—Eso deberíais aprender de las indias: a tener la boca cerrada.

Catalina tragó saliva, amarga. Ácida.

—Y el padre de la criatura… ¿dónde está?

Los ojos de Malintzin se posaron en Cortés. Catalina, entonces, se giró hacia su marido.

—¿Sois el padre de la criatura, Hernán?

—Lo soy.

—¿Y así me lo decís? ¿Con semejante desfachatez?

—No hay razón de negarlo. Soy el padre.

—O eso te ha contado ella.

—¿No ves que entiende todo, Catalina?

—¡Y qué que me entienda! Es una india.

—Es más señora que tú, Catalina.

—Pagarás por lo que acabas de decir, Hernán.

—Acabas de pasar por la puerta y ¿ya osas amenazarme? Desconoces el poder que tengo.

—El poder que tienes me lo debes a mí. ¿O ya no te acuerdas cuando viniste a suplicar casarte con alguien como yo, de mi nivel, para tener ese poder con el que ahora se te llena la boca? Si no fuera por mí seguirías en Cuba. Velázquez te mandó aquí gracias a mí. No me vengas ahora con desmemorias.

Ixapeltzin y Marina asistían al pleito con los ojos abiertos de par en par. Nunca nadie se había dirigido así a Cortés. Mucho menos una mujer.

—Mira, Catalina, si a eso has venido, bien podías haberte quedado en Cuba.

—¿Y dejarte pastar a tus anchas con estas indias? No, Hernán. No te lo voy a poner tan fácil.

Catalina se alejó sin darle oportunidad de réplica.

Isabel, Marina y Cortés la vieron alejarse sin atreverse a decir una palabra. Hasta que de pronto a Isabel le empezó a ganar una leve sonrisa que poco a poco se fue convirtiendo en risa, en euforia. Marina no reía en absoluto. Atónito, Cortés se dirigió a Isabel:

—¿Se puede saber qué te hace tanta gracia?

—Ay, Malinche… Ya vino quien puede gritarte a la cara —contestó en náhuatl.

Isabel se marchó, y aunque se dio media vuelta aún podía notársele que iba con la sonrisa puesta.

Cortés se dirigió a Marina, que estaba quieta como una estaca junto a él, y como si no perteneciera al mismo género de su esposa, como si fuera un ángel asexuado, un ser de otro mundo, le dijo entornando los ojos al cielo:

—Mujeres…

Luego se acercó a ella hasta que el cabello de Malintzin ondeó al ritmo de su respiración. Cortés le apartó un mechón de la frente y se lo colocó detrás de la oreja. Malintzin no necesitaba traducción ni intérprete para saber lo que el capitán estaba pensando. Lo conocía muy bien. Lo conocía de sobra. Le decía: «Nunca seas como ella. Nunca hables como ella. No me celes, no me impongas, no me acoses, no me digas que todo lo que soy te lo debo a ti». Y luego levemente, apenas un roce, le acarició el vientre abultado. Marina contuvo la respiración. Sabía de lo que era capaz. Sabía que era un hombre violento, implacable, un hombre que no dejaba que el destino se interpusiese en su camino. No obstante, se había dejado beber por él, comer por él, se había dejado fundir en él, ahogarse en ese hombre que la había fecundado con todo lo bueno y lo malo que él era, y estaba esperando un hijo suyo. Entre ellos no había amor, pues Cortés no había amado en su vida a nadie más que a él mismo. Era una especie de atracción accidental.

La primera vez que el capitán la penetró, ella se dejó hacer sin oponer resistencia. Cerró los ojos para controlar el miedo y aflojar desde dentro para no sentir dolor y, para su sorpresa, no sentía ninguno. Lo recibió húmeda como la lengua que era. Y él la gozó como a pocas, porque se entendían, sus caderas se movían al unísono, se esperaban, se traducían, se interpretaban sin hablarse y disfrutaban lo que durara ese vaivén porque en ese dejarse ir no había colores, ni sangres, ni mundos distintos. Eran dos cuerpos que se buscaban a tientas, se tocaban y se reconocían, sabían las teclas que debían tocar para sonar en armonía, se hacían y se dejaban hacer, se liberaban y luego volvían a ser dos cuerpos mortales cubiertos de ropas, distantes, distintos, que no sabían lo que el mañana les deparaba, a la espera de volver a saciar el candor entre las piernas.

Tecuixpo, ahora Ixapeltzin, había visto a mujeres castellanas antes. En la noche que los españoles llamaban Triste —y que ella comenzaba a considerar también triste porque solo podía recordar las ausencias, de su madre, de los hermanos y hermanas perdidos a manos enemigas o amigas, a saber, en ese revoltijo de muertes de las guerras— no había podido evitar ver a María de Estrada, la mujer castellana que peleaba armada con espada y rodela en mano. Tecuixpo no había podido quitar los ojos de ella cuando, valiente cual guerrero águila, luchaba con el rostro desencajado por defender a doña Luisa y, de paso, matar a unos cuantos mexicas. Aún no se recobraba de la impresión que le causó aquello. Entonces no lo sabía, porque el miedo, la angustia y el saberse llevada por Malinche y

286

alejada de su gente la petrificó, pero después, cuando estuvo de vuelta en palacio rescatada por los suyos, cuando pudo volver a sentir la calma tras la huida de los teules, un pensamiento comenzó a rondarle la cabeza sin cesar: «Las mujeres castellanas nacen guerreras como los hombres».

Aunque nunca se lo confesó a nadie, la imagen de la española se le quedó grabada a fuego en la memoria, y a veces, cuando dormía, la veía claramente, presentándose ante ella vestida de hombre, la miraba fijamente y le susurraba: «Las mujeres podemos elegir el arma con cual batallar en la vida. Yo elegí la espada». Ixapeltzin despertaba despacio, con el corazón debatiéndose entre latir acelerado o en calma, intentando entender que no solo parir y cuidar del fuego del hogar, sino morir en la guerra, pelear por una causa, era un terreno en donde las mujeres de aquellas tierras brotaban silvestres. Mujeres valientes, mujeres guerreras. Aquello fue una novedad.

Todo esto se tambaleó un poco cuando conoció a Catalina. ¿Acaso era ella una mujer guerrera también? No se parecía en nada a María de Estrada. No podían pertenecer a la misma raza y sin embargo lo eran. Una era grande y fuerte como un roble, capaz de aguantarse la rodela con un solo brazo mientras asestaba un mandoble de espada, la otra necesitaba que un sirviente cargase con su equipaje. Una tenía la piel quemada por el sol de tantos días caminando a cielo abierto, la otra iba tapada hasta las orejas y cuando salía al patio se hacía sombra con la mano porque el sol le achicaba los ojos. Una era valiente, la otra delicada. Una estaba dispuesta a morir en batalla con su marido, la otra no estaba dispuesta ni a compartirlo, como si el capitán le perteneciera, como si fuera suyo. La nueva Ixapeltzin observaba a Catalina con una expresión ambigua que oscilaba entre el interés y cierta decepción.

Con el paso de los días, pensó que la había juzgado con demasiada severidad. Porque la mujer de Cortés no era en absoluto la mujer blanda que Isabel Moctezuma habría imaginado. Quizás su piel era fina como el cristal y parecía que fuera a romperse con cada estornudo, pero Isabel detectó en ella la fortaleza interior de las mujeres sin nada que perder. Eso era algo que conocía de sobra y lo percibió enseguida. Había visto cómo le hablaba a Cortés, había visto cómo miraba a Malintzin, había escuchado sus pasos firmes al andar. Y es que Catalina había logrado cruzar el mar para librarse de la subyugación de una vida doméstica, y esa era una hazaña mayor que no cualquier mujer —castellana o no— podía realizar.

Catalina se había embarcado con el vestido remangado y unas ganas más largas que una playa por salir que por quedarse. El mundo castellano no era el paraíso del que se hablaba en los libros sagrados. Toda Castilla era marrón y ceniza. La gente escuálida y del color de los cielos neblinosos apenas sonreía, y cuando lo hacían mostraban, si los hubiese, una hilera de dientes renegridos y hambrientos. Niños y adultos habían aprendido a mirar con desconfianza y quien más, quien menos, estaban a la espera de recibir por la espalda una puñalada trapera. Las calles olían a estiércol y a orines, y cada invierno segaba la vida de viejos e infantes de las familias sin leña. Aquello era un valle de lágrimas del que muchos salieron pitando en cuanto se corrió la voz de que al otro lado del mar había una tierra verde, majestuosa, con ríos de cristal y palacios de oro.

No fue solo la ilusión de la riqueza lo que los abocó a aventurarse a cruzar el océano, fue el huir de la miseria, fue la esperanza, la idea de que el mundo que Dios había construido no tenía por qué ser ese vertedero de enfermedad, de peste y miseria en la que vivía todo aquel que no fuese hidalgo, ni rey, ni heredero de un pedazo de tierra. Fue, aunque fuera por un breve periodo, la esperanza de vivir como vivían los hombres libres y sacudirse de encima un pauperismo que traían pegado en la piel como a la sarna los perros. Catalina apenas se acordaba de todo aquello, pero al llegar a Cuba y comprobar que el hombre era igual de ruin al frío y al calor, comprendió que por mucho que avanzaran jamás podría escapar de los miedos que los hombres cargaban a cuestas. Todo eso lo habría olvidado y perdonado por un beso. No el beso amoroso de su marido, sino por el de un hijo. Un pequeñuelo que le cogiera la cara con sus manitas regordetas y le dijera «mamá». Pero eso, al otro lado del mar, Dios también se lo negaba.

La primera noche que pasó en Coyoacán, aún con la decepción en la punta de la lengua, Catalina se fue a dormir sola como tantas otras noches de los últimos años. Había cometido dos errores en su vida. Uno había sido cruzar el mar. El otro, Cortés. Rezó sus plegarias y trató de ahuyentar los malos pensamientos que acudían a ella con la velocidad con la que caían los castillos de naipes, pensamientos cuajados de envidia, de ira, de soberbia. De venganza. Sin haber logrado apaciguar el rencor, apagó las velas y se quedó dormida. Pero al llegar el sueño profundo, soñó que entre sus brazos acunaba a un pequeño de pelo negro y nariz afilada. Cargaba a un niño mestizo sin madre. Un hijo nacido de otras carnes, pero suyo. Tan suyo como si la providencia se lo hubiese enviado. Y aunque no fuese consciente de su perversidad, la línea de su boca se curvó en la oscuridad.

Una brisa ligera agitaba las hojas de los árboles el día que Malintzin dio a luz en cuclillas a un varón, fuerte y recio, con piel de bronce y ralos cabellos castaños, que lloró tan fuerte que poco le faltó para reventarse un pulmón.

—¡Menudo muchachote fuerte! —dijo orgulloso Cortés cuando por fin lo tuvo en brazos—. Se llamará como mi padre.

—No te atreverás —lo amenazó Catalina.

—¿Y quién me lo va a impedir? Se llamará Martín Cortés. Y punto.

Catalina se levantó de golpe. La silla de brazos de madera se deslizó por el suelo arrastrando un quejido y Catalina se retiró a sus aposentos. No podía resistir un minuto más tanta aberración. Jamás se había oído más ajetreo ante el nacimiento de un bastardo. ¿Es que acaso estaban todos locos? Ese niño era un mestizo, por el amor de Dios, ¡el hijo de una esclava! Catalina solo podía identificar el barullo con un corral de gallinas ponedoras cacareando un huevo podrido. En su cuarto, Catalina andaba en círculos, su sombra atravesaba los rayos de luz que se colaban por la ventana hasta que un mueble, una cama, o el tocador en donde se peinaba la obligaba a girar y dar vueltas en sentido contrario. Estaba ida, con los ojos fijos en un punto de la pared, se sobaba las manos como si quisiera sacarles brillo y, de vez en cuando, al oír el llanto del recién nacido se detenía un instante, apretaba los labios hasta hacerlos desaparecer en una línea recta, y luego volvía a girar reproduciendo una serie de movimientos repetitivos.

«Tal vez podría quedármelo…».

La idea parecía cobrar fuerza con cada vuelta que daba a su habitación. ¿Y si le quitara el niño a la india? ¿Y si lo criara como propio?

Hernán estaría de acuerdo… A lo mejor podría volver a España con él, ser madre, por fin. Es verdad que el niño era moreno, ni rastro de ella ni por equivocación, pero ¿quién se daría cuenta? Podría decir que había salido al padre. Sí, pensaba. Quizá ese niño podía ser la solución a sus problemas. Pero entonces volvía a girar en círculos, y con la misma vehemencia la asaltaban otros pensamientos. «A lo mejor», se decía, «no es el único hijo de Hernán, vete a saber cuántos hijos tendrá por ahí, con sabe Dios cuánta india, que Dios lo perdone, este niño no tiene por qué significar nada, no es nadie, Catalina, es un bastardo como tantos otros, porque solo tú eres la esposa ante Dios y ante los hombres, este niño no significa nada. A menos que… a menos que Hernán y esa india… mosca muerta de rostro silente»… «Es mi lengua», le había dicho Cortés, y había podido ver el atisbo de orgullo, la media sonrisa que se había dibujado en Hernán al decir aquello. «Maldito infeliz. La madre que lo parió».

Se sentó y dejó caer el cuerpo como si le pesara un quintal, como si no importara nada o como si importara todo, y se llevó las manos a la boca para ahogar un grito. Y entonces, lentamente, le vinieron de golpe todos los pesares del mundo, todos los reproches, todas las cosas sin decir, todos los años de ausencia, todas las noches sin amor y los días de angustia preguntándose quién era ella, Catalina Xuárez Marcayda y qué hacía allí, tan lejos de casa, tan lejos de sus raíces, de su gente, tan lejos, viviendo una vida ficticia, una vida sin más sentido que dormirse con la luna y despertar con el sol, una vida estéril como las entrañas en su interior, un páramo seco, inerte, hueco, en donde no cabía espacio para nadie más que ella y su soledad. Sus hombros empezaron a moverse de arriba abajo, con timidez primero, en cascada después. Catalina se dejó ir en un llanto inconsolable del que no pudo salir jamás, aunque las lágrimas hubiesen dejado de caer.

A la mañana siguiente despertó con una apariencia tan fresca que solo Dios sabía que su serenidad era pura fachada. Dios e Isabel. Porque al igual que Isabel sabía reconocer a vuelo de pájaro la valentía en una mujer, del mismo modo reconocía la tranquilidad fingida. Catalina entró al comedor y notó que Isabel ocupaba un puesto en la mesa del desayuno. Isabel estiró un brazo y la invitó a sentarse. A regañadientes y murmurando para sí, Catalina se sentó a la mesa. A lo lejos, se escuchaba el llanto del recién nacido.

—¡Es que ese chiquillo no se va a callar nunca! —se quejó al aire Catalina.

Los ojos de Isabel se posaron sobre ella.

—¿Hablas mi idioma?

—Solo cuando quiero —contestó Isabel.

Catalina sonrió.

—Eres más lista de lo que te conviene.

—Así que tú eres la esposa principal de Cortés.

—¿La esposa principal? Sí… podría decirse —contestó Catalina mientras se llevaba la taza a la boca para disimular el disgusto de su evidente cornamenta.

—Te ves triste —le dijo entonces Isabel.

Con los codos apoyados sobre la mesa, con la taza cubriéndole la boca, Catalina respondió:

—Tú también. —Silencio—. Veo que mi marido te tiene en buena estima —afirmó Catalina.

—No. Solo cumple una promesa.

Catalina se le quedó mirando un segundo antes de decir:

—Apréndete una cosa, niña: Hernán no cumple promesas sin esperar algo a cambio.

—¿Qué quieres decir?

Catalina simplificó:

—No te fíes de Cortés.

Y durante el resto del desayuno ambas callaron, sabiendo que todo estaba dicho ya.

Las semanas pasaron y mientras Marina aprendía a ser madre y Catalina maquinaba cómo poder serlo, Isabel observaba con sus ojos de mirar lento y profundo con más desconfianza que nunca, como si la dureza que alguna vez habitara en Cuitláhuac aunada al pesar de Cuauhtémoc subsistieran en ella. Trataba de entender cómo carambas estaban los mexicas viviendo una vida de vencidos y qué hacía ella cubierta con más ropajes que piel. Le costaba caminar con esos zapatos de cintas en los tobillos y cargar con el peso de telas tiesas que, por más sigilosa que anduviese, anunciaban su presencia con cada paso, rish, rash. Aprendía a respirar con esos vestidos que apretaban su cintura y empujaban sus incipientes pechos hacia arriba lo justo, lo mínimo para no desbordar los pezones por encima del escote. Aunque el sol luciese rabioso en lo alto, en su interior siempre estaba nublado y olía a ropa húmeda. Sobre todo cuando la llamaban Ixapeltzin. Al escuchar aquel híbrido nombre, aunque su rostro no diera muestras de la más leve alteración, los vientos de su corazón levantaban un vendaval. Pero los días pasaban, a veces unos más rápidos que otros y siempre se llamaba igual. Tecuixpo ya no estaba. Nadie más, ni los indígenas, ni los españoles, ni los sacerdotes, nadie nunca volvió a llamarla Copo de Algodón. Tecuixpo desapareció para siempre.

Una tarde, mientras acompañaba a Malintzin a acunar a su hijo, le preguntó:

—¿Qué quiere decir Martín?

—Es el nombre del padre del capitán.

—Sí, pero ¿qué significa?

—Los nombres cristianos no significan nada.

—Pero eso es imposible. Todas las palabras significan algo.

—Para ellos no.

Y al decir *ellos*, por un segundo muy corto Isabel sintió la enorme distancia que existía entre ellas y los castellanos. Ellas no eran ellos. Ellas no eran cristianas, por mucho que aprendieran a hablar ese nuevo idioma y arrodillarse ante un nuevo dios. Quizá fue esa nueva certeza la que infundió confianza para preguntar:

—¿Quieres a tu hijo, Marina?

Sus ojos de conejo asustado se abrieron en la oscuridad.

—¿Cómo no lo voy a querer?

—Porque es un hijo de ellos.

Y dijo así, *ellos*, en plural, como si toda la simiente de los españoles se hubiese juntado en un solo cuerpo, en un mismo espíritu.

Malintzin sintió miedo. El miedo y el dolor que le habían inculcado desde la infancia. «Si alguna vez ves a un tenochca, corre, corre y no mires atrás». Intentó recomponerse, pero su mente había imaginado todas las formas en que Ixapeltzin podría hacerle daño a su pequeño. Una a una vinieron las imágenes de los horrores presenciados en todos estos años: Moctezuma destronado, muerto, la huida de Tenochtitlan y el regreso triunfal de los bergantines, los gritos de Cuauhtémoc torturado, la niña atravesando a Alderete, clavándole la daga en la yugular.

—No le harías daño a mi hijo, ¿verdad, Ixapeltzin?

Isabel miró al pequeño. Recordó los llantos de bebés sacrificados. Sus lágrimas atraían a la lluvia. A Tláloc. Su mirada se entrecerró un poco, muy poco, como si alguien hubiera abierto una ventana y el sol le pegara directamente en la cara. ¿Qué querían decir esas palabras que eran fuego y hielo al mismo tiempo?

—¿Por qué preguntas eso?

—Es hijo de Cortés…

«Sí», pensó, «es hijo de ellos». Miró al niño, plácido, en los brazos de su madre.

—¿Crees que alguien le haría daño? —contestó Isabel con otra pregunta.

—Doña Catalina…

—No. No sería capaz.

—Por su mano, no. Pero… quizá… si quisiera hacerme daño a mí… lo haría a través de Martín.

—No. No le haría daño al niño.

—No me gusta esa mujer —dijo Malintzin.

—Ni tú le gustas a ella.

Se hizo un silencio.

—Tengo miedo, Ixapeltzin.

—¿Miedo? ¿Tú?

—No por mí. Por él —puntualizó mirando al pequeño Martín.

Ambas aguardaron quietas, sin moverse, mientras contemplaban al bebé balbucear.

Cada día y cada noche la tensión iba en aumento en la casa de Coyoacán. Malintzin y Catalina se escudriñaban con un pesar impaciente. Un pesar que hablaba del deseo robado, del deseo consumado, del pecado caliente, de camas frías al amanecer, del vacío de los años sin llenar. «¿Por qué me los has quitado?», parecía preguntar una. «¿Por qué has vuelto?», contestaba la otra.

Las comidas y cenas con Cortés tampoco eran más agradables. El matrimonio discutía todo el tiempo y Cortés tenía los nudillos morados de tanto dar puñetazos contra la mesa. Desde la cocina se oían gritos y el tintineo de cubiertos y cristalería al rebotar con cada golpe sobre la superficie.

293

—¡Que no son tus indios, Catalina! ¡Que no puedes disponer y hacer con ellos cuanto te plazca!

—¡Solo trato de poner orden en esta casa! ¡Todo es un desastre, Hernán! ¡Y a tu india, esa, tu *lengua*, hasta le traen tributo los otros indios, como si fuera una reina, o vete a saber qué! ¡Es intolerable!

—¡Tú dedícate a bordar y no estorbes, Catalina! Nos apañábamos perfectamente bien sin ti. No vayas tú a creer que porque has aparecido por la puerta las cosas van a ser distintas ahora.

—Ya lo creo que van a ser distintas. Ya lo creo. Ni pienses que vas a seguir como antes, saltando encima de cuanta mujer veas.

—Así que es eso. Estás celosa.

—No son celos. Las mujeres no están a tu servicio y antojo. No son de tu propiedad.

—No me vengas con esas. Que tú estés seca por dentro no quiere decir que los demás tengamos que estarlo también.

—Dios Nuestro Señor te castigará por tus pecados, Hernán. Y no te atrevas a ponerle la mano encima a doña Isabel. He visto cómo la miras. Conozco esa mirada tuya…

Cortés azotó la copa sobre la mesa y un poco de vino manchó el mantel.

—Desvarías, mujer, desvarías. No tengo ningún interés en Isabel.

—Ah, ¿no?

—Por supuesto que no. Aún es una niña.

—«Aún» —apuntó ella levantando una ceja.

El matrimonio se leyó las mentes en silencio.

—Te he pasado muchas, Hernán. Todas. Pero como le pongas la mano a la niña, te juro que…

—No gastes saliva, mujer. Mi interés con Isabel es otro. Ella apacigua a los indios. No lo entiendes porque no sabes nada. Nunca has entendido nada de nada.

Catalina dio un trago a su copa de vino. Trataba de serenarse. No sabía para qué discutía con su marido. Todas las discusiones llevaban siempre a un pozo sin fondo. Al vacío. A la humillación y al descrédito. Hablar con Hernán no llevaba nunca a ningún sitio donde él no ganase, ni a donde él no quisiese llegar. Y al final se sentía más tonta, más inútil, más vieja y triste. Catalina se le quedó mirando comer. Masticaba con la boca abierta y por la comisura de los labios un hilillo de grasa le ensuciaba las barbas.

—Quiero un hijo, Hernán.

Cortés la miró sin dejar de masticar. El chicloso sonido de las muelas contra la carne inundó el silencio del comedor.

—Sabes bien que los hijos no se te enganchan, Catalina. Jamás podrás parir.

—¿Quién ha hablado de parir?

Por primera vez en la cena, Cortés detuvo el pedazo en la boca.

—¿Qué estás diciendo?

—Lo sabes perfectamente. Quiero al hijo de la india.

—¿A Martín?

—Exactamente.

Cortés se sirvió vino, mientras retomaba el ritmo del masticar.

—Y crees que Marina te lo va a dar así como así.

—Bueno, así como así… Eres el padre del niño. Tienes ese derecho. Y ella, bueno, ella es una india. Una esclava. Hará lo que le ordenes.

—No conoces a Marina.

—Pero vos sí, marido mío.

Cortés bebió y con el cuchillo en mano señaló a su mujer:

—No —dijo.

—Se te llena la boca hablando de conquistas, pero no eres más que un cobarde que coge lo que puede, lo que le dejan.

Cortés golpeó la mesa y todos los vasos tintinearon al unísono.

—¡Basta!

Catalina brincó en su asiento.

Un silencio corto.

Catalina moduló el tono de su voz.

—Ordénaselo. Dile que cuando termine de amamantarlo el crío vivirá con nosotros y que yo seré su madre. Así dejaré de interferir en tus asuntos y me dedicaré a los míos. A bordar… y a cosas de mujeres. ¿No es acaso eso lo que quieres?

Por primera vez en mucho tiempo Cortés observaba a Catalina con interés. Quizá lo que proponía no era tan descabellado como a primera instancia parecía. El niño, al fin y al cabo, terminaría viviendo en la corte de Castilla, Dios mediante, y a lo mejor le convenía ser criado por manos castellanas, instruido en costumbres y normas castellanas. Solo había un problema… Marina.

—Convence a la india, Hernán. No te costará trabajo.

Y Catalina se mojó los labios en el vino dando el tema por zanjado, sin sospechar ni por un segundo que, detrás de la puerta, Isabel había escuchado toda la conversación.

❖

Isabel, sigilosa como en otros tiempos, se presentó ante Malintzin sin apenas ser vista. Al descubrirla entre las sombras, Marina brincó en su cama. Martín, que dormía junto a ella, no se espantó ante la brusquedad del movimiento de su madre:

—¿Qué haces aquí? —preguntó agarrando a su hijo en brazos y poniéndoselo al pecho para no despertarlo. El niño agarró el pezón enseguida.

—Vine a advertirte —le dijo.

—¿Qué pasa?

—Te van a quitar al niño.

—¿Qué? ¿Quién? ¿Catalina?

Isabel asintió. Marina apretó al niño contra su pecho.

—No. No se lo daré.

Isabel calló.

—Yo solo vine a avisarte. Prepárate.

—¿Que me prepare para qué?

—Para pelear por él.

Y entonces, Marina se oyó pidiendo en voz alta algo que jamás había osado pensar desde que la entregaran a los españoles en Cozumel.

—Mátala —le pidió.

Isabel entornó los ojos.

—Mátala tú —contestó Isabel.

Y salió con la misma agilidad silenciosa con la que había entrado.

A la mañana siguiente, Marina se presentó ante Cortés con un nuevo semblante. Cortés lo notó enseguida.

—¿Qué pasa? Parece que viste a un muerto.

—¿Es cierto?

—¿Qué, mujer?

—¿Le vas a dar a nuestro hijo?

Cortés miró a su alrededor, asustado de los oídos en las paredes.

—Estos indios… ¡tenéis orejas en todas partes!

—Entonces es verdad.

—Entiende, Marina, ese niño antes o después terminará en España.

—Pero yo puedo irme a España con él.

—¡Qué cosas dices! Tú perteneces a estas tierras.

—Él no se irá sin mí.

—No me seas necia, Marina. Tendrás más hijos. Eres joven y tu vientre es fértil. Deja que Catalina se encargue de Martín.

—Jamás.

—Tú harás lo que yo te diga.

—No.

—Marina, Marina… no me saques de quicio tan temprano, que con una mujer impertinente tengo suficiente.

—Antes la mato.

Cortés se cuadró en su asiento.

—¿Qué estás diciendo, Marina?

—Lo que oyes. Antes la mataré.

—¡Calla, insensata! —gritó Cortés—. Solo por eso podrías pender de la horca.

Ambos guardaron silencio. El corazón de Malintzin latía a toda velocidad. Era la primera vez que se dirigía a Cortés en ese tono. Un tono desprovisto de sumisión, de miedo. Ni atisbo de humillación, ni servilismo. Y sintió el cosquilleo nervioso que producía el no agacharse, el no arrugarse, el dirigirse a otro como iguales.

—Pues más vale que hagas algo al respecto. Porque no le temo a la muerte.

Marina dio un paso al frente y se acercó a Cortés, tanto que sus labios estuvieron a punto de rozarse. Ella estiró una mano y acarició la entrepierna de su capitán. Cortés tembló al sentir la erección bajo el pantalón.

—Aléjate, mujer —pidió Cortés con la boca pequeña.

Ella no se retiró.

—Todo esto te daré —le susurró con la humedad de su lengua en el lóbulo de la oreja—. Si no me quitas al niño.

—Lo que tú me das me lo pueden dar otras—contestó él tratando de contener los impulsos de su cuerpo.

—Mientes muy mal —le susurró ella—. Sabes que nadie te dará lo que te doy —dijo. Y lamió su oreja.

Cortés se estremeció. La sensualidad de Marina lo volvía loco. Ninguna indígena, ni castellana, ni monja, ni mexica, ni esclava, conseguía hacerle sentir lo que su lengua conseguía. Y por un segundo muy corto Cortés temió que Marina pudiese dejar de complacerle. Porque mujeres no faltaban, pero se desahogaba en ellas como los conejos, como los caballos con las yeguas, como los perros con las perras en celo. Descargaba las ansias, la enjundia, las ganas. Pero con Marina… Con Marina era otra cosa. Esas manos sabían encender la lumbre que llevaba dentro, lo prendía y lo azuzaba como el viento a la hoguera. Y su boca. Esa lengua suya lo acariciaba desde el glande hasta el ano, hasta hacerlo reventar. El juego erótico era otra cosa. Una cosa de otro mundo. Marina seguía acariciándolo, de arriba abajo, cada vez con más ritmo, cada vez con más fuerza. Y justo cuando ella sintió que Cortés no aguantaría mucho más, se retiró. Cortés la miró con dolor.

—No me dejes así. Te lo pido.

—Habla con ella —exigió Marina.

—Lo haré, lo haré. Pero ven. Sigue, mujer.

Y entonces, Marina dio un paso atrás y se marchó, mientras sentía a cada paso el entrecortado respirar del capitán. Cortés miró con languidez el bulto bajo el pantalón. Bufaba. Trató de dar dos pasos, pero era imposible caminar en aquella condición.

—¡India lujuriosa! ¡No me dejes así!

—Habla con ella —volvió a decir desde la puerta.

Nada más ver a Marina salir, Cortés comenzó a maldecir en arameo cuando la propia Catalina cruzó el umbral. Acababa de toparse con Marina en la puerta y no le hizo falta atar muchos cabos al ver la situación en la que se encontraba su marido. Catalina entró en cólera:

—¡Eres un sinvergüenza! ¿Es que no vas a respetar la castidad en nuestro hogar?

Cortés entornó los ojos al cielo.

—Podríais callaros y hacer algo al respecto —pidió señalándose la entrepierna.

—¡Adúltero casquivano! Arderás en el infierno con todas esas mujeres.

—Dios te oiga —bromeó él.

Catalina cogió un cuchillo de la mesa.

—Baja ese cuchillo, Catalina.

—¡Te voy a cortar ese pedazo de demonio que tienes colgando!

—¡Deja el cuchillo!

Aún no había terminado de decir aquello cuando Catalina ya se había abalanzado sobre él con toda la fuerza de sus blanquecinos brazos. Cortés le detuvo el brazo en el aire y la abofeteó. Catalina saboreó el regusto metálico de la sangre brotándole del labio abierto. Enfurecida se dejó ir sobre su marido sin nada más que sus uñas y un motón de rabia acumulada. Lo arañó. Lo pateó, le tiró de la barba. Por cada golpe que le daba, Cortés le asestaba otro. Parecían orangutanes peleando por un pedazo de tierra, a gritos, a insultos.

—¡Crápula! ¡Verriondo!

Catalina mordió la oreja que minutos antes había lamido Marina y casi se la arranca de cuajo, pero antes de que eso sucediese Cortés le asestó un puñetazo que la aturdió y la aventó sobre la mesa. Ella, a falta de más fuerzas, le escupió en la cara. Cortés, entonces, abrió las manos y la apretó por el cuello mientras le gritaba:

—¡Loca! ¡Estéril! ¡Muérete! ¡Muérete!

Catalina comenzó a desfallecer. Su piel blanca se tornó azul, la lengua se le escapó de la boca y cayó a un lado, y los ojos redondos amenazaban con explotar y salirse de las cuencas. Cortés sentía las puntas de los zapatos de su mujer pataleando en las espinillas. El hombre siguió apretando hasta que dejó de sentir las patadas. Hasta que dejó de sentir su respiración. Siguió apretando mucho después de haber matado a su mujer. La soltó cuando sintió una mano posándose sobre su hombro. Cortés dio un salto. Isabel estaba tras él, contemplando el cadáver azul de Catalina. Cortés se miraba las manos moradas.

—Si dices a alguien lo que has visto… yo diré que mataste a Alderete… —amenazó Cortés.

Isabel frunció aún más el entrecejo arrugado.

—No diré a nadie lo que has hecho, Malinche —afirmó ella.

—Bien —dijo él.

—Pero no por temor a tus palabras, sino porque yo también cumplo mis promesas.

—¿Qué quieres decir?

—Ahora Martín estará con quien debe estar.

Cortés ladeó la cabeza.

—¿Sabes qué es más difícil que matar? Hacer que otros maten por ti —sentenció entonces Isabel.

Cortés abrió los ojos. «No», pensó, «no es posible». Y justo cuando se disponía a preguntarle con la boca abierta, Isabel dijo:

—Será nuestro secreto.

A las pocas horas, Catalina estaba en su cama, limpia, sin rastro de sangre en los labios, aunque sí un poco amoratada en la barbilla y en el cuello. Cortés alertó a voces de la muerte de su mujer. ¡Ayudadme! ¡Catalina se ha asfixiado! Todos sospecharon que no había muerto de su propia muerte, pues la mujer sería insulsa, seca cual chile al sol, triste hasta decir basta e impertinente y celosa como los bebés inseguros, pero estaba sana y fuerte. Nadie osó insinuar jamás nada. Sencillamente, con la normalidad con la que desaparecen oportunamente las pelusas escombradas y las telarañas de los techos, Catalina pasó a ser un miembro menos en la ajetreada vida en Coyoacán y Martín Cortés siguió creciendo prendido de los pechos de su madre. Pero desde ese día, Cortés e Isabel se miraban con la complicidad y el recelo de quien conoce las miserias del otro.

Los frailes

1524

Los años se enraizaron con la lentitud de las ramas en otoño. Las largas temporadas secas resquebrajaron el suelo en grietas y la brisa empujaba con suavidad el polvo sobre la tierra. El tiempo se movía despacio y todo parecía detenerse a un paso de finalizarse. En la Nueva España los albañiles construían edificios nuevos con las piedras viejas de los templos, con la lenta pesadumbre con la que los condenados arrastraban sus cadenas, las mujeres amasaban tortillas y las echaban sobre comales siempre a punto de calentarse, y las piezas de los orfebres esperaban pacientes el punto final de algún remache. En esa calma eterna solo el canto de los grillos desperezaba las noches, el agua con que limpiaban las casas cubría con charcos el espacio entre los baldosines, los ríos arrastraban ramitas secas y el sol se asomaba cada día sin que ningún sacrificio humano hubiese tenido que reclamar su presencia y así, en esa impávida lentitud, la joven Isabel, Ixapeltzin, cumplió los quince años.

Ya no extrañaba tanto su viejo nombre. Poco a poco se acostumbró a voltear cuando la llamaban, y cuando le preguntaban «quién sois vos», ella contestaba con su nueva voz: «Soy doña Ixapeltzin Moctezuma».

A Cuauhtémoc casi no lo había vuelto a ver desde que se había ido a vivir a la ciudad de Tlatelolco para ayudar a los españoles en la recolección de tributos, que ahora llamaban «impuestos», y para los tlatelolcas era difícil, muy difícil, contemplar la figura sobajada y herida del que una vez había sido su tlahtoani. «Mira lo que le hicieron a Cuauhtemoctzin, mira que no le dieron muerte y lo tienen viviendo de rodillas». Así, Cortés mataba dos pájaros de un tiro, mantenía

301

a los bravos tlatelolcas a raya y Cuauhtémoc permanecía alejado de la hija de Moctezuma porque Cortés, con su buen olfato, podía percibir desde lejos los humores a poderío que Isabel expelía. Olores de bravura mexica y de perra brava. Cuando alguna vez Cuauhtémoc había tenido que acudir a Coyoacán a rendir cuentas y se había cruzado con Tecuixpo en un pasillo —él arrastrando los muñones que le habían quedado por pies, ella vestida a la usanza española con el cuello enristrado de perlas—, ambos se habían mirado con el mismo porcentaje de respeto y vergüenza. Cuauhtémoc, al ver la mujer en la que se estaba convirtiendo, le hablaba con severidad: «Mírate. Eres esclava de otros. Eres persona de otros».

Con un dolor vergonzante ella encajaba el golpe. Pero entonces ese golpe se transformaba en orgullo en un apretar de dientes que contenía el torrente de palabras que pugnaban por salirse de la boca. Jamás sería esclava de nadie. De nadie. Era dueña de sí misma. Y no habría fuerza en el mundo capaz de cambiar aquello, por mucho que la transformaran, por mucho que se empeñaran en borrar sus cicatrices. Por el contrario, a Isabel le pareció que él había cambiado mucho, quizá demasiado, y se le atoró un canto en la garganta. «Mírate tú», pensaba ella. «Tú eres más esclavo que yo». Se alejaron sin volver a hablarse.

Con el pasar de las semanas, de los meses, de las lunas cambiantes en el firmamento, llegó su primera sangre. Había que estar ciego para no darse cuenta de que la niña había dejado de serlo. Su cintura se estrechó y su cadera se abrió hasta dibujar el contorno de una vasija, su carne se rellenó, y aunque era casi tan lampiña como siempre, un nuevo olor la acompañaba. No olía como su madre, ni como Citlali, ni como las mujeres con las que antes, en un tiempo que ahora parecía muy remoto, había convivido. Sus humores eran más fuertes y penetrantes y a su paso dejaba un rastro a cebolla fresca recién cortada, a ajo y perejil. Olores nuevos de nuevas comidas. Pero se acostumbró a ellos al igual que se acostumbran los caracoles a su concha. Y así, entre sangre y silencio, un día llegaron ellos.

Los recién llegados vestían diferente, andaban diferente. Ixapeltzin no fue ajena al tumulto que se armó en las calles para ver a esos hombres de hábitos largos color del barro que llevaban una cuerda gruesa anudada a la cintura y la cabeza rasurada en un círculo que les dejaba la coronilla al aire. Los indios se arremolinaban a su paso para acompañarlos, analizándolos con curiosidad. Algunos les tocaban la cabeza pelona, otros los agarraban del cinturón y se asomaban entre sus mangas anchas. Los indígenas más jóvenes andaban tras ellos como si anduviesen detrás de alguien a quien quisieran cortejar, y se maravillaban al ver sus ropajes desarrapados, tan distintos a la gallardía brillante y refulgente de las armaduras de los soldados, y se preguntaban unos a otros quiénes eran estos hombres tan pobres, tan distintos a los otros castellanos altaneros y prepotentes. Los tlaxcaltecas los creían locos o enfermos, pues nadie en su sano juicio escogería andar descalzo teniendo zapatos. Pero lo que más les impactó fue ver que Cortés, rodilla en tierra, se humillaba ante ellos y bajaba la cabeza para recibir su bendición.

—Pero venís descalzos desde Veracruz, Dios os bendiga —dijo Cortés. Y besó los pies heridos del fraile, encantado de haber acertado al hacer venir para la evangelización de los naturales a frailes franciscanos y dominicos y no a obispos ni prelados, que tenían por costumbre despilfarrar en pompas y vicios al ritmo de cualquier pagano.

Ixapeltzin nunca antes había visto a Cortés de rodillas. Nunca. Ni ante Moctezuma ni ante nadie. Y sin embargo no la engañaban sus ojos. Cortés estaba hincado ante ese hombre de pies descalzos, de ropaje austero y simplón, sin espada, ni escudo, ni caballo.

—¿Quiénes son? —preguntó extrañada Isabel.

—Son los frailes franciscanosss —contestó Olmedo.

—¿No traen armas?

—Traen el arma más poderosssa de todasss, Isssabel: la palabra de Diosss.

Ixapeltzin aún no había aprendido a rechazar a sus dioses. En silencio rezaba a Tláloc cuando llovía, a Ehécatl cuando azotaba el viento, a Xochipilli cuando las flores irrumpían en primavera, a Tonantzin, la señora madre de los dioses, lo más parecido a eso que ellos llamaban Virgen, y luego se santiguaba y decía «amén» para acallar sospechas del padre Olmedo.

Un fraile llamado Martín se acercó al padre Olmedo.

303

—¿Y quién es esta mujer?

—Es Isabel Moctezuma, hija del que antes era señor de aquí.

Fray Martín se dirigió a Isabel.

—Ya me han hablado de vos, doña Isabel.

El padre Olmedo la agarró de un brazo y tiró de ella hacia abajo para que echase su rodilla al suelo, pero las piernas de Isabel eran las firmes columnas de un templo. El fraile notó el gesto altivo de la muchacha y enseguida detuvo al padre:

—No, mujer, no te inclines. Solo ante Dios debemos arrodillarnos.

Ixapeltzin observó al fraile con curiosidad. ¿Cómo un hombre humilde podía ostentar tanto poder? La mirada severa y curiosa de Isabel se clavó en el fraile. Él, casi con la misma curiosidad, la observaba sin pestañear. El hombre le dio la bendición e Isabel se giró con brusquedad y marchó.

—Dissscúlpela, fray Martín. La joven es aún reacia a la conversssión. Pero todo se andará.

Los ojos de fray Martín la seguían, y como si sintiera el poder de su influjo, Isabel miró por encima de su hombro para echar un vistazo a ese hombre que arrastraba el hábito a ras del polvo. Sonreía.

Esa noche, Isabel se quedó en su habitación pensando. Empezaba a entender que en las nuevas circunstancias de su vida, el poder que antes recaía en el tlahtoani no caía ahora en el capitán Cortés. Lo sabía porque el capitán se pasaba horas largas redactando en su despacho cartas que debía mandar a su rey Carlos V. Explicaciones, justificaciones. Lo oía despotricar en el silencio de la noche ante el resto de capitanes. Y lo había visto echar la rodilla en tierra ante un hombre descalzo. Ixapeltzin parpadeó varias veces cuando la idea le azotó en la frente. El verdadero poder en esas tierras no eran ni los soldados con sus perros y sus armas de fuego, ni los capitanes con sus barcos: el verdadero poder era la Iglesia.

A partir de esa tarde, Ixapeltzin se adjudicó una nueva misión: acudir todos los días a escuchar al fraile Martín de la Vega hasta aprendérselo de memoria. Hasta conocer cada uno de sus pensamientos para poder jugar con sus mismas cartas.

Nada más verla aparecer en la iglesia, fray Martín se acercó como quien se aproxima cauteloso a un pajarillo. En sus manos llevaba la imagen de la Virgen María. Ella la miró.

—¿Conoces a Nuestra Santísima Madre, la Virgen María?

—La conozco. Es Tonantzin.

—¿Tonachin? ¿Así la llamáis?

—To-nan-tzin.

—Vas a tener que enseñarme tu idioma, o nunca podré acometer la misión que Dios Nuestro Señor me ha encomendado.

Ixapeltzin, que nunca sonreía con la boca, lo hizo con los ojos. En todos estos años, era la primera vez que alguien le pedía aprender náhuatl en vez de empeñarse en enseñarle castellano. Fue ella quien enseñó a leer al fraile Martín los libros de pictogramas nahuas y no al revés. Y al hacerlo, Ixapeltzin empezó a sentir, por vez primera, que estaba en una especie de calmécac. La curiosidad con la que fray Martín le preguntaba sobre sus costumbres, sobre sus dioses, le maravillaba. Ella hablaba y él escuchaba. Él era el alumno y ella la maestra. Una sensación nueva y completamente excitante.

Todas las mañanas despertaba, se bañaba en una pila de agua que tenía siempre a su disposición, se vestía y salía a toda prisa, rish, rash, rish, rash, para encontrarse con el padre Martín. Ambos fingían desinterés el uno por el otro, pero ninguno de los dos tenía un pelo de tonto. Él la dejaba ver preparar la misa, y ella no perdía detalle de los cálices, del boato con el que el fraile disponía las lecturas y recordaba tiempos en donde su padre se alistaba para sus ceremonias, escuchaba con los oídos abiertos los cantos y, aunque no entendía una palabra, la música le erizaba los escasos vellos de los brazos y después se marchaba. Fray Martín jamás la apresuraba. Como si su curiosidad pudiera estirarse como el hule, Ixapel preguntaba sobre todo a todas horas.

—¿Quiénes son estos?

—Adán y Eva, los primeros hombres que hizo Dios a su imagen y semejanza.

—¿Tu Dios es hombre y mujer?

—No. No. Dios hizo al hombre a su imagen y semejanza.

—Entonces ¿a quién se parece la mujer?

—La mujer salió de la costilla de Adán.

—Pero el hombre nace de una mujer. Dios debe ser una diosa.

—No blasfemes, Isabel.

Ixapeltzin reía.

—¿De qué te ríes?

—Tu dios es extraño.

Y viendo que la seriedad asomaba al rostro de fray Martín, Ixapeltzin cambiaba de tema:

—¿Y los santos? ¿No son dioses?

—No, mi niña, los santos son hombres que han hecho buenas acciones.

—Nosotros tenemos muchos santos, entonces.

—Eso espero, niña.

—¿Y Tonantzin? ¿Puedo rezar a Tonantzin?

Fray Martín dudó un segundo. Mientras rezara a la Virgen, que rezara donde quisiera, así fuera en sitios de adoración de sus dioses antiguos.

—Puedes rezar en el mismo sitio en que le rezabas a ella, pero ahora rézale a la Virgen María.

—Adiós, fray Martín.

—¿Volverás mañana?

—No lo sé.

—Vuelve, Isabel. Te estaré esperando.

Y amanecía. Y sacudiéndose la pereza de su propia autocompasión volvía con más preguntas que el padre fray contestaba. Todas, sin excepción, recibían una respuesta que ella pudiese entender. Siempre con una sonrisa. Siempre con esos ojos dulces y amorosos con los que jamás le habían hablado antes.

—¿Entonces, Dios no quiere corazones?

—No del modo en que vosotros se los dabais, no. Uno puede entregar su corazón a Cristo sin sacárselo del pecho.

—¿Cómo?

—Siendo piadoso, Isabel. Entregando la vida a su servicio. Haciendo acciones en su nombre.

—¿Sacrificarse sin morir?

—Es una forma de decirlo, sí. Sacrificarse en vida.

Los días pasaban con la misma lentitud, los comales siempre calientes, los yunques de las construcciones repiqueteando en un monótono caer, la lluvia descargando a deshoras y llenando las acequias, pero ahora Ixapeltzin estiraba el letargo de los días haciendo creer a fray Martín en su conversión. Todos podían ver que la joven Isabel Moctezuma rezaba con plena conciencia y sentido, pues ella acudía a la iglesia cuando más gente había, se dejaba ver, quería que todos notasen cómo se arrodillaba, se llevaba las manos juntas frente al pecho y movía los labios en un balbuceo casi imperceptible, que flotaba en susurros. Lo que no sabían es que le rezaba a su padre y a su madre. «Ayúdame, guíame, no me dejes sola, dime qué hacer, tlahtoani mío. Dime cómo vencer a estos hombres, madre mía, cómo hacerles comer de mi mano». En el frío de esas paredes le parecía escuchar la voz de Moctezuma: «Sé la serpiente, cambia de piel, Tecuixpo», y la de su madre: «Clávales las garras del águila, Copo de Algodón». Olmedo y fray Martín sonreían con prudencia ante la aparente conversión de la hija de Moctezuma, porque los demás indígenas, al verla aceptar la nueva fe, hacían lo propio, sin sospechar que en el corazón de Ixapel bullía aún Huitzilopochtli.

Una tarde, fray Martín le enseñó la historia de san Francisco, un hombre despilfarrador y pagano que, habiendo recibido a Dios en su corazón, fue capaz de amansar un lobo.

—Al hacer la señal de la cruz ante un lobo que atemorizaba a la región, el lobo cerró la boca y se echó manso, a los pies de san Francisco. Desde entonces el lobo siempre iba a su lado.

Fray Martín notó que Ixapeltzin escuchaba atenta.

—¿Y el lobo siempre se quedó echado a sus pies?

—Desde luego que sí, hija mía.

—¿Y nunca intentó comérselo cuando san Francisco dormía?

Fray Martín le decía con voz firme:

—Claro que no. Porque Dios Nuestro Señor había amansado su corazón.

—¿Y el lobo era feliz?

Fray Martín quería meterse en esos ojos de piedra y amansar su corazón.

—El lobo fue feliz, sí.

—¿Cómo lo sabe? ¿Alguien le preguntó al lobo?

—No hacía falta, porque Dios había entrado en su corazón.

—Hasta mañana, fray Martín.

—Hasta mañana, Isabel.

Al día siguiente, Isabel decidió que, al igual que san Francisco, despreciaría los lujos con los que Cortés había dado orden de vestirla. En un desplante que disfrazó de ataque de humildad cristiana, decidió vestir parecida a como lo hacía antes, con huipiles de algodón bordado, sencillos y sin tanto encaje. Ya no usaría vestidos de pesadas telas que tronaran al andar. Le pidió a Citlali un sencillo traje claro con bordados floreados en el pecho que realzaba el color tostado de su piel. Dejaba al descubierto su cuello y sus tobillos, pero ocultaban su cintura. Al verse en el espejo reconoció a la Tecuixpo de antaño, una Tecuixpo que había crecido, por fin, mezclada con la Ixapeltzin de ahora. Dos mujeres distintas en una misma persona. Pensó en doña Luisa, a quien no veía desde la caída de Tenochtitlan porque Cortés había mandado a Tonatiuh a la conquista de las tierras del sur. ¿Quiénes eran ellas? ¿En qué las estaban convirtiendo? ¿En qué se habían convertido?

Al verla así, Citlali exclamó:

—Eres como tu madre Tecalco.

—No —contestó Isabel—. No nos parecemos en nada.

Cuando fray Martín la vio aparecer en la iglesia con ese sencillo vestido le pareció que se veía más hermosa que nunca. Como si el vestido español hubiera sido una impostura que ocultara su verdadera naturaleza. Sin apenas percibirlo, se descubrió apretando con fuerza el cordón de su hábito.

—Te has cambiado el vestido —le dijo él solo para recalcar lo evidente.

Ella se planchó el huipil con las manos.

—Como san Francisco —mintió.

Y el fraile sonrió.

Un día, fray Martín le dijo algo que cambiaría su vida para siempre.

—Isabel, ¿te gustaría aprender a leer las Santas Escrituras?

Ixapeltzin asintió sin entender.

—Ven. Mira. Yo te enseño y tú me enseñas.

Uno al otro, fray Martín e Ixapeltzin se enseñaban palabras sueltas y luego se las dibujaban. Esto es una a, esto es una uve, esto es una e.

¿Ves? *A-ve Ma-ría.* Ella seguía las imágenes que contaban lo que significaban los rezos con el dedo índice estirado y él, emocionado, no perdía detalle de la carita de Ixapeltzin, concentrada para seguir las figuras que él le mostraba. Isabel, por primera vez, estaba realmente interesada en lo que los españoles podían enseñarle. La Madre con el Niño en brazos, los ángeles de mofletes regordetes, los cristos sedentes de ojos grandes. Después, Ixapeltzin le enseñaba la historia de su gente dibujada en códices con formas espirales, imágenes en las que sucedía todo a la vez y fray Martín le preguntaba:

—¿Por qué esa figura tiene una caracola en la boca?

—Porque está hablando —contestaba ella.

Y fray Martín estudiaba atento cada una de esas formas como un chiquillo en la escuela. Al caer el sol, en la calma en la que se acallaba el viento, Ixapeltzin salía de la iglesia con un montón de ideas revoloteándole en la cabeza, pero antes de marcharse fray Martín le dibujaba la señal de la cruz sobre la frente. Ixapeltzin nunca cerraba los ojos para poder descifrar el movimiento tenue de sus labios.

—Que Dios te bendiga —le decía.

Una cálida paz la recorría entera cuando aquel hombre la acariciaba despacio con la yema del dedo, dibujando una cruz en parsimonia, trazando cada línea cruzada sobre ella como si fuera un pergamino, una página en blanco, un lienzo limpio en donde se podía empezar a escribir su propia historia y a veces, en ese instante corto, Ixapeltzin dudaba. Se iba corriendo de allí lo más rápido que podía y sacudía la cabeza pensando si sería posible que todos sus ancestros, todos, hubieran estado adorando a falsos dioses y que los españoles hubieran llegado y vencido para traerles la nueva fe, la verdadera, la que la salvaría eternamente. Una lucha constante con ella misma, una lucha a muerte en donde no sabía qué creer, ni qué sentir, ni a quién se debía. Llegaba la luna y se tumbaba boca arriba en la cama, sin taparse a pesar del frío, castigándose un poco por estar traicionando a su padre, a su madre, a Cuitláhuac. A todos los mexicas. «No», se decía, «jamás me domesticarán como a ese lobo». Y si alguna vez la hacían postrarse de rodillas no sería ante el dios de Cortés, sino ante el que le había enseñado fray Martín. Un dios de letras y conocimiento. «Esto es una a, esto es una uve, esto es una e. *Ave María*». Por ese dios estaba dispuesta al sacrificio.

Pedro Gallego de Andrade

Hacía mucho que Pedro Gallego de Andrade había dejado de ser el flaquillo muchacho que llegara con Pánfilo de Narváez para convertirse en un hombre de barba cerrada, cejas pobladas, dedos duros y brazos recios. Paseaba por el mercado de Tlatelolco preguntándose si debía comprar la carne de armadillo que le ofrecían, comprar tortillas para una sopa o si mejor pasaba al matadero por un hueso para hacerse un buen caldo con garbanzos. Del jubón sacó unas semillas de cacao y contó a ver para cuánto le alcanzaba. No tenía una gran fortuna porque cuando pudo hacerla jamás robó a manos llenas, pero se las apañaba para vivir sin penurias. Otros que habían luchado a su lado y que se habían metido oro hasta dentro de las botas movían la cabeza con negligencia al verlo: «Mira que eres tonto, Pedrito. Haber agarrado cuando hubo». Pero a Pedro Gallego de Andrade todo eso le tenía sin cuidado porque, a diferencia de ellos, dormía a pierna suelta por las noches.

Se había amoldado a la nueva ciudad con la facilidad de un líquido a un recipiente y lo mismo comía manzanas que pitayas, chiles asados machacados en molcajete que pimientos verdes, arroz con frijoles que alubias pardas. Y con la ayuda de los frailes y de algunas mujeres, a las que amaba de tanto en tanto y de vez en vez, había aprendido náhuatl. Ya no quería saber nada de batallas, ni de blandir espadas, ni de matar para vivir. La próxima vez que hubiese guerra, se decía, estaría del bando de los que rezaban. Porque Pedro había descubierto que tenía más vocación de fraile que de soldado. Ya se lo había dicho su amigo Juan Cano —¿dónde estaría Juan ahora?—, cuando entre broma y broma le decía que tenía cara de cura y después le propinaba una bofetada cariñosa.

De todos esos soldados, Juan Cano era el único al que extrañaba. Lo consideraba una especie de hermano de otra madre. A pesar de haber compartido poco, a pesar de haber luchado en distintos bandos, sentía por su amigo la complicidad de lo fraterno. Pero desde la caída de Tenochtitlan se habían perdido la pista en ese ir y venir de gentes nuevas y trajín fundacional. Alguna vez había creído verlo a lo lejos, cruzando una calle. Otras veces, en alguna tienda, le había parecido escuchar su nombre aunado al de alguna encomienda. A estas alturas, seguramente estaría casado. Con una lugareña, o castellana o andaluza, porque cada vez llegaban más barcos con mujeres provenientes de España. Alguien habría para calentar la cama por las noches. A lo mejor él debería hacer lo mismo. Cuanto más lo pensaba, más seguro estaba de que esa era la única razón que lo apartaba de su vocación religiosa: el celibato. Lo perdían las mujeres hermosas. Lo demás no le importaba. «Algún día», pensaba, «quizá. Pronto».

Mucho había cambiado desde que se bajara de aquel barco con Narváez. El chiquillo dicharachero no había dejado de serlo, pero ahora medía más sus palabras y ni harto de vino se le aflojaba la lengua. En esos años de gobierno convulso había visto a muchos morir ahorcados por dar rienda suelta a su lengua tras una borrachera. Solo se soltaba a hablar cuando alguien le inspiraba verdadera confianza, y eso no solía suceder a menudo. Para tener alma de cura resultaba bastante desconfiado. Pero él decía que aquello no era desconfianza, sino la conveniente virtud de la prudencia. Cuando Cortés anduvo ausente y el terror pareció extenderse por la Nueva España como una plaga, permanecer al margen lo había librado de noches en calabozos y castigos ejemplares. No solo su lengua había madurado. Su cuerpo de látigo embarneció, y en su lugar unos músculos firmes de hombros curvos, de brazos y piernas magros y fibrosos como los de los mexicas fornidos aparecieron. La pelusa rubia de su cara se había oscurecido en un color castaño como las pecas alrededor de su nariz. Pero aún seguía contando buenos chistes.

Pedro Gallego de Andrade hablaba como un hombre, se movía como un hombre, pensaba como un buen hombre. No le gustaba hacerle daño a nadie, ni a los animales ni a las cosas. No le gustaba oír llorar a un niño ni ver mendigar a los ancianos. No le gustaba ir a entierros en que los padres sobrevivieran a sus hijos, ni las discusiones de vecinos que podían oírse desde la calle, ni los gritos ni las malas palabras, ya ni hablar de las blasfemias. No le gustaba albergar rencores rancios ni vivir anquilosado en el pasado, pues todo lo vivido era una lección aprendida y no una sentencia perpetua. No le gustaba el rugir de las tripas sin tener a mano un plato de sopa. No le gustaba pasar frío en las noches de invierno, ni el zumbido de los mosquitos en verano. No le gustaba pensar que si no tenía cuidado podía envejecer amargado y triste como los árboles enfermos. No le gustaba nada de eso y, sin embargo, le gustaba todo lo demás.

Vivía tranquilo. Había logrado crear una pequeña fama que lo mantenía alejado de cualquier lío. ¿Que se estaban peleando dos en la plaza por una cuita de faldas? «Llamen a Pedro Gallego», decían, «que seguro pone paz». ¿Que había un grupo de personas quejándose por la mala repartición del grano? «Llamen a Pedro Gallego», sugerían, «que seguro él pone remedio». ¿Que un niño se había perdido en el mercado?, lo llevaban a casa de Pedro Gallego en lo que buscaban a su madre. Era una especie de juez benevolente cuyo nombre casi todos conocían, aunque no necesariamente reconocieran su cara, porque a Pedro no le gustaba figurar más de lo imprescindible. A pesar de todo, no era muy dado a atraer la atención ni a obtener reconocimiento sin merecerlo.

Por eso trató de pasar desapercibido el día en que a las caballerizas llegaron unos emisarios de Cortés. Buscaban a alguien. Pedro Gallego cepillaba la crin de un caballo. Los hombres preguntaban aquí y allá. Tras indagar entre un par de señoras que vendían flores en unas canastas de palma trenzada, de pronto Pedro las vio señalar en su dirección. Los hombres se acercaron. El caballo hizo ademán de dar una coz.

—Quieto, bonito —le dijo en un murmullo sin dejar de acariciarlo.

—¿Eres tú aquel al que llaman Pedro Gallego? —preguntaron.

—El mismo que viste y calza. ¿Quién pregunta?

—El gobernador don Hernán Cortés.

El caballo relinchó.

—¿Y a qué se debe el interés?

—Dime, muchacho, ¿has sido mozo de espuelas?

«¿Mozo de espuelas?». Hacía mucho que nadie lo asociaba con aquel trabajo.

—Lo fui. Hace unos años.

—Acompáñanos.

—¿Por qué?

—Órdenes de Cortés.

Pedro acompañó a los hombres repasando mentalmente la lista de sucesos que podrían llevar al capitán Cortés a interesarse por él tras todos estos años. Había sido mozo de espuelas suyo, lo recordaba perfectamente, jamás podría olvidar el relinchar del caballo cansado y bravo de Cortés sobre su nuca. ¿Por qué lo mandaría llamar ahora? ¿Algún mozo de espuelas sería sospechoso de alguna falta? Prefirió no precipitarse en sus conclusiones y esperar al cara a cara con Cortés. Y aunque estaba tranquilo, su corazón redoblaba a un ritmo distinto al de su conciencia.

Llegó a Coyoacán, donde Cortés había establecido su hacienda. El cielo amenazaba lluvia y el aire arrastraba el frescor helado de las montañas. Avanzó por la cuadrada balaustrada que rodeaba el jardín escoltado por dos hombres que, sin intención de intimidarlo, lo hacían sentir incómodo. Los pasos de los tres rebotaban en un eco por el pasillo. Lo llevaron a un salón cuyas paredes estaban pintadas de rojo de mitad para abajo.

—Espera aquí —le dijeron. Y los hombres salieron.

Pedro Gallego echó un vistazo a la habitación. Dos sillas de brazos. Una alfombra de lana. Un bargueño. Dio dos pasos hacia una ventana en forma de herradura. Desde allí podía ver el patio interior. No cabía duda. Cortés no había perdido el tiempo en hacer de aquel lugar un sitio señorial. De algún punto de la casa emanaba olor a chile y cordero asado. Aspiró con fuerza abriendo las aletas de la nariz y un leve ronroneo rugió en el fondo de sus tripas. Tuvo la sensación de estar siendo observado y oteó alrededor. Justo al frente, desde uno de los balcones lo observaba Isabel Moctezuma. ¿Acaso era ella? Había oído historias, eso sí, de cómo a la que llamaban *Tecuichpo* se había cristianizado, que era más devota que las monjas de clausura y que ayudaba a los frailes a evangelizar. Todo eso lo sabía. Lo que no sabía era que fuese una mujer tan imponente. Y es que lo era. Porque de todas las mujeres que había conocido en aquella Nueva España —y habían sido unas cuantas—, ninguna era como ella. Ninguna. Atraía como el sol, que una vez se veía no se podía apartar la vista a pesar del llanto de los ojos. Su belleza serena, similar a las cortezas de los árboles, transmitía una paz de espíritu por encima de la rudeza de su aspecto. Pedro supo al instante qué era eso. Era la belleza de las mujeres que no saben rendirse. Sus ojos decían tanto y su boca hablaba tan poco. Pedro creyó bucear en esos ojos. Unos ojos que en su mutismo hablaban de deseo. Un deseo latente, dormido, a la espera de erupcionar. Eso era: un volcán. Y luego estaba ese pelo negro de sirena que debía ser pecado, porque a Pedro le dieron ganas de olerlo, de inhalar con fuerza, de enredar sus dedos en él y perderse en esa cascada para siempre. La nariz aguileña, solo un poco, lo justo para no resultar demasiado curva, su boca con forma de corazón ancho, su tez de bronce.

Dándose cuenta de que había pasado demasiado tiempo observándola, Pedro Gallego inclinó la cabeza en señal de saludo y ella hizo lo mismo. Entonces él fue quien se sintió observado. Los ojos de la muchacha se posaban sobre Pedro sin ningún disimulo, diseccionándolo, analizando cada uno de sus gestos. Tanto que Pedro se vio obligado a mirar en otra dirección para no volver a pecar de lo mismo. Porque la curiosidad de mirarla y recorrerla palmo a palmo era grande. Tan solo un par de segundos después de haber retirado la mirada, volvió a ella. Ahí seguía. Y entonces, Pedro Gallego dejó caer ambos brazos en posición de firmes y se dejó ver. Casi podía sentir su mirada rozándole la piel. Lo miraba entero. Él era un cervatillo. Ella un jaguar que acaba de comer y que no atacaba ni atacaría, tan solo le dejaría sentir la amenaza. Comenzaba a sentirse nervioso cuando oyó la voz de Cortés a sus espaldas.

—Muchacho. Espero no haberos hecho aguardar mucho.

Pedro se giró en ese instante.

—No os preocupéis, capitán, me he entretenido con… la belleza de vuestra hacienda.

Aprovechando que Cortés contemplaba el esplendor de sus dominios, Pedro miró hacia la ventana. Isabel ya no estaba.

—Hermosa es, bien decís —recalcó Cortés señalando la hacienda—. Me alegra que os guste, pues tengo un trabajo para vos. He oído que sois bueno con los caballos.

—Fui mozo de espuelas, capitán.

«*Vuestro* mozo de espuelas».

—Y muy bueno, lo recuerdo bien. No creáis que soy tan débil de memoria.

—Me alegra que me recordéis, capitán.

—Por eso quiero que os hagáis cargo de mi guardia personal.

—¿Yo?

—Vos. He oído que sois un hombre justo. Y necesitaré que haya hombres de confianza, como vos, cuando me ausente —recalcó mirándolo a los ojos. Mis capitanes se han ido: Alvarado se fue a hacer la conquista del sur hace años, a esas tierras que llaman Guatemala, y a Olid lo he mandado en expedición a las Hibueras.[19] Y vuestra fama os precede.

—Pero tenéis más capitanes… ¿Para qué me necesitáis exactamente?

—Necesito que os hagáis cargo de mis caballerizas.

—¿Las caballerizas?

—Sí. Espero que no os importe.

—De ninguna manera —dijo Pedro sabiendo que sus responsabilidades estarían vinculadas a labores más plácidas que la guerra. Labores que a sus otros capitanes les parecerían, ¿cómo decirlo?, de inferior categoría. Pero a él, al contrario, le parecían perfectas.

—Tendréis comida, techo y un sueldo —añadió Cortés al ver que el chico no contestaba.

—Acepto —concedió Pedro.

Cortés, satisfecho, juntó los talones en un pequeño gesto marcial.

—Estupendo. Haré que os preparen vuestros aposentos. Bienvenido a la Hacienda de Coyoacán, Pedro.

—Gracias, capitán.

Casi sin querer, en contra de cualquier voluntad, el primer pensamiento que Pedro tuvo al aceptar no fue para Cortés, ni para sus caballos, ni sobre la comodidad que implicaría vivir a cuerpo de rey

[19] Las Hibueras: Honduras.

junto al gobernador de la Nueva España. El primer pensamiento fue para la muchacha de la ventana. Un jaguar por el que estaba dispuesto a ser devorado. Y es que ni Pedro Gallego, ni nadie, habría podido imaginar cómo las tornas del destino acababan de dar un diminuto giro, apenas sutil, en su dirección.

Hombres necios

Cristóbal de Olid, aquel hombre tan fiel, tan leal, tan cortesiano, tan certero en sus juicios y fiero en la lucha, aquel que había peleado con Cortés en la Caída de Tenochtitlan, compañero de cuitas y batallas, y al que había enviado con cinco navíos, un bergantín, cuatrocientos hombres, artillería y todo lo necesario para explorar el terreno hacia las Hibueras, se le rebeló a Hernán y se puso del lado de Velázquez, que no dejaba pasar oportunidad para impedir que Cortés siguiese comiéndole el mandado.

—¡Maldito Velázquez! —gritó Cortés—. ¡Llegará el día en que haga preso a ese malnacido! ¡No para de poner a mis hombres en mi contra! ¡Que me deje en paz y acepte que yo soy el único señor de estas tierras! ¡Él no tiene nada que hacer aquí!

—Prudencia —le espetaba Alonso de Grado—, prudencia. Ya enviaste a unos a hacer justicia, espera a ver qué noticias te traen.

—¡No puedo esperar! Mira que arreglarse con Velázquez… será rata miserable, Olid traidor, buitre… Debo ir tras Cristóbal y colgarle yo mismo por su traición.

—No hablarás en serio…

—Como que me llamo Hernán Cortés, gobernador, capitán general y justicia mayor de la Nueva España.

Alonso de Grado palideció.

—Es una insensatez. La ruta es una ratonera. Milagro será que vuelva alguien vivo. ¿Y tú quieres ir a meterte a la boca del lobo? Déjalos a su suerte, Hernán. Ir tras ellos es condenarte a ti y a los infelices que te acompañen a la muerte.

—Alonso, te oigo y te desconozco. Hablas como un cobarde.

—Y tú como un insensato. Escúchate. Lo que pretendes es un suicidio. No arriesgues la Nueva España por un pedazo de las Hibueras.

—¿Y desde cuando te has vuelto tan sensato? La última vez que te vi estabas batiéndote a tiros porque alguien te había ganado en el juego. Ese Alonso no habría cuestionado.

—Ya no quiero ser ese Alonso.

—No digas sandeces, Alonso, por mucho que huyamos el diablo siempre nos alcanza.

Ambos se sostuvieron la mirada.

—¿Qué quieres decir con eso?

—Que eres un pendenciero, Alonso, eso quiero decir. No me vengas ahora con sermones de rectitud y sensatez. Ambos sabemos que en el fondo quieres venir conmigo. Ven conmigo —dijo Cortés sujetándolo de los hombros.

Alonso quiso meterse dentro de los ojos con los que lo veía Cortés. Unos ojos profundos y oscuros como el mar en la noche. Hizo un esfuerzo por sacudirse esos fantasmas.

—¿A qué vas? No te empuja el deber, sino la vanidad.

Cortés despegó sus manos de los anchos hombros de Alonso.

—Partiré y no hay nada más que hablar.

—Allá tú. Pero no me pidas que vaya contigo.

—¿Es que no lo entiendes? No es por las Hibueras. Es por la autoridad. Por el orden. Si se corre la voz, los capitanes harán cada uno su conquista, como Cristóbal, me desacatarán y esto será un hervidero de traidores.

—Quien parece no entender eres tú. Olid está lejos, ningún daño puede hacerte ya. Deberías quedarte y cuidar de la Nueva España que tanto nos ha costado.

—La Nueva España prospera bien. Con la ayuda de Dios.

—Dios no estará del lado de los necios, Hernán.

—Ni de los tibios y cobardes.

—¿Cómo dices?

—Me has oído.

Silencio.

—Si la decisión está tomada, no veo qué necesidad había de consultarme —dijo por fin Alonso.

Otro silencio.

—Ven conmigo —le volvió a pedir Cortés.

Alonso de Grado trastabilló. Todo su cuerpo le avisaba en cada poro de piel que aquello era una locura, una insensatez, un camino hacia la perdición. Pero con la misma intensidad con la que lo sabía, quería seguir los pasos de Cortés, ser partícipe de una aventura, quizá la última, en la planicie de su vida. Volver a sentir que no era prescindible. Cuidarle las espaldas a ese hombre que le atraía sobremanera, en contra de todo juicio, en contra de natura. Morir junto a él. Vivir junto a él. Y entonces, sorprendiéndose de su propia soberbia, olvidó los argumentos erigidos antes para decir:

—Lo haré, Hernán. Iré contigo. —Y cierto grado de arrepentimiento o de estupidez le rebotó en la última sílaba.

—Te lo compensaré —prometió Cortés volviendo a agarrarlo por los hombros, y luego le propinó una soberana palmada fuerte en el brazo derecho, una palmada que a Alonso le supo a gloria bendita, a complicidad, a una amistad sólida en la que podían decirse verdades sin reparos.

Alonso, aturdido y aprovechando la inercia del agradecimiento de Hernán, lo atrajo contra su pecho para apretarlo, para estrecharlo contra sí, y disfrazar ese abrazo de fraternidad, de lucha eterna, de camaradería. Porque ese abrazo significaba muchas cosas, menos esas. Y luego se separaron. Incapaz de decir nada más, Alonso abandonó la habitación.

De haberse esperado un poco más, Cortés habría sabido que desde hacía semanas el cuello de Olid había sido apresado, juzgado y rebanado de lado a lado con un pequeño cuchillo afilado tierra adentro. Pero la impaciencia se había apoderado de Cortés y la simple expectativa de saber que podría ponerle las manos encima al traidor de Olid, después de haberse jugado la vida en las guerras mexicas, de haber pasado juntos hambres largas, después de haberse solapado, mentido juntos, matado espalda con espalda, jurado lealtades hondas para que ahora le saliera con que las tierras que descubriera no solo serían suyas, que eso hasta lo podía entender, pues Cortés conocía muy bien lo que era querer poseer un pedazo de tierra, porque solo los que han recibido el beso de la vanidad en la boca conocen las mieles del orgullo, de la gloria, de la conquista, pero que el muy imbécil se fuera a meter bajo las faldas de Velázquez —¡de Velázquez!— después de todo lo vivido, lo pasado, lo sufrido, eso no lo podía soportar.

Ni hablar. Se adentraría en tierras desconocidas, y al pensar en aquello una ráfaga helada le recurrió la médula espinal. Hacía mucho desde la última vez que sentía esa excitación. Recordó lo poco que le entusiasmaba una vida monótona llena de costumbres, una vida en la que le esperara siempre la misma mujer en la misma cama, la misma cena por las noches, una vida en la que despertara sabiendo que la rutina del día sería exactamente igual a la de ayer y a la de mañana. Una vida sin sobresaltos, sin imprevistos, sin sorpresas. No. Él no había nacido para vivir como un hombre común a la espera de que la muerte lo encontrase en la vejez. Partiría en contra de todos y con todo en contra. Todo con tal de no ver la vida pasar sentado en un sillón.

Sin embargo, un pensamiento comenzó a aturdirle y la vena gorda de meandro que le avisaba de los peligros empezó a palpitarle en la sien. Se llevó la mano que aún tenía completa a las barbas y se acarició la perilla. «No podré ir solo», se dijo.

Y no se refería a las decenas de capitanes, a cual más encumbrado, ni a los cientos de hombres que pensaba llevarse consigo, ni a los curas, ni a los funcionarios reales, ni a los médicos, ni mozos de espuelas, ni a los halconeros y cazadores, ni al encargado de la manada de puercos, ni a los miles de guerreros indígenas, ni a los caciques encabezados por Cuauhtémoc, que mal rayo lo partiese si osaba irse dejando al hombre pastando a sus anchas, que estaba cojo pero seguía tan virulento y peligroso como un fuego mal apagado, y así tuviera que cargarlo en camilla y turnarse para llevarlo en andas por varios hombres se lo llevaría. Pero no. No se refería a ninguno de ellos. Necesitaría a alguien especial. A una parte de su cuerpo. Esa parte sin la que ningún avance ni victoria sería posible: necesitaba a su lengua.

Pero Marina estaba metida en su papel de madre hasta el tuétano. Mucho más desde el fatal incidente con Catalina. «Fatal incidente», lo llamaba él, haciendo del eufemismo todo un arte. El pequeño apenas tenía poco más de un año y aprendía sus primeros pasos. No sería fácil convencerla, ahora que su mundo era más doméstico, ahora que tenía una razón para quedarse. La vida de Malintzin había cambiado en todos los sentidos. Y no solo era por su pequeño Martín. Eran sus comidas diarias, la calma de saberse en control de una vida sin exabruptos tras años de servidumbre, dormir al calor de una estufa, que al cruzarse con ella se inclinaran en señal de respeto y le dijeran «doña». Habría de cambiar todo eso por dormir a la intemperie, por atravesar junglas, mosquitos, comer lo que cazaran, beber el agua del rocío de las hojas. Había que ser muy estúpida para embarcarse en una expedición en donde todo podía salir mal, y aun suponiendo que Cortés ganase algo, todo lo que a ella podía pasarle era perder. De todos modos, a sabiendas de aquello, Cortés se dispuso a pedirle que lo acompañara porque no tenía más remedio. Ir sin ella era condenarse al fracaso. Y Cortés lo sabía como conocía su nombre.

Así que hacia ella fue, a pedirle que cortara de cuajo sus raíces, que levase anclas de la tierra. Marina lo vio llegar y supo que nada bueno podría acaecer con esa visita. Cortés era un hombre que no asomaba la cabeza si no era para conseguir algo a cambio. Dejó al pequeño Martín jugando en el suelo y acudió a ver qué era aquello que el capitán quería de ella esta vez.

—No iré —contestó tras escuchar la exposición de los hechos—. Lo que me pides es imposible.

—Por favor, Marina. No puedo ir solo. Tienes que guiarme, sin ti estoy condenado al fracaso.

—Irme sería condenar a Martín a la orfandad.

—Martín estará bien cuidado. Se lo encargaré a Altamirano.

—¿Al leguleyo?

—No hay mejor guarda.

—Ese hombre no me gusta.

—¿Altamirano? ¿Por qué? Es fiel y leal.

—Solo vela por sus intereses.

—¿Y eso es malo?

—No me gusta la gente que cambia de rumbo según los vientos.

—¿De qué hablas? Martín estará bien cuidado y no le faltará nada hasta que regresemos.

—No puedo irme. Además, ayudo a los frailes a traducir las Escrituras… Las necesitan para evangelizar.

—Las Escrituras esperarán.

—Pero los indios no.

—¿Qué insinúas?

—Nada. Solo que los frailes contienen la energía de los indios. Los frailes e Isabel.

—¿Qué sabes tú de eso?

—Lo que saben todos. Isabel Moctezuma contiene la enjundia mexica.

—Entonces no hay nada que temer. Que les ayude Isabel. Sabes muy bien que los indios solo la escuchan a ella, y está haciendo gran labor. Da gusto ver cómo les enseña a rezar. No he visto india más cristiana.

Marina soltó aire despacio.

—No, Hernán —dijo ella al fin—. No gano nada con marchar. Nada de lo que digas me hará cambiar de opinión.

—Sabes que puedo obligarte.

—Lo sé.

—No querrás que yo me enfade, ¿verdad, Marina?

Marina no solía responder a las amenazas, pero se percató de que apretaba los puños con tal fuerza que se clavó las uñas en las palmas de las manos.

—No ganas nada con amenazarme, Hernán. Con la fuerza no lograrás nada. Soy una mujer de palabras.

—Venga, Marina. Tiene que haber algo que tú desees y que yo pueda darte.

Marina respiró hondo. Sí. Había algo. Aún sopesaba la carta con la que negociar cuando un par de palabras se le escaparon en voz alta. En voz muy baja, bajísima, casi como si hablara para sí, se oyó decir:

—A menos que…

Tres palabras. *A menos que.* Tres palabras que abrían las aguas del mar de Cortés para que cruzasen sus propósitos. Cortés no necesitó descifrar la mueca de su boca, una mueca de sonrisa simulada porque conocía muy bien a Marina y había aprendido a leerla como a un mapa, a interpretar sus silencios, a cuestionar sin responderse. A decirse cosas sin necesidad de manipularse más de la cuenta. Cortés sabía que Marina acababa de encontrar un precio justo.

—¿Qué quieres? Te daré lo que me pidas.

Y entonces Malintzin, Marina, Malinalli, se acordó de Catalina, asfixiada por las manos del mismo hombre que ahora le ofrecía un tesoro. Tenía el poder de pedir y se le concedería. «Mide bien tus palabras», pensó precavida.

—Quiero un esposo.

—¿Un qué?

—Un esposo.

Cortés comenzó a reír, cada vez más fuerte. De todas las cosas posibles que esperaba oír de boca de Marina, de todas las palabras extrañas, de todos los conceptos traducidos, aquella era la única que jamás se imaginó oírle decir nunca. Seguía riendo cuando le increpó:

—¿Un esposo? ¿Y para qué quieres un esposo?

—Pues para lo único que sirve un esposo: para no estar desprotegida. Quiero que Martín tenga un patrimonio.

La risa de Cortés se detuvo paulatinamente. Espasmo a espasmo hasta que la seriedad volvió a instalarse entre ellos. Así que eso era: no se fiaba de él. «Pero qué lista eres, mujer». Y por un momento sintió ganas de comérsela a besos. Si hubiera sido castellana se habría casado con ella.

—Así que eso quieres.

—Sí.

—Sabes que yo no puedo casarme contigo.

No. No lo sabía. Se lo imaginaba, pero no lo sabía. Al fin y al cabo, él era viudo y podría casarse con quien le placiese, y tenían un hijo en común. Un hijo que llevaba el nombre de su padre y el apellido del conquistador. Pero él había dicho «no puedo casarme», no «no quiero», sino «no puedo». ¿Qué se lo impedía? Malintzin lo sabía con certeza, no podía casarse con una indígena. Con una esclava. Una parte de su espíritu agradeció. Nunca había querido ser la esposa de Cortés. Hacía tiempo que sabía que el capitán era un hombre al cual no convenía estar atada por siempre.

—Lo sé —contestó escueta—. No pido casarme contigo.

Cortés, que no estaba acostumbrado a ese desprendimiento de las naturales, torció levemente el pescuezo. No la amaba, pero en su fuero interno habría querido que a ella le importase un poco más su desdén.

—¿Y si te consigo un marido vendrás a las Hibueras conmigo?

—Un esposo hidalgo, sí.

—Hidalgo, ¿eh?

—Sí. Un capitán.

—Ya veo.

—Y una encomienda.

Cortés volvió a soltar una risotada, esta vez con cierto regusto a acidez.

—¿Una encomienda? ¿No crees que pides demasiado?

—Pido lo justo para nuestro hijo.

—¿Quieres la encomienda para Martín?

—Para Martín, sí.

Sí. Para Martín. Un pedazo de tierra que fuera suyo y solo suyo. Todo lo que una esclava como ella jamás podría darle, ni aunque viviera mil años.

—Sea —sentenció Cortés.

Y sellaron un pacto beneficioso para ambos, en donde él conseguía a la mejor guía posible para adentrarse en tierras adversas y Malintzin abandonaría para siempre la posición vulnerable de ser la amante, la querida, la india favorita de Cortés. Marina tomó aire muy hondo y muy profundo, pues bien sabía que estaba a punto de zambullirse en aguas turbias.

En la Nueva España se armó un revuelo tremendo cuando se corrió la voz de que Cortés partía hacia las Hibueras.

—¿Que se va Cortés?

—Sí, y se lleva a Cuauhtémoc.

—¿A Cuauhtémoc para qué?

—¿Pues para qué va a ser? Porque si lo deja aquí solo se le alza.

—¡Pero si casi no puede caminar!

—Se lo llevan en volandas, en una especie de camilla cargada por cuatro hombres.

—¿Y quién quedará en su lugar?

—Esos que llegaron con los frailes. El Zuazo y el Albornoz.

Así era. Alonso de Zuazo, enviado de Carlos V, quedó al mando, junto con otros recién llegados que caminaban pisando con cuidado de no mancharse de barro los jubones y levantaban la nariz al hablar porque, así como las ratas husmean la basura, ellos olisqueaban el rastro de poder que les guiara a las riquezas. No habían participado en la toma de la ciudad y, al llegar y verla pacificada, se sobaron las manos una sobre otra, saboreando el aletazo de gobierno que les humeaba en la cara, y salivando cual carroñeros convencieron a Cortés —y a sus propias personas— de que sabrían poner orden hasta que él regresara. «Vete tranquilo, Cortés, que nosotros sabremos mantener el orden y la justicia».

Y Cortés les creyó.

Apostada en las columnas de la iglesia, con fray Martín a sus espaldas, Ixapeltzin vio la enorme comitiva, larga como un día de ayuno, salir en procesión hacia la ruina. Esa multitud se parecía mucho a la que había salido huyendo hacía tan solo tres años en medio de la noche, solo que ahora ella se quedaba en su tierra. Porque seguía siendo suya a pesar de todo y suya la sentía. El estupor le erizó los vellos de la nuca al ver la cantidad de gente que marchaba como una fila de hormigas sin fin. Ordenados, a paso firme, marchando a otra conquista cuando apenas afianzaban esta. Pero si algo había aprendido de los españoles era que sus ansias nunca estaban llenas y siempre llevaban prisa por llegar a lo desconocido, como si solo pudieran explicarse el mundo a través de sus ojos castizos. Raros eran los que trataban de encajar en otros moldes. La mayoría hacía que las circunstancias se acomodaran a la vida y no al revés. Como ella.

Alonso de Grado pasó junto a Isabel y la miró. No era la primera vez que la veía. Ni mucho menos. Recordaba a la niña que había bajado de la canoa durante la rendición de los mexicas, y aunque conservaba la misma desconfiada forma de mirar, le pareció reconocer en ella una fuerza nueva, un resurgir, como si fuera consciente de su malicia. No era su físico lo que la hacía destacar en medio de la multitud, sino su espíritu entero, sin resquebrajar, sin doblegarse un ápice. Y no es que esperara verla cabizbaja y sometida como al resto de vencidos que rehuían de mirar directamente a los ojos. Algunos otros indígenas deambulaban sin ilusiones, como perros pateados en las costillas, temerosos y desconfiados; sin morder, pero dispuestos a hacerlo. Pero en Isabel había otro sentir. En ella no había resignación.

Cortés y los frailes lo atribuían a su conversión. Pero Alonso no era capaz de ver en ella ni rastro de recogimiento. Y hacía bien. Porque Isabel Moctezuma miraba como su padre. Alonso avanzó cautivado por lo señorial que era la hija de Moctezuma, pero bien sabía que su cuerpo no sentía la más mínima atracción por ella. Ni por ella ni por ninguna. Ojalá sus ojos se regodearan en esas carnes. Entonces todo sería más fácil. Más sencillo. Menos doloroso. Pero posó la vista al frente y se topó con decenas de hombres correosos, marchando fuertes, de muslos gruesos, espaldas anchas y hombros redondos, y la imagen de Isabel Moctezuma se esfumó en un soplo.

Ni por un momento Isabel reparó en que Alonso de Grado la había mirado porque ella solo tenía ojos para Cuauhtémoc. Tenía tanto tiempo sin verlo. Y ahora lo veía partir a la cabeza de esa ristra de soldados que una vez fueron enemigos, junto a otros principales mexicas. Cuauhtémoc iba a lomos de un caballo. ¡De un caballo! No daba crédito. Pero supuso que si ella había aprendido a orar también él habría aprendido a montar. Sin embargo, él estaba lejos de la gallardía, como si montar fuese otra humillación más de tantas, pues iba a caballo porque no podía andar. A ambos lados del animal caían sus piernas heridas hasta las rodillas, muñones sin dedos que le impedían caminar largas distancias. Tras él, cuatro hombres llevaban una especie de hamaca para cargarlo cuando fuese imposible que anduviese. Cuauhtémoc trató de recuperar su orgullo cuando pasó junto a ella. Ixapeltzin se veía imponente. Tenía el porte de su madre, el mirar de su padre y la fortaleza de Cuitláhuac. Inclinó la cabeza en respetuosa reverencia cuando pasó a su lado, pero Isabel, a pesar de que solo tenía ojos para él, fingió no verlo, no reconocerlo. Orgullosa hasta la médula. Su indiferencia le causó a Cuauhtémoc un enorme pesar. En un instante imaginó una vida entera junto a ella. Podría haberle dado hijos. Hijos mexicas. Juntos podían haber perpetuado una dinastía magnífica. Pero el recuerdo de Axayácatl siempre se interpuso entre los dos. A pesar de los cantos, a pesar de las heridas. Cuauhtémoc alzó un brazo en alto en señal de despedida. Ella saludó levemente, tan poquito que desde aquella distancia resultó imperceptible, y luego giró la cabeza hacia otro lado. Cuauhtémoc se tragó el desaire sin arrugarse un milímetro. Isabel volvió a mirarlo cuando sintió que la comitiva de su marido había pasado. Nunca más volvieron a verse.

Las Hibueras

—¡Maldito infierno! —gritaba Cortés mientras a machetazo limpio iba apartando ramas de toda clase de plantas que se estrellaban contra su cara.

A medida que se adentraban en la jungla, el viaje a las Hibueras empeoraba paso a paso. Las voces de los hombres se apagaron y solo se oía un zumbido del bufar al respirar. El cambio de altura les aceleraba o les detenía el pulso, que a veces salía a galope como un caballo desbocado y otras era un oso perezoso al borde del colapso. La primera vez que intentaron cruzar un río por encima de unas piedras gigantes descubrieron con sus vidas que aquello no eran rocas sino caimanes hambrientos. Perdieron fardos de enseres, hombres a montones y pronto se dieron cuenta de que maldita la hora en la que al capitán Cortés se le había ocurrido ir detrás de Olid, porque a sabiendas del riesgo de despeñarse iban camino al precipicio.

Cuauhtémoc, aupado por sus hombres, sopesaba la situación como el estratega que era. Atacar donde no estaba el enemigo era una táctica de guerra que cobraba más y más sentido. Pero se cuidaba mucho de no decir palabra, pues Marina rondaba silenciosa cual serpiente. No se fiaba un pelo. Y hacía bien, porque Malintzin sabía que estaba ahí, en medio de ese sinsentido lejos de su pequeño Martín que aún mamaba de su pecho, por una sola razón. Serle útil al capitán por última vez y así sacudírselo, sacarlo de su pecho, de su entraña, arrancarse la esclavitud, la servidumbre y la obediencia de una vez por todas.

—¿Cumplirás tu promesa? —le preguntó Marina a Cortés antes de llegar a Veracruz.

—Cumpliré, no te preocupes.

—¿Cuándo?

—Pronto.

Aquello perforaba el cuerpo de Cortés como si lo hubieran atravesado con la espada. Tenía que cumplir, ese era el trato. Pero entonces el cuerpo de Marina ya no sería más suyo. Se imaginó montándola, penetrándola hasta las cejas, empujándola con todo lo que él era, con la fuerza de una conquista. No tenía ganas de casarla. Además, ya estaba ahí, ya había sucumbido en sus redes. Qué más daba casarla o no casarla. Ella pareció leer ese silencio inamovible y, anticipándose a su falta de palabra, amenazó:

—Cuídate de cumplir tu promesa o azuzaré a los indios. No están muy contentos con este viaje tuyo. Y son mayoría.

—No te atreverías.

—¿Quieres apostar?

A Cortés le gustaba apostar, pero no era imbécil. Jamás correría ese riesgo.

—Vale —aceptó—. Te casaré con Jaramillo mañana.

—Con testigos —sentenció ella.

—Mira que eres lista, mujer.

Cortés sintió que le costaba un poco respirar, pues todo el aire de la selva acababa de entrar en los pulmones de Malintzin.

Marina se alejó, apartando unas ramas que le estorbaban hasta perderse en la espesura.

Juan Jaramillo no estaba muy conforme con la esposa que le daba el capitán. Él era un hidalgo. No provenía de la alta nobleza, pero alguna que otra vez se había relacionado con ella y se había embarcado en la aventura expedicionaria para mejorar su posición, como todos los que tenían mucho que ganar y poco que perder. Fortuna, tierra, mujeres. Hasta ahora todo eso había conseguido. Pero casar con una india esclava no entraba en sus planes de alcurnia.

—Venga, Hernán, ¿por qué yo? Cásala con Andrés de Tapia.

—¿Con Andrés? Te creía más inteligente, Juan. Yo que te estoy dando a la india más culta, a la más preparada de estas tierras, y encima ¿has visto el cuerpo de pecado que tiene? Vamos, Jaramillo, si es un premio.

—Ya, pero… es una india. Y una cosa es una cosa y otra cosa es otra cosa. ¡Por esposa, Hernán! Si es tan buena como dices, ¿por qué no te casas tú con ella?

Touché. Los hombres se sostuvieron una mirada silenciosa y elocuente.

—Te daré una encomienda —dijo Cortés por fin—. Y un baúl lleno de plata.

Eso a Jaramillo ya le gustó más.

—¿Una encomienda grande?

—Una encomienda, no pidas más de la cuenta.

—Sea.

Y así, delante de un par de frailes y varios capitanes, Malintzin pasó a convertirse en la esposa de Jaramillo, en una ceremonia sin boato y sin flores.

Los testigos, un tanto anonadados, no podían creer que el capitán hubiese casado a doña Marina con Jaramillo.

—¿Lo habrá hecho porque está borracho? —murmuraban.

—No lo creo —contestaba Alonso de Grado—. El capitán no ha bebido sino después de la boda. Aunque ahora lleva una buena cogorza.

—Una boda cristiana en medio de la jungla… habrase visto —decían unos.

—Menudo despropósito —comentaban otros.

—Cosas más raras se han visto.

—Y doña Marina… ¿está conforme con la boda?

—Pues no sé yo —decían unos.

—Vete a saber —opinaban otros.

—No debe hacerle mucha gracia —se oía más allá.

Lo cierto es que Malintzin cambió de semblante desde aquel día. Y todos, poco conocedores de la astucia de Malinalli, Malintzin, doña Marina, lo atribuyeron al débil corazón femenino roto, ultrajado, pisoteado y estrujado que aguantaba poco, cuando era justamente por todo lo contrario. Y es que muchos, casi todos, llegaron a creer que Marina amaba a Cortés y que por eso los había apoyado en la conquista: por la universal causa del amor, que por eso había traicionado a los suyos, porque la mujer se había prendado de Cortés, de sus barbas y sus dones de mando. Y que incluso Cortés —en algún momento— también la había amado. ¡Cómo se podía ser tan simple y corto de miras! Solamente Alonso atinó a entrever parte de la verdad cuando, apiadándose del solitario beber de su capitán, acudió a su lado.

Se sirvió una copa de vino que sacó de un barril que cargaban dos indios entre dos largos palos, y se dejó caer junto a él. Al chocar sus vasos el líquido rebosó y les mojó los dedos de las manos.

—¿Por qué lo has hecho?

Cortés le propinó un par de palmadas en la mejilla con la mano húmeda.

—Eres el único que me conoce, Alonsete.

—¿Por qué, Hernán? —insistió de nuevo.

—Pues por qué va a ser. Porque ella me lo pidió.

—¿Ella quería casarse? ¿Con Jaramillo?

Por toda respuesta Cortés empinó el codo.

—¿Y le hiciste caso?

—Le hice —dijo en medio de un eructo con sabor a vino tinto.

—¿Por qué?

La pregunta permaneció suspendida en el aire mientras fuera de la casa de campaña un par de gotas de agua resbalaban a lo largo de unas hojas. Y justo cuando Cortés separó los labios para contestar, justo cuando abrió la boca para estar en consonancia con su ebrio corazón, cuando las palabras salieron suaves, susurrantes, abrumado por el sonido de su propia confesión, una ráfaga de aire caliente y denso como el bufido de un dragón esparció la respuesta entre la selva inhóspita y allí se quedó, perdida para siempre en la inmensidad de los tiempos.

A lo lejos, Cuauhtémoc percibía el malestar de la gente. No era el único, pues hervían en el caldo de cultivo perfecto para una rebelión. «Ahora es cuando me cobro las que me deben», pensaba Cuauhtémoc. «Por Tenochtitlan, por Tecuixpo, por los mexicas». Los españoles andaban debilitados, hambrientos, sedientos, demacrados, sin ánimo combativo. Avanzaban por pura inercia, arrastrando su soberbia en la suela de los zapatos. Los frailes que los acompañaban parecían cadáveres andantes sin fuerzas para emitir palabras ni sermones. En el camino Cuauhtémoc veía caer a sus hombres. Olían todos a muerto. Algo tenía que hacer. Y en susurros comenzó a esparcir dudas, sembrando aquí y acullá: «¿Recuerdas cuando los mexicas dominábamos el mundo? Todo podría volver a ser igual si ahora nos unimos y le damos muerte a Malinche y a sus hombres, míralos, que son muertos vivientes, no resistirán el embate mexica. ¿Recuerdas cuando dominábamos el mundo? Todo podría volver a ser igual». Y así, de boca en boca, la susurrante voz de Cuauhtémoc se fue esparciendo entre lo verde, mimetizándose en la selva, colándose con el zumbido de los mosquitos, abriéndose paso en un goteo constante en los oídos de quienes estaban dispuestos a soñar. Para sorpresa de Cuauhtémoc, no todos lo apoyaban. Muchos bajaban la cabeza ocultando su vergüenza, resignándose a su nueva condición de vencidos sin oponer resistencia. «No queremos luchar», decían sin decir, mudos, y clavaban el rostro en esos pies ahora rotos que antes habían sido columnas, y enmudecían sin atreverse a verbalizar su nueva cobardía, y giraban la cabeza para no ver, para no mirar, para no chocar con la dura decepción en los ojos de Cuauhtémoc.

Los susurros de rebeldía sin concretar viajaron con ellos largos días, semanas, meses, entre los puercos que iban desapareciendo paulatinamente por el camino, ya fuera comidos por los indígenas, los españoles o las bestias de la selva. El hambre volvió a aparecer y tenían las manos destrozadas de escarbar raíces y arrancar hierbajos que llevarse a la boca. Los caldos sabían a tierra. Comenzaron a aparecer cadáveres a los que les faltaban miembros cercenados por cortes limpios, y nadie quería saber, pero sabían, la procedencia de la carne que milagrosamente bullía en el puchero de ese día. Los susurros de rebeldía se colaron entre los ríos, las ciénagas, se internaron entre los esteros anchos que cruzaban con puentes improvisados y se abrían paso tras los montes cerrados.

Giraban en círculos y Cortés volvía a sacar una brújula que siempre apuntaba a un norte de peligros. A veces llegaban a poblaciones en donde había maíz, yuca y la selva les daba un respiro. Dormían. Y los pocos caballos desensillados que quedaban, pastaban. A duras penas avanzaban ya, sin cabalgar ni relinchar. Pero al ponerse en marcha de nuevo se hundían en el fango. Y volvían a perderse. Y los susurros de rebeldía se colaban a la par que el desmoronamiento de la comitiva, cada vez más mermada, más estrecha, más anémica y desgastada. Hasta que un día los susurros llegaron a oídos de Andrés de Tapia, aquel otro hidalgo soltero con quien Cortés no había querido casar a Marina.

No fue el viento el que arrastró los susurros de rebelión hasta Andrés, sino un indígena llamado Mexicaltzingo, menudo y ligero como una pluma, de ojos diminutos y dientes saltones al que los españoles llamaban Cristóbal.

Cristóbal se acercó al hidalgo, que al principio se incomodó por su proximidad.

—Hazte a un lado, Cristóbal, que te huele el aliento.

Cristóbal hizo un paso atrás, pero se quedó ahí, tieso, mirando, identificando el rechazo del capitán, sopesando, pensando, midiendo el peso de sus palabras, ahí, quieto, sin moverse. Tras un par de minutos incómodos, Andrés, acostumbrado al proceder indígena, le increpó:

—Qué quieres, habla de una vez.

—No puedo decirlo en alto.

Y Cristóbal señaló con los ojos a su alrededor. Había mucha gente. Marina los observaba desde lejos.

—Acércate, pues —ordenó a disgusto Andrés.

Cristóbal entonces se acercó hasta quedar a la altura de su oído y le susurró:

—Cuauhtémoc y los otros principales hablan de matar a Cortés.

Andrés volvió los ojos hacia el susurrante sin apenas mover la cara. Cristóbal, por toda respuesta, sin separar los labios, asintió dos veces con la cabeza.

—¿Cuándo?

—Más pronto que tarde.

—Has hecho lo correcto. Puedes irte —le ordenó Andrés sin agradecer.

A partir de ese momento, a la pesadez del viaje se aunó la desconfianza, el miedo a amanecer con el cuello rebanado, las voces suplicantes, «volvamos a Nueva España, Hernán», y la sospecha certera de que morirían todos en aquella expedición absurda.

A su vez, Andrés corrió la voz de que se había descubierto la traición, los susurros se convirtieron en voces, las voces en gritos, los gritos en redoble de tambores y al alba Cuauhtémoc terminó con la soga al cuello en medio de un revuelo que hubo que acallar a punta de espada y fuego.

Cortés estaba furioso. A esas alturas, en medio de la selva, alejados de la civilización, *Guatemuz* le venía con ínfulas de reconquista. ¡Ni hablar! Ese hombre era peligroso como una serpiente venenosa que muerde aún partida a la mitad.

—Si no has de doblegarte, solo me dejas una salida —le dijo Cortés.

Y Marina, compungida, traducía lo que le decía uno y lo que contestaba el otro, maldiciendo volver a estar poniendo en su boca palabras de un condenado a muerte. A medida que hablaba, los pies se le iban hundiendo en el fango y el vestido, roto en muchas partes, dejaba ver un ligero temblor de sus rodillas. Cuauhtémoc no pedía clemencia. Porque era mexica. Y un mexica jamás rogaba por su vida.

—Sabía que habrías de darme muerte, Malinche —decía Cuauhtémoc por boca de Marina—. Pero no así. Me matas sin justicia. Eres una deshonra incluso para tu gente.

—Hernán —le pidió Alonso de Grado—, piensa lo que haces. Este hombre está desarmado.

—Vinimos a dar caza a un traidor y ¡aquí lo tenéis! —decía eufórico Cortés.

—Este hombre no es un traidor, es un guerrero, ¿acaso no lo ves? —interrumpió Marina.

—Cállate, mujer. Traduce y calla —le inquirió Cortés.

Los frailes le pedían a Marina que tradujese bendiciones e inútilmente trataban de sacarle arrepentimientos y últimas confesiones a un hombre que moría sin arrepentimientos, ni pecados, ni sentimientos de culpa.

De pronto Cuauhtémoc habló.

—¿Qué dice? —preguntó Cortés.

Marina se volvió hacia Cortés y con un orgullo que brotó en ella dijo mirándolo de frente:

—«Que tu Dios te castigue. Yo me entregué. Pero nunca me rendí».

Y Cortés, en un bramido hondo que le salió del fondo de una caverna, ordenó a tres de sus hombres tirar de la cuerda de la que Cuauhtémoc quedó pendido, ululando de un lado a otro, dando pequeñas patadas en espasmos sin morirse, con las manos maniatadas a la espalda y los ojos desorbitados, rojos de sangre, clavados en Cortés. Unos ojos que eran el espejo de todos sus pecados, de toda su inmundicia, unos ojos que se negaban a apagarse, elocuentes, que le decían «me matas como un cobarde, como a un animal, no tienes valor para atravesarme con tu cuchillo», y entonces, ante la atónita estupefacción de todos los presentes, indígenas, capitanes, frailes, todos menos Marina que, al intuir lo que estaba por suceder se dio la vuelta para no ver, para no saber, para no sumar aquel recuerdo a una más de sus pesadillas, Cortés salió corriendo en dirección a Cuauhtémoc y se dejó ir hacia las piernas mutiladas para colgarse de ellas, tirando hacia abajo con todo su peso como se hiciera al tañer una campana, y así, con Cortés guindado de rodillas hacia abajo, se oyó un crujido, un tronar de tronco seco, recio, el cuello fuerte y ancho del último tlahtoani mexica que se partía.

Cortés siguió colgado de esas piernas hasta que se percató del silencio. Nada se movía. Nadie respiraba. Las aves se acurrucaron en las ramas, las alimañas en sus cuevas, las arañas en sus telas. Cortés soltó el cuerpo del que pendía y se dejó caer al suelo enlodado. Así, cubierto de barro, hacía juego con su conciencia. Se levantó, se sacudió el lodo de las manos, y se marchó. No hubo un alma, animal o humana, que no quedara tocada por lo presenciado ese día. Pues todos sabían que acababan de contemplar una aberración.

El regreso de Cortés

1526

Ixapeltzin ignoraba que desde hacía más de un año y medio era viuda. No podía saberlo. Las noticias que llegaban de la expedición a la ciudad eran tan confusas como escasas. Y de Cuauhtémoc ni una palabra. Como si se lo hubiese tragado la tierra. Incluso se decía que Cortés había muerto en el camino, por lo que en la Nueva España se respiraba un ambiente de gobierno acéfalo.

Zuazo, que había quedado al mando en ausencia de Cortés, tuvo que salir disparado hacia Cuba porque los otros españoles con los que compartía el poder, Salazar y Chirino —a quienes Cortés mandó a poner orden desde las Hibueras en una de esas escasas, escasísimas noticias que llegaron de la expedición—, le dieron a entender, no con pocas palabras, que más le valía partir a la espera de un juicio de residencia: «Ya sabes que no es un juicio punitivo, Zuazo, sino una sana revisión de tu actuación ante la Corona». «Sana revisión, mis cojones», contestaba Zuazo, a sabiendas de que solo se hacía tal juicio cuando alguien había acusado previamente con el dedo para señalar una ristra de infamias. No era el único que veía su nombre enturbiado con injurias, que muchas veces no eran ni infundadas ni inciertas.

Acusaciones iban y venían, que me debes, que no te pago, que yo mando más que tú, que a mí me envistió la autoridad de Cortés, que no, que sí, que me debes obediencia, que cuidado y osas retarme, que me digas dónde guarda Cortés sus riquezas, que para qué las quiere si ya está muerto, y así terminaron torturando, quemando los pies con aceite hirviendo —como a Cuauhtémoc—, al que atesoraba los bienes de Cortés. Al final, moribundo de dolor, colgaron al pobre hombre en la plaza pública. Salazar y Chirino, a cual más siniestro, hicieron de la Nueva España un territorio que manejaban a su antojo a punta de administrar el caos. Entre otras cosas, organizaron pompas fúnebres para Cortés en la iglesia de San Francisco ante la mirada atónita de los frailes que terminaron por echarlos del lugar. Un desastre.

Isabel Moctezuma se mantenía al margen de las intrigas políticas todo cuanto le era posible. Su lucha era más discreta. Pero alguna vez se refugió en la iglesia de San Francisco cuando la noche la agarraba sin haber vuelto a Coyoacán, porque las calles no eran seguras para nadie.

Pedro de Andrade la recibía a la mañana siguiente, completamente consternado y sin haber pegado ojo.

—Pero ¿dónde has estado?

—En la iglesia, con fray Martín.

—Ya te he dicho que yo te acompaño. No vayas sola.

Ella, a veces, le dejaba ver sus miedos:

—Pedro, no irán a colgarme, ¿verdad?

—¿A ti? ¡Pero qué cosas dices! Estás bajo mi protección. No debes temer nunca.

E Isabel se alejaba un tanto contrariada por la manera en la que Pedro Gallego la miraba al decir aquello. Su voz llevaba un tono distinto. No era por lo que decía, sino por cómo lo decía. La miraba hondo y lento. Y ella lo miraba igual.

Pues lo cierto es que nadie tenía ganas de hablar, pero hablaban, de lo descompuesto que estaba todo. Quienes gobernaban se dieron cuenta de que la Nueva España era un gigante cuyos pies de barro se resquebrajaban y todas las sospechas de levantamiento eran aplastadas con crueldad, sacaban a los perros, torturaban en plazas públicas. El terror. Las nuevas estructuras se sostenían con pinzas, y la noticia del fallecimiento de Cortés no hizo sino asestar el primer golpe en esos frágiles talones.

Juan Cano, retirado en su pequeña encomienda, contemplaba horrorizado la ola desatada de avaricia que acampaba en la ciudad. Ahí cualquiera negaba a su madre y a su padre por una parcela de poder. El aire olía a mentira, a engaño, a embustes. Y todos se cuidaban de lo que decían y de lo que oían, porque el diablo jugaba juegos de palabras, dimes y diretes que podían llevarlo a uno a la horca. Bastaba que se corriese el rumor de poseer más riquezas de las estimadas para ser sospechoso de estafas y fraudes y todos, unos más, otros menos, aprendieron a disimular sus cartas como en una codiciosa partida de naipes.

La cara de incredulidad que se les puso a todos fue un poema cuando, a mediados del mes de junio de 1526, Cortés volvió. Vivo. Abriéndose paso entre una muchedumbre. No volvía el gobernador que se había marchado, pues su rostro era el de un espectro que regresa de entre los muertos. Un viejo que caminaba sin caballo, a tientas, erguido el pecho por el tirón de dignidad, de soberbia, y allá, muy en el fondo, bajo el orgullo que le quedaba, un profundo agradecimiento a Dios y a la Virgen por permitirle volver sano y salvo.

Volvieron muchos menos de los que habían partido, en parte porque la mayoría había muerto en el camino, en parte porque habían tomado distintas rutas para regresar. Unos por tierra, otros por mar, por lo que fueron llegando a cuentagotas. El susurro de pies arrastrados duró varios días y el polvo levantado permaneció suspendido en una nube lúgubre con sabor a derrota. Marina volvió también, mucho más triste y envejecida, como si hubiera abdicado de todo, sin ganas de nada salvo de abrazar a su pequeño Martín y no soltarlo jamás, escoltada por su nuevo marido, aún más triste y canoso que ella. Alonso de Grado caminaba a ras de tierra porque le pesaba el cargo de conciencia y el reconocimiento de su propia estupidez. Pero volvieron. Y aunque a Isabel le costó mucho reconocer esos rostros de barbas aún más pobladas y huesos prominentes asomándose cual calaveras, supo que al menos se había acabado la fiesta por el reparto del poder.

Ixapeltzin pasó largo rato viendo pasar la hilera de hombres. Buscaba a Cuauhtémoc. Recorrió uno a uno los cuerpos heridos, enjutos, rostros acartonados de tierra sin más expresión que la que dejan el agotamiento y la fe perdida; desfilaban en una procesión de silencio, pero nunca vio aparecer a Cuauhtémoc. Buscó y buscó y estiró el cuello hasta que le dolió. Y entonces, lo supo. No hizo falta que nadie le diera explicaciones. Durante un tiempo muy lento que alargó hasta lo imposible su espíritu mexica prefirió no saber. No preguntar. No imaginar qué había pasado. Tampoco nadie le contó nunca nada, en un acuerdo tácito por evitarle el dolor, la rabia y la vergüenza. Hasta que un día oscuro, un día de esos en que sigue amaneciendo a media tarde como si el sol se negase a alumbrar y a dar calor, un día en que parecía que el cielo iba a romperse en llanto, se apareció en casa de Marina para preguntar por él.

Malintzin le abrió la puerta y supo al momento a qué había ido.

Trató de evitarle detalles, pero Isabel los quiso saber todos. Todos. Cómo había sido. Cuándo, cómo y por qué. La hizo hablar hasta que de tanto explicarle Isabel fue capaz de recrear aquel momento como si lo hubiera vivido. Marina habló compungida y llena de vergüenza, sin atreverse a mirarla a los ojos. Isabel escuchó atenta, sin miedo en el corazón, y sin apenas darse cuenta de pronto se escuchó rezando en silencio por su eterno descanso.

—A pesar de todo, murió con dignidad —mintió Marina.

Isabel miró a Marina:

—No sabrías reconocer la dignidad, Malinalli. Hace mucho que la has olvidado.

Isabel se levantó, arrastró la silla como si hubiera envejecido de pronto cien años, clavó su mirar en Marina y le dijo:

—Espero que nunca volvamos a vernos.

La casa de Coyoacán se quedó silenciosa con la ausencia de Marina, como si su voz fuera una música en aquel espacio. De todas las mujeres con las que Isabel convivía solo quedaba Citlali. Las demás poco a poco se habían ido desvaneciendo, casadas con castellanos o trasladas a otras casas. Pero Citlali seguía ahí y su presencia era lo único que le recordaba que toda esa nueva vida no era un sueño. Había tenido un pasado mexica. Y ella, en el fondo, seguía siendo la hija de Moctezuma.

—No me dejes nunca —le hablaba en náhuatl Isabel a Citlali.

—Claro que no, niña, nunca me iré. Mi lugar es contigo.

Poco a poco, la normalidad fue regresando a la ciudad. Al menos, cierta normalidad. Salazar y Chirino fueron confinados a permanecer en unas jaulas hasta nuevo aviso. Ixapeltzin acudía a verlos en su encierro, con cadena al cuello cual fieras, y recordaba las muchas veces que recorría con Moctezuma las jaulas de bestias, de albinos y deformes enjaulados en el zoológico de esperpentos de su padre. Toda la belleza y la fealdad del mundo reunidas en el mismo recinto. «En el fondo», se dijo, «no somos tan distintos». Y luego, antes de partir, les decía quedito: «Dad gracias a que no soy yo quien os sentencie. Al final del día, rezaréis por la horca».

Y salía de allí fingiendo ante los carceleros que había rezado por sus almas.

La punta de los volcanes llevaba meses tapada por las nubes, como si un manto de humedad blanca impidiera asomarse a lo que ocurría dentro del valle. El orden se fue restableciendo de a poco, aunque Cortés ya no mandaba. Permanecía leal a su rey Carlos y a su dios, a quienes obedecía a su manera, tomándose licencias y cometiendo pecados a discreción, pero fiel al fin y al cabo. Por las noches, en el silencio de la luna, Isabel —que no había perdido la costumbre de escuchar tras las puertas— lo oía llorar por los amigos muertos en su ausencia, pero sus lamentos no eran comparables con los enfados y enojos que lo encendían en cólera al amanecer. Sus ojos se convertían en brasas al fuego cuando venían a avisarle que podrían, que era muy probable, que se preparase pues iban a hacerle un juicio de residencia en donde debería dar cuenta de sus acciones en esas tierras. Ixapeltzin no entendía de leyes, pero comprendía que aquello no podía ser nada bueno para el capitán, y sin darse cuenta sonreía tanto que el filo de los dientes se asomaba en la punta de los labios.

Cuando Cortés se distraía de sus asuntos políticos, que era muy de cuando en cuando, echaba un ojo a Isabel desde la ventana. La muchacha solía pasearse dando vueltas por el patio con un rosario enrollado en la mano. Un rosario que no rezaba, aunque nadie lo hubiera dudado porque lo movía entre los dedos con la misma pausa con la que acariciaba sus anillos. Cortés la veía balbucear palabras sueltas con su boca en forma de corazón y sin previo aviso volvía a él la lujuria que le latía siempre en la entrepierna, que no aminoraba a pesar de los achaques de la edad ni de los sinsabores ni disgustos, como si el diablo le azuzara las partes nobles y lo empujara hacia la carne. Entonces olvidaba sus andares viejos, enfocaba sus ojos cansados y se relamía. «Vaya, vaya», se decía simplemente, dejando al resto de pensamientos volar a sus anchas.

Porque lo cierto es que nada tenía que ver esa muchacha lozana con el suspiro débil de chiquilla que le había encomendado su padre Moctezuma hacía no tanto tiempo, pensaba él; una eternidad, creía ella, aquella noche aciaga en la que casi pierden la vida. Quién se lo iba a decir. «De haberlo sabido», se decía, «habría puesto más empeño».

Ixapeltzin se percató del peso de aquella mirada en la ventana. Volvió su cuerpo hacia él, y en un gesto teatral se agarró la falda con ambas manos y se inclinó levemente en una genuflexión como si le hubiera concedido un baile. Luego se dio media vuelta y se marchó.

«Vaya, vaya», repitió Cortés.

Halcón que era, Cortés le echó un último vistazo desde lo alto. Recorrió su piel de bronce aterciopelada sin manchas ni cicatrices, su cuello largo de cisne, esbelto como el de una reina castellana, un cuello suave, terso, un cuello plácido sin adornos de ningún tipo, ni falta que le hacía, que así podía seguir bajando la mirada cuesta abajo sin detenerse hasta el canalillo que formaban dos pechos erectos a los que la gravedad no afectaba lo más mínimo y que Cortés imaginaba coronados por dos pezones fruncidos y oscuros como sus ojos. La siguió con la mirada, imaginando el prieto bamboleo de sus nalgas bajo la falda.

La encomienda de Tacuba

1526

Citlali le avisó que Cortés quería verla. La expresión del rostro de Isabel debió exclamar un «para qué», pues sin que hiciera falta Citlali aclaró:

—No dijo nada más, niña. Ya sabes cómo es.

Si los tiempos hubieran sido otros y Marina hubiese estado viviendo con ella en Coyoacán le habría preguntado qué se traía el capitán entre manos, como tantas otras veces cuando aún compartían complicidades y secretos, pero desde el regreso de las Hibueras apenas tenían contacto. Isabel no quería saber nada de Marina. Ya no. Ya no la impresionaba como antes. Marina, por su parte, no tenía cara para mirarla a los ojos tras lo que le había contado de Cuauhtémoc y además tampoco tenía ganas de encontrarse con Cortés y descubrir el abismo que lo separaba de Jaramillo. En el fondo, Marina tenía miedo de sus propios fantasmas. De sus recuerdos. De volver a ver al capitán y sentir que podía hablar con su boca en un acto de ventriloquía y no de interpretación. Así, Marina prefirió desvanecerse como una sombra al caer la noche bajo la protección de su marido. Además, cuando Cortés dejaba de hablar de alguien era como si se esfumara de la faz de la Tierra, y hacía tiempo que apenas la mencionaba. Como si con no nombrarla pudiera hacerla desaparecer de su memoria. Tampoco hablaba de Cuauhtémoc, ni de Moctezuma, ni de Olid, ni de su pequeño hijo Martín. Y por no nombrarla Marina pasó a formar parte de otra época, de otro tiempo. Un espectro. Una mujer que había sido imprescindible, de pronto no era necesaria en absoluto. Recomponiéndose, Isabel volvió hacia Citlali:

—¿Qué querrá Cortés ahora?

Citlali volvió a contestar:

—No lo sé, Ixapeltzin. Pero acude pronto que ya sabes cómo se pone cuando se impacienta.

Y allá se fue, a sabiendas de que nada bueno podía requerir su presencia ante Cortés.

Cuando estuvieron uno frente al otro, una nube oscureció la habitación dejando una sensación de penumbra. Estaban a cierta distancia, la suficiente para hablarse sin gritar y sin sentirse incómodos por la cercanía. Cortés la observó curioso en la distancia corta, apreciando lo mucho que la chiquilla había crecido. No solo en tamaño, sino en gallardía. Isabel se acomodó justo en medio de uno de los grandes sillares de piedra marrón que dibujaban en el suelo un tablero de ajedrez. El silencio rebotaba en las paredes. La muchacha por fin habló:

—Te has hecho viejo.

—Tú también has crecido.

—El tiempo nos alcanza a todos.

—Habláis perfecto castellano. ¿Los frailes?

—Y ellos ya dominan el náhuatl. Algo que vos sois incapaz de hacer.

—El oído no es un don que me haya dado Dios.

—Pero sí el colgar a inocentes en medio de la jungla.

Cortés torció el gesto.

—*Guatemucín* se rebeló. No como vos. Según me han dicho sois muy devota. Me complace saber que habéis cambiado la daga por el rosario.

Isabel apretó el rosario que pendía de su cincho. Deseó que cortara.

—Soy tan cristiana como vos.

Cortés percibió cierto grado de ironía.

Ambos guardaron un segundo de silencio.

—¿Para qué me habéis llamado?

Cortés carraspeó.

—Bien, Isabel, has de saber que he tomado una decisión respecto a vuestra persona —dijo con una sonrisa ladeada. Y luego, señalándola como si fuera un mapa apuntó—: Habéis crecido mucho.

Isabel ni se inmutó ante la obviedad, pero no pensaba interrumpirlo. Estiró levemente el cuello y Cortés se fundió un segundo en ese cuello largo, perfecto, en el ángulo recto de sus clavículas.

—Desde que tu padre *Montecuzoma* te dio a mi cuidado te hemos civilizado, cristianizado, bendita seas… Y una dama cristiana no puede andar por ahí sola.

«Civilizado», pensó ella. «Como si los mexicas no lo estuviéramos ya».

Isabel inclinó el cuello hacia un lado como un ave a la escucha de un ruido sospechoso. Cortés prosiguió:

—Necesitáis un marido. Uno como Dios manda. No como los peleles que os habían dado por maridos, no, no. Un marido de verdad.

«Un marido de verdad», pensó ella. «¿Acaso los otros habían sido de mentira?». Los fantasmas de Cuitláhuac y de Cuauhtémoc, regios, imponentes antes de la enfermedad y la horca, se pasearon por la habitación. Los vellos de la nuca de Ixapeltzin se erizaron en un escalofrío al escuchar susurros; «serás esclava de otros», decían.

—¿Un cristiano?

—Un extremeño, vive Dios.

—¿Y quién será ese buen hombre que pensáis darme por marido?

—Ah, un hombre de mi entera confianza… No tendréis queja alguna…

«Eso es lo que me temo», pensó ella.

—… Un hombre que ha demostrado ser digno merecedor de una princesa como vos…

«Ahora resulta que soy princesa».

—Buen mozo, elocuente, buen administrador y platicador, un capitán…

«Un hombre de armas».

Cortés dio dos palmas y a los pocos minutos Pedro de Andrade apareció en el salón. Isabel contuvo la respiración. Nada se movía. Pero entonces Cortés rompió el encanto:

—Pedro, haced pasad a don Alonso, por favor.

—Sí, capitán.

Pedro abandonó el salón tratando de no mirar a Isabel y ella trató de disimular el entusiasmo que ver a Pedro la había azuzado como un fuelle al fuego.

Cortés e Isabel guardaron silencio, sin atreverse a decir nada. Cortés sintió que el aire de la habitación era más denso y abrió una ventana. Llamaron a la puerta y, sin esperar permiso, esta se abrió. Alonso de Grado entró pisando firme.

—Isabel, te presento a don Alonso de Grado.

—A sus pies —dijo él con una reverencia.

—¿Alonso de Grado? —preguntó ella como si él no estuviera presente.

—Así es. Buen conversador y algo músico —añadió Cortés propinándole una palmada en la espalda—. Y buen amigo.

A Alonso se le escapó una sonrisa. Isabel notó el mirar esquivo de aquel hombre hacia el capitán.

—Haréis buena pareja. Además, como regalo de bodas, os daré tierras.

—¿Tierras? —preguntó Alonso fingiendo no saber que sería recompensado.

—¿Pretendéis devolverme las tierras que me habéis quitado? —dijo Isabel con sarcasmo.

Una leve pausa quedó suspendida en competencia con la penumbra, el sol empujó las nubes y en el suelo de la habitación se proyectó la forma rectangular de las ventanas, mientras ambos continuaban retándose. A Cortés le sorprendió la sangre fría con la que Isabel permanecía impasible, acatando la noticia sin hacer un solo gesto, ni de disgusto ni de aprobación, con la resignación de una vela que no protesta ni deja de alumbrar por mucho que se consuma la cera. Ella también enjuiciaba a Cortés, tan distinto al hombre que había estado hospedado en el palacio. Los años lo habían tratado mal. El pelo ralo y largo, algo graso, la barriga prominente del mucho comer tras pasar hambre —si bien no era quien más hambruna había soportado—, sobresaliendo en desigual proporción a unas piernas delgadas, algo enclenques incluso, los pómulos salientes en medio del color ceniciento del rostro, apagado, sin rubores en las mejillas y con la mirada de los animales tristes. Un hombre que no soportaba el vacío. Alonso de Grado, sin embargo, parecía seguir viendo al Cortés de antaño. Isabel continuó:

—¿Y esta generosidad vuestra no tiene nada que ver con que estén a punto de quitaros vuestras propiedades por el juicio de residencia?

El gesto de Cortés se tornó duro, tosco, los dientes apretados, la mano de tres dedos empujó los anillos de su otra mano. Pareció encogerse un poco sobre sí mismo.

—Veo que estáis enterada.

—Lo estoy.

—Esos frailes deberían ocuparse de los asuntos de Dios y no de política —agregó Alonso.

—Como «princesa» que soy me gusta enterarme de lo que pasa en mis tierras. —Ella misma desconoció el torrente que había emergido de su boca.

—Mejor que las tengáis vos a que se las quede algún mequetrefe de tres al cuarto.

Isabel no entendió el significado de la palabra *mequetrefe*, pero se hizo una idea por la forma en que Cortés había entornado los ojos como una plañidera a los pies de una tumba.

—Este hombre no me agrada como marido —dijo de pronto, señalándolo.

Alonso de Grado se puso en pie. Cortés lo detuvo colocando una mano sobre su pecho.

—¿Cómo decís?

—Lo que oís.

Alonso se dirigió a Cortés.

—Te dije que no funcionaría.

—Cállate, Alonso —y dirigiéndose a Isabel, le dijo—: No tiene que agradaros a vos, sino a mí.

Isabel notó que, por un segundo muy leve, Alonso había mirado a Cortés como Pedro Gallego, el mozo de espuelas, la miraba a ella.

—No me casaré con un español.

Las risas de Moctezuma, Cuitláhuac y Cuauhtémoc tronaron desde el Mictlán.

—No digáis tonterías, Isabel. Os casaréis con un español. Y punto. No he venido para pediros opinión, ni permiso. Os he llamado para informaros. Además, he nombrado a Alonso visitador general de la Nueva España. Os conviene tenerlo contento.

Isabel sintió que sus mejillas color bronce se encendían. Desde que tenía memoria todos escogían por ella. Todos. Mexicas y españoles. Como si ella fuese una especie de trofeo. Apretó el rosario de su cinturón. «Piensa, Tecuixpo, piensa», se dijo. «¿Cómo puedes recuperar el poder que te quitaron? Piensa, Tecuixpo».

—Quiero hablar con vos. A solas —pidió Isabel.

—Lo que tengáis que decirme lo podéis decir delante de Alonso.

Alonso de Grado se acercó a Cortés y le colocó una mano sobre el hombro:

—No te preocupes, Hernán. Esperaré afuera.

La puerta rechinó antes de cerrarse tras Alonso de Grado.

Se hizo un silencio quebrado por una pequeña tos incómoda en la garganta de Cortés.

Isabel habló.

—Me casaré con una condición.

—No estáis en posición de imponer condiciones.

—Yo no estaría tan segura. Olvidáis que los indios siguen mi ejemplo. Harán lo que yo les diga. Puedo avivar el fuego de Huitzilopochtli… o apagarlo.

La imagen de la niña atravesando a Alderete con la daga golpeó a Cortés en la cara. Las cosas iban muy bien ahora y no se daría el lujo que azuzar revueltas. Poco le había faltado a Cuauhtémoc en las Hibueras para alzarse de nuevo.

—¿Y cuál es la condición? —preguntó cauto.

—Quiero la encomienda de Tacuba.

—Me pedís un imposible.

—Tan imposible como que me case con vuestro hidalgo.

—Seríais la mayor encomendera de estas tierras…

—Siendo la hija de Moctezuma lo único que pido es que me devolváis las tierras que eran de mi padre.

—Esas tierras ahora pertenecen a Carlos V. Son propiedad de la Corona.

—¿Lo son?

Isabel lo arrinconaba contra las cuerdas con tal malicia que Cortés sintió sequedad en la garganta. Volvió a toser levemente. Dio un par de pasos hacia un bargueño y sacó una botella. Se sirvió un vaso. La encomienda de Tacuba era la más grande, más próspera, más rica de todas. Poseía mil doscientas cuarenta casas con todas sus almas dentro. ¿Estaba dispuesto a darle a una mujer tal poder? Pero no se lo estaría dando a ella sola. Alonso de Grado, su fiel amigo, visitador general de la Nueva España, a cuyo cargo estaría la responsabilidad de garantizar la cristiandad en las tierras, sería su marido. Realmente, a quien se las daría sería a él. Una pequeña argucia legal.

El corazón de Isabel latía muy rápido, rapidísimo, tanto que apenas reprimió las ganas de llevarse una mano al pecho. Un bastión fuerte e invencible en los tiempos de la Triple Alianza podía volver a ser suyo. Transfigurado, pero suyo. Si Cortés aceptaba estaría diciéndole «te devuelvo lo que te quité. Es tuyo. Toma. Te lo devuelvo».

—¿Y si os doy la encomienda en arras, os casaréis con Alonso y sofocaréis a los indios?

Isabel dudó un instante. Mucho habría cambiado por dentro si estaba dispuesta a tomar a un español por esposo a cambio de una encomienda. Pero tampoco tenía elección, como nunca la había tenido. Tantas veces le habían impuesto matrimonios que pensó que este también sería un requisito. No era consciente de que ese matrimonio sería una corriente que la impulsaría hacia sentimientos desconocidos, que haría brotar en ella poco a poco, palmo a palmo, temores olvidados. Porque aún le faltaba mucho por crecer, por entender quiénes eran verdaderamente los hombres que habían llegado para quedarse. Porque entonces no podía saber que aquel matrimonio daría un pistoletazo de salida hacia sus deseos más oscuros, más ocultos y siniestros. Ese sería el precio. Un matrimonio a cambio de ser la encomendera de mil doscientas casas, cientos de indígenas responderían por ella, estaría a cargo de todo lo que se cultivase en esas tierras, a cargo de familias enteras, de la conversión y adoctrinamiento de todos sus habitantes. Un matrimonio con un español para poder seguir siendo la hija de Moctezuma, señora del Anáhuac. La voz de su padre retumbó en su pecho: «Sé una serpiente, muda de piel».

—Sí —se escuchó decir.

Y Cortés sonrió de medio lado.

—Sea.

Cortés contuvo el impulso de humedecerse los labios con la punta de la lengua.

MACUILLI/CINCO

El collar

Nueva España, Ciudad de México, 1550

Isabel y Puri llegaron por la tarde, cuando el sol ya caía. Altamirano las esperaba furioso a las puertas de su casa, y si Leonor hubiera tenido unos cuantos años menos la habría agarrado de las orejas y la habría hecho entrar a trompicones por haber osado desafiarlo y desobedecerlo. Sin embargo, trató de mantener la impertérrita calma de los que han mandado a otros a hacer el trabajo sucio y permaneció estático, a las puertas, apretando los puños. La primera en descender del carruaje fue Purificación.

—Creo haber sido claro contigo, Puri.

A Puri le temblaron las piernas y sintió que no sería capaz de dar un solo paso más ante la certeza del castigo al que Altamirano la sometería, y se enconchó en sí misma, deseando ser tortuga, caracol, o ya de perdida un armadillo para enroscarse en su propio caparazón. Altamirano apretó los dientes para decirle algo, cuando vio bajar a Leonor. Se sujetaba la falda acartonada, manchada de un fuerte y penetrante color marrón de sangre reseca y su frente aún estaba sucia de polvo, sudor y restos de sangre, porque se había tapado la cara con las manos para no ver, para no mirar, para olvidar que una mujer acababa de morir entre sus brazos.

—¿Pero se puede saber de dónde vienes en semejante estado?

La pregunta de Altamirano era retórica, por supuesto, pues poco había faltado para que Leonor se cruzara con el prognata, que había acudido a avisarle a Altamirano que el trabajillo estaba hecho y a cobrar el resto del dinero prometido. Su pago pendió de la cuerda floja cuando el prognata, con toda la bobalicona idiotez de su mandíbula saliente, había dicho, entre conteo y conteo de monedas, que por más que se había dado prisa, Leonor había alcanzado a la vieja justo cuando acababan de atropellarla. Altamirano puso el grito en el cielo. «¡Si serás inútil y desaseado!, ¡te dije claramente que no debían volver a verse, mentecato, cernícalo lagartijero! ¡Cómo sabes que la india no alcanzó a decirle algo antes de morir!». Y a los gritos le asestó un sombrerazo en la jeta, y en las manos le azotó el dinero haciendo que las monedas rodaran por el suelo. El prognata, escupiendo saliva por hablar a toda prisa, le aseguraba como chiquillo regañado «que no patrón, que no, que estese tranquilo, que la india quedó más muerta que viva porque la rueda de la carreta le aplastó la cabeza, que yo lo vi, patrón, y habría sido imposible que dijera nada, que los últimos minutos de la pobre infeliz fueron una agonía, se lo juro, patrón. Se lo juro».

E irritado, porque no le gustaba dejar hilos sueltos, Altamirano lo hizo arrodillarse a recoger las monedas a toda prisa, no fuera a ser que se arrepintiera, y que luego desapareciese para siempre de su vista. Por eso, nada más ver a Leonor bajar del carruaje, Altamirano supo al instante de quién era la sangre seca que llevaba encima como un paso de Semana Santa y, sin embargo, lucía tan pálida y demacrada que parecía que la sangre de su vestido había salido de su propio cuerpo.

Entre la rabia, la indignación y la pena, Leonor era incapaz de pronunciar palabra, pero se colocó frente a Altamirano para mirarlo a los ojos. Y supo a la perfección, cierta y completamente segura de que, aunque Altamirano no tenía una expresión sonriente, debajo de esa barba tiesa y burda sonreía. Lo supo por la naturalidad con la que la veía, la total falta de extrañeza y ausencia de preguntas al verla así, ensangrentada y triste, como si fuese normal que la gente fuera cargando en sus propios ropajes sangre ajena, y supo perfectamente, con certeza y al cien por ciento segura de que su tutor estaba detrás de la muerte de Citlali. La furia de ese volcán contenido que ardía en su interior prendió fuego en el centro de su estómago, y aunque tenía la boca seca como un desierto, juntó toda su rabia, toda su indignación, toda su pena y le escupió. Fue allí cuando cayeron las caretas y se miraron los dos tal cual eran. Sin disfraces ni falsedades. Enfurecido, Altamirano la sujetó de un brazo y la arrastró hacia el interior de la casa y luego la llevó a rastras hacia su cuarto, ante la mirada horrorizada de Puri, que quería salir corriendo, mientras Leonor gritaba todo tipo de improperios y de amenazas:

—¡Suéltame! ¡Asesino! —palabras que a Altamirano se le resbalaban porque estaba absorto en sus propias preocupaciones y palabrerías.

—¿Qué pretendes? ¿Buscarme la ruina? ¡Yo! Que no he hecho otra cosa en la vida que velar por ti, para que no te falte de nada, ¡y así es como me lo pagas!

Y así, entre jaloneos y empujones, oliendo a sangre vieja, Altamirano consiguió arrastrarla a su habitación y la encerró con llave. Desde el otro lado de la puerta, todavía le gritó:

—¡Y quítate esas ropas, que apestas a muerto!

Aturdida, con la vena de la sien hinchada de coraje, Leonor recordó el paquete escondido que llevaba, y a toda velocidad vació el contenido del bolsillo sobre la cama. El collar. Las cartas. Aterrorizada, Leonor escuchaba el zafarrancho de afuera, la fusta de Altamirano cortando el aire se intercalaba con los gritos de Puri que chillaba de dolor, imploraba, pedía perdón y piedad, atacada en llanto, mientras Leonor se tapaba los oídos para no escuchar y buscaba como loca cualquier recoveco en la habitación donde poder esconder aquello. Un adoquín flojo siempre se atoraba entre las patas de la cama. ¡Eso es! Leonor empujó la cama con fuerza y dejó el adoquín al descubierto, que se levantó sin dificultad al darle un par de golpes. Leonor metió el paquete, pero el collar de jade era voluminoso y no permitía volver a colocar el adoquín encima. Sacó el collar y lo puso sobre la cama, cogió las cartas y las dejó bien guardadas y apretadas, encajadas en aquel hueco a la perfección. Volvió a colocar el adoquín. Luego la cama. No se notaba nada. Respiró tranquila ante una aparente calma, cuando se percató de que hacía unos segundos que la fusta ya no recorría el aire y los gritos de Puri habían cesado. En su lugar se había quedado un llanto denso. Leonor respiró hondo y procedió a quitarse el vestido. Se lavó un poco con una palangana con agua que tenía en su habitación y se vistió de negro. Apenas acababa de cambiarse cuando escuchó el impetuoso trajín de llaves en la puerta. Altamirano entró dando un portazo.

—¿Qué te dio la india?

—Lo que sea que me haya dado no es de tu incumbencia —lo retó.

A punto estaba de reventarle la cara cuando Altamirano vio el collar de jade sobre la cama. Leonor trató de abalanzarse sobre él, pero Altamirano fue más rápido.

—¡Devuélvemelo! ¡Es mío! —gritó Leonor.

—Eres una ingenua, Leonor. ¿Acaso te has creído que esto es tuyo?

—¡Era de mi madre!

Altamirano rompió en una carcajada.

—Ay, Leonor, Leonorcita. ¿Es que acaso en todos estos años a mi lado no has aprendido nada?

—¿Qué quieres decir?

—Este collar es robado.

—¿Robado?

—Robado. Seguramente la india te lo dio para que lo escondieras. Te contó un cuento chino y tú te lo creíste.

—No te creo. No es verdad. ¡Deja de engañarme!

—¿Cuándo te he engañado? Yo siempre te he contado la verdad. Eres tú la que se empeña en crear historias imposibles con esa mente fantasiosa. No me extraña que las monjas se quejaran todo el tiempo. Eres incorregible, Leonor. Has tenido una suerte enorme con que Tolosa te quiera como esposa sin hacer demasiadas preguntas.

—Pero… esa mujer… la anciana…

—¿Esa mujer, qué? No sabes quién es, ni de dónde salió. Puede ser una vieja loca. Y ¿tú vas y le crees sus embustes solo porque te viene a decir que conoció a tu madre? Eres más ingenua de lo que creía.

Leonor reprimió el impulso de mirar el adoquín que ocultaba las cartas. Altamirano le estaba mintiendo a cielo abierto. Aún podía oler a Citlali, muriéndose entre sus brazos, hablándole con cariño, y este hombre sin ningún tipo de consideración trataba de manipularla, de engañarla, de poner a prueba su cordura. Leonor se espantó de vivir con él, de haber crecido con él, de haberle estado agradecida durante mucho tiempo. Pero estaba aprendiendo a jugar el juego, así que se dejó caer en la cama, bajó la cabeza y con el llanto a flor de garganta le dijo:

—He sido una tonta. Me hacía tanta ilusión que fuera verdad, que esa mujer me hablara de mi madre…

Altamirano perdió la paciencia:

—¡Ya te lo he dicho mil veces! Tu madre no era nadie, ¡nunca te buscó y nunca se interesó por ti!

Los ojos de Leonor se abrieron como platos.

—Creía que había muerto al darme a luz…

Entre los dos se paseó la certeza de la mentira. Una mentira ancha como Castilla. Se miraron. Se leyeron.

Y en ese mismo momento, Altamirano la alzó cogiéndola del codo con brusquedad:

—¡Suéltame!

—¡Te vas ahora mismo al convento y ahí te quedarás hasta tu matrimonio!

—¡Suéltame! —gritaba Leonor tratando inútilmente de zafarse de esos brazos.

Altamirano la arrastró de los pelos, empujándola por los pasillos como si fuera una muñeca de trapo, mientras Leonor pataleaba, mordía, arañaba y hacía todo lo que podía con las fuerzas que tenía. Hasta que pronto estuvo al pie del carruaje, ante la atónita mirada de ojos desorbitados de Lorenzo, que no daba crédito a que el patrón le estuviera pegando a doña Leonor. Lorenzo dio un paso al frente para zafarla de la furia del patrón y subirla al carruaje, donde —pensaba— estaría, al menos, a salvo de los golpes.

—Llévala al convento —le ordenó—. Y ni una palabra a nadie, ¿me has oído, muchacho?

—Sí, señor.

Subida en el carruaje, desde la ventanilla pudo ver cómo unos hombres armados se llevaban a Puri, que iba atacada en llanto, apresada. Le habían esposado las manos.

—¿A dónde la llevan? —le gritó con angustia a Altamirano.

—Al calabozo.

—¿Con qué pretexto?

—Ya te lo he dicho: ese collar es robado.

—¡Ella no ha robado nada! ¡La culpa es mía! ¡Que me lleven a mí! ¡Deja que se vaya, por favor!

Y Altamirano volvió hacia ella su barba tiesa, dura, áspera para decirle:

—No… Vos valéis más que ella.

—Dios os juzgará por esto. —Se escuchó diciendo Leonor en voz alta, sin saber que hacía dos décadas su madre se había dirigido a Altamirano usando exactamente las mismas palabras.

La boda cristiana

1526

El día de la boda un calor justiciero, sofocante e impío se colaba por el traje nupcial de Isabel, quien hacía burdos intentos por alzarse las faldas y abanicarse las piernas. Llevaba encima tres capas de tela. El corsé apretaba una cintura que no necesitaba demarcación. Una camisa blanca de escote redondo con amplias mangas bordadas asomaba por debajo de un pesado sayo de color vino añejo tan encendido como el sofoco en los cachetes de la novia. Varias mujeres habían trabajado toda la mañana para peinar su largo y brillante pelo negro y acomodarlo dentro de una red que iba prendada a una cofia con cintas de colores entrecruzadas y sujetas con alfileres. Vista así, parecía una noble castellana de piel morena, con cejas y pestañas del color del cacao.

Esta vez no sonaban tambores, ni flautas, ni la subieron a hombros frente a su prometido. Entró por su propio pie en la repleta iglesia de San Francisco, escoltada por un pequeño grupo de mujeres ataviadas con vestidos de terciopelo. Fray Martín había encendido tantos cirios blancos que un firmamento estrellado parecía haber burlado al día para penetrar en esas santas paredes. Ixapeltzin se detuvo a observar el titilar de las llamas, la luz reverberaba en los crucifijos de plata y oro como si jugase a parpadear sobre los bancos de madera. Un coro de niños indígenas cantaba melodías al paso que ella, como le habían indicado, avanzaba hacia Alonso de Grado. De pie, a su lado, Cortés se veía pequeño y algo escaso de hombros.

Alonso la seguía con la mirada, pero sus ojos no hablaban de deseo, sino de compromiso. Una diminuta fila de gotas de sudor le perlaba la frente. Isabel podía notar que tanto él como ella estaban ahí no más que por mero requisito y eso la hermanó de pronto al hombre con el que iba a desposarse. Sin embargo, podía sentir la enorme distancia que los separaba. Como si con cada paso que ella daba, él retrocediera otro. Así, paso a paso, se detuvo ante él y él ante ella. Tras el novio, unos seis o siete hombres del cabildo le hacían la escolta, tras Isabel, Citlali y una corte de damas castellanas e indígenas, todas vestidas a la usanza española, demostraban más entusiasmo y excitación que la novia, que estaba seca como una rama en verano; tres frailes franciscanos con fray Martín a la cabeza, y Cortés, en medio, presidiendo el enlace.

Fray Martín sonreía sin separar los labios ante la contemplación de Isabel, tan digna, tan señorial, tan perfecta, tan mujer. La contemplaba con veneración y orgullo. De haber tenido una hija le hubiera gustado que fuera como ella, pues no había mujer más digna sobre la faz de la Tierra. Notaba su agitada respiración bajo el vestido y en la frente un brillo provocado por el nerviosismo. No podía ser por la temperatura, pues en el interior de la iglesia corría el aire fresco y húmedo de las montañas. «Tranquila, Isabel», pensó el fraile. Consciente de que aquella ceremonia era un trámite que las partes debían cumplir por igual, apresuró la ceremonia. Habló en latín, lengua que ella solo conocía poco y mal y que había aprendido a recitar de memoria para poder contestar las interpelaciones de la Santa Misa. *Oremus. Ora pro nobis. Dominus vobiscum. Amén.* Hasta que llegado un punto el fraile atrajo hacia sí a los novios y los hizo arrodillarse. Alzó la mano derecha y la sostuvo en alto justo a la altura de las cabezas, mientras dijo en castellano:

—El Señor que hizo nacer en vosotros el amor confirme este consentimiento mutuo que habéis manifestado ante la Iglesia… y… —detuvo sus ojos firmes sobre los de Isabel— lo que Dios ha unido que no lo separe el hombre.

Y soltó la mano en un aspaviento que dibujó en el aire una señal de la cruz.

«¿Ya está?», se preguntó Ixapeltzin.

Alonso de Grado, adivinando sus pensamientos, se giró hacia ella, le tendió la mano para ayudarla a incorporarse y dijo:

—Ya está.

Y sí. Ya estaba hecho. Eran marido y mujer en nombre de Dios y de la Iglesia católica, apostólica y romana. Unidos por y para siempre hasta la muerte. Afuera seguía haciendo calor.

Cortés se aproximó a la pareja de recién casados y propinó a Alonso un abrazo con dos palmadas tan fuertes que le sacudió el polvo de la espalda. Ante Isabel hizo una ligera inclinación, le tomó la mano y se la llevó a la boca sin llegar a rozarla con los labios, solo para decirle «señora» en un tono que se asemejaba a una pregunta. Y luego, con la mano buena hizo un gesto a un mozo que portaba un libro tan pesado y monumental que tenía que acompañarlo otro mozalbete cuya única misión era inclinarse en noventa grados para poder colocar el libro sobre su lomo. Ambos mozos, portador y atril, acudieron al llamado corriendo en pasos cortos. Cortés abrió el libro de Actas del Cabildo. El ruido de las tapas al apoyar sobre la espalda encorvada del pobre muchacho retumbó en un eco.

—Alonso, amigo mío, en este momento de celebración y júbilo es mi deseo y potestad asignarte visitador general de la Nueva España. Y para que conste en actas, así lo manifiesto.

El mozo acercó una pluma de ganso, blanca como la camisa que asomaba bajo el jubón y Cortés estampó su firma en aquel libro inmenso. El trazo de la tinta al deslizarse sobre el papel se prolongó en un húmedo arañazo sonoro.

Luego se giró hacia la novia.

—La encomienda que os prometí, vuestra es. Pues es vuestro privilegio en dote y arras. Seréis señora de Tacuba y dicha encomienda, con todas sus casas, os pertenecerán y podréis heredarlas a vuestra descendencia.

«Soy rico», pensó Alonso de Grado.

«Hijos mestizos», pensó Ixapeltzin.

El mozo tendió de nuevo la pluma hacia doña Isabel y le hizo un gesto para que estampase su firma. Ella sostuvo la pluma entre sus manos y miró a fray Martín, esperando una instrucción o una señal. Nunca antes había firmado nada, ni sabía rubricar, ni sabía lo que eso era. Fray Martín le hizo un gesto con la mano, indicándole que hiciera un garabato sobre el papel. «Esto es una a, esto es una uve, esto es una e. Ave María». Isabel se aproximó al papel y lentamente, rasgando el pergamino como si lo hiciera llorar en un quejido, dibujó una I, un punto, una M y un punto. Ixapeltzin no reparó en sus dedos manchados de tinta pues su mirada se clavó en eso que había escrito, apenas dos letras mal hechas de trazos temblorosos, un par de palos verticales que representaban su nombre sin necesidad del dibujo de su rostro, y sintió que acaba de escalar una montaña. Cuando alzó la vista, por primera vez en todos estos años, fray Martín la vio esbozar una sonrisa completa. Él también estaba orgulloso. El mozo echó un polvo blanco sobre el papel para secar la tinta y luego cerró el libro en un estrepitoso ¡plaf! que cimbró los candelabros sobre el altar e hizo saltar sobre sí mismos a los testigos que, ajenos a la formalidad del acto, hablaban de sus cosas.

Alonso de Grado dio el brazo a su mujer y salieron de la iglesia juntos, entrelazados, seguidos por la comitiva de hombres que estaban deseando salir de esa iglesia húmeda y fría. Nada más poner un pie en la calle, una bofetada de aire caliente les golpeó en la cara junto con un tumulto de indígenas congregados para ver salir al nuevo matrimonio.

En una carreta tirada por dos yeguas, Isabel y su nuevo marido se dirigieron a su nueva casa detrás del Hospital de Jesús, un edificio que Cortés había mandado a construir para atender a los heridos en la guerra, justo en el lugar en donde hacía siete años Cortés y su padre se habían reunido por primera vez, camino de Iztapalapa. Qué ironía. Si entonces su padre hubiera sabido dónde terminaría viviendo su hija, pensó. Pero alejó esas reflexiones parpadeando un par de veces cuando se percató de que su nuevo esposo notaba que divagaba.

—¿En qué piensas?

—En nada. Estos rumbos me recuerdan otros tiempos.

Alonso de Grado apartó la cortinilla para ver por la ventana. El bullicio de la ciudad también le recordó a otros tiempos en su natal Villa de Alcántara, en Cáceres. Tiempos en donde su familia no carecía ni soñaba, donde él se dedicaba a alternar discutiendo sobre las necesarias reglas de una gramática mientras bebía vino en compañía de amigos hermosos. Amigos muy queridos que quizá ya no vivirían, perseguidos por la Inquisición como sodomitas, y cuyos rostros extrañaba. ¿Lo extrañarían sus viejos compañeros de correrías? Tal vez no. O tal vez sí. De entonces hasta ahora mucho había llovido ya, la salida del pueblo apresuradamente, el temerario viaje por mar, el descubrir que una vida sin pasado era posible y, de pronto, Hernán Cortés.

A esas memorias se unieron otras más perturbadoras que no siempre quería recordar. Ahí, asomado a la ventana, viendo a los indígenas vistiendo a la moda española, sustituyendo unos oficios por otros, viendo los nuevos edificios pensó en lo increíble que era estar reconstruyendo una España al otro lado del mundo. «Ojalá», pensó, «esta vez supieran hacerlo mejor». Cada uno cargaba con el peso de sus recuerdos. Poco quedaba ya de sus respectivos pasados. La vida ahora era otra y tendrían que aprender a vivirla, porque nada bueno se sacaba de la nostalgia.

Llegaron a una casa tan grande y espaciosa como la hacienda de Cortés. Los muros anchos de piedra, la arquería de arcos de medio punto y bóvedas de crucería cubriendo amplios pasillos que daban hacia un jardín central. Alonso se sonó los mocos que la humedad del recinto había aflojado en su nariz.

—Ven —indicó Alonso—, te enseñaré tu habitación.

Anduvieron por un pasillo largo de ladrillos de barro en donde los pasos de Alonso resonaban como si llevara espuelas. Ella, ni atrás ni adelante, lo seguía a un costado, a la espera de que el hombre dijera algo, notara algo, anunciase algo distinto que le hiciera entender qué tan fuerte o poderoso era ese lazo con el que Dios los había unido para siempre. Pero nada. Todo era tan igual como el día anterior, y el anterior a ese. «Todos los matrimonios se parecen», pensó. Alonso carraspeó.

—Este será tu cuarto —dijo ante una puerta de madera. Yo dormiré en el cuarto del pasillo de enfrente.

En esos años junto a Cortés había entendido que los hombres eran fogosos con las concubinas y parcos con las esposas. Pero algo le habían contado de la noche de bodas. Algo de consumar el matrimonio, como si lo que hicieron en la iglesia no tuviera validez hasta que el varón la penetrase. Pero Alonso no mostraba ningún interés en consumar nada. A lo mejor había una razón. Quizá, se dijo, era porque antes de acostarse con ella querría asearse un poco. Deseó que así fuera, porque el calor sofocante los hacía sudar por debajo de los ropajes, y sentía la capa de tela que iba pegada al cuerpo mojada en las axilas y en el pubis. Alonso se aflojó los cordones de su camisa y dejó ver un pecho empapado, tapizado de pelo negro. Ixapeltzin notó que el pelo de la barba se le juntaba con el del torso. Imaginó el resto del cuerpo de aquel hombre cubierto de pelo como una bestia salvaje. No todos los hombres castellanos eran tan peludos. Sabía que fray Martín era más bien lampiño, como los indígenas, pues alguna vez había visto sus antebrazos limpios, tersos y venosos bajo el hábito.

—Iré a asearme —dijo ella con la esperanza de oírle replicar un «yo también».

—Ve, ve. Te espero.

Fue a asearse. Necesitó ayuda para quitarse la camisa, el sayo, el sobretodo y las enaguas y pensó en la fallecida Catalina, con razón llevaba siempre esa expresión de pena si tenía que cargar con tanto ropaje a cuestas. Uno a uno, Citlali fue quitándole los alfileres bajo la cofia hasta que su pelo se liberó de las apretadas trenzas y se rascó con ansias las raíces del cuero cabelludo. El lacio pelo negro le cayó encima como un velo. La cubrió con un holgado camisón blanco que le recordó a la comodidad de los huipiles de algodón. Así vestida los soplos de la brisa parecían ser más frescos. Aun no entendía la manía de vestir con tanta ropa en época de calor.

—Déjame sola —pidió a Citlali, que salió sin protestar.

Se sentó al borde de la cama y colocó sus manos juntas sobre el pecho. Rezó. Rezó a su manera, cerrando los ojos y encomendándose a Tonantzin, su Virgencita, y volvió a evocar memorias viejas, olvidadas solo a medias, que le recordaran quién era ella, de dónde venía, a dónde iba, y trató de ser una hoja mecida por el viento. Volver a flotar un poco, danzar en el aire antes de topar de bruces con la tierra, que ningún viento la desplazara de su centro, que ninguna tormenta lograra levantarle las raíces incrustadas en la tierra.

«Soy una hoja mecida por el viento. Amén».

Alonso no tardó en llegar. También se había puesto más cómodo y tan solo llevaba un jubón bombacho y una camisa holgada remangada hasta los codos. El sudor se había secado, aunque el olor a perro mojado seguía presente. Al verla, de pie, junto a la cama, con ese camisón que mostraba su cuerpo a contraluz, Alonso apretó los labios. Dio dos, tres, cuatro pasos hacia la cama. Ixapeltzin recordó las enseñanzas de su madre hacia sus hermanas mayores. «Túmbate, hija mía, deja que el placer te llene. Tu cuerpo es el recipiente del gozo, tu cuerpo es la vasija que recoge la dicha, la plenitud, disfruta. Muévete. Mécete». La voz de su madre en su interior la tranquilizó y la llenó de una sensualidad que desconocía. Se acercó hacia Alonso despacio, colocando cada pie delante del otro como si caminase por la cuerda floja, hasta que quedó frente al cuerpo sedente de su marido en la cama, quien no osaba ni respirar. Estiró los brazos, entrelazó sus dedos tras la nuca de Alonso y atrajo la cabeza del hombre hacia su ombligo como una madre que consuela el llanto de un niño pequeño. Así, sintiendo el respirar de Alonso sobre su vientre, bajó las manos y dejó que sus dedos comenzaran a sentir los músculos de una espalda fuerte en la que los omóplatos destacaban cual rodillas; arriba y abajo fue haciendo leves cosquillas, hormigas que caminaban por la columna; subió hasta sentir la fibra de unos hombros toscos y firmes marcados con cicatrices, un cuerpo que había encajado más de un espadazo. De los hombros resbaló sus caricias hasta los codos, luego a las muñecas, y tomó las manos de Alonso y le llevó los brazos en cruz, entrelazados los dedos con los suyos. Alonso había despegado la cabeza del vientre y la miraba con total asombro. Sin soltarle los brazos, Isabel hizo un semicírculo hasta llevar sus manos a la espalda. Las manos del español se posaron sobre las nalgas de ella.

Alonso enmudeció. Ella había hecho su parte. Había dado permiso, lo había invitado a entrar; sin embargo, estaba seca, ni rastro de humedad ni de excitación. Esperaba que él hiciera algo, tocara alguna parte de su cuerpo, acariciara las corvas, chupase sus pezones, algo para que lo que se suponía que hubiera de suceder se pusiera en marcha. Pero él no se movía. Entonces, Isabel subió una rodilla a la cama, y luego otra, y quedó a horcajadas sobre él. Pensaba sentir la masculinidad de su marido bajo el pantalón, como había visto tantas veces en algunos códices, como había visto hacer a sus hermanos, como contaban de Cuitláhuac, como Cortés hacía con cuanta mujer se le pusiera en frente, pero allí, a cuatro patas sobre él, no había más que un hombre acostado.

—No puedo, Isabel.

Alonso giró la cabeza hacia la almohada para no tener que mirarla a la cara. Pensaba que podría. Que al sentir el rozar de las carnes de Isabel el cuerpo reaccionaría a la llamada, pero su cuerpo no respondía. Nada. El pene flácido caído a un lado sobre el muslo se negaba a participar. Le atraían otros contornos, cuerpos varoniles parecidos al suyo. Mientras los demás iban detrás de los pechos de las indígenas, él prefería los cuerpos jóvenes de macehuales imberbes. Hacía muchos años había salido huyendo de sus preferencias pecaminosas, de ese amor inconfesable que lo había condenado al destierro voluntario, y entre tanta sangre y batalla casi lo había olvidado. Se había reinventado, se había convertido en un hombre simpático cuando había fiesta, platicador cuando el vino corría, y casto porque no le interesaba asomarse debajo de las faldas. Pensó que una esposa podría tapar la sombra de sus instintos, pensó que Isabel, indígena e inexperta, lo entendería. Lo que no sabía es que Isabel Moctezuma, apenas una chiquilla, iba a comportarse de esa manera sensual en la intimidad.

—¿Pero… no eres doncella? —dijo en una pregunta que casi se hacía a sí mismo.

Ella se hizo para atrás.

—¿Cómo?

—Doncella… Si has yacido con algún hombre.

—Nunca he estado con un hombre —contestó.

—Pero entonces…

Ella anticipó sus dudas:

—Sé lo que hay que hacer. Lo he visto hacer antes.

Alonso se incorporó, se apoyó sobre sus codos, la agarró por la cintura y la bajó de sus caderas. Al hacerlo soltó aire. Le indicó que se sentara a su lado dando un par de palmadas en la cama.

—Siéntate, Isabel.

Ella obedeció. A lo mejor los cristianos no consumaban el matrimonio la primera noche. Nadie le había explicado los pormenores de la noche de bodas. A lo mejor había que aguardar unos días, como los mexicas. «A lo mejor», se dijo, «no se espera eso de mí».

—Isabel, quiero que entiendas una cosa —dijo. Y entonces se giró hacia ella, la tomó de las manos y se las llevó al pecho en acto de contrición:

—No podremos tener una relación de esposos como la que esperas.

—No espero nada de vos.

Alonso se sorprendió de la frialdad con la que le hablaba la mujer que minutos antes estaba sobre él.

—Bien.

Alonso se levantó y, sin haberla tocado siquiera, se marchó.

La decisión

Isabel decidió contarle a Citlali lo que pasaba al interior de su recámara. Citlali la escuchó con atención:

—¿No te toca?

—No.

—¿Nada?

—Nada.

—Entonces ¿aún no has sentido cosquillas entre las piernas?

Isabel negó con la cabeza.

—Y tú, has tratado de tocarle su…

—Sí.

—¿Y?

—Nada.

Citlali y ella se miraron en silencio.

—¿Y tú quieres que él…?

—No —contestó tajante—. Prefiero que siga así.

Los rumores no tardaron en esparcirse por todas partes. Además, Alonso de Grado, el visitador general de la Nueva España, cultivaba enemigos en racimo. Su misión era garantizar que todos los indígenas de las tierras fueran cristianizados, pero en contra de lo que Cortés y los frailes pensaban, muchos españoles hacían la vista gorda y dejaban a sus indígenas seguir con sus ritos. Les daba igual a quién rezaran mientras recolectaran el maíz, mataran a los cerdos y hubiera comida en la mesa y cacao para negociar. Cristianizar, lo que se decía cristianizar, eso ya les importaba menos. Que ellos no eran frailes, sino hombres de campo. Además, muchos solo rezaban por conveniencia. Lo habían visto antes, con los moriscos de la Península. Infieles habría siempre. Porque una cosa era rezar y otra muy distinta cambiar de credo. Al fin, mientras no sacrificaran hombres en lo alto de los templos, ¿qué más daba?, habían aprendido castellano, vestían de manera prudente, parían hijos mestizos y ya no se pintaban ni horadaban el cuerpo. Si al interior de sus hogares rezaban a esos dioses de nombres imposibles eso ya no era de su incumbencia. Y le decían:

—Alonso, no nos des la vara con la catequesis.

Pero Alonso de Grado, que se tomaba muy a pecho la palabra dada a Cortés, trataba de hacer cumplir la ley.

—Os acordaréis de mí si no cumplís con el precepto.

Y una voz oculta entre matorrales contestaba jocosa:

—¡Anda y ve a hacerle el favor a tu mujer!

—¿Quién ha dicho eso? ¡Muéstrate y te partiré la cara!

—¡Pendenciero! —le gritaban. Unas risas veladas se escuchaban a lo lejos.

Alonso de Grado, que no encajaba bien las burlas, se ensañaba a puñetazo limpio con quien menos se las debiera. A veces pegaba con las manos, otras con el látigo.

Isabel lo veía llegar a casa con un ojo morado y, de vez en cuando, una costilla rota. Y cuando venía sin magulladuras, venía ahogado en alcohol.

—Apestas a vino —le decía ella asqueada—. Debería darte vergüenza. El alcohol es la raíz y origen de todo daño y perdición. Mi pueblo te habría castigado con la muerte.

—¿Ah sí? Pues qué suerte que… tu pueblo ya… no manda más —contestaba él arrastrando las palabras.

Si hubiera tenido su daga le habría rebanado el cuello por insolente.

—El vino no es tan malo, Isabel. Toma, bebe —dijo acercándole la botella a los labios—. Te ayudará a soportar la humillación de estar casada… conmigo.

Isabel alejó la botella de un manotazo.

—Mi humillación no es mayor que la tuya.

Alonso, con ojos llorosos y sentado en un escalón, la miró.

—Perdóname, Isabel… No te mereces esto. Ni yo tampoco. Somos fichas en un… tablero. Fichas de Cortés. Hernán juega… con nosotros. Juega conmigo…

—Tienes que dejar de beber. La embriaguez es la causa de la discordia. Es el huracán, la tormenta maligna que atrae todo lo malo.

—Todo lo malo, ¿eh? Sí. Supongo que he atraído todo lo malo. Dios me ha castigado por mis pecados. Hernán no me quiere. Ni me querrá nunca —sollozó.

Isabel tragó saliva. ¿A cuál de los dos castigaba su dios?, ¿a él o a ella?

—Deja de beber —le dijo—. O yo misma me encargaré de cortarte la lengua.

Se retiró dejando a Alonso borracho, triste, al pie de la escalera.

Los que lo habían conocido en otros tiempos se preguntaban qué habría pasado para que el dicharachero de Alonso de Grado, hidalgo ilustrado y cantarín, bueno en las letras y ducho en argumentos, en menos de seis meses se hubiera transformado en ese hombre lánguido de gesto abrupto y malencarado, cuya presencia causaba tantos disgustos. «Es la maldición de Moctezuma», decían voces anónimas. Algunos lo achacaban a que los indígenas habían corrompido su espíritu, otros a que su mujer lo tenía amargado porque todo cuanto poseía en belleza lo tenía de mexica combativa, y entonces se alzaban voces disonantes que recriminaban tales comentarios, pues doña Isabel era tan cristiana como cualquier dama de la corte de Carlos V; otros murmuraban que en las Hibueras unos chamanes le habían echado mal de ojo. Solo Isabel sabía que el penar de Alonso pasaba por la siempre presente sombra de Hernán Cortés.

Una noche de luna nueva, en medio de una absoluta oscuridad, Isabel soñó imágenes de sacerdotes mexicas arrancando corazones. Ella se acercaba despacio, dando uno, dos, tres pasos hasta estar sobre la cabeza del sacrificado y contemplaba con nitidez el rostro inerme de Alonso que, por fin, apartado de la condena de vivir una farsa, descansaba en paz. En sueños oía la firme voz de su madre hablándole al oído: «Será muy fácil, Tecuixpo, conveniente. Oportuno. Libéralo, Tecuixpo. Libéralos a los dos. A ti y a él. La vida de un marido por la de otro, Tecuixpo». La voz de Tecalco era nítida en sus pesadillas, e Isabel se retorcía en la cama pensando en Cuauhtémoc, cuyas historias acerca de su muerte empezaban a pulular en forma de leyenda.

Isabel despertó con el alba y un nuevo semblante. Se aseó y con la ayuda de Citlali se enfundó en el vestido más castellano que encontró en su armario. Hasta Citlali se extrañó de que usara un atuendo tan a la española.

—No te había visto ponerte tanta ropa desde el día de tu boda cristiana, ¿por qué te vistes así?

—Para parecer un gallo hay que cacarear como un gallo.

Citlali frunció el entrecejo.

—A partir de ahora, Citlali, haré todo a la española. Nadie podrá recordar mi origen mexica.

Citlali se estremeció.

Isabel recordó la rabia que le había invadido cuando Moctezuma quiso darle a Cortés ponzoña en sus alimentos. De cómo había acudido a Cuitláhuac para rogarle: «Los mexicas no matamos así». Ahora, curiosamente, la idea no le parecía descabellada en absoluto. No cabía duda de que se estaba castellanizando. Se giró hacia Citlali y le dijo:

—Vamos. Necesito tu ayuda.

Los primeros retortijones llegaron tras una noche en la que Alonso de Grado se había dado un atracón. Los achacó a la pesadez de la cena. Las culebras de sus tripas danzaban buscando una salida. ¡Diantres!, debía moderarse o acabaría muerto por una indigestión. Y es que la figura antes esbelta de Alonso empezaba a rebosar por los costados y la barriga se apoyaba ligeramente por encima del cinturón.

El mal que lo acechaba nada tenía que ver con el peso que ganaba gramo a gramo, kilo a kilo. Las hierbas que Isabel llevaba echándole desde hacía un par de semanas eran inodoras, incoloras e insípidas. Citlali se las conseguía con unos yerberos que vivían más allá de Tlatelolco. Tardaba un día entero en ir y venir, pero Isabel le decía que merecía la pena. No dejaban huella ni rastro, y las primeras semanas parecían no tener efecto alguno. Hasta que un día Alonso empezó a retorcerse de dolor. Isabel, irguiéndose entera, supo que había logrado su cometido.

A partir de entonces todo fue un rodar cuesta abajo. El rostro de Alonso se tornó verduzco y unas ojeras hondas le ensuciaron la cuenca de los ojos. Vomitaba. Por las mañanas, por las tardes, antes de dormir. «A ver si vas a estar embarazado», bromeaban sus hombres con sorna. Pero luego contemplaban la cara moribunda del enfermo, un rostro de expresión infame, reflejo de un largo sufrimiento, de dolores incrustados, oxidados, apelmazados desde dentro. Y se callaban.

Isabel asistió al espectáculo de la muerte lenta de su marido sin pestañear. Del mismo modo que de niña no se inmutaba ante las pieles de los sacrificados a lomos de los sacerdotes como cobijas, del mismo modo en que había sido capaz de cortar la yugular de su padre moribundo, del mismo modo en que había soportado los gritos de Cuauhtémoc mientras le decía: «Eso te sacas por matar a mi hermano», del mismo modo. A veces la atormentaban las palabras de fray Martín arengando desde el púlpito los domingos y venían a clavársele en la conciencia: «no matarás», «eso es pecado», «arderás en el infierno», pero ella acallaba esas voces remangándose el apesadumbrado vestido castellano como si fuera a atravesar un charco y se colocaba de cuclillas en medio de su habitación, abría las manos y encomendaba su espíritu a sus antiguos dioses pidiendo fortaleza. «Soy una hoja mecida por el viento. Esta es mi verdadera naturaleza. Soy un árbol que se mece con la tormenta. Soy Ixapeltzin y no tengo miedo».

Alonso de Grado supo que la vida se le iba cuando una tarde, tumbado en su cama, Isabel fue a verlo. Ella se sentó a su vera.

—Este sufrimiento terminará pronto.

Alonso la miró asustado.

—¿Qué? ¿Qué me has hecho, mujer?

—Nada que tú no te hayas hecho ya.

—¿Qué quieres decir?

—Te lo advertí. El alcohol es el principio de todos los males.

—¿Crees que esto es por beber?

—Por eso y por amar a un hombre.

Alonso contuvo la respiración. Le pareció entender en las palabras de Isabel una confesión.

—¿Qué me has hecho, Isabel? ¿Brujerías? ¿Cosas de indios?

—¿Qué dices, Alonso? —dijo Isabel con una risotada callada—. Sabes que ahora soy cristiana.

—¡No me mientas! ¡Soy tu marido!

—Tú no eres nada mío. Aborrezco todo lo que eres. No eres hombre. Ni mujer. Tu sangre morirá contigo.

Alonso arrugó las cejas. Isabel no dijo nada más. Lentamente, se levantó y lo dejó asustado, con un montón de dudas revoloteando en su cabeza.

Con las pocas fuerzas que le quedaban, arrastrando su enfermedad, Alonso se presentó al día siguiente ante Cortés en su casa de Coyoacán. Pedro Gallego le abrió la puerta. El hombre se quedó pasmado ante el mal aspecto del visitador.

—¿Os encontráis bien?

—Necesito ver al capitán —tosió Alonso—, urgentemente.

El día estaba en disonancia con el semblante de Alonso. Un sol espléndido lucía en un cielo tan azul que parecía pintado, los pájaros cantaban en las ramas de los árboles como si estuvieran contentos y unas cuantas nubes de marzo se deshilachaban en lo alto de unos volcanes cubiertos de nieve de cintura para arriba. La nieve virgen alejaba la promesa de una primavera temprana, pero al ver a Alonso, Cortés sintió que un olor a muerte había impregnado el comedor de su casa. Alonso hizo ademán de acercarse para darle un abrazo, Cortés, sin reprimir el impulso de alejarlo, lo detuvo estirando el brazo de la mano buena.

—Estás muy enfermo —dijo aseverando lo obvio.

Alonso, que había detenido su paso en seco, no aminoró la gravedad de su condición.

—Me muero, Hernán.

—No digas sandeces. Es solo un mal de estómago, como tantos que hemos pasado en estos años. ¿O ya no te acuerdas lo malos que nos pusimos en Veracruz, aquella vez que nos dieron a comer insectos vivos y carne cruda?

—No, no, Hernán, esto es distinto. Creo que me están envenenando.

—¿Envenenando, dices? No exageres. No eres tan importante. Si tuvieran que envenenar a alguien sería a mí. Ya lo han intentado antes —y por lo bajo balbuceó—: Sabe Dios que abundan mis enemigos. Además, ¿por qué querría alguien envenenarte a ti?

—No lo sé —tosió al mentir—. El cargo de visitador que me diste ha sido una maldición. Tengo tantos enemigos como tú.

—Anda, Alonso, vete a casa a descansar. Si te preocupaban esas enemistades de las que hablas, no hacía falta venir, hombre, que no puedes ni tenerte en pie. Vete, que ya me «ocuparé» yo de esas enemistades tuyas.

Alonso notó que su amigo no se acercaba más de lo necesario.

—No voy a contagiarte, Hernán. No estoy enfermo. Me están matando.

—Y dale con la cantaleta. ¿Quién puede estaros matando?

—Isabel.

Se hizo una pausa larga en la que Cortés trató de ahogar una grotesca mueca de sorpresa:

—¿Isabel? ¿Matarte a ti? Te he oído decir muchas tonterías, Alonso, pero como esta ninguna.

—Lo digo en serio. Ayúdame, Hernán. Me va a matar.

Cortés, entonces, recordó la sangre de Alderete sobre el huipil de la chiquilla. Una imagen que creía olvidada en el fondo de su memoria. La voz de Isabel en sus oídos susurrándole: «¿Sabes qué es más difícil que matar? Hacer que alguien mate por ti». La voz de Isabel diciéndole: «Devuélveme la encomienda de Tacuba».

—No puede ser... —balbuceó Cortés para sí.

—Yo sé lo que me digo. —Alonso se detuvo para sostener el peso de su cuerpo sobre una mesa de madera labrada, las piernas le flaqueaban, le pesaba mucho todo, y no sabía distinguir si lo que no soportaba era el peso de sus huesos o el cargo de conciencia.

Por primera vez Cortés miró con otros ojos a su amigo enfermo.

—¿Y por qué razón Isabel querría tu muerte?

—No lo sé, Hernán.

—Creo que sí lo sabes —dijo Hernán acercándose por fin a su amigo para verlo a los ojos—. Dicen por ahí que no yaces con ella. Ni con ella ni con ninguna.

—¿Qué quieres decir?

—Eso mismo te pregunto yo, ¿qué quieren decir?

Alonso apoyó ambas manos en una silla de madera cuyo respaldo remataba en dos esferas. Giró las muñecas sobre ellas como si les sacara brillo. Estaba a punto de morir, tenía absoluta certeza, así que dudó un segundo si hablar o llevarse su secreto a la tumba. Decidió hablar.

—Sabes muy bien lo que quieren decir...

Cortés le dijo con dientes apretados:

—No me seas sodomita, Alonso. No me seas.

—Me conoces, Hernán. No necesitas que te explique nada. Sabes que yo daría todo por ti...

Cortés instintivamente se llevó la mano buena hacia el cincho, al lugar en el que de haber estado armado pendería una espada. Sin apenas percibirlo, dio un paso atrás. Alonso dio un paso hacia adelante y se dejó ir como hilo de seda:

—Sería capaz de cualquier cosa por ti. He hecho todo cuanto me has pedido. He estado contigo, a tu lado, siempre. He matado por ti, me he casado por ti. ¿Por qué crees que hice todo eso?, ¿eh? ¡Dime! ¿Por qué?

Cortés se había puesto tan rojo que una vena le latía con violencia en el cuello.

—Has hecho lo que cualquier soldado haría si se lo mandase su capitán. No me metas a mí en tus depravaciones, ni en tus trampas mujeriles.

—Hernán, yo...

—No puedo creerlo, Alonso, no puedo creerlo. Todos estos años y me sales ahora con deseos contra natura. Lárgate. Me avergüenzo de ti. No me extraña que Isabel quiera matarte. Tiene más tamaños que tú. Y si ella no lo logra yo mismo te daré garrote si no te largas de aquí.

Apoyadas en la silla, las manos de Alonso temblaban. Enfiló el paso hacia la salida sin despedirse. No hacía falta decir nada más. Desde el quicio de la puerta, Alonso se giró y clavó la que —sabía— sería la última mirada al hombre que tanto había admirado, el hombre que hubiera querido ser, con todo lo bueno y lo malo, con lo que le fascinaba y repugnaba, a su tumba se llevaría el único secreto que había guardado en vida. Porque muy a pesar suyo, por muchos esfuerzos que hubiera hecho por no amarlo, lo amaba, lo deseaba, lo veneraba más que a Dios, más que a sí mismo, con un amor largo, oscuro, secreto y profundo que le dolía en las entrañas tanto como las tripas que amenazaban con reventarle por dentro.

Alonso salió de Coyoacán arrastrando una tristeza tan grande que deseó estar muerto.

Unos días después, sin que hubiera terminado el mes de marzo y sin que el sol hubiera dejado de brillar a pesar del frío que cortaba el aire con cuchillo, Alonso de Grado murió en su cama.

Con ayuda de Citlali, Isabel se vistió de negro absoluto desde la cofia hasta los zapatos. Caminó tras el féretro como una viuda en pena apoyándose sobre los brazos de su servicial Citlali mientras arrastraba su dolor. Una rejilla de encaje impidió ver la expresión de su rostro cuando arrojó un puñado de tierra sobre el ataúd de su marido. A los pies de la tumba, Cortés no le quitaba ojo. Se veía tan devota. Tan cristiana. Y sin embargo Cortés se sacudía los fantasmas del último encuentro con Alonso. ¿Habría sido Isabel capaz de matarlo y de venir con esa cara lánguida a rezar sobre su tumba? ¿Sería capaz? Cortés inhaló con fuerza por la nariz. Trataba de escombrar las telas de araña que enturbiaban el recuerdo del hombre que alguna vez había sido su amigo. Recordó los buenos ratos que habían pasado juntos, y resultó que eran varios.

Alonso de Grado había demostrado lealtad hasta la muerte; la valentía de un hombre que jamás osó contradecir ninguna de sus órdenes a pesar de los peligros, de las traiciones, de los enemigos que hubieran salido a flote como ratas tras un naufragio, lo recordó, al fin, como se recuerda la vida de los muertos: «Nos ha dejado un buen hombre, se nos adelantó, porque a pesar de lo pendenciero y bullicioso, de sus vicios —que quien esté libre de pecado tire la primera piedra—, era buena persona y un buen cristiano, Dios lo tenga en su gloria». Con la mano buena se quitó el bohemio de terciopelo negro que le cubría la cabeza, y mientras lo hacía girar en círculos sobre los tres dedos que le quedaban de la mano mala decidió que a Isabel Moctezuma la vigilaría de cerca, que debajo de esa nueva apariencia cristiana seguía latiendo la mexica que siempre había sido. A él no lo engañaba.

Isabel sintió la mirada de Cortés sobre ella. Y levemente, casi en un gesto invisible, le pareció ver un amago de sonrisa. Cortés apretó los dientes.

Morirás solo

A principios de un mes de abril en que llovió un día sí y al otro también, Isabel Moctezuma regresó a Coyoacán. Un gran estruendo retumbó cuando la puerta se cerró tras ella. Caminó por los pasillos. Solo se oía el eco de sus pasos. Nadie osaba hacer ruidos, los pájaros miraban sin trinar desde las ramas del patio, los hijos de las mujeres que allí habitaban lloraban sin estridencia, conscientes de que en esa casa no estaba permitido ningún sonido, ni música ni cánticos, nada salvo los pasos de las personas al caminar, y eso si era absolutamente necesario. Aquella casa parecía un sepulcro. Ni en la iglesia de San Francisco había tal mutismo. Fue entonces cuando la certeza de su encierro cayó sobre ella con la rotundidad de esas cuatro paredes de piedra.

Así hubiera pretendido pasar desapercibida como un felino en cacería, a Cortés la presencia de la hija de Moctezuma le resultaba más que evidente. Todo olía a ella, como si a su paso dejara un rastro a fémina en ebullición que solamente Cortés era capaz de detectar. Cuando la veía atravesar los pasillos con ese paso marcial y rápido, no era capaz de apartar sus ojos de ella. Isabel sabía que Cortés la observaba, pero jamás osó dirigir una mirada en su dirección. Y no por timidez ni por vergüenza, ni mucho menos: aquello era soberbia pura. A Cortés se le reían los huesos. Ambos eran dos caras de una misma moneda. A diferencia de Marina, Isabel le parecía inexpugnable. A pesar de su corta edad, la muchacha emanaba la entereza de las almas viejas. Y ese mirar. Ese mirar que se clavaba dentro con rudeza, por más que Cortés hubiera negociado con indígenas, con Xicoténcatl

375

el viejo, con el Cacique Gordo, con el propio Moctezuma, con Cuitláhuac, por más que conociera ese mirar desconfiado, los ojos de esta chiquilla eran distintos. En ellos había ternura a raudales y un deseo insaciable como el mar, un volcán dormido que nadie osaba despertar. Él sabía de lo que Isabel era capaz y, aunque jamás se atreviera a decirlo en voz alta, la muchacha le infundía respeto. Si hubiera sido hombre le hubiese seguido en la guerra. Y en la paz también. De pronto, una idea fugaz atravesó por su cabeza. Isabel no estaba casada con nadie, ni indio, ni cacereño. La mujer era viuda, el mejor estado de la mujer, se dijo ladeando el bigote. Sin marido ultrajado ni pretendiente que la defendiera. Viu-da. Y la palabra se le deshizo en los labios como fruta madura.

Por las tardes, cuando el sol se ponía y aún no alumbraba la luna, los quejidos de Cortés reventaban en aquel silencio. Maldecía. Golpeaba puertas. Algún candelabro era aventado con rabia y el sonido metálico rodaba por el suelo. Todo lo que Cortés había construido se desmoronaba a su alrededor como un castillo de naipes. Las cartas de relación que con tanto empeño, esmero, con tinta y pulso de gran letrado había narrado en los últimos años, relaciones en las que contaba y explicaba su proceder en la Nueva España para que todos supieran, para que el mundo se enterase de la gran hazaña acometida al otro lado del mar, para que todos supiesen de cómo había conquistado, gobernado y protegido a esos naturales que se habían quedado sin rey que los acogiese ni doctrina que los encauzara, de cómo él, en su grandísima bondad y magnificencia les había dado por nuevo rey a Carlos I de España y V de Alemania y por nuevo Dios a Cristo, al Padre, al Hijo y al Espíritu Santo, después de haber estado explicando con sumo primor y detalle la grandeza de la empresa, pues él no era un traidor a Velázquez, no, señor, sino un héroe de la Corona, pues ahora, después de tanto escribir páginas y páginas, le venían a decir que Pánfilo de Narváez (una vez en libertad) había puesto al rey sobre aviso de ciertos, ¿cómo llamarlos?… tejemanejes suyos. Y les había metido en la cabeza que cuidado y de pronto Cortés fuera a autoproclamase rey de la Nueva España. «¡Eso sería in-con-ce-bi-ble!», contestaba Carlos V cuando se lo insinuaban con otras palabras más discretas, aunque igual de ponzoñosas. «Cuidado, majestad, que Cortés es mucho Cortés».

Así, por esas y por otras tantas, cerraron el grifo de sus publicaciones y no hubo una sola imprenta, ni una sola, que osara publicar ninguna de sus cartas de relación. Acababa de ser prohibido, como los libros contrarios a la fe que llenaban la mente de ficciones, malditos libros que hacían pasar por verdades las mentiras como puños salidas de la cabeza de un escritor envalentonado, que ponía en boca de sus personajes palabras nunca dichas, les hacía besar bocas jamás rozadas y contaminaba la mente de quien, cautivado por esas mañas, leía entusiasmado ante la apariencia de verdad. «¡Diantres!», maldecía Cortés. «¡Mis cartas se toman por mentiras como las de Amadís de Gaula!». Y azotaba el puño de la mano buena contra la mesa de su despacho.

Siempre que estaba de mal humor, a Cortés le daban ganas de estar frente a Isabel, pues ver su rostro le reconfortaba. La mandaba llamar y la hacía sentarse junto a él hasta que se le pasaba el disgusto. No porque fuera un hombre simple al que le gustara contemplar la belleza, que también, sino porque su presencia ejercía el poder de recordarle que él era un vencedor. Porque no lo había soñado. Porque con todos muertos o alejados, sin Marina, sin Alvarado, sin Alonso, sin Catalina, ni Moctezuma, ni Cuauhtémoc, sumidos en medio de aquel mutismo en el que nadie parecía acordarse ya ni de las hazañas ni de sus logros, Isabel era la prueba fehaciente de su Conquista.

Isabel se estaba convirtiendo en una mujer más dura de lo que siempre había sido. La muerte de Alonso de Grado había terminado por echar cal sobre una herida profunda. Porque con la misma naturalidad con la que se estiraba al despertar, Isabel se dio cuenta de que no sentía remordimientos. Era un alivio no estar casada con nadie. Ningún hombre al que amarrarse, ningún hombre al que colocar por delante de sus propios intereses, ningún hombre ante el cual bajar la cabeza y decir: «Lo que ordenéis, esposo mío». Si por ella fuera, se gobernaría sola hasta el fin de los tiempos. En la casa todos hablaban bajito. Menos ella, pues no era mujer de susurros ni de mirada gacha. Cortés, sin embargo, se la pasaba dando órdenes a voz en grito. Le obedecían por temor, no por respeto. En cambio, a Isabel nunca le hizo falta alzar la voz para que sus encomenderos le llevaran tributo, maíz, cacao, le seguían llamando *Ixapeltzin* y se retiraban sin darle la espalda.

—La autoridad no se impone, se gana —le decía ella cuando, atónito, Cortés veía que los naturales seguían venerándola como a una reina.

La tensión entre Cortés e Isabel se palpaba constante.

Isabel sabía que Cortés sospechaba que la muerte de Alonso no había sido producto de la enfermedad, porque solía sacar el tema a menudo, entre comidas o durante la cena.

—Es una pena que Alonso nos dejara tan pronto.

—Una pena. Ahora está con Dios Nuestro Señor —decía ella mientras se llevaba un bocado a la boca.

Y Cortés la oía masticar con suavidad sin dejar de mirarla.

—Era un hombre fuerte. Nunca me imaginé que muriera antes que yo.

—Dios os guardará muchos años.

Y Cortés brindaba por eso y se mojaba los labios en la copa, mientras pensaba en lo parecidos que eran ellos dos.

—¿Sabéis? Vos y yo nos parecemos bastante.

—¿En qué sentido?

—En todos.

—No lo creo.

—Yo creo que sí. Ambos estamos dispuestos a todo con tal de conseguir nuestros propósitos.

Isabel era ahora la que se mojaba los labios.

—Es posible.

—Pero tienes que saber una cosa… —Una pausa—… Yo no conozco la derrota.

Isabel clavó la vieja juventud de su mirar:

—Ni yo tampoco.

Cortés rio.

—Ay, ¿lo ves? Somos parecidos: no das tu brazo a torcer.

—Alonso no pensaría lo mismo.

Cortés frunció el ceño. Isabel dejó que él la escudriñara. Él habló:

—Creo que os debo una disculpa.

Isabel inclinó la cabeza.

—¿Solo una?

—Me equivoqué con daros a Alonso por marido.

Isabel colocó ambas manos sobre la mesa sin atreverse a asentir. Cortés continuó:

—Pero eso no os daba derecho a matarlo.

—¿Quién dice que yo lo maté?

—Lo digo yo.

—No tienes pruebas.

—Tengo olfato.

—¿Acaso hueles el tufo de cuando mataste a tu mujer?

—Eso fue distinto.

—¿En qué?

Cortés pegó un puñetazo sobre la mesa con la mano buena.

—La próxima vez que me desafíes te haré ver tu suerte, Isabel. Aquí ya no tienes poder. Por más que te creas que unos indios te bailan el agua porque te traen canastas con maíz y cacao. La india que fuiste ya no existe. Ahora eres Isabel Moctezuma y te debes a mí.

—Jamásss —contestó alargando el silbido de serpiente.

Cortés se levantó de la mesa tan bruscamente que la pesada silla de madera estuvo a punto de caer al suelo.

—Eso ya lo veremos —dijo él.

El silencio de la casa reventó hecho añicos cuando Cortés llamó a voces a Isabel.

—¡Isabel!

Todos pudieron escucharlo, incluso unas hormigas que caminaban en fila india por la pared transportando unas migas de pan se detuvieron aturdidas.

Isabel tejía en su habitación. Lo escuchó, por supuesto, pero no se movió de su asiento. Jamás, en toda su vida, la habían llamado a gritos. Si Cortés requería su presencia, que mandara por ella o viniera a buscarla.

Citlali no estaba, así que una muchacha de servicio llegó a toda prisa con el corazón latiéndole en la boca. Casi se le salía.

—Señora, el gobernador quiere verla.

—Dile que no iré. Si quiere verme, que venga.

La muchacha casi se desmaya de la impresión.

—Señora, me matará si le llevo ese mensaje.

—Ya me has oído. No iré.

La muchacha abandonó la habitación con los ojos al borde del llanto.

Ixapeltzin seguía tejiendo cuando a lo lejos, en la ventana de Cortés, se escuchó el reventar de un florero contra la pared. Isabel movió la cabeza de lado a lado. Cortés estaba fuera de sí. Últimamente andaba más nervioso de la cuenta. Todo el asunto de su juicio de residencia y el infructuoso resultado de sus cartas de relación lo tenían con un humor de perro rabioso. Cualquier cosa lo sacaba de sus casillas. Siempre estaba con la encía levantada y el «no» en la boca. Durante un segundo muy corto, Isabel dudó si debería acudir a su llamado. Sabía bien que Cortés podía ser perverso. Pero enseguida se recompuso en su dignidad. Ella no tenía miedo. Y siguió tejiendo, fingiendo no escucharlo vociferar.

Cortés volvió a llamarla. Isabel volvió a negarse, y con cada negativa suya acrecentaba un deseo de conquista tan fiero y descontrolado como el que lo llevó a tomar Tenochtitlan. La llamaba una, dos, tres, cuatro veces. Siempre con la misma respuesta. En la cena, sentados uno frente al otro como esposos malencarados, comían sin dirigirse la palabra. Aquello se tornó en un juego infantil en el que ambos sabían que se rehuían absurdamente al estar condenados a vivir bajo el mismo techo. En Coyoacán había más mujeres, y desde que Marina se había casado con Jaramillo su enjundia se saciaba sin llegar a colmarse. La voz de Catalina le sorprendió a traición: «Si le pones una mano encima... Si le pones una encima, te juro que yo...».

Pero Catalina ya no estaba.

Una de tantas veces en que Cortés mandó por ella e Isabel se negó so pretexto de tener que atender su encomienda, una de esas tardes que no volvería a ser jamás, nunca, una tarde cualquiera, sino una tarde infame que ninguno de los dos podría enviar nunca al olvido, se hizo un silencio inesperado. Un silencio extraño en el que no se oyó un solo grito de Cortés. Un silencio que precedió a la angustia. Un silencio atronador previo al latigazo del rayo. Porque ese día, ante el asombro estupefacto de Isabel Moctezuma, Cortés azotó la puerta de su recámara y se le apareció ahí, de pie, con la furia de un titán.

—A mí no me vas a ignorar, ¿qué te has creído?

Y se abalanzó sobre ella para comérsela. A besos. Besos agrios, duros, besos de boca cerrada que no pretendían besar sino lastimar en lo profundo, humillar, sobajar el cuerpo de quien no quería ser besada, ni tocada. Besos que dolían. La lengua de Cortés empezó a lamerla como haría un perro con sus heridas, e Isabel, tiesa como un ídolo de piedra, ni siquiera parpadeaba. La lengua del hombre la recorrió desde la barbilla hasta la oreja y luego se metió dentro de ella, babeándola en círculos de saliva rancia, mientras Isabel trataba de alejarlo con ambas manos.

—¡Aléjate! —gritó.

Sin saber de dónde asirse, prendió el cuello de su camisa y tiró de él con tal fuerza que lo rasgó. Ante el ruido de la tela rota, Cortés se detuvo.

—Eres rabiosa, ¿eh? Alonso no sabía de lo que se perdía.

—Esto que haces es pecado —declaró en un intento cristiano de alertar a su conciencia.

—¡Qué beata me has salido! Ya me confesaré mañana.

Isabel, que no temía nunca, se sintió invadida de algo parecido al horror.

—Vete —ordenó asustada.

—¿Qué pasa? ¿Alonso no te hacía estas cosas? —dijo Cortés sin despegarse un centímetro—. ¿Qué te va a hacer? Si no sabía el muy mujeril… A lo mejor hasta sigues sin estrenar…

—¡Déjame! ¡No me toques! ¡Te mataré!

Cortés la empujó hacia el tocador e Isabel tanteaba con los dedos en busca de algo con lo que defenderse, pero ahí no había ningún objeto punzante. Pensó en su daga. Si tan solo la tuviera. Sin tan solo… La agitada respiración de Isabel hacía que su pecho subiera y bajara, subiera y bajara por encima del escote redondo, y aquello solo hizo que Cortés se encendiera aún más. Estaba roja de rabia, como si el fuego hubiera prendido un incendio. Ella lo abofeteó y con las uñas le rasgó un párpado. Cortés se detuvo un instante para llevarse la mano al ojo herido y contempló un rastro de sangre en la yema de los dedos. Aquella resistencia lo excitó sobremanera y volvió al forcejeo. Había estado con muchas mujeres para saber que al final todas terminaban cediendo, que decían «no», pero querían decir «sí», que gritaban, se negaban, arañaban y hasta mordían, pero al final todas se abrían de piernas. Lo había experimentado muchas veces. Un «no» jamás lo había detenido. Al contrario. ¡Qué sabrían ellas! Cuando un hombre quería saciarse no había vuelta de hoja. Una vez con la verga dentro todas se movían. Si lo sabría él. Así que aquel «déjame» fue un «tómame», una petición tácita de sometimiento.

—¿Quieres que me vaya? Pues colabora, Isabel, colabora.

—¡No me toques!

Pero Cortés la giró con violencia para ponerla de espaldas mientras le levantaba las faldas. Ixapeltzin no podía creer que estuviera pasando aquello. No podía. Trataba de pensar a toda prisa, pero por muy rápido que pensara, Cortés se movía con precisión matemática, con un dominio de una técnica depurada en donde primero se desató el jubón, se bajó las calzas y luego la empujó con fuerza contra el tocador y cayeron al suelo los cepillos y figuras de la Virgen que estaban sobre él; ella pataleó, trató de girarse, pero era inútil, las manos fuertes de Cortés la tenían asida con los brazos en cruz, de tal manera que no podía defenderse, ni moverse, y así de espaldas, mientras con una mano la sujetaba y con la otra le sobaba los pechos, la embistió frente al espejo para poder ver bien su cara mientras la penetraba. Isabel sintió la violencia de su carne rasgándose por dentro, pero conservando la única porción de libertad, de dominio, de poder que poseía, Isabel no exclamó ningún lamento, ni hizo una sola mueca de dolor. Su rostro era un rostro vacío. Permaneció hierática, sin darle el gusto de escucharle emitir un solo sonido, ni un quejido, tragándose el espanto. Porque aquel silencio no equivalía a un consentimiento sino a una rendición. Soportó el dolor como la lengua desgarrada y perforada por las espinas de maguey. Impertérrita, se tragó la cara de asco, de angustia, de humillación. Pero cerró los ojos cuando empezó a decir «no». Con cada acometida de Cortés un «no» claro y diáfano, un «no» rotundo que dejaba constancia de su negación. Y Cortés con cada uno se metía más adentro y decía «sí».

«Sí, así, ahora sí que me respetas, ¿verdad? Ahora… sí… ¿verdad?». Porque aquella vejación no tenía nada que ver con el placer, ni con el sexo, sino con el sometimiento. «¿Qué vas a hacer… cuando te llame…?, ¿eh?». No. Sí. No. Sí. NO. SÍ. «¡Mírame cuando te hablo!». Y le tiraba del pelo negro como si fueran las riendas de su yegua.

Isabel abrió los ojos, que ya no miraban lento, sino encolerizados, y contempló su imagen vejada con atención, memorizando cada uno de sus gestos, y se clavó en el fondo de esa imagen para no olvidar. Para no olvidar dónde, cuándo y con quién. Para no olvidar el momento exacto en que moría su inocencia. El alma le escocía. Esa no era ella, jamás sería ella. Ella no. Así no. Podían usar su cuerpo, romperla en pedazos, pero esa no era ella. Y allí, violada por el conquistador que había conocido desde niña, por el hombre al que su padre había abierto las puertas, por el hombre que debía cuidarla, protegerla, procurarla, entendió por vez primera la pasión de Cristo que tantas veces le habían explicado. Su corona de espinas era un copilli, su cruz era Cortés. Y lo único que hizo fue esperar en silencio a que el hombre se liberara. Hasta que, por fin, aquello terminó.

Cortés se retiró. Un hilo de sangre caía por las piernas de Isabel que, despacio, caminó hacia la cama para sentarse. Las piernas le temblaban. Toda ella estaba rota. Resquebrajada por dentro. Bufando, Cortés se dirigió a ella como un perro al que se le acaba de propinar una patada y al que ahora se llama para que lama la mano.

—Para que sepas quién manda…

Y entonces, juntando los pedazos de su dignidad, Isabel se puso en pie, controlando el desgarro en su interior y unas inmensas ganas de llorar más altas que los volcanes, alzó su índice derecho y lo señaló directamente, entre ceja y ceja. Y con una voz que creía olvidada de su boca comenzaron a salir palabras en náhuatl, la lengua de sus padres, la lengua de sus miedos y afectos, la lengua de su verdadera naturaleza:

—Esta es la primera y última vez que entras en mí. Si alguna vez se te ocurre hablarme o mirarme te clavaré un cuchillo en el estómago y te rebanaré en pedazos, te haré comer tu propia carne y luego, cuando te desangres, daré tu carne a los perros. Lamentarás por siempre el día que humillaste a la hija de Moctezuma. Morirás solo. Nadie recordará tu nombre. Morirás en la vergüenza y en la deshonra.

Serás olvidado por los hijos de mis hijos, y por los hijos de sus hijos y tus huesos nunca encontrarán descanso pues vagarás en el inframundo, perdido, cargando tus huesos podridos, implorando una esquina, un pedazo de tierra sin profanar. Tu nombre solo traerá pesar a quien lo nombre. Nadie te recordará y no habrá en toda la Nueva España un lugar donde tu nombre sea pronunciado sin desprecio.

Y luego, en perfecto castellano y sin bajar el dedo, le dijo:

—Yo te maldigo.

La amenaza

Porque se la sabía de memoria, Pedro Gallego se dio cuenta de que algo había cambiado en Isabel Moctezuma. Ya no era la misma. La observaba encerrada dentro de su ser, un caracol enroscado en su concha.

No. No era eso.

Era como si la dulzura se hubiera evaporado de su rostro. Ni rastro de ternura. En su lugar se había quedado la aspereza de los árboles sin hojas. La dureza de las rocas afiladas.

No. Tampoco era eso.

Era el secano de una mujer que no esperaba nada ya, que se limitaba a fluir con las miserias que la vida le ofrecía, sin protestar, sin alzar la voz, sin quejarse porque entonces vendrían a decirle que no aguantaba nada, que todo le molestaba, que todo le ofendía, le fastidiaba. Una mujer que había perdido por siempre la oportunidad de ser escuchada y que no hacía más de lo que le decían. Obedecer y callar. Abandonada a los días sin espera. Un cuerpo que comía, bebía, respiraba, pero que no estaba vivo. Y Pedro sacudía la cabeza ante ese espejismo, rehusándose a creer con todos sus sentidos que aquella triste mujer era la Isabel de su balcón. Había visto subyugar a mucha gente. Lo había visto durante los años de la guerra, había visto a hombres fuertes convertirse en fantasmas, en esqueletos autómatas sin ilusiones, sin esperanza, y los gritos de los indígenas marcados a fuego le volvieron a gritar en la oreja y se dijo: «No, tú no. A ti no, Isabel».

Lo que Pedro había intuido nada más verla pudo verlo el resto de la gente unos meses después. El vientre de Isabel se abultó redondo

385

con forma de mango. Un hijo venía en camino. Un auténtico hijo de la chingada, de la violada, de la ultrajada. Un hijo que Isabel deseaba sacarse de dentro, arrancárselo, hacerlo desaparecer. Pero eso era un crimen en cualquiera de sus dos naturalezas. Ni los mexicas lo permitían, so pena de muerte de quien ayudase con brebajes y otras labores más invasivas, y para los católicos tres cuartos de lo mismo. La única manera de deshacerse de ese no nacido era matarse. Pensaba en Cuauhtémoc con los pies quemados. A él lo habían violado con fuego, a ella le habían sembrado en el vientre un hijo que no deseaba. ¿Qué tortura podía ser peor que esa? Ixapeltzin se envenenaba con sus pensamientos y el vientre abultado siempre estaba ahí, recordándole que dentro de ella crecía un ser que se alimentaba de su sangre y de su carne en contra de su voluntad. Los ladridos de los perros llegaban de todas partes. Alguno que otro aullaba. Dejó de mirarse en los espejos. Porque el espejo siempre le devolvía su imagen con Cortés a la espalda. ¿Cómo podría dejar el pasado atrás con semejante bulto en las entrañas? Y, afuera, los perros no dejaban de ladrar.

Cortés también se retorcía incómodo en su silla de tijera. Maldita la hora. Aquel embarazo era un contratiempo más a la suma de agobios que venían suscitándosele. El emperador Carlos había requerido su presencia en España para tratar con él en persona asuntos de sucinta importancia. «Una audiencia real», se decía Cortés con orgullo, «por fin hablaré en persona con el mismísimo Carlos V». Tendría que partir en breve. Ya tenía una edad, se decía también, que ya no se cocía al primer hervor, rezongaba, y balbuceaba por lo bajo que era hora de casarse y tener descendencia. Pero no con Isabel Moctezuma, faltaría más. Eso estaba más claro que el agua, pues por muy reina de México que pudiera ser o haber sido —si pudiere considerarse tal cosa—, seguía siendo una indígena y sus aspiraciones eran más altas.

Él soñaba con la corte española, la única corte a la que siempre había querido pertenecer. Una corte de verdad. Deseaba caminar del brazo de una castellana por los pasillos del palacio de la Alhambra, aunque la mujer en cuestión fuese de carnes blandas y pálidas, o desabrida como la sopa sin sal. Ya la salaría él si la susodicha ostentaba algún título. Que una cosa era cristianizar a unos naturales y otra muy distinta casarse con ellos. Estaba en tratos con el duque de Béjar, que a punto de caramelo estaba por otorgarle la mano de su sobrina en sacrosanto matrimonio, y a lo mejor llegaban hasta España rumores mal habidos de paternidades indeseadas o a lo peor, Dios no lo permitiera, de posibles casamientos con indias. Eso no. Que ya tenía bastante con la mala fama que a su alrededor sus enemigos, por pura envidia, celosos, ladinos, embusteros de mierda, empezaban a crearle.

Necesitaba un marido para Isabel, porque ante todo había dado su palabra de protegerla y no había mejor manera de proteger a una mujer que dándole un esposo, que sin marido andaban como perro sin dueño, a ver si este le duraba más que el desagraciado de Alonso. Pero la muchacha iba embarazada, un pequeño y gran inconveniente para cualquier hidalgo sin ganas de aguantar cuernos desde antes de la boda ni ganas de criar hijos bastardos. «¡Demonios!», se decía. «¿De dónde lo sacaré?». Y entonces, afuera, allá en las caballerizas, un caballo relinchó con delicadeza. Cortés se giró hacia la ventana. Un precioso caballo marrón, macizo y alto, estaba siendo domado con elegancia por Pedro Gallego. El caballo giraba en círculos a las órdenes del muchacho, seguía el ritmo con elegancia y sumisión, levantando pequeñas nubes de polvo en equilibrio y armonía, trotaba tranquilo, ágil, elástico como el hule, sin necesidad de que el muchacho lo fustigase ni amedrentase. Sencillamente lo guiaba con la vara, le tronaba la lengua entre los dientes, kli, kli, kli, y el animal le seguía con ligereza y facilidad de movimiento. La crin flotaba un segundo en el aire, suspendida a cada paso, y el viento arrastró los olores del campo.

—Vamos, bonito —le decía—, eso, caballo, así se hace.

Y Cortés se sobó las puntas de las barbas. Apoyó la mano de tres dedos en el marco de la ventana.

—¡Eh, tú, Andrade! —gritó Cortés desde el alféizar. Pedro miró a lo alto y saludó con la fusta—. ¡Sube! —le ordenó.

En el caluroso mes de febrero de 1528, a un par de meses de que Cortés partiera desde Veracruz rumbo a España por primera vez desde que llegara hacía diez años respondiendo al llamado de Carlos V —quien había girado instrucciones para que la audiencia lo sometiese a un juicio de residencia—, Pedro Gallego de Andrade, natural de Burguillos del Cerro, mozo de espuelas, hombre decidor y gracioso, bueno con los caballos, gentil, cristiano y muy próximo a ser un hombre enamorado, se casó con doña Isabel Moctezuma, embarazada de cinco meses de un hijo de Cortés.

Para Ixapeltzin fue una boda más, un trámite insípido como cualquiera, pero esta vez pidió que la ceremonia se llevara a cabo en la más absoluta intimidad. No quiso que afuera de la iglesia se aglomerase la gente, que ya empezaba a decir que estaba maldita, que todo hombre que la tocaba moría, porque bien sabía ella que esa maldición era falsa, pues de haber sido cierta Cortés estaría ahora tres metros bajo tierra. A pesar de la cercanía de otros tiempos, a Pedro Gallego, su nuevo marido, le tenía tanta desconfianza como la que Cuitláhuac le tuvo al Malinche. Ya no se fiaba de nadie. Ni de nada. Sencillamente, Isabel se dejó arrastrar por la tempestad de una corriente que no le daba tiempo de hundirse. No esperaba nada de la vida, pues la vida era una puerta cerrada. Hundida en el silencio de una espera larga de días sin timón, aguantaría hasta parir a ese ser que había entrado en ella sin invitación.

Por otro lado, Pedro nunca había estado casado antes. Y, sobre todo, no sabía cómo ser un marido escogido a dedazo. Estaba nervioso. No creía en el amor romántico de las novelas de caballerías. Ya no. Hubo un tiempo en el que quizá se imaginó amando, amar, ser amado. Ya no. Ahora creía que el único amor posible era el amor a Dios y a uno mismo. Lo demás era política. Juegos de poder. Pero entonces, ¿por qué los nervios? ¿Por qué ese batir en el pecho cuando vio a Isabel vestida de novia? ¿Acaso Dios le compensaba las deudas pendientes? ¿Por qué ver a su mujer decaída le infundía compasión? Acaso sería eso lo que sentía. Ixapeltzin era un pájaro que había caído del nido. Quería levantarla con las manos, recomponer sus alas, enseñarle a volar. Pero ella no se lo permitiría. Estaba seguro. Tan seguro como de que se llamaba Pedro Gallego de Andrade, que tenía veintitantos años y el pelo del color de las castañas. Y, sin embargo, Pedro tenía una virtud con la que Ixapeltzin no contaba: era más paciente que las rocas de la playa.

Mientras el nuevo matrimonio se acostumbraba a su nuevo estatus, Cortés preparó el viaje de retorno. Un viaje en el que se jugaba mucho. Tanto como el reconocimiento de ser el legítimo gobernador de la Nueva España, obtener por fin un título nobiliario y tapar las malas bocas de los oidores que no hacían sino avivar rumores de sus malas mañas. Incluso los que habían sido suegra y cuñado respectivamente, madre y hermano de Catalina, lo acusaban de asesinato. Se jugaba mucho. Pero Cortés era un hombre de recursos y alistaba todo lo que debía llevar para endulzar los oídos y los bolsillos de los oidores, llevaría regalos y exhibiciones de naturales con los que hacer ver lo lejos que había llegado, porque una hazaña como la suya requería de acciones fuertes y mano dura. Isabel deseaba que no volviese jamás. Que se lo tragara el mar y que no tuviera que volver a ver su maldita estampa. Que desapareciera por y para siempre. Porque toda la curiosidad que pudo haber sentido por ese hombre se había convertido en un rencor profundo que la enraizaba a la tierra.

Fue ese mismo rencor el que la hizo hablar el día en que Cortés se marchaba. Pudo haberse quedado callada. Ignorarlo. Incluso a veces en silencio le pedía perdón a Moctezuma por no haber permitido que lo envenenara. Pero ante la noticia de su partida —una noticia que había estado esperando casi diez años—, deseó verlo marchar. Estaba harta de cargar con tantas muertes a sus espaldas. Que se largara. Que no tuviera que verlo nunca más.

Pero antes de marchar, un día Cortés acudió a Isabel para pedirle un favor. ¡Un favor! ¡A ella! Con el bohemio de terciopelo negro en la mano mala, Cortés le anunció:

—Me he enterado de que estás en la lista de testigos que declararán en mi juicio de residencia.

Isabel no contestó.

—Y vengo a recordarte… a pedirte —corrigió él— que recuerdes que teníamos un pacto de silencio.

Isabel tragó saliva.

—Todo lo que pudo haber entre nosotros está roto. Ni pactos. Ni alianzas. Ni silencios. Si me llaman, diré la verdad. Diré que asesinaste a Catalina y que el hijo que llevo en las entrañas es hijo de tu violencia.

—No te atreverás. Si lo haces…

—¿Qué? ¿Qué más puedes hacerme? No hay nada que puedas hacerme ya. Todo el daño que podías infligirme hecho está. Declararé, Malinche. Diré que mataste a Catalina, que la ahorcaste sobre la mesa. Lo contaré todo. Y no escatimaré en detalles. —La mirada de Isabel volvió a ser seca como el tezontle, filosa como el cuchillo de pedernal—. Les contaré cómo te excitabas mientras veías cómo le colgaba la lengua por la boca, cómo tuviste las manos amoratadas una semana de tanto apretar. Les diré que ahorcaste a Cuauhtémoc como a un perro. Un hombre desarmado al que le habías quemado los pies. Diré que ajusticiabas a mis hombres y a los tuyos, porque tus ansias de poder te nublaban la razón, diré que comías carne human…

—¡Basta! —interrumpió Cortés—. ¡Callarás o te haré callar para siempre! Es una orden.

—Tú no puedes darme órdenes.

Cortés sopesaba la situación. Sabía muy bien que Isabel hablaría. Lo sabía porque conocía su enjundia desde pequeña. Y muy a su pesar se había ganado su rencor. Por un momento breve, muy breve, se reprochó haberse ganado un enemigo como ella. Había sido un imprudente. Un insensato. Un imbécil. Todo esto pensaba cuando Isabel añadió:

—Espero que tus leyes te encuentren culpable de todos los males que has hecho en mi tierra.

Cortés exhaló el aire con tiento. Entonces, sus ojos se fijaron en la forma abultada de su vientre. Y antes de que pudiera pensarlo dos veces, se escuchó amenazando en voz alta a la sangre de su sangre:

—Si hablas te quitaré a la criatura.

Isabel permaneció impertérrita. Pocas cosas de Cortés podían sorprenderle ya, pero al oírle decir aquello los ojos se le abrieron un poco, solo un poco, de estupefacción. La boca también se le abrió en una expresión sarcástica:

—¿Este? —dijo señalando su vientre—. ¿Tu hijo? ¿Crees que puedes amenazarme con llevarte a un hijo que no quiero? Por mí puedes quedártelo.

Cortés estaba fuera de sí. Pero Isabel llevaba razón. No había nada que pudiera hacer para impedir que declarara en su contra. Las palabras de Isabel llevaban veneno. Si por ella fuera, lo encerraría en una cárcel mugrosa de la que no quisiera verlo salir jamás.

Cortés reculó.

—No hables, te lo advierto. Todavía puedo hacerte mucho más daño del que tú crees.

—Vete —le dijo ella—. Vete y no vuelvas. Jamás. Déjame en paz. A mí y a los míos. Te mereces todo lo que te pase. Un hombre no puede escapar de su destino. Como no pudo escapar Moctezuma. Ni Tecalco. Ni Axayácatl. Ni Cuitláhuac. Ni Cuauhtémoc. Vete y haz frente a tu destino como un hombre.

Cortés salió de allí mascullando reproches y maldiciones, mientras Isabel se abrazaba con fuerza, como si quisiera protegerse del miedo que le entró de pronto. Cortés caminaba pisando fuerte. Si a Isabel se le ocurría abrir la boca estaba perdido. No podía darse el lujo de dejar su suerte a las palabras de una mujer furiosa y con sed de venganza. Y marchó de allí rumbo a Veracruz, pensando, sopesando, calculando cada uno de los movimientos que tenía que dar hacia la redención. Tenía que encontrar la fórmula para lograr que Isabel callara, para siempre. Necesitaba ayuda. A alguien de escasos escrúpulos, alguien capaz de arreglar sus tiraderos. Y para eso, nadie como su primo Juan de Altamirano.

CHICUACE/SEIS

El convento

Nueva España, Ciudad de México, 1551

Leonor pensó que nunca más pisaría un convento. Y sin embargo ahí estaba. De nuevo entre esas cuatro paredes que la alejaban del mundo. Su interior, no obstante, ahora le parecía un refugio. Un remanso de paz y silencio alejado de la mezquindad. Alejada de Altamirano. Pero sabía que el día menos pensado se aparecería allí, como siempre había hecho, para llevársela y hacer con ella su voluntad. Casarla, venderla, usarla en su beneficio. Las monjas de la Nueva España no eran como las de Valladolid. Muchas eran indígenas que habían encontrado en la nueva fe un modo de vida, y aunque a Leonor le parecían más sonrientes y menos parcas, ante los mismos hábitos aún sentía cierto resquemor.

Desde que Altamirano la había llevado allí en contra de su voluntad, no había dejado de pensar en ningún momento en tres cosas. La primera: encontrar a ese tal fray Martín que Citlali había mencionado antes de morir; si la mujer había usado su último aliento para mencionar aquel nombre, por algo sería. La segunda, regresar a casa de Altamirano para poder sacar las cartas, por cuyo sano y salvo escondite rezaba cada noche, incertidumbre que se convirtió en el mayor de sus tormentos durante esos días de encierro. No saber si Altamirano habría dado con el paquetito de cartas la mantenía completamente agobiada y en estado de alerta, caminando de lado a lado de su celda monacal mordiéndose los padrastros, al tiempo que trataba de convencerse de que no había forma ni manera en que él pudiera encontrarlas, y agradecía a todos los santos y a la Virgencita de Guadalupe que el collar no hubiese cabido en el hueco del adoquín.

Gracias a eso, Altamirano había desistido de buscar más, dándose por satisfecho con que era eso lo único que le había dado Citlali. Pero el collar había mandado a Puri al calabozo. Lo que la llevaba a la tercera cosa en la que no podía dejar de pensar: rescatar a Puri. Y no tenía idea de cómo hacer ninguna de las tres.

Las monjas, a quienes Altamirano había advertido del díscolo carácter de Leonor, se preguntaban por qué el hombre habría aseverado algo semejante, pues la muchacha se pasaba el día rezando en la capilla y apenas si le habían oído la voz desde que llegara al convento. La madre superiora se preguntaba si la chiquilla no estaría recibiendo la llamada de la vocación y estuviera dudando si debería casarse con Dios Nuestro Señor. Se preguntaba si no sería ese el intempestivo motivo por el cual había llegado al convento a toda prisa, con marcas de moretones en los brazos y vestida de negro como una viuda en vez de como una joven casadera; y ese interés por recibir a una oveja descarrilada en el redil le producía un cosquilleo en la pelusilla del bigote. De tanto en tanto acudía a verla y a hablarle de rezos, de las ventajas de dedicar su vida a Dios y a las obras pías. Lo que la madre superiora no sospechaba era que el recogimiento de Leonor se debía a que la mujer pensaba y pensaba, analizaba cada movimiento, cada rincón, cada salida y entrada, para ver de qué manera poder escabullirse de allí sin ser vista.

De niña, en el convento de Valladolid, alguna que otra vez se había escapado por una ventana y había regresado para la misa de las doce sin que la madre superiora se percatara de nada. Porque, al fin y al cabo, estaban en un convento y no en una prisión, y los balcones ni tenían barrotes ni las ventanas estaban demasiado altas. Solo tenía que volver a llenarse de ese valor infantil, de cuando aún no medía riesgos ni tenía miedo a lanzarse. Más le preocupaba la indiscreción de las monjas, pues, tras vivir lo vivido, comenzaba a sospechar que Altamirano habría dejado sembrados sus ojos y sus oídos y hasta su nariz entre aquellas paredes de piedra. Más que ágil tenía que ser discreta. Debería aprovechar la oscuridad para escabullirse, pensaba, pero de nada le serviría merodear en la madrugada porque los templos estaban cerrados a esas horas y tampoco podría entrar en casa de Altamirano en mitad de la noche. Así, sopesaba y sopesaba qué debía hacer antes de que fuera demasiado tarde. Tenía que darse prisa, porque habían pasado ya tres meses desde que Altamirano cerrara el trato con Tolosa, lo que significaba que dentro de otros tres estaría casada y emprendiendo un viaje hacia la Nueva Galicia. El solo pensamiento le recorrió en un escalofrío y le dieron ganas de abrazarse.

Con discreción, pero con cierta insistencia, Leonor comenzó a preguntarles a las monjas si conocían a un fraile llamado Martín.

—¿De qué orden?

Y Leonor se quedaba muda, con cara perpleja sin saber qué responder, aunque inventaba. Unos días era dominico, otros, franciscano, al otro agustino. Pero ninguna de las monjas parecía conocerlo. Cuando preguntaban más señas, lo mismo. En un juego eterno de probabilidades con las que Leonor pretendía combinar todas sus posibilidades con la esperanza de acertar, a veces era joven, otras era viejo, otras era alto y delgado como un junco de dos metros y otras chaparro y prieto como una seta.

Y así, llovió mucho y las pausas en las que escampaba duraban poco tiempo, y en esa intermitencia los días pasaban en un letargo lento y apesadumbrado que calaba los huesos.

Leonor comenzaba a desesperar cuando un jueves, con cara muy seria y con algo de decepción latiéndole en la comisura de los labios, la madre superiora le anunció que su prometido, don Juan de Tolosa, había acudido a visitarla. Leonor levantó ambas cejas y a punto estuvo de correr a esconderse. Ajena a la impresión que la noticia había causado en la chiquilla, la madre superiora continuó con una perorata de que aquello era completamente irregular en un convento, y que solo porque no era novicia le permitiría verse con él unos minutos en el refectorio. Y luego agregó:

—Y yo, personalmente, los vigilaré.

Leonor resopló. Solo eso le faltaba. Seguramente se habría enterado de su paradero y había venido a cerciorarse de que su prometida no se estaba echando para atrás en el compromiso. Ganas no le faltaron, sin duda, porque si ese hombre contaba con el beneplácito de Altamirano debía ser de su misma calaña. La madre superiora se puso en pie y le ordenó:

—Sígueme.

Y se dirigieron hacia el refectorio, que quedaba en el extremo opuesto de la iglesia. Caminaban en silencio a paso ligero, una detrás de la otra, y el eco de sus pisadas rebotaba entre las paredes como si el recinto estuviese abandonado. Por eso, y porque no esperaba que en medio de aquel vacío reventara la voz prístina y severa de la madre superiora, Leonor casi se detiene en seco cuando la monja dijo de pronto:

—No nos habías dicho que tu prometido era tan buen mozo.

Pero Leonor siguió caminando con el ceño fruncido, mientras pensaba en que mucho habría de llover para que algún día le parecieran atractivos los hombres maduros, con barriga abultada y olor a madera mojada.

Y entraron al refectorio.

Ahí estaba él. Buen mozo, alto como una vara, jovencísimo y recio como un roble. Calzado con botas y un gran sombrero de falda larga color leonado, ataviado como un señor, Lorenzo, el joven mozo de espuelas y amante de Puri, la estaba esperando.

—Querida mía, ¡cuánto te he echado de menos! —Se apresuró a fingir antes de que Leonor abriese la boca y lo pusiera en evidencia y le besó la mano con una galantería digna del más refinado hidalgo.

La madre superiora sonrió con cierta envidia y le anunció:

—Tienen diez minutos, no más.

Y se retiró cerca de la puerta desde donde los vigilaría.

Lorenzo, entonces, le habló con sonrisas fingidas:

—Perdóneme, doña Leonor, no sabía cómo hacer para venir a verla…

—¿De dónde has sacado esas ropas?

—Son del patrón de un primo.

—¿A qué has venido?

—Doña Leonor, es Puri.

Leonor se asustó.

—¿Le ha pasado algo a Puri?

—Aún no. Pero sigue presa, mi señora. La última vez que la vi estaba muy mal, casi no come. El patrón tiene comprados a los guardias que la custodian y no dejan que nadie vaya a verla. He venido a pedirle ayuda.

Leonor palideció. ¿Cómo podría ella ayudar? Aun así, pensó que algo se le ocurriría.

—Lorenzo, te prometo que la sacaremos de ahí, pero tienes que ayudarme con algo.

—Lo que sea.

—Necesito que averigües en qué iglesia hay un fraile, fray Martín. Es todo lo que sé. Un fraile que conocía a Citlali. Pregunta, pero sé discreto, Altamirano no puede saberlo.

Lorenzo asintió.

—Y luego, necesito que saques algo de la casa y que me lo traigas, pero tienes que cuidarlo y mantenerlo oculto con tu vida, Lorenzo, ¿me oyes? Con tu vida. Haz eso por mí y yo te prometo que sacaré a Puri.

Leonor le explicó al muchacho dónde había escondido las cartas.

A los tres días, Lorenzo, vestido como Tolosa, volvió al convento. Traía noticias y un paquetito en un morralito de algodón. Leonor lo abrazó tanto que la madre superiora, que vigilaba desde la puerta, tuvo que carraspear bien fuerte para cortar tanta efusividad.

El único fray Martín del que Lorenzo había tenido noticias oficiaba muy de vez en cuando en la capilla de San José de los Naturales, en el convento franciscano de la ciudad, una pequeña construcción hecha con adobe, ladrillo, madera y pequeños cantos de piedra. El hombre estaba ya muy mayor y apenas participaba ya de las misas y prefería evangelizar a los indígenas, pues al parecer sabía náhuatl. Leonor se entusiasmó.

—Dile que venga a verme, Lorenzo. Dile quién soy. Que Citlali me habló de él. Que es cuestión de vida o muerte. Asegúrate de que venga.

Y luego, para seguir con el juego de las apariencias, se despidieron con la promesa de hasta la próxima vez, como si fueran un par de enamorados.

Fray Martín era un anciano que vivía en la planicie del final de sus días cuando Lorenzo llegó a decirle que doña Leonor Cortés lo estaba buscando. El fraile acudió a verla como si hubiera estado esperando esa noticia por siempre, como si todos sus sueños se hubieran materializado en un instante previo a una muerte que sentía cada vez más cerca. Se había encorvado hacia abajo como las plantas tristes.

«Me está llamando la tierra», solía decir a sus monaguillos. La madre superiora, que empezaba a molestarse con que Leonor recibiera tantas visitas, decidió hacer una última excepción con la visita de fray Martín solo porque lo vio anciano y decrépito. Pero luego, en privado, le avisó a Leonor que a partir de ese momento se había acabado el trajín.

—Que esto es un convento, doña Leonor, no una casa de citas.

Leonor aceptó, con tal de que le dejara hablar a solas con el fraile, porque era su confesor.

Se vieron por primera vez en el refectorio, como ya se estaba haciendo costumbre.

—¿Leonor? —dijo él.

No era como se lo había imaginado, sino un franciscano cuya calvicie ocultaba la marca donde alguna vez había habido tonsura. Iba ataviado con hábito marrón con capucha, un gran cordón de tres nudos amarrado a la cintura y sandalias gastadas.

—¿Fray Martín?

Para sorpresa de Leonor, el hombre se iluminó cual farolito nada más verla.

—¡Eres tú! —le dijo al igual que a una nieta no vista en mucho tiempo—. ¡Mírate! —exclamó señalándola con unos dedos doblados por la artrosis—. Eres toda una buena moza.

Las arrugas laceraban su rostro y achicaban sus ojos, y su voz temblaba como si las cuerdas vocales no cesaran de vibrar entre palabra y palabra, pero tenía una candidez de ternura vieja, añeja y macerada a lo largo de los años.

—Disculpe, padre —dijo entonces Leonor—, no recuerdo haberlo conocido.

—No, no. No nos conocemos, hija mía. Pero te pareces mucho a alguien que conocí.

—¿Se refiere a mi madre?

Fray Martín soltó aire despacio, porque supo, en ese momento, que había llegado un momento esperado durante muchos años.

—¿Qué sabes de tu madre?

—Nada, padre, nada. Por eso necesitaba verlo. Una anciana me dijo que lo buscara. Citlali. Una india. ¿Conocía usted a alguien llamada Citlali?

—Sí —afirmó con pesar.

—Ella me dijo que lo buscara a usted.

Fray Martín escuchaba sobándose los nudillos de piel traslúcida.

—Dime, niña, ¿qué quieres saber?

—Citlali, la india, me dijo que mi madre se llamaba Tecuixpo.

—Tecuixpo —repitió él con un susurro que lo llevó al pasado—. Hacía mucho que no escuchaba su nombre.

—Entonces, usted sabe quién fue.

—Sí, niña. Lo sé. La conocí muy bien. Era la criatura más valiente que puso Dios sobre la Tierra. Yo la conocí cuando ya no se llamaba así. Cuando yo la conocí ya la habían bautizado como Isabel.

—Isabel —balbuceó Leonor.

Los ojos viejos de fray Martín se volvieron aún más acuáticos al decir:

—Isabel Moctezuma.

Leonor frunció el entrecejo. ¿Isabel Moctezuma? Fray Martín la tomó de los manos y la miró. Sus manos pecosas y amoratadas de uñas cuadradas temblaban un poco. Su rostro se cubrió de trazos de nostalgia. Pues no era a Leonor a quien veían sus ojos cansados, sino a Isabel. Su ángel. Y entre los dos flotó un sortilegio que por un instante meció levemente sus cabellos. Pero entonces, el encantamiento se deshizo con la velocidad con la que el viento deshilacha las nubes flacas, porque fray Martín volvió a ver a Leonor. La hija perdida de Isabel, a la que tanto se parecía.

—Te pareces mucho a ella. Tienes sus ojos. Y los ojos son el espejo del alma —le dijo el fraile.

—Pero… Moctezuma… ¿no es el nombre del que era rey de estas tierras?

—Era el nombre del tlahtoani, sí. Tú eres nieta de Moctezuma. Hija de su hija. Señora del Anáhuac y encomendera de Tacuba.

Leonor se quedó pasmada. Se acordó del collar de jade, una joya digna de una reina. ¿Por qué Altamirano tenía tanto empeño en ocultarle que su madre era una noble indígena? Las palabras de Citlali venían una a una. «No es quien tú crees. No murió al darte a luz. Todo está en las cartas». ¡Las cartas!

—Pero, no puede ser…

—¿Por qué no, hija mía?

—¿Cómo es que nadie me lo dijo? ¿Por qué me dijeron que había muerto?

Fray Martín tomó aire:

—Porque te llevaron lejos. Cuando ella quiso buscarte, te llevaron a tierras castellanas.

Leonor recordó la primera vez que vio a Citlali, su voz emocionada diciendo: «Te buscamos desde que naciste». La figura de Altamirano tomándola en brazos, un barco, un viaje, el frío de Valladolid. La soledad de la orfandad. La ausencia de padres, de hermanos. La lejanía. Y sintió la urgencia, la prisa, la impaciencia y la desesperación por saber el contenido de esas cartas que le habían costado la vida a Citlali.

—Fray Martín —dijo entonces—, necesito que me enseñe a leer.

Una ráfaga de viento azotó a Fray Martín en la cara: «Esto es una a, esto es una uve, esto es una e. Ave María». La vida era una serpiente enrollada en espiral.

—¿A leer?

—Sí, ¿en cuánto tiempo cree que podría aprender a leer?

—No lo sé, niña. Tres meses, a lo mejor. ¿Para qué quieres tú aprender a leer?

—No puedo decírselo, padre. Pero necesito aprender. Por favor. Se lo ruego.

Fray Martín recordó a Isabel. Recordó sus tardes de lecturas mientras ella le enseñaba a leer los códices y él le enseñaba el catecismo. Jamás se había sentido más joven y lleno de vida que en los primeros años de la evangelización, cuando Isabel acudía cada tarde para preguntarle por su Dios y por la Virgen. Por esas tardes en que Isabel le preguntaba por el lobo manso que se había echado a los pies de san Francisco de Asís, porque Dios Nuestro Señor había amansado su corazón. Y la voz rasposa de Isabel llena de preguntas. «¿Y el lobo era feliz?». El corazón de fray Martín se arrugó tanto como su rostro lacerado.

—Está bien, niña. Te enseñaré a leer. Pero ya soy muy mayor, me duele todo el cuerpo, la tierra me llama —le dijo.

—No se preocupe. Yo iré a verlo. Pero tendrá que ser por las noches. Cuando las monjas duerman.

—¿Es que piensas escaparte cada noche?

—Sí —contestó escueta.

—Bueno —consintió—, ya dormiré cuando me muera. Que seguro será pronto.

La figura de Puri se le apareció con la intensidad de un latigazo.

—Padre, necesito otro favor.

—¿Otro más, hija?

—Mi doncella necesita mi ayuda, la acusaron de robo injustamente. Temo por ella. Pero yo estoy aquí metida…

Fray Martín sonrió:

—¿Lo ves? —le dijo—. Eres igualita a tu madre.

—¿La ayudará?

—Veré qué puedo hacer, aunque no puedo prometerte nada.

La madre superiora carraspeó desde la balaustrada de la puerta del refectorio, dando por finalizada la visita. Y fray Martín, demostrando una velocidad de reflejos propios de un jovenzuelo, alzó la mano y la absolvió:

—*Ego te absolvo a peccatis tuis in nomine Patris, et Filii, et Spiritus Sancti.*

Leonor balbuceó:

—Amén.

A partir de la noche siguiente, Leonor se las ingenió para escabullirse del convento. Esperaba a que durmieran las monjas, que a pesar de ser tan confiadas tenían el oído ligero y el mínimo ruido les espantaba el sueño. Pero Leonor estaba insuflada de un nuevo coraje y de una sutileza felina que la hacía moverse con delicadeza entre las sombras para acechar en el silencio, porque por vez primera tenía un propósito. La primera noche creyó que el acelerado latido de su corazón la delataría, pero nadie reparó en su ausencia. La segunda noche el corazón aprendió a latir más acompasado, y así, a la semana, Leonor se escabullía del convento con la naturalidad con la que un gato salta de un tejado a otro.

Fray Martín comprobó que la chiquilla había heredado la inteligencia de sus padres y aprendía rápido. Así, de la mano de fray Martín, Leonor cada noche se adentraba en historias de santos y vírgenes.

—Esto es una a, esto es una uve, esto es una e. ¿Lo ves? Aquí dice «Ave María».

Y Leonor notaba que al decir aquello los ojos de fray Martín se llenaban de un amor infinito, como si su pecho viejo se rompiera, pues ese que le enseñaba no era un fraile, ni un sacerdote, sino un hombre. Un hombre que agotaba una vida con muchos besos no dados dentro del alma.

Bajo los ojos de Leonor se marcaron unas ojeras azules que le ensuciaban la cara. La madre superiora movía la cabeza de lado y lado, preocupada, y cada que podía le decía:

—Hija mía, si no quieres casarte, bien puedes entrar en este convento, que una vida dedicada a Dios es una vida santa y un privilegio, no sufras, hija mía.

Y Leonor le mentía:

—Sí madre, rezaré para que el Señor me muestre el camino.

Satisfecha con la respuesta de la fe reconducida, la madre superiora la dejaba sola con su meditación. Porque no podía saber que eran otros los motivos que mantenían a Leonor sin dormir. Que cada noche, al volver de las clases con fray Martín —a quien también las ojeras le estaban ensuciando el rostro—, Leonor se la pasaba en vela, aguzando la vista sobre las cartas para ver si era capaz de leer algo de lo que encerraban esas páginas. Pero su ojo torpe aún no estaba listo, porque los trazos de esas líneas no eran tan pulcros y derechos como los de fray Martín. Impaciente, Leonor leía palabras sueltas sin sentido, letras aquí y allá que le costaba descifrar. A veces pensaba que lo más fácil sería llevarle las cartas al fraile y hacer que él se las leyera, pero le daba pavor que la fueran a pillar con las cartas encima, que una cosa era decir que se había escabullido en una travesura y otra que la encontraran cargando un arsenal de cartas, que se las quitaran y no volver a tener acceso a ellas. Además, cuando lograba identificar una ele, una e, una o, una ene, y leía con los labios abiertos «Le-o-nor», la invadía una emoción más grande que el orgullo y sentía que en su centro caía un rayo. Entonces se decía: «Ya falta poco, Leonor, un esfuerzo más y ya pronto podrás leer». Estaba muy cerca de saber cuál era el secreto que encerraban aquellas cartas, qué era lo que su madre había querido escribir para una hija a la que jamás había visto. Leonor volvía entonces a guardar las cartas en su hatillo de tela de algodón y después en su escondite.

Todas, menos una. Esa carta la llevaba guardada por debajo de su escote doblada en tres. Porque había conseguido descifrar unos trazos y desde entonces los miraba y los miraba hasta que el gallo anunciaba que estaba despuntando el alba. Pasaba las noches en vela, imaginando, pensando, maravillada porque leer era casi un acto de brujería. Un milagro. Esa carta junto a su pecho la hacía sentir menos sola. El rozar de su piel con el tacto áspero del papel le recordaba que jamás podría conquistar su libertad hasta que pudiera leer esa carta completa, y esa certeza le insuflaba valor y coraje cada noche para saltar por la ventana, eludir a las monjas, esquivar a los bandidos de las calles, esconderse en las sombras y acudir donde fray Martín, que le hacía reseguir las letras con las yemas de los dedos. «Esto es una ele, esto es una e, esto es una o». Mientras sentía su pecho palpitar junto a esa carta. Porque esa carta empezaba con tres palabras. Tres palabras que jamás le había dicho nadie y que hasta ese momento Leonor creyó que nunca, jamás, se las dirían. Tres palabras que encerraban un mundo en donde las segundas oportunidades eran posibles. Tres palabras que anunciaban el fin de la desesperación y el principio de la esperanza. Tres palabras que bien merecían el riesgo. Tres palabras. Tres. La carta decía: «Leonor, hija mía».

El perdón

1528

Pedro Gallego no osó tocar a su mujer. Ni la noche de bodas ni ninguna de las noches que le sucedieron. Ixapeltzin se pasaba encerrada en su habitación cada noche y buena parte del día. No quería hablar con nadie. Se encerraba allí con Citlali, que la peinaba y despeinaba una y otra vez solo para poder seguir cepillándole el cabello. Y por más ley bíblica que le asistiera, Pedro no pensaba profanarla. Sentía hacia ella cierta especie de veneración, como si su mujer fuera sagrada. La observaba, la acompañaba y quería hablarle, pedirle perdón en nombre de todos los hombres que la habían lastimado, pero no encontraba palabras. Cuando Isabel salía de su habitación, se presentaba ante ella sin apenas hacer ruido, necesitaba hacerle entender que él no mordía, no lastimaba, no humillaba. Hasta que poco a poco, como animales salvajes que se domestican, comenzaron a acercarse. Un día daban un paso, al otro dos, al tercero otro más. Hasta que ambos comprendieron que podían estar juntos sin estorbarse ni peligrar al calor del mismo fuego. Unidos por el naufragio del silencio. Eran capaces de estar juntos durante días enteros sin hablarse. Y a diferencia de los otros castellanos que Ixapeltzin había conocido, Pedro jamás hacía amagos por romper ese silencioso pacto. Permanecían así, callados, uno junto al otro, compartiendo la tristeza.

Pedro memorizaba cada rictus, cada pesar, respetando el dolor que ella albergaba. Con curiosidad de ornitólogo la observaba en la soledad de su rama. Jamás había visto a una embarazada más triste. Nunca, ni por error, Isabel se acariciaba la enorme montaña de su barriga. Colocaba las manos a los lados con cuidado de no rozarse, de no apoyarse como las mujeres encintas descansan sus brazos en la cuenca que se hunde bajo los pechos. Miraba de soslayo, evitando clavar sus ojos en el vientre abultado. Estiraba el cuello hacia un lado, lo más lejos de su prominente vientre. Y cuando el bebé se movía en su interior, tomaba aire con resignación y lo soltaba despacio ante la certeza de una vida desperezándose dentro de ella. Alguna vez Ixapeltzin se percató de cómo Pedro sembraba en ella su mirada sin hacer el más leve gesto, ni de reproche ni de afirmación. Se miraban así, largo rato. Sin decir nada. Quietos, neutrales. Las cortinas se movían con la brisa, la humedad escalaba por las paredes blanquecinas, un rayo de sol rebotaba en los cubiertos sobre la mesa, proyectando el reflejo de mil cristales en los muros y ellos dos ahí, despellejados vivos por la tristeza.

Una mañana en que las copas de los árboles amanecieron ocultas tras una niebla densa, Pedro acudió a Citlali. Tocó a su puerta. Citlali abrió, se colocó sobre los hombros un rebozo de rayas y lo miró seria, aunque sin desconfianza. A Citlali le gustaba la sincera quietud de aquel nuevo marido castellano.

—¿Se le ofrece algo, señor?

El rostro de Pedro denotaba el cansancio de quien no ha pegado ojo en toda la noche.

—Citlali —dijo—, necesito que me ayudes a traducir unas palabras.

Al igual que los perros cuando escuchan un silbido, Citlali ladeó la cabeza.

—¿Traducir?

—Necesito que me digas cómo se dice algo en vuestra lengua.

—¿Para qué quieres saber?

—Necesito decirle algo a Isabel.

—¿En náhuatl?

—Sí. Lo que tengo que decirle solo puedo decirlo en su lengua.

Citlali se quedó pasmada. Ningún castellano, en los años de invasión, salvo los frailes, se había interesado por comunicarse con ellas en náhuatl. Se miraron. Citlali creyó entender el desconcierto en la mirada de Pedro Gallego.

—Ella no recibirá tus palabras como tú esperas —advirtió Citlali tras dudar.

—No me importa. Tengo que decirle algo, por la paz de mi alma.

—Tecuixpo es fuerte, señor. No necesita vuestra compasión.

—No. Compasión no, Citlali. Comprensión. Necesito que sepa que comprendo. Que estoy ahí para ella. Que la quiero.

—Querer no es amar.

—No. Pero es un comienzo.

Citlali y Pedro trataban de meterse uno en los pensamientos del otro, hasta que ella dijo:

—Está bien. Aunque no sé si servirá de algo, que ustedes los de Castilla no tienen oído ni lengua para hablar el idioma sagrado de nuestros ancestros.

Pedro asintió, acompañando su gesto con un esbozo de sonrisa.

—Gracias —contestó.

Por la tarde, cuando la niebla se despejó y las copas de los árboles comenzaban a vislumbrarse, Pedro tocó con los nudillos a la puerta de los aposentos de su esposa Isabel. Ella abrió. Los dos se miraron brevemente. Y antes de que ella pudiera decir nada, Pedro arrancó a hablar con voz firme y de carrerilla:

—*Nimitztlazohtla miac.*

Isabel abrió los ojos de par en par al reconocer esas palabras en su boca. Le había dicho: «Te amo mucho». ¿Qué hacía ese hombre hablándole de amor? Sus labios se apretaron, incapaces de responder. Pedro repitió más pausado:

—*Ni mitz-tlazohtla… miac.*

—Detente —ordenó Isabel—. No hables más. Tú no puedes amarme.

Pedro hizo caso omiso y añadió:

—Oh, sí que puedo, Isabel.

—Tú no me amas…

Y justo cuando Isabel iba a cerrarle la puerta en las narices, Pedro la detuvo:

—¡Espera!

Sacó un papel del bombacho y leyó como pudo las palabras que Citlali le había dicho en náhuatl y que él había apuntado, de oídas:

—«Te pido perdón por el dolor. Me entrego a ti con mi corazón en las manos, por los hombres que te han roto, por todo el daño y sufrimiento. Estoy aquí». —Y ya sin leer volvió a decirle mirándola a los ojos—: *Nimitztlazohtla.* «Te amo». *Miac.* «Mucho».

Los ojos de Isabel estaban abiertos como los de una lechuza. El hombre no pronunciaba bien, pero se le entendía. Le entendía todo. Y ese final «te amo. Mucho», que brillaba en medio de la desolación como el diamante en un carbón. Ahí estaban las palabras que nadie le había dicho jamás. Las palabras que en todos estos años ningún hombre, ni mexica ni castellano, se habían atrevido a pronunciar. Mal dichas, mal pronunciadas. Pero ahí estaban.

Pedro arrugó el papel y la miró esperando una respuesta, una reacción, algo, lo que fuera. Pero no hubo nada. Pedro aguantó la intensidad de su mirada y soltó aire despacio. Y entonces Isabel, de pronto, afirmó con la cabeza. Solo eso. Nada más. Un movimiento leve de asentimiento. Luego, lentamente, cerró la puerta. Pero afuera la niebla se había desvanecido por completo, porque Ixapeltzin comprendió, con el corazón latiendo en el centro de su dolor, que Pedro Gallego de Andrade no era igual a los demás.

Unas nubes negras como la noche y cargadas con el agua pesada de los ríos cubrieron el cielo. Era de día, pero en aquella oscuridad parecía que el mismísimo sol trataba de ocultarse ante la ignominia de los sucesos que estaba a punto de presenciar. La panza de Ixapeltzin tenía forma de pera y caminaba con las piernas abiertas porque la criatura que esperaba se había encajado entre sus piernas. Pedro, que esperaba que su mujer se pusiera de parto en cualquier momento, revisaba la correspondencia y leía unas cartas que un muchacho calado hasta los huesos y chorreando agua por los laterales del sombrero le había hecho llegar con urgencia, mientras aprovechaba para comunicarle a Isabel los arreglos que había hecho ante el inminente parto.

—No necesito a una partera, Pedro. Citlali puede encargarse.

—Qué cosas dices. Te atenderá una partera. Además, la mujer ya debe estar de camino —dijo Pedro mientras rasgaba el sello lacrado.

—¿De camino ya?

Pedro echó una mirada a su vientre antes de decir:

—Mírate. Esa criatura vendrá en cualquier momento.

Isabel frunció el entrecejo. «En cualquier momento», pensó. Por un instante, apenas, dudó si abrazarse. Recompuso su postura para preguntar:

—¿No te fías de Citlali?

—No es eso, mujer. No dudo de la capacidad de Citlali, pero así me quedo más tranquilo.

Isabel estaba a punto de protestar cuando notó que el rostro de Pedro cambiaba al leer una carta.

—¿Malas noticias?

Pedro levantó la vista del papel que lo había compungido y miró a Isabel.

—Es la encomienda. Quieren quitártela, Isabel. Me citan hoy mismo para discutir los términos.

Ixapeltizn palideció.

—¿La encomienda de Tacuba? Es mía por derecho. Me la dieron en arras por mi boda cristiana —dijo ella obviando la segunda boda con Pedro.

La sombra de Alonso de Grado azotó en sus mentes del mismo modo en que los rayos iluminaron la estancia.

—Debo ir ahora mismo a ver a los letrados.

—¿Ahora? ¿Con esta tormenta? Espera a mañana.

—Los letrados no esperarán. Alegan que tus tierras son de la Corona, que no es un mayorazgo para heredar. Tu embarazo debe haberlos alertado… —balbuceó Pedro para sí. Pedro se puso de pie de un salto—. No te harán esto. No si puedo evitarlo.

—Pero…

—La partera no tardará en llegar. Tú quédate aquí.

—No pensaba moverme —contestó ella.

—Y no te pongas de parto hasta que regrese —bromeó.

Pedro comenzó a dar instrucciones. Los mozos protestaron por tener que ensillar caballos en medio de una tormenta como aquella, pero Pedro estaba convencido de que los letrados contaban justamente con esa lluvia torrencial para ganar el tiempo necesario que los perjudicara. Y de eso ni hablar. A Isabel la habían utilizado de muchas maneras y no estaba dispuesto a que encima, además, empezaran a amenazar con quitarle lo que le pertenecía como encomendera. No lo hacía por la propiedad ni por la pertenencia, ni siquiera por la herencia, lo hacía porque no estaba dispuesto a que humillaran a Isabel una vez más con argucias legales.

—Volveré pronto.

—Ten cuidado —le pidió ella al ver la furia con que Tláloc se había desatado.

Y un escalofrío la recorrió entera cuando Pedro Gallego partió en medio de la lluvia.

Ixapeltzin se pasó la tarde deambulando por la casa, arrastrando el enorme peso de su barriga por los pasillos, sobándose las manos una sobre otra porque un presentimiento más viejo que el tiempo agudizaba un olor a chamusquina. A quemado.

Una partera con más años que una playa llegó a media tarde, con cara de disgusto por hacerla venir en un día de perros como aquel, cuando aún la mujer no daba muestras de entrar en labor de parto. Tumbó a Isabel en la cama y le ordenó estarse quieta. Le hizo un tacto y, abriendo los ojos de par en par, le dijo:

—¡Pero, muchacha, si ya estás dilatada! Túmbate aquí y estate quieta. Este niño pronto asomará la cabeza.

Y dejó a Citlali y a Isabel un momento a solas mientras ella se iba a por una palangana de agua y a por unas telas.

—Esto es un mal presagio, Citlali.

—¿Qué cosa?

—La lluvia, los truenos, la criatura. Y Pedro se ha ido.

—Tranquilízate, niña, no tardará en llegar. Y no provoques a los dioses.

El sol se ponía cuando Ixapeltzin sintió que un líquido acuoso le escurría por una de sus piernas. «Pedro no está», se escuchó pensando. «Pedro se ha ido». Y recomponiéndose llamó a voces a la partera, que llegó corriendo a la habitación.

Isabel gritó con tanta fuerza que la partera tuvo que reprimir el impulso de dar un paso atrás y taparse las orejas. Su alarido había opacado por un instante los estrepitosos truenos que rompían la tormenta. La vieja había atendido muchos partos, todos con dolor, pero el lamento que escuchaba salir de la boca de esa parturienta no provenía de sus entrañas.

—¡Por el amor de Dios, que no es para tanto! Me habían dicho que las indias eráis más fuertes. ¡Menudos pulmones tienes en ese cuerpecillo tan pequeño! Venga, venga. Que ya pasa.

Isabel se apoyó sobre los codos y trató de incorporarse en la cama. Estiró su cuerpo hacia adelante para agarrarse los talones y ponerse en cuclillas cuando oyó a la vieja a voz en grito:

—Pero ¡qué haces! ¡Te has vuelto loca! Túmbate, túmbate. ¡Estas indias…! —rumiaba como si no tuviera a la mujer delante—. ¡Enderézate y cógete de las corvas! Anda, déjame, que más sabe el diablo por viejo que por diablo.

—No puedo —alcanzó a decir Ixapeltzin, sorprendida ante el dolor de su cuerpo. Las palabras que hacía mucho le había dicho a su hermano Axayácatl retumbaron en sus recuerdos: «No quiero ser una mujer que no soporta el dolor».

—Sí que puedes —le insufló ánimos la partera—, venga, venga, ya casi, ya casi.

Las paredes parecieron resquebrajarse cuando Ixapeltzin pujó y de su interior nació su hija mestiza.

—Una niña —dijo la partera al depositarla sobre su vientre.

La joven madre recorrió a la pequeña entera con ojos nuevos. ¿Cómo tanto dolor se transmutó en ese ser perfecto, sin mácula, sobre su vientre? Maravillada, pensó en los nahuales convertidos en animales por arte de la magia y del peyote, hombres sabios transformados en águilas para surcar los cielos y contemplar el mundo desde el aire. Al igual que ellos, en esa suerte de dualidad, una parte de ella vivía en esa niña, y por un instante muy breve creyó que las dos podrían entenderse siempre así, sin hablarse, reflejándose una en el espejo de la otra. La partera tomó a la niña y la envolvió en un morralito del que solo sobresalía su carita plácida. Isabel sonrió tristemente: «tan pequeña y tan mal querida», pensó.

Desde una distancia prudencial, mientras se enjuagaba los restos de sangre en una palangana, la vieja partera observaba la escena aliviada y en paz. Había asistido muchos partos, todos con dolor, y no siempre acababan bien. A veces había tenido que voltear niños que venían del revés, soportando los espantosos gritos de la madre que se retorcía cuando el bebé la desgarraba por dentro, había tenido que cargar con la angustia de decidir si salvar a la una o al otro y viceversa, a veces los bebés no soportaban la violencia del nacimiento y nacían muertos, asfixiados por sus propios cordones en los estrechos senderos de sus madres, y tenía que colocar en la panza flácida de aquellas mujeres cuerpos inertes de brazos colgados y piernas muertas. Muchos partos, muchos, que la habían curtido como al cuero viejo. Por eso, cada vez que asistía a uno que venía sin complicaciones se santiguaba tres veces y agradecía a Dios Todopoderoso haberle permitido ser instrumento de su voluntad.

—Lo has hecho muy bien —dijo por fin la partera con una ternura inusual que dibujó en la recién parida una sonrisa leve que se esfumó enseguida cuando escucharon el golpeteo de unos nudillos contra la puerta.

Toc, toc, toc. Un llamado meramente protocolario de alguien que no esperó respuesta para irrumpir, de pronto, en la habitación.

Juan de Altamirano, albacea y primo de Cortés, entró y una corriente de aire helado entró con él. Iba escoltado por un hombre de cuello ancho y boca escasa de dientes. La partera, por instinto, dio un paso atrás. Ixapel se estremeció. Apretó a la niña contra su pecho, tanto, que casi parecía que pretendiese volver a meter a la recién nacida dentro de su cuerpo.

—¿Quién es usted? ¿Qué quiere?

Altamirano tronó los dedos; el hombre mellado se acercó a la mujer y tras un forcejeo le arrebató la criatura de los brazos. La niña protestó con un balbuceo gatuno que por fortuna no rompió en llanto. Isabel trató de levantarse, pero le fallaron las fuerzas tras haber perdido mucha sangre. La vieja partera, envalentonada ante lo injusto, dio un paso al frente:

—Pero ¿qué hace? ¡Devuélvale la niña ahora mis…!

Pero antes de que terminara de pronunciar la última sílaba, el estruendo de un manotazo le volteó la cara del revés. La vieja trastabilló porque se le doblaron las piernas y acto seguido se llevó la mano a la mejilla para corroborar que el bofetón le había aflojado dos dientes.

—Largo —le ordenó Altamirano.

La partera abandonó la habitación lo más rápido que pudo mientras rumiaba «pobrecita infeliz», sin dejar de sobarse la mejilla enardecida, que le palpitaba como si le fuera a estallar un ojo, y se pasaba la punta de la lengua por los dientes flojos.

Isabel, por fin, habló:

—Devuélvame a mi hija.

—La niña se viene conmigo. Órdenes de Cortés.

Y entonces, una nube negra reventó sobre la cabeza de Isabel. Recordó las palabras de Cortés, la amenaza antes de partir. «Te quitaré a la niña. Aún puedo hacerte más daño». Isabel apretó los puños. Desconoció su voz al oírse suplicar:

—Te lo ruego, no te la lleves. No diré una palabra, te lo juro. Díselo a Cortés. No hablaré.

—No dudo de vos, pero me aseguraré de que mantengáis la boca cerrada.

—Mi marido no te permitirá poner un pie en la calle con mi hija.

Altamirano rio levemente.

—Sois lista, vive Dios, pero no más que yo. Sé perfectamente que estáis solas. Me he asegurado personalmente de que así sea.

Isabel frunció el entrecejo.

—¿Habéis alejado a Pedro con embustes para poder venir a robarme a mi hija?

—Oh, no, embustes no. Las acusaciones son reales. Si abrís la boca lo perderéis todo, la niña, la encomienda…

De haber podido levantarse se habría lanzado con sus manos desnudas sobre ese hombre hasta matarlo. Le habría arrancado los ojos, mordido las orejas, arañado la cara, molido a golpes y clavado una daga en el corazón. Su voz volvió a recuperar la fiereza de otros tiempos:

—Iré por ella. Y a ti te mataré.

Altamirano no respingó. Hacía tiempo que no temía ni a Dios ni al diablo.

—Mantened la boca cerrada y nada habrá de pasarle a la niña —apuntó mientras se dirigía a la puerta.

—¡Dios os juzgará por esto!

Desde el quicio de la puerta, antes de desaparecer de su vista para siempre, Altamirano la amenazó por última vez:

—Ya sabéis lo que tenéis que hacer.

Y la puerta se cerró tras ellos con un crujido de desolación absoluta.

Después, solo hubo lluvia.

Lluvia. Lluvia. Truenos.

Un rayo.

Más lluvia. Ramas sacudidas por el viento.

Y de pronto, un llanto.

Una cascada de lágrimas que, una a una, formaron un río. Un río que arrastraba pesares que podían verse flotar en la superficie. Flotaban sus padres, sus hermanos, sus creencias, sus dioses. Flotaba el huipil y su vestido de novia, flotaban animales enfermos, rostros marcados de viruela, piernas, brazos, vírgenes con puñales en el pecho, tocados de plumas hechos trizas. Flotaban su virginidad y maternidad en constante lucha por no hundirse. Todo era arrastrado por el mismo dolor. Por la misma impotencia. Por el remordimiento. Lloraba por lo perdido y por lo encontrado. Porque esa era otra más de las muchas batallas perdidas.

Afuera, los truenos de la tormenta rompían el cielo.

El amor

Pedro Gallego aún no se perdonaba haber estado ausente esa noche y se recriminaba continuamente el haber caído en las redes manipuladoras del funesto Altamirano. La culpa le golpeaba en la frente cada tarde, al dormirse y al levantarse, y se preguntaba si él hubiese podido hacer algo realmente ante el poder que aún en la distancia Cortés seguía ejerciendo sobre ellos.

Isabel era una flor marchita a la que Pedro Gallego seguía echando agua. Estaba seca, sin hojas, triste, sin sol que la calentara, pero él le hablaba quedito y mojaba la tierra a su alrededor gota a gota para ablandarla, suavizarla, para que aprendiera de nuevo a absorber a través de las grietas resquebrajadas, para ver resurgir el gesto sereno de sus labios, los ojos pétreos, apagados, que se le habían quedado vacíos tras el rapto de su hija.

Y a veces, cuando encontraba a Isabel dubitativa cual Virgen morena de los Dolores, se le acercaba para decirle:

—Tengamos fe en Dios. Solo hay que esperar a que termine el juicio de residencia de Cortés, y entonces te devolverán a la niña. Ten paciencia.

Pero Isabel le daba la espalda, incapaz de violar un silencio autoimpuesto.

«Los dioses me castigarán por siempre», pensaba.

Pero el tiempo los esperó cuanto hizo falta, agazapado, meciendo sus barbas largas con paciencia, consciente de que el sol no podía taparse con un dedo ni un pájaro pasarse la vida sin batir sus alas. Las horas pasaban, los días pasaron. Las semanas fueron pasando. Un mes. Luego otro. Hasta que el silencio horadó un resquicio por el que escapar y liberar la tensión de las culpas no dichas y los remordimientos compartidos. Y un día, Pedro Gallego e Isabel Moctezuma volvieron poco a poco a hablar. Al principio, con monosílabos. «Sí», «no», «tal vez», «quizá». Y luego con frases cortas un poco más largas.

Caminaban uno al lado del otro sin invadir espacios y sin estorbarse en sus mutuas soledades. A paso de caracol, esas caminatas se convirtieron en largos paseos que se prolongaban toda la tarde y juntos se sentaban a ver las puestas de sol. Después, sus cuerpos comenzaron a llamarse como imanes, y paseaban con los brazos entrelazados a la manera de la corte europea, mientras Isabel dejaba apoyar el peso de su cuerpo sobre el de aquel hombre que tan pausadamente le hablaba de su tierra. De su niñez. A ella le gustaba escucharlo hablar de Badajoz. Palabra a palabra, dejaron de ser niños que señalaban las cosas con el dedo para poder nombrarlas. Isabel le preguntaba por todo, por cómo era su terruño, si era igual el color de las nubes, y Pedro le contaba que en invierno del cielo en vez de agua caían copos de nieve, y ella trataba de imaginar una lluvia blanca que flotaba; le contaba con emoción cómo iba a rezar al santuario de la Virgen de Guadalupe, patrona de Extremadura, una Virgen de rostro negro como la noche que hacía milagros, e Isabel pensaba en que le gustaría ver a esa Virgen morena que se le había aparecido a un campesino, como antaño se les aparecía a los mexicas la diosa Cihuacóatl; le preguntaba si no extrañaba a su gente, y él le contestaba que no, sorprendido ante su propia respuesta. «Tal vez al principio», le dijo para mitigar su falta de nostalgia, tal vez cuando desembarcaron en Veracruz en medio de esa terrible tempestad sintió que estaba muy lejos de casa. Pero ya no. Ahora su casa estaba ahí, con ella. En esa nueva tierra en la que despertaba cada mañana. En ese valle sobre un lago en donde no le importaría morir. Isabel le preguntaba qué le atraía de la «Nueva Tenochtitlan», y lo decía así, borrando de la ecuación a una España que no conocía y que le quedaba demasiado lejos, y al hacerlo la nostalgia le rebotaba en el cielo de la boca. Él contestaba que «todo, Isabel, todo. Los olores frescos de las frutas, el crujir de las ramas de los árboles, las semillas de los aguacates, los colores del cielo al amanecer reflejados en los volcanes, el frescor de los atardeceres anaranjados, el picor de los chiles al reventar, el golpeteo de los molcajetes contra los granos de maíz, el cacao amargo, la inocencia en las risas de los niños». Se clavaba un segundo en sus ojos y luego decía: «Tú».

Todas las tardes caminaban en círculos con los brazos entrelazados. Todas las tardes aprendían a ver sus mundos con los ojos del otro. Se contaban quiénes eran antes de la guerra, antes de que sus mundos chocaran como dos estrellas, y al hacerlo se daban cuenta de que jamás volverían a ser como fueron antes de la colisión. Aquellos de antes eran seres extraños que ni ellos mismos reconocían ya, porque todo había cambiado tanto, y al hablar del pasado lo hacían siempre en tercera persona. A Tecuixpo le enseñaron a tejer, a Tecuixpo la bautizaron al nacer, Tecuixpo era una niña inquieta, Tecuixpo alguna vez empuñó una daga. Pedro Gallego nunca quiso tener que matar con la espada.

—¿No? —preguntaba ella.

—Jamás. Por ninguna causa. Pero a veces no se puede elegir.

—Siempre se puede elegir.

—¿Eso crees?

—Eso quisiera creer.

Y antes de dormir, Pedro Gallego se arrodillaba y rezaba en voz alta. Pedía perdón por sus pecados con una oración libre, espontánea, que le salía del corazón. Isabel se asombraba al ver que no rezaba como fray Martín le había enseñado a hacer en la iglesia. Él cerraba los ojos, juntaba las palmas de las manos contra el pecho y decía lo que le salía del corazón. Como un pájaro, volaba. Ixapeltzin sentía que él hablaba con Dios sin intermediarios. Después, alentada por Pedro Gallego que le decía «venga, vamos, ahora tú», y con la mano hacía como si aspirara los vapores de un té hacia su nariz, ella hacía lo mismo. «Dame fuerzas, Señor Jesucristo, para aprender a dejar atrás el rencor. Ayúdame a liberarme de este pesar tan grande que no me cabe en el cuerpo. Amén». Y al abrir los ojos se topaba con los de Pedro Gallego, mirándola con compasión, pero también con algo más grande, más definitivo y desconocido. La miraba con amor. Después se acostaban uno echado al lado del otro. Se sentían respirar, pero no se tocaban. Ixapeltzin recordaba a Cuitláhuac echado junto a ella plácidamente, sin rozarla tampoco, y pensaba en lo mucho de regio que tenía aquel castellano. De todos los que había conocido, sin duda este era el más noble. El que más se aproximaba a la idea de hombre recto y bueno de los que hablaba fray Martín. No todos eran infames, ni violadores, ni pisoteadores de creencias. Algunos eran como Pedro Gallego. Y con esos pensamientos se quedaba dormida.

Junto a Pedro Gallego su cuerpo empezó a recuperarse de la violencia, pero el dolor de la separación forzosa de su hija era una carga que la atormentaba cada segundo, cada minuto, cada hora de cada uno de los días y deseaba que el juicio de residencia de Cortés acabara cuanto antes para poder ir por ella.

Mientras tanto, en el rostro de Isabel lacerado por el dolor comenzó a dibujarse una sonrisa apenas leve. Era resignación. Hablaba con un saber casi olvidado sobre planes venideros, siempre cogida del brazo de Pedro Gallego de Andrade. Nunca hablaban de la niña o, al menos, evitaban hacerlo, como si al no nombrarla su ausencia doliera menos.

A veces, cuando Pedro Gallego se metía en la habitación que tenían por despacho, Isabel se asomaba por encima de la cabeza de su marido a ver cuál era la razón por la que pasaba horas y horas con la cabeza gacha sobre unos papeles, lo único que veía era eso: papeles con tinta encima, con trazos que iban y venían en curvas largas y cortas, letras engarzadas sin ningún sentido. A veces los cogía del revés y se ponía a mirar en plena concentración, buscando algún sentido a todo aquello y terminaba por tirarlo sobre la mesa con desesperación. Ahí no había colores, ni dibujos, ni una lógica pictórica para poder interpretar nada. Tan solo una línea tras otra de signos inteligibles. Sin embargo, podía observar a Pedro Gallego escribir sin aburrirse. A veces lo espiaba desde la puerta. Se quedaba así, sin respirar, mirando en absoluta quietud el baile de las manos al entintar la pluma, sacudirla ligeramente, uno, dos, tres golpecitos en el tintero, y luego comenzaba esa música, *rish, rash*, y cerraba los ojos para disfrutar con el rasgar de la pluma sobre el papel, escuchaba las cosquillas de las hojas y sonreía.

Un día caluroso en donde el aire apenas sacudía las ramas de los árboles más tiernos Isabel le pidió a Pedro Gallego algo insólito:

—¿Me enseñarías a escribir?

Pedro carraspeó.

—¿Escribir?

—Sí.

Pedro notó que Isabel no bromeaba.

—Para escribir primero hay que aprender a leer —apuntó.

—¿Me enseñarías a leer?

Pedro Gallego volvió a sonreír aún más grande. Las mujeres no escribían ni leían. Según él, no tenían interés en lo más mínimo en imbuirse en el mundo de los hombres, ni los hombres tenían intención alguna de enseñarles artes destinadas solamente a ellos. Pero ella no era una mujer cualquiera. Era Isabel Moctezuma.

—Y ¿para qué quieres saber escribir?

—Necesito escribirle a mi hija.

Pedro Gallego apretó los labios, conmovido.

—Supongo que podría enseñarte. Pero que no se entere nadie o tendremos problemas. ¿Entendido?

Esta vez fue Isabel quien sonrió.

Todas las tardes, tras terminar de atender sus asuntos matutinos, Pedro e Isabel se encerraban en el despacho a puerta cerrada. Nadie debía saber que Isabel Moctezuma estaba aprendiendo a leer. Mucho menos a escribir. «Será nuestro secreto», le había dicho Pedro Gallego, y si alguna vez se veían en la necesidad de firmar o hacer ver que sabía escribir, Isabel le dijo muy seria que entonces fingiría ignorancia.

Así, a espaldas de todos, se imbuyeron en un mundo silencioso de tinta y letras que ella iba aprendiendo a interpretar a una velocidad pasmosa que dejaba a Pedro Gallego anonadado. Isabel aprendía rápido y bien. Porque una vez asomada al pozo de la sabiduría, no hubo poder humano que la convenciera de volver al anonimato de una vida sin letras. Y entendió por vez primera las historias que fray Martín le contara sobre una Eva bíblica, pecadora primigenia, cuyo pecado no había sido otro que querer saber, que había condenado a la humanidad a una vida de penurias al comer una manzana del jardín del Edén. Por vez primera comprendió el proceder de aquella mujer con total lucidez y entendimiento, y pensó que, al igual que Eva, una y mil veces habría mordido ella la manzana, mientras sentía el suntuoso placer de enroscarse cual serpiente en el árbol del conocimiento. «Esto es una a, esto es una uve, esto es una e. Ave María». Así, hasta que cada vez más su mundo se fue ensanchando con palabras grandilocuentes, complejas y largas. Aprendió a escribir su nombre, desde la i hasta la z, y poco a poco, sílaba a sílaba, pudo estampar su firma. Aprendió a escribir los nombres de las personas de su vida, todos, uno a uno. Se pasaba las tardes escribiéndolos en hojas que Pedro Gallego le pasaba a discreción mientras él continuaba redactando alegatos para defender sus tierras sobre las que querían seguir echándoles el guante.

Sin saberlo, Pedro Gallego había encontrado la forma de meterse en el interior de Isabel, no por medio de la carne sino a través de su inteligencia, pues ella esperaba cada una de esas lecciones con gula. Porque no había nada más íntimo que eso que compartían sin necesidad de desnudarse, sin necesidad de tocarse apenas un poquito, cuando él tomaba su mano y le acomodaba el dedo índice estirado para que siguiera el sonido de su voz a medida que iban leyendo del mismo libro, palpando el camino trazado por las palabras línea a línea. Entonces, en ese momento de cercanía se olían, unidos por algo más fuerte que una sentencia, un instante que se dilataba en ese acto aparentemente cotidiano en que trasgredían las normas establecidas por todas las leyes humanas y divinas, y ellos sentían que eran, por vez primera, una pareja cómplice y completa. Adán y Eva saboreando juntos el fruto prohibido.

Una noche igual a todas las anteriores en que durmieron juntos, la mano de Isabel se deslizó entre su camisa, extendió su índice y acarició los vellos de su pecho dibujando círculos, muy superficialmente, y de pronto empezó a escribir sobre el torso ancho de Pedro Gallego, primero una pe, luego una e, después una de, una erre y una o, y a cada letra que trazaba le correspondía un sonido en voz muy baja, casi un susurro: p-e-d-r-o. Pedro Gallego permaneció completamente quieto, sin atreverse a respirar siquiera, pues no sabía zurcir un pantalón, ni comandar un navío, pero sabía muy bien reconocer a una mujer a punto del hervor. La mano de Isabel inició un recorrido lento, parsimonioso, sin rehuir ya de esas carnes nuevas que tocaba, sino buscando con tiento, reconociéndolo, aprendiéndoselo, sintiendo cada músculo tenso bajo la piel, el ombligo hundido como si las caderas se hubieran fundido con la cama, hasta detenerse sobre el pene erecto, fuerte y dispuesto de su marido. Isabel se subió a horcajadas sobre él. Y se amaron. Con los ojos abiertos.

El faro

1529

«Isabel», se decía Ixapeltzin mirándose al espejo, ladeándose de perfil para verse en su nuevo estado. «Do-ña». Y hacía esfuerzos por hacer sonar la nasalidad de la eñe en su nariz. I-sa-bel. Estiraba los labios en una sonrisa, abría bien la boca y dejaba que el sonido de su nombre ocupara todo su interior. Arrastraba las letras una a una, dejando que la lengua se curvara en la ele del final. I-SA-BEL, repetía. Sus ojos sonreían. Pedro Gallego la llamaba así. No le decía Ixapeltzin. Y desde que él dejó de llamarla por ese nombre sincrético hubo un antes y un después. Un ayer y un mañana. Un hoy. Antes nunca le había gustado su nombre cristiano porque sentía que la regañaban cada vez que la llamaban, y porque odiaba, odiaba, odiaba escucharlo en boca de Cortés, pero desde que Pedro Gallego le decía «Isabel, amada mía, Isabel, vente conmigo», descubrió la candidez que resonaba en cada sílaba, la sensualidad que lo aceitaba hasta hacerlo resbalar montaña abajo. Isabel era un nombre exento de pasado. Isabel era su futuro. Su presente. «Doña Isabel Moctezuma, amada mía».

—¡Isabel! —Oyó que Pedro la llamaba—. ¡Llegaremos tarde!

—¡Ya voy! —contestó ella saliendo de su ensimismamiento. Tomó su velo negro y abandonó rauda la habitación.

Pedro Gallego la vio aparecer corriendo atolondrada y la riñó con la suavidad de siempre.

—Isabel, no corras. En tu estado es peligroso.

Isabel se llevó las manos al vientre abultado.

—Las mujeres de mi linaje somos fuertes. No temas. Nuestro hijo nacerá sano.

E Isabel extendió la mano hacia la mejilla de su nervioso marido. Quiso decirle que no se preocupara, que ya había pasado por eso antes, que su cuerpo era fuerte, hija de guerrero, mexica, pero el recuerdo removía dolores olvidados. La sombra de su hija se le presentó sin permiso. En realidad, Leonor siempre estaba ahí. Una sombra emergente y larga de ciprés que se extendía desde el borde de sus talones.

A veces, Pedro Gallego la sorprendía extrañando a la niña, y entonces le extendía papel y pluma y le decía: «Escríbele». Isabel obedecía. Porque la única manera de supurar la culpa lacerante era a través de esas palabras que escribía, porque con cada línea trazada parecía surtir efecto un sortilegio que lograba mitigar el dolor, hacer que de la angustia y la desesperanza surgiera algo menos feo, más sublime, porque sin escribir la vida sería aún más cruel, más desperdiciada. Isabel se decía una y otra vez que al menos a través de esas líneas a su hija sobreviviría al espanto de su destrucción, de su perdición. Solo entonces volvía a tener esperanzas. La luz se asomaba con timidez en medio de la sombra que la perseguía siempre por los pies.

No podía decirse que Isabel hubiese resucitado con su nuevo embarazo, porque algo se había desmoronado en su ser al renunciar a la niña. Algo que no la había matado pero que tampoco la había dejado del todo viva. Trataba de convencerse de que dejarla ir había sido la manera de protegerla. Las habían sacrificado a las dos y no tenía más remedio que aprender a vivir con el cargo de conciencia.

Sin embargo, ahora conocía el deslumbramiento de amar. Ante su naturaleza resquebrajada se extendió un horizonte: la posibilidad de ser madre de nuevo. O, quizá, por vez primera. No es que un hijo sustituyera al otro, sino todo lo contrario. El hijo nuevo hizo la ausencia de Leonor aún más grande. Aquel niño, lo sabía bien, sería el recuerdo perpetuo de la hija que le habían arrebatado las manos de Altamirano. Pero cuando supo que estaba encinta agradeció a Tonantzin. Cada noche antes de acostarse pedía perdón en silencio para que solo la escuchase su conciencia, y por las mañanas al despertar le hablaba al niño quedito, que «ahora sí seré una buena mamá». Que ahora nadie, jamás, lo apartaría de su lado.

Pedro Gallego también rezaba todas las noches. Rodillas en tierra y golpes de pecho, rezaba para que Cortés no regresara jamás.

Que se perdiera en el océano o que se lo tragara la tierra de Castilla. Porque después de haber sabido por boca de Isabel lo que le había hecho, había nacido en él un odio visceral. Se acordaba de Juan Cano, que con su voz grave le decía que había que quedarse con Pánfilo de Narváez, que Cortés no era trigo limpio. «Cuánta razón llevabas, amigo», balbuceaba. Y luego despejaba su mente para rezar con fervor por dos cosas: Que no regresara Cortés —Dios, te lo pido— y que, si volvía, Dios le diese la fortaleza necesaria para matarlo.

A la Nueva España por aquel entonces había llegado don fray Juan de Zumárraga, que fungiría como el primer obispo de esas tierras. Era un hombre flaco y correoso, de huesos fuertes y calva ancha. Cara de pocos amigos y amigos pocos, nariz afilada en contraste con la blandura de sus mejillas y ojos de huevos duros que juzgaban con parcialidad según el pecador. Le habían dicho que los indígenas practicaban una especie de religión sincrética en donde rezaban a sus antiguos dioses en los nuevos templos. Así que se interesó especialmente en esa a la que llamaban la hija de Moctezuma. Veía cómo sus encomendados le rendían tributo a la manera antigua, trabajaban las tierras, le rendían pleitesía y reconocían plenamente su señorío. Zumárraga sonreía al ver cómo esa mujer mantenía el sosiego y el contentamiento de los naturales de aquellas tierras. Esa mujer podía ser peligrosa. Sería mejor vigilarla de cerca. Isabel sabía reconocer a la legua a las personas desconfiadas y nada más ver al obispo supo que ante él tendría que parecer la mayor de las cristianas. Ante su presencia rezaba entornando las palmas al cielo y cerraba los ojos en recogimiento y al llegar a casa le pedía a Pedro Gallego que le enseñara las letanías en latín.

—¿En latín?

—No quiero equivocarme ante el nuevo obispo —le decía ella.

—¿Quieres tenerlo contento, ¿eh?

—Al poder de la Iglesia, mejor contento. Deberías pedirle que bautizara a nuestro hijo.

A veces Pedro Gallego dudaba de las intenciones de su mujer. Pero desde que le quitaran a la niña, Isabel trataba de rodearse de gente poderosa, por si algún día, como esperaba, tenía que hacer frente a la maquinaria del poder.

Antes de salir de la habitación, Pedro Gallego le dijo:

—No te olvides de leer los textos que te di.

Ella le sonrió con los ojos y salió.

Una tarde en la que el azul más puro del mundo decidió pintar el cielo de la ciudad, Isabel reconoció el dolor de las primeras contracciones. Ahora pensaba que era una suerte que hubiera hecho traer a Citlali a vivir a su casa desde hacía una semana. Porque esta vez Isabel quería que su partera fuera mexica. Citlali comenzaba a pintar canas refulgentes color de plata.

—¿No sería mejor una comadrona, Isabel…? —preguntaba Pedro.

—Citali sabe más que cualquiera. Déjame a solas con ella.

—¿Con quién?

—Con Citlali, Pedro, con Citlali. ¿Con quién si no?

—Perdona, es que estoy nervioso.

—Pues no lo estés. Estoy en buenas manos. Y ahora sal.

Citlali se sobó las manos huesudas y se echó su propio vaho para calentarlas antes de empezar a sobarle la panza. Tocó arriba y abajo, cerciorándose de que el niño venía bien acomodado. Sacó unas hierbas y preparó el espacio para recibir a la criatura, completamente ajena al bullicio de unos niños que jugaban en la calle mientras sus madres colocaban los puestos del tianguis. Todo estaba limpio, un aroma aséptico de quien ha ventilado olores viejos y rancios invadía el aire, la casa olía a copal, a incienso, y las sábanas a jabón. Una gata cuidaba de sus cachorros en una esquina.

—Tecuixpo —dijo llamándola por su antiguo nombre y hablando en náhuatl—, prepárate para recibir la vida que nace de ti. Métete a bañar.

En medio de las contracciones, Isabel preguntó:

—¿A bañar?

—Sí. Al temazcal.[20] Después de sudar, lávate bien el cabello, lávate los brazos, las piernas. Deja que el agua relaje tus músculos. Ven. Yo te llevo.

---

[20] Temazcal: del náhuatl *temazcalli*, que quiere decir «casa de vapor». Recinto donde se usaban piedras calientes a las que luego se arrojaba agua, para generar vapor antes de bañarse. Muy usado con fines terapéuticos.

Citlali la llevó hacia allí, donde ya había preparado un relajante baño con leña caliente sin humo y plantas aromáticas, mientras Isabel, arrastrando los pies, avanzaba en medio de contracciones de parto. Pedro, que esperaba afuera en el pasillo, la vio salir en camisón, andando con dificultad y elevó las manos al cielo.

—Pero ¡qué hacéis! ¡Volved a la cama! ¡Ay, Dios mío! ¡Dios mío! ¡En qué hora te habré hecho caso!

—¿Quieres hacer el favor de callar, Pedro? Pareces un niño cobarde. Déjanos a nosotras, que estamos hartas de parir —dijo englobando en ese plural a todas las mujeres que le precedieron y que le seguirían.

Después del baño, la partera le dio a beber un té que olía a verde, a fresco, a ramas recién cortadas.

—Es para mitigar el dolor, mi niña, bebe.

Isabel se lo bebió todo, todito, entero. Esa criatura empujaba con fuerza. Citlali encogió tres dedos para hacerle un tacto y sintió que Isabel ya había dilatado.

—Es hora —le dijo.

Afuera, Pedro Gallego estaba cada vez más nervioso e inquieto. Así que pidió a una de las muchachas del servicio que se asomara a ver. La chica salió a los pocos minutos y con cara de preocupación le contó que las dos mujeres estaban en cuclillas, la partera le sujetaba los talones, y se agarraban de los brazos para hacer contrapeso.

—¡En cuclillas! —exclamó Pedro, rojo hasta las orejas.

Hizo el amago de entrar, pero la chica se lo impidió dibujando con la extensión de los brazos y las piernas una equis sobre la puerta.

—Me han pedido que no le deje pasar, pase lo que pase —explicó con cierta vergüenza—. Y llevan razón, estas no son cosas de hombres. Déjelas hacer.

A pesar de que afuera era día de mercado y el trajín de gente inundaba el ambiente, podían escucharse los gritos de Isabel. Pedro caminaba como animal enjaulado.

—Dios mío, Dios mío, que todo vaya bien… —decía sobando la cruz que pendía de su cuello, que Juan Cano le había regalado.

—Sí, ya verá que sí, tengamos fe —contestó la muchacha, sintiendo el poderío de dar órdenes a su propio patrón—. Doña Isabel es joven y fuerte. Confíe.

Por fin los gritos cesaron y a lo lejos se escuchó la algarabía de un llanto leve y renovado.

Pedro Gallego agarró a la muchacha y la hizo girar por los aires en lo más parecido a un paso de baile. Entró.

Con las uñas llenas de sangre, Citlali recogía la placenta para plantarla en una parte de la casa. Isabel, de pie, con el camisón empapado en sudor y sangre, sonriente de lado a lado, agotada y feliz en igual medida, sostenía un bebé en sus brazos.

—Es un niño —le dijo orgullosa.

Y lo besó en la frente.

Reencuentro

El sol brillaba en lo alto y había que procurarse algo de sombra haciéndose una visera con la mano para salir al jardín. Todo estaba bañado por la cascada de olores a recién nacido, a leche materna, a pan dulce. A renovación. El niño solo había sido mexica en su nacimiento, pues a partir de ese momento, Pedro decidió criarlo como si fuera criollo. Citlali se fue a los pocos días, después de haberse cerciorado de que madre e hijo estaban estupendamente y de haber plantado la placenta del niño en una parte del jardín para atraer la buena fortuna. Pero antes de irse, se despidieron en un abrazo.

—Adiós, Tecuixpotzin. Debo irme. —Y luego Citlali le hizo una reverencia.

—Citlali… ¿sabes algo de la niña?

Citlali asintió con pesar.

—Crece bien, sana y grande, en casa de ese hombre funesto. Si alguna vez quieres que vaya a buscarla, solo avísame, que yo iré por ella.

Isabel inclinó la cabeza en un saludo respetuoso y luego le dijo:

—Que la Virgencita Tonantzin María te bendiga, Citlali.

Isabel arrullaba al niño con voz quedita, con cantos de otros tiempos que recordaba oír a Tecalco. Y al hacerlo, casi le parecía que su madre estaba junto a ella. Le hablaba con los labios cerrados: «Mira a tu nietecito, madre». Y a Isabel le gustaba creer que su madre sonreía. Decidieron llamarlo Juan de Dios de Andrade. Isabel lo quería tanto que le dolían los poros de la piel. Le gustaba besarle los piecitos, las manitas apretadas, colocarlo sobre su torso desnudo y quedarse dormidos piel con piel en el vaivén del mismo respirar, de vez en cuando el bebé buscaba a tientas y bebía de su pecho, y todo ese amor salía del cuerpo de Isabel en forma de leche. Casi entre dientes, Isabel le tarareaba canciones que a lo lejos parecían el balbuceo de una melodía.

—En tu petate florido, aquí donde te sientas, muchachito, ve durmiéndote despacio. Relájate, niño mío.

Pedro la escuchó cantar.

—¿Sabes? Si quieres puedo enseñarte las canciones de cuna que cantan en Castilla.

—¿Allí también cantan canciones a los niños?

—Pues claro, querida mía. Se llaman *nanas*.

—Nanas —repitió ella.

Y así, poco a poco, Isabel intercalaba los cantos de los poetas nahuas con nanas que empezaban con «arrorró, mi niño» y que le sonaban dulces como la voz de su madre en la infancia. «Duérmete, mi niño, / duérmete, mi bien, / que aquí está la cunita / que te ha de mecer».

El bautizo se organizó como una gran festividad. No porque fuera el primer mestizo, ni mucho menos. Miles eran las mujeres madres de mestizos. La propia Marina era madre de Martín Cortés. Los españoles habían procreado mestizos por todos lados. Reconocidos o sin reconocer, la Nueva España se poblaba de una nueva gente mestiza. Pero este bautizo se cubrió con la fanfarria de las ceremonias reservadas a las altas esferas. La encomendadora de Tacuba, señora de México, bautizaba a su primogénito. De la otra no se decía nada, aunque si se escuchaba con atención y se acercaba la oreja a los corros adecuados, se percibía un leve cuchicheo de voces maledicentes que decían que a esa no la quería porque era hija de Hernán Cortés. Que por eso se la había dado a Altamirano. La ausencia de Leonor se hacía entonces aún más presente, al igual que la falta de calor evidenciaba la llegada del invierno.

Todo quien ostentara un título o nombramiento estuvo invitado al bautizo. Y Pedro Gallego puso mucho empeño en que una de esas invitaciones fuese para un antiguo amigo suyo. Quizá el único que había tenido. Uno al que hacía mucho no veía y al que tenía ganas de abrazar, darle una palmada en la espalda y decirle con orgullo: «Mira, este es mi hijo». Aquel hombre era Juan Cano de Saavedra. Pero

Juan Cano no aparecía por ningún lado, como si se lo hubiera tragado la tierra. Pedro temió que hubiese muerto y mandó a buscar en los registros por si acaso su nombre estuviera entre los decesos de los últimos años.

—Le tienes buen aprecio a ese amigo tuyo para tomarte tantas molestias —comentó Isabel.

—Sí. Es curioso, pero siento que tengo un vínculo con ese hombre.

Isabel sintió curiosidad.

—¿Un vínculo?

—Sí, como con un hermano.

La sombra de Axayácatl cruzó de pronto por la memoria de Isabel.

Los recuerdos de Pedro Gallego también estaban empañados por la nostalgia. Su aprecio modificaba la memoria. No se acordaba de que Juan Cano había resultado un tanto conveneciero y que, a la larga, siempre había apuntado al norte según la veleta, pero acaso ¿no habían hecho todos eso para sobrevivir? De lo que sí se acordaba era de su perspicaz forma de mirar, de esa astucia que habitaba siempre en sus ojos y que parecía leer el futuro de la gente. Porque Juan Cano siempre había sido capaz de ver mucho más de lo que tenía enfrente. Y de eso Pedro Gallego sí se acordaba muy bien, porque nunca había podido olvidar la impresión que le causó conocer a alguien con tal don para medir el peligro. Las muchas veces que le dijo que Cortés no era trigo limpio, que no se fiara, que había que quedarse con Narváez. Muchas veces, en los últimos años, le había asaltado el recuerdo de Juan Cano diciéndole: «Vamos a Cempoala, Pedro, hay que entregar a Cortés». También se acordaba de su negativa. De que entonces le llamó necio. De cómo se despidieron juntando sus cabezas en un gesto que en realidad era un abrazo fraterno sin decirse adiós. De eso se acordaba perfectamente.

Después de mucho indagar, mucho preguntar, realizar pesquisas aquí y allá, dio con su paradero. No estaba perdido, ni muerto, ni escondido. Sencillamente, tras la caída de la ciudad y tras recibir una pequeña encomienda por los servicios ofrecidos a la Conquista, había decidido alejarse de Cortés lo más posible, y lo había conseguido al grado de volverse invisible. A veces para desaparecer no hacía falta morirse, tan solo aminorar las ambiciones. A diferencia de otros encomenderos que en lugar de vasallos habían hecho de los indígenas

431

sus esclavos, Juan Cano vivía retirado de todos, alejado en la medida de lo posible de la codicia, procurando a sus encomendados a los que enseñaba a sembrar sarmientos de vides y prohibiendo cualquier clase de abuso. Aún no se había casado ni tenía hijos. Todo eso se lo contó Juan Cano a Pedro Gallego tras un largo abrazo apretado y con unas copas de vino con las que al calor del fuego de la chimenea se sacudieron los años de ausencia.

—¿Entonces, soltero aún?

—Me cansé de mujeres, Pedro. O ellas se cansaron de mí. Me apaño bien solo.

—Nadie se apaña bien solo.

—No creas. Me gusta mi soledad.

—Siempre fuiste un poco ermitaño y callado. Pero nunca pensé que no quisieras formar familia.

—Alguna vez, cuando las noches son más largas que los días, he deseado volver a Cáceres, es verdad. Llegar a un hogar que huela al puchero de una mujer, quizá críos, un perro que se me eche a los pies.

Se hizo un breve silencio.

—Tener algo más que una hacienda. —Y asestó un trago al vino.

Luego, Juan Cano prosiguió:

—Pero luego pienso que mi lugar está aquí. —Y con el dedo índice hizo girar un círculo que abarcó todo su universo.

—Quizás algún día, Dios os conceda todo eso —le dijo Pedro.

Bebieron un momento en silencio.

—Pero vos, vos estáis muy bien casado, según he oído.

—Isabel es maravillosa. Una mujer de una pieza.

Pedro notó cómo al decir aquello el ardor le ponía las orejas coloradas.

—¡Y os habéis enamorado! Vaya, vaya. Brindemos por eso. ¡A vuestra salud! —Juan Cano dio un trago largo.

—Y tengo un hijo varón. ¿Vendréis al bautizo?

—Iré, iré.

Y alzaron sus copas.

Tal y como Isabel había imaginado, fray Juan de Zumárraga se sintió halagado con el ofrecimiento de bautizar al hijo primogénito de la hija de Moctezuma. Él mismo presumía de lo bien que estaba llevando a cabo la conversión de los naturales usándola como ejemplo. Ofició el bautizo de Juan de Dios de Andrade y comprobó —maravillado— que la iglesia estaba a rebosar de la nobleza española recién llegada de la Península Ibérica y de los nobles indígenas que aún quedaban, cristianizados en apariencia y ni cuyos nombres ni vestimentas tenían ya nada que ver con sus antiguas identidades. Isabel dispuso que se repartieran por los asientos en igualdad de condiciones. No había vasallos, ni vencedores, ni vencidos, tan solo una marea de iguales de distintas etnias y colores. Nobles todos, eso sí. Pedro Gallego sacaba pecho junto a Isabel, ambos orgullosos a pesar de la seriedad de sus rostros, pues ninguno de los dos era dado a banalidades ni a demostraciones de afecto en actos públicos.

Juan Cano, a pocos metros de distancia, observaba con curiosidad. Estaba acostumbrado al sincretismo, a la convivencia con los indígenas, a ver conversiones a diario. Lo que no se esperaba en absoluto fue la conmoción que le produjo ver a Isabel Moctezuma, la hija del tlahtoani. Era tal la lentitud de sus movimientos, la parsimonia del baile de sus manos, el recogimiento de sus ojos cerrados que, a los pocos minutos de verla, para Juan Cano ya no hubo ni obispo, ni nobleza, ni coros, ni rezos en aquel recinto, más que ella. Fue como si de pronto hubiera visto su futuro. Si tan solo pudiera encontrar a una mujer así. Cáceres se borró de un plumazo de su corazón, pues no habría tierra a la cual volver si había una razón para quedarse. «Isabel Moctezuma», se escuchó pensar. Porque Juan Cano ya no tenía ojos, ni oídos, ni boca para nadie ni nada más. Isabel Moctezuma, Isabel Moctezuma, Isabel Moctezuma.

Una letanía, una plegaria, un nombre abrumador y desolador en justa medida, porque ahí estaba él, deseando a la mujer de su prójimo, a la mujer de su amigo Pedro Gallego de Andrade en el bautizo de su primogénito. Juan Cano sacudió la cabeza, tosió levemente dos veces e intentó retomar la santa misa. *Ora pro nobis. Oremus.* Y deliberadamente miraba hacia otro lado, hacia las filas de gente que abarrotaba la iglesia, se fijaba en la indisimulable envidia de encomenderos que él bien conocía por ser unos Judas, que estaban ahí rindiendo pleitesía y honores a un hombre que era más rico que ellos —mucho más rico que ellos—, por haberse casado con la hija de Moctezuma y a quienes en los corros de domingo se les llenaba la boca de maldecir contra la debilidad de Cortés, que la edad lo había vuelto blando y que había favorecido a la india más de la cuenta, y encima había escogido a un segundón que había venido con el traidor de Narváez para casarlo con ella.

Al notar que Juan Cano los miraba, uno de estos Judas inclinó sutilmente la cabeza en señal de saludo. Entonces Juan Cano miró hacia la sonrisa inexistente de algunos nobles indígenas que en su fuero interno ardían de estupor por estar rindiendo cultos ajenos, se paseó entre las expresiones de incredulidad de aquellos que aún trataban de entender qué hacía un sacrificado en una cruz en medio del altar y preferían mirar hacia la Virgen María, mucho más serena y plácida, pero como un barco perdido en alta mar, sin poder evitarlo, Juan Cano siempre volvía sus ojos hacia el faro enorme, brillante, insolentemente bello que era Isabel.

Un eco replicó el llanto del bebé cuando el agua bendita mojó sus cabellos. Pedro Gallego le secó la cabecita con un paño blanco y el matrimonio se sonrió. Y Juan Cano no era capaz de entender por qué justo ahora la soledad le acababa de pegar una bofetada en plena cara.

Al salir del recinto, al dejar atrás la imagen de Isabel Moctezuma con su bebé en brazos se sintió más lejos, más distante, más abandonado de lo que había estado en todos estos años. Odió la vulnerabilidad con la que salía de esa iglesia. Había entrado en pleno dominio de sus facultades, señor de una encomienda pequeña, libre, prudencialmente feliz, y salía frágil, con temblor en el corazón, albergando sin pudor el miedo de un hombre que piensa que el tiempo le está ganando la batalla. La envidia lo corrompió, solo un poco. ¿Acaso no podía alegrarse por la felicidad de su amigo Pedro Gallego? No, no podía. Esa mujer debió de haber sido suya. Esas tierras, también. Se sintió mezquino. Y a partir de esa noche, cuando no podía dormir, después de beber solo sin brindar con nadie, después de acostarse con alguna que otra mujer que calentase su cama, cuando trataba de conciliar un sueño que, si no era plácido, al menos sacudiese demonios, cerraba los ojos y pensaba en Isabel. Isabel Moctezuma. Doña Isabel Moctezuma. La visualizaba en esa quietud, en esa serenidad de tiempo sin espacio, con su belleza regia y soberanía inconquistable.

Ella era la expectativa, un futuro posible, la diana a la que apuntar, la imagen de mujer a la que, desde entonces, Juan Cano se aferraría.

❖

Al otro lado del mar, Cortés leía una carta de Altamirano. Le informaba que tras los juicios de residencia sus finanzas se estaban viendo seriamente afectadas. La Audiencia estaba a punto de embargarle sus propiedades y no podría disponer más de capital. A Cortés se lo llevaban los demonios, cuando de pronto un párrafo llamó su atención:

> Creo que he encontrado una posible solución a vuestro problema de dineros. En vuestro paso por Roma, podéis pedir al papa Clemente VII que extienda una bula papal por la que reconocéis a Leonor como vuestra hija legítima. De tal suerte que podáis heredarle diez mil ducados que por ley le corresponderían. Así, dispondríais de un pequeño capital que nadie podría quitaros ni enajenaros. Considerad mi propuesta y hacérmelo saber para congelar esos dineros para vuestro regreso.

Había dado instrucciones a Altamirano de quedarse con la hija de Isabel para coaccionarla y que mantuviese la boca cerrada hasta que él regresara. Pero ¿reconocer a la criatura de Isabel? Eso no entraba en sus planes. Aunque era de reconocer que la idea de Altamirano no sonaba del todo descabellada. Era cierto que desde que Altamirano tenía la custodia de la niña Isabel no había abierto la boca y a estas alturas Cortés sabía que no la abriría para acusarlo ni de asesinatos ni de traiciones. Por otro lado, reconocer a la niña le permitiría conservar parte de sus ganancias.

«Hmmmm», masculló. «Ese Altamirano es un perro viejo», se dijo.

Y sin dudarlo mucho más, decidió que en cuanto fuera a Roma, además del despliegue de regalos y de exhibiciones de naturales como muestra de su empresa, se encargaría del asunto.

Los que vienen, los que se van

Isabel criaba a su hijito Juan de Dios de Andrade con todo el cariño que tenía dentro. Durante la primera infancia lo llevó siempre en brazos y cuando pesó tanto que le dolía la espalda se ayudó cargando al bebé en un rebozo que se enrollaba en forma de equis sobre el vestido castellano. Le enseñó a caminar colocando sus piececitos encima de sus pies, llevándolo de las manos hasta que el niño arrancó a andar. Y, cuando llegaron, las primeras palabras fueron castellanas, pues el náhuatl se fue difuminando en un caldo opacado por la intensidad del resto de ingredientes. Las palabras sobrevivían de forma mestiza, como todos los que nacían o se adaptaban a esa nueva identidad. El *xocolatl* ahora era chocolate, al *ulli* para hacer pelotas y resortes le llamaban hule, a los *tianquiztli* llamaban tianguis, y cuando Pedro Gallego le decía a Isabel que no abrazara tan fuertemente a su hijo, que lo iba a ahogar, ella contestaba que no lo estaba abrazando, sino apapachando, al igual que se usaba *papachoa* para amasar las tortillas con mimos y pellizquitos hasta dejarlas dúctiles y blandas. En ese mundo mixto, Juan de Andrade fue creciendo, en un ambiente calmo y doméstico que se alejaba mucho de la vorágine en la que se encontraba su padre, porque Pedro Gallego llevaba meses en litigio por la encomienda de Tacuba.

En ausencia de Cortés, los instigadores y enemigos que tenía, que eran constantes y muchos, habían escrito a Carlos V para que le quitaran la encomienda a Isabel. Los bienes del matrimonio estaban en entredicho, amenazados por las injurias y el desorden que la Audiencia recién nombrada para gobernar la Nueva España había ocasionado. Las voces disidentes resonaban por todo el Valle del Anáhuac. Que por qué Isabel Moctezuma poseía tantas casas y vasallos, que por muy hija del señor de allí que fuera, una mujer no podía ostentar tantos territorios tan bastos y ricos. Pedro Gallego los contentaba a punta de buenos discursos y cuantiosos donativos que los oidores aceptaban con gesto abrupto y mano abierta. Y Pedro Gallego, que no era dado a la política, odiaba verse imbuido en esos tinglados, pero en su mentalidad extremeña en la que el hombre debía proveer y proteger estaba convencido de que, si él no intercedía por Isabel, la dejarían sin un solo pedazo de tierra.

A Isabel esos enredos le importaban menos que ver crecer a su chamaco, aunque consciente de que los castellanos no se bastaban con la honorabilidad de la palabra dada, sino que tenían que firmar documentos y papeles en los que constaran sus deseos, otorgó a su marido plena potestad para obrar en su nombre. Aquello era un nido de chapulines. Molestos, pequeños, incesantes grillos que no paraban de incordiar. Desde la fatídica noche en que Pedro había partido sin saber que dejaría a Isabel a merced de Altamirano y que este aprovecharía su ausencia para llevarse a la niña, Pedro no había dejado de tirarse de los pelos de tanto discutir, de tanto litigar de arriba abajo, de acudir a audiencias, a probanzas que lo encaraban con todo tipo de gente que declaraba a favor o en contra suya. Unos decían que Isabel era una tirana, que a pesar de ser indígena trataba con despotismo a los de su propia raza; otros, en cambio, decían que la mujer estaba cercana a la santidad. Pedro Gallego llegaba cansado, harto de perderse la vida en tanto asunto legal. Él, que siempre había sido un hombre cabal, a veces estaba a punto de perder la cordura.

—Déjalos que hablen, Pedro. Nadie nos podrá quitar jamás Tlacopan.

—Ay, Isabel, no conoces bien tú a esta gente. Si hasta a Cortés le quieren quitar sus dominios.

—A él no lo nombres. Si le cae desgracia es porque se la buscó.

—Venga, Isabel, vayámonos a dormir.

Tanto esfuerzo rindió fruto el día en que llegó una real cédula. Pedro leyó el documento con sumo interés.

—Gracias al cielo, Isabel. La reina Isabel de Portugal, esposa de Carlos V, ha intercedido para que nadie nos quite la encomienda.

—¿Lo ves? Estas tierras siempre serán mías —y luego, dándose cuenta de lo que acababa de decir, añadió—: Nuestras, Pedro, nuestras.

Esa noche Pedro Gallego llegó a casa, se tumbó en su silla de cuero, se llevó las manos a los ojos y se los sobó. Estaba cansado. Últimamente se sentía débil. A causa de haberse pasado casi un año litigando, dormía poco y el apetito le había disminuido considerablemente. Su cuerpo fornido había perdido musculación, como si los brazos, piernas y torso se estuvieran chupando a sí mismos. A pesar de su juventud, las canas le pintaron de blanco la barba y a veces, cuando Isabel se le acercaba buscando el amor de su cuerpo le decía que «mejor hoy no, mejor mañana, que estoy agotado».

Y entonces, Cortés regresó.

Isabel pensó que había llegado el fin de la separación de su pequeña. Que por fin podría recuperarla. Por fin. Al fin. Ella había cumplido su palabra: no había hablado ni acusado a Cortés ni de violación ni de asesinato. El mundo dejaría de estar del revés y ella volvería a caminar hacia adelante, sin sombras, sin cargar el peso del universo reducido a su ausencia. Y aunque el regreso de Cortés le amargó un poco la existencia, la idea de recuperar a su hija se la endulzó con la misma prudencia con la que lloran los gigantes.

Todo el mundo comentaba la vuelta de Hernán Cortés. En los tianguis, en la calle, en la audiencia. Sin embargo, con su regreso Cortés hacía oídos sordos a las indicaciones de no volver hasta que la segunda Audiencia de la Nueva España estuviese establecida. Pero tras dos años en España, dos años que a Isabel le habían sabido a gloria y a hiel en igual proporción, Cortés volvía con el título de marqués del Valle de Oaxaca bajo el brazo, convertido en capitán general de la Nueva España y la Mar del Sur. La visita a España había rendido frutos, pues además del beneplácito real había conseguido lo que siempre había deseado: una esposa de buena cuna. Se llamaba Juana de Zúñiga, sevillana de amplios carrillos sonrosados y papada blanda que todo miraba con asombro en una expresión ambigua entre el agobio y la admiración. Más asustada que asombrada venía también con él doña Catalina Pizarro, su madre, viuda desde hacía un par de años y a quien Cortés prometió una vida de riquezas y reconocimiento al otro lado del mar.

«Venga conmigo, madre, que en la Nueva España soy un gran señor, un gobernante, casi un rey».

Y para allá que se fue doña Catalina cargando el luto por su marido, don Martín Cortés, a cuestas. Una comitiva de casi medio millar de personas los acompañaba, entre los que se contaban frailes, beatas, nobles aventureros, marineros y artesanos. Y Cortés, pensando en las necesidades de la tierra, llevaba un navío cargado con hornillos para fundiciones de hierro, acero, fuelles. Consciente de las muchas relaciones que le quedaban por relatar, cargó también cañones de plumas de ave para tener con qué escribir, sillas de montar, cera para hacer velas, árboles sembrados en macetas y pólvora, cedazos y tantas semillas como para reforestar el jardín del Edén. Un cargamento que gritaba a los cuatro vientos que había vuelto para quedarse.

A pesar de su cargo nobiliario recién estrenado, los oidores de la Nueva España al frente del gobierno nuevo no estaban dispuestos a que un conquistador, un militar, un aventurero fuese a comerles el mandado. Ahí mandaban ellos, que no se fuera a creer Cortés que él era el dueño y señor por más marquesado que lo invistiese, ni mucho menos. Que una cosa era conquistar con la espada y otra muy distinta gobernar con la pluma. Así, con los pies en Veracruz, con el ceño fruncido y agruras en el vientre, Cortés se enteró de que habían extendido una orden según la cual no podía entrar en la Ciudad de México, obligándolo a permanecer por lo menos a diez leguas de distancia. Le prohibían entrar en su ciudad.

Doña Catalina torció el ceño.

—¿No que aquí eras amo y señor, hijo mío?

Cortés se tragó un pedazo de orgullo que no bajó más allá del gaznate.

—Traidores envidiosos hay en todas partes, madre. Esto es lo que ocurre cuando uno se ausenta de sus dominios. Pero ya me oirán, madre, ya me oirán.

En cuanto llegó a oídos de Isabel que Cortés no podía entrar en la ciudad, mandó a un recadero a decirle a Citlali que fuera a traer a la niña. Allí Cortés ya no mandaba más, sino la Audiencia. Y para allá partió la fiel Citlali con prisa y una ilusión más larga que su trenza, oyendo el *pum, pum* de su corazón contento y emocionado porque al fin su muchachita estaría de vuelta, pero al echar a andar sus pasos pisaban con tiento, como si sus pies presagiaran que ese que acababa de emprender sería un camino cuesta arriba. Un camino empinado y espinoso que no sería capaz de recorrer.

Citlali se presentó en casa de Altamirano y una de las muchachas que le pasaba información abrió. Nada más verla reconoció en la mujer un mirar distinto, determinado y definitivo.

—*Dona Isabel*, Tecuixpotzin, me manda por la niña —le dijo en náhuatl.

Habían hablado de eso con anterioridad y Citlali incluso le entregó, sin que ella se lo pidiera, un saquito de monedas que sin contar la mujer escondió en el escote de su vestido.

—Esta noche —le contestó la otra con la puerta entornada.

—No. Dámela ahora.

—Ahora no se puede. Mi patrón está aquí —la mujer hablaba bajito.

Un nubarrón negro de impaciencia se extendió sobre la cabeza de Citlali.

—Esperaré aquí cerca. No me iré. Me la llevaré esta noche. Ni un día más.

Y entonces, una mano grande de dedos abiertos para aplastar bichos atizó la puerta desde dentro. Los goznes chirriaron cuando la puerta se abrió y un chorro de sol invadió el recibidor. Altamirano, con jubón oscuro de lazos bien amarrados, se asomó.

—¿Qué cuchicheas con esta señora?

La muchacha mintió.

—Viene a vender.

—¿A vender con las manos vacías? ¿Me tomas por idiota? Coge tus cosas y vete —le dijo a la chica de la puerta.

—Pero, señor…

—Señor, nada. Vete he dicho.

La muchacha miró a Citlali con los ojos asustados, unos ojos que decían lo siento, no puedo ayudarte más, y desapareció en el claroscuro del pasillo.

Citlali esperó sin mínimo rasgo de humillación a que el hombre hablara.

—Te conozco: eres la empleada de doña Isabel. ¿Qué quieres?

—Vengo a llevarme a Leonor —contestó sin titubear.

—Leonor es hija del marqués y hasta donde tengo entendido su madre la repudió —le dijo él—. No tengo por qué entregarla.

El corazón de Citlali, que antes latía esperanzado, se llenó de piedras huecas que chocaban entre sí.

—Sabes tan bien como yo que eso es mentira. Aquello no fue repudio, sino secuestro. Isabel cumplió su palabra. No habló. La niña ya no os sirve de nada.

—No lo creo, no. Yo no diría eso —y luego agregó—: Dile a tu patrona que si quiere a la niña venga a hablar conmigo.

Y en seguida cerró la puerta.

Un viento se levantó arremolinando el polvo de las calles, pero a Citlali lo que la zarandeaba era el montón de dudas azotándole en la cara. Como si Ehécatl, el dios del viento, la riñera por su inocencia. Citlali se dio media vuelta con el alma envejecida. Emprendió el regreso con las noticias y sin la niña, y a cada paso sus huellas se tornaban más hondas, más profundas, más larga su sombra, porque avanzar le costaba un mundo, arrastraba los pies sin poder levantarlos, soportando la tristeza que cargaba sobre los hombros mientras se hundía más y más sobre la tierra.

Isabel escuchó a hablar a Citlali con rostro descompuesto mientras el pequeño Juan de Andrade jugaba sentado en el piso. Cuando la mujer terminó de relatar lo sucedido, Isabel le dijo:

—No llores más, Citlali. Debí haberme imaginado la calaña de ese hombre. Iré a verlo.

—¿Tú sola, niña?

—Tengo que hacerlo sola.

Al día siguiente se presentó ante Altamirano vestida en terciopelo azul. Un par de aretes de oro pendían de sus orejas, llevaba el cabello recogido en un moño alto y un espléndido collar de jade coronaba el centro de su pecho. No hizo falta mucho para comprobar sus peores sospechas. Altamirano la mantenía engañada. Siempre lo había hecho. No era por la niña. No era por la amenaza. Ni siquiera era por Cortés. Era por el control, por el poder. Por tener una baza a su favor en un mundo en donde por muy nuevo que fuera ella siempre sería la hija de Moctezuma: la única capaz de hacerle sombra, la única capaz de llamar a los indígenas a su causa. Isabel habló:

—Di mi palabra de que no hablaría y eso hice. Cortés ha vuelto convertido en marqués, casado con una noble castellana. He cumplido. Ahora cumplid vos.

—Has cumplido, es verdad. Pero Cortés ha reconocido a Leonor por bula papal.

Hizo una pausa. Altamirano se atusó la barba. Luego se sirvió un poco de vino en un vaso repujado en plata. Dio un sorbo y añadió:

—Vos, en cambio, habéis desconocido a la niña.

—Yo no hice tal cosa.

—¿Ah no? ¿Y dónde ha estado la criatura todos estos años? Desde luego, no con vos. Toda la Nueva España lo sabe. «La repudiada», la llaman. Y vos tenéis incluso otro hijo.

—Puedo tener tantos hijos como me plazca. ¿Y qué importancia tiene que Cortés la haya reconocido si está ausente? Si no le dejan volver a la ciudad. Dejaos de juegos y dadme a mi hija ahora mismo. Su lugar está con su madre.

—La niña se queda aquí. Me interesa tenerla conmigo.

En el interior de Isabel cayó la noche.

—¿Qué interés puedes tener en una niña? Tienes mejores asuntos que atender.

—En eso llevas razón. Pero no será la primera ni la última niña que se críe en manos de monjas. Yo diría que incluso le vendrá bien —contestó sarcástico—. Aunque, como digo, llevas razón en cuanto al interés…

Allí estaba… por fin, Isabel había dado con algo.

—Pídeme lo que quieras.

—Verás… este es el trato. Yo te doy a Leonor… Ya veré qué me invento ante su padre… y a cambio…

Otra pausa. Altamirano apoyó los nudillos sobre la mesa.

—… Quiero parte de tu encomienda.

Isabel sonrió pasmada.

—Me temo que no tengo «ninguna parte» para darte.

—La parte que le corresponde a Leonor.

Isabel abrió los ojos sin separar los labios.

—¿Quieres quedarte con su herencia? No vas a robarle lo que le pertenece por derecho.

—Robar… son palabras mayores, yo no diría *robar*. Digamos más bien *usufructuar*.

—La encomienda de Tacuba no te pertenece ni será tuya jamás.

—Tú decides. Yo te devuelvo a Leonor y tú me das su parte de la encomienda.

—Me pides un imposible.

—Entonces, no hay más que hablar. La niña seguirá a mi cargo.

Isabel se imaginó el cuello de Altamirano rebanado de lado a lado por la daga de obsidiana. Pudo oler la sangre saliendo a borbotones. El delicado sonido de la piel abriéndose en canal. Sus ojos apagados. Sin vida. Lo mataría. No con veneno como al desgraciado de Alonso. No. A este lo degollaría. Y luego le sacaría el corazón y se lo comería. Lo desollaría vivo. Todo eso pensó en un segundo que se desvaneció en un mar turbio de rabia que la voz de Altamirano disipó:

—Algún día será mío, Isabel. Algún día testamentarás y esa parte de la encomienda será suya, sí, pero ¿de qué le servirá si yo gobierno sus propiedades y finanzas? De todos modos será mía. Así que evitémonos la espera y obtengamos lo que deseamos desde hoy, que el mañana nos queda lejos.

—Eres un ser mezquino. Tu avaricia será tu perdición. No te daré nada, escúchame bien. Nada. Tlacopan jamás será tuya. Y si para eso tengo que dejar a Leonor fuera del testamento, lo haré, que no te quepa duda.

—¿Avaricia? ¿Yo? ¿Quién es capaz de renunciar a su hija con tal de no ceder un poco de tierra? ¡Tú! ¡Tú, Isabel! No nos confundamos. Aquí la avariciosa eres tú.

Isabel se puso en pie.

—Leonor algún día se enterará de todo esto. Y ella misma se encargará de darte tu merecido.

Altamirano se pasó la lengua por encima de los dientes.

—Lo dudo.

—Eso ya lo veremos.

Isabel salió de allí llena de rabia y sed de venganza. Aún no había dicho la última palabra. Se robaría a la niña. Se la arrebataría. Tendría que urdir un plan.

Así se derramó el vaso.

Un vaso a rebosar de orgullo, poder, impaciencia y hartazgo que los hizo perdedores a ambos cuando a los pocos días Altamirano cogió a la niña, que apenas aprendía a balbucear su nombre, la montó en un barco y se largó.

Ajeno a las disputas que Altamirano mantenía con Isabel respecto a Leonor, Cortés, acosado por la audiencia, tuvo que asentarse en Texcoco, a las afueras de la Ciudad de México, donde los oidores los habían cercado en una ratonera al prohibir a cualquier indígena, so pena de muerte, provisionar de alimentos a aquella comitiva.

El hambre viajó más rápido que la infamia. Poco a poco empezaron a caer los hombres que habían llegado en búsqueda de aventuras acompañando al que había sido conquistador y capitán general de la Nueva España. Después los frailes, las beatas, los artesanos. Uno a uno fueron cayendo como moscas.

Doña Catalina murió también. El hambre la mató solo en parte. El resto lo había hecho la tristeza, la inconmensurable decepción. El desengaño de saber que su hijo, aquel al que creía vencedor, aquel a quien en sus cartas veía como un hombre libre, valiente, conquistador, evangelizador de almas, no era sino un esclavo de su destino. Arrastrando una cojera por una vieja herida de guerra en el empeine, Cortés la enterró en silencio y rabia en un monasterio dedicado a San Francisco a medio construir, y coronó su tumba con una cruz muy hermosa y sobria que los indígenas labraron para él. No lloró más de lo necesario, porque dentro de la desgracia le contentó que su madre fuese enterrada en la Nueva España, en México, en esa tierra en la que él, algún día si Dios era benevolente, también descansaría. Ya tenía un muerto que llorar. Y uno no termina de pertenecer a la tierra hasta que no habitan en ella los huesos de un ser querido. Un miembro de su sangre, de su familia, allí enterrado. Ya podía decir que había echado raíces y todas las razones por las que querer volver a Medellín se enterraron con ella.

No sería por falta de muertos. Doña Juana, la sevillana cachetona con la que se había casado, tampoco fue capaz de parir a un niño sano en semejantes condiciones y Cortés —que preñaba con mano

444

de santo— tuvo que verla enterrar al primer hijo de ambos junto a la tumba de su madre entre lágrimas calientes y un interminable sorber de mocos. Doña Juana comenzaba a entender que el marqués que tenía por marido no era el hombre que le habían vendido. Tenía más enemigos que cabellos en la cabeza, y por más que algunos indios le llevaran tributos y se inclinaran ante él en señal de respeto, parecían alegrarse con cada una de sus desgracias. Fue ella la que, tras llorar la pena con resignación, sugirió partir.

—Esto no es lo que me prometiste. No sé qué le ves a esta tierra, Hernando.

Cortés carraspeaba de incomodidad. No sabía qué hacía casado con una mujer que no era capaz de entender qué significaba esa tierra para él.

—¿Y dónde está la primavera que me prometiste? —insistía Juana—. ¿Dónde está esa tierra donde nunca hace frío y florece todo el año? Aquí moriremos de hambre por tu necedad. Volvamos a España. A Sevilla.

—No —contestó rotundo—. Si hemos de morir, será aquí.

El horror ocupó por entero la cara regordeta de Juana.

Cortés estiró la mano buena y acarició el rostro blando y pálido de su mujer.

—Pero si tanto te preocupa, iremos a Cuernavaca —le anunció—. Allí tendrás tu primavera.

A las pocas semanas partieron. Si no podían entrar en la Ciudad de México, no tenían por qué pasar penurias de lluvias y fríos nocturnos. Allí podrían cazar, rescatar posesiones, recuperarse de las pérdidas. Volver a empezar.

Al poco tiempo de haberse instalado en Cuernavaca, llegó a oídos de Cortés la noticia de otra muerte. Una muerte que no era de su sangre pero que sintió hondamente con un dolor profundo, lacerante, en el lugar del alma que se estremece ante lo inconcebible.

—¿Qué tienes que os ha contrariado tanto? —preguntó doña Juana.

—¿Mmm? —balbuceó Cortés.

—¿Malas noticias?

—Marina ha muerto —dijo en un susurro que se llevó el viento.

—¿Quién?

Y ahí, en ese mismo instante, Cortés supo con exactitud la enorme, gigantesca, inconmensurable distancia que lo separaba de su mujer. Porque cada centímetro de su piel se achicó, se encogió, se hizo diminuto como si el cuerpo supiera que acababan de asestarle el jalón de un latigazo, y desde ese día Hernán Cortés fue un hombre más pequeño, más encorvado y más callado. Un hombre desencajado en las mandíbulas porque acababa de darse cuenta de que a pesar de las mujeres, del sexo, de los bastardos, jamás sabría amar a nadie. Moriría sin conocer el amor. Porque nadie lo había amado. Nunca. Y si acaso alguna vez había sentido algo parecido, algo semejante sin llegar a serlo del todo, había sido con ella. Recordó ese instante en que la conoció, cuando aún no sabía que el mundo se tornaría en un lugar complejo y oscuro, cuando aún pensaba que su ambición lo llevaría a la gloria. Cuando descubrió, como por arte de magia, que se entendían, que se leían, que se interpretaban. Porque lejos de ahí, muy lejos, había muerto una parte de su cuerpo. Malintzin, Malinalli, doña Marina, su lengua, había abandonado este mundo demasiado pronto, y todos quienes la conocieron quedaron sumidos en una especie de mudez de la que no supieron volver jamás.

El corazón roto

1531

Pedro Gallego de Andrade rezaba todas las noches para que Cortés se quedara en la ciudad de la eterna primavera, porque se había jurado que si volvía lo emplazaría para matarlo. Que se quedara allí y no saliese nunca. Que lo enterraran las paredes de Cuernavaca. Albergaba hacia él un odio descomunal, irracional y absoluto que no le cabía en el pecho. La mención de su nombre lo ponía de malas, le enrojecía las orejas y le abría las aletas de la nariz al bufar. Porque Isabel le había contado que no solo no pensaban devolverle a la niña, sino que Altamirano se la había llevado sin dejar ni rastro ni razón de su paradero. Y como no encontraban palabras de consuelo, Isabel y Pedro Gallego se aproximaban y se desencontraban en un estira y afloja en donde trataban de descifrar los secretos de una comunicación no verbal, en donde se entendían con mirarse y se leían los pensamientos al pensarse.

Pedro recordaba lo mucho que le había costado a Isabel reponerse del dolor del alma, más que del dolor del cuerpo. Porque el cuerpo sanaba rápido. El alma en cambio se quedó maltrecha, un pajarillo sin alas. A pesar de todo, Isabel habría hurgado en su interior hasta recuperar la confianza en ella misma palmo a palmo. La fortaleza larga y estrecha de una escalera que Isabel volvió a subir tomada de su mano. Desde entonces, Pedro Gallego lo había decidido. Si volvía a verlo, lo mataría.

Isabel lo veía turbado. Tanto por fuera como por dentro. Y por más que intentaba reconfortarlo no encontraba el camino hacia el Pedro tranquilo y en paz de antaño. Los dos estaban llenos de rencor.

—¿Qué tienes?

—Nada. Nada. Estoy bien.

—No estás bien. Puedo verlo.

—Estoy bien, Isabel. Solo estoy cansado.

Y tampoco podría decirse que mintiera. En el último año, Pedro Gallego parecía haber envejecido a pasos agigantados, empujado por la embestida de un tiempo que lo sorprendía sin aviso. Su rostro era el de un anciano en un hombre joven. La frente arrugada con grietas como cicatrices que hablaban de heridas que iban por dentro, de dolores internos que no se veían más que con ojos enamorados. Isabel podía verlos. Incluso sentirlos.

—¿Qué te pasa?

Y siempre la misma respuesta.

—Nada. Estoy bien. Estoy cansado.

Isabel no se quedaba tranquila.

—Deberías ir a ver a un médico.

—¿Ahora confías en los médicos? —contestaba complacido a media sonrisa—. No. No quiero médicos. Solo quiero estar tranquilo. Dormir. Ya se me pasará.

Pero no se le pasaba. En el fondo sospechaba que iba a morirse, pero no quería ni decirlo en voz alta, no fuera a alertar al diablo. Veía a su pequeñuelo Juan de Dios, apenas un infante que acababa de soltar la teta de su madre, y un sudor frío le recorría la nuca. ¡Cómo dejarlos a su suerte! Y Cortés por ahí, merodeando. No. No podía morirse. No aún. No todavía. Empezó a rezar más de lo habitual con el miedo atrapado entre las palmas de las manos. Disimuló lo más que pudo sus molestias. Y por un tiempo logró engañar a casi todos, menos a él mismo. Se levantaba, hacía esfuerzos por comer, por estirarse los surcos de la cara, hasta que la enfermedad se hizo evidente y no hubo ser que no sintiera lástima al ver su desmejorado estado. Tosía. Mucho. Estaba verde como la hierba fresca, taciturno, azul la sombra bajo las uñas. Y en medio de la decrepitud, una sonrisa perenne que Isabel amaba sobre todas las cosas.

El mes de abril de 1531 llovió tanto que Isabel creyó que Tláloc lloraba por ella. El cielo se desgarraba en ríos verticales que caían desde las nubes. La gente corría a refugiarse en sus casas, y quienes no llegaban a conseguirlo buscaban cobijo bajo las copas de los árboles, que no por frondosos eran capaces de apaciguar la furia de la lluvia desatada. Las calles se inundaron de corrientes que arrastraban hojas, flores marchitas y objetos olvidados en riachuelos de barrizal. Pero nada era comparable con el llanto de Isabel. Nunca nadie, en la historia de los decesos, había llorado tanto. A lo mejor fue porque todas las lágrimas guardadas escaparon en estampida de su dolor. Pedro Gallego de Andrade, el único hombre al que había amado en la vida, se moría. La vida se le apagaba despacito como una vela en la cama que compartían. El cuarto olía a incienso, a humedad, a órganos podridos, a aliento viejo. Isabel, que llevaba días apostada a su lado, sostenía su mano huesuda y la sobaba y sobaba con desesperación, como si en aquel gesto pudiera darle un poco de energía, regalarle algunos de sus años. Contemplaba la muerte en la blancura de su rostro. Se miraban uno al otro en el charco de sus ojos. Y con esa comunicación sin palabras que dominaban como chamanes se decían: «No te mueras», y el otro contestaba: «No me moriré». Y la una preguntaba: «¿Qué haré yo sin ti?». Y el otro contestaba: «Lo mismo que hacías antes de conocerme: vivir. Vivir como una mujer fuerte, Isabel». Así, sin palabras, porque no hacía falta. Aunque a veces, cuando Isabel veía asomar la rendición en su mirada, le reñía:

—No hables como si estuvieses muerto.

Y Pedro sonreía al comprobar que ella aún era capaz de leer sus pensamientos.

Pero ese día de diluvio, ese día en que naturaleza y espíritu confabularon para estar en sintonía, Pedro Gallego de Andrade no ahorró palabras. Entrecortadas en un suspiro, comenzó a decir:

—Me muero, Isabel.

Ella se incorporó en su asiento, junto a la cama, callada, consciente de que Pedro balbuceaba. Le tomó las manos y se las llevó a la boca.

—Cuida a Juan, que no sea un hombre de armas.

«No, no lo será».

—Aléjate de Cortés. No permitas que te lastime.

«No, no lo permitiré».

—Cásate pronto, Isabel. Una mujer como tú no puede estar sola.

«No. Eso no».

Isabel lo miró con ojos de lechuza.

—¿Casarme? ¿Otra vez? Cómo puedes pedirme algo así.

—Haz caso a un hombre que va a morir. Cásate otra vez, Isabel. Elige tú esta vez. Abre los ojos. No tienes que amarlo, pero te protegerá —dijo entre toses.

—No volveré a casarme con nadie.

Isabel cerró los ojos. No quería ver. No quería oír. No quería. Pedro Gallego estiró su mano esquelética, llena de manchas negras como la piel de un plátano maduro, y sujetó la cruz que le pendía del pecho.

—Mírame, Isabel. Mírame.

Ella posó sobre él sus ojos de mirar lento.

—Busca a Juan Cano… y dale esta cruz.

Isabel colocó su mano sobre el pecho de Pedro Gallego, que respiraba cada vez con mayor dificultad.

—Él puede ayudarte a encontrar a Leonor.

Pedro Gallego tosió.

—No hables más, Pedro, descansa. Conserva tu energía.

—La energía que me queda la usaré para decirte una cosa… Pelearía mil batallas por llegar hasta ti, Isabel. Agradezco a Dios que me hiciera subir a ese barco. Él me trajo a ti.

Los ojos de Isabel temblaban. Pedro Gallego posó la palma de su mano abierta sobre la cara de Isabel. Su mano estaba helada.

—Recuérdame siempre como cuando nos conocimos, en el balcón. ¿Te acuerdas?

—Me acuerdo —contestó Isabel con media sonrisa; se acordaba. De su pelo castaño revuelto, de su porte elegante.

—Y sigue escribiendo —le pidió esbozando una sonrisa.

Su boca dibujó una sonrisa tierna, sin malicia. Una sonrisa que era lo único del viejo Pedro Gallego que aún permanecía intacto a través del dolor, de la enfermedad, de la podredumbre de una muerte acaecida antes de tiempo. Isabel tomó aire y con los ojos encharcados, sintiendo el peso de las promesas hechas a los moribundos, dijo sí con la cabeza. Con la mano esquelética Pedro Gallego le acarició las lágrimas que no caían.

—*Nimitztlazohtla nochi noyollo, Tecuixpo.* (Te amo con todo mi corazón, Tecuixpo).

Isabel se estremeció. Nunca antes la había llamado por su verdadero nombre. Ella le contestó con una voz dulce, dulcísima, con la que Pedro Gallego hubiera deseado que Isabel le hubiese hablado siempre:

—*Teh Tiquihtohua tinechtlazohtla, ihuan yinelli.* (Tú dices que me amas. Y es verdad).

Y luego le besó con suavidad los labios.

Guardaron silencio.

El cielo reventó.

Fue todo muy rápido, si se considera rápido ese preciso instante en que la vida decide morirse. De pronto un respirar corto, dos espasmos y luego vacío. Un momento en el que Isabel creyó que el tiempo se había detenido, que ya no habría nada después de ese instante, porque el mundo no existía, no giraba. Todo quedó suspendido en un segundo. Un momento detenido en el que ella tampoco respiró, como si se hubiera muerto con él. Y luego, esa nada volvió al mismo sitio del que había salido y el mundo volvió a comportarse con normalidad: las velas alumbraban en un parpadeante titilar, el viento ululaba entre los árboles, el sacerdote aun balbuceaba resabios de la extremaunción, la mucama en una esquina a la espera de retirar las almohadas y extender una sábana sobre el cuerpo inerte de Pedro Gallego, caliente aún, que parecía estar dormido, pero que estaba muerto, con un hilillo de sangre negra escurriéndole con delicadeza por un orificio de la nariz. Isabel se tocó la cara con las manos para cerciorarse de que no estaba muerta, de que el mundo seguía su curso en la insufrible ausencia de Pedro Gallego de Andrade, de que jalaba aire y entraba a sus pulmones. Ella, que había visto morir a tantos, que había perdido a tantos, de pronto sintió que todas esas muertes eran la de Pedro. Porque nunca se sintió más desdichada en su vida. Escuchó un ruido de cristales en el corazón al rompérsele en mil pedazos. Pedazos desperdigados que jamás encontrarían el camino de vuelta a casa. Un corazón roto que nunca volvería a saber amar, lleno de una pérdida inmensa. Y gritó. Gritó. Gritó con todas sus fuerzas para que el cielo llorara con ella. Porque no había dolor ni vacío más grande que ese que sentía. Un grito largo, estremecedor, que Tláloc escuchó.

CHICOME/SIETE

Las cartas

Nueva España, Ciudad de México, 1551

Muchos años después, Leonor aún podía recordar el gozo que le invadió cuando esa noche, de corrido y sin detenerse, pudo leer una carta muy larga y muy enredada que le había escrito a posta fray Martín.

—Ya estás lista —le dijo orgulloso.

Leonor había tenido que pasar por un montón de tribulaciones para llegar a ese momento. Escabullirse todas las noches le había costado tener que soportar unos nervios apretados en la boca del estómago que le quitaron el apetito e hicieron que su pelo brillante se tornara pajizo. La madre superiora trataba de hacerla hablar.

—¿Por qué no me comes, muchacha? ¿Qué es lo que te tiene así turbada? Confía en mí —le preguntaba.

Pero Leonor fingía como siempre.

—No es nada, madre.

Y mantenía la cabeza gacha forzándose a tomar un poco más de sopa.

Salir de su celda monacal sin ser vista ni oída no era la mayor de sus preocupaciones, pues eso al final no había resultado ser tan complicado y lograba escapar del convento con relativa facilidad, sino que a veces, fuera del convento, la oscuridad de la noche se le venía encima. Las calles no eran sitio seguro, mucho menos para una mujer sola y joven, que el peligro acechaba en cada esquina y Leonor podía ser carne de cañón para los rufianes que andaban sueltos, amparados al cobijo de la oscuridad. Leonor era consciente de su propia indefensión, mientras a lo lejos escuchaba el ruido del pillaje y cuitas que se saldaban en la impunidad. Hombres bebidos y violentos, risas grotescas de mujeres. Leonor corría y corría a toda prisa para llegar donde fray Martín y nada más verlo respiraba hondo para soltar el miedo. Fray Martín temía por ella, pero Leonor insistía en que podía cuidarse sola y luego se abocaban a la enseñanza y al aprendizaje que les hacía olvidar los peligros de la noche.

Una vez, Leonor se encontró con un fray Martín prendido en fiebre, y ella se pasó la noche poniéndole paños húmedos en la frente y hablándole quedito, mientras él alucinaba y veía gente chiquita vigilándolo desde el techo y llamaba a Leonor «Isabel». Entre visiones, Leonor escuchaba al padre diciendo todo tipo de palabras inconexas que solo tenían sentido para él. Historias de lobos felices y mujeres dolientes. Hasta que al llegar la madrugada la fiebre remitió. Fray Martín le agradeció haberle salvado de las garras de la muerte.

—Si no me he muerto será porque aún no he terminado mi cometido en esta vida.

A partir de entonces los dos se abocaron a la tarea con enjundia, conscientes de que el tiempo corría en su contra.

Y un día Leonor por fin leyó, de corrido y sin detenerse, una carta muy larga y muy enredada que le había escrito a posta fray Martín.

Entonces, ahí mismo, delante del fraile, Leonor se llevó la mano a la pechera y sacó una carta ajada, manoseada, tan doblada que la tinta peligraba con desprenderse del papel, que llevaba desde hacía meses junto a su pecho. Ella la enseñó con dolo y culpabilidad, avergonzada por no habérsela mostrado antes. El fraile la miró con naturalidad, como si siempre hubiera sabido el motivo de la urgencia de aquel aprendizaje. Con un leve gesto, fray Martín le dio un consentimiento que sabía que Leonor no necesitaba y se retiró un poco más allá, apenas un poquito, para que la muchacha pudiese leer sin sentirlo pegado a su espalda, y para que tampoco notase que estaba a punto de echarse a llorar. Porque sabía muy bien que Isabel era la autora de esas líneas, y la ternura y admiración ante las proezas de aquella mujer le seguían emocionando aún después de muerta. Leonor comenzó a leer en una voz alta muy baja:

—«Leonor, hija mía...».

La voz le temblaba. Fray Martín también trataba de contener la emoción.

—Sigue, hija —la animó.

—«Leonor, hija mía, yo soy la mujer que debió haber sido tu madre. Al bautizarme me llamaron Isabel, como a la reina de Castilla, y Moctezuma, por el linaje de una estirpe perdida…».

—Sigue, hija mía… sigue.

Leonor volvió los ojos al papel.

—«No siempre tuve ese nombre. Mis padres, grandes reyes aztecas, me llamaron Copo de Algodón. Tecuixpo Ixcaxóchitl. Un nombre difícil de pronunciar para los hombres y mujeres que llegaron a nuestra tierra, que se les atoraba entre los dientes y el paladar, incapaces de pronunciar y aún más de entender la belleza de nuestra lengua. ¿Puedes tú pronunciar los nombres de tus abuelos o los borraron de tu entendimiento y memoria? Tal vez no sepas pronunciar los nombres de tus ancestros, Nezahualcóyotl, Axayácatl. Ahuízotl, Atlixcatzin, Moctezuma Xocoyotzin, y yo sea la culpable de tu desconocimiento, pues te hice huérfana a propósito. Pero dame tiempo, hija, y te lo contaré todo».

Ahí terminaba la carta.

Como si quisiera darle tiempo para digerir aquello, fray Martín caminó hacia el altar de la Virgen y comenzó a prender velas ayudado de un pabilo largo. Leonor lo siguió. Las ideas revoloteaban de un lado a otro como abejas enfadadas. Leonor miraba el papel como si esperara que pudiera hablarle. Giraba la carta por detrás, por delante. Y por fin dijo:

—Pero, por qué… cómo es que… por qué…

Leonor bullía en dudas. Ella, que había crecido huérfana, ahora corroboraba por la magia de las palabras que toda su vida había sido un engaño.

Tras prender unas cuantas velas fray Martín se santiguó. Después la tomó de las manos y las apretó. Toda ella era un pajarillo asustado.

—Ve al convento, hija. Tu madre aprendió a leer para poder escribirte. Para poder contártelo todo. Puedes leer las cartas sola: estás lista. Has aprendido bien. Lee. Y si después tienes más preguntas, vuelve a verme y te lo explicaré todo. Aunque no soy yo quien debe darte explicaciones.

La sombra de Altamirano se paseó entre los dos.

Leonor salió de allí corriendo. Necesitaba seguir leyendo. Necesitaba saber qué tanto decían esas cartas.

Llegó al convento tan silenciosa como había salido durante semanas, sin sospechar que la madre superiora cada noche la escuchaba salir y entrar, e incluso alguna vez la había visto trepar desde la ventana de su cuarto y guardar la lazada de sábanas anudadas tras el arbusto bajo su ventana. Porque lo que no sabía Leonor, ni se podía imaginar siquiera, era que alguien ya había leído sus cartas. La madre superiora, que no tenía una pizca de tonta y que observaba a Leonor con atención, pronto se dio cuenta de que Lorenzo no era su prometido ni quien decía ser, cuando indagó y supo que Tolosa era un señor que le sacaba a Leonor por lo menos veinte años, y que ese muchacho de espinillas en la cara ataviado con casacas dos tallas más grandes no podía ser el futuro marido de la muchacha.

Lo que la alertó del todo fue ver aparecer a fray Martín, a quien conocía bien por la fama de amigo y apaciguador de indígenas que le precedía, quien apenas oficiaba ni misas ni sacramentos convertido en un eremita viejo y doblado hacia adelante como las ramas cansadas, se presentara de pronto en su convento para ver a la niña Leonor. No le había pasado desapercibida la mirada asustada y de sorpresa que el fraile había puesto cuando la madre superiora le había confirmado que sí, que la hija de Hernán Cortés estaba entre esas cuatro paredes. A partir de entonces, la madre supo que algo se traían entre manos. Y se acordó de los moretones en los brazos, de los nerviosos paseos de Leonor mordiéndose los padrastros y se dedicó a revisar su celda monacal cada vez que la chiquilla salía a misa, al refectorio, al patio o a donde fuera menester.

Esas celdas monacales poco tenían que esconder. O era la mesita o la cama. Y la misma emoción que le embargaba a Leonor ahora fue la que llevándose una mano a la boca para que no entraran moscas había embargado a la madre superiora cuando, al esculcar el colchón, encontró un pequeño agujero que parecía el nido de un ratón en donde estaba escondido un paquetito de cartas escritas con primoroso cuidado y delicadeza, donde con trazos torpes al principio y mucho más precisos después, Isabel Moctezuma había plasmado el horror y el dolor de su separación. La madre superiora volvió a colocar las cartas en su escondite, y desde entonces dejaba a Leonor escabullirse del convento, porque la observaba, la espiaba y se fijaba en que, al volver cada noche, Leonor sacaba las cartas y balbuceaba

458

sílabas, cancaneaba palabras y hacía esfuerzos por leer. Alguien, sin duda, le estaba enseñando. La madre superiora quiso ver hasta dónde llegaba el alcance y la ambición de la muchacha, pero se prometió, sin que nadie se lo pidiera ni en ningún momento la consideraran, que si no aprendía pronto, ella misma le enseñaría a leer. Porque otras cosas no, pero libros en un convento había de sobra.

Leonor sacó las cartas del hueco del colchón que con ayuda de una cuchara había hecho minuciosamente en su cama. Al tomar el papel, las manos le temblaban. Leyó casi sin tomar aire, moviendo los labios y escuchando el balbuceo de su voz:

—«He oído decir muchas veces que nos civilizaron, como si antes no lo estuviéramos ya. Cierro los ojos y recuerdo la gloria de mi infancia, entre palacios, cánticos y bullicio; antes de que todo se mezclara con el lodo, el dolor, la guerra. Lo recuerdo en una pesadilla que se ha ido diluyendo en un remanso con el paso de los años. Yo soy la única que sigue viva, y no por mucho tiempo, de esa unión de mundos que colapsaron como dos estrellas para crear otro universo. Y por tus venas, Leonor, corre la sangre de mis mayores anhelos y mis odios. Tú eres el símbolo de mis deseos y miedos en igual proporción. Tú estás destinada a la grandeza».

Ahí estaba Leonor. De nuevo. En medio de todo. ¿Por qué le escribía una madre ausente? No terminaba de entender. Continuó:

—«Si algún día llegas a leer esto, si algún día el destino me da la oportunidad de hablarte a través de estas letras y tú puedes leerlas, quiero que sepas, por si acaso los hombres a tu alrededor te han contado otra historia, que no es verdad que las mujeres indias fuéramos el eslabón más débil de la Conquista. Al contrario, fuimos las más fuertes. Las sobrevivientes. Pero para sobrevivir tuvimos que reinventarnos. Y eso fue lo que hicimos. Eso fue lo que hice, Leonor, morir para renacer, como los mancebos sacrificados a Tezcatlipoca. Morí y nací convertida en esta nueva mujer que habla otra lengua, tiene otro nombre, vivió otra vida y amó a otros hombres. Porque sí, mi cuerpo se doblegó al embate de los guerreros mexicas y al de los conquistadores, pero jamás mi espíritu. Sabía lo que tenía que hacer y lo hice. Si tuve que engañar, seducir, susurrar y parir lo hice. Quizá con las piernas abiertas, pero nunca con el alma. Eso llevó más tiempo».

Leyó con voracidad todas las cartas. Sus ojos recorrían el papel de un lado a otro. De pronto, sus ojos se detuvieron. Había topado con una carta ajada, muy trabajada, llena de tachones y correcciones.

—«Y naciste tú. Naciste tú, Leonor».

Se detuvo porque el mentón le castañeaba. Tomó aire y trató de calmarse antes de zambullirse en las heladas aguas de ese océano:

—«Naciste… entre el dolor más grande que jamás había sentido y que jamás volví a sentir. Naciste entre un río de sangre y pena. De sudor y rencor. Te eché del cuerpo que habías usurpado durante cuarenta semanas. Muchas lunas con sus formas cambiantes, muchas noches de grillos cantando en la oscuridad. Porque tú eras hija de la violencia. Del hombre que había matado a mis padres, a mi gente. El hombre que me mató un poco a mí el día que me violentó entrando en mí sin permiso ni consentimiento. Tú eras la representación de mi vida hecha añicos, de la mujer que pude haber sido y que nunca fui, que nunca llegué a ser. Porque Cortés rompió algo en mí cuando te engendró, algo que aún no logro componer ni comprender, pero que hizo el ruido de mil cristales estrellándose contra el suelo».

Leonor se detuvo. Se tapó la boca con las manos. ¿Hija de una violación? No podía creerlo. El corazón latía muy rápido, a punto de salir por la boca. No podía ser verdad. Las lágrimas caían en cascada, mojándole el cuello, el pecho. El corazón. Estuvo a punto de no seguir leyendo porque se le volvió el estómago, oprimido por unos nervios incontrolables, por una rabia, un dolor inconmensurable, pero se pasó el canto de la mano para secar las lágrimas y, tras unos segundos muy largos, se recompuso. «Por eso me abandonó», pensó Leonor. «Por eso Altamirano me había dicho que estaba muerta. Por eso». La carta aún no terminaba.

—«Aquello me rompió. Para siempre. Y tú estabas ahí, tan perfecta, como si nada, cubierta de inocencia, sin saber de dónde venías. Eras perfecta. Y nada más verte mi cuerpo se olvidó del rencor, Leonor. Tienes que creerme. Me enamoré de ti con cada parte de mi cuerpo doliente. Te quise. Porque tú, en tu diminuta existencia, me enseñabas el perdón. Te besé. Y pensé que al fin seríamos libres».

Apenas podía contener tanta emoción. Una lágrima cayó sobre el papel y escurrió la tinta. Alejó el papel para no borrarlo con su llanto.

—«Qué equivocada estaba. Yo no podría ser libre. Pero tú sí. Tú sí, Leonor. Y por eso te escribo estas cartas, bajo una vela que ha derretido casi toda su cera, porque si existe ese Dios del que me hablaron siempre los cristianos, si es verdad que Él existe, algún día tú podrás leerme, y yo podré decirte, Leonor, hija mía, que renuncié a ti para salvarte. Me obligaron a hacerlo, Leonor. Altamirano, ese hombre no vive contigo, sino que te tiene cautiva. Eres para él un salvoconducto. Porque nunca me dejó buscarte ni quererte. Te robaron de mi lado. Me obligaron a repudiarte, a decir que no te quería. No pude ni reconocerte como hija mía para que no te lastimaran. Creí que sería algo momentáneo. Que una vez sin Cortés podría recuperarte. Pero fue imposible, porque Altamirano entonces te llevó muy lejos. A esas tierras españolas de las que vinieron todos. Por eso te escribo. Con la fe con la que me enseñaron a rezar, con la esperanza de que alguna vez, si vuelves, pueda darte estas cartas. He vivido lo suficiente para arrepentirme dos vidas. Ni con la muerte de mis padres, ni con la violación, ni con nada de las muchas cosas que me pasaron, he sufrido tanto como el día en que te arrancaron de mis brazos. Esta carta es el único resquicio que me dejaron para hablarte. Te dirán que no te quise. Te dirán que poco me importaste. Te dirán que jamás pensé en ti, ni en vida ni en muerte. Te dirán que nada te dejé. Todo eso es mentira. Porque a ti, hija mía, te dejo lo más importante: la herencia de la sangre. Perdóname, Leonor. Perdóname. Lucha, Leonor. Lucha por lo que es tuyo. Lucha siempre por lo que eres, por lo que tú representas. No seas como tu padre. Ni tampoco seas como yo. Tú eres más. Mucho más. Tú eres el Nuevo Mundo».

Estaba exhausta. Agotada. Mareada. Sus manos ya no temblaban. Volvió al principio para leerlo todo de nuevo, ahora más despacio, más calmada, «yo soy la mujer que debió haber sido tu madre», dándole a cada palabra su pausa, «porque te arrancaron de mis brazos», digiriendo aquello para comprobar que había leído correctamente, «te dirán que no te quise», que había entendido lo que decía esa carta. Ella era producto de la violación de Cortés, el gobernador de la Nueva España, y su madre, Isabel Moctezuma, hija de Moctezuma, la había repudiado para protegerla. Altamirano se la había arrebatado de sus brazos cual bandido. Sí. Eso decía. Era hija de Cortés y de Isabel Moctezuma. La hija del conquistador y la conquistada. «Lucha siempre por lo que tú eres. Por lo que tú representas. No seas como tu padre ni tampoco seas como yo». Leonor tomó aire y se dio cuenta de hasta qué punto había vivido encerrada en la concha de su prisión.

Porque Leonor era más. Mucho más. No era la hija de Cortés ni la pupila de Altamirano, no era la hija de Isabel Moctezuma, ni la alumna de fray Martín, no era la chiquilla guardada en un convento, no era la repudiada, ni hija de la paz o de la violencia. No era una hija de la chingada. No era española ni mexicana. Era más, mucho más. Leonor era la Conquista.

El trato

¿Por qué vuelve la calma tras la tempestad? ¿Por qué la primavera derrite el hielo después del invierno? ¿Por qué la vida sigue después del dolor y no se detiene, no se para? ¿Por qué la vida nos empuja a seguir adelante, con las heridas bien o mal cicatrizadas a cuestas? ¿Por qué nos negamos a morir cuando no quedan razones para vivir? Con todas esas mariposas revoloteando alrededor de su cabeza, Isabel esperaba en su casa la visita de Juan Cano. Sentada en una mecedora de mimbre, acariciaba la cruz que su difunto Pedro Gallego había llevado siempre consigo. Al morir, ella se la puso al cuello, dejándose investir por el espíritu de su marido con ese gesto. Y por vez primera y desde entonces la cruz de Cristo brilló para siempre sobre su pecho mexica.

Se tomó su tiempo. Las últimas palabras de Pedro Gallego aún retumbaban en su conciencia. «Cásate. Una mujer no puede estar sola. Juan Cano te ayudará a buscar a la niña». Durante un tiempo pensó que podría cuidarse sola. Y esa cantaleta se la repitió durante las primeras noches de viudedad con todas sus fuerzas. Que no necesitaba a nadie. Que se las apañaba bien sola. Pero miraba a su alrededor. En esa Nueva España las mujeres iban siempre acompañadas de hombres. Hombres que firmaban por ellas, hablaban por ellas, caminaban junto a ellas. Sentía la respiración de su pequeño Juan de Dios, con resabios a leche materna aun en los labios y olor a maíz tierno, y se preguntaba qué sería lo mejor para él. Luego Leonor se le aparecía fulminando su conciencia con un rayo. Aún tenía que recuperarla. Y su difunto Pedro Gallego se había pasado el último año de vida litigando para conservar las tierras. ¿Serían capaces de quitárselas ahora que él no estaba? ¿Se atreverían a usar su viudedad en su contra?

A escondidas, leía documentos que alegaban que esas tierras no eran suyas para heredar, puesto que pertenecían a la Corona. Isabel se revolvía hasta ponerse verde del coraje. Sí, sin un hombre que velara por ella, probablemente se las quitarían. Acariciaba la cabecita de su hijo y pensaba en Leonor, apenas un año y medio mayor que Juan de Dios. Y un temor oscuro, ancho y profundo como un pozo sin fondo resonaba en sus oídos, una voz de un miedo desconocido que le decía: «Antes o después». «Antes o después», le susurraba el miedo, «vendrán por él como vinieron por ella». Altamirano había desaparecido sin dejar rastro y las últimas y únicas noticias que Isabel había conseguido era que se había embarcado con la niña rumbo a Castilla. Isabel sabía muy bien que se aferraba a ella por la encomienda de Tacuba. Porque su fortuna era mucho, pero mucho mayor que la de Cortés. Leonor era la personificación de un cofre de monedas al que Altamirano pensaba que podría tener acceso sin restricciones. Isabel estaba convencida de que por eso Altamirano seguía reteniendo a su hija. Cuando no hubiera más que exprimirle a Cortés, iría tras su fortuna. Lo había dejado muy claro: «Quiero la parte de la encomienda, la parte de Leonor».

Cuántas noches Isabel se había pasado en vela deseando que Cortés desapareciera de sus vidas, que se muriera de una buena vez para poder reclamar a Leonor, cuántas, cuántas veces. ¡Qué ingenua había sido! Isabel cerró los ojos para ver con los párpados cerrados. Necesitaba pensar con claridad. Se quedó mirando al bebé largo rato y los pensamientos rebotaron en su frente. En la Nueva España los primogénitos tenían privilegios.

Sí. Eso era. Porque la vida empujaba con sus verdades y mentiras. La vida y sus mareas. Tenía que levantarse y sobreponerse. Porque la muerte alcanzaba a todos por más que lucharan, por más que viviesen. Y ella no quería que la muerte la sorprendiera de espaldas. La esperaría de frente. Se levantó dispuesta a domesticar su dolor. A reconstruir los pedazos de su corazón roto, desacompasado, a acostumbrarse de nuevo a la honda sensación de desarraigo. Otra vez. Por sus hijos.

El día que lo citó en su casa, al igual que los últimos meses, vestía toda de negro como si el mundo hubiera perdido su policromía. No era la primera vez que se veían desde el fallecimiento de Pedro Gallego. Habían coincidido en su entierro, pero entonces Juan Cano no había sido capaz de hablarle más allá de lo protocolario. Cuando él se acercó para darle el pésame, ella miraba hacia adelante, perdida en un infinito inabarcable, neutro y espeso en donde ambos se sumergieron. Juan Cano, que tantas veces la había soñado, no quería cruzarse con sus ojos lentos de piedra para no delatarse, para no caer preso de un embrujo en donde ella pudiera leer sus pensamientos.

—Lo siento mucho, doña Isabel. La acompaño en el sentimiento. Vuestro marido era un buen hombre.

Juan Cano sintió la indiferencia con la que Isabel Moctezuma esquivó su pésame. Un desdén atroz que le dolía tanto como las heridas viejas en las tardes húmedas.

Y precisamente por esa indiferencia y frialdad, Juan Cano se extrañó cuando un mensajero fue a decirle que doña Isabel Moctezuma quería verlo y que lo esperaba al día siguiente en su residencia. «A lo mejor», pensó Juan Cano, «querrá que me haga cargo de algunos asuntos legales». Pero después dejó de pensar en eso porque por la mente de Juan Cano volaban ideas de otra índole. Empezó a calcular cada uno de los pasos que daría, los movimientos que tendría que hacer al ver a Isabel Moctezuma, la mujer a la que todas las demás querían parecerse. La mujer que lo embelesaba en sus noches de insomnio. La respuesta a todas sus preguntas sin responder.

Se encontraron en el salón de su casa. Los dos de pie, uno frente al otro a distancia prudencial. Ambos vestidos de negro, a excepción de las calzas blancas de Juan Cano y una pluma, también blanca, sobresaliendo en la gorra. Se saludaron cortésmente; Isabel, a la manera española, ofreció asiento y agua de limón. Conversaron un rato calentando el ambiente, que estaba frío como el espíritu de los muertos. Hasta que de pronto Isabel decidió que ya bastaba de tanta tontería y mimetizándose con su padre Moctezuma Xocoyotzin se irguió y sacó pecho. Juan Cano trató de disimular la impresión que le causó verla crecer ante sus ojos. Isabel supo de dónde heredaba esa seguridad prepotente sin ser altanera. Era un comportamiento aprendido a sus ancestros, a la larga lista de tlahtoqueh que corría por sus venas.

Sencillamente era la seguridad de saberse investida por una especie de poder. De certeza. De estar en control total y absoluto de la situación. Sacó pecho y sin trastabillar dijo:

—Mi marido os dejó esto.

Se llevó las manos atrás del cuello, se quitó el collar, extendió el brazo y le dio la cruz.

Durante un segundo, a Isabel le pareció que, al verla, el hombre se emocionaba.

—¿La conservó todos estos años?

—No se la quitaba nunca. Dijo que era vuestra.

—Lo era, sí. Lo fue.

—Pues ahora es vuestra de nuevo.

—No —dijo Juan Cano—, quedárosla. Os luce mejor a vos.

Isabel agradeció en silencio y volvió a colocársela sobre el pecho, sintiendo que aquel hombre le había devuelto un pedazo de Pedro Gallego. Después, midió cada gesto de Juan Cano, recorriéndolo con interés. Entonces, decidió tantear la situación.

—Sabéis que poseo una gran encomienda.

Juan Cano asintió ante la obviedad.

—Y una encomendera no debería estar viuda mucho tiempo. Vos conocíais a mi marido.

—Y le tenía en gran estima, Dios lo guarde en su gloria.

—Lo sé. Él me lo dijo.

Se hizo un breve silencio. Muy breve, solo para dejar constancia ante Juan Cano de que aquel era un tema hablado con Pedro Gallego. Después, Isabel apretó los labios antes de soltar con rotundidad:

—Y creo que podríamos sacar provecho mutuo si decidimos unirnos en santo matrimonio.

Juan Cano, que bebía agua, por poco se ahoga. Se recuperó solo para quedar perplejo. No parpadeaba. Jamás, en toda su vida ni en las vidas de generaciones futuras, se había visto que una mujer propusiera matrimonio.

—¿Me estáis proponiendo matrimonio?

—En mutuo beneficio.

Juan Cano la recorrió entera. No podía creer lo que acababa de suceder. Isabel Moctezuma podía ser su mujer. Así, sin trampa ni cartón. La criatura más dulce y al mismo tiempo más dura que había tenido el privilegio de conocer. La hija de un rey. La heredera de un imperio. Una mujer con miles de vasallos y tributarios. La dueña de las mejores tierras de México. La mujer a la que todas las demás querrían parecerse le ponía en bandeja de plata todo eso. A él, un hombre sin esperanzas, sin sueños, un hombre solitario que a sus treinta años aún aprendía a administrar el vacío y la distancia.

—¿Por qué yo?

Isabel sabía por qué. Porque Pedro Gallego de Andrade pensaba que era un buen hombre. Porque de los hidalgos que quedaban, él era el único soltero. Porque decían por ahí que odiaba a Cortés. Que incluso había intentado apresarlo cuando llegaron con Narváez, en un tiempo que ahora parecía muy, muy lejano, cuando ella era aún una niña, cuando aún vivían sus padres, cuando estaban presos en el palacio de Axayácatl, cuando no podía imaginarse que en las costas unos hombres aventados al mar debatían su destino. Ojalá lo hubiera hecho. Ojalá los hombres de Narváez hubieran apresado a Cortés. Tal vez el curso de la historia habría sido muy distinto. Peor o mejor, eso nunca podría saberlo. Pero entonces, su felicidad y sus miserias también hubiesen sido otras. Porque al menos así había podido amar a Pedro Gallego, tener un hijo suyo, conocer a la Virgen de Guadalupe. Por eso.

—Porque mi difunto marido Pedro Gallego confiaba en vos —contestó.

—¿Y vos? ¿Confiáis en mí?

Por primera vez desde que había arrancado a hablar, Isabel clavó hasta el tuétano de sus huesos esa mirada profunda, descarada, impúdica, pétrea y lenta que desnudaba el alma de sobre quien se posara. Juan Cano soportó la censura con la entereza de quien sabe mirar de la misma manera. Porque los dos miraban igual. Se estudiaron con recíproca minuciosidad, con codicia, pues ambos sabían que estaban al nivel de reyes que se disponían a firmar un tratado. «No te atrevas a jugármela», pensó. «No te atrevas. Porque soy Isabel Moctezuma, y he vivido mucho, sufrido mucho, aprendido mucho. Y soy un árbol que no puede abatir la furia de la naturaleza, pues mis raíces están clavadas en el fondo de mi tierra, agarradas en lo más hondo, en lo más oscuro, y con cada dolor se hacen más fuertes, más anchas, más definitivas».

Y entonces volvió a ella el recuerdo de tantas negociaciones que había escuchado cuando Cortés y su padre discutían en el palacio, recordó a su padre caminando en círculos por la habitación con las manos entrelazadas en la espalda, recordó la furia de Cuitláhuac, los gritos de Cuauhtémoc, la indolencia de Alonso de Grado, la violencia de Cortés, la honestidad de Pedro Gallego, la ternura de Juan de Dios, y cambiando el tono de su voz por uno más familiar y menos protocolario, soltó algo que no era una amenaza ni una advertencia, sino una simple cuestión de supervivencia:

—Si me traicionas, te mato.

Juan Cano se limitó a sonreír. Aquellas palabras acababan de volverla una mujer aún más excitante. Beata y demonio en la misma persona. Una fiera. Una guerrera. Una mujer de esas que solo viven una vez en la Historia de la Tierra. Se puso en pie y lentamente, pisando cada baldosa como si fuera a romperse, se acercó a ella que, sentada en su silla, lo vio aproximarse como un depredador en cacería. Juan Cano apoyó su peso en los apoyabrazos y se inclinó hacia delante. Isabel sintió su respirar tan cerca que se estremeció:

—Si te traiciono, mátame —susurró despacio.

La última boda

Y de nuevo Isabel se vistió de novia. Y de nuevo hubo boda. Un quinto marido, solo que esta vez la decisión de casarse no venía impuesta por Cortés, ni por su padre, sino por un hombre que antes de morir le había pedido que, por favor, volviera a casarse. La decisión había sido suya. Era, quizá, el primer matrimonio de su vida del que tenía pleno control y conciencia. Ella lo escogió a él y no al revés. Ella decidió cuándo, cómo, dónde y por qué. Ella decidió los términos de un contrato que firmaban ante Dios, sí, pero también ante los hombres. Y ambos estuvieron de acuerdo en todo. Isabel se sorprendió de la docilidad de Juan Cano, y bendijo que Pedro lo hubiera puesto en su camino. Era un hombre sereno, que medía sus palabras sin apasionarse, pensaba antes de abrir la boca, no como otros castellanos que vociferaban lo primero que pasaba por sus cabezas y después, si acaso, trataban de explicarse. Juan Cano parecía saber escuchar antes de calcular los riesgos. En eso le recordaba mucho a Cuitláhuac. Isabel parpadeó dos veces cuando se dio cuenta de la comparación. Antes, cuando era pequeña, pensaba que los teules eran tan distintos a los mexicas, los veía tan distantes, tan lejos unos de otros, y ahora pensaba que la inmensidad del mar que los separaba era también la misma que los había unido. Por aquel entonces, Isabel tenía veintiún años y un saco de experiencia sobre los hombros. Ya sabía lo que era amar, odiar, llorar, reír, rezar e idolatrar. Y parir con dolor.

El tercer extremeño de su vida, Juan Cano, no la traicionó. Al contrario, puso en marcha la maquinaria de su ingenio para asegurarse de que ese matrimonio fuese conveniente a todas las partes.

Lo primero que hizo fue pedirle al obispo fray Juan de Zumárraga que redactase una relación que demostrase que Isabel Moctezuma era tan reina de la Nueva España como Isabel la católica en Castilla.

—¿Y qué pretendéis con esa relación, hijo mío? —preguntó Zumárraga intrigado.

—Dejar constancia del origen de los mexicanos, monseñor. Dejar constancia del linaje de estas gentes.

—Ya. ¿Y no tiene nada que ver con dejar testimonio de la legítima propiedad que ostentáis de estas tierras de Tacuba?

—Nada más lejos, monseñor. Solo pretendo llevársela yo mismo al rey Carlos I, que seguro os agradecerá personalmente por tomaros tan loable molestia.

Y a fray Juan de Zumárraga se le rieron los huesos.

Así, los frailes se dieron a la tarea de investigar y de construir un árbol genealógico que dejara en claro su origen legítimo y noble por vía paterna y materna. Isabel no entendía el afán de Juan Cano por establecer su linaje.

—Yo no sé para qué te empeñas tanto, Juan, si yo no quiero ser reina. Ni tampoco Juan de Dios —decía, con la mirada en su pequeño hijo que jugaba en el jardín.

Juan Cano no pensaba en un trono, sino en las tierras. Varas y varas y varas de tierras de gran valor que por rango le pertenecían. Les pertenecían a ambos, ahora. Tierras que quería no solo para sí, sino para que Cortés no pudiera ni verlas, ni olerlas desde lejos. Porque aún guardaba hacia Cortés rencores enquistados en su alma como tumores benignos que tal vez no lo matarían, pero que, latentes, invadían su cuerpo.

—Tú déjame a mí, Isabel, que sé lo que me digo.

Y ella le dejaba hacer, consciente de que su nuevo marido era un hombre ambicioso.

Isabel sentía una gran curiosidad hacia Juan Cano. Primero porque Pedro Gallego, Dios lo tuviera en su gloria, lo hubiese escogido de entre todos los castellanos como su único amigo. Esa sombra la perseguía como la luna a la noche, y, a su vez, era una tabla de salvación que le impedía caer en un abismo de desconfianza. Y segundo, porque era la mezcla entre Pedro Gallego y Cuitláhuac, como si el universo hubiese conspirado para juntar en ese hombre la mezcla de sus dos mundos. Era reposado como el licor de maguey y, también, a su juicio, menos bondadoso que estratega. Porque Isabel sabía que no daba paso sin huarache. Cuando alguna vez hablaban del pasado, de cómo había llegado él a aquellas tierras, Isabel le había preguntado dónde estaba al caer Tenochtitlan. «Con Alvarado, el Tonatiuh», le contestó él, «que ahora está en Guatemala haciendo la conquista más al sur».

De no haber sido por la expresión de sus ojos que se cubrieron con un manto gris de vergüenza al pronunciar ese nombre, ella lo habría apartado de su lado en ese mismo instante. Pero Isabel, después de haber asistido a su propia conversión, pensó que al igual que Pedro Gallego, al igual que Cuauhtémoc y que su propio padre, Juan Cano era un hombre empujado por las circunstancias. Como todos. Como nadie. Todos compartían episodios de culpa y de vergüenza. Episodios en los que se habían visto envueltos con la velocidad con la que un rayo rasgaba el firmamento. Si a ella le preguntaran dónde había estado en la noche de la huida que los españoles ya llamaban *Triste*, se habría avergonzado de decir que con los teules. Explicaciones podía haber muchas. Que porque era apenas una niña, que porque su padre se la había encargado a Cortés, que porque no tuvo elección, pero así habían sido los hechos y nada podía hacer para contarlos de otra manera. Mírase a donde mirase era rehén de su pasado. Así, mejor mirarían hacia al futuro. Pues ambos sabían que de nada servía remover dolores y recuerdos que se mascullaban mejor en la oscuridad del silencio.

Pero a partir de entonces Isabel lo miraba, y lo miraba. ¿Curiosidad, interés? A saber.

Consumaron el matrimonio, pero Juan Cano supo nada más terminar, que tal vez habría probado su cuerpo, pero no había estado ni cerca de tocar su espíritu. Ni un ápice. Aquello había sido una invasión inconquistable. Una unión limpia y sencilla en la que si bien los cuerpos se habían saciado no había habido una primera comunión. Eso para Juan Cano fue demoledor, no por su hombría, de la que jamás había recibido queja alguna, sino por su idealización. Fueron tantas, tantísimas las noches en vela en que había soñado con ella, tantas veces la había recorrido de memoria en sus sueños y pesadillas, la curva de la espalda, los cabellos que se escapaban de la nuca, las manos que acariciaban al aire, la estrechez de su cintura. Toda entera se la había imaginado. Y una vez que pudo lamerla y morderla se encontró con una fruta sin sabor, recia y verde, cortada del árbol antes de tiempo. Desde entonces ambos se evitaron. Ella porque no quería. Él porque la quería demasiado, y no estaba dispuesto a volver a quedarse con esa sensación de vacío. Prefería pensarla así, idealizada, la mujer perfecta de sus fantasías. Si había que esperar, esperaría. Y esperó a que de las sábanas se esfumase el calor del anterior marido muerto.

Por su parte, la noche de bodas Isabel se entregó a él con la misma resignación con la que había cambiado a sus dioses. Cerró los ojos y trató de no pensar en que ese otro cuerpo era de un hombre nuevo. Trató de pensar en Pedro Gallego. Hizo un ademán de acariciar su espalda, pero al palpar reconoció otras carnes y sus manos salieron huyendo a clavarse con sus uñas en las sábanas. Ella abajo, él arriba, en un movimiento pautado en el que se dejaron mecer mutuamente sin apenas hablarse. Cuando después ella recordó lo que había pasado, se dio cuenta de que en ningún momento había abierto los ojos. Siempre los tuvo así, cerrados, negándose a ver, negándose a mirar.

Llegó a pensar en las concubinas mexicas. ¡Qué suerte sería que Juan Cano tuviera sus favoritas para que ella fuese la esposa principal y el trabajo de amar se distribuyera entre varias! Pero ahora era cristiana y era su responsabilidad complacer al marido para que no pecara buscando fuera lo que debía encontrar en el lecho matrimonial. Muy, muy en el fondo, de no haber sido porque la cabeza le jugaba malas pasadas y le ponía trampas que le impedían disfrutar, de no haber sido porque la cabeza le decía una y otra vez que ese con el que estaba no era Pedro Gallego, habría sentido algo parecido a la ternura. Pero entonces, Isabel no quiso ni siquiera considerarlo. Estaban casados, Pedro ya no estaba y esa escena con Juan Cano habría de repetirse muchas veces. Eso lo sabía y lo aceptaba con resignación. Se preguntaba si algún día se rendiría de nuevo al placer sin cortapisas. Si volvería, quizá, a abrir los ojos al amor.

Un día caluroso, cuando el aire apenas sacudía las ramas de los árboles más tiernos, Juan Cano se hacía a la idea de que su matrimonio sería provechoso para las arcas familiares, pero un páramo seco en el dormitorio. En su despacho, sofocado por el calor, escribía una relación en la que contaba cómo habían llegado los hombres de Narváez a esa Nueva España, cuando descubrió a Isabel espiándolo desde el marco de la puerta. Sin apenas levantar la cabeza, alzó la vista solo para alcanzar a ver su sombra moverse con la velocidad de un gato en la noche.

—Isabel… ¿eres tú?

Ella asomó lentamente por un costado.

—Sí… —contestó fingiendo tranquilidad—, venía a preguntarte si vas a ir a misa conmigo.

Juan Cano no sabía muchas cosas, pero sabía reconocer una mentira. Notó cómo ella, aunque trataba de disimular, miraba los papeles con atención. Él alzó las hojas y agitándolas en sus manos preguntó:

—¿Quieres que te lea lo que llevo escrito?

«No, quiero leerlos yo».

—Sí, por favor —mintió otra vez.

—Ven —le dijo—. Siéntate aquí. —Y dio un par de palmadas al asiento del respaldo de terciopelo verde y brazos curvos. Cogió las hojas y de pie, como si estuviera dispuesto a dar un discurso, se aclaró la garganta un par de veces y comenzó a leer con solemnidad:

—«Relación de la Nueva España y su conquista, de Juan Cano». O sea, yo.

Y durante unos minutos Juan Cano le leyó engolando la voz cómo había sido que llegó a la Nueva España bajo las órdenes de Pánfilo de Narváez y de cómo por poco naufragan en la costa.

Dos cosas Juan Cano no podía imaginar: la primera, que durante toda la lectura, esas batallas que él narraba Isabel las había imaginado protagonizadas por Pedro Gallego. Y la segunda, que todas las noches, escurridiza como un ratón, Isabel salía de su habitación para leer a escondidas. Todo lo que él le leía ella ya lo había leído. Y así, poco a poco, a través de las letras, como antes había sucedido con Pedro Gallego, Isabel empezó a estar en sintonía con su nuevo marido. Pero nunca, nunca, nunca le confesó su secreto.

El fin de Cortés

Al año, Isabel empezó a engordar. Se veía en el espejo y reconocía un cuerpo más ancho en las caderas, más voluminosos los pechos, pero lo atribuyó al cambio general que se había dado en ella. Se sentía distinta. Como si de pronto la vida la hubiera alcanzado. A Juan Cano no podría quererlo nunca como a Pedro Gallego, pero vivía en una calma que se aproximaba bastante a la felicidad imaginada. Aunque no lo confesara a nadie, a veces aún extrañaba a su Pedro y corría a la iglesia para ponerle una vela y hablarle. Le contaba de sus cosas, de que Cortés hacía mucho que no vivía en la Nueva España, que estaba tranquila, de que aún no habían dado con el paradero de Leonor y que Juan Cano había resultado ser un buen marido. Después volvía a casa y Juan Cano pensaba que esa calma reflejada en su rostro se la proporcionaba él.

En parte era verdad. Porque Juan Cano se encargaba de todos los asuntos legales, que eran muchos, pues los encomenderos a veces les buscaban las cosquillas y se quejaban de que los trataban como esclavos y no como vasallos. Pero Juan Cano se encargaba y mantenía la situación a raya con los frailes y los indios y con quien hiciera falta. Porque era un hombre ambicioso y algo convenenciero y no estaba dispuesto a que nadie viniese a alterar un *statu quo* venturoso. Su mujer era la heredera legítima de Moctezuma y ahí no había nada más que hablar. Mientras Juan Cano se ocupaba de esos menesteres, Isabel se dio cuenta un día de que le daba asco el olor a papaya. Y de que le dolía la cintura. Juan Cano se acercó a ella una noche y ella le dijo que no. Él la miró con extrañeza, pues Isabel rara vez rechazaba sus caricias. Él notó sus ojos duros más blandos. Más pequeños. Y lo notó enseguida: «Isabel, estás embarazada».

Ella se llevó las manos al vientre. «Sí», pensó, eso era. Estaba esperando, de nuevo.

Muchas semanas después nació el primer hijo al matrimonio Cano-Moctezuma. Un varón sano, grandote y moreno al que llamaron Pedro en honor al amigo y difunto marido que aún recordaban con cariño. Aunque, para hacer honor a la verdad, hay que decir que Juan Cano protestó al principio. Que su primogénito llevara el nombre del anterior amor de su mujer no le hacía mucha gracia, pero ella insistió. Y por tener contenta a Isabel, él claudicó. En silencio, Isabel agradecía la gentileza de su marido y se alegraba por tener un hijo que honrara la memoria de Pedro Gallego. Pedro Cano Moctezuma.

—Tú serás un hombre de Iglesia —le dijo al acunarlo en brazos. Consagrarás tu vida a Dios, como los sacerdotes en los teocalli.

Isabel lo llevaba siempre con ella a ver a los frailes y le pedía a fray Martín que le enseñara las Santas Escrituras, porque, aunque ella podía hacerlo, sabía que no convenía dejar al descubierto su secreto.

El cuerpo de Isabel era joven y fuerte, y aquel embarazo fue la señal que puso todo su sistema en funcionamiento, pues no tardaron en llegar los demás hijos, que se sucedieron uno tras otro sin reparo. Incluso tuvo que pedirle a Juan Cano que durmiese en otra habitación, porque aquello era llegar y besar al santo. Isabel salía embarazada casi con mirarla.

—Dios nos ha bendecido —decía Juan Cano.

—Pues sí —protestaba ella, cansada de cargar panzas y parir acostada—, pero que nos bendiga más despacio.

Al segundo lo llamaron Gonzalo, pues Juan Cano había oído historias de un tal Gonzalo Guerrero, un español que se había vuelto maya y que vivía con su familia en Cozumel, y le pareció que tal era un nombre digno de un hijo mestizo al que se imaginaba valiente y próspero. Al tercer varón le tocó llevar el nombre de su padre, e Isabel tenía que llamar a sus Juanes por sus apellidos para no confundirse. Aunque Juan de Dios ya era un muchachito cuando llegó el otro Juan, supo hacerse a un lado para dejar espacio. Y un par de años después, cuando Juan Cano sostuvo entre sus brazos a sus dos primeras hijas mujeres, un par de chamacas bellas como su madre, que compartían con ella el color oscuro de sus cabellos y los mismos ojos de mirar profundo y lento, incluso al reír, la baba amenazó con escaparse de su boca. A ellas las bautizaron Isabel y Catalina. Cinco hijos, más Juan de Dios de Andrade, fue suficiente prole para mantenerla ocupada y entregada a la familia cada hora, cada día, cada semana y meses de los siguientes diez años en su plácida y serena vida. Unos años en que ningún día, ni uno solo, Isabel dejó de extrañar a Leonor.

El destino le brindó la calma con la que Tecuixpo había soñado. Por fin era una hoja mecida por la placidez del viento.

De Cortés hacía mucho que no sabían más que lo imprescindible. Juan Cano había sido, tal y como Pedro Gallego vaticinó, un talismán que lo alejó de ella para siempre. Y no precisamente porque la figura de Juan Cano le impusiera respeto, sino porque con la maldición mexica que Isabel le había arrojado el día que osó ponerle la mano encima, Cortés no levantaba cabeza. Desde entonces, perseguido por sus pecados, todos sus tiros le salían por la culata. El virrey Mendoza, nombrado por Carlos I de España y V de Alemania para gobernar en su nombre la Nueva España, le hacía la vida imposible y lo mantenía explorando territorios por el norte y por el sur, que acababan en desastre por los numerosos impedimentos que este le ponía. Cortés se desgañitaba pidiendo al rey que revocara los poderes del virrey, sin saber que Mendoza tenía instrucciones precisas de limitar las ínfulas de Cortés. De nada le habían servido una esposa de alta cuna ni los méritos militares ante los juicios de residencia por los que desfilaba una hilera interminable de testigos que declaraban en su contra. Todos, menos Isabel. No había hecho falta que Isabel declarara en su contra para que otras voces acusadoras circularan con libertad. Que si era un asesino, que si era un pecador, que violentaba mujeres, que había ahorcado a su primera esposa Catalina Xuárez y también a Cuauhtémoc cuando este ya estaba desarmado, que si los regadíos de sus tierras impedían el abastecimiento de aguas de las de los demás, y que tenía una ristra de hijos bastardos como para poblar él solo la Nueva España.

Cortés, un hombre cansado que envejecía mal, con cada nueva estocada menguaba las ansias combativas. En la misma época en que Isabel Moctezuma esperaba la llegada de su quinto hijo, Cortés se embarcó en Veracruz rumbo a España con su otro hijo, Martín, el sucesor, el que había tenido con Juana y al que le había puesto, también, el nombre de su padre. «Será solo hasta que se arreglen las cosas», pensó. Un viaje más, el último, y me vuelvo a la Nueva España a morir. Era diciembre y el frío del invierno le golpeó en la cara. Un frío gélido, cortante, que le laceraba las mejillas y le resecaba los labios. Ya se había acostumbrado a la nobleza del clima de Cuernavaca, donde la primavera había decidido instalarse eternamente y el sol calentaba todo el año.

«¡Este frío es cosa del diablo!», maldijo.

No quedó más remedio que volver a acostumbrarse al invierno, pues una vez allí se enteró de que se había levantado una orden expresa que le impedía volver a la Nueva España hasta que no se terminase su juicio de residencia. Un velo tan negro como su conciencia cubrió su incredulidad. No podía ser cierto. Pero sí. Lo era. Así, Cortés se convirtió en rehén de su destino nada más cumplir los cincuenta y cinco años. Y cumplió cincuenta y seis, y cincuenta y siete y cincuenta y ocho… y sesenta años. Porque el juicio se alargó, y alargó, y alargó en una eternidad que no terminó nunca. Un puntillazo que terminó por descabellarlo.

Lejos de ese frío infernal, los hijos de Isabel crecían fuertes, sanos y cristianos hasta la médula. Rezaban cada domingo, se confesaban una vez a la semana, leían liturgias, comulgaban con recogimiento y comían lentejas. Con paciencia ayudaban a evangelizar a quienes aún permanecían fieles a sus antiguos dioses, e Isabel les hablaba con palabras que ellos podían comprender, ideas digeribles y sensatas que transformaban a Tonantzin en la Virgen María en un santiamén, ante la mirada complacida de fray Juan de Zumárraga, que escribía encantado la relación del *Origen de los mexicanos* para que quedara constancia de que no había en esa tierra mujer que más y mejor hubiese ayudado a la conversión de los indígenas.

Mientras tanto, al otro lado del mar, Hernán Cortés luchaba en batallas desastrosas en Argel, en búsqueda de aventuras que no volverían. Muchas veces, cuando le dolían los huesos por el reuma, se acordaba de las noches de conquista, de la proeza de los bergantines, de la primera vez que vio Tenochtitlan. Jamás olvidaría la impresión que le causó observar esa ciudad cuyas maravillas no podía comprender y que creía solo porque las veía, pues ni en sueños existían ciudades así. Su *Temixtitán* querida a la que jamás podría volver. Tanto había hecho, tanto, y ahora lo apartaban del logro de su vida de un plumazo porque no le pertenecía. Como si prohibieran al pez nadar en el agua. Vagaba como un fantasma por Valladolid, encorvado y enjuto, achicándose sobre sí mismo. Todo él era un cuerpo sin palpitar, pues su corazón se había quedado en la Nueva España. Al verlo pasar así, cabizbajo y encogido, nadie hubiese dicho que aquel era un conquistador, un hombre tomado por un dios, un hombre que había compartido batallas con guerreros bravíos y que había vencido, sino un viejo litigante que no habría hecho otra cosa en su vida salvo dejar caer la cabeza sobre papeles de leyes.

Los días se sucedieron uno tras otro, largos, con lentitud de molusco, la mayoría fríos y grises, y aunque al llegar el verano el sol calentaba con insolencia, la muchedumbre abría las ventanas y se escuchaba la correría de los patios, los viejos salían a secarse la humedad de las articulaciones en las terrazas, las risas de los niños retumbaban al aire libre y las mujeres se abanicaban con ímpetu los sudores del pecho, Cortés permanecía en la grisácea, turbia y dolorosa idea de que la batalla con el virrey Mendoza era una guerra de la que no saldría victorioso. Él, que jamás había dado una batalla por perdida. Él, que había conquistado imperios, hecho caer monarquías. Él, que había vencido idolatrías, estaba siendo derrotado por la política. Lo que no pudieron las armas lo estaba logrando el perpetuo desaliento de la legalidad.

El Consejo de Indias estaba harto de recibir pleitos y quejas de su causa. Papeles iban y venían. El uno exigiendo lo que le correspondía, los otros contestando que ya se había tomado demasiadas atribuciones. Pero Cortés no cejaba en su empeño. Y cansado, triste y molesto cual litigante paciente, continuaba escribiendo cartas a Carlos V —cada una con mayor desesperación brotando desde sus entrañas—, para recordarle cuánto había hecho por extender los límites de su Corona. Pues nadie, ningún otro ser humano, fuese militar, noble o hidalgo, había adjuntado tantas tierras, tan vastas y buenas, a su territorio. Que no se olvidara, le escribía en el arrastrar denso de su pluma, que no se olvidara de la conversión masiva de naturales, que no se olvidara de todo cuanto había hecho y dado, que su majestad tendría más si otros no le hubieran estorbado. Pero el Consejo de Indias hacía oídos sordos. Carlos V, también. Y Cortés se quejaba amargamente de tanto mal que le hacían, por la infinidad de sus desventuras. Pero al caer la noche —y a veces también por el día—, venía a él la imagen de Isabel Moctezuma señalándolo con el dedo índice estirado y maldiciéndolo: «Morirás solo».

En la soledad del silencio, Cortés se dolía de que todos sus esfuerzos hubiesen sido en vano. Hubo un tiempo en que pensó que la lucha de la juventud le traería descanso en la vejez, pero allí estaba, en la amargura de sus sesenta años, viendo hacia atrás con la nuca adolorida y tras él solo veía una retahíla de esfuerzos caducos. Cuarenta años de su vida se había pasado sin dormir, mal comiendo las más de las veces, trayendo las armas a cuestas tanto tiempo que ya no sabía lo que era caminar desnudo o arropado únicamente por el candor de una tela ligera, había invertido toda su hacienda y fortuna en viajes que repercutir a la Corona, ¿para qué? Para obtener respeto y, quizá, tranquilidad al final de sus días. ¡Qué iluso había sido! Las sanguijuelas habían reventado hartas de su sangre.

Ya estaba viejo y cansado. Muy, muy cansado. Y necesitaba arreglar las cuentas pendientes con Dios, que eran muchas y muy largas. Si hubiera tenido una pizca de humildad, una humildad de la que siempre había carecido, habría podido entender que la Nueva España jamás podría emprender su camino hasta que él no se hiciera a un lado. Porque su presencia en aquellas tierras era una sombra negra que se extendía en un manto de deshonra. Su estampa ofendía a vencedores y a vencidos. Porque él siempre sería recordado como el líder de una caída, a pesar de todo lo levantado. Solo sin él, la Nueva España tendría una oportunidad. Si hubiera entendido. Pero entender eso era una carga más pesada que la derrota. Era admitir su propia negligencia. Y eso jamás. Nunca. Jamás de los jamases sucedería.

Y los años pasaron uno a uno. Y los hijos crecieron. Y la enfermedad comenzó a acechar a Isabel desde la quietud de los males que nacen por dentro. Se había pasado los últimos años criando a su prole, que sus hijos eran ya tan mayores como cuando ella se casó por primera vez con un castellano. Las niñas ayudaban a adoctrinar a indígenas junto a los frailes y apuntaban maneras para el convento. Aunque, si alguien hubiera aguzado la vista, habría observado que las niñas siempre estuvieron dirigidas por Isabel para tomar los hábitos, porque sabía que esa era la única manera de conquistar la libertad de la que gozaban las mujeres que se gobernaban sin necesidad de tener un hombre a sus espaldas, y así estarían más cerca de los libros y más lejos de la ignorancia. Nunca les habló de cosquillas entre las piernas, ni de hombres, ni de pasiones, y al no hacerlo violaba el recuerdo de Tecalco, pero con el paso de los años había terminado por mudar de piel hasta convertirse en la serpiente de la que le hablaba su padre.

Citlali y ella solían pasear juntas hablando una lengua que les habían arrebatado como si les hubiera arrancado la piel a tiras. Se hablaban en náhuatl en voz muy bajita, mientras caminaban una junto a la otra con los brazos entrelazados, recorriendo un territorio en donde no había súbditos, ni patrones, ni encomenderos, solo una amistad vieja, arraigada, dúctil como las vasijas antes de fraguar.

—Cuando muera, quiero que los indígenas sean libres, Citlali. No quiero más esclavitud.

—Seguramente moriré antes que tú, Tecuixpo.

—No lo creo, tienes una salud de hierro.

Y guardaban silencio mientras seguían avanzando.

—Cuando muera, quiero que los códices de mi padre pasen a buen recaudo. Dáselos a Juan de Dios.

—Tecuixpo —le preguntó Citlali—: ¿te arrepientes de haber olvidado a tus dioses?

Isabel se detuvo para contestar:

—No los olvidé, Citlali. Tan solo los mezclé con los nuevos. Era la única manera. Supervivencia —confesó con media sonrisa.

La brisa meció sus cabellos canosos.

—¿No te preguntas qué será de Leonor? —preguntó Citlali.

Isabel detuvo el paso.

—Todos los días.

—¿Crees que ella sepa algún día la verdad? —preguntó reanudando el paso.

—Lo sabrá. Aunque yo no esté en este mundo para verlo.

Y luego, las dos mujeres continuaron caminando, arrulladas por la tierra firme deslizándose bajo sus pasos.

Al verlas pasar, sus encomendados se inclinaban en reverencia, y los indígenas seguían rindiéndole tributo a la manera antigua y le rendían pleitesía, pues al ser la heredera de Moctezuma la veían como la encarnación de la Madre Tierra. Ella no los sacaba de su error, sino que redirigía esa fe hacia la Virgen de Guadalupe, su Tonantzin de siempre, cuya imagen se le parecía bastante porque una tarde un pintor indígena la vio rezando con los ojos tristes y usó el rostro de la propia Isabel Tecuixpotzin para inspirarse en el retrato de la Virgen. Una Virgen morena como ella. Las estampitas con su imagen comenzaron a circular de mano en mano, y por ahí se decía que esa Virgen hacía milagros. Que se aparecía. Y tanto Isabel como sus hijas, en las tardes de lluvia, hacían corros de indígenas y castellanos en donde contaban casi de manera teatral la historia del pastor de Extremadura al que se le había aparecido la Virgencita para pedirle construir un templo.

Isabel se acordaba de Pedro Gallego cada vez que contaba la leyenda, quizá por eso la contaba tanto. El relato se iba transformando, cada vez más fantasioso y hermoso, hasta que la historia se trasladó a sitios más cálidos, a cerros conocidos, a tilmas en las que aparecían imágenes santas, flores imposibles que cubrían el alto del cerro del Tepeyac como un manto, y el pastor dejó de ser un extremeño para convertirse en un indígena como ellos, y pronto empezaron a aparecer los primeros poemas en náhuatl que algunos declamaban en una narrativa perfecta que aunaba lo mejor de las dos culturas. Los indígenas declamaban el *Nican Mopohua*, «aquí se narra»… y todos escuchaban embelesados la historia de esa Virgen Tonantzin Madre Tierra, morena como ellos, que hacía milagros.

Sin embargo, a pesar de la paz que reinaba en sus días, Isabel no podía negar el ruido chirriante en su interior. Lo sabía con la misma exactitud con la que supo que Pedro estaba enfermo. Lo sentía. Su hora llegaría pronto. Al igual que Pedro Gallego, Isabel tampoco dijo nada. Se aguantó los dolores, las molestias, la falta de aire que la ahogaba despacio. Porque sería cristiana por fuera, pero seguía siendo mexica por dentro, y los mexicas no se quejaban de nada y ante nadie. Se aguantaban el peso del cuerpo maltrecho sobre el esqueleto, se observaban y esperaban. Pero un día hizo algo que ningún mexica había hecho ni haría jamás, pues esa era una de las ventajas de tener dos naturalezas. Dos naturalezas distintas en una misma persona. La santísima dualidad en la que había terminado por convertirse.

Tomó pluma y papel. Y se dejó ir despacio en páginas y páginas donde contaba su propia historia. Desde que llegaron los teules poniendo su mundo de cabeza, los causantes del desequilibrio de una vida que ahora parecía lejana e improbable, hasta el día en que tuvo que renunciar a la hija que el propio Cortés había implantado en su vientre. La pluma entintaba el papel con suavidad primero, con violento frenesí a medida que avanzaba, las ideas venían a ella en una cascada de imágenes, en ruidos, en texturas. Porque todo sonaba y crujía como ella, la pluma trataba de describir olores emanados tras años de ausencia, los sabores no paladeados, las palabras atoradas, porque todo aquello era una lluvia que no empapaba, una declaración de amor a su Leonor. Le contaba, le pedía perdón.

Durante noches enteras se encerraba para no ser descubierta mientras trataba de explicarse, de hacer ver a Leonor los pasos que la habían llevado hasta allí, hasta que página a página juntó un cuadernillo ancho. Escribir se volvió una adicción, porque aquel papel era el lugar secreto de sus encuentros, el sitio de los momentos nunca compartidos, el lugar imposible en torno al cual Isabel recreaba la vida que pudo haber sido y que no fue, el lugar donde redimió una vida sin ella. Porque con cada párrafo Isabel extirpaba parte del sufrimiento. La primera línea costó un mundo: «Leonor, hija mía. Yo soy la mujer que debió haber sido tu madre». Pero tras aquella confesión las palabras brotaron de ella en un manantial, historias que pasaron, pasarían y pasaban, porque las revivía al recordarlas.

Le contó de su madre Tecalco y de su padre adorado Moctezuma, de cómo había tenido que matarlo porque lo amaba tanto, de cómo no había sido un cobarde, sino un adelantado a su tiempo, un hombre que intentó por todos los medios evitar la guerra; de Axayácatl, su querido hermano, de sus esposos mexicas, Cuitláhuac y Cuauhtémoc, con quienes no compartió el deseo de la carne, sino el orgullo del linaje, la identidad; y de su primer marido cristiano,

Alonso, que nunca pudo amarla porque él amaba a otro, del renacer junto a Pedro Gallego y la serenidad de Juan Cano. De Cortés. De Citlali. Todos y cada uno de esos personajes ocuparon un espacio en esas páginas que antes no eran nada y ahora eran un mundo. Un mundo creado a su imagen y semejanza. Porque a través de la escritura Isabel renació libre. Escribir su propia historia le concedió la segunda oportunidad que le habían negado los dioses, la de reinventarse, la de perdonarse. La de trascender.

Cuando puso punto final, solo entonces, Isabel Moctezuma tuvo plena conciencia de que había vencido. Porque por fin comprendió que ella, que su espíritu, a pesar de las derrotas, a pesar de los fracasos, del dolor, la separación y la angustia, siempre, siempre, siempre había permanecido y permanecería inconquistable.

CHICUEI/OCHO

El secreto

Con la emoción latiéndole en el centro del alma, Leonor se enjugó las lágrimas y besó el papel, invadida de un candor que se aproximaba mucho al amor. Trató de comprender a la mujer que debió haber sido su madre, si hubiesen sido otras las tornas que giraron. Si la avaricia, el miedo y la cobardía hubiesen abierto un hueco por donde pudiera asomar el sol. Un leve rayo de luz. Pero ni siquiera le habían dejado el más mínimo resquicio. La más insignificante oportunidad. Porque ahí, sentada sobre el colchón agujereado, con el alba apuntando el inicio de un nuevo día en la ventana, Leonor comenzó, por fin, a comprender.

Le dolía la cabeza, pero no quería dormir. No podía. Porque tras leer aquello había conocido su propia historia. Una historia que había comenzado mucho antes de su nacimiento. Una historia que se remontaba al principio de un final. Que tenía madre. Que siempre la tuvo. Aunque jamás la hubieran dejado verla, aunque jamás le hubiesen hablado de ella. Ahora la sentía cerca y precisa, la sombra de un fantasma que ya no movía cortinas ni erizaba los vellos de las nucas porque habitaba en un corazón convertido en puerto de tempestades. Porque su madre, a pesar de todo y contra todo, había logrado encontrar un hueco por donde burlar la desdicha. Un pequeño espacio para la redención. Porque ahí, entre sus manos, tenía la prueba irrefutable de que su madre no la había abandonado, ni había muerto al dar a luz, sino que la habían matado en vida cuando al perderla se había condenado al callejón de los remordimientos, a la pena de saber que le habían robado una hija para manipularla, para doblegarla, para someterla. Porque las condenaron desde el principio a ser una madre sin hija y una hija sin madre.

Leonor había pasado por todo el espectro de sentimientos a lo largo de la lectura, se llenó de rabia desde la punta del talón hasta las cejas, de angustia, de dolor, de indefensión. De amor. De esperanza. De perdón. Reconciliación. Con ella y con todos. Con su pasado y su futuro. Y el vacío negro e insondable que su madre había sido y significado comenzó a llenarse con la voz imaginaria de su Isabel, una voz que le decía «Leonor, hija mía», y quizá por eso, porque sintió que el hueco en su interior era cada vez más pequeño, Leonor besaba y abrazaba las cartas contra su pecho, maravillada y agradecida por las letras, por la pluma, por la proeza y voluntad de su madre para escribir aquello, porque con cada una de esas páginas Isabel Moctezuma se había arrancado de cuajo la culpa y había logrado burlar a la muerte, porque viviría por siempre en esas letras, en esos trazos burdos al principio y precisos después, en esa historia desconocida y olvidada, una historia de mujeres que no habían sido el eslabón más débil de la conquista, sino supervivientes, una historia de amor y derrota que le permitiría a Leonor saber de dónde venía, conocer el cómo, el dónde y los porqués, el legado que su madre le contaba, un legado que nada tenía que ver con la tierra, ni con encomiendas, ni con fortunas perecederas, sino con algo mucho más trascendente y atemporal, algo que jamás moriría, algo que se heredaría hasta el final de los tiempos: su madre la liberaba de cargar sobre sus hombros el peso de las miserias de sus padres. «No seas como tu padre. Tampoco seas como yo. Tú eres más». Porque Leonor supo entonces, ahí y para siempre, que había llegado el momento de dejar de ver hacia atrás y comenzar a ver hacia adelante.

Hacía rato que había amanecido, pero Leonor se había quedado en su celda, leyendo de nuevo, partes sueltas, partes completas, leyendo y releyendo en vez de ir a desayunar con el resto de las monjas y novicias.

Concentrada como estaba, no notó que la madre superiora llevaba un rato corto espiándola desde la puerta, observándola sentada en su cama, con unas ojeras azuladas que dibujaban una media luna bajo sus ojos y con los párpados abultados por el llanto, rodeada de papeles y papeles y papeles. Cuando Leonor se percató de su presencia, no hizo ni la intentona de esconderlos. Se quedó ahí, quieta, sin ganas ni intenciones de ocultar su culpabilidad. *Mea culpa*. Para su sorpresa, la madre superiora entró, le regaló una mirada tranquila, jaló la silla de madera que tenía junto a la austera mesa al pie de la ventana y se sentó junto a la cama.

—¿Te has pasado la noche leyéndolas?

Leonor se sorprendió de que no se sorprendiera.

—Sí —afirmó limpiándose la humedad de la nariz con un pañuelo.

—¿Ya sabes leer?

—Aprendí —contestó Leonor sin entrar en detalles. Y luego, cayendo en cuenta de ese «ya» empleado por la madre superiora, arrugó la frente.

—Son unas cartas preciosas —le dijo entonces la superiora.

Leonor tartamudeó.

—¿Cómo sabe usted? ¿Cómo sabe…? ¿Cómo…? ¿Ha leído mis cartas?

—Las encontré hace semanas.

Leonor cogió un puñado y se las llevó al pecho como si con esas cartas pudiera tapar su desnudez. Porque se sintió desnuda, expuesta en carne viva, con toda su intimidad al descubierto.

—No me las quite, por Dios bendito —suplicó.

La madre superiora le acarició el cabello negro, que ya no lucía tan negro ni tan dócil, porque desde hacía mucho Leonor ya no pasaba horas cepillándoselo mientras se miraba en un espejo, y le dijo solemne:

—Hija mía, esto que tienes aquí —señaló las cartas desperdigadas— es un milagro. Es un milagro que Isabel Moctezuma haya sido capaz de escribir todo esto. Es un milagro que hayas podido dar con ellas, que Dios sabe cómo llegaron hasta tus manos. Es un milagro que hayas podido aprender a leer en tan poco tiempo. Y es un milagro que Altamirano no se haya enterado. No seré yo, hija mía, quien se interponga entre la voluntad de Dios y tu camino.

Los labios de Leonor sonrieron. Y luego la madre superiora empezó a contarle la verdad. Que siempre había sabido que se escapaba, y que la esperaba cada noche con el alma en vilo, que llevaba semanas preocupada por su desvelar, que estaba deseando que llegara el día en que, por fin, ¡por fin!, pudiera leer las cartas.

—¿Por qué no me lo pediste a mí, criatura? Las monjas somos mujeres de letras.

Leonor alzó los hombros al reconocer que jamás se le ocurrió. Al terminar, la tomó de las manos y se las apretó como si compactara una bolita de masa. Leonor sintió que se llenaba de ternura. Las cartas de su madre conquistaban corazones, ablandaban durezas.

—¿Y qué vas a hacer ahora, niña?

—No puedo quedarme aquí —le contestó.

La madre superiora asintió.

—No, tú nunca perteneciste aquí. Por mucho que me hubiera gustado, este no es lugar para ti —admitió.

—Tendré que enfrentarme a Altamirano.

—Y ¿vas a poder?

—No tengo más remedio, madre.

La madre superiora, entonces, le dijo con astucia:

—Recuerda, niña: al que primero gana, el diablo lo engaña.

Estiró el brazo y le dibujó la señal de la cruz sobre la frente.

—Que Dios y la Virgen te acompañen e iluminen tu camino, muchacha. Y ahora vete.

Leonor salió por la puerta principal sin tener que escabullirse por ninguna ventana. Le dio a la madre superiora un abrazo largo, apretado y reconfortante.

—Volveré pronto —le dijo Leonor.

Un carruaje la esperaba para llevarla a casa.

Leonor volvió al mismo sitio en el que hacía un año todo había empezado. Entonces ella era apenas una mujer que no sabía quién era, que nunca había oído mencionar el nombre de Isabel Moctezuma, al menos no con el peso con el que lo mentaba ahora. ¿Qué son los nombres que no reconocemos? ¿Son verdaderos los fantasmas de nuestro pasado si al nombrarlos no son capaces de atormentarnos? ¿Cuántas veces había oído el nombre de Hernán Cortes? ¿Cuántas? ¿Cientos? ¿Miles? Y nunca, nunca, nunca aquel nombre había conseguido lacerar su alma como lo hacía ahora. ¿Quién era Leonor Cortés Moctezuma, la repudiada, la huérfana, la esperanza? ¿Quién era? Recordaba el día en que Altamirano la había llevado de vuelta a la Nueva España. Le parecía mentira que el hombre que la cono-

cía desde la más tierna infancia hubiese tenido el temple de mirarla a los ojos y mentirle con la boca abierta. De robarle su origen. De
separarla de su madre. ¿Cómo había sido capaz? Prefería no pensar
en eso porque las ganas de llorar le subían desde los tobillos hasta la
garganta, porque el tiempo perdido estaba perdido y nada se podía
hacer para encontrarlo, para recuperarlo, para poder sentarse junto a su madre y decirle: «Madre, he vuelto, he llegado». Esos tiempos
no volverían. No existían. La Leonor que pudo haber sido, tampoco.
Era inútil tratar de recuperar lo que jamás había tenido. Pero podía
mirar hacia adelante. Podía coger todos sus pesares, las ausencias, las
carencias, hacer con ellas una bala de cañón y lanzarla lejos hasta hacerla explotar contra Altamirano.

El suelo estaba enlodado y Leonor podía escuchar el siseo de las
ruedas al pasar sobre los baches llenos de agua. Las piedras del camino mecían el carruaje con brusquedad, pero Leonor no se inmutaba, absorta en lo que haría, en cada palabra que diría, cada paso que
emprendería para enfrentar a Altamirano. A cartas vistas no había
mal jugador y Leonor sabía que jugaba con ventaja. Sacudió la cabeza cuando el carruaje se detuvo.

—Llegamos, señorita —dijo el conductor.

Leonor aspiró una profunda bocanada de aire, bajó apoyando el
pie en el peldaño, planchó el vestido con las manos y caminó hacia
la puerta sin detenerse.

Lorenzo le abrió y tuvo que contener las ganas de darle una bienvenida efusiva, como si de pronto hubiese recordado que fuera de las
paredes del convento la interpretación galante ya no estaba permiti-
da, y la hizo pasar de inmediato.

—¿Cómo ha logrado salir? —le preguntó nervioso.

—Es una larga historia. ¿Está Altamirano?

—No. Salió.

—Bien —dijo.

En un costado de la sala, junto a la chimenea, una perra que acababa de tener cachorros dormía junto a sus crías sobre un almoha-
dón. Altamirano, pensó Leonor, tenía más compasión por las perras.
Leonor se cambió de ropa y entró por última vez a su habitación. El
cuarto estaba frío, pero Leonor sentía las mejillas calientes, insuflada del nervio que la encendía como un fuego. Altamirano siempre

había llevado ventaja, siempre había creído que movía ficha prime-ro. Ya no. Ya no. No se lo permitiría más. Salió y se escabulló en el despacho de Altamirano, ese lugar al que se le tenía vetado el acceso y al que nadie podía entrar. Leonor se sobó los nudillos. Trataba de pensar. Los recuerdos de su infancia solitaria, cuando espiaba a Alta-mirano desde el pasillo con inocencia infantil, regresaron de pron-to. Recuerdos de muebles movidos, libros huecos escondidos en el librero, ruidos de bargueños arrastrados. Leonor se paseaba ahora, adulta y maliciosa, por el despacho de Altamirano, mientras pasaba el dedo por encima de los muebles como si comprobara que se hu-biese quitado bien el polvo, tanteando libros en el librero de madera oscura, apoyándose en la silla de remaches de cuero. «¿Dónde, dón-de? ¿Dónde los guardas? ¿Qué tanto escondes?», pensó Leonor. Jaló aire hasta dentro, como si durante todo este tiempo le hubiera falta-do y se puso a buscar, como loca, por toda la habitación.

Horas después, Altamirano regresó sin prisa. Entró sin saludar al ser-vicio y se dirigió a su despacho, el único lugar de la casa que le inte-resaba y donde era rey de sus dominios. El paso era certero, incluso algo arrebatado. La perra le gruñó cuando pasó a su lado. Un acce-so de tos se le vino encima cuando abrió las puertas de su santuario y se encontró a Leonor, ¡a Leonor!, sentada en su silla de brazos con total y absoluta desfachatez.

—¿Qué haces aquí?

Leonor ni siquiera contestó, sencillamente apoyó los codos so-bre la mesa, la barbilla sobre los codos y la mirada pétrea, dura, lenta, lentísima sobre Altamirano, que contempló, perplejo, que Leonor llevaba puesto el collar de jade de su madre. Que se hubiera puesto el collar no le habría inquietado lo más mínimo, de no ser porque Al-tamirano se había encargado de esconderlo a conciencia junto a un montón de documentos que lo comprometían. Aun sabiendo muy bien el lugar de su procedencia, buscando otra explicación por la cual Leonor hubiera podido tener acceso al collar, preguntó:

—¿De dónde lo has sacado?

—De la caja escondida detrás del bargueño —dijo ella con una mueca sincera.

Altamirano palideció, apenas un vahído de color que recuperó enseguida.

—¿Me estás esculcando? ¿Por qué no estás en el convento? ¿Por qué nadie me ha dicho que estabas aquí? —Altamirano formuló tres preguntas intentando darle orden a un arrebato de ideas que empezaban a arremolinarse alrededor. Y luego amenazó asestando un picotazo como el alacrán que era—: Te has metido en un problema.

—Lo sé todo —replicó Leonor.

—¿Que sabes qué?

—Todo.

Guardaron silencio para darse el tiempo de leer sus pensamientos, para dejar que la impaciencia hiciera hablar al más débil.

—¿De qué hablas? —preguntó Altamirano.

—Ya sé quién fue mi madre —contestó.

Altamirano soltó aire desinflándose.

—¿Sabrás entonces que te repudió?

—Ella no me repudió. Me arrebataste de sus brazos para poder tenerla controlada, para manipularla, para extorsionarla.

—Esas son palabras mayores.

—Tan grandes como vuestro descaro y falsedad. No sé cómo osas dirigirme la palabra, cuando sabes lo que me has hecho. Lo que nos hiciste.

—Todo lo que hice fue para protegerte. Isabel Moctezuma era una desnaturalizada a la que no le importó repudiarte en cuanto supo que significabas un riesgo para su encomienda. Deberías estarme agradecida. No he hecho otra cosa por ti que cuidarte, darte una vida digna, que podrías estar sirviendo en haciendas o vendiéndote en la calle para comer.

Leonor soltó una leve risa que pretendía guardar la furia.

—¿Agradecida? ¿A vos?

—¡Me lo debéis todo!

—¡No os debo nada! ¡Nada! ¡Me quitasteis todo! ¡A mi madre! Y habéis estado viviendo a mis costillas, cual sanguijuela, chupándome hasta la última gota por mínima que fuera para saciar vuestra codicia, encerrándome en un convento para que no hablara con nadie, para esconderme del mundo, de la gente a la que le importaba,

¡para qué! ¡Por unas monedas! ¡Por pura avaricia! Eres un mentiroso, ladino, embustero…

—Te encerraré por atreverte a hablarme así, niña desvergonzada.

Leonor se apoyó sobre los nudillos y el collar de jade reverberó frente a los ojos de Altamirano.

—¡No! —gritó Leonor poniéndose en pie—. Jamás decidirás sobre mí. Nunca más. Te prohíbo que decidas por mí. A partir de ahora viviré mi camino, yo sola. Lejos de ti. Lejos de todo lo que tú representas.

Altamirano carcajeó mientras levantaba una mano como si siguiera el ritmo de una melodía.

—¿Lo ves, Leonor? Yo siempre me he adelantado a tus deseos. ¿Quieres alejarte de mí? Ahí tienes a Tolosa, cásate con él y vete a Zacatecas, lejos de la ciudad, ya no tendrás que verme más. Emprende la vida con él y olvídame, ódiame si quieres. Pero algún día verás que yo todo lo hice por tu bien.

—No pienso casarme. Os lo dije antes y os lo repito ahora. No sacaréis mayor provecho de mi persona.

Y luego, lentamente, Leonor sacó pecho en un gesto que duró un par de segundos y dijo:

—Voy a reclamar todo lo que es mío por derecho, todo lo que vos me negasteis con la intención de robármelo algún día, para apropiártelo con argucias legales, corrompiendo testigos, comprando probanzas.

—Mi reputación es intachable, Leonor. Jamás podrás probar nada.

Leonor hizo una pausa antes de quemar la última de sus naves.

—Yo no estaría tan segura. Donde estaba este collar había documentos de lo más esclarecedores y comprometedores. Con fechas, nombres, números. Incluso sellos para falsificar documentos.

Altamirano, a quien se le había colmado la paciencia, se abalanzó sobre ella con los brazos en alto al coro de «¡mocosa entrometida, cómo te atreves a desafiarme!», para asestarle un buen bofetón, cogerla de los pelos y volver a sacarla rumbo al convento, «¡muchacha de los mil demonios, quién te crees que eres para hablarme a mí así!», cuando de pronto ella se irguió y lo amenazó con una voz profunda que provenía de un volcán haciendo erupción en su interior:

—¡Tócame uno solo de mis cabellos y empapelaré toda la Nueva España con los documentos de tus transas, maldito hi de puta!

Altamirano se detuvo con el puño en alto, primero impresionado por la Leonor desconocida que le hablaba sin miedo y sin achantarse, y luego porque midió el alcance de la amenaza que Leonor acababa de profesar. Miró en dirección al bargueño.

—No os molestéis —dijo Leonor respirando deprisa—. Ya no están ahí.

—Vais de farol.

—Asomaos, si queréis. No están ahí. Los tengo a mejor recaudo.

Altamirano, por vez primera, abrió mucho los ojos alertado por un golpe seco en la boca del estómago. Movió el bargueño. En la pared: un hueco vacío. Volvió los ojos hacia Leonor, que sonreía maliciosamente con el collar. No podía ser. No había manera de que ella supiera.

—¿Me has robado?

—¿Robar? ¿Yo? De ninguna manera. Solo me cuido las espaldas. Fue interesante leer todo lo que habéis estado organizando en los últimos meses para reclamar mi parte de la herencia como vuestra a los hijos de Isabel Moctezuma. Casi tan interesante como leer el testamento de mi madre.

Altamirano se retorció un poco, porque sabía muy bien el contenido de ese documento.

—No, no puedes saber… —exclamó en voz alta.

—Oh, claro que puedo —contestó ella.

Su madre se había encargado de otorgar a libertad a todos los indios e indias naturales de las tierras de las que ella era encomendera, ordenaba llevar a cabo misas, ceremonias y obras pías, mandaba a pagar deudas y salarios de todos sus criados, a sus hijos les dejaba las tierras.

—Pero eso es lo de menos —dijo Leonor—. Sé que mi matrimonio con Tolosa es solo un vehículo para desfalcarme. ¿Qué le has prometido a Tolosa? ¿La mitad? ¿Un tercio? ¿Un quinto de mi herencia? No te saldrás con la tuya.

—Tolosa no sabe nada.

—Entiendo que me tomes por una ingenua, porque lo he sido, y mucho, todos estos años, pero no soy idiota. Sé perfectamente lo que has hecho y cómo lo has hecho. Me has usado, me has utilizado, porque soy hija de Isabel Moctezuma. Porque pensabas quedarte con lo que me corresponde como hija suya.

Altamirano no daba crédito a lo que oía. ¿En qué momento Leonor se había enterado de sus planes? Tantos años, tantos, para que ahora la chiquilla le saliera con que siempre no. De eso ni hablar. Y entonces, aún atónito, en la mente de Altamirano retumbaron las palabras que ella había dicho hacía tan solo un momento.

¿Qué había dicho Leonor? ¿Leer? ¿Leonor dijo «leer»? No podía ser cierto. Una mujer no podría leer más que alguna palabra suelta. Mucho menos entender el lenguaje legal. Alguien tendría que haberla ayudado, alguien tendría que haberle leído el contenido de sus papeles. Alguien… Altamirano empezó a preocuparse. Esos papeles lo comprometían demasiado. Había untado a media Nueva España desde los tiempos de Zuazo. Había correspondencia, había detalles de tejemanejes. Había muchas, muchas cosas que no deberían saberse. Cosas que durante años habían estado ocultas, al cobijo de las sombras.

—Quien sea que os esté ayudando no volverá a ver la luz del sol —amenazó.

—Tendrás que matarme a mí sola, Altamirano. Nadie me ayuda.

—Es imposible que sepáis leer.

—Imposible, no. Improbable. Pero se da el caso de que sí. Sé leer. Como también sabía escribir mi madre, según consta en los cientos de cartas que me escribió y donde me cuenta qué clase de hombre vil y desalmado sois. «Altamirano no vive contigo, te mantiene prisionera», creo recordar que fueron sus palabras.

«Imposible», pensó Altamirano. «Una mujer no puede. No debe. Eso va contra natura. Brujas. Bellacas. Malditas».

—Devuélvemelo todo, Leonor. No te conviene meterte en mis asuntos.

Leonor rechinó la lengua contra los dientes como si amansara a un caballo, *tn, tn, tn…*

—Creía que yo formaba la pieza principal en vuestros asuntos.

En un intento por recuperar el control, por negociar, por volver a jugar un juego muchas veces jugado, pues no era la primera vez que se encontraba en situaciones incómodas y sabía que todo el mundo tenía un precio, Altamirano trató de controlar su propia altanería y moduló la voz hasta transformarla en una especie de susurro avergonzado, con el hilo de voz que sale de la boca cuando se hacen tratos que rozan lo moralmente inaceptable.

—¿Qué quieres? Pide y te lo daré.

A Leonor esa actitud ya le gustó más.

—Quiero que saques a Puri de la cárcel.

¿Eso? ¿Eso pedía? Teniéndolo contra las cuerdas, ¿eso le pedía? ¿Sacar de la cárcel a una chiquilla de la que él ya ni se acordaba, a la muchacha casquivana por quien nadie daba medio duro? Los temores de Altamirano se calmaron y por un momento el río alborotado volvió a su cauce. «Tranquilo, esta muchacha es inofensiva», se dijo, «que las mujeres son blandas y las pierde el corazón».

—Sea —prometió entonces él.

—Quiero que la saques hoy mismo.

—Sea —repitió.

Y justo cuando los labios esbozaban una mueca de algo parecido a la sonrisa por debajo de la dureza de sus barbas, Leonor añadió:

—Y quiero que declares al mundo que soy hija legítima de Isabel Moctezuma. Pelearás por mí en el juicio por su herencia. Ganarás la parte que me corresponde. Para mí. Para mí y nadie más. Y luego desaparecerás por siempre de mi vida. No quiero volver a verte nunca. Jamás. Si lo haces, si me buscas, si tratas de engañarme, o algo me sucede, si te me acercas lo más mínimo a mí o a mi descendencia, te hundiré en la miseria porque el Real Fisco sabrá paso a paso cada una de las artimañas con las que lo habéis estado engañando durante todos estos años. Me encargaré de que así sea. ¿Me habéis entendido?

Altamirano apretó los puños.

Leonor se levantó la falda del vestido y rodeó la mesa del escritorio para salir del despacho, sintiéndose más libre que nunca, con una sensación completamente nueva brotando de su pecho, sin terminar de creerse del todo haber llegado tan lejos. Las manos ya no le temblaban, ni las piernas, ni la quijada. Estaba plena. Completa. Las paredes de la casa estaban frías y húmedas, pero salió de allí con las mejillas enardecidas, porque el fuego que acaba de nacer dentro de ella le alcanzaría para calentarla una vida entera.

❧

En una sala rectangular, un grupo de hombres se sentaban en sillas de tijera dispuestos en forma de u. La audiencia por el testamento de Isabel Moctezuma iba a dar comienzo.

Allí sentados esperaban con dignidad Juan Cano, cuya barba se había tornado blanca y las arrugas hondas, junto a sus dos hijos mayores, Gonzalo y Pedro, dos jóvenes de carácter noble e inocente que rehuían fijar la mirada por tiempos prolongados. A su vera, Altamirano se acomodaba en su asiento. Frente a ellos, Juan de Dios de Andrade se atusaba un bigote más poblado que el de sus hermanos. Se conocían bien. Durante el último año se habían visto obligados a coincidir en muchas disputas de las que Leonor siempre había estado al margen. Pero ya no.

Ya no.

Todos enmudecieron cuando las grandes puertas de madera se abrieron en un rechinar largo y lento tras el cual Leonor, con un porte majestuoso, altivo y elegante, entró. Pisaba cada adoquín con fuerza, consciente del ruido de sus zapatos de tacón, anunciando con cada paso que había llegado para dar pelea. Porque Leonor pensaba gritar a los cuatro vientos que había llegado para quedarse, y que no habría dios cristiano ni mexica que fuera a impedirle decir lo que tenía que decir. Altamirano, incómodo, tragó saliva seca.

Allí solo había hombres. Pero la presencia de Leonor destacaba como un faro al que todas las embarcaciones se dirigían. La luz hacia la que desembocaban todas las mareas de su vida. Porque Leonor no era la hija de Cortés, ni la hija de Isabel Moctezuma. Era más. Más, mucho más. Era el Nuevo Mundo. Una emoción de orgullo y dignidad la recorrió entera, pues en ese nuevo mundo ningún poder humano ni divino lograría, jamás, volver a silenciarla.

En algún lugar entre el cielo y el inframundo, Isabel Moctezuma, la mujer que una vez fue Tecuixpo Ixcaxóchitl, sonrió.

ALGUNAS NOTAS DE LA AUTORA

Esta es una obra de ficción. Las mentiras parecen verdades y las verdades mentiras. Y no deberían los lectores preocuparse en distinguir unas de las otras, porque el todo solo es mayor a la suma de las partes cuando las partes se ignoran entre sí.

Aun así, vayan unas aclaraciones.

El 9 de diciembre de 1550, el mismo día que veintiún años antes la Virgen de Guadalupe se le apareció por primera vez a Juan Diego, murió Isabel Moctezuma tras una larga enfermedad.

Con su muerte se desataron los litigios emprendidos por Juan Cano en contra de su hijastro, Juan de Dios de Andrade Moctezuma, a quien Isabel nombró heredero del señorío de Tacuba. Y doña Leonor Cortés peleó también por la parte proporcional que le correspondía por derecho.

Juan Cano de Saavedra, inmensamente rico gracias a su matrimonio, regresó a España, donde murió el 11 de septiembre de 1572, veintidós años después que Isabel Moctezuma.

Juan Cano Moctezuma, hijo de Juan Cano e Isabel Moctezuma, viajó a España y se casó con una mujer cacereña, de quienes desciende un largo linaje de cacereños ilustres. En Cáceres construyó el Palacio de Moctezuma, que aún permanece.

Cortés murió en Sevilla el viernes 2 de diciembre de 1547 en la pobreza y endeudamiento. Su viuda, doña Juana de Zúñiga, y el licenciado Juan Altamirano iniciaron un inventario de sus bienes y propiedades en Cuernavaca para ver de qué manera se podían ir saldando cuentas. Un año después, Martín Cortés —el sucesor, no el hijo de Malintzin, doña Marina, que se llamaba igual— vendió su casa de Sevilla con todo lo que había dentro para sufragar gastos y empezó una disputa larga y tediosa entre sus herederos. A pesar de que Cortés había solicitado en su testamento que sus huesos se trasladasen a México a más tardar diez años después de su muerte, aquello no se pudo cumplir y sus restos mortales sufrieron al menos ocho exhumaciones con sus traslados y entierros que duraron de 1547 a 1946. Sus huesos viajaron por fin a la Nueva España en 1566 y comenzaron un peregrinaje entre iglesias hasta terminar en la del Hospital de Jesús Nazareno, contigua al Hospital de Jesús, donde sigue enterrado en la actualidad, en un pequeño nicho que trata de pasar lo más desapercibido posible.

Pedro, el mayor de los Cano, se hizo sacerdote, y las dos hijas, Isabel y Catalina, a la muerte de su madre entraron como monjas fundadoras del Convento de la Concepción, el convento de Hernán Cortés.

Una larga y extensa descendencia de Isabel Moctezuma vive aún en España, en México y en algunas ciudades de Europa. Por casi cuatro siglos los herederos de Moctezuma gozaron de una concesión que implicaba el pago de una renta, primero por parte de la Corona, y luego por los sucesivos gobiernos de México hasta finales de 1933, cuando la Secretaría de Hacienda mexicana, en manos del presidente Abelardo Rodríguez, decidió que no pagaría un peso más a ningún descendiente de Moctezuma.

Los hechos históricos que se narran en esta novela están basados en una exhaustiva documentación. En todos los documentos consultados las mujeres no dejan de ser una nota al pie de página. Tan solo se nombran para decir con quiénes se casaron y cuántos hijos tuvieron. Más allá de eso, las menciones a las mujeres de la Conquista son casi anecdóticas. De Isabel Moctezuma se conocen los datos históricos, pues Bernal Díaz del Castillo la menciona varias veces, siempre para referirse a ella como una gran dama, hermosa y devota, y se han escrito diversas biografías en donde puede verificarse paso a paso el acontecer de su vida.

En realidad, Tecuixpo quiere decir «hija del señor», es decir que Tecuixpo, más que un nombre, es una especie de cargo o nombramiento, mientras que su segundo nombre, Ixcaxóchitl, es el que significa «Copo de Algodón». Una licencia literaria que me he tomado porque consideré que Tecuixpo es más fácil de leer y de pronunciar.

La violación que sufrió Isabel parece ser un hecho verídico, puesto que las fuentes hacen referencia a que el repudio de Isabel hacia Leonor deriva de que Isabel Moctezuma fue violentada por Hernán Cortés. Para efectos literarios busqué una causa distinta para ese repudio, porque esa es la maravilla de la ficción: imaginar causas distintas a las oficiales. Si los puristas que quieran conocer el hecho histórico visitan las fuentes se encontrarán con que Leonor Cortés fue, en efecto, la hija repudiada de Isabel Moctezuma.

De los maridos españoles de Isabel Moctezuma se sabe poco. Del que más se conoce es de Alonso de Grado por haber sido visitador de la Nueva España, pero se desconocen las causas de su muerte, acaecida —como se narra en esta novela— a los seis meses de su matrimonio en extrañas circunstancias. Se piensa que pudo morir envenenado.

De Pedro Gallego apenas se sabe su procedencia y que litigó en favor de Isabel para que no le quitaran la encomienda. En la ficción le he dado «el deslumbramiento de amar», como lo llama Marguerite Duras.

De Juan Cano tenemos una maravillosa «Perdida relación» en la que narra punto a punto todo lo que le aconteció desde que llegó a México bajo las órdenes de Pánfilo de Narváez y que constituye en sí misma una obra de interesante consulta. También conocemos su pensar gracias a la entrevista de 1554 —quizá de las primeras que se conocen— en la que Fernández de Oviedo lo interroga sobre su matrimonio con Isabel Moctezuma, entre otras muchas cosas. Como ya he mencionado, Juan Cano se pasó el resto de su vida litigando por el testamento de Isabel y se tomó muchas molestias para demostrar ante la ley que ella era la única heredera de las riquezas de Moctezuma y él, por ende, también.

Catalina Xuárez Marcayda murió en extrañas circunstancias, aunque era un secreto a voces que la había asesinado Cortés. Su hermano y su madre lo acusaron de asesinato ante Carlos V y Cortés tuvo que rendir cuentas de ello en un tribunal en uno de sus viajes a España, tal y como aquí se cuenta.

Doña Luisa murió en Guatemala, a donde fue junto a su marido Alvarado para conquistar aquellas tierras. El Tonatiuh, Alvarado, después se volvió a casar en aquel país con otra mujer digna de otra novela.

Isabel Moctezuma dejó un testamento que ha sido objeto de diversas tesis y estudios en donde manifestó su deseo de liberar a sus esclavos, ordenó hacer obras pías, misas, exequias, y dejó instrucciones para pagar deudas.

Sin embargo, parece ser que Isabel Moctezuma, como muchas de las mujeres de su época, nunca supo ni leer ni escribir. Para efectos narrativos hice que supiera hacer las dos cosas. Digamos que en la ficción le di una segunda oportunidad.

Para terminar, habrá de romper una lanza en favor de Altamirano. Fue albacea de Cortés y un hombre de leyes que llevó todos sus asuntos legales y financieros. Fue, en efecto, quien crio a Leonor Cortés en ausencia de su padre y madre. Si pensamos bien, la habría criado como un padre, la habría querido y procurado bien, y en cuanto pudo la casó con el mejor partido que encontró para ella: don Juan de Tolosa, de Zacatecas, conocido por ser uno de los explotadores de las minas de plata de esas tierras, que muy probablemente no estuviera gordo ni oliera a madera mojada. Si pensamos mal... bueno, entonces, nace una novela.

AGRADECIMIENTOS

Escribir es un oficio solitario, pero tengo que reconocer que yo nunca estuve sola. Quizá esta sea, de todas las que he escrito, la novela en la que más me he sentido acompañada.

Darío, mi compañero de aventuras y desventuras, siempre estuvo ahí. Leyó esta obra por lo menos tres veces. Probablemente fueron cuatro. O cinco. A veces capítulos enteros; otras, página a página a medida que yo iba avanzando, en silencio o en voz alta. Y cuando nos íbamos a dormir, aguantaba con estoicismo mis angustiosas dudas sobre Leonor y Altamirano, quienes se instalaron en nuestras vidas como primos lejanos que aparecen de pronto reclamando derechos y atención. Le doy gracias por cada uno de sus atinados consejos, por las veces que grabamos audios con nuestros teléfonos resolviendo tramas imposibles. Pero no es eso lo que más le agradezco. Cuando las cosas se me torcieron y tuve que reescribir el manuscrito no una, sino varias veces, él no me dejó tirar la toalla. Todos los días me daba ánimos, me decía que podía con eso y más. Me oía despotricar contra todo y contra todos sin interrumpirme, y me dejaba desahogarme a gusto, sin juzgarme nunca, dándome el espacio para que yo pudiera oír mis pensamientos. Después, ya más calmada, me ponía a escribir.

Escribir una novela como esta no ha sido fácil, fueron muchos los meses de investigación y muchos los de planificación, mientras la daga de la Historia, con mayúscula, se cernía sobre mí en cada página. Agradezco su paciencia para escucharme, apoyarme, asesorarme y —sin tener ninguna necesidad de hacerlo— ayudarme a hacer las escaletas en Excel para organizar las diferentes tramas. A lo largo de todos estos años juntos —ya van más de veinte— he aprendido que, con cada una de esas celdas de las hojas de cálculo, Darío me está diciendo que me quiere. Yo no sé usar Excel, pero no me cansaré de dedicarle cada una de mis novelas, porque él está, al igual que en cada celda, en cada una de estas páginas.

A Rodrigo Martínez Baracs, reputado historiador y doctor del Instituto Nacional de Antropología e Historia (INAH) e hijo de José Luis Martínez (para más señas, autor de la magnífica biografía de Hernán Cortés), a quien le escribí pidiéndole asesoría sobre documentación a consultar y otros asuntos para conocer mejor a Isabel Moctezuma. Tuvo la gentileza de contestarme y de compartirme documentación inédita, y apuntó hacia diversas fuentes fundamentales que desde luego leí y que me vinieron muy bien para poder recrear los distintos acontecimientos. Su estudio sobre *La perdida relación de Juan Cano y su conquista* fue el disparador creativo de esta novela, y sin duda el libro que más me ayudó en la recreación de la llegada de los hombres de Pánfilo de Narváez, siendo además narrada desde el punto de vista de Juan Cano, el quinto marido de Isabel. Gracias por su generosidad y gentileza.

A todos mis alumnos de cursos de escritura, en especial a mis alumnas Marián, Marina, Enka, Lorena y Mercedes, a quienes a la par que les daba clases les contaba de tanto en cuando mis avances y tribulaciones con esta novela, que fueron unas cuantas. Ellas fueron generosas para escucharme, leerme y darme ánimos. Me preguntaban por Leonor y por Copo de Algodón con genuino interés. Muchas gracias, de corazón.

A Javier Sagarna y a Mariana Torres, de la Escuela de Escritores, por confiar en mí y por invitarme a York a dar una conferencia sobre novela histórica. Sin su apoyo no sé qué habría hecho en estos años. Esos pequeños respiros me insuflaron entusiasmo para seguir. Gracias.

A Virginia y Pedro, por regalarme el ordenador desde el que escribo estas páginas. El mejor regalo que podían darme. Escribir ha sido mucho más bonito y fácil con esta computadora.

A mi padre, por su apoyo incondicional. Y a mi madre, por sacar tiempo y ganas para leerse el segundo manuscrito mientras mi padre estaba ingresado en el hospital y por entusiasmarse con la trama de Leonor que añadí al final, cuando ya llevaba ochenta por ciento de la novela escrita.

A mis preciosos hijos Alonso y Borja, mis motores. Ellos conjugan lo mejor de mis dos mundos, el mexicano y el español. Gracias por no quejarse jamás cuando la ficción les robó horas a su realidad. Y por ser unos hijos maravillosos.

A Juan Alvarado, QEPD. Tuve que dejar mi biblioteca en México porque no me la pude traer a España. Juan, con la generosidad que lo caracterizaba, se ofreció a guardármela toda en cajas hasta que yo estuviera en condiciones de traérmela. La última vez que hablamos fue para pedirle que me mandara el libro *Historia verdadera de la Conquista de la Nueva España*, porque lo necesitaba para escribir esta novela. Juan falleció a principios de 2020. Creo que le habría gustado leer esta novela, pero me tardé demasiado. Mi eterno agradecimiento hasta donde esté.

A Gabriel, Carmina y David por forzarme a ser la mejor versión de escritora que puedo ser y por presionarme hasta llevarme a los límites de mi creatividad. Miraron con lupa cada uno de los hilos sueltos con los que se encontraron y se aseguraron muy bien de que los amarrase todos.

Y gracias a todos por leerla.

Ahora, la novela es de ustedes.

La novela es vuestra.

BIBLIOGRAFÍA

Bueno Carrera, José María, *Soldados de España, el uniforme militar español desde los Reyes Católicos hasta Juan Carlos I*, Quirón Ediciones, Madrid, 1998.

Díaz Del Castillo, Bernal, *Historia verdadera de la conquista de la Nueva España* (manuscrito, Guatemala), ed. crítica de José Antonio Barbón Rodríguez, El Colegio de México/Universidad Nacional Autónoma de México, México, 2005.

Grant, R. G., *1001 batallas que cambiaron el curso de la historia*, Grijalbo, Barcelona, 2012.

Hernández Cardona, Francesc Xavier y Rubio Xavier, *Breve historia de la guerra moderna*, Nowtilus, Madrid, 2010.

Hugh, Thomas, *The conquest of Mexico*, La Conquista de México, Planeta, Barcelona, 1994.

Ilarregui, Gladys, «La amortajada: Catalina Xuárez la Marcaida, Nueva España 1522», *Revista IUS*, Instituto de Ciencias Jurídicas de Puebla, núm. 20, 2007, pp. 312-325.

Kalyuta, Anastasya, «La casa y hacienda de un señor mexica: Un estudio analítico de la "Información de doña Isabel Moctezuma"», *Anuario de Estudios Americanos*, Sevilla, 2008.

Kenrick Kruell, Gabriel, «Las horas en la vida cotidiana de los antiguos nahuas», *Estudios Mesoamericanos*, Nueva época, año 7, núm. 13, julio-diciembre de 2012.

Lannyon, Anna, *The New World of Martin Cortés*, Da Capo Press, Boston, 2003.

León-Portilla, Miguel, *Los franciscanos vistos por los hombres nahuas*, en

Visión de los vencidos, Universidad Nacional Autónoma de México, México, 2003.

——, *Visión de los vencidos*, Universidad Nacional Autónoma de México, México, 2003.

——, *Tonantzin Guadalupe. Pensamiento náhuatl y mensaje cristiano en el «Nican mopohua»*, El Colegio Nacional/Fondo de Cultura Económica (sección de Obras de Antropología), México, 2000.

MacLachlan, Colin M., y Jaime E. Rodriguez, *The forging of the cosmic race, a reinterpretation of colonial Mexico*, University of California Press, California, 1990.

Martínez Baracs, Rodrigo, *La aparición del Nican mopohua*, Dirección de Estudios Históricos, INAH/Sociedad Mexicana de Historiografía Lingüística, México.

——, *La perdida relación de la Nueva España y su conquista de Juan Cano*, Instituto Nacional de Antropología e Historia (colección Científica, 497; serie Historia), México, 2006.

——, «La conquistadora María de Estrada», Biblioteca Joaquín Cortina Goribar, en *Un recorrido por archivos y bibliotecas privados V*, Asociación mexicana de Archivos y Documentos privados, México, 2006.

Martínez, José Luis (ed.), *Entrevista de Gonzalo Fernández de Oviedo a Juan Cano*, Editorial Ambos Mundos, Salamanca, 1996.

——, *Hernán Cortés*, Fondo de Cultura Económica, México, 1990.

Martins, J. C., *Batallas de la historia, Otumba 1520*, Osprey Military, s/l, 2013.

Muñoz de San Pedro, Miguel, *Doña Isabel de Moctezuma, la novia de Extremadura*, Madrid, 1965.

Sagaón Infante, Raquel, *Testamento de Isabel Moctezuma*, Instituto de Investigaciones Jurídicas, Anuario mexicano de Historia del derecho, Biblioteca jurídica virtual, México.

Townsend, Camila, *Malintzin. Una mujer indígena en la conquista de México*, Era, México, 2015.

VV.AA, *Organización militar en los siglos XV y XVI*, Universidad de Cádiz, Málaga, 1993.

Wise, Terence, y Angus McBride, *The conquistadores*, Osprey Military, Londres, 1980.

ÍNDICE

MACUILLI/CINCO

CHICUACE/SEIS

CHICOME/SIETE

CHICUEI/OCHO